BASTEI
LÜBBE

Taschenbücher von LINDA LAEL MILLER
im BASTEI-LÜBBE-Programm:

| | |
|---|---|
| 18 100 | Wer das Paradies nur finden will |
| 18 101 | Wer ein Lächeln des Glücks einfängt |
| 18 102 | Wer dem Zauber der Liebe verfällt |
| 18 103 | Wer dem Weg des Herzens folgt … |
| 18 104 | Wie der Glanz des silbernen Mondes … |
| 18 105 | Wie das helle Feuer der Sterne |
| 18 106 | Lily und der Major |
| 18 108 | Emma und der Rebell |
| 18 110 | Caroline und der Bandit |
| 18 112 | Bis ans Ende meines Lebens |
| 18 113 | Bis die Liebe dich bezwingt … |
| 18 114 | Bis du deinem Herzen glaubst |
| 18 115 | Eine widerspenstige Geliebte |
| 18 116 | Ein sündiger Engel |
| 18 117 | Eine ungezähmte Braut |
| 18 119 | Verzaubert von deinen Augen |
| 18 123 | Goldene Sonne, die dich verbrennt |
| 18 127 | Silbernes Mondlicht, das dich streichelt |
| 18 138 | Und liebe dich dein ganzes Leben |
| 18 150 | Süße Annie, wildes Herz |
| 18 154 | Ein anderes Leben, ein anderes Glück |

# LINDA LAEL MILLER

# Wie der Glanz des silbernen Mondes

# Wie das helle Feuer der Sterne

Zwei historische Liebesromane

Ins Deutsche übertragen
von Katharina Braun

BASTEI
LÜBBE

BASTEI-LÜBBE-TASCHENBUCH
Band 13 779

Erste Auflage
Juli 1996


Deutsche Lizenzausgabe 1992/96
Bastei-Verlag Gustav H. Lübbe
GmbH & Co., Bergisch Gladbach
Originaltitel: Moonfire/Angelfire
Lektorat: Katharina Woicke
Titelillustration: Agentur Norma/
Mirames
Umschlaggestaltung:
Quadro Grafik, Bensberg
Satz: KCS GmbH,
Buchholz/Hamburg
Druck und Verarbeitung:
Cox & Wyman, Ltd.
Printed in Great Britain

ISBN 3-404-13779-5

Der Preis dieses Bandes
versteht sich einschließlich der
gesetzlichen Mehrwertsteuer

# Wie der Glanz des silbernen Mondes

# Prolog

*Dublin – September 1867*

Jamie zog die goldene Uhr hervor und ließ sie einen kurzen Moment an der Kette baumeln. Dann barg er sie mit einem triumphierenden Grinsen in seiner Hand.

Reeve – mit sechzehn zwei Jahre älter als sein Bruder – hatte wenig Sinn für solche Kostbarkeiten. Doch der Frau zuliebe, die in ihrem Bett am Feuer lag, und des Priesters wegen, der ihr die Letzte Ölung erteilte, bemühte er sich, seine Stimme gedämpft zu halten.

»Willst du, daß sie dich in eine Strafkolonie schicken, du Idiot?« zischte er Jamie zu. »Einem Gentleman die Uhr zu stehlen ist etwas ganz anderes, als einen Kohl oder eine Zwiebel vom Feld zu klauen!«

Jamie schaute zum Lager seiner Mutter hinüber, das sie so dicht wie möglich an das kärgliche Feuer gerückt hatten. »Sie braucht Medizin«, verteidigte er sich lahm.

»Jetzt nicht mehr«, entgegnete Reeve. »Sie braucht keine Medizin mehr, und das weißt du so gut wie ich.«

Der Priester beendete seine Zeremonie. Jamie und Reeve schauten schweigend zu, von einem verzehrenden Haß auf ihre Hilflosigkeit erfüllt. Wenn sie bloß mehr Geld gehabt hätten, dann hätten sie ihre Mutter retten können. Aber sie waren nun mal verdammt arm!

Callie McKenna lag mit geschlossenen Augen da und rührte sich nicht. Als Pater McDougal sich von ihrem Lager abwandte, wirkte er müde, sein hageres Gesicht war von tiefen Furchen durchzogen. Er sah aus, als lasteten die Sorgen der ganzen irischen Bevölkerung auf seinen schmalen Schultern. Nun ging er auf die Jungen zu und griff mit zitternder Hand in die Tasche seines abgetragenen Mantels.

Jamie, der auf der Tischkante hockte, sprang erschrocken auf. »Ist sie …?«

Pater McDougal schüttelte den kahlen Kopf. »Noch nicht, Junge, aber ich glaube nicht, daß Callie die Nacht übersteht. Gott sei ihrer armen Seele gnädig.« Er machte eine Pause, um sich zu bekreuzigen, und seufzte schwer. »Sie ist jetzt in Gottes Hand.«

Reeve runzelte die Stirn und verschränkte abweisend die Arme vor der Brust; er wollte nichts hören von Gott oder dem bevorstehenden Seelenheil seiner Mutter. Wo war Gott gewesen, als Callie McKenna die schmutzigen Böden der Tavernen schrubbte und die Kleider für die feinen Damen nähte?

»Gibt es Arbeit auf den Docks?« erkundigte sich der Priester unnötigerweise, denn die Antwort kannte er. Es gab in ganz Irland keine Arbeit, weder in den Städten noch auf dem Land.

Reeve senkte den dunklen Kopf. Er war ein kräftiger junger Bursche, breitschultrig und stark, trotz des Hungers, der ihn quälte, solange er zurückdenken konnte. »Nein«, murmelte er nur. Angesichts seiner sterbenden Mutter hielt er es nicht für geraten, seine Zukunftspläne zu erwähnen.

Der alte Priester räusperte sich umständlich. Reeve schaute auf und sah, daß Jamies schmutzige Hand noch immer die goldene Uhr umklammerte.

»Hast du schon wieder gestohlen, Junge?« fragte Pater McDougal, doch es klang eher verzweifelt als verärgert. »Schäm dich! Das ist eine Sünde in Gottes Augen.«

Jamies Antwort kam so schnell und scharfsinnig wie alle seine Antworten. »Gott schaut ja doch nicht hin, oder? Er sieht weder mich noch meine arme Mutter. Er sieht ganz Irland nicht!«

Der alte Mann seufzte. Dann zog er zwei münzenförmige Bronzemedaillen aus der Tasche, reichte sie den Jungen und verließ ohne ein weiteres Wort die Hütte.

Im Halbdunkel entzifferte Reeve die Inschrift auf der Münze. Dank der Nonnen der Pfarrei von St. Patrick konnte er ein bißchen lesen. *Gesegnet sei, wer den Armen hilft.*

Vor Scham stockte ihm der Atem, das Blut pochte in seinen Schläfen. »Es ist ein verdammtes Bettlerabzeichen!« fuhr er auf.

Jamie blieb still, beide Jungen horchten auf das rasselnde Atmen ihrer Mutter. Sie war krank und fror – und würde so hungrig sterben, wie sie gelebt hatte.

In einem Anfall hilfloser Wut schleuderte Reeve das Abzeichen durch den Raum. Klirrend prallte es gegen den Kaminsims.

Jamie preßte die Lippen zusammen und ging zur Tür. »Ich bin gleich wieder da«, sagte er sanft zu seiner Mutter. »Und dann bringe ich dir Brot und Tee – und alles, was ich sonst noch finden kann! Ich schwöre es bei allem, was mir heilig ist.«

»Mein Jamie«, flüsterte Callie schwach. »Er ist ein guter Junge, mein Jamie … ein guter Junge.«

»Willst du etwa betteln gehen?« herrschte Reeve seinen Bruder an.

Jamie hielt die goldene Uhr in die Höhe und ließ sie an ihrer Kette baumeln. »Genau, Reeve«, sagte er gepreßt. »Wenn es nicht anders geht, werde ich sogar betteln. Aber vorher versuche ich, ein Geschäft mit dem Kaufmann abzuschließen.«

Reeve McKenna wurde von bösen Vorahnungen erfaßt. »Tu es nicht, Jamie! Verlaß dich darauf, daß sie dich diesmal schnappen werden!«

Jamies Gesicht wurde hart, für einen Moment war er ein Mann und kein Junge mehr. »Ich lasse Mutter nicht hungrig sterben, Reeve.«

Reeve ging zum Kamin und suchte das Bettlerabzeichen, das er eben noch so verächtlich fortgeschleudert hatte. Er würde damit von Haus zu Haus gehen – seiner Mutter zuliebe und um Jamie vor einer Bestrafung zu bewahren. Er war der ältere Bruder, die Aufgabe stand ihm zu, so beschämend sie auch war.

»Dein Glück kann nicht ewig währen«, warnte er, während er den Boden um den Kamin absuchte. Doch als er die Bronzemünze endlich gefunden hatte, war Jamie längst fort.

Reeve stürzte zur Tür und riß sie auf. Der durchdringende Gestank der Dubliner Straßen stieg ihm in die Nase. »Jamie!« schrie er in aufsteigender Panik. »Jamie – komm zurück!«

Zu spät. Jamie war nirgendwo zu sehen.

Fluchend schloß Reeve die knarrende alte Tür und strich sich in einer hilflosen Geste übers Haar, als er zu der sterbenden Frau zurückkehrte, zum sterbenden Feuer und seinen sterbenden Hoffnungen …

»Hat euer Dad schon geschrieben?« fragte Callie mit erstaunlich klarer Stimme. »Wir fahren nämlich nach Amerika, schon sehr bald.«

Den Tränen nahe kniete Reeve neben dem Lager seiner Mutter nieder und nahm ihre schmalen, abgearbeiteten Hände in die seinen. »Nein, er hat noch nicht geschrieben«, erwiderte er leise.

Callies Augen, seegrün wie die Augen ihres ältesten Sohnes, richteten sich auf die Decke der ärmlichen Hütte, in der Marcus sie vor so vielen Jahren zurückgelassen hatte. »Nie ein Brief«, seufzte sie. »Ist es nicht seltsam, daß er nie geschrieben hat?«

Reeve legte seine Stirn an die ihre und atmete tief ein. »Dad hat nie gern geschrieben«, antwortete er sanft. Insgeheim war er überzeugt, sein Vater müsse entweder tot sein oder ein arger Schuft, aber das konnte er seiner Mutter natürlich nicht sagen. Er ärgerte sich jetzt sogar schon darüber, nicht einfach behauptet zu haben, es sei ein Brief mit Schiffspassagen und Geld für sie alle gekommen. Was hätte es schon schaden können, Callie in diesem Zustand zu belügen? Es wäre höchstens ein Segen für sie gewesen.

»Ich sterbe, nicht wahr?« fragte Callie, und für einen

Moment wich der abwesende Ausdruck aus ihrem Blick, und sie kehrte in die Wirklichkeit zurück.

Reeves Kehle war wie zugeschnürt, aber seine Mutter zu belügen brachte er nicht übers Herz. »Pater McDougal sagte, du kämst in den Himmel, Mutter«, erwiderte er nach kurzem Zögern.

Callie lächelte froh. In all den Jahren des Leidens, des Wartens und sinnlosen Hoffens hatte sie ihren Glauben nicht verloren. Reeve konnte sich nicht entsinnen, sie auch nur einmal in ihren Überzeugungen schwanken gesehen zu haben.

»O ja«, sagte sie leise. »Ich komme in den Himmel.« Ihr dunkles Haar, noch ohne eine einzige graue Strähne, lag ausgebreitet wie ein Schleier über dem unbezogenen Kissen. Sie zog eine feingezeichnete Augenbraue hoch. »Aber was wird aus dir und Jamie werden? Wo wollt ihr jetzt hin – nach Amerika?«

Reeve schüttelte den Kopf. Er durfte ihr die Wahrheit nicht länger verschweigen. »Ich habe ... auf einem Segelschiff angeheuert, Ma«, berichtete er stockend. »Es ist ein Walfänger, der nach New South Wales fährt, Mutter. Wir legen in der Hauptstadt Sydney an.«

Callies seegrüne Augen wurden groß. »New South Wales! Und was wird aus Jamie? Wirst du ihn mitnehmen?«

Reeve versuchte sich an die Unterhaltung mit dem Kapitän der *Sally Dee* zu erinnern. Doch obwohl sie erst heute nachmittag stattgefunden hatte, schien sie schon Jahre zurückzuliegen. Eine schreckliche Beklemmung wuchs in ihm. Der Kapitän hatte gesagt, es sei nur Platz für einen Offiziersburschen auf dem Deck. Er würde sich Jamie ansehen und ihn – falls der Junge fit genug für eine Seereise war – auf der nächsten Fahrt mitnehmen. Aber mehr als das hatte der Kapitän nicht versprechen können.

»Ich fahre nicht ohne ihn«, erklärte Reeve beruhigend und schwor sich, sein Versprechen zu halten, selbst wenn es ihn seine eigenen Träume und Pläne kosten sollte.

Callie sah erleichtert aus, und Reeve fragte sich, ob sie etwas von Jamies Diebereien ahnen mochte. »Er ist ein guter Junge, mein Jamie«, sagte sie, und man hörte deutlich die Anstrengung in ihrer Stimme, »aber leider nicht so vernünftig wie du, Reeve. Er braucht noch jemanden, der auf ihn aufpaßt.«

Reeve nickte lächelnd. »Das stimmt.«

»Wirst du dich um ihn kümmern?«

»Das werde ich«, versprach er ruhig, und Callie schloß die Augen, um zu schlafen.

Fast eine Stunde verging, bevor Jamie zurückkam. Er hatte Tee mitgebracht, einen ganzen Laib Brot, der noch warm vom Ofen war, eine kalte Hammelkeule und eine kleine Tüte mit grobem weißen Zucker. Nach einem Blick auf seine Mutter stellte er alles auf den Tisch und ging zum Herd, um die letzten Kohlen ins Feuer zu schütten.

Reeve, der ihn voller Unruhe und Besorgnis beobachtet hatte, nahm den abgenutzten alten Kessel und ging hinaus, um aus der Pumpe Wasser hineinzufüllen.

Jamie schnitt gerade Fleisch auf, als Reeve zurückkam. »Wie geht es Mutter?« fragte er den älteren Bruder leise.

Reeve steckte die Hände in die Taschen seiner zerlumpten Hosen. »Sie wartet noch immer auf einen Brief von Dad. Nach all diesen Jahren.«

»Glaubst du, er ist tot?«

»Kann sein. Vielleicht ist er aber auch sehr vergeßlich«, erwiderte Reeve mit kaum verhohlener Bitterkeit.

Jamie schien über die Antwort nachzudenken. »Dad mußte sieben Jahre für seine Schiffspassage arbeiten«, erinnerte er seinen Bruder nach einer Weile ruhig.

»Die hat er gehabt, Jamie, und noch vier Jahre dazu. Falls Dad noch lebt, hat er beschlossen, sich nicht darum zu bemühen, seine Frau und seine beiden Söhne aus der Alten Welt zu holen.«

Jamie preßte die Lippen zusammen. Er war ein hübscher Junge mit seinem weizenblonden Haar und den wachen blauen Augen. »Hast du eigentlich nie überlegt, selbst nach Amerika zu gehen, Reeve? Ich meine, wenn Dad für seine Überfahrt arbeiten konnte – warum wir nicht auch?«

Reeve dachte an das Bettlerabzeichen, das ihn auf schmerzliche Weise an seine beschränkten Möglichkeiten erinnerte. »Sie hielten sich dort früher Sklaven«, sagte er schaudernd. »Und einen Krieg hatten sie kürzlich auch.«

Jamie steckte ein Stück Fleisch in den Mund und kaute gedankenvoll. »Du wärst kein Sklave, das ist jetzt vorbei. Sich seine Schiffspassage zu erarbeiten ist etwas ganz anderes.«

»Nein, eine Zeitlang ist es fast das gleiche. Man hat einen Herrn, dem man gehört, als wäre man eine Kutsche oder ein Kalb.«

»Für Leute wie uns ist es die einzige Möglichkeit, Irland zu verlassen«, gab Jamie zu bedenken, während er das noch warme Brot in Stücke teilte.

»Ja«, stimmte Reeve halbherzig zu und dachte an den Job, der ihm auf der *Sally Dee* angeboten worden war. Früher oder später würde er darüber sprechen müssen, aber noch war die Zeit nicht reif.

Als das Wasser zu kochen begann, goß Reeve es in die alte Teekanne aus abgestoßenem Steingut, und Jamie weckte sanft seine schlafende Mutter.

Callies Hände zitterten, als sie den Teller nahm, den ihr Sohn ihr reichte. Ein verwunderter Ausdruck stand in ihren Augen, und sie schaute sich in der ärmlichen Hütte um, als sei sie plötzlich in einem anderen, besseren Leben erwacht.

Callie aß nicht viel, aber sie trank zwei Tassen von dem starken, gezuckerten Tee. Später in dieser Nacht, als ihre beiden Söhne auf den Strohsäcken auf dem Hüttenboden schliefen, wechselte sie still in eine andere Welt hinüber.

Sie wurde in einem Armengrab bestattet, aber Pater McDougal war da, um die geheiligten Worte zu sprechen. Reeve lauschte in stummer Wut und haßte nicht nur den Priester, sondern auch den Gott, dem dieser diente. Der Gedanke, seine Mutter befinde sich nun an einem Ort des Friedens und des Überflusses, hätte ihn trösten können, aber so weit reichte sein Glaube leider nicht.

Er konnte auch nicht weinen, wie es Jamie tat. Nichts anderes blieb ihm übrig, als sich mit der schrecklichen Tatsache abzufinden, daß seine Mutter tot war.

Am Friedhofsausgang wartete der Lebensmittelhändler, flankiert von zwei Soldaten der englischen Krone. »Das ist er!« schrie der dicke Kaufmann durch den strömenden Regen. »Das ist der Junge, der mir die Uhr gegeben hat!«

Reeve versuchte, sich zwischen Jamie und die Soldaten zu

stellen, aber der Priester hielt ihn zurück. »Es hat keinen Zweck, mein Junge.«

Reeve wollte sich losreißen und die Schuld auf sich nehmen. Doch Jamie trat bereits auf die Soldaten zu, das Gesicht noch naß von Tränen.

»Ich bin es, den Sie suchen«, sagte er gelassen.

»Verdammter Kerl!« murmelte einer der Soldaten, als er Jamies Hände fesselte. »Langfingrige Schurken, diese Iren, alle miteinander!«

»Warten Sie!« schrie Reeve erstickt auf. »Es ist nicht wahr! Ich habe die Uhr gestohlen ...«

Der zweite Soldat lachte spöttisch. »Zu spät, mein Junge.«

Diesmal packte Pater McDougal Reeves Arm überraschend hart. »Du kannst jetzt nichts mehr tun. Laß sie gehen!«

Jamie nickte seinem älteren Bruder zu und schenkte ihm ein Lächeln, das Reeve sehr lange nicht vergessen sollte. Dann schleppten die Soldaten den Vierzehnjährigen fort. Der fette Händler folgte ihnen händeringend und beteuerte lautstark seine Unschuld an dem Verbrechen.

Reeve sank gegen einen Baum und konnte endlich weinen – um seine Mutter, um Irland, um Jamie und um sich selbst.

Zu Hause aß er das letzte Stück Fleisch und trank den Tee. Die Besitzerin der Hütte, eine zänkische alte Witwe, hatte neue Mieter gefunden, und deshalb konnte Reeve nicht bleiben. Packen war nicht nötig, denn alles, was er auf dieser Welt besaß, trug er am Leib. Bevor er allerdings endgültig die Hütte verließ, nahm er das Bettlerabzeichen an sich – es war zwar ein Beweis der Schande, aber gleichzeitig auch eine Art Besitz, und es gehörte ihm allein.

In den nächsten Tagen versuchte Reeve mehrmals, Jamie zu sehen, aber seine Bitte wurde immer abgelehnt. Nachts schlief er in Hauseingängen und dunklen Gassen.

Am Tag von Jamies Gerichtsverhandlung war Reeve unter den Zuschauern. Jamie erschien in stolzer Haltung, mit trotzig vorgeschobenem Kinn und einem wilden Funkeln in den Augen, das den Richter alles andere als nachsichtig stimmte.

Dieser Mann, der sicher keinen Hunger kannte, hielt einen hochtrabenden Vortrag über die Schlechtigkeit der Diebe und verurteilte den Angeklagten zu sieben Jahren Zwangsarbeit in den Kolonien.

Entsetzt über das Urteil, halb krank vor Hunger und Verzweiflung stolperte Reeve aus dem Gerichtssaal in den strömenden Regen hinaus und wandte sich zum Hafen. Nun blieb ihm nur die eine Hoffnung, daß die *Sally Dee* nicht ohne ihn gesegelt war …

Der Walfänger lag noch am Pier, sollte jedoch in einer Stunde auslaufen. Nach einem letzten Blick auf die engen Straßen, die überfüllten Hafentavernen und die windschiefen Hütten kehrte Reeve Dublin für immer den Rücken zu.

Was Jamie betraf – der hatte seine Überfahrt nach New South Wales gefunden, so ironisch es auch schien –, und Reeve war ziemlich sicher, daß er seinen Bruder in Sydney wiederfinden würde.

# 1

Emigranten und Passagiere der ersten Klasse standen an der Reling der *S. S. Victoria* und starrten fassungslos auf das Bild der Zerstörung, das sich ihnen bot. Statt des Piers, an dem Freunde und Verwandte auf die Reisenden hätten warten können, tanzten Warenballen von den Docks auf dem blaugrünen Wasser, eine umgestürzte Hütte trieb vorbei, und auf den wenigen Stückchen Land, die noch zu sehen waren, drängten sich zitternd unzählige Kaninchen zusammen.

Der größte Teil der Stadt war fort – hinweggeschwemmt vom Hochwasser des Brisbane Rivers.

Maggie Chamberlins Herz raste vor Aufregung und Angst unter dem taubengrauen Reisekleid, das zwar der winterlichen Kälte Londons angepaßt, doch für die Februarhitze in Australien viel zu heiß war. Philip Briggs, der Mann, der sie zu dieser Reise überredet und versprochen hatte, sie zu heiraten, war nirgendwo zu sehen. War es möglich; daß er die Hochwasserkatastrophe nicht überlebt hatte?

Maggie merkte, daß sie das Schiffsgeländer umklammert

hielt, und lockerte ihren Griff. Das schwere silberblonde Haar rutschte ihr in den Nacken, und sie hob eine Hand, um die Nadeln zu befestigen, eine nervöse, unbewußte Geste, die ihr schon zur Gewohnheit geworden war.

»Ein feiner Empfang!« beschwerte sich Tansy Quinn, die einzige Freundin, die Maggie in den fünf Wochen, seit sie London verlassen hatten, an Bord gefunden hatte. Tansy war ein kleines, etwas plumpes Mädchen mit mausbraunem Haar, hellblauen Augen und einem abgebrochenen Vorderzahn. Sie wanderte schon zum zweiten Mal in ihrem kurzen, aber ereignisreichen Leben nach Australien aus. »Es sieht aus, als wäre die halbe Stadt weggeschwemmt worden.«

Maggies Knie gaben nach; sie mußte sich wieder an der Reling festhalten. Fieberhaft suchte sie die Küste nach dem geliebten Mann ab. Vergebens. Plötzlich hatte sie das Gefühl, als ob irgend etwas ihre Seele in einen dunklen Nebel zog. Mehrere kleine Boote näherten sich dem Schiff, Leute winkten – aber Philip war nicht unter ihnen.

Maggie stöhnte auf. Wieder einmal war sie eine Fremde in einem fremden Land, und niemand war gekommen, um sie abzuholen. Sie schloß einen kurzen Moment die Augen und schluckte vor Verzweiflung.

Tansy stieß sie aufmunternd in die Rippen. »Mach nicht so ein Gesicht, Maggie. Es sieht schlimm aus, aber wir können ja bis Sydney weiterfahren. Oder uns bei der Regierung in Melbourne um eine Stelle bewerben.«

Maggie öffnete die Augen und maß ihre Freundin mit einem müden Blick. Tansy hatte nie an Philip Briggs geglaubt und stets mit der gleichen freundlichen Verachtung von ihm gesprochen wie ältere Kinder vom heiligen Nikolaus.

»Philip sagte, ich sollte ihn hier treffen«, entgegnete Maggie steif. »In Brisbane.«

»Philip, Philip, Philip«, murmelte Tansy kopfschüttelnd. Die späte Nachmittagssonne schien auf ihre Sommersprossen und ließ sie golden aufleuchten. »Philip dies und Philip jenes. Da stehst du hier und weinst diesem Kerl nach – wie eine alte Jungfer, die sich eine letzte Chance auf ein Bett und einen Ring erhofft! Und dabei bist du erst neunzehn!«

»Ich brauche Philip«, beharrte Maggie, um dann hastig hinzuzufügen: »Außerdem liebe ich ihn.«

»Eine komische Amerikanerin bist du!« meinte Tansy. »Keine Spur von Selbständigkeit und hilflos wie ein neugeborenes Kind!«

Heiße Röte stieg Maggie ins Gesicht, ihre grauen Augen blitzten vor unterdrücktem Zorn. »Ich bin genauso selbständig wie du, Tansy Quinn, und ich wäre dir dankbar, wenn du das nicht vergessen würdest!«

»Ich verlasse mich nicht auf einen Mann, um es einfacher zu haben!« erklärte Tansy in hochnäsigem Ton.

Maggie verkniff sich eine Bemerkung über Tansys Flirt mit einem gewissen jungen Zahlmeister und erwiderte kühl: »Ich begreife nicht, wie du Philip hassen kannst, obwohl du ihn überhaupt nicht kennst.«

Tansy verdrehte die Augen. »Ich brauche ihn nicht zu kennen, um zu wissen, daß er so nutzlos ist wie ein kastrierter Eber. Welcher Mann schickt ein Mädchen um die halbe Welt, wenn er ihr nicht einmal die Überfahrt bezahlen kann? Du hast ein Pfund für deine Koje bezahlt, genau wie alle anderen, Maggie, und solltest lieber nicht vergessen, was du als Gegenleistung dafür versprochen hast!«

Maggie erinnerte sich sehr gut an ihr Versprechen: Sie hatte sich bereit erklärt, mindestens drei Jahre im Land zu arbeiten, bevor sie es wieder verließ. Der Vertrag würde allerdings null und nichtig sein, falls sie Mrs. Philip Briggs wurde, denn noch mehr als Gouvernanten, Dienstmädchen und Fabrikarbeiter brauchte Australien Frauen für seine Männer. »Ich habe es nicht vergessen«, sagte sie leise und wandte sich von der Reling ab, um den Anblick auf die zerstörte Küste nicht länger ertragen zu müssen.

Dabei stieß sie fast mit John Higgins zusammen, Tansys Zahlmeister, einem großen, hageren Mann mit Augenklappe, die ihm das tollkühne Aussehen eines Piraten verlieh.

Da er jedoch für Maggies Geschmack zu hochmütig war, wandte sie sich ab, als der Seemann sie abschätzend musterte. »Sinnlos, hier anzulegen«, bemerkte er schulterzuckend. »Wir laufen heute abend gleich nach Einsetzen der Flut nach Sydney aus.«

»Und wie weit ist das?« fragte Maggie höflich und bemühte sich, nicht die Nase zu rümpfen. Higgins strahlte einen stechenden Geruch nach ranziger Hühnersuppe aus.

»Knapp zwei Tagesreisen«, antwortete er und kniff Tansy lächelnd in ihr pralles Hinterteil. Nach einem gelassenen: »Schade, daß Sie Mr. Briggs jetzt doch nicht treffen werden«, schlenderte er weiter.

»Zwei Tage!« stöhnte Maggie betroffen und eilte in ihre Kabine zurück, in der fast einhundert Frauen reisten. Dort setzte sie sich auf ihre Koje und dachte nach.

Es war sehr unwahrscheinlich, daß Philip in der Flut ertrunken war. Vermutlich hatte er von der Katastrophe gehört und war vernünftigerweise in Sydney geblieben, um seiner Arbeit am Royal Theatre nachzugehen.

Es herrschte eine unerträgliche Hitze unter Deck. Maggie zog ihr graues Wollkleid aus und legte sich in ihrer Unterwäsche auf die Koje.

Als sie die Augen schloß, glaubte sie, Philips markantes Gesicht zu sehen, sein goldbraunes Haar und seine bernsteinfarbenen Augen. In Gedanken kehrte sie zu dem schäbigen kleinen Theater im Londoner West End zurück, zu ihrer winzigen Garderobe dort …

Maggie hatte sich gerade geschminkt, als der junge Australier, von dem sie schon soviel gehört hatte, plötzlich hinter ihr im Spiegel auftauchte. Seine Hände – schmale, glatte Hände ohne Schwielen – berührten flüchtig ihre nackten Schultern.

»Miss Chamberlin?« fragte er. »Sie werden mir mein Eindringen verzeihen, aber ich habe Ihren letzten Auftritt gesehen und wollte Sie unbedingt persönlich sprechen.«

Maggie stand hastig auf und zog den schäbigen Seidenkimono über, der noch von ihrer Mutter stammte. »So?« erwiderte sie zögernd. »Worum geht es denn?«

Ein engelhaftes Lächeln spielte um Philips Mundwinkel und erhellte seine sanften Augen. »Sie sind Amerikanerin«, bemerkte er.

Maggie nickte, das Herz klopfte ihr bis zum Hals. Der Kimono verhüllte ihre Gestalt nur unvollkommen, und obwohl sie ein Kostüm darunter trug, fühlte sie sich wie ausgezogen unter den Blicken dieses Mannes. Sie errötete, weil das Gefühl gar nicht so unangenehm war, und stammelte eine ausweichende Antwort.

Philip Briggs lachte, sein Blick war wie ein Streicheln, als er fragte, ob sie gern auf der Bühne stand.

Maggie zuckte die Schultern. »Das hier ist nur ein zweitrangiges Theater«, erwiderte sie verlegen und begann ihm dann zu ihrer Überraschung – obwohl sie in knapp fünfzehn Minuten auf die Bühne mußte – ihre ganze Lebensgeschichte zu erzählen.

Sie sprach von ihren Eltern, amerikanische Artisten, die nicht bei ihren gefährlichen Auftritten im Zirkus – Maggies Mutter war Hochseilkünstlerin gewesen, ihr Vater Löwenbändiger –, sondern bei einem Zugunglück in den Schweizer Bergen ums Leben gekommen waren. Sie erzählte auch von ihrer Schulzeit in den Vereinigten Staaten, wo sie jeden Winter in einem anderen Waisenhaus verbrachte und erst im Frühjahr – wenn der Zirkus wieder in die Stadt kam – von ihren Eltern abgeholt wurde.

»Dann sind Sie praktisch von Ihren eigenen Eltern adoptiert worden?« war Philips scharfsinniger Kommentar, als Maggie ihre Geschichte beendet hatte.

Sie lächelte. Es war seltsam, aber sie fühlte sich entspannt und war gleichzeitig wahnsinnig aufgeregt. Vielleicht war es das, was sie zu dem Schluß veranlaßte, daß sie Mr. Briggs liebte, obwohl sie sozusagen gar nichts von ihm wußte. »Mindestens achtmal«, antwortete sie. »Ich haßte die Winter, aber ein Internatsaufenthalt wäre viel zu teuer gewesen.«

In diesem Augenblick wurde Maggie auf die Bühne gerufen, und jetzt, nach diesem intimen Einblick in ihr Leben, empfand sie Philip gegenüber eine ganz eigenartige Scheu. Sie schaute ihn nicht an, als sie den Kimono auszog und ihr knappes, paillettenbesticktes Kostüm zum Vorschein kam, doch bevor sie den Raum verlassen konnte, ergriff Philip ihren Arm. Ein warmes Prickeln durchströmte ihren Körper, und ihr Herz pochte so heftig, daß es sich in ihrer Kehle festzusetzen schien.

»Werden Sie mit mir speisen? Nach der Vorstellung?«

Maggie nickte und verließ fluchtartig die kleine Garderobe.

Darauf folgte eine Werbung, wie Mädchen in Maggies Stellung sie sich nur erträumen konnten. Philip lud sie Abend für Abend zum Dinner ein und erzählte ihr von Australien, wo er mehrere Theater leitete. Nach einer kurzen, aber stürmischen Romanze bot er ihr dann die zwei Dinge an, die sie sich auf dieser Welt am meisten wünschte: die Ehe und eine Hauptrolle in Shakespeares *Der Widerspenstigen Zähmung*. Sie sei zu sanft und schön für die Rolle der Kate, erklärte Philip ihr nach einem galanten Handkuß, sie müsse die Bianca spielen, Kates sanfte Schwester.

Maggie hätte viel lieber die Kate gespielt, aber sie war nicht dumm und wußte, wie selten es vorkam, daß ein Mann nicht nur seinen Namen bot, sondern auch noch einen Job dazu.

»Sag, daß du es tun wirst, Maggie«, bat Philip an jenem letzten Abend in dem eleganten Londoner Dinnerclub, den zu betreten sie nie zu hoffen gewagt hätte. »Sag, daß du nach Australien kommen wirst. Ich hole dich in Brisbane ab, dort legt das Schiff zuerst an. Wir heiraten, sobald du australischen Boden betrittst. Unsere Flitterwochen verbringen wir in Queensland, Maggie, dort gibt es weiße Strände und Muscheln, bunt wie Juwelen, und dann fahren wir nach Sydney.«

Maggies Zögern war nichts als Verstellung; sie war sicher, Philip Briggs zu lieben, und es gab nichts, was sie in London hielt. Sie hatte keine guten Freunde, besaß nur ein einziges anständiges Kleid und lebte im Hinterzimmer einer billigen Pension. Nein, sie hatte nichts zu verlieren ...

Als sie nun die Augen öffnete und die schönen Erinnerungen verflogen, seufzte sie und bereitete sich auf die Abenteuer vor, die nun auf sie einstürmen würden. Sicher wartete Philip schon in Sydney – bereit, sie zu heiraten und von den eingegangenen Verpflichtungen zu erlösen.

Tansy war unter Deck zurückgekehrt, saß auf ihrem Koffer und schrieb in ihrem Tagebuch. Als sie Maggies Blick spürte, sagte sie lächelnd: »Ich dachte, du schläfst.«

Maggie hatte noch nie eine so loyale Freundin wie Tansy gefunden und wollte sie nicht beleidigen. So gähnte sie ausgiebig und richtete sich halb auf. »Das habe ich auch«, log sie. »Wirst du Mr. Higgins wiedersehen, wenn wir in Sydney sind?«

»Das ist sehr unwahrscheinlich«, gab Tansy zu. »Ein Seemann ist nichts für mich. Ich will einen Mann, der mich nachts in seinen Armen hält.«

Maggie lächelte und schlang die Arme um den Körper. Ihr war kalt in ihrer abgetragenen und so oft gestopften Unterwäsche. Doch bald würde Philip sie wärmen und in seinen Armen halten. »Glaubst du, es ist schön, was … was Männer und Frauen nachts im Bett tun?«

Tansy kicherte und nickte. »Ich weiß, daß es schön ist!« flüsterte sie Maggie zu. »Ob nachts oder am hellichten Tag!«

Maggie errötete und spürte, wie ein angenehmes Prickeln durch ihren Körper strömte. Ihre vollen Brüste schienen sich unter dem dünnen Hemd zu dehnen. »Du prahlst doch nur, Tansy! Du weißt überhaupt nichts darüber!«

»O doch, natürlich«, beharrte Tansy mit funkelnden Augen. »Im Regierungsgebäude in Melbourne gibt es einen Stallknecht, der mich zum Heulen bringt wie seiner Lordschaft besten Hund!«

Maggie war sehr schockiert, aber auch neugierig, denn sie erinnerte sich an die merkwürdigen Geräusche, die sie nachts im Zirkuswagen ihrer Eltern gehört hatte. »Erzähl weiter!« forderte sie Tansy gespannt auf.

Tansy schien erfreut. »Dann hat der wunderbare Philip Briggs dich also doch noch nicht gehabt! Na, das ist aber eine Überraschung, wenn man bedenkt, wie der Kerl dich jetzt sitzengelassen hat!«

»Fängst du schon wieder damit an!« entgegnete Maggie gereizt. »Du bist nur eifersüchtig, Tansy, weil niemand auf dich wartet.«

»Sei da nicht so sicher«, entgegnete Tansy spitz. »Ich konnte mir die Männer aussuchen in Sydney.«

Maggie drehte sich verletzt zur Wand.

Als Tansy und die anderen zum Abendessen gingen, ein Luxus, auf den Maggies Stolz sie zu verzichten zwang, verließ sie ihre Koje und ging unruhig durch den Raum. Es störte sie tatsächlich, daß Philip sie überredet hatte, als Emigrantin nach Australien zu reisen anstatt als seine Frau. Denn wenn irgend etwas schiefging, wenn er sie nicht heiratete, mußte sie drei Jahre lang in diesem fremden Land arbeiten, und da sie nie etwas anderes getan hatte, als auf schäbigen Bühnen zu stehen, waren ihre Möglichkeiten sehr begrenzt. Wahrscheinlich war sie dann gezwungen, Fußböden zu schrubben und anderer Leute Nachttöpfe auszuleeren.

Mit zitternden Fingern zog Maggie ihre Reisetasche unter der Koje hervor und öffnete sie. Unter dem einzigen anderen Kleid, das sie besaß, lag ihre Geburtsurkunde, der Beweis für ihre amerikanische Staatsbürgerschaft, die sie brauchen würde, falls sie je wieder in die Vereinigten Staaten zurückkehren wollte. Allerdings schien das nicht sehr wahrscheinlich, wenn man die Entfernung zwischen den beiden Kontinenten bedachte. Bei der Geburtsurkunde lag die Annonce, die Philip aus der Londoner *Times* ausgeschnitten und Maggie mit einer Verbeugung überreicht hatte.

*Freie Emigration. Junge Frauen und Männer in Australien gewünscht. Nur über achtzehn.*

»Das ist die sinnvollste Art zu reisen, Maggie«, hatte Philip geschwärmt. »Du zahlst ein Pfund für die Koje, Decken, Laken, Seife und so weiter. Außerdem brauchst du einen Auswanderungsantrag – unterschrieben von einem Arzt, einem Priester und dem Theaterdirektor – als Beweis, daß du gesund und anständig bist. Das dürfte kein Problem sein, glaube ich. Das Geld, das wir bei der Überfahrt sparen, können wir dazu benutzen, Porzellan zu kaufen oder einen schönen neuen Teppich für das Wohnzimmer.«

Maggie legte die Annonce seufzend zurück und nahm das Foto ihrer Eltern in die Hand.

Mama, die wagemutige blonde Trapezkünstlerin, furchtlos und schön. Papa, der attraktive Löwenbändiger, in Wirklichkeit sanft wie ein Lamm. Mit welcher Leidenschaft sie sich geliebt hatten – und wie zärtlich sie ihre Tochter liebten!

Ergriffen von der Einsamkeit, die sie sonst nur nachts überfiel, drückte Maggie das Bild ans Herz und drängte die Tränen zurück. Philip würde in Sydney auf sie waren, ganz bestimmt, und er würde auch sein Versprechen halten. Sie durfte nur nicht ihren Mut und ihren Glauben an ihn verlieren.

Als Tansy eine Stunde später vom Essen zurückkam, brachte sie Maggie ein Glas Tee mit, einige Scheiben Schinken und eine gebutterte Schnitte Brot.

»Glaub nicht, ich hätte es mir anders überlegt«, warnte Tansy, als Maggie erfreut zu essen begann. »Ich glaube immer noch, daß Philip ein Schwindler ist, aber ich werde meine Ansichten von jetzt an für mich behalten.«

Maggie schaute lächelnd zu ihrer Freundin auf. Sie glaubte ihr kein Wort, aber es war klar, daß Tansy sich mit ihr vertragen wollte. »Danke«, sagte sie freundlich.

»Einige der Passagiere gehen von Bord«, berichtete Tansy aufgeregt. »Sie bringen sie mit den Ruderbooten an die Küste.«

Maggie stellte sich plötzlich vor, wie Philip zwischen den gestrandeten Kaninchen und den Ruinen von Brisbane stand und den Booten erwartungsvoll entgegenblickte ... Sie sprang auf und zog sich hastig an.

»Wo willst du hin?« fragte Tansy streng.

»Nach Brisbane, wohin sonst?« antwortete Maggie, während sie ihre Reisetasche unter der Koje hervorzerrte. Ihr Haar fiel ihr halb aufgelöst auf die Schultern, aber das war ihr jetzt egal. Die Tasche in der Hand, stürmte sie aus der Kabine und auf Deck.

Tatsächlich tanzten vier Ruderboote auf dem Wasser, aber sie waren schon ziemlich weit vom Schiff entfernt. Als plötzlich ein Kopf mit einem Strohhut an der Reling auftauchte, erschrak Maggie so sehr, daß sie eine Hand auf ihren Busen preßte.

Seegrüne Augen in einem sonnengebräunten markanten Gesicht musterten sie ungeniert. Im nächsten Moment sprang der Mann, der die Strickleiter hinaufgeklettert war, mit einem Satz über das Geländer. Er lächelte und nahm mit einer Verbeugung seinen Hut ab.

Maggie, die inzwischen ihre Fassung zurückgewonnen hatte, bedachte den Eindringling mit einem vernichtenden Blick und schickte sich an, die Strickleiter hinabzuklettern, ein Boot zu besteigen und sich auf den Weg zu Brisbanes Küste zu machen.

»Ich fürchte, dazu ist es zu spät«, sagte John Higgins, der

hinter sie getreten war und sie am Ärmel festhielt. »Das letzte Boot ist fort.«

Maggie war so enttäuscht, daß sie mit dem Fuß aufstampfte und mit der freien Hand auf den Unbekannten zeigte. »Wenn dieser … Gentleman an Bord gekommen ist, muß ihn irgendein Boot hergebracht haben! Und wenn ihn ein Boot gebracht hat …« Sie brach ab, um einen Blick über die Reling zu werfen. Das kleine Ruderboot, das den ungewöhnlichen Passagier hergebracht hatte, schaukelte bereits auf die Küste zu. »Kommen Sie zurück!« schrie Maggie.

»Eine *Yankee*!« bemerkte der Eindringling in nachsichtigem Ton.

»Genau«, bestätigte John Higgins seufzend.

Maggie stampfte erneut mit dem Fuß auf und trat gegen die Reling. »Verdammt, verdammt, verdammt!« schrie sie gellend.

»So schlimm kann es doch nicht sein«, meinte der Unbekannte und trat neben Maggie. Sein Lächeln begann sich allmählich in ein ziemlich dreistes Grinsen zu verwandeln, und ein leichter irischer Akzent klang in seiner Stimme mit, wenn er sprach.

»Ist es auch nicht!« warf Tansy seufzend ein. Sie war ebenfalls an Deck gekommen und schob ihre Hand unter John Higgins' Arm. »Dieser Philip Briggs erwartet sie bestimmt in Sydney.«

Der Fremde zog die schwarzen Augenbrauen hoch und setzte seinen Hut auf. »Sie haben die weite Reise gemacht, um Philip Briggs zu sehen?«

Maggies Augen wurden groß, als sie die Verachtung im Blick des Mannes sah. »Ja … warum? Kennen Sie Mr. Briggs?«

An der Wange des Australiers zuckte ein Muskel. »Ja, ich kenne ihn. Er arbeitet für mich.«

Maggie versuchte sich an die Namen zu erinnern, die Philip erwähnt hatte. »Dann sind Sie Mr. McKenna?«

Der Mann nickte so knapp, daß es schon fast unhöflich wirkte. »Ja, der bin ich.«

Maggie sah im offenen Ausschnitt seines Hemds ein Medaillon aufblitzen. Als sie merkte, wie sie den Mann anstarrte, blinzelte sie verlegen. Die Art, wie er Philips

Namen ausgesprochen hatte, beunruhigte sie, und sie mußte ihre ganze Schauspielkunst aufbieten, um ein zuversichtliches Lächeln aufzusetzten. »Dann müßten Sie eigentlich wissen, daß Philip und ich heiraten werden.«

»Ach wirklich?« entgegnete Mr. McKenna mit höflichem Interesse. »Das wird allerdings einiges Aufsehen in Sydney erregen.«

Maggie hatte fünf lange Wochen auf See verbracht, nur um jetzt, wo sie Brisbane endlich erreicht hatte, daran gehindert zu werden, Philip zu treffen. Und hier stand der Arbeitgeber ihres zukünftigen Ehemannes und hatte weder ein tröstendes Wort für sie, noch hieß er sie willkommen. War es möglich, daß Philip gar nicht über seine Heiratspläne gesprochen hatte?

Etwas schnürte ihr die Kehle zu, als sie sehnsüchtig zur Küste hinüberschaute. Tansy und ihr Verehrer spazierten auf dem Deck entlang, aber Mr. McKenna blieb. Er lehnte an der Reling und betrachtete die junge Frau mit den traurigen Augen.

Ein Schwarm grauweißer Vögel mit rosa Brustfedern schwirrte vorbei, und Maggie lächelte ganz unbewußt.

»Sie werden *Galahs* genannt«, sagte Mr. McKenna.

Maggie konnte und wollte ihren ungebetenen Begleiter nicht ansehen. Denn dann entdeckte sie vielleicht Mitleid in seinen blaugrünen Augen, und das konnte sie nicht ertragen.

»Sie sind hübsch«, erwiderte sie und schaute den Vögeln nach. »Sind Sie auf der Flucht vor den Folgen der Flutkatastrophe, Mr. McKenna?«

»Nein«, antwortete er kurz, aber freundlich. »Ich habe geschäftlich in Sydney zu tun.«

Maggie holte tief Luft und zwang sich, in diese so unglaublich grünen Augen zu sehen. »Mr. Briggs wartet sicher in Sydney auf mich, nicht wahr, Mr. McKenna?« fragte sie.

»Sie werden ihn schon finden«, erwiderte der Australier seufzend und zog den Hut noch tiefer in die Stirn.

Maggie, die immer weniger verstand, straffte die Schultern und kehrte würdevoll unter Deck und zu ihrer Koje zurück.

# 2

Trotz seiner eher groben Kleidung belegte Reeve McKenna eine Kabine in jenem Teil des Schiffes, der der ersten Klasse vorbehalten war. Seine Position im Leben ermöglichte es ihm, nur das Beste zu nehmen, und außerdem verspürte er den recht ungewöhnlichen Drang, sich so weit wie möglich von dieser eigenwilligen Amerikanerin zu entfernen, deren Haar die Farbe des Mondes hatte und deren Augen grau waren wie der Himmel von Queensland vor einem Sturm …

Müde und nicht besonders sauber nach einem Tag auf den Feldern von Seven Sisters, seiner Zuckerrohrplantage, ließ Reeve sich auf die Koje in seiner Kabine sinken und nahm den Hut ab. Als er auch die Stiefel abgestreift hatte, streckte er sich auf dem schmalen Bett aus und lächelte genüßlich.

Loretta. Er brauchte nur an Loretta zu denken, seine Mätresse, um die eigenwillige kleine Amerikanerin zu vergessen.

Einen nach dem anderen zählte er in Gedanken Lorettas Vorzüge auf: ihr glänzendes dunkles Haar, ihre großen braunen Augen, ihre elfenbeinfarbene Haut und ihre Lippen, zart wie reife Erdbeeren, ihre verlockend weichen Brüste …

Von unerträglicher innerer Unruhe erfüllt, seufzte Reeve und verschränkte die schwielenbedeckten Hände hinter seinem Kopf. Lorettas Bild verblaßte in seinem Bewußtsein wie Rauch, und wieder erschien die kleine Amerikanerin vor ihm.

Wie mochte sie heißen? Und was machte sie hier in Australien, mehrere tausend Meilen von ihrer Heimat entfernt? Hatte sie sich diesem Schuft von Briggs geschenkt, oder war es ihr durch eine gütige Fügung des Schicksals erspart geblieben?

Als es klopfte, richtete Reeve sich kopfschüttelnd auf. Was interessierte es ihn, ob das Mädchen Philip Briggs gehörte oder nicht? Erstens ging es ihn nichts an, und zweitens hatte er Loretta.

Wieder klopfte es. »Ihr Bad, Mr. McKenna!«

»Die Tür ist offen«, erklärte Reeve gereizt.

Ein Steward kam herein, gefolgt von zwei Pagen, die eine riesige Kupferwanne schleppten. Reeve gab ihnen ein Trinkgeld und schickte sie fort. Dann zog er sich aus und stieg aufatmend in das heiße Wasser. Seine Muskeln schmerzen wie verrückt, hoffentlich würde die Wärme den Schmerz lindern.

Reeve schloß die Augen und ärgerte sich, keinen Brandy bestellt zu haben. Dann hätte er über sämtliche Bequemlichkeiten verfügt, die er auch zu Hause hatte – mit Ausnahme von Loretta natürlich.

Wieder klopfte es, diesmal ganz schüchtern, und Reeve lächelte. Sicher war der Steward zurückgekommen und brachte eine gute Flasche Wein und eine Zigarre.

»Herein!« sagte er und rutschte tiefer in das heiße Wasser.

Die Tür ging auf, doch anstelle der Stimme des Stewards hörte er einen erschrockenen weiblichen Ausruf: »Mein Gott!«

Es war die Amerikanerin! Sie stand frisch frisiert in der Tür und starrte ihn betroffen an. Anstatt zu fliehen, wie es jede andere Frau getan hätte, drehte sie ihm schlicht den Rücken zu, schloß die Tür und murmelte: »Es tut mir leid.«

Reeve fluchte, mehr verblüfft als ärgerlich. Wenn es ihr wirklich leid tat, warum ließ sie ihn dann nicht in Ruhe? »Was wollen Sie?« fragte er schroff.

Obwohl sie mit dem Rücken zu ihm stand, legte sie eine Hand vor ihr Gesicht, und plötzlich hätte Reeve all seinen beträchtlichen Besitz dafür gegeben zu erfahren, ob sie wenigstens den Anstand besaß zu erröten. Aber sie seufzte nur leise und begann stockend: »Ich ... ich wollte Sie nicht beim ... beim Baden stören, Mr. McKenna. Wirklich nicht. Es ist nur ... Was Sie über meinen Philip sagten ... oder nicht sagen wollten ...«

»Allmächtiger!« stöhnte Reeve und betrachtete ihre schlanke Taille und den Ansatz der vollen Brüste unter ihrem erhobenen Arm. Vielleicht ist es besser, wenn ich Loretta nichts davon erzähle, schoß es ihm plötzlich durch den Kopf.

Der schmale Rücken der Amerikanerin wirkte rührend steif in ihrem Bemühen um Würde, und sie hielt den Kopf stolz erhoben, obwohl sie Reeve immer noch den Rücken zuwandte. »Ich habe mich entschuldigt«, erinnerte sie ihn spitz.

Dieses freche kleine Ding! Aber für ihre Frechheit waren die Yankees ja bekannt. »Wie heißen Sie?« erkundigte Reeve sich streng.

»Maggie«, antwortete sie. »Maggie Chamberlin. Was meinen Verlobten betrifft, Mr. McKenna ...«

Plötzlich wurde Reeve die Komik der Situation bewußt; er legte sich schmunzelnd zurück und ließ sogar ein Bein aus der Wanne baumeln.

»Ihr Verlobter«, sagte er gelassen und hätte in diesem Augenblick sein Königreich für eine Zigarre und einen Brandy hingegeben. »Ach ja. Philip Briggs.«

»Irre ich mich etwa in der Annahme, daß Sie meinen Philip nicht leiden können?« entgegnete Maggie gereizt. »Wissen Sie, ich bin von weit hergekommen, und wenn ich Mr. Briggs nicht heiraten kann, muß ich drei Jahre lang Fußböden schrubben und Nachttöpfe ausleeren ...«

Reeve war dem Lachen nahe, doch galant genug, es zu unterdrücken. »Ich bin nicht sicher, ob das nicht besser wäre, als Philip Briggs zu heiraten«, bemerkte er. »Haben Sie eine Ausbildung als Dienstmädchen erhalten?«

Die schmalen Schultern versteiften sich. »Natürlich nicht! Ich bin Schauspielerin, Mr. McKenna, und Philip versprach mir ...«

»Sagen Sie es nicht, lassen Sie mich raten!« Reeve nahm ein Stück Seife und begann, seine Schultern einzuseifen. Das rasch abkühlende Wasser erinnerte ihn daran, daß das Bad nicht ewig dauern konnte. Was unter den gegebenen Umständen eigentlich recht bedauerlich war. »Philip versprach Ihnen, Sie zu heiraten und Ihnen eine Rolle in einem Bühnenstück zu geben.«

Maggie vergaß sich fast und drehte sich sekundenlang zu Reeve um; zum Glück gelang es ihr noch rechtzeitig, ihn nicht anzustarren. »Ja.«

Reeve seufzte nur und seifte seine Brust ein. Die drei Theater, die er besaß, bedeuteten ihm nichts. Sie waren nichts als Spielzeuge für Loretta, mit denen sie sich beschäftigen konnte, wenn er in Melbourne, Sydney oder Brisbane war und sich um seine breitgestreuten Interessen kümmerte. Er besaß eine Walfangflotte, mehrere Zuckerrohrplantagen und ein berühmtes Vollblutzuchtgestüt. »Aha«, sagte er nach langer Pause.

Maggies Stimme zitterte, als sie wieder sprach. »Wenn es etwas gibt, was ich wissen müßte, Mr. McKenna, bevor ich mich auf eine Ehe einlasse, ist es Ihre Pflicht, es mir zu sagen.«

Reeve tauchte kurz den Kopf unter Wasser und seifte sein dichtes Haar ein. »Haben Sie schon einmal auf der Bühne gestanden, Miss Chamberlin?« hörte er sich dann zu seinem Erstaunen fragen.

Durch tropfendes Wasser und Seifenblasen sah er Maggie Chamberlin mit dem Fuß aufstampfen, genau wie vorhin auf dem Deck. »Würden Sie bitte aufhören, meinen Fragen auszuweichen?«

Reeve spülte den Schaum aus seinem Haar. »Philip Briggs ist ein hinterhältiger, verlogener Schwächling mit einer unnatürlichen Bindung an seine Mutter«, sagte er gelassen. »Und glauben Sie mir, Miss Chamberlin – er hat genausowenig vor, Sie zu heiraten, wie ich es tue. War das direkt genug?«

Sogar über das Plätschern des Wassers hörte Reeve, wie sie erschrocken Luft holte.

»Sie mögen ihn ja wirklich nicht!« rief sie entrüstet.

Reeve griff nach einem Handtuch, um sein Haar zu trocknen. »Nein«, antwortete er mit einem langen Blick auf Miss

Chamberlins steifen Rücken. Es ärgerte ihn ein wenig, daß sie Philip Briggs zu lieben schien und Tausende von Meilen weit gereist war, um ihn zu heiraten.

»Sie brauchen nicht so unhöflich zu sein, Mr. McKenna.«

»Erzählen Sie mir nichts von Unhöflichkeit, Miss Chamberlin. Sie sind diejenige, die hier eingedrungen ist. Oder gehört es zu den Angewohnheiten junger Amerikanerinnen, die Zimmer nackter Männer zu betreten?«

Sie wirbelte ganz unvermutet herum, ihre Wangen waren hochrot, ihre zinngrauen Augen blitzten. »Ich bin sehr weit gereist, Mr. McKenna, auf das bloße Versprechen des Mannes hin, den ich liebe. Ich habe kein Geld und keine Empfehlungsschreiben, und wenn Sie die Wahrheit über Philip sagen, bleibt mir nichts anderes übrig, als drei Jahre lang als Hausmädchen zu dienen! Es wäre besser gewesen, in London zu bleiben – da hatte ich wenigstens ein Engagement …«

»Also haben Sie doch Erfahrung auf der Bühne«, erwiderte Reeve nachdenklich, während er sich ins Wasser zurückrutschen ließ.

Ihr Blick ruhte auf dem Bronzemedaillon, das Reeve um den Hals trug. Aus irgendeinem unverständlichen Grund legte er die Hand darüber, weil er nicht wollte, daß sie sah, was es war.

»Ich habe auf der ganzen Reise nichts anderes getan, als die Rolle der Bianca aus *Der Widerspenstigen Zähmung* zu studieren«, sagte Maggie unglücklich. »Philip hatte mir fest versprochen, daß ich die Bianca spielen dürfte.«

Reeve empfand Mitleid mit dem Mädchen, verbarg es jedoch hinter einem schroffen: »Die Rolle der Kate paßt besser zu Ihnen.«

Ein Hoffnungsschimmer flackerte in ihren grauen Augen auf, erlosch jedoch so schnell wie eine Kerze im Wind. »Es ist nicht nett von Ihnen, Mr. McKenna, mich eine *Widerspenstige* zu nennen.«

Loretta bringt mich dafür um, dachte Reeve mit bemerkenswertem Mangel an Gefühl. Langsam hob er die Hand und strich sein nasses Haar zurück. »Ganz im Gegenteil, Miss Chamberlin, es war ein Kompliment. Nur sehr wenige Frauen sind imstande, eine glaubhafte Kate zu spielen, aber ich glaube, Sie können es. Die Rolle gehört Ihnen, wenn Sie wollen.«

Maggie wich zur Tür zurück; ihre schmale Hand umklammerte bereits die Klinke. »Machen Sie sich bitte nicht lustig über mich, Mr. McKenna – ich bin zu weit gereist, um enttäuscht zu werden, und es wäre sehr gemein von Ihnen, meine Lage zu verschlimmern.«

»Wenn Sie die Rolle haben wollen«, antwortet Reeve müde, »kommen Sie in die George Street, Nummer fünfzehn, sobald wir in Sydney anlegen.«

Maggie ging nicht, sondern schaute Reeve nur unglücklich an. »Ich mußte mich verpflichten, im Austausch für meine Schiffspassage drei Jahre lang zu arbeiten …«

Reeve winkte ungeduldig ab. Das Mädchen sollte endlich gehen! Ausgelöst durch ihre Anwesenheit in seinem Zimmer kamen allmählich seine niedrigeren Instinkte zum Erwachen. »Du liebe Güte, Miss Chamberlin«, herrschte er Maggie an, »halten Sie eigentlich nie den Mund? Ich kaufe Ihnen Ihre verdammten Papiere, wenn es sein muß. Aber jetzt verschwinden Sie, bevor ich meine guten Manieren vergesse und persönlich feststelle, in welchem Ausmaß Philip Briggs Sie betrogen hat!«

Maggies Wangen färbten sich blutrot, aber nun riß sie endlich die Tür auf und stürmte hinaus.

Reeve starrte ihr stirnrunzelnd nach. War es möglich, daß Maggie Chamberlin Briggs intimen Forderungen widerstanden hatte? Wenn man bedachte, wie dreist sie war, erschien es kaum wahrscheinlich. Der Gedanke versetzte ihn in Zorn, und er schleuderte das Stück Seife an die Tür, hinter der Maggie verschwunden war.

Mr. McKenna für den Rest der kurzen Reise aus dem Weg zu gehen war nicht schwer: Maggie brauchte nur die erste Klasse zu meiden und ihre Mahlzeiten in der Kabine einzunehmen.

Doch ihre eigenartige Stimmung und ihr Schweigen verstimmten Tansy sehr. Ärgerlich wanderte sie vor Maggie auf und ab. »Du warst in Mr. McKennas Kabine, Maggie Chamberlin – ich weiß es!« zischte sie gereizt. »John Higgins hat es selbst gesehen! Was fällt dir ein, so etwas zu tun? Du bist doch wohl nicht wie die Frauen, die in Thursday Island ausgestiegen sind!«

Tansys Worte verletzten Maggie sehr. »Wie kannst du es wagen, mir zu unterstellen, ich hätte irgend etwas Unmoralisches in seiner Kabine getan?«

Tansy trat einen Schritt zurück. »Ich unterstelle dir nichts dergleichen, Liebes. Ich finde es nur merkwürdig, nachdem du dir solche Mühe gegeben hast, für deinen zukünftigen Mann ... unberührt zu bleiben.«

Maggies Zorn verflog, sie ließ sich müde auf ihre Koje sinken. »Ich war verzweifelt«, sagte sie leise. »Ich mußte wissen, warum Mr. McKenna so eigenartig reagierte, als ich mich als Philips Verlobte zu erkennen gab.«

»Hm.« Tansy setzte sich neben Maggie und streichelte ihre Hand. »Du mußt zugeben, daß Mr. McKenna ein attraktiver Mann ist – vom Scheitel bis zur Sohle! Ich wette, daß er eine Frau sehr glücklich machen könnte.«

Obwohl Maggie es um nichts in der Welt zugegeben hätte, hegte sie ähnliche Gedanken, seit sie Reeve McKenna in seiner Kabine aufgesucht hatte. Sie erinnerte sich an seine muskulöse Brust und das dunkle, lockige Haar darauf, an seine kräftigen Arme und den spöttischen Blick in seinen blau-grünen Augen. Eine merkwürdige Unruhe hatte sie bei seinem Anblick erfaßt, die bisher nicht nachgelassen hatte, obwohl sie ihm seit vierundzwanzig Stunden aus dem Weg gegangen war.

»John sagt, Mr. McKenna sei einer der reichsten Männer in ganz Australien«, erzählte Tansy unbekümmert. »Er kam als sehr junger Mann aus Irland und hat sich seither ein Vermögen aufgebaut.« Ihr Gesicht wurde ernst, als sie noch hinzufügte: »Er hat eine Mätresse, behauptet John, und so, wie er sie beschreibt, muß sie schön wie ein Engel sein.«

Maggie begriff nicht, warum sie plötzlich weinen wollte, aber so war es. Am liebsten hätte sie sich aufs Bett geworfen und mit den Fäusten das Kissen bearbeitet. »Er hat versprochen, meinen Vertrag aufzukaufen, falls es sein muß, und mir eine Rolle in *Der Widerspenstigen Zähmung* zu geben. Was interessiert es mich da schon, ob er eine Mätresse hat?«

Tansy machte große Augen. »Er will deinen Vertrag aufkaufen? Und dir eine Rolle geben? Hat er nichts dafür von dir verlangt?«

»Nichts«, erwiderte Maggie steif. »Überhaupt nichts.«

Tansy schüttelte verwirrt den Kopf. »Es scheint wirklich nichts zu nützen, auf dich aufzupassen, Maggie!«

Wütend sprang Maggie auf, zerrte ihre Reisetasche unter der Koje hervor und begann, ihren Inhalt aufzuräumen, ohne Tansy weiter zu beachten.

Kurz nach Mitternacht legte die *Victoria* in Sydney an, und John Higgins führte die große Gruppe von Frauen, zu der Maggie und Tansy gehörten, in ein schuppenähnliches Gebäude am Kai.

Maggie sah eine Ratte durch das Stroh flitzen, das als Lager diente, aber sie konnte keine Möbel sehen, kein Essen und niemanden, der sie willkommen hieß …

»Es sieht so aus, als müßten wir hier übernachten!« rief Tansy heiter.

Ein betroffenes Schweigen folgte ihren Worten; die anderen Frauen schienen ebenso bestürzt zu sein wie Maggie.

Tansy schaute sich kopfschüttelnd um. »Macht nicht solch traurige Gesichter«, sagte sie tröstend. »Morgen früh werden sie uns schon abholen.«

Maggie dachte an die Adresse, die Mr. McKenna ihr gegeben hatte. Es war spät und ein Besuch deshalb vielleicht nicht angebracht, aber sicher war es besser, unhöflich zu erscheinen, als eine Nacht zwischen Stroh und Ratten verbringen zu müssen.

Impulsiv, wie Maggie war, schlüpfte sie aus dem Schuppen und näherte sich der Gruppe von Erste-Klasse-Passagieren, die am Kai in elegante Kutschen und Zweisitzer stiegen.

Im schwachen Schein der Straßenlaterne schaute sie sich nach Reeve McKenna um. Die Hoffnung, Philip würde sie abholen und an einen Ort führen, wo sie ein warmes Bett und ein Bad erwarteten, hatte sie längst aufgegeben. Mr. McKenna schien recht gehabt zu haben, was Philip Briggs betraf. Erstaunlich war nur, wie wenig es Maggie im Grunde ausmachte …

Es dauerte eine ganze Weile, bis sie Mr. McKenna entdeckte, aber er war nicht allein. Eine große schlanke Frau in einem weißen Seidenkleid und mit einem eleganten federbesetzten Hut stand an seiner Seite und ließ ihre Hände zärtlich über seine Schultern gleiten.

»Du riechst nach Zuckerrohr, Liebling!« trillerte die schöne Frau, und ihr glockenhelles Lachen schallte durch die Nacht. »Aber ich freue mich so, daß du wieder da bist ...«

Reeve McKenna murmelte: »Loretta«, und beugte den Kopf, um die Frau zu küssen, die ihn mit einer Heftigkeit umklammert hielt, die Maggie zu der Frage veranlaßte, was außer Küssen wohl sonst noch zwischen diesen beiden Menschen vorgehen mochte.

Maggie räusperte sich, um Reeve und seine Begleiterin auf sich aufmerksam zu machen.

Doch Mr. McKenna schien keine Eile zu haben, den Kuß zu beenden; er legte seine Hände um die zierliche Taille der Frau und zog sie noch fester an sich.

Verlegen und sogar ein bißchen eifersüchtig, räusperte Maggie sich erneut, und diesmal laut genug, um die Aufmerksamkeit auf sich zu lenken.

Es war schließlich die Frau, die den Kuß zuerst abbrach. Sie legte Reeve die Hände auf die Brust, neigte den Kopf zur Seite, um Maggie anzusehen, und fragte ohne großes Interesse: »Ja?«

Maggie wünschte plötzlich, im Schuppen geblieben zu sein, bei Tansy und den anderen Frauen. Doch bevor sie etwas erwidern konnte, maß Mr. McKenna sie mit einem kühlen Blick und sagte: »Morgen früh, Miss Chamberlin. Morgen früh.«

Maggie kam sich albern vor wie ein Kind. »Ja – vielen Dank«, stammelte sie und wandte sich verlegen ab.

Vor dem Schuppen blieb sie stehen, bis die flammende Röte in ihren Wangen abgeklungen war.

»Wer war das?« fragte Loretta kühl, während ihre Hände streichelnd über die breiten Schultern des Mannes glitten.

Reeve war ungeduldig, es war weder der richtige Moment

noch der richtige Ort, um über die Amerikanerin zu sprechen. Er wollte so schnell wie möglich sein Haus erreichen, nach Elisabeth sehen und sich dann Lorettas erotischen Aufmerksamkeiten überlassen. »Nur ein Mädchen, mehr nicht«, sagte er brüsk.

Loretta rührte sich nicht. »Morgen früh, sagtest du. Was ist morgen früh?«

Reeve seufzte. »Philip Briggs hat ihr die Ehe versprochen, Loretta«, erklärte er. »Sie hat die ganze weite Reise aus England gemacht, weil sie erwartete, seine Frau zu werden. Das mindeste, was ich für sie tun kann, ist, ihr einen Job zu verschaffen.«

Loretta zupfte nachdenklich an Reeves Kragen. »Ich begreife nicht, warum du es als deine Pflicht ansiehst, hinter unserem armen Philip her aufzuräumen.«

Reeve hatte Loretta nie geliebt, aber er mochte sie, eigentlich sogar sehr. Doch nun verblaßte dieses Gefühl. Als Loretta seinen Blick bemerkte, ließ sie seinen Kragen los und strich statt dessen über das Medaillon, das sich unter seinem Hemd abzeichnete.

»Wirst du meiner langsam überdrüssig, Reeve?« fragte sie leise, und er begriff, daß es tatsächlich so war. Denn wenn er ehrlich sein wollte, mußte er zugeben, daß er viel lieber Maggie Chamberlin nach Hause und in sein Bett mitgenommen hätte als Loretta.

Doch er blieb stumm, und Loretta schmiegte sich in seine Arme. Ihr Blick glitt zu dem Schuppen, in dem Maggie verschwunden war, und ein wehmütiger Ausdruck huschte über ihr Gesicht.

»Ich sehe, daß ich mir sehr viel Mühe geben muß, damit du glücklich bleibst, mein Liebling«, sagte sie.

Reeve, der nichts als einen trockenen Schmerz empfand, wo früher Zuneigung zu Loretta gewesen war, drängte sie ein bißchen grob zur Kutsche und stieg hinter ihr ein. »Wie geht es Elisabeth?« fragte er, als das Gefährt sich in Gang setzte.

Loretta seufzte. »Sie war ziemlich unerträglich seit deiner Abreise«, antwortete sie. »Zum Glück ist es die Kinderschwester, die deine Nichte ertragen muß, und nicht ich.«

»Das mag wohl sein«, erwiderte Reeve kühl.

Loretta machte eine empörte Handbewegung. »Wir hatten vereinbart, daß ich keinerlei Verantwortung trage, was dieses Kind betrifft!«

»Elisabeth hat niemanden außer uns. Besitzt du eigentlich überhaupt keine weiblichen Gefühle, Loretta?«

»Du weißt sehr gut, daß es mir nicht an ›weiblichen‹ Gefühlen mangelt, Reeve McKenna! Aber zufällig bin ich eine recht bekannte Schauspielerin und habe einen Ruf zu verteidigen.«

»Wenn es deinen Ruf nicht ruiniert, meine Geliebte zu sein, warum sollte es dir dann schaden, Elisabeth ein wenig zu bemuttern?«

Im Schein der vorüberziehenden Laternen schimmerten Lorettas Augen feucht. »Was ist los mit dir, Reeve? Warum bist du so merkwürdig heute? Hat es etwas mit diesem Mädchen zu tun – mit dieser Einwanderin?«

Reeve blieb stumm.

»Also hatte ich recht«, flüsterte Loretta bedrückt. »Du begehrst sie, nicht wahr?«

Seine Antwort ließ lange auf sich warten; immerhin war Loretta seine Mätresse, schon seit vielen Jahren, und es fehlte ihm nicht an Gefühlen für sie. »Ja«, antwortete er schließlich. »Ja, ich begehre sie.«

Loretta schlug die Hände vors Gesicht und begann zu weinen, was Reeve an ihre letzte Rolle in irgendeinem Bühnenstück erinnerte. Im zweiten Akt hatte sie genauso überzeugend geweint.

Als die Kutsche vor einem prächtigen weißen Haus mit Aussicht auf Rushcutter's Bay hielt, stieg Reeve aus, reichte Loretta seinen Arm und schickte den Fahrer fort.

In jener Nacht schliefen Reeve und Loretta zum ersten Mal seit vielen Jahren unter einem Dach, ohne das Bett zu teilen.

# 3

Maggie fand keinen Schlaf in jener Nacht, sie saß aufgerichtet auf ihrem Strohlager, hielt ihre Tasche fest an die Brust gepreßt, damit sie nicht gestohlen wurde, und verfluchte den Tag, an dem sie Philip Briggs getroffen hatte.

Am Morgen erschienen Kutschen, wie Tansy vorausgesagt hatte, und bald waren die meisten Frauen fort.

»Straßendirnen«, bemerkte Tansy flüsternd, »die nie vorhatten, Kartoffeln zu schälen oder Fußböden zu schrubben!«

»Du meinst, sie sind unter falschen Voraussetzungen hergekommen?« erwiderte Maggie entsetzt.

Tansy maß sie mit einem ernsten Blick. »Du etwa nicht?«

»Das ist wohl kaum das gleiche«, protestierte sie und wandte sich ab.

Eine Dame in einem eleganten Kleid betrat den Schuppen. Ihre freundlichen blauen Augen strahlten vor Güte, als sie die wenigen verbleibenden Mädchen musterte.

»Guten Morgen, meine Damen«, grüßte die Dame in gemessenem Ton. »Ich bin Lady Cosgrove, und ich bin gekommen, um Sie in unser Mädchenheim zu bringen. Dort können Sie baden und ein Frühstück einnehmen, und dann werden wir uns um eine Anstellung für Sie bemühen.«

Maggie folgte Tansy zu den Kutschen. Es war sicher besser, zuerst zu baden und sich umzuziehen, bevor sie Mr. McKenna aufsuchte.

Die Kutsche hielt vor einem nüchternen Gebäude aus rotem Backstein. Der Fahrer stieg aus, um das große Tor zu öffnen, das in den Garten führte; Lady Cosgrove reichte jedem der aussteigenden Mädchen eine Hand.

Tansy machte einen Knicks und murmelte: »Mylady.«

Maggies Knie wollten nicht nachgeben, denn außer im Theater nach der Vorstellung hatte sie noch nie vor einem Menschen geknickst. »Ich freue mich, Sie kennenzulernen«, sagte sie etwas hölzern und wollte sich hastig abwenden.

Aber Lady Cosgrove gab ihre Hand nicht frei. »Amerikanerin«, stellte sie nachsichtig fest. »Wie war doch Ihr Name, sagten Sie?«

»Maggie Chamberlin«, antwortete sie leise.

»Sie sind weit von zu Hause entfernt, meine Liebe.«

Bei jedem anderen hätte Maggie mit einer trotzigen Antwort reagiert, aber Lady Cosgrove war ihr sympathisch. »Ja, Madam«, erwiderte sie. »Aber ich glaube nicht, daß es soviel weiter als England ist.«

Lady Cosgrove lächelte und ließ Maggie gehen. »Wir unterhalten uns später, meine Liebe, wenn Sie gebadet und etwas gegessen haben.«

Maggie nickte und fragte sich, wie sie dieser freundlichen Dame ihre Verabredung in der George Street erklären sollte.

Streng aussehende Dienstmädchen führten die Frauen in Bäder, die jeweils zu dritt geteilt werden sollten, und reichten ihnen Handtücher und eine billige gelbe Seife.

»Wenn Sie Läuse haben«, sagte eines der Dienstmädchen barsch, »dann sagen Sie es bitte. Lady Cosgrove möchte nämlich nicht, daß Sie den feinen Familien von Sydney Ungeziefer ins Haus tragen.«

Läuse! Maggie war empört, aber sie nahm sich zusammen und betrat eine der Umkleidekabinen. Die Aussicht auf das heiße Bad war in diesem Augenblick so verlockend für sie, daß sie bereit war, alles andere zu vergessen, sogar Philip Briggs und seinen so offensichtlichen Betrug.

Als sie sich gebadet und angezogen hatte, war sie so hungrig, daß ihr Magen knurrte. Das Abendessen auf dem Schiff schien endlos lange her zu sein.

Zu ihrem Erstaunen stellte Maggie fest, daß ihr graues Wollkleid verschwunden war und statt dessen eine Dienstmädchenuniform aus schwarzem Leinen auf ihrem Platz lag. Auch die Unterwäsche war durch eine neue Garnitur ersetzt worden.

Teils verärgert, teils erleichtert zog Maggie die Sachen an. Es war vielleicht nicht das richtige, um sich um ein Engagement an Mr. McKennas Theater zu bewerben, aber immerhin waren die Kleider sauber, frisch gestärkt und gebügelt und fühlten sich sehr gut an nach dem Bad.

Nach dem Anziehen nahm Maggie seufzend eine Bürste aus ihrer Tasche und versuchte, ihr langes, viel zu dichtes und viel zu lockiges Haar zu bändigen. Sie war der Fluch ihrer Existenz, diese wilde Mähne, und am liebsten hätte sie sie abgeschnitten und einen kurzen Schnitt wie ein Junge getragen, anstatt das schwere Haar Tag für Tag neu aufstecken zu müssen.

Das Frühstück wurde in der Küche eingenommen. »Jetzt kommt die Predigt«, flüsterte Tansy resigniert, als eines der Dienstmädchen vor den Kamin trat, ein mit Blüten verziertes Blatt zeigte und verkündete, jedes Mädchen, das ein Jahr lang in einem Haushalt gedient habe, erhalte ein solches Zertifikat mit Lady Cosgroves Unterschrift. Damit sei überall in Queensland oder Tasmanien anständige Arbeit zu erhalten, während ohne dieses Empfehlungsschreiben nichts als Schande zu erwarten sei.

Weder Maggie noch irgendeine der anderen Frauen im Raum zweifelte daran, was unter dieser ›Schande‹ zu verstehen war. Es war eine ernüchternde Aussicht.

Angenommen, dieser Mr. McKenna ist genauso unaufrichtig zu mir wie Philip Briggs, überlegte Maggie besorgt. Dann stehe ich auf der Straße, und das ohne ein Empfehlungsschreiben, das mir anständige Arbeit sichert. Was soll ich bloß tun?

Tansy wurde ungeduldig, denn sie besaß inzwischen drei solcher Zertifikate. Aber Maggie, der eine Idee gekommen war, ließ sich nicht von ihrer Freundin ablenken und hörte aufmerksam zu. Als auch sie sich zu langweilen begann und verstohlen gähnte, schwebte Lady Cosgrove herein.

Sie werde sich nun mit jedem einzelnen Mädchen persönlich beschäftigen, erklärte sie, angefangen mit Maggie Chamberlin.

Maggie war erleichtert, aber auch besorgt, als sie aufstand und Lady Cosgrove in ein angrenzendes Büro folgte.

»Haben Sie schon einmal als Dienstmädchen gearbeitet, mein Kind?« fragte Lady Cosgrove so direkt, daß Maggie für einen Augenblick aus der Fassung geriet.

»Nun ja ... nein«, gestand sie lahm.

Die nächste Frage war genauso offen wie die erste. »Wie haben Sie sich dann Ihren Lebensunterhalt verdient?«

Maggie schluckte. »Ich war Schauspielerin, Madam. In London.«

»Und wie kommt eine Amerikanerin nach London?«

Maggie erzählte von ihren Eltern, von dem Zirkus, mit dem sie nach England gereist waren, und von ihrem tragischen Tod bei einem Zugunglück.

»Mein armes Kind«, sagte Lady Cosgrove mitleidig. »Das muß aber hart gewesen sein, so ganz allein und ohne Freunde in einem fremden Land!«

Nicht so schlimm wie jetzt, dachte Maggie errötend und nickte stumm.

»Sie scheinen mir eine sehr intelligente und wohlerzogene junge Frau zu sein«, bemerkte die ältere Dame sanft. »Sagen Sie, können Sie lesen und schreiben?«

»Ja«, erwiderte Maggie rasch, erstaunt über die Frage.

Lady Cosgrove lächelte, als eine kleine Katze auf ihren Schoß sprang. »Sehen Sie mich nicht so schockiert an, Miss Chamberlin. Die meisten Mädchen in der Küche können nicht einmal ihren eigenen Namen schreiben. Deshalb bleibt ihnen natürlich nichts anderes übrig, als in einem Haushalt zu dienen. Aber für Sie habe ich etwas ganz anderes vorgesehen.«

»Was denn bitte?« Maggie war sehr gespannt.

»In Sydney lebt ein amerikanischer Witwer mit zwei kleinen Söhnen«, fuhr Lady Cosgrove nach kurzer Pause fort. »Er hat mich schon mehrmals gebeten, eine Gouvernante für seine Kinder zu finden, weil er selbst sehr von seinen vielfältigen geschäftlichen Interessen in Anspruch genommen wird. Er wäre sicher froh, eine Frau aus seinem Heimatland einstellen zu können.«

Lady Cosgrove suchte in einer Kartei. »Ja, das ist es«, murmelte sie. »Mr. Duncan Kirk. Er führt ein Büro in der George Street Nummer zwanzig. Ich könnte ihn anrufen und um ein Vorstellungsgespräch bitten, wenn Sie wollen.«

Obwohl Maggie eigentlich vorgehabt hatte, Lady Cosgrove von Mr. McKennas Angebot zu erzählen, hielt sie es jetzt für klüger, davon abzusehen. Es schien ihr ein glücklicher Wink des Schicksals zu sein, daß Mr. Kirks Büro in derselben Straße lag wie das von Mr. McKenna; auf diese Weise konnte sie versuchen, ein Engagement im Theater zu bekommen, ohne auf das begehrte Zertifikat mit Lady Cosgroves Unterschrift verzichten zu müssen.

»Ich würde sehr gern mit Mr. Kirk reden«, antwortete Maggie dankbar.

Erfreut zog Lady Cosgrove einen Telefonapparat unter einem Stapel von Papieren hervor und schrie in den Hörer: »Verbinden Sie mich bitte mit Mr. Duncan Kirk!«

Maggie unterdrückte ein Lächeln. Das Telefon war noch eine Neuerwerbung für Leute in Lady Cosgroves Alter, und alle glaubten, in den Hörer schreien zu müssen, um verstanden zu werden. Dann kam die Verbindung zustande, ein Termin wurde ausgemacht und Maggie fortgeschickt, damit sie ihr Haar neu aufstecken konnte, das ihr inzwischen schon wieder halb auf die Schultern fiel.

Im Ankleideraum im ersten Stock beeilte sich Maggie, mit Nadeln und Bürste eine Frisur zu zaubern, die nicht nur Mr. McKenna beeindrucken würde, sondern hoffentlich auch Mr. Kirk.

Ein Dienstmädchen kam und berichtete, daß eine Kutsche wartete, um Maggie in die George Street zu bringen.

Während der Fahrt bemühte sie sich, ihre Gedanken zu ordnen. So sehr Reeve McKenna sie auch verwirrte – denn er war wirklich, wie Tansy sagte, ein Mann vom Scheitel bis zur

Sohle –, kannte Maggie keinen sehnlicheren Wunsch, als die Kate in *Der Widerspenstigen Zähmung* zu spielen. Sie wünschte es sich so sehr, daß ihr Magen sich beim Gedanken daran zusammenkrampfte und ihre Knie sich wie Gelee anfühlten.

Aber angenommen, er war ein Schuft wie die meisten Männer? Maggie straffte ganz unbewußt die Schultern. Und wenn schon – es wäre höchstens eine neue Enttäuschung, die zu anderen hinzukam, und sie hatte schon Schlimmeres erlebt, oder etwa nicht?

Loretta konnte sich nicht auf ihre Sätze konzentrieren, obwohl die Rolle der Lady Macbeth ihre Lieblingsrolle war. Es mußte also etwas mit der jungen Amerikanerin zu tun haben, die Reeve auf dem Schiff kennengelernt hatte.

Loretta wurde allmächlich klar, daß sie etwas unternehmen mußte, und zwar schnell. Als Philip Briggs auf der Bühne erschien, kam ihr eine Idee.

»Philip!« rief sie ihn lächelnd an und ignorierte sein Erstaunen über die vertraute Anrede. Denn obwohl ihr Urteil über Philip nicht viel besser ausfiel als Reeves, tolerierte sie den jungen Mann, weil er gut aussah und ein geübter Schmeichler war.

»Was ist, Miss Craig?« fragte er ein wenig ungeduldig, und als Loretta ihm entgegenging, roch sie den durchdringenden Geruch von Rum.

Sie verbarg ihre Entrüstung über seinen Ton. »Reeve und ich hatten damit gerechnet, daß sie uns heute Ihre Braut vorstellen«, sagte sie herzlich und stellte befriedigt fest, daß Philip erblaßte. »Reeve hatte das Glück, das Mädchen gestern auf der *Victoria* kennenzulernen. Ihr Name ist …« Loretta tat, als überlegte sie, obwohl Reeve sich geweigert hatte, ihr Maggies Namen zu verraten.

»Maggie«, seufzte Philip schwer auf. »Maggie Chamberlin. Dann ist sie also angekommen?«

»Ja, das ist sie, Philip«, entgegnete Loretta streng, »und es war sehr schade, daß niemand am Hafen war, um sie zu begrüßen. Reeve war sehr besorgt.« Sie machte eine Pause, atmete tief ein und fügte in anzüglichem Ton hinzu: »*Zu* besorgt, mein lieber Philip, was Sie und mich betrifft.«

Philips helle Augen, umrahmt von dichten Wimpern, um die ihn sogar Loretta beneidete, wurden groß. »Ich hätte nie gedacht, daß sie tatsächlich so weit reisen würde. Es war doch nur ein Flirt, ein Spiel! Ich dachte, das wüßte sie!«

»Anscheinend glaubte sie Ihnen, und jetzt ist sie hier. In Sydney. Ich habe guten Grund zu glauben, daß sie heute morgen in Reeves Büro vorsprechen wird – wenn sie nicht schon bei ihm gewesen ist. Was gedenken Sie jetzt zu unternehmen, Philip?«

Er trat einen Schritt zurück. »Unternehmen? Ja, was soll ich denn tun, Miss Craig?«

»Ihr Wort halten, zumindest was die versprochene Heirat mit dem Mädchen betrifft! Aber das mit der Rolle, die Sie ihr angeboten haben, können Sie ganz schnell vergessen, denn ...«

»Hat Sie Mr. McKenna etwa davon erzählt?« unterbrach Philip sie entsetzt. »Von der Rolle in *Der Widerspenstigen Zähmung*?«

»Das war nur eine Vermutung von mir«, entgegnete Loretta herablassend. »Aber jetzt haben Sie sie mir bestätigt. Sie haben ihr also tatsächlich eine Rolle in meinem Stück angeboten? Ich muß sagen, Sie sind ganz schön dreist, Mr. Briggs!«

»Es war nur ... ich hätte doch nie gedacht ...«

»Entweder heiraten Sie Miss Chamberlin, Mr. Briggs, oder es kostet Sie Ihren Kopf!«

Philip ließ die Schultern hängen. »Sie wissen, daß ich Maggie nicht heiraten kann. Das würde Mutter nie erlauben, und außerdem wäre ich nie ... könnte ich ihr nie ein echter Gatte sein ...«

»Das, Mr. Briggs, ist Ihr Problem. Und Miss Chamberlins. Leider ist Reeve recht beeindruckt von dem Mädchen, und ich lasse nicht zu, daß sie mir meinen Mann und meine liebsten Rollen stiehlt! Ist das klar, Mr. Briggs? Entweder heiraten Sie Maggie Chamberlin, oder Sie verlieren Ihren Job, und das wäre erst der Anfang Ihrer Sorgen, darauf können Sie sich verlassen!«

Philip lockerte seine Krawatte und versuchte, etwas zu sagen, aber kein Ton kam aus seiner Kehle.

»Sie werden sie in Reeves Büro finden«, erklärte Loretta kühl und kehrte zu den Schauspielern auf der Bühne zurück, die ungeniert zuhörten. »Beeilen Sie sich!« rief sie Philip noch zu. »Meinen herzlichsten Glückwunsch zu Ihrer Hochzeit!«

Reeve begann schon zu verzweifeln, als Maggie endlich durch seinen Sekretär, Mr. Coates, angekündigt wurde und sein Büro betrat.

»Mr. McKenna?«

Reeve tat, als sei er in irgendwelche Akten vertieft, und schaute stirnrunzelnd auf. Du liebe Güte, sie hatten Maggie in eine schwarze Dienstbotenuniform gesteckt!

»Ja?«

Sie biß sich auf die Lippen, legte ihr schäbiges Retikül auf einen Stuhl und näherte sich dem Schreibtisch wie eine französische Aristokratin auf dem Weg zur Guillotine. »Ich hoffe, Sie erinnern sich an mich – mein Name ist Maggie Chamberlin.«

Trotz seiner geheimen Belustigung empfand Reeve Mitleid mit dem Mädchen; es wurde Zeit, damit aufzuhören, sie zu verspotten. Deshalb stand er auf und nickte leicht. »O ja, die Schauspielerin. Möchten Sie nicht Platz nehmen?«

Maggie nahm ihr Retikül und zog den Stuhl heran. »Ich bin wegen der Rolle gekommen, die Sie mir versprochen haben«, sagte sie. »War es Ihnen damit ernst gemeint, Mr. McKenna?«

Ernst war ein zu idealistisches Wort für die Absichten, die diese junge Amerikanerin in Reeve auslöste, aber ganz falsch lag sie damit auch wieder nicht. »Natürlich war es mir ernst gemeint«, erwiderte er. Dann, nach einer prüfenden Musterung, fühlte er sich veranlaßt zu fragen: »Wo, zum Teufel, haben Sie dieses Kleid her?«

Fasziniert beobachtete er die Erleichterung und den wilden Stolz, die sich auf ihrem Gesicht abzeichneten. Bevor sie jedoch eine Antwort formulieren konnte, sprang die Tür auf.

Philip Briggs, dieser schäbige kleine Schuft, besaß die Frechheit, ohne Aufforderung hereinzustürmen. »Du lieber Himmel, Maggie, was machst du denn hier?«

Etwas verunsichert stand sie auf. »Ich schließe einen Vertrag über eine Rolle ab«, sagte sie dennoch kühl, »über eine sehr viel bessere, als du mir angeboten hast.«

Mit für ihn sehr ungewohnter Heftigkeit packte Philip Maggies Arm und zog sie aus dem Büro, aber nicht aus Reeves Hörweite. Denn während er den Stuhl zurückschob, um ihr zu folgen, hörte er Briggs' Geständnis.

»Ich hätte nie gedacht, daß du nach Australien kommen würdest, Maggie! In Wirklichkeit könnte ich dir nie ein guter Gatte sein, und ich besitze auch nicht die Macht, dir eine Rolle zu vermitteln.«

Ein hartes Geräusch erklang, wie ein Schlag, und Reeve erstarrte hinter seinem Schreibtisch, grinste erleichtert und lauschte weiter.

»Ich kann verstehen, daß zu zornig bist«, fuhr Philip etwas ruhiger fort. »Aber du mußt wieder nach Hause fahren, Maggie – nach England, in die Vereinigten Staaten, irgendwohin. Die Theater sind nur … nur Spielzeuge für Mr. McKennas Mätresse. Und falls du nicht bereit bist, diese Rolle zu übernehmen, brauchst du dir keine Hoffnung auf irgendwelche anderen zu machen!«

Reeves Lächeln verblaßte. Dieser schmutzige kleine Halunke! Dafür würde Briggs bezahlen …

Mit hochroten Wangen und wütendem Blick funkelte Maggie Reeve an, als er in der Tür erschien, sich an ihr vorbeidrängte und ihr Retikül aufnahm. Dann drehte er sich zu ihr um. »Maggie …«

Sie entzog ihm ihren Arm und schlug ihm das Retikül in den Magen, so hart sie konnte. Während Reeve nach Atem rang, schlüpfte Maggie hocherhobenen Hauptes an ihm vorbei und dachte, daß dies vermutlich der beste Abgang ihrer ganzen Karriere war.

# 4

Halbblind vor Tränen, die sie tapfer zu unterdrücken suchte, machte Maggie sich auf die Suche nach Mr. Kirks Büro.

Es lag einen Häuserblock von Reeve McKennas Räumen entfernt auf der anderen Straßenseite und befand sich im ersten Stock. Hier wimmelte es von Angestellten, Telefone läuteten, Schreibmaschinen klapperten, und Maggie blieb für einen Moment an der Tür stehen, zu verwirrt, um einzutreten.

Doch dann kam ein kleiner Mann auf sie zu. Er trug einen hohen, steifen Kragen und eine Brille. Sein Gesicht war stark gerötet, als ob er ständig unter Druck stünde. »Miss Chamberlin?«

Maggie nickte leicht und bemühte sich zu lächeln.

Der Mann nahm ihren Arm und zog sie zu einem entfernteren Büro. »Mr. Kirk wird Sie jetzt gleich empfangen«, sagte er, während Maggie versuchte, rasch ihren Rock zu glätten, und hoffte, daß ihre Augen nicht rot und geschwollen waren.

Der Raum, den sie betrat, wirkte mehr wie die Bibliothek

eines Aristokraten als wie ein Büro. Bücherregale bedeckten alle Wände außer einer, die mit einem kunstvoll geschnitzten Kamin aus Elfenbein versehen war. Neben dem ordentlich aufgeräumten Mahagonischreibtisch stand ein Globus, der von einer gepflegten Männerhand bewegt wurde.

Die Hand gehörte einem großen kräftigen Mann mit kastanienbraunem Haar und scharfen grünen Augen, stellte Maggie fest. Er trug einen maßgeschneiderten Anzug aus hellem Tweed, und wenn er lächelte, sah man seine ebenmäßigen weißen Zähne.

»Miss Chamberlin«, sagte er leise. »Kommen Sie doch herein und nehmen Sie Platz.«

Nach so langer Zeit einen amerikanischen Akzent zu hören war wie Balsam für Maggies Seele. Sie entspannte sich ganz unbewußt, obwohl irgend etwas an diesem Mann, so attraktiv er war, sie warnte, auf der Hut zu sein.

Der Sekretär zog Maggie einen Stuhl heran, und sie setzte sich dankbar. Ihre Knie zitterten, und obwohl ihre Augen inzwischen trocken waren, brannten Tränen in ihrer Kehle. Der Zwischenfall in Mr. McKennas Büro hatte sie mehr mitgenommen, als sie erwartet hatte.

Sie zuckte zusammen, als die Tür leise zufiel. Ihr zukünftiger Arbeitgeber lächelte nachsichtig.

»Mein Name ist Duncan Kirk«, stellte er sich vor, während er sein teures Tweedjackett ablegte und sich in einen bequemen Ledersessel hinter seinem beeindruckenden Schreibtisch setzte. »Ich nehme an, Lady Cosgrove hat Ihnen bereits erklärt, daß ich eine Gouvernante und Gesellschafterin für meine beiden Söhne brauche?«

Maggie nickte. Sie mußte ihre zerstörten Träume vergessen und sich zusammennehmen. Denn falls es ihr nicht gelang, mußte sie vielleicht doch noch Fußböden schrubben und Nachttöpfe ausleeren … Oder Schlimmeres. »Ja, Sir.«

»Ich bin Witwer, Miss Chamberlin«, fuhr Mr. Kirk fort. »Meine Söhne sind sieben und zehn Jahre alt, und ich fürchte, es mangelt ihnen an der sanften Führung einer Mutter. Ich selbst bin zu beschäftigt, aber trotzdem widerstrebt es mir, die Knaben in ein Internat zu schicken.«

Maggie begann sich für Mr. Kirk zu erwärmen; seine offensichtliche Liebe zu seinen Kindern rührte sie. »Es ist sehr schwer für Kinder, von ihrer Familie getrennt zu sein«, stimmte sie zu und dachte an ihre eigenen Jahre in Waisenhäusern. »Obwohl das in England recht üblich ist, wie ich feststellen konnte.«

Mr. Kirk spielte mit einem silbernen Brieföffner. »Wie kommt es, daß Sie hier in Australien sind, Miss Chamberlin?«

Maggie, die dieser Frage allmählich überdrüssig war, erzählte Mr. Kirk von ihrer Kindheit, dem Zirkus, dem Unfall ihrer Eltern, um dann herauszuplatzen: »Und wie kommen Sie nach Australien, Mr. Kirk?«

Er starrte sie verblüfft an, dann lachte er schallend. »Sie sind erfrischend offenherzig, Miss Chamberlin. Ich kam in den sechziger Jahren nach Australien, mit meinem Vater. Er war ... nun ja, sagen wir, er war enttäuscht über den Bürgerkrieg in Amerika. Hier kaufte er Minenanteile und hatte vor, nach Gold zu graben. Doch statt dessen entdeckte er eines der größten Opalvorkommen in der ganzen Welt.«

»Ihre Geschichte ist zweifellos aufregender als meine«, bemerkte Maggie lächelnd.

Wieder lachte Mr. Kirk. »Hm, wer weiß?« war seine rätselhafte Antwort, bevor er das Thema wechselte. »Können Sie mir irgendwelche Empfehlungen zeigen, Miss Chamberlin?«

Maggies Hoffnungen, eine Stellung zu finden, verflüchtigten sich. »Nein, Sir, nur das, was die Einwanderungsbehörden von mir verlangten. Ich ... ich habe noch nie als Gouvernante gearbeitet.«

Mr. Kirk wirkte alarmierend sachlich. »Aha. Wenn Sie also keine Gouvernante sind, Miss Chamberlin, was sind Sie dann?«

Maggie schluckte verlegen. Sie kannte die Vorurteile vieler Leute gegen Schauspieler. »Ich war Schauspielerin.«

Ein langes Schweigen folgte. Mr. Kirks Miene verriet nichts. Dann fragte er: »Haben Sie vor, diesen ... Beruf wieder aufzunehmen?«

»Nein«, log Maggie. Sie wollte Mr. Kirk nicht irreführen, aber von ihrer Antwort hing vielleicht ihre ganze Zukunft ab. »Ich besitze eine sehr gute Erziehung, Sir. Ich kann lesen und schreiben und ...«

»Hören Sie auf, mich Sir zu nennen«, unterbrach er sie schroff. »Ich hasse das.«

Maggie errötete und schaute auf ihre verschränkten Hände.

Mr. Kirk stand ganz unvermutet auf und schlenderte zu den Regalen. Aus einer Reihe in teures Leder gebundener Ausgaben nahm er ein Buch heraus und drückte es ihr in die Hand.

»Lesen Sie mir laut einen Absatz vor!« befahl er.

Maggie lächelte, als sie sah, daß das Buch ein alter Freund war: Platos *Republik*. Ohne zu zögern, las sie eine volle Seite vor, bevor sie das Buch zuklappte. Während des Lesens war ein leises Triumphgefühl in ihr erwacht; sie wußte nun, daß sich das Glück zu ihren Gunsten gewendet hatte.

»Wenn Sie die Stellung haben wollen, bin ich einverstanden«, erklärte Mr. Kirk, während er Maggie betrachtete, als berge sie ein Rätsel in sich, das er nicht begriff.

»Danke, Mr. Kirk, sehr gern.«

»Ausgezeichnet. Lady Cosgrove wird Ihnen eine ihrer Kutschen zur Verfügung stellen, nehme ich an.«

Maggie nickte und stand verlegen auf; Mr. Kirk saß ihr so nahe, daß sie befürchtete, ihn zu streifen. Es gelang ihr, an ihm vorbeizugehen, ohne ihn zu berühren, aber das Lächeln, mit dem er sie beobachtete, brachte sie ein bißchen aus der Fassung, und sie beeilte sich, hinauszukommen.

Reeve war schlechter Laune, das sah Loretta schon aus der Entfernung. Sie trat vom Fenster des Wohnzimmers zurück und richtete ihre Aufmerksamkeit wieder auf die kleine Elisabeth, die – in ihre Zeichnungen vertieft – auf dem Boden vor dem Kamin kauerte.

Das schöne Kind mit dem schwarzen Haar und den blaugrünen Augen ihres Onkels war Loretta ein Rätsel. Mit vier Jahren besaß Elisabeth die Fähigkeit, Szenen aus ihrem Leben auf Papier festzuhalten, aber das Merkwürdige war, daß sie nie sprach. Ein gelegentliches *Papa* war das einzige, was sie sagte.

Reeve hatte das Kind von Arzt zu Arzt geschleppt und sich

so verbissen um eine Heilung für Elisabeth bemüht, wie er seinen vermißten Bruder Jamie suchte, der vor zwanzig Jahren nach Australien deportiert worden war. Doch beides hatte keinen Erfolg gezeitigt: Die Ärzte meinten, rein körperlich sei Elisabeth gesund, wahrscheinlich hätte sie ein schweres Trauma erlitten, als ihre Mutter sie im Stich ließ. Was Jamie McKenna betraf, hatten die besten Detektive ganz Australiens bisher keine Spur von ihm entdeckt – abgesehen von seiner unehelichen Tochter.

Lorettas Meinung nach waren beide Unternehmungen reine Zeit- und Geldverschwendung. Wenn Elisabeth unbedingt ein schwieriges Kind sein wollte, na bitte! Und was Jamie anging, war er ganz bestimmt ein Tunichtgut und Schurke – falls er überhaupt noch lebte. Um seine Tochter hatte er sich jedenfalls nicht gekümmert. Elisabeth war in einem Waisenhaus gefunden worden.

Die Haustür knarrte, und Elisabeths schmales Gesicht hellte sich auf. Sie legte ihren Block und ihre Zeichenstifte fort und stürmte mit einem Freudenschrei in die Halle.

Einen Moment später kam Reeve herein, Elisabeth auf dem Arm und grinsend wie ein verliebter Narr – ein Lächeln, das nur dem kleinen Mädchen vorbehalten war. Denn als er Loretta erblickte, erschien ein harter Zug um sein Kinn. Freundlich bat er Elisabeth, zum Koch zu gehen und ihn zu fragen, ob er wie versprochen eine Pastete für abends vorbereitete.

Elisabeth beeilte sich, Reeves Wunsch zu erfüllen, und Loretta beschloß, daß Angriff in diesem Fall die beste Verteidigung sein mochte. »Darf ich annehmen, daß dein kleines Arrangement mit der Amerikanerin im Keim erstickte, bevor es richtig erblühen konnte?« fragte sie sanft.

Reeve wurde blaß, ein zorniges Funkeln erschien in seinen Augen. Loretta wandte sich erschrocken ab, um ihm und sich ein Glas Brandy einzuschenken.

»Ich hatte nicht vor, Maggie in einen goldenen Käfig einzuschließen, um mich mit ihr zu vergnügen, Loretta. Ich wollte nur dafür sorgen, daß es ihr nicht schlecht geht.«

Die kühle Ruhe in Reeves Ton löste ein Erschauern in Loretta aus. Trotzdem lächelte sie strahlend, als sie sich umwandte. »Jetzt ist es also schon Maggie, was?« Sie reichte ihm eines der Gläser, doch er schlug es ihr aus der Hand, und Brandy und Glassplitter spritzten auf den Teppich.

Loretta trat einen Schritt zurück, nahm einen großen Schluck aus ihrem Glas und sprach furchtlos weiter. »Ist Philip rechtzeitig gekommen, um alles zu zerstören? Wie schrecklich für dich, falls es ihm gelungen ist.«

»Du hast ihn also geschickt«, sagte Reeve kalt.

»Das hätte jede andere eifersüchtige Mätresse auch getan. Kannst du es mir wirklich übelnehmen, daß ich meine Interessen schütze?«

Für einen Moment sah Reeve so aus, als wollte er sie schlagen; das hatte er noch nie getan, nicht einmal im schlimmsten Zorn. Er hob die Hand, zog sie dann jedoch zurück und fuhr sich damit übers Haar.

»Ich habe eben mit Lady Cosgrove gesprochen«, berichtete er nach kurzem Schweigen ruhig. »Weißt du, wo Maggie ist, Loretta?«

Sie trank einen Schluck Brandy und zuckte die Schultern. »Woher soll ich das wissen, Darling?« entgegnete sie gelassen, aber es war nur eine Rolle, die sie spielte. Innerlich war sie aufgebracht und wütend.

»Sie hat eine Stellung in Duncan Kirks Haus angenommen«, antwortete Reeve. »Als Gouvernante.«

Jetzt konnte Loretta ihre gelassene Fassade nicht länger aufrechterhalten; sie befand sich auf gefährlichem Grund, denn Reeve haßte Duncan mehr, als er je einen Menschen gehaßt hatte. Die Tatsache, daß sein Feind nun unabsichtlich über ihn triumphierte, indem er eine Frau in seinem Haus aufnahm, die Reeve haben wollte, vervollständigte Lorettas Demütigung. Jetzt erlaubte sie sich, eine Träne über ihre Wange rollen zu lassen.

»Du liebe Güte, Reeve, wenn du die Kleine unbedingt haben willst, dann geh zu Duncan und hol sie ab! Du kannst deine kleine *affaire d'amour* ruhig haben – du weißt ja, daß ich es dir verzeihen werde.«

Reeve ging auf Loretta zu, umfaßte hart ihr Kinn und zwang sie, ihn anzusehen. »Du weißt, was für ein Mensch Duncan Kirk ist«, zischte er gefährlich leise. »Und du weißt, was er mit ihr machen wird! Verdammt, Loretta, hast du überhaupt kein Gewissen?«

»Wenn er sie verführt«, fuhr Loretta ihn an, »wird er nicht der erste sein! Deine kostbare Maggie gehörte Philip Briggs, bevor du sie kanntest, vergiß das nicht!«

Reeve ließ Loretta so abrupt los, daß sie fast das Gleichgewicht verlor. Er ging an ihr vorbei, schenkte sich Rum ein und stürzte die scharfe Flüssigkeit in einem Zug hinunter. Dann lachte er rauh. Es war ein so beängstigender Ton, daß Loretta unwillkürlich zurückwich.

Schließlich drehte er sich brüsk zu ihr um. »Jetzt reicht es mir, Loretta. Endgültig.«

»Warum?« entgegnete sie und wunderte sich über ihren Mut. »Weil du die Vorstellung nicht ertragen kannst, unser hübscher Philip hätte sie mit seiner weichen Hand berührt?«

Reeve schenkte sich noch einen Rum ein und trank, bevor er antwortete: »Wenn es sich um Philip handelt, sind nicht nur seine Hände weich, und das weißt du so gut wie ich, Loretta.«

Die schwache Hoffnung, Reeve könne Philips Schwäche vergessen haben, zerfiel. Loretta stieß einen Seufzer aus und suchte fieberhaft nach Worten, die ihr wieder Reeves Liebe sichern konnte.

»Ich liebe dich«, sagte sie leise.

»Also bitte!« erwiderte er schroff.

Diesmal waren das Zittern in Lorettas Stimme und ihre Tränen echt. »Was soll ich tun, Reeve? Sag es mir, und ich ...«

»Ich will, daß du gehst.«

Lorettas Glas fiel klirrend auf den Boden. »Was? Nein!«

»Ich sagte, ich will, daß du gehst. Natürlich werde ich für dich sorgen – du kannst die Theater haben, und mein Anwalt wird einen Vertrag aufsetzen, damit dein Unterhalt gesichert ist. Aber ich will, daß du dieses Haus verläßt, Loretta. Jetzt sofort. Heute abend noch.«

»Reeve!« Loretta umklammerte seinen muskulösen Arm. »In Gottes Namen, tu mir das nicht an! Wenn du diese ... diese Frau haben willst, dann nimm sie dir! Ich schwöre dir, daß ich auf dich warten werde, bis du ihrer überdrüssig geworden bist!«

Ein Ausdruck von Abscheu huschte über Reeves Gesicht.

»Es hat nichts mit Maggie zu tun«, sagte er kalt. »Es geht um uns, uns beide, Loretta ...« Er brach ab und seufzte. »Es ist aus.«

»Nein!«

Reeve befreite sanft seinen Arm aus ihrem Griff, drehte sich um und kehrte ihr den Rücken zu.

An seiner Haltung erkannte Loretta, daß er eine Reaktion von ihr erwartete. Aber was konnte sie schon sagen? Sie hatte ihn angefleht, und es hatte nichts genützt. Ihre Tränen hatten keinen Erfolg gezeigt, ihr Spott auch nicht. Was erwartete Reeve jetzt noch von ihr?

Das einzige, was Loretta ihm noch geben konnte, war das Gift einer verschmähten Frau. »Das wird dich noch auf die Knie zwingen, Reeve McKenna. Und deine süße kleine Maggie auch, davon bin ich überzeugt.«

Reeve seufzte müde. »Keine Drohungen, Loretta. Vergiß nicht, daß ich selber auch über beträchtliche Macht verfüge.«

Loretta erschauerte, obwohl es warm im Raum war. Aus dem Augenwinkel bemerkte sie Elisabeth, die in der Tür stand und die Szene still beobachtete.

»Du wirst dich natürlich auch weiterhin um das Kind bemühen«, sagte Loretta steif, und Reeve drehte sich mit verächtlicher Miene zu ihr um.

»Selbstverständlich«, erwiderte er kalt.

Mit soviel Würde, wie sie aufbringen konnte, ging Loretta hinaus und in den ersten Stock, um die meisten ihrer Kleider und ihren Schmuck einzupacken, bevor sie Reeve McKennas Haus verließ.

Die Kutsche, die er ihr zur Verfügung gestellt hatte, war schon weit von seinem Haus entfernt, als Loretta auf den Gedanken kam, daß es vielleicht besser gewesen wäre, Elisabeth zum Abschied zu küssen und ein paar Tränen zu vergießen ... Denn Reeves größte Schwäche schien nicht Maggie, sondern das kleine Mädchen zu sein.

Mr. Kirks Haus war ein stattlicher Bau in einem parkähnlichen Garten mit gepflegten Rasenflächen und blühenden Blumenbeeten.

»Donnerwetter!« staunte Tansy, die ganz in der Nähe eine Stellung gefunden hatte und Maggie jetzt begleitete. »Stell dir vor, was für tolle Gesellschaften sie hier veranstalten werden!«

Maggie, die im Moment ganz andere Dinge im Kopf hatte als Gesellschaften, erwiderte nichts und betätigte die kupferne Klingel. Eine rundliche Frau in einem schwarzen Kleid öffnete.

»Guten Tag, ich bin Maggie ... Margaret Chamberlin«, sagte sie schüchtern. »Die neue Gouvernante.«

»Ich bin Mrs. Lavendar, die Haushälterin«, erwiderte die Frau unfreundlich. »Und was suchen *Sie* hier?« wandte sie sich an Tansy.

»Ich wollte mich nur von meiner Freundin verabschieden, falls Sie nichts dagegen haben, Madam«, entgegnete sie.

Mrs. Lavendar zog sich wortlos ins Haus zurück. Maggie und Tansy umarmten sich, dann betrat sie zum ersten Mal Mr. Duncan Kirks Haus.

In der Halle empfingen sie zwei Jungen in kurzen Hosen.

»Eure neue Gouvernante«, erklärte Mrs. Lavendar schroff. »Sie heißt Miss Chamberlin.«

Die Jungen musterten Maggie ohne Ablehnung, aber auch ohne großes Interesse.

»Der Junge links ist Jeremy«, informierte Mrs. Lavendar Maggie, »und der rechte ist Tad. Sie werden Ihnen Ihr Zimmer zeigen. Ich habe in der Küche zu tun.«

Dann war Maggie mit den beiden hübschen rothaarigen Jungen allein. Sie legte ihr Retikül auf einen Sessel, schloß die Augen und legte die Finger an die Stirn, als wartete sie auf eine Eingebung.

Als sie die Augen wieder öffnete, stellte sie befriedigt fest, daß beide Jungen neugierig geworden waren.

»Du«, sagte sie in geheimnisvollem Ton und zeigte auf Jeremy, »bist sieben Jahre alt.« Dann deutete sie auf Tad. »Und du bist zehn.«

»Woher wissen Sie das?« Jeremy war aufgesprungen.

Tad richtete sich nun ebenfalls auf. »Papa hat es ihr gesagt, du Dummkopf!« sagte er spöttisch.

Maggie hob ihr Retikül auf. »Es ist sehr unhöflich, deinen

Bruder einen Dummkopf zu nennen, Tad«, meinte sie streng.

»Sie sind genauso dumm«, entgegnete Tad, bevor er gelassen aus der Halle schlenderte. Maggie starrte ihm betroffen nach.

Jeremy, jeder Zoll ein Gentleman, nahm Maggies Hand und zog sie mit sich. »Machen Sie sich nichts daraus, Miss. Tad ist oft sehr ungezogen, aber im Grunde ist er doch ein netter Kerl. Kommen Sie, ich zeige Ihnen, wo Ihr Zimmer ist.«

Maggie unterdrückte ein Lächeln. »Vielen Dank, mein Herr«, antwortete sie förmlich.

Als Jeremy im zweiten Stock eine Tür öffnete, blieb Maggie erschrocken auf der Schwelle stehen.

»Da muß ein Irrtum vorliegen, Jeremy«, protestierte Maggie mit einer Handbewegung auf die hübschen Mahagonimöbel, die chintzbezogenen Sessel und das breite Himmelbett.

»Nein, nein.«

Jeremy zog Maggie entschieden weiter. »Papa hat Mrs. Lavendar aufgetragen, dieses Zimmer für Sie zu richten. Begeistert war sie nicht, weil sie der Ansicht ist, Sie sollten genau wie die anderen Dienstboten im dritten Stock schlafen.«

»Und was hat dein Vater darauf erwidert?«

Jeremy zuckte die Schultern. »Keine Ahnung, Miss. Er telefonierte gerade, deshalb hörte ich nur Mrs. Lavendar reden. Aber sie wurde rot wie eine Tomate, und hinterher mußten Tad und ich uns die Ohren waschen, obwohl sie gar nicht schmutzig waren.«

»Ein seltener Zustand, würde ich sagen«, bemerkte eine tiefe Männerstimme.

Überrascht drehte Maggie sich zu Mr. Kirk um, der elegante schwarzen Hosen und ein rüschenbesetztes weißes Hemd trug.

»Ich sagte Jeremy gerade, daß es ein Irrtum sein muß«, sagte Maggie rasch. »Das kann doch nicht mein Zimmer sein!«

»O doch, natürlich, Miss Chamberlin«, widersprach ihr Arbeitgeber lächelnd, während er ihr schmuckloses Kleid betrachtete. »Gouvernanten sind keine Dienstboten.«

»Oh«, meinte Maggie verblüfft.

Wieder glitt der Blick ihres Dienstherrn mißbilligend über das schwarze Kleid. »Wir werden Ihnen andere Kleidung beschaffen müssen. Sie erinnern mich in diesem Kleid an eine Krähe.«

Maggie wußte nicht, ob sie erfreut oder verärgert reagieren sollte. »An eine Krähe, Sir?« entgegnete sie deshalb nur.

Duncan Kirk zog eine Augenbraue hoch. »Hatte ich Sie nicht gebeten, mich nicht Sir zu nennen? Mr. Kirk reicht.«

»Tad hat Miss Chamberlin einen Dummkopf genannt!« beschwerte sich Jeremy bei seinem Vater.

»Tatsächlich?« entgegnete Mr. Kirk mit ernster Miene, und Maggie fand ihn noch sympathischer, als sie das belustigte Funkeln in seinen Augen sah. »Bei allem, was mir heilig ist – ich lasse den Jungen bei Sonnenaufgang teeren und vierteilen!«

Jeremy schien zufrieden und stürmte hinaus, um seinen Bruder über das Urteil zu unterrichten.

»Gehen Sie nicht zu hart mit Tad ins Gericht, Mr. Kirk«, bat Maggie lächelnd. »Er braucht Zeit, um sich an mich zu gewöhnen.«

»Das mag sein.« Mr. Kirk seufzte und machte eine angedeutete Verbeugung vor Maggie. »Einen schönen Abend, Miss Chamberlin. Richten Sie sich in Ruhe ein und bereiten Sie keinen Unterricht für morgen vor, denn Sie werden als erstes neue Kleider kaufen. Auf meine Kosten selbstverständlich.«

Als die Tür hinter ihm zufiel, setzte Maggie sich nachdenklich auf einen Sessel. Mr. Kirk wollte ihr auf seine Kosten neue Kleider kaufen?

Irgend etwas stimmte hier nicht: das elegante Zimmer, die versprochenen neuen Kleider … Aber Maggie hatte einen langen, anstrengenden Tag hinter sich und war deshalb nicht in der Stimmung, sich den Kopf darüber zu zerbrechen, was dieses *etwas* sein konnte.

# 5

Es war drückend heiß, Maggie öffnete ein Fenster, um frische Luft hereinzulassen. Dabei sah sie, daß vor dem Tor eine Kutsche stand und jetzt eine zweite dahinter hielt. Mr. Kirk stieg aus der ersten aus und wandte sich zur zweiten. Maggie wollte gerade in Bett zurückgehen, als ihr Arbeitgeber einen Namen rief, den sie schon einmal gehört zu haben glaubte: »Loretta!«

Aus der zweiten Kutsche stieg eine Frau, und Maggie stellte betroffen fest, daß es die dunkelhaarige Schönheit war, die Reeve McKenna am Hafen abgeholt hatte!

»*Loretta!*« rief Mr. Kirk erstaunt. »Was machst du denn hier?«

Die Frau lächelte. »Du siehst phantastisch aus, Duncan«, sagte sie schmeichelnd. »Warst du auf dem Weg in deinen Club?«

»Ja«, gab Mr. Kirk verdrossen zu. »Aber sag mir jetzt bitte, was du hier zu suchen hast?«

»Rache«, zischte Loretta kurz, und Maggie war ganz sicher, nicht richtig gehört zu haben.

Mr. Kirk lachte. Es klang so gehässig, daß Maggie schaudernd das Fenster schloß. Da klopfte es an der Tür.

Ein junges Mädchen mit lockigem roten Haar brachte ein Tablett herein. »Hier ist Ihr Abendessen.«

»Möchten Sie sich nicht zu mir setzen?« schlug Maggie vor, die sich plötzlich sehr allein und verlassen fühlte. »Sie sehen aus, als könnten Sie eine Pause brauchen.«

»O nein, das wäre unpassend, Miss Margaret, Mrs. Lavendar würde es nicht billigen.«

Maggie lächelte das Mädchen an. »Sie kennen meinen Namen schon – und wie heißen Sie, wenn ich fragen darf?«

»Susan«, antwortete das Mädchen mit einem ängstlichen Blick zur Tür. »Susan Crockett.«

»Nun, Susan, Sie dürfen mich Maggie nennen, wenn Sie wollen.«

Susan erblaßte. Ihr lockiges rotes Haar glitzerte im Lampenschein, als sie heftig den Kopf schüttelte. »Ich muß Sie so nennen, wie Mrs. Lavendar es mir aufgetragen hat, und das ist Miss Margaret.« Sie trat einen Schritt näher und fügte flüsternd hinzu: »Wissen Sie, mir fehlt nur noch ein Monat, um mein Zertifikat zu erhalten.« Sie nickte Maggie noch einmal zu, dann zog sie sich rasch zurück.

Nach dem Essen, das aus einer großzügigen Portion Wildpastete, Salat, Gemüse, Kartoffeln und Vanillepudding bestand, ging Maggie in das Badezimmer, das Jeremy ihr gezeigt hatte.

Auch dieser Raum war mit jedem erdenklichen Luxus ausgestattet, und wieder fragte Maggie sich, wie es möglich war, daß ihr als schlichter Angestellten eine solche Unterkunft geboten wurde.

Doch angesichts der großen, freistehenden Wanne und des heißen Wassers, das sprudelnd aus vergoldeten Hähnen kam, verdrängte sie ihr Unbehagen und ließ sich ein Bad ein. Als sie im heißen Wasser lag, kam ihr der Gedanke, daß eine Existenz als Gouvernante vielleicht gar nicht so schlecht war, wie sie eigentlich vermutet hatte. Schauspielerinnen lebten meist sehr ärmlich, falls sie nicht sehr berühmt waren … doch hier würde sie Sicherheit finden und brauchte sich keine Sorgen um ihre Miete oder ihren Unterhalt zu machen.

Maggies Lider wurden schwer, sie seufzte vor Behagen und schloß die Augen. Aber da klopfte es auf einmal an der Tür.

»Margaret!« hörte sie Mr. Kirks Stimme. »Alles in Ordnung?«

Sie war so beschämt, daß sie hastig aufstand, nach einem Tuch griff und es um ihren Körper wickelte, bevor sie antwortete: »Ja … ja. Alles in Ordnung. Ich … ich glaube, ich war eingeschlafen …«

Mr. Kirk lachte leise. »Ich verstehe. Aber schlafen Sie von jetzt an lieber in Ihrem Bett – ich hatte schon Angst, Sie könnten ertrinken. Es hat nicht viel gefehlt, und ich wäre zu Ihnen hereingestürmt, um Sie vor einem nassen Tod zu bewahren.«

Die Vorstellung trieb Maggie das Blut in die Wangen. Mit zitternden Fingern streifte sie ihr abgetragenes Flanellnachthemd über, schnappte sich ihre Kleider und lief, so schnell sie konnte, über den Korridor zu ihrem Zimmer.

Ohne Licht zu machen, schlüpfte sie zwischen die Laken und zog sie über ihren Kopf. Doch es dauerte nicht lange, da wurde es ihr zu heiß, und sie stand wieder auf, öffnete ein Fenster und zog nach kurzer Überlegung das Nachthemd aus. Es war ausgesprochen ungehörig, nackt zu schlafen, aber das war Maggie jetzt egal. Es war so unerträglich schwül, daß sie schließlich auch noch die Bettdecke zurückwarf.

Als sie nach einigem Umdrehen schließlich die richtige Position zum Schlafen fand, begann sie von einem Mann mit schwarzem Haar und grünen Augen zu träumen, der ein bronzenes Medaillon am Hals trug.

Es war seine überreizte Phantasie, die ihn dazu trieb, ihr Schlafzimmer zu betreten; auf leisen Sohlen und geräuschlos wie ein Gespenst schlich er sich zum Bett, wo sie seitlich zwischen den zerdrücken Laken lag. Eines ihrer langen, schlanken Beine schimmerte im Mondlicht wie Alabaster, der Rest ihres Körpers lag im Dunkeln.

Duncan Kirk schluckte hart. Das Bedürfnis, Maggie zu wecken und sie zu nehmen, war nicht mehr zu ignorieren. Es zuckte ihm in den Fingern, ihre vollen weichen Brüste zu streicheln, ihre rosigen Knospen zu küssen und zu spüren, wie sie sich verhärteten.

Maggie machte ein wimmerndes Geräusch und drehte sich auf den Rücken. Der Mondschein fiel auf ihren flachen Bauch, ihre sanft geschwungenen Hüften und das weiche Haar zwischen ihren Schenkeln. Duncan trat abrupt zurück. Seine rechte Hand zitterte vor Begierde, dieses goldene Vlies zu berühren und Maggie in die Freuden der körperlichen Liebe einzuführen.

Ein schmerzhaftes Ziehen erwachte in seinen Lenden, doch der Gedanke an Lorettas Worte machte es erträglicher. Auch Reeve McKenna begehrte Maggie, und das machte die Vorstellung, die kleine Hexe zu besitzen, noch viel verlockender.

Aber nicht heute nacht, das wagte Duncan nicht. Die Kleine würde es morgen früh bestimmt bereuen und dann sein Haus verlassen. Nein, er mußte warten, bis der geeignete Moment kam, aufs Land überzusiedeln.

Widerstrebend ging er hinaus. Auf dem Korridor begegnete er Mrs. Lavendar. Die Haushälterin gab sich keine Mühe, ihre Mißbilligung zu verbergen, aber Duncan erwiderte kühl ihren Blick und ging zu seinem Zimmer. Doch es dauerte noch sehr lange, bis er endlich Schlaf fand in dieser Nacht.

Als Maggie zur Straßenbahnhaltestelle ging, war sie noch immer sehr verwundert über die lange Liste, die Mr. Kirk ihr hinterlassen hatte. Susan, das junge Dienstmädchen, beeilte sich, um mit ihr Schritt zu halten. Sie trug einen großen Korb und sollte auf dem Markt Einkäufe machen. Doch bis sie außer Sichtweite des Hauses waren, verhielt sie sich, als würde sie Maggie gar nicht kennen.

Als sie jedoch um die Straßenecke bogen, begann Susan zu lächeln und zu plaudern. »Sie können sich gar nicht vorstellen, wie wütend Mrs. Lavendar über all die Kleider ist, die der Herr Ihnen kaufen will! Sie findet es unanständig.«

Maggie dachte ähnlich, vor allem jetzt, nachdem sie die Liste gesehen hatte, aber sie sprach ihre Bedenken nicht aus, sondern schaute sich schweigend nach der Straßenbahn um.

»Sagen Sie mir die Wahrheit, Miss Margaret«, bat Susan

lächelnd. »Sind Sie wirklich Gouvernante ... oder gehören Sie zu jenen Frauen, die unserem Herrn das Bett warmhalten?«

Maggie war so in Gedanken versunken, daß sie Susans Frage nicht gleich begriff. Aber dann drehte sie sich zornig zu ihr um und fuhr sie an: »Ich bin keine Mätresse, Susan Crockett!«

Das Mädchen wich erschrocken zurück, und Maggie mäßigte ihren Ton. »Sie können Mrs. Lavendar und den anderen sagen, daß ich mir keinen Klatsch gefallen lassen werde!« fügte sie etwas ruhiger hinzu.

Dann kam die Bahn, und Maggie stieg ein. Susan setzte sich bedrückt neben ihr auf eine Bank.

»Ich werde früher auf dem Markt fertig sein als Sie in den Geschäften«, sagte sie schüchtern. »Vergessen Sie nicht, daß Sie die Pitt-Street-Bahn nehmen müssen, wenn Sie sich nicht verirren wollen.«

Maggie erwiderte nichts. Als sie einige Straßen weiter waren, versuchte Susan erneut, mit ihr zu plaudern. »Das ist King's Cross«, flüsterte sie ihr zu. »Passen Sie auf, daß Sie nie allein hierherkommen, Miss Margaret, nicht einmal bei Tag!«

Mit großen Augen betrachtete Maggie die Frauen, die auf der Straße herumstanden und Kleider trugen, die mehr zeigten, als sie verbargen. In einem Hauseingang umarmte ein Mann eine solche Frau und steckte ihr dreist seine Hand in den Ausschnitt.

Ein abscheulicher Anblick, zweifellos, aber trotzdem vermittelte er Maggie ein merkwürdiges Gefühl, das sie an die skandalösen Träume von Reeve McKenna erinnerte, die sie in der Nacht zuvor nicht zur Ruhe hatten kommen lassen. Träume? Es waren Alpträume gewesen, und als Maggie vor lauter Entsetzen erwachte, hätte sie schwören können, daß ein schwacher Duft nach Rasierwasser im Zimmer hing ...

Als sie die Stadtmitte erreichten, machte sich Susan auf den Weg zum Markt, und Maggie trat in den Eingang einer Bank, um noch einmal ihre Liste durchzusehen, die ihr beim Frühstück von einer sehr mürrischen Mrs. Lavendar übergeben worden war.

Vormittagskleider, Nachmittagskleider, Abendkleider.

Schuhe und Pantoffeln. Negligés und Nachthemden; Röcke und Blusen.

Maggie schüttelte den Kopf und faltete die Liste zusammen. Welcher Mann kaufte Negligés und Nachthemden für die Gouvernante seiner Kinder?

Als Maggie endlich den Mut fand, wieder auf die Straße hinauszutreten, fühlte sie eine starke Hand auf ihrem Arm. Bevor sie protestieren oder wenigstens sehen konnte, wer ihr Entführer war, wurde sie ins Innere einer eleganten Kutsche gezogen. Und da sah sie, daß es kein anderer als ausgerechnet Mr. McKenna war, der ihr schmunzelnd gegenübersaß.

Mehr verärgert als verängstigt sprang Maggie auf, in der festen Absicht, den Kopf durchs Fenster zu stecken und um Hilfe zu schreien. Doch Reeve war schneller. Bevor sie ihr Vorhaben wahrmachen konnte, zog er sie zurück.

»Wie können Sie es wagen?« fuhr sie ihn zornig an.

Seine blaugrünen Augen glitzerten vergnügt. »Sagen wir, ich wage es, und damit basta!«

»Lassen Sie mich sofort gehen, Mr. McKenna! Auf der Stelle!«

Er lachte nur und verschränkte die Arme. »Beruhigen Sie sich, Miss Chamberlin, ich will Sie nicht entführen.«

Maggie schwieg überrascht. Wenn er sie nicht entführen wollte, was dann?

»Gut«, sagte Reeve in nachsichtigem Ton. »Viel besser.«

Maggie versuchte, etwas zu erwidern, aber ihre Kehle war wie zugeschnürt.

»Was haben Sie dort eben so interessiert gelesen?« erkundigte Reeve sich freundlich.

Irgend etwas – Maggie hätte selbst nicht sagen können, was – veranlaßte sie, Mr. Kirks Liste aus ihrer Tasche zu nehmen und sie Reeve zu zeigen. »Ich habe mich gefragt, aus welchem Grund jemand von einer Gouvernante verlangen sollte, eine solche Garderobe zu besitzen«, sagte sie leise.

McKenna las die Liste mehrmals durch, und sein Stirnrunzeln wurde bei jedem Wort ausgeprägter. Aber weit beunruhigender war der kalte Zorn, der sich in seinem Blick verriet. »Keine Ahnung«, sagte er dann schroff. »Aber sagten Sie nicht, Sie wären Schauspielerin, Miss Chamberlin? Seit wann sind Sie Gouvernante?«

Maggie spürte, wie ihr das Blut in die Wangen schoß. »Ich habe noch nie unterrichtet, Mr. McKenna, aber ich mag Kinder und besitze eine gute Ausbildung. Und da meine Bühnenpläne leider ins Wasser gefallen sind«, fügte sie in vielsagendem Ton hinzu, »muß ich mir meinen Unterhalt auf andere Art verdienen.«

»Haben Sie eine Vorstellung, was Duncan von Ihnen erwartet?«

»Selbstverständlich!« entgegnete Maggie empört und nahm ihm die Liste aus der Hand. »Mr. Kirk erwartet von mir, daß ich seine Söhne in Lesen, Schreiben und Rechnen unterrichte. Aber ich werde sie auch Botanik und Geschichte lehren.«

»Wissen Sie, was Mr. Kirk Sie lehren will, Miss Chamberlin? Anatomie.«

Maggie starrte ihn entgeistert an, bis sie begriff, was er ihr sagen wollte. Dann sprang sie wieder auf, aber wie schon zuvor zog Reeve sie grob zurück.

»Gouvernanten brauchen keine Abendkleider, Miss Chamberlin, und ihre Arbeitgeber machen sich im allgemeinen auch keine Gedanken darüber, was ihre Angestellten nachts im Bett anziehen. Benutzen Sie doch einmal Ihren sturen kleinen Kopf! Kirk hat Sie nicht zum Unterrichten eingestellt!« sagte er kalt. Maggie hätte es gern abgestritten, aber sie dachte an ihr elegantes Zimmer und schwieg.

»Aber wie dem auch sei, Sie brauchen sich jetzt keine Sorgen mehr um Kirks Absichten zu machen, denn Sie arbeiten nun für mich.«

»Was?« fragte Maggie schockiert.

Lächelnd zog Reeve ein zusammengefaltetes Dokument aus seiner Westentasche. »Ich habe Ihre Papiere gekauft, meine Liebe. Entweder spielen Sie jetzt die Rolle der Kate in *Der Widerspenstigen Zähmung*, oder Sie betreuen meine vierjährige Nichte. Die Wahl liegt ganz bei Ihnen.«

»Angenommen, ich ginge zu Mr. Kirk zurück und unterrichtete wie versprochen seine Söhne?« fragte Maggie betont ruhig.

»Tut mir leid, aber diese Wahl bleibt Ihnen nicht. Sie gehören jetzt praktisch mir, Maggie, finden Sie sich damit ab.«

Maggie erblaßte und nahm ihm mit zitternden Fingern das Dokument aus der Hand. »Es ist nicht möglich«, flüsterte sie beim Lesen. Doch als sie Lady Cosgroves Unterschrift auf dem Schreiben sah, das sie, Maggie, dazu verpflichtete, entweder drei Jahre in Australien zu arbeiten oder zu heiraten, dämmerte ihr, daß Reeve die Wahrheit sprach.

»Es ist ganz legal«, versicherte er ihr sanft.

Maggie war so verwirrt, daß sie keinen klaren Gedanken fassen konnte. »Das bedeutet, daß ich jetzt drei Jahre für Sie arbeiten muß. Und wenn Sie mich nun … ausnützen? Wie könnte ich mich dagegen wehren?«

»Wir sind in Australien, Miss Chamberlin, nicht im Dschungel. Und es gehört nicht zu meinen Angewohnheiten, junge Damen auszunutzen.«

Maggie spürte, daß sie ihn getroffen hatte, und beschloß, ihren Vorteil zu nutzen. »Dann gehen Ihre schlechten Manieren also nicht über das Entführen hinaus?« fragte sie spitz.

»Ich hätte Sie nicht auf diese Weise in die Kutsche gezogen, wenn Sie vernünftiger wären, Sie sture kleine …«

»Yankee«, warf Maggie lächelnd ein. Insgeheim war sie erleichtert, nicht zu Mr. Kirk zurückkehren zu müssen. Obwohl es schade war, daß sie die Jungen nun nicht wiedersehen würde.

»Warum sehen Sie so traurig aus?« wollte Mr. McKenna wissen. »Hatten Sie unseren guten Mr. Kirk etwa schon ins Herz geschlossen?«

»Eigentlich nicht«, erwiderte Maggie offen. »Aber ich mag die Jungen. Es täte mir leid, sie im Stich zu lassen.«

Mr. McKenna machte ein unbehagliches Gesicht, und Maggie hatte den Eindruck, daß er die gleiche Schwäche für Kinder hegte wie sie selbst. »Sie freuen sich wohl schon auf ihre neue Lehrerin?«

Maggie nickte. »Ich glaube ja.«

Reeves leises Seufzen erinnerte Maggie wieder an ihren Traum, und sie fragte sich verwirrt, ob Männer Frauen wirklich soviel Wonne schenken konnten, wie ihre Phantasie ihr vorgegaukelt hatte. Zu Ihrem Erstaunen überreichte Mr. McKenna ihr das Dokument.

»Sie sind frei, Maggie. Ich hasse Duncan Kirk, aber ich habe nichts gegen seine Jungen.«

Maggie starrte ihn entgeistert an. Es fiel ihr schwer zu glauben, daß Reeve ihr gerade drei Jahre ihres Lebens zurückgegeben hatte. Sie wollte ihm danken, kam allerdings nicht dazu, weil er sich vorbeugte und ihr lächelnd mit dem Finger drohte.

»Eins müssen Sie mir aber versprechen, Maggie«, verlangte er.

Ihre Kehle war wie zugeschnürt. »Was?« krächzte sie.

»Daß Sie zu mir kommen werden, falls Kirk Ihnen Ärger macht. Und daß Sie nichts auf dieser Liste kaufen, was eine Gouvernante nicht tragen würde.«

Maggie nickte. »Das sind zwei Bedingungen. Aber ich verspreche es Ihnen gern, Mr. McKenna.«

»Ich heiße Reeve«, erwiderte er und klopfte einmal kurz an die Wand der Kutsche, worauf sie sofort zum Halten kam. »Und Sie brauchen sich nicht zu bedanken. Sie sind mir jederzeit willkommen.«

Maggie stieg aus ... sie war frei! »Nochmals vielen Dank!« sagte sie zu Reeve McKenna. »Tausend Dank!«

»Keine Nachthemden, Negligés und Abendkleider!« rief er ihr zu, als die Kutsche sich wieder in Bewegung setzte.

Für einen flüchtigen Moment war Maggie versucht, ihr nachzulaufen und dem Kutscher zuzurufen, anzuhalten. Aber ihre Freiheit war zu kostbar, und deshalb drehte sie sich resolut um und machte sich auf den Weg zu einem der Läden, die auf Mr. Kirks Liste standen.

Ihrem Versprechen getreu, kaufte Maggie sechs dezente Sommerkleider, vier dringend benötigte Nachthemden aus Baumwollstoff und ein neues Paar Schuhe, mit der festen Absicht, sich all diese Dinge von ihrem Gehalt abziehen zu lassen.

# 6

Maggie empfand es als eine Erleichterung, bei ihrer Rückkehr von der Haushälterin zu erfahren, daß Mr. Kirk sich für einige Tage in Lightning Ridge aufhalten würde, wo sich die größte seiner Opalminen befand.

Mrs. Lavendar zeigte sich etwas zugänglicher und schien erfreut, daß Maggie wie alle anderen Angestellten den Dienstboteneingang benutzt hatte. Doch als sie Maggies Päckchen sah, runzelte sie die Stirn. »Der Rest wird sicher nachgeschickt?«

Maggie schüttelte den Kopf. »Das ist alles, Mrs. Lavendar. Mr. Kirk wird sicher sehr verärgert sein, aber ich sah keinen Grund, all diese eleganten Sachen zu kaufen, die er aufgeschrieben hat. Wo sollte ich als Gouvernante ein Abendkleid anziehen?«

»Ja, wo?« entgegnete Mrs. Lavendar spitz, aber nicht unfreundlich. »Nun, Sie haben jetzt ein paar Tage frei. Mr. Kirk hat die Jungen mitgenommen, deshalb brauchen Sie nicht im Haus zu bleiben, wenn Sie etwas anderes zu tun haben.«

Ein bißchen verwundert darüber, daß Mr. Kirk seine Söhne nicht bei ihr gelassen hatte, ging Maggie in ihr Zimmer hinauf. Am Kaminsims lehnte ein Umschlag aus feinem Bütten, in dem sich ein einzelnes Blatt und eine Pfundnote befanden.

*»Margaret«*, hatte Mr. Kirk geschrieben, *»ich habe die Jungen nach Lightning Ride mitgenommen, wie Mrs. Lavendar Ihnen sicher schon gesagt hat. Da die beiden die Minen eines Tages erben werden, bin ich der Meinung, sie sollten sich so früh wie möglich mit den Vorgängen dort vertraut machen. Im Umschlag finden Sie Ihren ersten Wochenlohn, und ich hoffe, daß Sie viel Spaß beim Einkaufen hatten. Ich freue mich sehr, wieder eine Gastgeberin im Haus zu haben und eine Gouvernante für meine Kinder. Mit freundlichen Grüßen, D. Kirk.«*

Maggie hockte sich auf ihr Bett und kaute nachdenklich an ihrer Unterlippe. Gastgeberin? Mr. Kirk hatte nichts davon erwähnt, als sie die Stellung angenommen hatte, aber es erklärte vielleicht seine Bitte, daß sie sich neue Kleider anschaffen sollte.

Fast schämte sie sich nun ihrer Bedenken und war froh, Gelegenheit zu haben, die fehlenden Dinge noch vor Mr. Kirks Rückkehr einzukaufen.

Am Nachmittag erfuhr Maggie von Mrs. Lavendar, daß Tansy zu Besuch gekommen war und im Garten wartete.

Ihre Augen leuchteten freudig auf, als sie Maggie sah. »Donnerwetter, du scheinst es ja gut getroffen zu haben!« sagte sie mit einem bewundernden Blick auf Maggies neues Kleid.

Maggie nahm Tansys Arm und entfernte sich mit ihr vom Haus. Bei einem Springbrunnen am anderen Ende des Gartens blieb sie stehen. »Tansy, was versteht man hier unter einer Gastgeberin?« fragte sie ganz unvermittelt.

Tansy schaute sie entgeistert an. »Einer Gastgeberin? Wieso? Das ist doch ganz klar – sie ist die Hausherrin, wenn man so will, aber ohne Trauschein und …«

Maggie wurde blaß. »Hast du schon einmal davon gehört, daß eine Gouvernante die Rolle der Hausherrin übernimmt?«

»Klar.« Tansy zuckte die Schultern. »Zumindest in England. Ist es das, was du hier bist? Die Hausherrin?«

Maggie erzählte ihrer Freundin von der Liste der Kleider, die Mr. Kirk für sie aufgestellt hatte, und sprach ihre Bedenken darüber aus. Tansy hörte mit großen Augen zu.

»Hat er dich schon einmal belästigt?« erkundigte sie sich leise.

Maggie schüttelte den Kopf und erinnerte sich wieder an die guten Neuigkeiten, die sie Tansy zu berichten hatte. »Ich bin frei, Tansy! Mr. Reeve McKenna hat meine Papiere gekauft und sie mir zurückgegeben!«

»Reeve McKenna?« entgegnete Tansy stirnrunzelnd. »Der gutaussehende Mann vom Schiff?«

Maggie nickte. »Und frag mich nicht, was er dafür erwartet, Tansy, denn er hat nichts von mir verlangt.«

Tansy sank entgeistert auf eine Marmorbank. »Im Vergleich dazu verblassen meine Neuigkeiten!« murmelte sie erschüttert.

Maggie setzte sich neben ihre Freundin. »Erzähl!«

»Wir machen am Samstagnachmittag einen Ausflug nach Parramatta – ich meine, das gesamte Personal aus meinem Haus –, und ich wollte dich einladen, mitzukommen.« Sinnend betrachtete Tansy das neue Kleid ihrer Freundin. »Obwohl du jetzt vielleicht zu vornehm für uns bist. Du wirst einem Picknick, Pferderennen und einer Predigt bestimmt nichts abgewinnen können.«

»Doch, natürlich!« protestierte Maggie, die Tansys Freundschaft auf keinen Fall verlieren wollte. »Ich habe am Samstagnachmittag auch frei – und den ganzen Sonntag!«

Tansy drückte Maggies Hand. »Dann kommst du also mit? O Maggie, du wirst sehen, wieviel Spaß wir haben werden! Bring eine kleine Tasche mit, wir bleiben über Nacht.«

»Und wo sollen wir schlafen?«

»Der Herr, für den ich arbeite, hat einen Landsitz in Parramata, da können wir im Kutscherhaus oder in der Scheune übernachten. Wir sind eine ganze Menge Leute, Maggie, es wird bestimmt sehr lustig werden.«

»Das klingt, als hättest du so etwas schon einmal gemacht«, bemerkte Maggie lächelnd.

»Klar – bei jeder Gelegenheit, als ich das letzte Mal in Australien war. Aus der ganzen Umgebung kommen Leute, es wird gegessen, getanzt und ...«

»Gepredigt?« warf Maggie seufzend ein.

»Genau«, bestätigte Tansy schmunzelnd, »aber es wird erträglicher, wenn man weiß, daß es mit Spaß verbunden ist.«

Maggie nickte. »Wo treffen wir uns?«

»Wir holen dich am Samstagmittag ab. Sorg dafür, daß du fertig bist, wir dürfen nicht den Omnibus verpassen.«

»Darauf kannst du dich verlassen«, versicherte Maggie ernst.

Danach verabschiedeten sich die beiden Freundinnen. Eine kehrte in einen Haushalt zurück, wo alle Angestellten Freunde waren, die andere zu einer einsamen Mahlzeit in ihr Zimmer, das eher zu einer Prinzessin als zu einer Gouvernante paßte.

Als Maggie später ihr Tablett in die Küche hinunterbrachte und ihren Teller abwusch, hörte sie Susans Lachen. Das Dienstmädchen saß mit einem halben Dutzend anderer junger Mädchen im Garten. Maggie sehnte sich nach Gesellschaft, aber sie wußte, daß die Dienstboten ihr die übergeordnete Stellung übelnahmen und sie in ihrer Mitte nicht erwünscht war.

Seufzend verließ Maggie die Küche und schlenderte durch die geräumige Eingangshalle. Ihr Kummer war vergessen, als sie durch eine offenstehende Tür die Bibliothek entdeckte. Die Bücher in den hohen Wandregalen waren sorgfältig abgestaubt und katalogisiert. Es gab in diesem Raum sogar einen Schachtisch mit kunstvoll geschnitzten Figuren, die Hälfte aus einem irisierenden weißen Gestein, die andere Hälfte aus seltenem schwarzen Opal.

Maggie bewunderte die kostbaren Figuren eine Weile, bis es sie zu den Büchern zog, einem für sie viel größeren Schatz.

Als sie eine prächtige Ausgabe mit Zeichnungen aufschlug, räusperte sich jemand hinter ihr, und Maggie errötete schuldbewußt.

»Ich sehe, daß Sie den Unterricht vorbereiten«, sagte Mrs. Lavendar unerwartet freundlich. »Mr. Kirk würde sich darüber freuen. Nehmen Sie sich ruhig alle Bücher, die Sie brauchen. In der Schreibtischschublade finden Sie Papier und Feder.«

»Danke«, sagte Maggie leise.

»Unsinn. Bücher gehören zu Ihrer Arbeit.«

Als Mrs. Lavendar den Raum verlassen hatte, stellte Maggie klopfenden Herzens eine Auswahl zusammen – Bücher über Botanik, Geschichte und andere Themen, die sie mit ihren jungen Schülern besprechen wollte. Nach kurzem Zögern legte sie auch die dicke Ausgabe mit den Zeichnungen zu dem Stapel. Dann kehrte sie schwerbeladen in ihr Zimmer zurück, setzte sich mit ihrer kostbaren Last an den Kamin und seufzte vor Vergnügen.

Sie hatte gerade einen Plan für die Botanikstunden ausgearbeitet, als Mrs. Lavendar hereinkam, um ihr Tee zu bringen. Maggie war so überrascht über diese unerwartet freundliche Geste, daß sie vor Freude errötete.

Doch ihre Hoffnung, nun ein Gespräch beginnen zu können, war vergeblich. Mrs. Lavendar nickte ihr nur zu und ging wieder in die Küche zurück.

Bis spät in die Nacht hinein bereitete Maggie den Unterricht für Tad und Jeremy vor. Erst als sie im Bett lag, erlaubte sie sich das Vergnügen, das Buch mit den Zeichnungen aufzuschlagen.

Sehr schnell stellte sich heraus, daß das Vergnügen ganz anderer Art war, als sie vermutet hatte. Bei genauerer Betrachtung stellte Maggie nämlich fest, daß das Buch eine Anzahl von Bildern enthielt, die Männer und Frauen in den verschiedensten erotischen Stellungen zeigten. Beschämt, aber zu neugierig, um es fortzulegen, blätterte sie weiter und erfuhr mit jeder Seite mehr über eine Angelegenheit, die ihr bis dahin ein Rätsel gewesen war.

Die Bilder waren weder häßlich noch abstoßend, obwohl die dargestellten Menschen alle unbekleidet waren und in den intimsten Positionen dargestellt wurden. Eine verwirrende Hitze erfaßte Maggie, als sie die Zeichnungen betrachtete und das Buch drehte und wendete, um die einzelnen Darstellungen zu begreifen.

Zwei der Bilder interessierten Maggie ganz besonders. Eins zeigte eine Frau, die sich über einen Mann beugte, der auf einem Sessel saß, ihre Brust dicht an seinem Mund, ihr Gesicht eine Studie der Ekstase. Auf dem anderen Bild lehnte die Frau an der Wand, der Mann kniete vor ihr und preßte sein Gesicht auf ihren Bauch – zumindest nahm Maggie an, daß es der Bauch war …

Doch die wohlige Wärme zwischen ihren Schenkeln brachte ihr bald zu Bewußtsein, daß es nicht der Bauch sein konnte, den der Mann auf der Zeichnung küßte. Es war ein so empörender Gedanke, daß sie das Buch zuklappte und beiseitelegte.

Bald darauf war sie eingeschlafen und träumte wieder von Reeve McKenna, doch diesmal hatten ihre erotischen Vorstellungen eine verblüffende Ähnlichkeit mit den Bildern in diesem erschreckenden, wunderbaren Buch.

Maggie erwachte um einiges weiser und ziemlich unglücklich, denn sie sehnte sich nach einer Erleichterung, die sie nur erahnen konnte und ganz bestimmt nicht suchen würde. Im Laufe des Morgens ignorierte sie das Buch mit den Zeichnungen und erarbeitete sich ihren Unterricht. Gegen Mittag bekam sie Kopfschmerzen und brauchte frische Luft. In einem anderen ihrer neuen Kleider, einem pinkfarbenen Traum aus Musselin, brach sie zu einem Spaziergang auf.

Da sie sich kein bestimmtes Ziel vorgenommen hatte, befand sie sich schon bald in einer Straße, die sie nicht erkannte. In welcher Richtung mochte Mr. Kirks Haus nun liegen?

Ein kleines Mädchen saß auf dem Rasen vor einem prächtigen Haus mit säulengestützter Veranda.

Maggie trat an den Zaun und sagte lächelnd: »Entschuldige bitte, kennst du den Weg nach Victoria Street? Ich glaube, ich habe mir verirrt.«

Das Mädchen hob den Kopf und schaute Maggie aus seegrünen Augen an, die denen von Mr. McKenna so ähnlich waren, daß Maggie sich ganz unbewußt versteifte. Aber das Kind betrachtete sie nur schweigend und wandte sich dann wieder seinem Spielzeug zu, einem kleinen, bunten Pferd mit Metallrädern.

Da Maggie wußte, daß das kleine Mädchen sie gehört hatte, war sie sehr erstaunt, daß es nicht antwortete. Sie wollte schon ihre Frage wiederholen, als sich die Tür des schönen Hauses öffnete und Mr. McKenna auf die Veranda trat.

Angesichts ihrer verrückten Träume, die sich stets um diesen Mann zu drehen schienen, wollte Maggie zuerst die Flucht ergreifen. Aber das war lächerlich, denn schließlich hatte er ihr die Freiheit geschenkt und war also nicht ihr Feind. Außerdem mußte sie den Weg zur Victoria Street erfragen.

»Hallo«, sagte sie und dachte an die Frau in dem Buch mit den Zeichnungen – die Frau, die an der Wand lehnte. Das Blut schoß Maggie in die Wangen, denn in ihrem Traum war sie die Frau gewesen, und Reeve McKenna der Mann, der vor ihr kniete …

Reeve sah Maggies Erröten und lächelte verhalten, als wüßte er genau, was in ihrem Kopf vorging.

»Ich habe mich verlaufen«, begann sie rasch, als Reeve auf der anderen Seite an den Zaun trat und ihr plötzlich so nahe war, daß sie seine Körperwärme wie eine zärtliche Berührung spüren konnte. Um ihn nicht ansehen zu müssen, richtete sie ihren Blick auf das bronzene Medaillon um seinen Hals.

»Ich hoffte, Sie hätten es sich anders überlegt und würden jetzt doch noch für mich arbeiten«, erwiderte Reeve, und Maggie spürte seinen warmen Atem auf ihrem aufgesteckten Haar. Obwohl ihr eher zu heiß als zu kalt war, erschauerte sie und zwang sich, zu diesen so gefährlichen seegrünen Augen aufzuschauen.

»Ich gebe zu, daß ich daran gedacht habe«, hörte sie sich zu ihrem Entsetzen sagen. »Es hat mich viel Zeit und Energie gekostet, die Rolle zu lernen und …«

Bei Reeves Lächeln stockte ihr der Atem, dann hob er gelassen die Hand und berührte ihr Haar, direkt unter ihrem rechten Ohr, wo die Haut am empfindsamsten war.

»Und?« beharrte er.

Diesmal hatte Maggie das Gefühl, am ganzen Körper zu erröten. Die verflixten Bilder erstanden vor ihr, aber nicht als Zeichnung, sondern in Fleisch und Blut. Ihr Fleisch und Blut, und Reeves. »Nun ja, das … das ändert nichts«, stammelte sie. »Ich habe Mr. Kirk versprochen, seine Söhne zu unterrichten, und ich breche mein Versprechen nicht.«

»So?« Dieses eine Wort, mit heiserer Stimme gesprochen, hatte eine ähnliche Wirkung auf Maggie wie ein Streicheln.

Sie trat vom Zaun zurück und entzog sich der Reichweite der angenehmen Wärme, die dieser Mann ausstrahlte. »Könnten Sie mir sagen, wie ich nach Victoria Street komme?« fragte sie rasch.

»Wie kommen Sie mit Duncan zurecht?« wollte Reeve wissen, als habe er ihre Frage nicht gehört.

Ärger und eine verwirrende Unruhe erfaßten sie. »Bestens, da er momentan nicht zu Hause ist«, erwiderte sie steif. »Er hat die Jungen mitgenommen.«

»Dann werden Sie sich langweilen«, bemerkte Mr. McKenna.

»Keineswegs«, entgegnete Maggie schnell. »Am Samstag fahre ich nach Parramatta, zu einem Picknick.«

Reeves Blick wich nicht von ihrem Gesicht – oder war es Maggies Mund, auf dem er ruhte? Ihre Lippen begannen zu zittern und fühlten sich plötzlich überraschend heiß an.

»Hm.« Reeve schwieg einen Moment, dann sagte er: »Gehen Sie in diese Richtung. Victoria Street liegt sechs Straßen weiter.«

»Danke«, murmelte Maggie verwirrt, weil er sie so abrupt aus seinem Bann entlassen hatte. »Entschuldigen Sie die Belästigung.«

Reeve schüttelte den Kopf. »Es tut mir leid, daß ich Sie belästigt habe«, erwiderte er schmunzelnd.

Was er meinte, war eindeutig wie ein Schlag ins Gesicht. Maggie wandte sich auf dem Absatz um und ergriff die Flucht, froh, daß die kühle Brise, die aus der Bucht herüberkam, ihre heißen Wangen kühlte.

Er weiß es, dachte Maggie beschämt. Reeve McKenna weiß, welche Sehnsüchte er in mir erweckt!

Am Samstagmittag bestieg Maggie mit Tansy und ihren Freunden einen Omnibus, der von acht starken Pferden gezogen wurde. Andere Fahrgäste, die ebenfalls an den Festlichkeiten in Parramata teilnehmen wollten, gesellten sich zu ihnen, und bald sangen alle muntere Liedchen. Maggie war froh, auf diese Weise von ihren Gedanken an Reeve McKenna abgelenkt zu werden.

Es war schon dunkel, als sie Parramata erreichten. Fackeln erhellten den Weg zu den Lagerfeuern, und fröhliches Stimmengewirr erfüllte die kühle nächtliche Luft.

»Hm, das riecht nach Essen«, bemerkte Tansy und fuhr sich mit der Zungenspitze über die Lippen. »Eintopf und Dämpfer, glaube ich.«

Maggie blieb so abrupt stehen, daß sie fast mit Tansy zusammenstieß. »Was ist denn Dämpfer?« fragte sie verblüfft.

Tansy lachte. »Das ist ganz frisches Brot aus Wasser und Mehl, aber es schmeckt sehr gut, weil es in der Asche gart.«

Maggies Magen begann zu knurren, und sie ging unwillkürlich schneller. Bald erreichten sie die Gruppe von etwa einhundert Menschen, die sich um die Feuer versammelt hatten, und erhielten für einige wenige Pennies einen Teller und Besteck.

Als Tansy in der Menge untertauchte, füllte Maggie hungrig ihren Teller und hockte sich auf einen umgestürzten Baum. Zum ersten Mal seit Tagen fühlte sie sich nicht mehr allein in dem fremden Land. Der flackernde Schein der Fackeln und die lodernden Lagerfeuer erinnerten sie an ähnliche Nächte in Amerika, die sie im Kreis der Zirkusleute verbracht hatte.

Während sie sich den wehmütigen Erinnerungen an ihre verstorbenen Eltern überließ, erschien auf einmal Reeve McKenna neben ihr und setzte sich ungefragt an ihre Seite.

»Hallo, Maggie«, sagte er, als besäße er ein Recht, bei ihr zu sein. Sein Erscheinen verwirrte Maggie so sehr, daß sie sich verschluckte.

»Was machen Sie denn hier?« flüsterte sie entgeistert.

Reeve zuckte die Schultern. »Ein Buschfest lasse ich mir nicht entgehen.«

Maggie maß ihn mit einem gereizten Blick. Verdammt – nach all der Mühe, die es sie gekostet hatte, ihn aus ihren Gedanken zu verbannen! »Sind Sie gekommen, um sich die Predigt anzuhören, Mr. McKenna?« erkundigte sie sich spöttisch.

Da sah sie Tansy, die in der einen Hand einen Teller trug

und an der anderen einen jungen Mann mitschleppte. Maggie begriff, daß ihre Freundin sich längst einen eigenen Schlafplatz gesucht hatte, und sie nahm sich vor, ihr dafür bei nächster Gelegenheit den Hals umzudrehen.

»Eigentlich interessiert mich mehr das Pferderennen«, antwortete Mr. McKenna und fügte nachdenklich hinzu: »Es sieht nicht nach Regen aus.«

Eine alberne Bemerkung angesichts des sternenübersäten Himmels, fand Maggie, behielt ihre Meinung jedoch für sich.

Reeve betrachtete sie belustigt. »Sie glauben also nicht, daß es Regen geben könnte«, stellte er fest.

»Es ist keine Wolke am Himmel zu sehen.«

»Gewitter kommen in Australien häufig ganz überraschend auf, Miss Chamberlin.« Seine grüne Augen funkelten im Feuerschein. »Und dann sind sie von furchtbarer Gewalt.«

Der Doppelsinn in seinen Worten war Maggie nicht entgangen, und sie fragte sich nervös, ob diese Nacht sich als genauso ruhelos erweisen mochte wie die vorherigen.

# 7

Sobald es Maggie möglich war, entschuldigte sie sich und ergriff die Flucht. Aber Tansy war nirgendwo zu sehen. Sie war verschwunden, als hätte die Dunkelheit sie verschluckt.

Da Maggie nicht wußte, was sie jetzt machten sollte, betrat sie eines der Zelte, in dem gepredigt wurde.

»Denn der Herr, euer Gott, ist ein eifersüchtiger Gott!« donnerte ein beleibter kleiner Prediger von der hölzernen Plattform am Ende des Zeltes, und Dutzende von Gläubigen senkten demütig den Kopf.

Maggie verdrehte gereizt die Augen. Als hätte der Herrgott sie dafür bestrafen wollen, erklang im nächsten Augenblick ein ohrenbetäubender Donnerschlag. Unwillkürlich zuckte sie zusammen und trat ins Freie, um zum Himmel aufzuschauen. Eben noch klar, war er jetzt mit drohenden blaugrauen Wolken überzogen. Blitze zuckten am Horizont auf und ließen ihn wie zersprungenes Glas erscheinen.

Nur Sekunden später kam ein Sturzregen, wie Maggie ihn noch nie erlebt hatte. Er prasselte auf die Zelt- und Wagendächer und verwandelte die riesigen Lagerfeuer in einen Haufen dampfender Kohle. Die Leute stoben in alle Richtungen auseinander und suchten lachend einen Unterschlupf vor dem Gewitter.

Innerhalb weniger Minuten war Maggie bis auf die Haut durchnäßt – aber nicht verzweifelt genug, um ins Zelt zurückzugehen und noch mehr über einen rachsüchtigen Gott zu hören. Während sie Tansy innerlich dafür verfluchte, sie in eine solche Situation gebracht zu haben, blieb sie stehen und schaute sich unentschlossen um.

Plötzlich ergriff eine starke Hand Maggies Arm und zog sie fort. Durch den strömenden Regen und das Wasser, das ihr in die Augen lief, konnte sie niemanden erkennen, aber sie hatte eine ziemlich klare Vorstellung davon, wer ihr Entführer war ...

Nach einem endlos scheinenden Weg durch Wasser und Schlamm tauchten die verschwommenen Umrisse eines überdachten Wagens vor ihnen auf. Maggies Entführer drehte sich um, umfaßte ihre Taille und hob sie ins Innere.

Einen Moment blieb sie im Dunkeln auf dem Boden hocken, dann flammte eine Petroleumlampe auf.

»Sie sollten die nassen Sachen ausziehen, wenn Sie sich keine Lungenentzündung holen wollen«, rief eine freundliche Männerstimme.

Langsam richtete Maggie sich auf und strich das Haar aus dem Gesicht. Wie erwartet war es Reeve McKenna, der auf der Kante einer schmalen Liege hockte und sie mit einem kameradschaftlichen Lächeln musterte. Auf Maggies zornigen Blick hin hob er beide Hände, als wunderte er sich, womit er ihren Zorn verdiente.

Dann warf er Maggie eine Tasche zu. »Die hatten Sie am Lagerfeuer vergessen.«

Maggie betrachtete sehnsüchtig die Tasche, die ein warmes Nachthemd und ein Kleid zum Wechseln enthielt, aber dann kam ihr der Gedanke, auch die Sachen zum Wechseln könnten naß geworden sein. Und tatsächlich – das neue blaßrosa gestreifte Kleid und ihr bestes Nachthemd trieften vor Nässe!

Mit einem Seufzer der Verzweiflung stand Maggie auf. Mr.

McKenna war für einen Moment vergessen, als sie die nassen Sachen aus der Tasche holte.

»Ich nehme an, das hat Duncan Ihnen gekauft.« Reeves Worte brachten Maggie wieder die ganze Ausweglosigkeit ihrer Lage zu Bewußtsein.

»Ja«, sagte sie mit zitternder Stimme. »Wissen Sie, ich soll nämlich seine Gastgeberin sein …«

Reeve stand auf und nahm ihr das Nachthemd ab. Während er den zarten Stoff durch seine Finger gleiten ließ, fragte er lauernd: »Damit Sie die Gäste im Nachthemd empfangen?«

Maggie schaute ihn entrüstet an. »Selbstverständlich nicht«, erwiderte sie schnippisch und riß ihm das Nachthemd aus der Hand.

Reeve wandte sich wortlos ab und löschte ohne ein Wort der Warnung die Lampe. Plötzlich war es stockdunkel im Wagen, und Maggie schnappte verblüfft nach Luft.

»Was hat das zu bedeuten?« fragte sie empört.

»Wollen Sie, daß das ganze Lager zuschaut, wenn Sie sich ausziehen?« entgegnete er irgendwo aus der Dunkelheit.

»Ich habe nicht vor, mich auszuziehen!«

»Tapfere Worte«, räumte Reeve gelassen ein. »Aber leider sind Sie bis auf die Haut durchnäßt und zittern vor Kälte.« Ein undefinierbares, aber trockenes Kleidungsstück flog durch den Wagen, und Maggie fing es auf. Flanell. Ein warmes, herrlich trockenes Männerhemd aus Flanell.

»Ziehen Sie sich jetzt endlich aus, bevor ich es übernehme«, befahl Reeve gereizt, als Maggie sich nicht rührte.

Sie zweifelte nicht daran, daß er fähig war, seine Drohung wahrzumachen, und außerdem war ihr jetzt wirklich kalt. »Woher soll ich wissen, daß Sie … daß Sie nicht das Licht anmachen …«

»Wenn ich das Licht anmachte, könnte man Sie von draußen sehen«, wandte Reeve nüchtern ein. »Und wenn ich Sie verführen wollte, hätte ich mir die Gelegenheit, Sie unter meinem Dach zu haben, wohl nicht entgehen lassen, indem ich Ihnen die Einwanderungspapiere gab, oder?«

Das klang vernünftig, und Maggie begann wortlos ihr Kleid aufzuknöpfen. Aber ihre Hände waren wie erstarrt vor Kälte, und die winzigen Perlmuttknöpfe rutschten ihr immer wieder aus den Fingern. »Verdammt!« rief sie gereizt. »Verdammt!«

Reeve lachte leise, und nur daran merkte sie, daß er sich näherte. Dann lagen seine warmen Hände auf den Knöpfen und öffneten sie ganz mühelos. »Das Wort gefällt Ihnen, was?« meinte er.

Maggie war sprachlos über die Lage, in die sie sich gebracht hatte, und auch die merkwürdigen Gefühle, die bei Reeves Berührung in ihr erwachten, verwirrten sie sehr. »W-was meinen Sie?« stammelte sie lahm.

Seine Hände waren inzwischen an ihrer Taille angelangt und lösten den allerletzten Knopf. »Sie sagten etwas Ähnliches auf dem Schiff, als Sie merkten, daß Sie nicht an Land konnten.«

Maggie hörte, was Reeve sagte, aber der Sinn seiner Worte entging ihr, dann sie konnte an nichts anderes denken als an seine warmen Hände, die nun auf ihren Schultern lagen und ihr sanft das Kleid abstreiften. Wieder erschauerte sie, aber diesmal nicht vor Kälte, sondern aus einem heißen, prickelnden Gefühl heraus.

Sie blieb reglos stehen, als Reeve die Schleifen an ihrem Mieder aufband und es von ihrer Haut ablöste, die kalt an der Oberfläche war und heiß darunter. Seine Daumen streiften ihre erigierten Brustspitzen – ob durch Zufall oder mit Absicht –, und Maggie stöhnte leise auf, als ein heißes Sehnen in ihr erwachte.

»Maggie«, sagte Reeve rauh. Dann spürte sie seinen Atem auf ihrem Gesicht und legte instinktiv den Kopf zurück, um ihm ihren Mund zu bieten. Seine kräftigen und doch so unendlich sanften Hände vergruben sich in ihrem tropfnassen Haar, und er küßte sie.

Maggie stockte der Atem, als sie seine Lippen auf den ihren spürte, warm, feucht und unendlich zärtlich; sie erschauerte, als seine Zungenspitze sanft wie eine Feder über die Konturen ihres Mundes strich. Dabei hörte er nicht auf, ihren schlanken Rücken zu streicheln. Als er ihren festen kleinen Po umfaßte, sie aufhob und an seinen harten Körper preßte, nahm sie die ganze Macht seiner männlichen Erregung wahr. Sogar durch ihren Unterrock und ihre langen Beinkleider hindurch war das zu spüren, wonach es sie so sehr verlangte und was ihr gleichzeitig die größte Angst einjagte.

Plötzlich unterbrach Reeve seinen Kuß und löste sich von Maggie. Aber sofort waren seine Hände wieder da, legten sich warm und fest um ihre vollen Brüste und glitten an ihren Hüften hinab, um ihr Unterrock und Hose auszuziehen.

Maggie war Reeve machtlos ausgeliefert, sie hatte keine Kraft mehr, sich zu wehren. Als er sie sanft auf das schmale Lager legte, protestierte sie nicht, und als er ihr mit einer Gelassenheit, die ihr Verlangen ins Unerträgliche steigerte, die Schuhe abstreifte und die Strümpfe herunterrollte, schloß sie die Augen und seufzte leise.

Bei Reeves nächsten Worten war sein sonst nur sehr schwacher irischer Akzent deutlich zu vernehmen, und seine Stimme war heiser vor Verlangen. »Du bist also Jungfrau, nicht wahr, Kleines?«

Maggie fand keine Worte, aber dann spürte sie seine Hand an ihrer heißen Wange und nickte stumm.

»Dann werde ich dich heute nacht nicht nehmen«, erwiderte er rauh, und in Maggies Ohren dröhnte es. Aber sie wußte nicht, ob es vom Regen draußen kam oder ob es ihr eigenes Blut war, das durch ihre Schläfen jagte.

Hätte sie nicht Reeves sanfte Hände auf ihrer Brust gespürt, wäre ihre Enttäuschung unendlich groß gewesen. Ihr Gefühl für Anstand hatte sie inzwischen verloren; nichts anderes als das Verlangen nach den unbekannten Freuden, die Reeves Nähe zu versprechen schien, beherrschte sie jetzt mehr.

Er lachte, als er ihren Eifer spürte. »Das Vergnügen wirst du haben, Maggie«, flüsterte er ihr ins Ohr. »Ohne dabei zerstört zu werden.«

Als Maggie seine Lippen auf ihrer Brust spürte und seine Zungenspitze um die rosa Knospe zu kreisen begann, stöhnte sie lustvoll auf und bog sich ihm entgegen.

Ein heiseres Lachen kam von Reeves Lippen. Seine Zärtlichkeiten wurden fordernder, und Maggie, die mit geschlossenen Augen, hingebungsvoll zurückgelegtem Kopf und heftig atmend vor ihm lag, glaubte vor Wonne zu vergehen.

Und plötzlich war seine Hand dort, wo das süße Prickeln

am stärksten war … Maggie bäumte sich ganz unwillkürlich auf und stöhnte vor Entzücken.

Ein leises Lachen verriet Reeves Belustigung, dann küßte er Maggie sehr sanft auf die Lippen. »Es hat aufgehört zu regnen«, murmelte er dicht an ihrem Mund. »Wenn du nicht still bist, Maggie, wird bald das ganze Lager wissen, was wir machen.«

Reeves Hände versetzten sie in einen Zustand wohligen Entzückens, wie sie ihn nie für möglich gehalten hätte. Eine angenehme Trägheit erfüllte ihre Glieder, ihr Körper war keines Widerstands mehr fähig. »Ich … werde … ruhig sein …«

Wieder lachte Reeve, und sie spürte, wie er im Dunkeln an ihr hinunterglitt. Doch als sie schon glaubte, er entfernte sich von ihr, spürte sie seine Lippen dort, wo eben noch seine Hand gewesen war!

Maggie krümmte sich in seinen Armen, bäumte sich stöhnend auf, als sie seine warme Zunge an ihrer intimsten Stelle spürte, dort, wo die süße Qual am größten war. Und zuerst glaubte sie, nun den Punkt erreicht zu haben, nach dem sie sich so sehnte, daß dies die Erfüllung war. Aber dann stellte sich sehr schnell heraus, daß es nichts als eine weitere Stufe auf der Leiter ihrer aufgewühlten Emotionen war.

Maggies Herz hämmerte gegen ihre Rippen, ihr Atem kam immer schneller, das süße Pochen zwischen ihren Schenkeln wurde fast unerträglich in seiner Intensität. Während sie dem geheimnisvollen Gipfel zustrebte, den ihr Körper herbeisehnte, wehrte sie sich instinktiv dagegen. Doch Reeve hielt sie fest umfangen, zog ihre Hüften höher und höher, während er Maggie mit seinen Lippen an den Rand des Wahnsinns trieb.

Schließlich war es ihr eigener Körper, der ihr zum Verräter wurde. Mit einem leisen Aufschrei öffnete sie die Schenkel, um Reeve noch besseren Zugang zu verschaffen, und stemmte ihre Fersen in die Matratze.

Und dann kam sie, die gewaltige Explosion im Zentrum ihrer Weiblichkeit. Maggies Muskeln verkrampften sich, ein Erschauern ging durch ihren Körper, und sie stieß einen heiseren Schrei aus, den sie mit einem Kissen zu ersticken versuchte.

Ganz sachte zog sich Reeve zurück.

Zitternd und zu beschämt, um ihm ins Gesicht zu sehen, blieb Maggie liegen. »Mein Gott«, stöhnte sie, »was habe ich getan?«

Sie spürte, daß Reeve sich erhob, hörte sein bedauerndes Lachen und dann seine Antwort. »Nichts, was dir dauerhaften Schaden bringen wird«, sagte er. »Ganz im Gegensatz zu mir.«

Keine Spur mehr von seinem irischen Akzent. Maggie preßte ihr Gesicht beschämt ins Kissen.

Doch es wurde ihr recht unsanft entrissen und landete mit einem leisen Aufprall auf dem Boden. »Du kannst es nicht ungeschehen machen, indem du dich versteckst«, sagte Reeve.

Maggie richtete sich erschrocken auf. War es möglich, daß Reeve im Dunkeln sehen konnte? »Du mußt Katzenaugen haben!«

Er lachte, aber es klang seltsam gequält. »Das Kissen ist weiß, Maggie. Außerdem hat es mein Gesicht gestreift, als du es unter dem Kopf hervorzogst, um ...«

Maggie schluchzte auf vor Scham und kroch unter die Decke. Wenn das weiße Kissen im Dunkeln zu sehen war, dann ihre nackte Haut ganz sicher auch!

»Du hast mich gesehen!« beschuldigte sie ihn.

»Ich habe mehr getan, als dich zu sehen, meine Süße«, erwiderte Reeve belustigt und richtete sich auf.

Maggie zog die Decke vom Gesicht. »Willst du mich etwa allein lassen?«

»Wenn ich es nicht tue, kleine Amerikanerin, werden wir beide es schwer bereuen«, antwortete Reeve und sprang vom Wagen. Erst jetzt merkte Maggie, daß es von neuem zu regnen begonnen hatte.

Während sie noch überlegte, daß es bestimmt das Beste sei, sich anzuziehen und sofort den Wagen zu verlassen, legte sie sich wieder hin und zog die Decke unters Kinn. Denn diese vernünftige Überlegung war wenig verlockend. Nasse Kleider blieben nasse Kleider, und draußen regnete es noch immer. Wo sollte sie hin, wenn sie ihren zugegebenermaßen skandalösen Unterschlupf verließ? Tansy zu finden würde unmöglich sein, weil es tausend Orte gab, wo diese kleine Teufelin sich verbergen konnte …

Gähnend schloß Maggie die Augen. Von einer angenehmen Trägheit erfaßt, schlief sie ein, und kein erotischer oder anderer Traum störte ihre Ruhe.

Es gab genug andere Orte, an denen Reeve schlafen oder sein quälendes Verlangen hätte stillen können, aber schließlich kehrte er nach endlosem Umherstreifen im Lager doch zu seinem eigenen Wagen zurück.

Maggie schlief, und Reeve lächelte, als er seine nassen Kleider abstreifte. Es gab nur ein Bett im Wagen, und um auf dem Boden zu schlafen, war es viel zu kalt. So legte er sich neben sie und schmiegte sich ganz dicht an ihren Rücken. Er brauchte sich nur zu beherrschen – das war alles.

Maggie seufzte leise, als seine eiskalte Haut sie berührte, aber sie erwachte nicht. Von einer ungewohnten Zärtlichkeit erfaßt, legte Reeve beschützend den Arm um sie und befahl sich, zu schlafen.

Maggies fester kleiner Po bewegte sich im Schlaf, und Reeve spürte die Erregung, die der lange Spaziergang im kalten Regen gelindert hatte, von neuem in sich erwachen.

Ein Frösteln strömte durch seinen Körper, er nieste – und Maggie erwachte.

»Du hast dich erkältet«, sagte sie vorwurfsvoll und streichelte seinen Arm, um ihn zu wärmen.

Sie erreichte sehr viel mehr damit, als ihn zu wärmen, aber Reeve wußte nicht, wie er sich ihr entziehen konnte, ohne das warme Bett zu verlassen. Denn das hatte er nicht vor. Sogar Galanterie hatte ihre Grenzen.

»Maggie, hör auf«, bat er heiser.

Sie kuschelte sich an ihn, um ihm von ihrer Wärme abzugeben, und Reeve war so gerührt darüber, daß er keine Worte fand, um sie zu warnen.

Ihre Hand strich über seine Hüfte, zögerte und glitt dann zu seinem Po hinunter. Als sie sich der Stelle näherte, die ihre Hand am meisten ersehnte, wurde Reeves Verlangen so übermächtig, daß er laut aufstöhnte.

Er streckte die Hand aus und hielt Maggie fest.

»Willst du nicht, daß ich dich streichle?« flüsterte sie verwirrt und eine Spur verletzt.

»O doch«, keuchte Reeve. »Und wie!«

»Warum hältst du dann meine Hand fest?«

»Dir zuliebe, kleine Yankee, nur dir zuliebe. Wenn du nicht aufhörst, mache ich da weiter, wo ich vorhin aufgehört habe.«

Er spürte ihr Erstaunen, ihre Verwunderung, und wieder erfaßte ihn eine Zärtlichkeit, die fast schmerzhaft war.

»Du meinst, da ist noch mehr? Wir haben nicht … wir haben noch nicht alles gemacht?«

Ein leises Lachen entrang sich Reeve. »Du dachtest, das wäre alles?« fragte er, als er endlich wieder Worte fand.

Er spürte, wie sie mit den Tränen kämpfte, und hob die Hand, um ihre feuchte Wange zu berühren. »Du dachtest wirklich, das wäre alles!« stellte er verwundert fest.

Maggies Stirn ruhte an seiner Brust; er fühlte, wie sie nickte, und zog ihr Gesicht zu sich heran, um sie zu küssen.

Dieser Kuß verriet seine ganze Sehnsucht, die so gewaltig war, wie er sie noch nie bei einer Frau empfunden hatte. Nicht einmal die einsamen Nächte auf einem Walfänger hatten ein derartig starkes Gefühl in ihn erzeugt.

Seine Zungenspitze bat sanft um Einlaß; Maggie öffnete bereitwillig die Lippen. Mit einem unterdrückten Stöhnen rollte er sich auf sie und schlang die Arme um ihren Rücken.

Maggie spreizte die Schenkel, bis Reeve zwischen ihnen ruhte. In seinem Kopf dröhnte es wie bei einem Sturm – er brauchte sie, aber selbst in seinem Hunger, sie zu haben, war ihm bewußt, daß er Maggie vor sich hatte und nicht Loretta. Maggie war noch Jungfrau, und wenn er sie zu heftig nahm, zu schnell, würde er sie verletzen.

»Maggie«, flüsterte er rauh, »Maggie.«

Ihre Hände streichelten die verkrampften Muskeln seiner Schultern, und Reeve glaubte, einen Seufzer zu vernehmen. Er richtete sich erschrocken auf. »Habe ich dir weh getan?«

Ihr weiches Haar streifte sein Gesicht, als sie den Kopf schüttelte. »Nein, Reeve.« Wieder glitten ihre Hände streichelnd über seinen Rücken. »Komm in meine Arme. Dir ist kalt.«

»Seltsam«, murmelte Reeve erstickt. »Ich könnte schwören, daß ich Fieber habe.«

Maggies kühle Hand berührte seine Stirn, strich das feuchte Haar zurück. »An Fieber kann man sterben«, meinte sie besorgt.

Eine Welle der Zuneigung erfaßte Reeve. »Es ist nicht diese Art von Fieber, Liebes«, sagte er.

Sie küßte sein Kinn – und wenn sie nicht bald aufhörte, war es um Reeves Beherrschung geschehen.

»Was kann man denn sonst noch tun?« fragte sie, während ihre Lippen über seinen Hals glitten. »Was noch?«

Ohne ein Wort zu sagen, bewegte sich Reeve näher und näher zu ihr hin, und Maggies Aufstöhnen zeigte ihm ihre Bereitschaft, ihn in sich aufzunehmen.

# 8

Irgendwo war Maggie schon bewußt, daß das, was sich nun ereignen würde, vielleicht der schlimmste Fehler ihres Lebens war. Aber sie konnte nichts mehr dagegen tun. Sie hatte kein Verlangen, Reeve davon abzuhalten, ihre Brüste zu küssen, ihren zitternden Leib – und dann spürte sie seine Lippen auf ihrem Mund und sein hartes Glied am Eingang ihrer Weiblichkeit.

»Bist du sicher, Maggie?« fragte er noch einmal. »Ich tue nichts, was du nicht wirklich willst.«

Maggie war ganz sicher. Als sie ihn sanft in sich eindringen spürte, bog sie sich ihm entgegen, denn sie wußte, daß nur er das unerträgliche Brennen in ihrem Körper löschen konnte. Sie umklammerte Reeves Gesicht und nickte stumm.

Langsam, ganz langsam drang er tiefer, und jede Bewegung steigerte Maggies Erregung ins Unerträgliche. Dann erfüllte sie ein kurzer, scharfer Schmerz. Sekundenlang hielt sie den Atem an vor Schreck, und Reeve rührte sich eine Zeitlang nicht.

Dann schob er beide Hände unter ihren festen Po und zog sie ganz an sich. Maggie erschauerte vor Lust, zog seinen Mund zu sich herunter und küßte ihn leidenschaftlich auf den Mund.

Während sie sich küßten, begann Reeve sich in einem Rhythmus zu bewegen, der Maggie jeglicher Vernunft beraubte. Er zog sich langsam zurück, stieß tief in sie hinein und zog sich von neuem zurück. Und jedesmal, wenn er das tat, hätte Maggie fast aufgeschrien vor Verlangen nach ihm.

Seine Bewegungen waren entnervend langsam, besitzergreifend und gleichzeitig unglaublich sanft. Maggie brauchte nichts anderes zu tun, als sich ihren Empfindungen zu überlassen, alles andere übernahm Reeve.

Jedesmal, wenn er ganz tief in sie eindrang, stöhnte sie auf, und irgendwann kam ein heiserer Schrei von ihren Lippen: »Reeve ... Reeve!«

Er spürte, wie ihre Muskeln sich um ihn spannten, hielt sie fest in den Armen und preßte sie an sich. Es war ein so wundervolles, so berauschendes Gefühl, daß Maggie vor Entzücken nicht mehr klar zu denken vermochte. Mit einem Aufschrei bäumte sie sich auf und umklammerte Reeves Schultern.

Auch er konnte die Forderungen seines eigenen Körpers nicht länger ignorieren, wollte den lustvollsten Moment des Liebesspiels ganz auskosten und drang tief in Maggie ein. Ein Beben ging durch seinen Körper, und Maggie glaubte, vor Ekstase zu vergehen. Mitten in ihrer eigenen Lust fühlte sie, wie sich seine Leidenschaft in ihr entlud.

Sie schlang Reeve die Arme um den Hals, zog seinen erhitzten Körper zu sich hinab und hielt ihn fest umfangen. Selbst als er sich schließlich auf die Seite rollte, gab sie ihn nicht frei, sondern schmiegte sich in seine Arme und streichelte seine feuchte Haut.

Als sie endlich einschlief, lag Reeve noch sehr lange wach und starrte sinnend an die Zelttuchdecke, die sie vor dem Regen schützte.

Mit den ersten grauen Strahlen der beginnenden Dämmerung erwachte Maggie am nächsten Morgen. Voller Scham erinnerte sie sich an das, was in der Nacht geschehen war.

Errötend richtete sie sich auf und stellte zu ihrer Bestürzung fest, daß Reeve nicht mehr im Wagen war. Rasch stieg sie aus dem Bett und zog ihre immer noch feuchten Sachen an. Als sie gerade ihr Kleid zuknöpfte, kam Reeve zurück.

Beschämt drehte sie ihm den Rücken zu, aber er kam zu ihr und half ihr, die restlichen Knöpfe zu schließen. Dann schob er ihr langes, zerzaustes Haar zur Seite und küßte ihren Nacken.

Maggie versteifte sich, fest dazu entschlossen, dem Verlangen, das er so mühelos in ihr erzeugte, diesmal nicht nachzugeben. Ohne Reeve anzusehen, begann sie ihr schweres Haar zu bürsten.

Doch Reeve nahm ihr stumm die Bürste aus der Hand, setzte sich auf das Bett, in dem sie solch skandalöse Dinge getrieben hatten, und zog Maggie auf seinen Schoß.

Und dann begann er ihr Haar zu bürsten.

Maggie hätte nie geahnt, welch sinnliche Erfahrung es sein konnte, von einem Mann auf dem Schoß gehalten und von ihm gekämmt zu werden. Daß ein Mann so etwas tat, wäre ihr gar nicht in den Sinn gekommen. Aber die Geste war so intim, daß ihr fast der Atem stockte.

Sie begann zu zittern, als sie seine harten Schenkel unter ihren spürte, und eine süße Erregung bewältigte sich ihrer.

Reeve hielt inne. »Ist dir kalt?«

»Ja«, log Maggie und straffte ganz unbewußt die Schultern.

Reeve nahm seine Beschäftigung wieder auf. »Dein Haar ist wie der Schein des Mondes auf weißem Opal«, bemerkte er lächelnd.

Da Maggie nicht wußte, was sie darauf erwidern sollte, blieb sie stumm. Dann legte Reeve die Bürste fort, schloß beide Hände um Maggies volle Brüste und ließ seinen Daumen streichelnd über ihre Spitzen gleiten.

Maggie erschauerte und sprang erschrocken auf, denn ihr war inzwischen klar, wohin derartige Zärtlichkeiten führen konnten.

»Wie soll ich mich unter die Leute wagen, nachdem jeder

weiß, daß ich die ganze Nacht in deinem Wagen war?« fragte sie besorgt.

Reeve betrachtete sie belustigt. »Das wird keiner merken, Maggie – vorausgesetzt, du steckst dein Haar auf und bemühst dich, nicht mehr zu erröten.«

»Warum sollte ich erröten?« entgegnete sie forsch, während sie sich bückte, um ihre Haarnadeln einzusammeln, die auf dem Boden vor dem Bett lagen.

Doch da spürte sie Reeves Hand auf ihrem Po, und eine versengende Hitze stieg in ihr auf. Es war beschämend, dieses Wissen, daß sie nicht zögern würde, sich ihm hinzugeben, wenn er sie noch einmal küßte oder ihre Brüste streichelte – am hellichten Tag und auf diesem schmalen, ungemachten Bett!

Es war diese Erkenntnis, die Maggie veranlaßte, sich blindlings umzudrehen und Reeve mitten ins Gesicht zu schlagen.

Doch er fing ihre Hände auf, hielt sie fest und begann, mit der freien Hand ihre rechte Brust zu streicheln. Als Maggies Brustspitze sich steil aufrichtete unter dem dünnen Stoff, lächelte Reeve zufrieden. Ohne ihre Hände loszulassen, senkte er den Kopf und nahm die rosige Spitze sanft zwischen die Zähne.

Aufstöhnend schloß Maggie die Augen. Unnötig, daß Reeve sie jetzt noch festhielt, sie hätte sich ohnehin nicht rühren können. Aber nun zog er mit der freien Hand ihren Rock hinauf, und als er die Seidenbänder ihrer Beinkleider löste und eine Hand darunterschob, ging ein Erschauern durch ihren Körper.

»O Gott!« keuchte Maggie, als seine Zärtlichkeiten intensiver wurden.

Reeve lachte. »Das wird deine Strafe sein, Maggie, wenn du mich noch einmal schlägst«, flüsterte er ihr zu, ohne seine Liebkosungen zu unterbrechen.

Maggie fühlte von neuem Verlangen in sich erwachen und flüsterte beschämt: »Nein, Reeve … bitte … nicht noch einmal …«

Doch Reeve hörte nicht auf sie. Jede seiner Bewegungen versetzten Maggie in noch heftigere Erregung, weckten ein wildes Verlangen in ihr, das nach Erfüllung drängte.

»Ooooh!« stöhnte sie, als sie auf dem Gipfel der Erfüllung angelangt war.

Als der Sturm abebbte, ließ Reeve sie los, versetzte ihr einen Klaps und stieg pfeifend aus dem Wagen. *Pfeifend!*

Maggie preßte die Hände an ihre heißen Wangen und blieb stocksteif stehen, bis sie sich einigermaßen beruhigt hatte. Dann, um sich nicht den ganzen Tag in Reeves Wagen zu verbergen, kletterte sie tapfer ins Freie.

Der Himmel war blau und reingewaschen, die Sonne hell wie poliertes Kupfer. Überall zwischen den tiefen Wasserpfützen schwärmten Leute herum. Fast sofort entdeckte Maggie ihre Freundin Tansy, die bei einem der neuentzündeten Lagerfeuer stand und ihre Hände wärmte.

Wütend stürmte Maggie auf sie zu. Wenn Tansy am Abend zuvor nicht verschwunden wäre, hätte sie die Nacht sicher nicht in Reeves Wagen verbracht – und das Kostbarste aufgegeben, was eine Frau einem Mann anbieten konnte!

»Tansy Quinn«, zischte sie ihre Freundin an, »wo hast du gesteckt?«

Tansy schaute Maggie an, dann den Wagen, aus dem sie gekommen war, und ein schelmisches Glitzern erschien in ihren blauen Augen. »Ich habe das gleiche getan wie du, nur in der Scheune und nicht im Wagen«, antwortete sie dreist.

Maggie versteifte sich vor Empörung. Aber da ihr keine passende Erwiderung einfiel, blieb sie stumm.

Tansy zog sie vom Feuer weg, wo die übrigen Leute ihr Frühstück einnahmen. »Du bist die Glücklichste von allen, Maggie Chamberlin«, flüsterte sie ihr neidisch zu. »Stell dir vor, mit einem solchen Mann ins Bett zu gehen!«

Maggie brauchte es sich nicht vorzustellen; sie wußte, wie es war. Aber zugeben würde sie es deshalb noch lange nicht.

»Es ist nichts geschehen gestern nacht. Gar nichts. Mr. McKenna hat mir lediglich gestattet, in seinem Wagen zu übernachten, weil es regnete und ich kein Dach über dem Kopf hatte!«

Tansy nickte weise, aber ihre Augen blickten skeptisch. »Klar, Maggie. Deshalb hörte ich dich auch heute morgen stöhnen, als ich auf der Suche nach dir am Wagen vorbeikam.«

Zutiefst beschämt entzog Maggie Tansy ihren Arm. »Dann

hat dir entweder deine schmutzige Phantasie einen Streich gespielt, oder du hast hinter dem falschen Wagen gehorcht!« entgegnete sie scharf.

Ihre Freundin hob besänftigend die Hände. »Schon gut, Maggie. Wenn du lieber so tun willst, als wäre nichts geschehen, soll es mir recht sein. Obwohl es sehr unvernünftig von dir ist, meine Gefühle zu verletzen. In neun Monaten wirst du vielleicht eine Freundin brauchen können.«

Maggie erblaßte. An diese Möglichkeit hatte sie bisher noch nicht gedacht.

Tansy sah es und nahm Maggies Hände. »Reg dich jetzt nicht auf, Liebes. Schone deine Nerven lieber für den richtigen Moment.«

Maggie überlegte fieberhaft, wann ihre nächste Periode fällig war. Noch ganze zwei Wochen! Zwei entnervend lange Wochen, bis sie wußte, welches Schicksal sie erwartete.

Später, beim Pferderennen, entdeckte Maggie Reeve McKenna auf dem Platz. Er hielt die Zügel eines großen, kohlrabenschwarzen Vollbluthengstes, in dessen Sattel ein schmächtiger kleiner Jockey saß.

Tansy war Maggies Blick gefolgt. »Mein Freund von gestern nacht behauptete, dein Reeve McKenna hätte irgendwo in der Nähe ein Haus«, bemerkte sie.

Maggie drehte sich verblüfft zu Tansy um. »Ein Haus?«

»Ja. Ein reicher Mann wie er besitzt mehr Häuser als wir beide Haarnadeln. Seltsam ist nur, daß er im Wagen mit dir geschlafen hat, statt dich in sein Haus mitzunehmen!«

Maggie hätte ihre Freundin am liebsten geschlagen. »Willst du wohl still sein!« zischte sie ihr zu, als sie die neugierigen Blicke der Leute am Feuer bemerkte.

»Schon gut!« beschwichtigte Tansy sie.

Maggie hatte plötzlich das unangenehme Gefühl, sich übergeben zu müssen. »Wann geht der Omnibus nach Sydney?« fragte sie bedrückt.

»Einer geht um zwei, der andere um vier«, antwortete Tansy, während sie die Reiter und die Pferde beobachtete.

Maggies Entschluß war schnell gefaßt. Sie nahm Tansys und ihren leeren Frühstücksteller und stand auf. »Ich bringe sie zurück«, sagte sie kühl.

»Aber dann verpaßt du den Beginn des Rennens!«

Maggie zuckte nur die Schultern. Sie war entschlossen, noch viel mehr zu verpassen als nur das Rennen.

Nachdem sie das Geschirr abgegeben hatte, machte sie sich auf den Weg zu dem kleinen Gasthof, wo der Omnibus nach Sydney hielt.

Unterwegs kam sie an einem prächtigen Haus vorbei, das ihr am Tag zuvor nicht aufgefallen war, und sie ahnte instinktiv, daß es Reeve gehören mußte.

Der Gedanke trieb ihr heiße Röte in die Wangen. Reeve hatte es nicht einmal für nötig befunden, sie in sein Haus zu bringen, um mit ihr zu schlafen. Um unbedeutende, arme Mädchen wie Miss Chamberlin zu entjungfern, reichte auch ein schmales Feldbett in einem Pferdewagen aus …

Schlammbespritzt bis zu den Knien und freudig erregt über Samaritans Sieg beim Rennen, schlenderte Reeve zu dem Wagen hinüber, in dem er die schönste Nacht seines ganzen Lebens verbracht hatte. Er war sicher, daß Maggie dort auf ihn wartete.

Doch der Wagen war leer, und Reeves gute Stimmung sank.

»Mr. McKenna?« fragte eine weibliche Stimme.

Es war die junge Frau, die er auf der *Victoria* in Maggies Gesellschaft gesehen hatte. »Ja?« fragte er barsch.

»Entschuldigen Sie, Sir, aber ich dachte, Sie hätten Maggie vielleicht gesehen …«

Reeve stieg aus. »Leider nicht«, erwiderte er und musterte die Fremde interessiert. Vielleicht wußte sie, wo Maggie abgeblieben war.

»Verdammt!« Das Mädchen stampfte mit dem Fuß auf. »Manchmal frage ich mich wirklich, warum ich ihre Freundin bin! Sie muß zur Bushaltestelle gelaufen sein. Stellen Sie sich bloß vor, was ihr auf dem Weg alles passieren kann!«

Reeve unterdrückte ein Lächeln und schaute zur Sonne auf. Es blieb ihm noch genügend Zeit, bis der erste Bus nach Sydney fuhr.

»Machen Sie sich keine Sorgen, Miss. Ich kümmere mich

darum, daß Maggie sicher nach Hause kommt«, versicherte er lächelnd.

Maggie erkannte den Reiter schon aus der Ferne. Es war Reeve McKenna auf seinem schwarzen Hengst.

Als er den Gasthof erreichte, glitt er aus dem Sattel und band das Pferd an einen Pfosten. Lächelnd betrachtete er Maggies schlammbespritzten Rock und ihre nassen Schuhe. »Sie wollen schon nach Hause, Miss Chamberlin?« erkundigte er sich spöttisch. »Ohne ein Abschiedswort für den ersten Mann in ihrem Leben?«

Errötend preßte Maggie die Lippen zusammen, wandte sich wortlos ab und stapfte auf das Gasthaus zu.

Doch Reeve folgte ihr, und als sie ihm ausweichen wollte, war er so dreist, sie gegen das Verandageländer zu drängen. »Gib mir deinen Fahrschein, Maggie«, bat er schmeichelnd. »Ich gebe dir das Geld dafür zurück.«

Maggie wollte an ihm vorbeischlüpfen, aber Reeve wich keinen Zentimeter zur Seite. »Ich brauche meinen Fahrschein«, sagte sie leise. »Ich muß nach Sydney zurück.«

»Ich bringe dich dorthin«, erklärte er entschieden.

Da Maggie sich nicht befreien konnte, schloß sie die Augen, um Reeve McKenna aus ihrem Bewußtsein zu verbannen. Doch er rührte sich nicht, und als sie ihn schließlich doch wieder ansah, stand ein amüsiertes Funkeln in seinen Augen.

»Sie haben mir meine Papiere zurückgegeben«, sagte sie, als sie endlich die Sprache wiederfand. »Ich bin ein freier Mensch, und wenn ich allein nach Sydney zurückfahren will, ist das meine Sache!«

»Papiere?« Reeve griff in seine Westentasche und zog das Dokument heraus, das er, als Maggie schlief, aus ihrem Retikül genommen hatte. »Diese hier vielleicht?«

»Sie … Schuft!« rief Maggie aufgebracht und versetzte Reeve einen harten Stoß. »Sie sind nicht nur ein Verführer, sondern auch ein Dieb!«

Darauf lachte Reeve schallend. »Ein Verführer? Maggie, Maggie – was für altmodische Worte du gebrauchst!« Nach einer Pause fuhr er schmunzelnd fort: »Darf ich dich daran erinnern, daß ich versuchte, Distanz zu dir zu halten, als ich gestern nacht ins Bett kam? Du warst es, die mich unbedingt berühren wollte. Oder hast du das schon vergessen?«

Maggie war sprachlos vor Empörung und blitzte ihn nur wütend an.

»Komm mit mir nach Hause, Maggie«, sagte Reeve bittend. »Wir können morgen nach Sydney fahren.«

»Wie können Sie es wagen, mir so etwas Unanständiges vorzuschlagen?« entgegnete Maggie entrüstet, obwohl sie eigentlich sehr gern sein Haus gesehen hätte.

»Heute morgen hast du dir keine Sorgen um Anstand und Moral gemacht«, versetzte er gelassen.

Die Erinnerung an ihr schamloses Benehmen drang wie Gift durch Maggies Adern. Sie hob ihr Retikül, um Reeve damit zu schlagen, aber er nahm es ihr ab und legte es auf die hölzernen Planken der Veranda.

Maggies Blick ruhte auf seiner Westentasche, in der die kostbaren Papiere steckten, die den Unterschied zwischen Sklaverei und Freiheit ausmachten. »Geben Sie mir bitte das Dokument zurück«, bat sie mühsam beherrscht.

»Selbstverständlich.« Aber anstatt Maggies Wunsch zu erfüllen, nahm er ihren Arm, hob ihr Retikül auf und zog sie zu dem Pfosten, an dem sein Hengst angebunden war.

»Was soll das?« fragte sie erschrocken, als Reeve sie in den Sattel hob und hinter ihr aufsaß.

»Trotz Ihrer Einwände, Miss Chamberlin«, flüsterte er ihr ins Ohr, »werde ich das tun, was ich für richtig halte.«

Der Hengst tänzelte nervös, und Maggie hielt sich ängstlich an seiner langen Mähne fest. Als sie Reeves starken Arm um ihre Taille spürte, atmete sie erleichtert auf, denn ihre Erfahrungen mit Pferden beschränkten sich auf einen alten Zirkusgaul.

Als Reeve das Pferd zu einem flotten Galopp antrieb, bekam Maggie solche Angst, daß sie den Atem anhielt und die Augen schloß. Trotz ihrer Bedenken war sie deshalb froh, als sie Reeves Haus erreichten. Aber es war nicht das Gebäude, das ihr vorhin auf dem Weg aufgefallen war, sondern ein langgestreckter Bau aus roten Ziegeln, mit einer verglasten Sonnenterrasse und einem großen, sehr gepflegten Garten.

Reeve glitt aus dem Sattel und half gleich darauf auch Maggie, abzusitzen. Als sie ärgerlich ihren Rock glattstrich, kamen zwei kleine, dunkelhäutige Mädchen aus dem Haus gelaufen und schauten mit einem anbetenden Lächeln zu Reeve auf.

»Goodness und Mercy«, sagte Reeve schmunzelnd.

»Was?« fragte Maggie verwirrt.

»*Güte* und *Gnade*«, wiederholte Reeve die ungewöhnlichen Namen der kleinen Mädchen. »Sie lassen mich nicht aus den Augen, wenn ich in Parramata bin.«

Maggie, die sehr kinderlieb war, vergaß für einen Moment ihre eigene ungewisse Lage und lächelte die Mädchen an.

# 9

Reeve hatte kaum das Haus betreten, als ein anderes kleinen Mädchen auf ihn zugelaufen kam und sich mit einem freudigen »Papa!« in seine Arme warf. Es war die Kleine, die Maggie in Sydney auf dem Rasen vor Reeves Haus gesehen hatte.

Die Zuneigung, die die beiden verband, war nicht zu übersehen. Reeve drückte das Kind zärtlich an sich.

Dann drehte er sich um und sagte: »Maggie, das ist Elisabeth.«

Maggie wollte dem Kind lächelnd die Hand reichen, doch Elisabeth reagierte nicht auf diese Geste.

»Hallo, Elisabeth«, versuchte es Maggie noch einmal.

»Sie spricht nur selten«, erklärte Reeve, während er ineinen geräumigen Salon voranging. »Eigentlich sagt sie nur Papa.«

Maggie war so besorgt, daß sie die elegante Umgebung kaum bemerkte. »Aber sie muß doch mindestens vier Jahre sein …?«

Reeve forderte Maggie mit einer Handbewegung auf, sich

zu setzen, und ging zu einem kunstvoll geschnitzten Schrank auf der anderen Seite des Raumes.

Als er zu Maggie zurückkehrte, trug er ein Glas mit einer bernsteinfarbenen Flüssigkeit in der Hand. Maggie unterdrückte einen vielsagenden Blick auf die Uhr auf dem Kaminsims. Es war noch viel zu früh für ein alkoholisches Getränk.

Reeve lachte, als er ihre Reaktion sah, und setzte sich ihr gegenüber. »Du hättest sicher lieber Tee«, bemerkte er, und bevor Maggie es bestätigen konnte, trat eine dunkelhäutige Frau ein und brachte ein Tablett.

Wortlos und ohne einen Blick auf Maggie oder Reeve stellte sie es auf einen Tisch und ging hinaus.

»Goodness' und Mercys Mutter, nehme ich an?« erkundigte sich Maggie, um Konversation zu machen.

Reeve lächelte. »Kala ist mit ihnen verwandt, aber sie ist nicht ihre Mutter. Die Aborigines haben ihre ganz eigene Art, Verwandschaft zu definieren.«

»Aborigines?« fragte Maggie verblüfft. »Ich dachte, das seien die wilden Ureinwohner, die im Busch leben und ...«

»Die meisten ja«, warf Reeve ein. »Sie sind Nomaden.«

Bevor Maggie etwas erwidern konnte, kam ein kleiner, kahlköpfiger Mann herein. Er trug einen Hut in der Hand und musterte Maggie mit einem derart mißbilligenden Gesichtsausdruck, daß es schon fast an Verachtung grenzte.

Reeve, der plötzlich sehr verlegen wirkte, stellte sein Glas ab, und als Maggie den Fremden genauer anschaute, begann sie Reeves Verhalten zu begreifen. Der Mann trug einen Priesterkragen.

»Reverend Collins«, stellte Reeve ihn mit einer Verbeugung vor.

Der Reverend nickte nur. »Es wird Zeit, daß ich weiterziehe«, sagte er kühl. »Aber vorher möchte ich mich für Ihre Gastfreundschaft bedanken. Dank Ihrer freundlichen Einladung hatte ich gestern nacht ein Dach über dem Kopf.«

Nun wurde Maggie klar, warum Reeve sie am Abend zuvor nicht in sein Haus gebracht hatte.

Reeve schüttelte Reverend Collins die Hand. »Sie sind mir immer herzlich willkommen«, sagte er und wollte gerade

Maggie vorstellen, als der Priester sich abwandte und den Raum verließ.

Es war eine glatte Abfuhr, und Maggie schaute dem Geistlichen beleidigt nach. Dann sagte sie zu Reeve: »Sie wirken gar nicht wie ein frommer Mensch.«

»Das bin ich auch nicht«, erwiderte er lächelnd. »Aber ich wollte gestern ohnehin im Lager bleiben, weil Samaritan heute lief. Reverend Collins kam von weit her, und er hatte keinen Wagen.«

Maggie schaute verstohlen auf die Uhr. »Ich habe den Omnibus verpaßt«, murmelte sie verärgert.

»Du wirst noch vor Duncan in Sydney sein, keine Sorge«, erwiderte Reeve schroff.

»Sie mögen Mr. Kirk nicht«, stellte Maggie fest.

Ein Muskel zuckte an Reeves Wange, und um seinen Mund erschien ein harter Zug. »Das ist eine gewaltige Untertreibung«, antwortete er. »Duncan mag durchaus sympathisch und zuvorkommend erscheinen, aber er ist nicht die richtige Gesellschaft für ein unschuldiges junges Mädchen.«

Maggies Kehle wurde eng, ihre Hände begannen leicht zu zittern. »Aber Sie sind es, nicht wahr?« entgegnete sie anzüglich.

Reeve McKenna seufzte schwer. »Es tut mir leid, Maggie – alles.«

Es tat weh, daß er es bereute, aber das ließ Maggie sich nicht anmerken. »Und weil es Ihnen leid tut, haben Sie mich hierhergebracht«, versetzte sie spitz.

Reeve zog die dunklen Brauen hoch. »Glaubst du etwa, ich hätte vor, dich – wie du es nennst – von neuem zu verführen?«

Maggie wurde rot. »Was soll ich sonst denken?« zischte sie.

Reeve lehnte sich zurück und betrachtete sie lange. »Du irrst dich«, sagte er dann ruhig. »Ich bereue, was geschehen ist, und habe dich hierhergebracht, um dir zu beweisen, daß du bei mir sicher bist.«

»Sicher?« entfuhr es Maggie. »Wie können Sie so etwas sagen nach gestern nacht?«

Wieder seufzte Reeve. »Ich habe den Kopf verloren – ich begehrte dich so sehr, und da du mich nicht gerade entmutigt hast …«

Maggie errötete. »Warum haben Sie meine Papiere gestohlen?«

Zu ihrer Überraschung nahm Reeve ihre Hände in die seinen. »Weil ich Angst hatte, daß Duncan sie finden und zu Zwecken benutzen könnte, die ich wohl nicht näher erklären muß. Du bist noch immer frei, Maggie – ich verlange nichts von dir.«

Maggie hatte weder die Kraft noch den Wunsch, ihm ihre Hände zu entziehen. »Aber zurückgeben wollen Sie mir das Dokument trotzdem nicht?«

Reeve schüttelte den Kopf. »Bei mir ist es sicherer. Falls es Duncan in die Hände fiele ...«

»Mr. Kirk ist ein Gentleman«, unterbrach Maggie ihn scharf. »Und das ist mehr, als ich von Ihnen behaupten kann, Mr. McKenna.«

Reeve lachte, aber es lag kein Humor darin. »Es gibt Schlimmeres, als kein Gentleman zu sein, kleine Yankee.«

Maggie entzog ihm ihre Hände. »Lady Cosgrove hätte mich nie zu Mr. Kirk geschickt, falls sie glaubte, ich wäre in seinem Haus in Gefahr!«

Reeve nahm sein Glas und leerte es in einem Zug. Dann sagte er düster: »Duncans wahre Natur ist Lady Cosgrove nicht bekannt. Mir allerdings schon.«

Maggie dachte an Reeves schöne Geliebte und an das, was in der Nacht geschehen war. »Ich begreife nicht, wie seine ›wahre Natur‹ schlimmer sein könnte als Ihre!« meinte sie entrüstet. »Hält er sich auch eine Mätresse und verführt noch andere Frauen hinter ihrem Rücken?«

Reeve sprang so unvermittelt auf, daß Maggie erschrak. Aber dann entfernte er sich nur ein paar Schritte und blieb mit dem Rücken vor ihr stehen. »Loretta ist nicht mehr meine Mätresse«, erklärte er so leise, daß Maggie aufhorchen mußte, um ihn zu verstehen. »Als mir klar wurde, wie sehr ich dich begehrte, habe ich sie aufgefordert, mein Haus zu verlassen.«

Maggie konnte sich gut vorstellen, wie schrecklich es sein mußte, diesen Mann auf intimste Weise kennen- und liebenzulernen, um dann, sobald er eine neue Frau entdeckte, die seine Sinne reizte, von ihm fortgeschickt zu werden. Eines Tages würde auch sie, Maggie, sich in Lorettas Lage befinden, falls sie den Gefühlen nachgab, die McKenna in ihr erzeugte. »Ich habe nicht vor, Ihre Mätresse zu werden, Mr. McKenna. Deshalb war Ihr Entschluß wohl etwas voreilig.«

Er maß Maggie mit einem amüsierten Blick. »Ich bin nicht der einzige, der voreilig gehandelt hat, Miss Chamberlin. Sie haben mir gestern nacht etwas geschenkt, was der Mann, den Sie einmal heiraten, wahrscheinlich bitter vermissen wird.«

In Reeves Worten lag keine Verachtung, doch sie taten weh, weil es die Wahrheit war. Nach allem, was geschehen war, hielt Maggie es für sehr unwahrscheinlich, noch einmal einen anständigen Mann zu finden, der bereit gewesen wäre, sie zu heiraten.

Reeve sah, wie sie mit den Tränen kämpfte, kam zu ihr und ließ sich neben ihr in den Sessel sinken. »Hast du schon einmal daran gedacht, Maggie, daß du mein Kind unter dem Herzen tragen könntest?«

Maggies Augen schimmerten feucht, als sie den Blick zu ihm erhob. Da sie keine Worte fand, nickte sie nur stumm.

»Ich möchte, daß du sofort zu mir kommst, falls du feststellst, daß du schwanger bist.«

»W-warum?« fragte sie erstickt.

Sanft nahm er ihre Hände. »Weil ich dich dann heiraten werde, kleine Yankee«, antwortete er geduldig, als bestünde nicht der geringste Zweifel, daß ein reicher, mächtiger Mann wie er bereit sein könnte, eine arme kleine Gouvernante wie Maggie zur Frau zu nehmen.

»Das ist nicht dein Ernst.«

»O doch, das ist es. Nichts auf der Welt würde mir soviel Freude schenken wie ein eigenes Kind.«

Eine eigenartige Trauer erfaßte Maggie bei seinen Worten, so seltsam es auch war. Aber in gewisser Weise wollte sie der Mensch sein, der Reeve McKenna am meisten bedeutete. »Du hast doch Elisabeth …« meinte sie, in das vertrautere Du zurückfallend.

»Ich liebe Elisabeth, aber sie ist nicht meine Tochter. Sie ist meine Nichte.«

Maggie schluckte verwirrt. »Sie nennt dich Papa.«

»Ja, aber nur, weil sie sich nicht an meinen Bruder erinnern kann.« Ein melancholischer Ausdruck erschien in Reeves

Augen; ganz unbewußt griff seine Hand nach dem Medaillon, das er nie abzulegen schien.

Plötzlich überwog Maggies Neugierde all ihre anderen Sorgen. »Was ist das?« flüsterte sie.

Reeve ließ das Medaillon unter seinem Hemd verschwinden. »Eine Art Glücksbringer, könnte man sagen«, antwortete er leise.

»Erzähl mir von deiner Mutter«, forderte Maggie ihn auf, weil ihr Instinkt ihr sagte, daß dieser merkwürdige Talisman in irgendeiner Weise mit seiner Vergangenheit verbunden war.

»Jamie und ich wurden getrennt, vor vielen Jahren schon, als wir von Dublin nach Australien kamen. Seitdem lasse ich ihn suchen.« Reeve richtete sich auf. »Ich habe die besten Detektive beauftragt und mich im ganzen Land persönlich nach Spuren von Jamie umgesehen ...«

»Aber du hast ihn nie gefunden«, schloß Maggie traurig.

Reeve schüttelte den Kopf. »Nie.«

»Ist Elisabeth seine Tochter?« beharrte Maggie sanft.

Reeve schaute sie an und nickte. »Die Detektive fanden sie in einem Waisenhaus in Brisbane. Dort wurde mir gesagt, daß ihre Mutter nie mit Jamie verheiratet war, aber der Geburtsurkunde nach ist er der Vater ihres Kindes.«

Maggie zweifelte nicht daran, daß Elisabeth eine McKenna war, das verriet ihre Augenfarbe nur allzu deutlich. »Warum hat diese Frau Elisabeth in ein Waisenhaus gebracht?«

»Sie war sehr krank«, sagte Reeve leise. »Die Nonnen sagten mir, sie sei kurz darauf gestorben.«

»Vielleicht erinnert Elisabeth sich an irgend etwas?«

Reeve schaute Maggie an, als hielte er sie für verrückt. Aber sie wußte, daß dies nur auf seinen Schmerz und seine Enttäuschung über die erfolglose Suche nach seinem Bruder zurückzuführen war. »Elisabeth war damals erst zwei Jahre, und falls sie sich an etwas erinnert, kann sie nicht darüber reden oder will es nicht.«

Maggie fragte nicht, ob Reeve die Kleine zu einem Arzt gebracht hatte; ein derart gründlicher Mensch wie er hätte so etwas nie versäumt. »Vielleicht hat sie einen Schock erlitten ...«

Reeve nickte. »Aber was?« entgegnete er heiser. »Was kann einem Kind den Willen zum Sprechen rauben? Und wo war Jamie, als all das passierte?«

Maggie starrte auf ihre Hände. Sie wollte nicht in Worte fassen, was ganz offensichtlich war: daß Jamie McKenna vermutlich nicht mehr lebte.

»Er ist nicht tot«, erklärte Reeve entschieden, als habe er Maggies Gedanken erraten. »Wenn er tot wäre, wüßte ich es.«

Maggie schwieg und hoffte, daß Reeve recht hatte und Jamie McKenna noch lebte.

»Hast du Hunger?« Die Frage war so nebensächlich, so trivial, daß Maggie verwundert aufschaute.

»Ja, ein bißchen«, gab sie ehrlich zu.

Es war fast unheimlich, aber im gleichen Augenblick erschien wieder die dunkelhäutige Frau im Raum, und Reeve bat um Obst und Brot. Das Gewünschte wurde unverzüglich gebracht.

Nach dem Essen nahm Reeve Maggies Hand und zog sie in den Garten, um ihr ein riesiges Känguruh zu zeigen.

»Das ist Mathilda«, sagte Reeve, und Mathilda, das Känguruh, betrachtete die fremde Besucherin neugierig.

»Ist sie zahm?« fragte Maggie beeindruckt.

Auf Reeves zustimmendes Nicken hin näherte sie sich dem faszinierenden Tier und streckte die Hand aus, um es zu berühren. Mathildas Fell fühlte sich eher hart an als weich, und falls sich ein Känguruhbaby in ihrer Bauchfalte verbarg, war es nicht zu sehen, obwohl Maggie mehrere neugierige Blicke in diese Richtung warf.

Als langweilte die Amerikanerin sie plötzlich, drehte Mathilda sich um und hüpfte in großen Sprüngen auf die nahen Felder zu.

»Auch Elisabeth liebt Tiere«, sagte Reeve, als er Maggies enttäuschte Miene sah. »Sie hält noch ein paar jüngere Großfußkänguruhs in der Scheune. Möchtest du sie sehen?«

Maggie nickte eifrig, und Reeve führte sie in den Stall. Rotbraune *Wallabies*, eine kleinere Art der herkömmlichen Känguruhs, hüpften durch einen geräumigen Verschlag. Von einem alten Stuhl hing eine zusammengefaltete Decke.

Bevor Maggie fragen konnte, wozu sie diente, erschien ein

kleines Känguruhgesicht aus der Deckenfalte und spähte neugierig um sich.

»Er ist ein Waisenkind«, erklärte Reeve lächelnd. »Da er noch die Bauchfalte seiner Mutter braucht, haben wir ihm aus der Decke eine angefertigt.«

Diese liebevolle Geste rührte Maggie noch mehr als Reeves Zärtlichkeiten in der Nacht zuvor. Ihre Augen schwammen plötzlich in Tränen, ihre Kehle war wie zugeschnürt.

Falls Reeve es merkte, ließ er es sich nicht anmerken, obwohl er Maggies Hand nahm und sie drückte. Hinter ihnen erklang Goodness' und Mercys leises Kichern.

Reeve ließ Maggie los und ging mit einem gutmütigen Knurren auf die beiden kleinen Mädchen zu, die sich sofort aus dem Staub machten.

Doch Maggie war sicher, daß sie nicht weit gelaufen waren, und fragte sich unwillkürlich, ob Elisabeth wohl mit ihnen sprechen mochte, wenn kein Erwachsener in der Nähe war.

Da es allmählich dunkel wurde und starker Wind aufkam, kehrten Maggie und Reeve ins Haus zurück. Sie erhob keinen Widerspruch, als er sie in den ersten Stock führte, vor einer Tür haltmachte und sie aufforderte, den Schlaf nachzuholen, den sie in der Nacht zuvor verloren hatte. Wenn überhaupt, war sie enttäuscht.

Doch da sie tatsächlich sehr müde war, öffnete sie die Tür und ging hinein. Das Zimmer war nicht sehr groß, aber dafür hell und luftig und mit einem breiten Bett aus polierter Bronze ausgestattet, auf dem eine bunte Flickendecke lag. Neben einem bequemen Schaukelstuhl befand sich ein Regal mit Büchern.

Maggie suchte sich eins aus, bevor sie ihre Schuhe abstreifte und sich auf dem Bett ausstreckte. Doch bevor sie die erste Seite gelesen hatte, war sie auch schon eingeschlafen.

Reeve wanderte unruhig durch den Salon und kämpfte gegen das immer übermächtiger werdende Verlangen an, zu Maggie zu gehen und sie in die Arme zu schließen. Nie zuvor war er derart besessen von einer Frau gewesen, und so erregend das auch sein mochte, war ihm doch recht unbehaglich dabei zumute.

Ein beharrliches Klopfen an der Eingangstür unterbrach seine Gedankengänge; um Kala nicht zu belästigen, ging er selbst in die Halle und öffnete. Nichts hätte ihn mehr überraschen können als der Anblick von Loretta, die bis auf die Haut durchnäßt auf seiner Schwelle stand. Die Kutsche, die sie gebracht haben mußte, entfernte sich bereits.

»Willst du mich nicht hereinlassen?« fragte sie schmollend.

Da ihm keine andere Wahl blieb, ließ Reeve sie ein. Doch als sie auf den Salon zuging, fragte er ungehalten: »Was willst du hier?«

Sie schüttelte gelassen die Wassertropfen von ihrem Rock. »Sind meine Kleider noch oben im Zimmer, oder hast du sie ebenfalls hinausgeworfen?« entgegnete sie, ohne Reeves Frage zu beantworten.

Er runzelte unwillig die Stirn. Am liebsten hätte er Loretta mitsamt ihren Sachen vor die Tür gesetzt. »Ich komme nicht oft hierher«, entgegnete er schroff. »Deshalb sind deine Kleider noch dort, wo du sie gelassen hast.«

Loretta schüttelte erneut ihren nassen Rock aus, und langsam entstand eine Pfütze vor dem Kamin. »Gut«, meinte sie sanft, ging zur Tür und rief in herrischem Ton: »Kala!«

Reeve verzog das Gesicht, doch bevor er protestieren konnte, erschien Kala, stumm wie immer, und schaute Loretta fragend an.

»Ich will ein heißes Bad«, befahl sie schroff, »und ein Glas Sherry, sobald ich in der Wanne sitze. Wenn du das erledigt hast, leg mir mein blaues Seidenkleid heraus – das mit den Federn am Halsausschnitt.«

»Loretta …« begann Reeve drohend, als Kala hinauseilte, um den Auftrag zu erledigen.

Loretta drehte sich zu Reeve um. »Aber Liebster, du wirst mir doch in einer solch regnerischen Nacht nicht deine Gastfreundschaft verweigern! Wo sollte ich denn hin?«

»Du kannst im Gasthof übernachten. Ich bringe dich hin, sobald du trockene Sachen angezogen hast. Vielleicht wäre es deshalb besser, wenn du dich für etwas Praktischeres als Seide und Federn entscheiden würdest!«

Lorettas dunkle Augen blitzten zornig. »Dann ist es also wahr! Du hast diese Amerikanerin hierhergebracht!«

»Bist du den weiten Weg aus Sydney gekommen, um zu sehen, ob Maggie hier ist?« entgegnete Reeve spöttisch.

»Natürlich nicht. Ich wußte, daß Samaritan ein Rennen lief, und wollte die Gelegenheit wahrnehmen, dich zur Vernunft zu bringen.«

Reeve verschränkte die Arme und zog fragend eine Braue hoch. »Ich lasse nicht zu, daß es so endet«, zischte Loretta hart. »Du hast mich einmal geliebt, und du wirst mich wieder lieben.«

»Ich habe dich nie geliebt, und du mich auch nicht, Loretta«, wies Reeve sie scharf zurecht. »Das war von Anfang an so abgemacht, oder etwa nicht?«

Loretta schloß mit einer theatralischen Geste die Augen; als sie sie wieder öffnete, schimmerten Tränen darin. »Meine Gefühle haben sich geändert«, sagte sie leise.

»Ich glaube eher, daß es der Inhalt deines Geldbeutels ist, der sich geändert hat. Reicht dir die Unterstützung, die ich dir gewährte, nicht?«

»Du bist ein Biest«, murmelte Loretta unglücklich. »Wie kannst du so etwas sagen – nach allem, was ich dir bedeutet habe?«

Reeve seufzte. Manchmal war es wirklich schwer, dieser Frau etwas klarzumachen. »Nimm dein Bad, Loretta«, sagte er ergeben. »Trink deinen Sherry. Und dann bereite dich darauf vor, ins Gasthaus gebracht zu werden, denn du wirst auf keinen Fall in meinem Hause schlafen.«

Ein Träne rollte langsam über ihre Wange, sie drehte sich wortlos um und wandte sich zur Treppe.

Reeve konnte nur hoffen, daß es ihm gelang, sie aus dem Haus zu schaffen, bevor Maggie erwachte. Aber irgendwie ahnte er, daß es eine leere Hoffnung war …

Maggie erwachte vom Gesang einer Frau. Es war ein klarer Sopran, ganz offensichtlich die geschulte Stimmte einer Sängerin. Und da wußte sie, daß Loretta Craig nach Hause gekommen war.

Maggies Kehle war plötzlich wie zugeschnürt vor Verzweiflung, aber sie drängte tapfer die Tränen zurück, zog sich an und richtete ihr aufgelöstes Haar.

Auf dem Korridor war der Gesang noch lauter, und jetzt konnte Maggie auch die Worte des Liedes verstehen – irgend etwas über einen Vogel in einem goldenen Käfig.

Sehr passend, dachte Maggie grimmig und machte sich auf den Weg nach unten. Bitte, lieber Gott, flehte sie dabei stumm, laß mich nicht vor Reeve oder dieser Frau weinen! Ich verspreche dir auch, für den Rest meines Lebens tugendhaft zu sein, aber laß mich bitte nicht weinen!

Als Maggie den Salon betrat, waren ihre Augen trocken, und sie hoffte nur, daß es ihr wirklich gelang, die nächsten zwanzig oder dreißig Jahre ein tugendhaftes Leben zu führen.

»Maggie«, sagte Reeve leise, als sie hereinkam.

»Wenn Sie mich bitte zum Bus bringen und mir meinen Fahrschein zurückgeben«, entgegnete sie kühl.

Reeve schüttelte den Kopf. »Loretta wird das Haus verlassen – du bleibst.«

Maggie hob trotzig das Kinn. »Sie verstehen offensichtlich nicht, Mr. McKenna. Mein Entschluß steht fest, und wenn Sie mich nicht in Ihrer Kutsche zum Gasthaus fahren, gehe ich zu Fuß.«

»Bei diesem Regen? Hast du den Verstand verloren?«

Ganz im Gegenteil! dachte Maggie. Sie wußte, wann sie einen Fehler gemacht hatte, und sie wußte auch, wie er zu korrigieren war. Wortlos drehte sie sich um und ging in die Halle, wo sie ihren Umhang und ihr Retikül fand. Sie hüllte sich in das Cape, nahm ihre Tasche und machte sich hocherhobenen Kopfes auf den Weg in den strömenden Regen hinaus.

# 10

Am Ende der Einfahrt zu Reeves Haus kamen Maggie die ersten Zweifel. In welcher Richtung lag das Gasthaus?

Sie war noch zu keinem Schluß gekommen, als Reeve plötzlich vor ihr stand und sie ärgerlich an den Schultern packte. Es überraschte sie nicht, und es machte sie nicht ärgerlich. Sie war so benommen und verwirrt, daß sie zu keiner Gefühlsregung fähig war.

Reeve war bis auf die Haut durchnäßt. »Willst du dir eine Lungenentzündung holen, du kleine Närrin?« schrie er sie an.

Maggie hielt seinem wütenden Blick trotzig stand. »Laß mich los!«

Doch Reeve hob sie wortlos auf, warf sie wie einen Sack Kartoffeln über seine Schulter und machte sich auf den Rückweg zum Haus.

Zuerst war Maggie zu verblüfft, um zu reagieren, doch dann begann sie zu strampeln und nach Reeve zu treten, während sie Worte kreischte, die sie vor vielen Jahren von den Zirkusleuten gelernt hatte. Aber all das brachte ihr nichts ein, höchstens einen Klaps auf den Po.

Erst im Salon setzte Reeve sie ab und begann damit, ihre nassen Kleider auszuziehen. Maggie wehrte sich immer noch, aber es war hoffnungslos. Reeve wich ihren Tritten aus und erstickte ihr wütendes Geschrei, indem er ihr einfach die Hand auf den Mund legte.

Dann, als Maggie nur noch ihr Hemd, ihre Beinkleider und Schuhe trug, legte Reeve beide Hände um ihr Gesicht. »Schluß jetzt!« sagte er rauh, und sie verstummte sofort.

»Was für eine reizende Szene!« trillerte eine Frauenstimme, und man hörte deutlich die Ironie in ihrer Stimme.

Loretta! Maggie wollte lieber sterben, als dieser Frau die Genugtuung verschaffen, sie auf diese Weise gedemütigt zu sehen.

Sie schloß die Augen und stärkte sich innerlich für das, was nun kommen mußte. Doch da spürte sie, wie eine Wolldecke um ihre Schultern gelegt wurde.

»Bist du bereit, ins Gasthaus zu fahren, Loretta?« erkundigte Reeve sich höflich bei seiner Mätresse.

Loretta lachte schrill. »Und das arme Kind willst du unbeaufsichtigt hier zurücklassen? Nein, Reeve, mein Liebling, das ist undenkbar!«

Reeves Stimme nahm einen drohenden Tonfall an. »Nicht nötig, Loretta«, sagte er kalt. »Kala ist hier.«

Loretta trug ein elegantes Kleid aus fließender blauer Seide, dessen Saum und Ausschnitt weiche Federn zierten. Ihr Haar, das wie Ebenholz im Schein des Feuers schimmerte, fiel ihr offen auf die Schultern. Sie sah aus wie eine schöne Hexe. Maggie erschauerte ganz unbewußt.

»Kala!« höhne Loretta. »Diese Wilde? Du liebe Güte, Reeve, das ist doch nicht dein Ernst! Sie gäbe nie eine geeignete Anstandsdame ab, und das weißt du selbst.«

»Gehst du freiwillig«, entgegnete Reeve gefährlich ruhig, »oder muß ich dich gewaltsam in die Kutsche bringen?«

Heiße Röte stieg in Lorettas blasse Wangen. »Du bist sehr unvernünftig, Reeve.«

Maggie sah Reeves Lächeln. Es war kalt und vielleicht sogar ein bißchen grausam. »Ja«, antwortete er.

Loretta gab nach. Im Augenblick stand sie auf der Verliererseite, das war nicht zu übersehen.

Maggie triumphierte innerlich, aber das verging sehr schnell, als Reeve plötzlich an ihre Nasenspitze tippte. »Falls du während meiner Abwesenheit auf die Idee kommen solltest, dich davonzumachen, lege ich dich bei meiner Rückkehr übers Knie. Ist das klar?«

Maggie schluckte. Sie glaubte ihm jedes Wort, und so blieb ihr nichts anders übrig, als stumm zu nicken.

»Gut«, sagte Reeve brüsk, ging zu Loretta, nahm ihren Arm und schob sie zur Tür hinaus.

Als er wenig später mit ihr das Haus verließ, ging Maggie nach oben, mit der festen Absicht, sich in das Bett zu legen, in dem sie vorher schon geschlafen hatte. Aber auf dem Korridor traf sie Kala, die ihr ein Zeichen machte, ihr zu folgen.

Die dunkelhäutige Frau öffnete eine Tür, und Maggie lächelte sie dankbar an, als sie das heiße, duftende Bad sah, das für sie eingelassen worden war. Kala nickte ihr aufmunternd zu und ging hinaus.

Obwohl ihr bewußt war, daß sie die Annehmlichkeiten, die Reeves Haus ihr bot, besser nicht in Anspruch genommen hätte, war der Gedanke an ein Bad so verlockend, daß Maggie sich rasch auszog und seufzend vor Vergnügen in das heiße Wasser stieg.

Kurze Zeit später brachte Kala ein kleines Tablett mit einem Glas aus geschliffenem Kristall, in dem sich eine rubinrote Flüssigkeit befand.

Kaum war Kala fort, griff Maggie nach dem Glas und kostete das Getränk, das ziemlich süß war und nach Trauben und Zucker schmeckte. Eine angenehme Trägheit erfaßte ihre Glieder, als sie den Likör ausgetrunken hatte; seufzend und gähnend vor Wohlbehagen ließ sie sich noch tiefer in die Wanne sinken.

Erschöpft von der Anstrengung, Loretta irgendwohin zu bringen, wo sie nicht hin wollte, stapfte Reeve die Treppe hinauf. Schon auf dem Weg knöpfte er sein Hemd auf, und als er die Badezimmertür erreichte, trug er nur noch seine Hosen.

Stiefel, Hemd und Socken lagen auf den einzelnen Treppenstufen verteilt.

Maggie lag schlafend in der Badewanne, ihre kecke kleine Nase nur Millimeter über dem Wasser. Als Reeve sie sah, lehnte er sich seufzend an die Tür. »Maggie?«

Sie bewegte sich, streckte die Arme über den Kopf und bot Reeve einen verlockenden Blick auf ihre wohlgeformten Brüste. Er stöhnte innerlich und schloß die Augen, aber das verführerische Bild, das Maggie bot, wollte ihm nicht aus dem Kopf, und ein wildes, drängendes Verlangen erwachte in ihm.

In diesem Augenblick öffnete sie ihre schläfrigen grauen Augen, lächelte ihn an und flüsterte heiser seinen Namen.

Reeve schnappte nach Luft, denn eine solche Reaktion hatte er wirklich nicht von ihr erwartet, nachdem sie ihn eben noch getreten und gebissen hatte. Aber dann sah er das leere Glas auf dem Wannenrand und begriff.

Die Zärtlichkeit, die ihn erfüllte, verdrängte vorübergehend sein Verlangen. Ein einzelner Kräuterlikör hätte einer erfahreneren Frau nichts ausgemacht, aber Maggie schien stark angeheitert davon und war ihm hilflos ausgeliefert. Mit einem leisen Lachen näherte er sich der Wanne.

Er hob Maggie aus dem Wasser, griff mit der freien Hand nach einem Frotteetuch und wickelte sie darin ein. Maggie kicherte albern und ließ den Kopf an seine Schulter sinken.

In ihrem Schlafzimmer setzte er sie behutsam auf die Bettkante, in der Absicht, die Nadeln aus ihrem Haar zu nehmen und es trockenzureiben. Aber kaum hatte er sie hingesetzt, kippte sie kichernd nach hinten um, und wieder erhaschte Reeve einen Blick auf eine ihrer vollen Brüste.

Er unterdrückte das Bedürfnis, ihre rosige Spitze zwischen die Lippen zu nehmen und sie zu küssen, und lachte, obwohl das schmerzhafte Ziehen in seinen Lenden fast unerträglich war. Als es ihm endlich gelungen war, ihr aufgestecktes Haar zu lösen, deckte er Maggie sorgfältig zu und löschte die Petroleumlampe, die Kala für sie angezündet hatte.

Ein pulsierender Schmerz in ihrem Leib quälte Maggie, so daß sie schließlich erwachte.

Hatte sie das Gewitter nur geträumt? Helles Mondlicht drang durch das Fenster. Gähnend richtete sie sich auf, legte beide Hände um ihre Brüste und stellte sich mit geschlossenen Augen vor, daß es Reeve war, der sie umfaßte …

Maggie stand auf, wickelte sich in die Bettdecke und begann eine unruhige Wanderung durch das Zimmer. Aber bei jedem Schritt wurde das Ziehen zwischen ihren Schenkeln stärker, und so blieb sie schließlich vor der Tür stehen und machte sie leise auf.

Das Haus war still, der Korridor leer. Noch immer leicht benommen von dem Kräuterlikör, trat sie auf den Flur.

Sie war ganz sicher, kein Geräusch verursacht zu haben, aber da knarrte eine Tür neben dem Badezimmer, und sie hörte Reeve heiser flüstern: »Maggie?«

Sie folgte dem Klang der Stimme. Als sie ihn erreichte, blieb sie stehen und schaute ihn einfach an.

»Geh in dein Zimmer zurück«, bat er flehend.

Maggie schüttelte stumm den Kopf und ließ die Decke von den Schultern rutschen.

Widerstrebend glitten Reeves Blick über ihren nackten Körper. »O Gott!« stöhnte er rauh, nahm Maggie bei der Hand und zog sie in seinem Zimmer.

»Hallo«, sagte sie lächelnd.

»Du bist betrunken«, erwiderte Reeve und bemühte sich, Distanz zu halten. Auch er trug nichts als das bleiche Mondlicht auf seinem Körper.

Ein bißchen erstaunt über ihren Mut, ging Maggie langsam auf Reeve zu, der aussah, als sei er jeden Augenblick bereit, die Flucht zu ergreifen.

»Um Himmels willen, Maggie«, bat er rauh, »geh in dein Zimmer zurück.«

Doch Maggie blieb, unfähig, den Blick von ihm zu lösen.

Mit zitternden Händen zündete Reeve sich eine Zigarre an. Für einen kurzen Moment beleuchtete die Flamme des Streichholzes sein Gesicht. Die Hitze, die sein Blick verriet, hatte einen wärmenden Effekt auf Maggie, und in ihren verkrampften Muskeln breitete sich eine angenehme Trägheit aus. Ohne daß ihr bewußt war, was sie tat, hob sie die Hände und umfaßte von neuem ihre Brüste, weil sie sich so schwer und wund anfühlten.

Da drückte Reeve die eben erst angezündete Zigarre aus, riß Maggie aufstöhnend in die Arme und ließ sich mit ihr aufs Bett fallen.

Maggies Herz klopfte zum Zerspringen, aus weitaufgerissenen Augen schaute sie Reeve an und brachte kein Wort über die Lippen.

»Hat dich das ernüchtert?« fuhr er sie an.

Ernüchtert? Maggie war so erregt wie nie zuvor in ihrem Leben, und sie war zufrieden, weil sie eine Schlacht gewonnen hatte, die sie besser verloren hätte. Aber sie dehnte und streckte sich auf dem Bett wie eine träge Katze und lächelte Reeve einladend an.

Er fluchte, weil er seine Machtlosigkeit erkannte und wußte, daß er Maggie nicht länger widerstehen konnte. So ging er zu ihr und schob eine Hand zwischen ihre Schenkel, die sie bereitwillig für ihn öffnete.

Als er ein sinnliches Spiel an ihrer intimsten Stelle begann, stöhnte Maggie vor Entzücken auf, und dann spürte sie seine warmen Lippen auf der rosigen Spitze ihrer Brust und versuchte wimmernd, ihn auf sich herabzuziehen.

»O nein, das ist erst der Anfang. Ich werde dich schon lehren, mich in Versuchung zu führen!« sagte Reeve heiser, bevor er ihre andere Brust liebkoste und gleichzeitig das sinnliche Spiel seiner Finger zwischen ihren Schenkeln noch verstärkte, bis Maggie aufstöhnend die Beine spreizte.

»Du bist ein sturer kleiner Trotzkopf«, sagte Reeve zwischen heißen Küssen. »Aber wenn ich mit dir fertig bin, wirst du deine Lektion gelernt haben.«

Während er tiefer und tiefer an ihr hinunterglitt und ihren ganzen Körper mit heißen Küssen bedeckte, umklammerte sie aufstöhnend seinen Kopf.

Sie wußte, daß sie den Höhepunkt nicht mehr lange würde hinauszögern können. Ihr Körper spannte sich, und Reeve hob den Kopf. Sie war wunderschön. Ihr Verlangen erregte ihn über alle Maßen.

»Lektion Nummer eins«, sagte er rauh, seine Zärtlichkeiten

für einen winzigen Moment unterbrechend. Als er sie wieder aufnahm, fand eine vulkanartige Explosion in Maggie statt. Ihr lustvolles Stöhnen, ihre heiseren Schreie wurden so laut, daß Reeve ihr lachend den Mund zuhielt.

Dann ebbte der Sturm ab, und Maggie glaubte, daß Reeve nun von ihr ablassen werde. Aber weit gefehlt. Die Ruhepause war schnell vorbei, und er begann erneut, sie zu küssen. Plötzlich ließ er sich zurücksinken und zog sie über sich. Während er ihre Brüste küßte, krümmte Maggie verzückt den Rücken. Nie wäre ihr dabei der Gedanke gekommen, daß ihr Schicksal nun besiegelt war ...

Von unbändigem Verlangen erfüllt und dem Wunsch, sich an Reeve zu rächen, glitt Maggie an ihm hinab, bis sie vor ihm auf dem Boden kniete. Ganz instinktiv erkannte sie, was die wirkungsvollste Vergeltung war, und Reeves lustvoller Schrei und die Art, wie er seine Finger in ihrem Haar vergrub, bestätigten es ihr.

Maggie verwöhnte ihn, bis er sie auf sich zog und mit einer heftigen Bewegung in sie eindrang. Bereitwillig nahm sie ihn in sich auf, warf verzückt den Kopf zurück und stöhnte vor Lust, als sie seine Hände auf ihren Brüsten spürte.

Ihre Bewegungen waren unglaublich harmonisch, ihr Rhythmus einander angepaßt. Jedes Denken war ausgeschaltet, sie wurden beherrscht von ihren Gefühlen. Sie waren zwei Menschen, die alles gaben, alles erreichten, alles gemeinsam erlebten – in Liebe.

Sydney schien verändert, seit Maggie die Stadt zum letztenmal gesehen hatte; sie kam ihr jetzt weniger bedrohlich vor, weniger fremd und sehr viel schöner mit ihren funkelnden Hafenlichtern und den geschäftigen Straßen.

Als die Kutsche sich jedoch Victoria Street näherte, sank ihre Stimmung auf den Nullpunkt. Während der langen Fahrt von Parramata war Reeve an ihrer Seite gewesen, aber da er es für besser hielt, daß sie allein in Mr. Kirks Haus erschien, war er in der Innenstadt ausgestiegen.

Und nun, als die Kutsche vor Duncan Kirks Haus hielt, hatte Maggie das dringende Bedürfnis, zu Reeve zurückzugehen, um ihn zu bitten, sie doch als seine Mätresse in seinem Haus aufzunehmen.

Dann schämte sie sich dieser Gedanken und ging trotzig auf den Eingang zu. Schließlich brauchte niemand zu erfahren, daß sie nicht mehr die gleiche war, die das Haus vor zwei Tagen verlassen hatte.

Zu ihrem Erstaunen traf Maggie Mr. Kirk in der Küche an. Er stand am Tisch, umklammerte die Lehne eines Stuhls und sagte ärgerlich: »Sie sind in Reeve McKennas Kutsche heimgekommen!«

Maggie biß sich auf die Lippen und fragte sich insgeheim, wie jemand eine Kutsche von einer anderen unterscheiden konnte. »Ja«, gab sie leise zu.

Einen Moment lang musterte Duncan Kirk sie stumm, dann erklärte er brüsk: »Packen Sie Ihre Sachen. Wir nehmen den Abendzug nach Melbourne.«

»M-Melbourne?« echote Maggie verblüfft.

»Ich habe geschäftlich dort zu tun, mit dem Gouverneur, und muß vielleicht eine Zeitlang bleiben. Deshalb möchte ich Sie und die Jungen mitnehmen.«

Maggie wollte Sydney nicht verlassen – und Reeve –, aber andererseits erschien ihr ein Leben, wie es Loretta Craig führte, auch alles andere als verlockend. Und wenn sie das nicht wollte, war sie gezwungen, sich ihren Lebensunterhalt selbst zu verdienen. »Gut«, antwortete sie leise und machte sich ergeben auf den Weg zu ihrem Zimmer.

Dort traf sie Mrs. Lavendar, die die Kleider, die Maggie auf Mr. Kirks Wunsch gekauft hatte, in einen riesigen Lederkoffer packte.

»Hallo«, grüßte Maggie freundlich.

Mrs. Lavendars breiter Rücken wurde steif. »Dann ist dieser Ire wohl mit Ihnen fertig?« fragte sie.

Eine Ohrfeige hätte Maggie nicht mehr verblüffen können. »Wie bitte?«

Die Haushälterin drehte sich um, ihre scharfen Augen schienen bis in Maggies Herz zu sehen. »Sie haben einen schrecklichen Fehler gemacht, Kind«, sagte sie. »Einen entsetzlichen Fehler.«

»Würden Sie mir bitte erklären, was Sie meinen?«

Mrs. Lavendar begann wieder Kleider einzupacken. »Ich brauche Ihnen nichts zu erklären, Miss. Sie werden es schon selbst feststellen.«

Maggie erinnerte sich an Reeves unfreundliche Bemerkungen über Mr. Kirk und befürchtete plötzlich, ihr Arbeitgeber könne Reeves Haß teilen. »Sie sind Feinde«, murmelte sie in jäher Erkenntnis.

»Vom ersten Tag an, als sie sich begegnet sind«, bestätigte Mrs. Lavendar. »An Ihrer Stelle, Miss, würde ich nicht nach Melbourne fahren. Ganz im Gegenteil – ich würde dieses Haus verlassen und mich nie wieder sehen lassen.«

Maggie trat wütend vor die Haushälterin. »Ich muß mir meinen Lebensunterhalt verdienen, Mrs. Lavendar«, sagte sie kalt. »Genau wie Sie.«

»Mr. McKenna wird für Sie sorgen«, entgegnete Mrs. Lavendar ungerührt. »Solange Sie ihm gefallen.«

»Das ist ja lachhaft!« rief Maggie entrüstet und zu stolz, die Wahrheit zu gestehen. »Ich saß in Parramata fest, und Mr. McKenna war so freundlich, mir für den Heimweg seine Kutsche zur Verfügung zu stellen!«

Mrs. Lavendar nickte weise. »Wenn das Ihre Version ist, Miss, soll es mir recht sein. Ich habe Sie gewarnt. Mehr kann ich nicht tun.« Damit wandte sie sich ab und ging hinaus.

Bemüht, ihre bösen Vorahnungen zu ignorieren, begann Maggie ihre Sachen einzupacken.

# 11

Es war eine lange Reise nach Melbourne. Als der Zug endlich seinen Bestimmungsort erreichte und ein grauer Morgen heraufdämmerte, waren Maggie und die beiden Jungen blaß vor Müdigkeit. Mr. Kirk hingegen, der die Nacht im Clubwagen verbracht hatte, war bester Laune und wirkte – abgesehen von dem starken Tabakgeruch, der ihm anhaftete – gepflegt wie immer.

Auf dem Weg durch die Stadt gab er sich die größte Mühe, zuvorkommend zu sein, und machte Maggie auf Sehenswürdigkeiten und öffentliche Gebäude aufmerksam.

Jeremy und Tad waren nicht beeindruckt, sie kannten Melbourne schon. Aber Maggie konnte es kaum erwarten, die Stadt zu erforschen, ganz besonders den herrlichen Park, der den Regierungspalast umgab.

»Als meine Gastgeberin«, sagte Mr. Kirk betont, als sie das riesige Gebäude hinter sich gelassen hatten, »werden Sie häufig mit dem Gouverneur zusammentreffen. Die passende Anrede für solche Gelegenheiten ist ›Euer Lordschaft‹.«

Nun schämte Maggie sich des schlichten Baumwollkleids, das sie für die Reise trug, und begriff, warum Mr. Kirk auf dem Kauf von Abendkleidern bestanden hatte. Errötend senkte sie den Kopf.

Mr. Kirk lachte. »Ich habe noch eine Liste aufgestellt«, sagte er und reichte Maggie ein Blatt Papier. »Würden Sie diesmal bitte so freundlich sein und die richtigen Sachen kaufen?«

Maggie nahm das Blatt und nickte scheu.

»Ausgezeichnet. Sobald wir zu Hause sind und die Jungen sich eingerichtet haben, möchte ich mit Ihnen sprechen, Miss Chamberlin. Unter vier Augen, in meinem Arbeitszimmer.«

Eine leise Angst erfaßte Maggie, obwohl es ihr äußerlich nicht anzumerken war. Vermutlich stand ihr eine Predigt über den Ausflug nach Parramata bevor; sie hoffte nur, daß Mr. Kirk nicht wie Mrs. Lavendar die Wahrheit erraten hatte …

Eine Stunde später stand Maggie vor der Tür zu Mr. Kirks Arbeitszimmer. Bevor sie eintrat, atmete sie mehrmals tief durch und straffte ganz unbewußt die Schultern.

»Herein!« rief eine etwas müde Männerstimme auf ihr Klopfen hin.

Maggie holte noch einmal tief Luft, dann öffnete sie die Tür und betrat ein geräumiges Zimmer mit wertvollen Orientteppichen, Bronzestatuen, Bücherregalen und einem Sekretär. Mr. Kirk lehnte mit verschränkten Armen an diesem massiven, mit kunstvollen Schnitzereien versehenen Möbelstück.

»Nehmen Sie Platz, Miss Chamberlin«, sagte er herablassend. Maggie verbiß sich eine scharfe Antwort und setzte sich in einen bequemen Ledersessel.

Mit ausdrucksloser Miene zog Mr. Kirk ein zusammengefaltetes Blatt aus seiner Westentasche. »Wissen Sie, was das ist?«

Maggie nahm das Blatt und faltete es auseinander. Es war eines jener heißbegehrten Zertifikate, die Lady Cosgrove ausstellte. Jedes Mädchen, das ein solches Zertifikat besaß, konnte sicher sein, überall im Land anständige Arbeit zu finden. Dieses Blatt jedoch war völlig leer.

Da Maggie nicht wußte, was sie sagen sollte, nickte sie nur.

»Gut«, sagte Mr. Kirk kühl, nahm das Blatt und steckte es in seine Westentasche zurück. »Von heute an, Miss Chamberlin, erwarte ich ein untadeliges Verhalten von Ihnen. Es finden keinerlei Ausflüge mit Mr. McKenna mehr statt und auch nicht mit anderen Männern. Wenn ich Ihnen eine Anweisung erteile, wird sie befolgt.«

Maggie errötete vor Bestürzung. Woher wußte Mr. Kirk, daß sie mit Reeve in Parramata gewesen war? Aber da fiel ihr plötzlich ein, daß sie eines Abends einen Teil einer Unterhaltung zwischen Loretta Craig und Mr. Kirk belauscht hatte ... Maggie versteifte sich vor Schreck.

»Morgen abend«, fuhr Mr. Kirk fort, »werden wir zusammen im Regierungspalast dinieren. Ich erwarte, daß Sie sich für die Gelegenheit entsprechend kleiden, Miss Chamberlin.«

Maggie schluckte verwirrt. Sie hatte keine Ahnung, was eine Dame zu offiziellen Anlässen trug.

»Ich habe eine gute Freundin von mir gebeten, Sie heute nachmittag in die Geschäfte zu begleiten«, erklärte Mr. Kirk, bevor Maggie ihre Zweifel äußern konnte. »Sie werden ihre Ratschläge befolgen und kaufen, was sie sagt, Miss Chamberlin. Ist das klar?«

Maggies Wangen brannten vor Entrüstung. Mit der Absicht, Mr. Kirk zu sagen, daß ihr weder seine Haltung noch sein Ton gefielen, stand sie auf, aber wieder kam er ihr zuvor.

»Sie werden feststellen, daß ich ein großzügiger und verständnisvoller Arbeitgeber bin, Miss Chamberlin«, sagte Duncan Kirk. »Aber falls Sie mir den Gehorsam verweigern, werden Sie merken, daß ich auch sehr rücksichtslos sein kann.«

Maggie war sich bewußt über die Alternative, die ihr blieb, falls Mr. Kirk ihr Dienstverhältnis auflöste und sie Lady Cosgroves Zertifikat, das als Empfehlung diente, verlor. Entweder endete Maggie dann auf der Straße oder in einem von Reeve McKenna geschaffenen Liebesnest ... Beide Aussichten waren völlig undenkbar.

»Ihre Freundin ist nicht zufällig Loretta Craig?« fragte Maggie kalt.

»Loretta ist nur eine meiner vielen Freundinnen«, erwiderte Kirk mit anzüglichem Lächeln. »Es ist Lady Rosalind

Simmons, die Sie bei Ihren Einkäufen begleiten wird. Ich glaube, sie wird Ihnen gefallen.«

Das bezweifelte Maggie, aber es hätte wenig Sinn gehabt, Einwände zu erheben. »Ich werde bereit sein, wenn Lady Simmons kommt«, sagte Maggie ergeben.

»Ausgezeichnet«, antwortete Mr. Kirk mit einer angedeuteten Verbeugung.

Maggie wandte sich ab, ohne entlassen worden zu sein, und deshalb drehte sie sich an der Tür noch einmal zu ihrem Arbeitgeber um. Doch anstatt des erwarteten Ärgers sah sie nur Belustigung in seiner Miene. Und das brachte sie in Rage. »Ich nehme an, daß mir irgendwann auch noch ein bißchen Zeit bleibt, um Ihre Söhne zu unterrichten?« sagte sie in bissigem Ton.

Mr. Kirk lachte. »Selbstverständlich, Miss Chamberlin! Sie werden noch mehr Zeit mit den Jungen verbringen, als Ihnen lieb ist.«

Auf diese rätselhafte Bemerkung wußte Maggie keine Antwort.

Ohne ein Wort ging sie hinaus und begab sich in den zweiten Stock, um nach den Kindern zu sehen. Beide schliefen fest, und so zog Maggie sich in ihr eigenes Zimmer zurück, wo sie sich aufs Bett warf und wütend auf das Kissen einschlug.

Das Telefon auf Duncans Sekretär schrillte laut, was nicht ungewöhnlich war, aber es störte ihn, weil er lieber noch eine Weile den Erinnerungen an das ärgerliche Funkeln in Maggies grauen Augen nachgehangen hätte. Wie entzückend sie aussah, wenn sie in Wut geriet!

Gereizt nahm er den Hörer auf und fragte kurz: »Ja?«

Eine nur allzu bekannte Männerstimme lachte leise am anderen Ende der Leitung. »Hallo, Duncan«, sagte Reeve McKenna.

Duncan war versucht, den Hörer aufzulegen, aber dann verzichtete er darauf. Hier war eine Gelegenheit, McKenna etwas unter die Nase zu reiben, was ihm nicht gefallen würde! »Wie ist das Wetter in Sydney?« erkundigte er sich, als spräche er mit einem guten Freund und nicht mit dem Mann, den er am liebsten tot gesehen hätte.

Wieder das vertraute Lachen. »Sydney? Da hättest du mich sicher gern, alter Freund. Ich bin in Melbourne.«

Duncan schnappte nach Luft. »Melbourne«, wiederholte er tonlos und haßte sich für seinen Mangel an Beherrschung.

»Loretta konnte es kaum erwarten, mir von deiner Reise zu erzählen«, fuhr Reeve gelassen fort. »Das ist das Problem bei Loretta – sie wechselt sehr schnell die Fronten, falls es nötig ist.«

Duncan erwiderte nichts, aber er schwor sich, Miss Craig den hübschen Hals umzudrehen, sobald er sie wiedersah.

»Ich bin der Ansicht, daß wir die Situation besprechen sollten«, fuhr Reeve in gefährlich freundlichem Ton fort. »Persönlich.«

Duncan seufzte. »Ja.«

»Wo?«

»Überall – nur nicht hier.«

»Im Club?«

Duncan nickte geistesabwesend, dann wurde ihm bewußt, daß Reeve es nicht sehen konnte. »Ja. Um fünf?«

»Jetzt sofort«, entgegnete Reeve, und dann war die Leitung tot.

Zornbebend verließ Duncan sein Arbeitszimmer und ließ seine Kutsche vorfahren.

Lady Simmons war weder eine strenge alte Jungfer noch eine Lebedame, wie Maggie abwechselnd erwartet hatte, sondern eine hübsche junge Frau mit modisch frisiertem schwarzen Haar und einem liebenswerten Lächeln.

»Ich weiß, wo die besten Läden sind«, sagte sie freundlich, als sie mit Maggie in der Kutsche saß. »Und Harry sagt, keiner versteht besser Geld auszugeben als ich.«

Maggie konnte nicht umhin, Lady Simmons sympathisch zu finden, vor allem, als sie ihr anbot, sie Rosalind zu nennen.

Sie war Herzogin, erfuhr Maggie schnell; sie und ihr Mann waren aus Abenteuerlust für einige Jahre nach Australien gekommen. Sie hatten zwei Kinder, mehrere englische Güter und vier Hunde, von denen Rosalind genauso zärtlich sprach wie von dem zukünftigen Herzog von Devonshire und seiner jüngeren Schwester Polly.

»Sie sind schon lange mit Duncan befreundet?« fragte Maggie, als Rosalind ihr Geplauder für einen Moment unterbrach.

»Ach, ich liebe Ihren amerikanischen Akzent!« trillerte Rosalind begeistert. »Aber ja, Harry und ich kennen Duncan schon einige Jahre. Wir besitzen Anteile an einigen seiner Opalminen.«

Maggie nickte schüchtern. Obwohl sie eine Zeitlang in England gelebt hatte, war sie nie mit der englischen Aristokratie in Berührung gekommen und daher recht beeindruckt, Seite an Seite mit einer echten Herzogin in Kirks Kutsche zu sitzen.

»Es wird Ihnen gefallen, im Regierungspalast zu dinieren«, fuhr Rosalind munter fort. »Und bald findet eine Regatta im Hafen statt, und im Juni, wenn Ihre Majestät das Jubiläum ...«

Maggie fand endlich ihre Stimme wieder. »Ich bin eigentlich nur eine Gouvernante«, warf sie ein, um anzudeuten, daß sie an all diesen Festlichkeiten bestimmt nicht teilnehmen würde.

Rosalind runzelte die Stirn, ihre Augen wurden schmal. »Gouvernante? Aber Harry und ich hatten den Eindruck ... ach, lassen wir das.«

Maggie versteifte sich. »Welchen Eindruck hatten Sie, wenn ich fragen darf?« entgegnete sie kühl.

»Nun ja, da Sie so ein hübsches Mädchen sind, und Amerikanerin und so ... nun ja, da dachten wir, daß Duncan Sie vielleicht heiraten wollte.«

Maggie verschluckte sich beinahe vor Verblüffung. »Ich bin Gouvernante«, wiederholte sie, als sie wieder sprechen konnte. »Und Duncans Gastgeberin.«

Rosalind betrachtete Maggie forschend. »So, so. Sie sind also seine Gastgeberin. Ich dachte, es wäre eine Aussteuer, was Duncan Ihnen kaufen will.«

»Es ist doch ... korrekt, nicht wahr?« flüsterte Maggie, obwohl niemand außer Rosalind sie hören konnte. »Ich meine, daß ich die Rolle der Gastgeberin in Mr. Kirks Haus übernehmen soll?«

Rosalind kicherte entzückt. »Natürlich ist es korrekt! Dieser schlaue Duncan! Wenn Sie noch etwas anderes wären außer Gouvernante und Gastgeberin, müßte er sich eine Anstandsdame halten.«

Maggie war keineswegs beruhigt. »Sie glauben also nicht, daß Mr. Kirk … etwas im Schilde führt? Oder daß er gewisse Absichten mit mir hat?«

Rosalinds blaue Augen funkelten belustigt. »Mein liebes Kind, Duncan Kirk hat es auf uns alle abgesehen!«

Maggie sank stöhnend auf ihren Platz zurück, und Rosalind tätschelte ihr beruhigend die Hand.

»Duncan ist ein Gentleman«, versicherte sie lächelnd.

Maggie dachte an den leidenschaftlichen Blick in seinen Augen, als er ihr in seinem Arbeitszimmer klargemacht hatte, wie sie sich zu verhalten hatte, und fragte sich, ob Rosalind Simmons Duncan Kirk überhaupt gut genug kannte, um sich ein Urteil zu erlauben.

Den Rest des Nachmittags verbrachte Maggie mit der lebhaften jungen Herzogin in den elegantesten Geschäften von Melbourne. Mehrere Kleider wurden gekauft und gleich mitgenommen, während andere erst in Auftrag gegeben werden mußten. Schuhe wurden ausgesucht, Handtaschen, Schirme und Parfüms gekauft. Als Maggie die Ausgaben überschlug, bekam sie Kopfschmerzen.

Als sie und Rosalind endlich zu Mr. Kirks Residenz zurückkehrten, die nur einen Steinwurf vom Regierungspalast entfernt lag, war Maggie erschöpft. Beladen mit so vielen Päckchen, wie sie tragen konnte, eilte sie zu ihrem kleinen Raum neben dem Kinderzimmer, aber dort war ein Dienstmädchen damit beschäftigt, die Bettwäsche zu entfernen.

Vor lauter Schreck ließ Maggie die Päckchen fallen. Noch schlimmer, als ein ganzes Jahr unter Mr. Kirks Dach zu leben, würde sein, von ihm auf die Straße gesetzt zu werden!

»Was machen Sie da?« krächzte Maggie heiser.

Das Mädchen kniete bereits auf dem Boden und sammelte die Päckchen ein, die Maggie fallengelassen hatte. »Ich hebe Ihre Sachen auf, Miss.«

Wäre die Situation nicht so ernst gewesen, hätte Maggie gelacht. »Ich wollte wissen, warum Sie das Bett abziehen.«

Das junge Mädchen schaute strahlend zu ihr auf. »Der Herr möchte, daß Sie ein Zimmer im zweiten Stock bewohnen«, sagte sie, während ihre abgearbeitete Hand bewundernd über einen silbernen Hutkarton glitt. »Gehen Sie ruhig schon hinunter – der Koch bringt Ihnen das Essen –, und ich räume später Ihre Sachen um.«

Maggie wollte heftig widersprechen, aber dann sah sie ein, daß sie keine Kraft mehr hatte, mit dem ›Herrn‹ über seine unbegreiflichen Entscheidungen zu diskutieren. Für den Augenblick hatte er gewonnen.

»Welches Zimmer ist meins?« fragte Maggie resigniert.

»Das letzte am Ende des Korridors, Miss.«

Maggie verließ den kleinen Raum, der gut genug für andere Gouvernanten gewesen war, und strich geistesabwesend die Betten glatt, die Jeremy und Tad ungemacht hinterlassen hatten. Sie fragte sich, wo die Jungen stecken mochten und ob sie je Gelegenheit bekam, die beiden zu unterrichten. Oder waren sie nichts als ein Vorwand, genau wie der Titel ›Gastgeberin‹, und Kirk benutzte beides, um Maggie in seinem Haus zu halten, sie herumzukommandieren und wie eine kostspielige Puppe zu verkleiden?

Weinend vor Zorn und vor Enttäuschung verfluchte Maggie Philip Briggs, den Mann, der für ihre Situation verantwortlich war, und betrat mit hängenden Schultern ihr neues Zimmer.

Auch dieser Raum war viel zu prächtig eingerichtet für eine Gouvernante, genau wie ihr Zimmer in Sydney. Die hohen Fenster waren mit schweren blauen Samtstores verhängt, auf dem breiten Bett aus glänzendem Mahagoni lag eine handgeklöppelte weiße Spitzendecke. Zahlreiche Kissen in allen Farben und Größen waren auf Bett, Teppich und Sesseln verteilt und vermittelten dem Raum die Atmosphäre eines Harems.

Betroffen blieb Maggie auf der Schwelle stehen. Auf die Straße gesetzt werden wollte sie natürlich nicht, aber andererseits fragte sie sich nun, ob es wirklich so schlimm sein konnte, Reeve McKennas Mätresse zu sein. Natürlich würde er ihrer eines Tages müde werden und sie auch fortschicken, aber bis dahin hätte sie wenigstens ein Dach über dem Kopf und etwas zu essen und zum Anziehen. Ganz zu schweigen von den leidenschaftlichen Nächten, die sie in seinen Armen erleben würde …

»Gefällt es Ihnen?« fragte eine leise Stimme direkt hinter ihr.

Verblüfft drehte Maggie sich um und stieß fast mit Mr. Kirk zusammen, der auffallend nach Rum und Whiskey roch. Aber sein Blick war weder drohend noch verärgert, seine grünen Augen funkelten vor unterdrücktem Lachen.

»Es kommt mir … ein bißchen zu … zu elegant vor«, stammelte Maggie verwirrt.

Duncan lachte leise und ließ seine Hände für einen Moment auf Maggies Schultern ruhen. Dann schien er sich auf seine Manieren zu besinnen und trat zurück. »Sie machen sich Sorgen, was ich im Ausgleich dafür von Ihnen erwarten könnte, nicht wahr? Ich hätte mir denken können, daß Rosalind Ihnen alle möglichen dummen Ideen über mein räuberisches Wesen in den Kopf setzt.«

Maggie schluckte verlegen. »Sie sagte, Sie hätten es auf alle Frauen abgesehen«, gab sie schüchtern zu.

Duncan lachte schallend, als er Maggies erhitzte Wangen und ihre besorgte Miene sah. »Sie übertreibt«, entgegnete er trocken.

Da Maggie nicht wußte, was sie darauf erwidern sollte, schaute sie Mr. Kirk nur prüfend an. Seine Belustigung verblaßte, und ein trauriger Ausdruck erschien in seinen Augen.

»Ich habe meine Frau sehr geliebt, Miss Chamberlin«, sagte er ruhig. Dann wandte er sich abrupt ab und ließ Maggie einfach stehen.

# 12

Schon früh am nächsten Morgen rief Maggie Jeremy und Tad ins Studierzimmer im dritten Stock und begann mit dem Unterricht. Es kam nicht überraschend für sie, daß beide Jungen sehr aufgeweckt und wißbegierig waren, obwohl Tad, der Ältere, keinen Zweifel daran ließ, daß er sehr viel lieber draußen gewesen wäre, wo es eine ganze neue Welt zu erforschen gab.

Nachdem Maggie sich einen Überblick über die Kenntnisse der Jungen in Mathematik verschafft hatte, forderte sie die beiden auf, eine Landkarte von Australien zu zeichnen.

»Papa hat hier ein Haus ... und dort ... und dort«,sagte Jeremy, während er auf weit voneinander entfernte Punkte auf der Karte zeigte.

»Und hier«, fügte Tad hinzu. »Dieses Haus gefiel Mum am besten. Sie sagte immer, Queensland sei ein Paradies.«

Maggie hätte gern mehr über die verstorbene Mrs. Kirk erfahren, aber da sie nicht indiskret erscheinen wollte, sagte sie nur: »Eure Mutter war bestimmt sehr schön.«

Beide Jungen nickten ernst.

»Sie hieß Elena und starb bei der Geburt unseres dritten Kindes«, warf eine kühle Männerstimme hinter Maggie ein. »Möchten Sie sonst noch etwas wissen, Miss Chamberlin?«

Die unterdrückte Wut, die Maggie in Mr. Kirks Augen sah, erschreckte sie weit mehr als sein unvermutetes Erscheinen. »Es tut mir leid«, murmelte sie, obwohl ihr nicht ganz klar war, was sie eigentlich falsch gemacht hatte.

Duncan schien sich zu entspannen. »Nein, Miss Chamberlin«, sagte er rasch, »ich bin es, der sich entschuldigen muß. Wahrscheinlich bin ich noch immer sehr empfindlich, was Elena betrifft.«

Maggie nickte nur stumm. Sie konnte seine Trauer nachempfinden, hatte sie doch selbst beide Eltern bei einem tragischen Unfall verloren.

»Sieh dir unsere Landkarten an, Papa!« forderte Jeremy seinen Vater auf. »Wir haben Australien gezeichnet.«

Maggie freute sich über das Interesse, mit dem Mr. Kirk die Arbeiten seiner Söhne begutachtete. Er sparte nicht mit Lob, und beide Jungen strahlten, als er sie zum Essen hinunterschickte.

Als die Kinder fort waren, starrte Mr. Kirk sinnend auf eine der Karten. Im Sonnenschein, der durch das Fenster drang, schimmerte sein Haar wie rotes Gold. »Elena war sehr schön«, sagte er leise und ohne Maggie anzusehen. »Möchten Sie ihr Porträt sehen?«

»Gern«, erwiderte Maggie erfreut. Es kam häufig vor, daß Mr. Kirk ihr Angst einjagte, aber in diesem Augenblick empfand sie nur Mitleid für ihn. Sie rechnete damit, in einen anderen Raum geführt zu werden, doch statt dessen zog Mr. Kirk ein goldenes Medaillon aus seiner Westentasche und klappte es auf.

Das Miniaturporträt zeigte eine Frau mit sehr dunklen Augen und hellem Haar, fast so silberblond wie Maggies, und einem sanften Lächeln. Elena war tatsächlich eine beeindruckend schöne Frau.

»Sie ist vor zwei Jahren gestorben«, erzählte Duncan tonlos, als überraschte Elenas Hinscheiden ihn noch immer. »Unsere kleine Tochter starb mit ihr.«

Maggie entgegnete nichts, weil ihr angesichts eines so tragischen Ereignisses keine passenden Worte einfielen. Sie schaute Mr. Kirk an und hoffte, daß ihr Blick ihr Mitgefühl verriet.

Mr. Kirks nachdenkliche Miene änderte sich schnell; fast brüsk klappte er das Medaillon zu und steckte es wieder in die Tasche. Seine grünen Augen waren klar, als er Maggies schlichtes Kleid betrachtete, und er lächelte. »Ich möchte sehen, was Sie heute abend zum Dinner im Regierungspalast tragen werden«, befahl er in herrischem Ton.

Der Gedanke an das bevorstehende Galadiner im Gouverneurspalast erfüllte Maggie mit Vorfreude, machte sie jedoch auch sehr nervös. Und wie sollte sie Mr. Kirk ihr Kleid zeigen, ohne ihn in ihr Zimmer mitzunehmen? »Es ist aus blauer Seide«, sagte Maggie rasch, »und es ist mit Kristallperlen bestickt …«

Duncan verschränkte lächelnd seine Arme. »Ich möchte das Kleid sehen«, wiederholte er. »Ziehen Sie es an, Miss Chamberlin. Ich warte in meinem Arbeitszimmer.«

Damit ging er hinaus, und Maggie starrte ihm wütend nach. Er hatte vielleicht Nerven, dieser Mr. Kirk, an einem ganz normalen Unterrichtstag eine Modenschau von ihr zu verlangen! Dennoch ging sie in ihr Zimmer, nahm das herrliche, perlenbesetzte Kleid aus dem Schrank und zog es an.

Es war ganz ohne Zweifel das schönste Kleidungsstück, das Maggie je gesehen, geschweige denn besessen hatte. Die mitternachtsblaue Seide raschelte bei jeder Bewegung, und die Kristallperlen auf dem tiefausgeschnittenen Mieder und am Rocksaum funkelten im Licht wie Diamanten.

Maggie zupfte an dem Mieder, das kaum zwei Finger breit über ihren Brustspitzen endete, aber es ließ sich nicht hinaufziehen. Seufzend machte Maggie sich auf den Weg zu Mr. Kirks Arbeitszimmer. Das Beste war, die Sache so schnell wie möglich hinter sich zu bringen, um anschließend in Ruhe ihren Unterricht fortsetzen zu können.

Die Tür zum Arbeitszimmer stand halb offen, Maggie klopfte kurz und trat unaufgefordert ein. Mr. Kirk, der am Schreibtisch saß, schaute auf, riß erstaunt die Augen auf und starrte sie hingerissen an.

»Sie wollten das Kleid sehen«, sagte Maggie ungeduldig.

Ohne auf die Tinte zu achten, die in alle Richtungen spritzte, ließ Mr. Kirk den Federhalter fallen und stand auf. »Mein Gott!« flüsterte er rauh.

Maggie fühlte sich geschmeichelt und wünschte plötzlich, Reeve McKenna möge sie in diesem prächtigen Kleid sehen. Aber das ließ sie sich nicht anmerken. »Kann ich jetzt gehen?« erkundigte sie sich kühl.

»Nein«, erwiderte Duncan rauh, schüttelte den Kopf, als müsse er seine Gedanken klären, und ließ sich auf den Sessel zurückfallen.

Maggie seufzte. Daß sie abends Kirks Gastgeberin spielen mußte, war ihr klar, aber jetzt war heller Tag und sie immer noch die Gouvernante seiner Söhne. »Die Jungen warten sicher schon …«

»Die Jungen essen«, unterbrach Mr. Kirk sie lächelnd. »Sie haben für heute genug gelernt.«

Maggie war ganz anderer Ansicht, aber etwas in Mr. Kirks Verhalten ließ sie zögern, ihm zu widersprechen. Er benahm sich äußerst seltsam. »Dann gehe ich mit den Jungen in den Park – oder in den Zoo.«

»Sie werden sich ausruhen«, befahl Mr. Kirk. »Das Galadiner heute abend wird bis in die frühen Morgenstunden dauern.«

»Aber …«

»Miss Chamberlin.« Es war ganz eindeutig eine Warnung, und als Mr. Kirk sich wieder seinen Papieren zuwandte, war Maggie entlassen.

In ihrem Zimmer war ein Dienstmädchen damit beschäftigt, von einem mitgebrachten Tablett einen kleinen Tisch zu decken. Als sie Maggies Kleid sah, hauchte sie bewundernd: »Wie elegant Sie sind, Miss Chamberlin!«

Maggie, die sich plötzlich nach Tansys Gesellschaft sehnte, trat hinter eine Spanische Wand und begann das Kleid abzulegen. Das Mädchen folgte ihr jedoch und bestand darauf, ihr beim Ausziehen behilflich zu sein.

Angesichts der Aussicht, etwas zu essen und sich dann auszuruhen, wie Duncan es befohlen hatte, zog Maggie nur einen Morgenrock über ihre Unterwäsche und löste ihr aufgestecktes Haar. Das junge Mädchen bürstete ihre silberblonden Flechten, während Maggie aß, und brachte sie dann zu Bett, als wäre sie ein kleines Kind.

Zu ihrem Erstaunen gelang es Maggie, ziemlich bald einzuschlafen, doch beim Erwachen wurde sie von einer heftigen Unruhe erfaßt. Ihre Wangen waren stark erhitzt und gerötet, da sie wieder einmal von Reeve McKenna geträumt hatte, und sie war gezwungen, ihr Gesicht mit kaltem Wasser abzukühlen. Aber leider gab es nichts, was das quälende Prickeln zwischen ihren Schenkeln gelindert hätte … Um sich abzulenken, nahm Maggie Papier und Feder und begann, einen Brief an Tansy zu schreiben.

Aber wie sollte sie sich darauf konzentrieren, wenn sie an nichts anderes denken konnte als an Reeve und die Nacht, die sie in seinen Armen verbracht hatte? Schließlich gab Maggie es auf, zog seufzend ihre Gouvernantenkleidung an und verließ das Haus zu einem Spaziergang. Als sie dreimal um den Häuserblock gewandert war, fühlte sie sich etwas ausgeglichener.

Wie in Sydney betrat Maggie Mr. Kirks Haus durch den Dienstboteneingang, wo ihr zum erstenmal seine Melbourner Haushälterin begegnete. Im Gegensatz zu der rundlichen Mrs. Lavendar war diese Frau schlank und vollbusig, hatte schweres, kupferrotes Haar und eine makellos glatte, weiße Haut. Ihre ganze Art, ihre Bewegungen und ihr Verhalten ließen auf einen wollüstigen, sinnlichen Charakter schließen, und ein einziger Blick aus ihren dunklen, langwimprigen Augen überzeugte Maggie, daß diese Frau nicht die Absicht hatte, sich mit der neuen Gouvernante anzufreunden.

Dennoch versuchte Maggie es. »Ich bin Margaret Chamberlin«, stellte sie sich lächelnd vor.

»Bridget«, erwiderte die Haushälterin knapp. »Bridget O'Malley.«

»Arbeiten Sie schon lange hier?« erkundigte sich Maggie freundlich.

Bridget O'Malleys Blick war alles andere als ermutigend. »Lange genug«, erwiderte sie, während sie Maggie mit unverhohlener Verachtung musterte. »Benutzen Sie in Zukunft die vordere Eingangstür, Miss«, sagte sie. »Sie sind etwas besser gestellt als wir anderen, deshalb erwartet Dunc ... Mr. Kirk, daß Sie wie die vornehmen Herrschaften den Vordereingang benutzen.«

Ihre Worte trafen Maggie wie eine Ohrfeige, doch sie war eher verletzt als wütend. Warum war keiner dieser Leute bereit, sie als das zu akzeptieren, was sie war – eine weitere Angestellte in Mr. Kirks Diensten? »Mrs. O'Malley ...«

»Miss O'Malley«, schnappte die Haushälterin.

Maggie errötete und sagte nichts mehr. Die Einsamkeit, die sie in diesem Haus empfand, war noch schlimmer als in Sydney, wo sie wenigstens eine Freundin besaß.

»Der Herr hat eben nach Ihnen gefragt«, sagte Bridget, ohne Maggie anzusehen. »Gehen Sie und fragen Sie ihn, was er will, wenn Sie wissen, was gut für Sie ist.«

Maggie hatte sich inzwischen ein wenig von der Abfuhr erholt. Schließlich war sie neunzehn Jahre ohne Bridget O'Malleys Freundschaft ausgekommen und würde es auch noch weitere hundert Jahre tun, wenn es sein mußte! »Danke«, sagte sie deshalb kalt und schwebte auf die gleiche majestätische Weise aus dem Raum, wie sie es bei Rosalind gesehen hatte, wenn sie einen Laden verließ, der nicht die gewünschte Ware anzubieten hatte.

Im zweiten Stock begegnete sie zu ihrer Überraschung Duncan Kirk und seinen Söhnen, die ihn lachend von beiden Seiten umklammerten und zu überwältigen versuchten. Etwas von dem Ärger über die Begegnung mit Bridget verflog, und Maggie lächelte ganz unbewußt.

Duncan jedoch wurde ernst, als er Maggie sah, und wie auf einen unausgesprochenen Befehl hin lösten sich Jeremy und Tad von ihm und blieben in einiger Entfernung schweigend stehen. »So, Miss Chamberlin«, sagte Mr. Kirk leise und in seltsam rauhem Ton. »Sie sind also wieder da.«

Seine Worte vermittelten Maggie das Gefühl, etwas Verbotenes getan zu haben. »Ich war nur spazieren«, erwiderte sie rasch.

Duncan lachte leise und wandte sich an seine Söhne. »Geht und wascht euch für das Abendessen«, forderte er sie auf. Gehorsam entfernten die beiden sich, und Maggie blieb allein mit Mr. Kirk zurück.

Für einen langen, unbehaglichen Moment musterte Duncan sie stumm. Es war fast, als durchschaute er sie und sei imstande, ihre geheimsten Gedanken zu erraten. Maggie errötete, weil zu viele dieser Gedanken sich um Reeve McKenna drehten und auf skandalöse Weise erotisch waren.

»Sie wissen natürlich«, sagte Duncan schließlich, »daß Sie sehr, sehr schön sind?«

Nein, das wußte Maggie nicht. Ich bin hübsch, dachte sie, aber viel zu jung und unerfahren, um wirklich schön zu sein. »Ich weiß wirklich nicht, wie ich mich heute abend bei dem Galadiner verhalten soll!« platzte sie plötzlich heraus, einerseits um das Thema zu wechseln, andererseits, weil sie befürchtete, sich im Regierungspalast zum Narren zu machen.

Duncan zog eine Augenbraue hoch, verschränkte die Arme und lehnte sich mit einer Schulter an die Wand. Maggie spürte, daß er ihr damit absichtlich den Weg verstellte. »Es wird nichts anderes von Ihnen verlangt, Miss Chamberlin, als daß Sie sich wie eine Dame benehmen.«

»Aber ich bin doch keine Dame!« rief Maggie bestürzt.

Duncan zuckte die Schultern. »Sie waren Schauspielerin in London. Spielen Sie die Rolle einer Dame.«

Daran hatte Maggie nicht gedacht, aber die Idee war nicht schlecht. Sie würde einfach Rosalind und die anderen weiblichen Gäste beobachten und ihr Verhalten imitieren. Mit einem erleichterten Aufatmen schob sie sich an Duncan vorbei, aber weit kam sie nicht, denn er ergriff ihren Arm. Für einen kurzen Augenblick glitten seine Finger streichelnd über die Haut unter dem kurzen Ärmel ihrer Bluse, aber dann ließ er Maggie so abrupt gehen, daß sie Zweifel bekam, ob die Episode überhaupt stattgefunden hatte.

Der Anblick von Maggie, die an Duncan Kirks Arm den Saal betrat, riß Reeve aus seiner trägen, gelangweilten Stimmung, die ihn stets bei derlei Anlässen beherrschte. Maggie trug ein mitternachtsblaues Kleid, das im Lampenlicht funkelte und schimmerte, und ihr silberblondes Haar war zu einem weichen Chignon geschlungen, der ihren langen, grazilen Hals entblößte.

Reeve dachte daran, wie er diesen Hals geküßt hatte, und wurde von einem quälenden Schmerz in seinem Innersten erfaßt. Er setzte sein Weinglas ab und ging auf Maggie zu, ohne ein Wort der Entschuldigung für die vollbusige junge Schönheit, die er eben noch hofiert hatte.

»Hallo, Maggie«, sagte er, als er sie erreichte und dachte, daß ihr Kleid viel zu tief ausgeschnitten war.

Verblüffung und Erstaunen malten sich auf ihren Zügen ab. »Reeve!« flüsterte sie errötend und schaute Duncan an, der ein wütendes Gesicht machte. »Wie geht es dir?«

Reeve war nicht in der Stimmung für Konversation. Er wollte Maggies volle Brust verdecken, bevor ein anderer Mann sie sah. Er wollte Maggie in ein abgelegenes Zimmer entführen und im Mondschein die rosigen Spitzen ihrer Brüste küssen ... Mit einem scharfen Blick auf Duncan – der ihre Unterredung im Club bestätigen sollte – fragte er Maggie höflich: »Was fällt dir ein, in aller Öffentlichkeit ein solches Kleid zu tragen?«

Maggie spürte, wie ihr das Blut in die Wangen strömte, aber sie brachte keinen Ton heraus.

»Du liebe Güte, Reeve!« zischte Duncan, »selbst von dir könnte man ein etwas zivilisierteres Benehmen erwarten!«

»Ich nehme an, du hast es ihr gekauft?« entgegnete Reeve ungerührt. Das Letzte, was ihn interessierte, war Duncans Ansicht über sein Benehmen.

Endlich fand Maggie ihre Stimme wieder. »Das Kleid ist hochmodern«, flüsterte sie ärgerlich. »Es ist aus Paris!«

»Genau das Richtige für eine Gouvernante«, entgegnete Reeve trocken. »Was bringen Sie Ihren Schülern bei, Miss Chamberlin? Ausgelassenheit? Nachlässigkeit?«

Duncan wirkte verärgert und leicht ungeduldig, während Maggie kurz vor einer Explosion zu stehen schien. Reeve mußte sich sehr bemühen, nicht zu lachen, als er ihre zornigen Blicke sah.

»Leidenschaft steht dir sehr gut«, bemerkte er gelassen.

Maggie schnappte empört nach Luft, ihr schöner Busen bebte vor Erregung, als wolle er das enge Mieder sprengen. Reeve schaute zu, wie sie die Hand krümmte, als hätte sie ihn gern geschlagen, aber da sie entschlossen war, sich wie eine

Dame zu benehmen, wagte sie das natürlich nicht. Und Reeve freute sich über ihre Hilflosigkeit, so uncharakteristisch sie auch war.

Duncan hingegen ignorierte Reeve und zog Maggie auf die lange Reihe der Gäste zu, die darauf warteten, dem Gouverneur und seiner Frau vorgestellt zu werden. »Vergessen Sie nicht, den Gouverneur mit *Euer Lordschaft* anzureden, und machen Sie einen Knicks vor ihm!« flüsterte er Maggie zu.

»Ich mache keinen Knicks!« zischte sie recht vernehmlich, und Reeve, der sich hinter ihnen in die Schlange eingereiht hatte, schmunzelte vergnügt. Es versprach ein unterhaltsamer Abend zu werden ...

Ihrem Wort getreu, knickste Maggie weder vor dem Gouverneur noch vor seiner Frau. Sie verneigte sich nur leicht vor ihnen. Beim Dinner gelang es Reeve, sich einen Platz direkt gegenüber von Maggie und ihrem sehr verärgerten Begleiter Duncan zu sichern. Falls etwas Interessantes geschah, wollte Reeve zur Stelle sein.

Duncan bedachte Reeve mit einem vernichtenden Blick, als dieser mit seiner eigenen Begleiterin an den Tisch trat, während Maggie ihn mit Nichtbeachtung strafte. Sie paßte sich ihrer Umgebung bestens an, stellte Reeve fest. Obwohl Maggie vermutlich noch nie an einer derartigen Veranstaltung teilgenommen hatte, war ihr Benehmen tadellos.

Das Dinner war fast vorbei, als Maggie sich dazu herabließ, Reeve flüchtig anzuschauen; er zwinkerte ihr zu, und sie errötete. Am liebsten hätte er jetzt laut gelacht.

Nach dem Essen begab sich die ganze Gesellschaft in den großen Ballsaal im ersten Stock. Maggie tanzte eine Zeitlang mit Duncan, dann zog er sich mit einem Geschäftspartner auf die Terrasse zurück. Reeve nutzte die Gelegenheit sofort und zog Maggie – ohne ihre Zustimmung abzuwarten – aufs Parkett.

»Da du mir nichts davon gesagt hast, muß deine Entscheidung, Duncan nach Melbourne zu begleiten, sehr impulsiv gewesen sein«, bemerkte er in vorwurfsvollem Ton.

»Ich brauche dir keine Rechenschaft über meine Handlungen abzulegen, Reeve McKenna«, erwiderte Maggie kühl.

Mit einem vielsagenden Lächeln richtete er den Blick auf

ihr großzügiges Dekolleté. »Ein schönes Kleid. Hat Duncan es für dich ausgesucht?«

»Ich suche mir meine Kleider selber aus«, entgegnete Maggie schnippisch.

Reeve tanzte auf die offene Tür einer der zahlreichen Terrassen zu, und bevor Maggie begriff, was er vorhatte, zog er sie zu den Stufen, die in den Garten führten.

»Mr. Kirk wird sehr verärgert sein«, sagte Maggie lahm. Ihr Gesicht schimmerte im Mondschein wie Opal.

Reeve lachte rauh. Gott, wie schön sie war, diese Frau! Und die Tatsache, daß sie es nicht zu wissen schien, machte sie noch viel begehrenswerter. »Duncan ist eine Weile beschäftigt.«

Seufzend setzte Maggie sich auf eine der steinernen Bänke. Im blassen Mondschein sah sie unirdisch aus wie eine Elfe, aber Reeve wußte nur zu gut, daß sie aus Fleisch und Blut war ...

»Willst du mich heiraten, Maggie?« fragte Reeve ganz unvermittelt.

Maggie hob verblüfft den Kopf. »Dich heiraten?«

»Hast du den Antrag schon vergessen, den ich dir in Parramata machte?«

Ihr Erstaunen verwandelte sich in Ärger. »Ich bin nicht schwanger«, erwiderte sie steif.

Reeve war enttäuscht, aber das ließ er sich nicht anmerken. Maggie eignete sich nicht zur Mätresse, sie war eine Frau, die geheiratet werden wollte. Und zu seiner eigenen Überraschung war Reeve durchaus bereit dazu. »Das läßt sich ändern«, hörte er sich sagen.

Maggie starrte ihn an. »Warum willst du mich heiraten, wenn es nicht nötig ist?«

Fast hätte er gelacht. Ja, warum? »Offen gestanden, Maggie, gefällt mir die Idee, dich in meinem Bett zu haben, wann und wo es mich danach verlangt.«

Auch das war ein Schock für sie, aber bevor sie etwas entgegnen konnte, tat Reeve das, was er sich schon den ganzen Abend wünschte. Er schob die Finger in ihr Mieder und zog es vorsichtig hinunter.

Maggie holte erschrocken Luft, als Reeve ihre Brüste entblößte, und spürte, wie ihre Spitzen sich unter seinem Blick versteiften. Aber sie machte keinen Versuch, sie wieder zu verhüllen, schloß nur seufzend die Augen und legte wollüstig den Kopf zurück.

Reeve war so hingerissen von dem sinnlichen Anblick, den sie bot, daß er seine guten Manieren vergaß und den Ort, an dem sie sich befanden. Aufstöhnend schloß er seine Hände um Maggies weiche Brüste und spürte, wie sie erschauerte.

»Reeve ...« hauchte sie verzückt.

Als er eine ihrer rosigen Knospen zwischen seine Lippen nahm, drängte Maggie sich an ihn und stieß ein leises Wimmern aus.

Ein helles Lachen aus der Richtung der Gouverneursresidenz brachte Reeve schlagartig zur Besinnung. Er löste sich von Maggie und zog behutsam das Mieder über ihre heißen, geschwollenen Brüste.

»Heirate mich, Maggie, bevor ich den Verstand verliere!« bat er heiser.

»Liebst du mich?« fragte sie scheu, und in ihren Augen lag eine Verwundbarkeit, die er noch nie an ihr gesehen hatte.

»Ich glaube nicht«, antwortete Reeve, obwohl er sich dessen plötzlich gar nicht mehr so sicher war.

Maggie zupfte nervös an ihrem Mieder und schaute ihn nicht an. »Ich liebe dich auch nicht«, sagte sie.

Reeve unterdrückte ein Lächeln. »Das ist nicht schlimm. Viele Leute heiraten, ohne sich zu lieben, und führen eine glückliche Ehe.«

Maggies Blick war leer und ausdruckslos, als sie ihr Gesicht zu Reeve erhob. »Ich könnte nie glücklich sein mit einem Mann, der mich nicht liebt«, erwiderte sie rauh. »Nie!«

Reeve wollte sie in die Arme ziehen, aber das wagte er nicht. Warum hatte er nie gelernt zu lügen? »Vielleicht würden wir mit der Zeit lernen, uns zu lieben ...«

»Das Risiko gehe ich nicht ein!« sagte Maggie hart, sprang auf und hastete mit raschelnden Röcken zum Ballsaal zurück.

Reeve sah ein, daß er sie nicht zurückhalten durfte. Da er ihr nicht geben konnte, was sie sich am meisten wünschte, mußte er lernen, Geduld zu üben. Mit der festen Absicht, gleich am nächsten Morgen nach Sydney zurückzufahren, verließ er das Fest, ohne sich von jemandem zu verabschieden.

# 13

Duncan Kirk wußte seinen Zorn gut zu verbergen, aber Maggie spürte, wie verärgert er war, als sie tanzten. Um ihn nicht noch mehr zu reizen, versuchte sie, sich nicht nach Reeve umzuschauen.

Gegen Ende des Abends schmerzten nicht nur Maggies Füße, sondern auch ihr Herz tat unendlich weh. Vorhin hatte sie sich gefragt, wie Verlangen bloß so weh tun konnte, plötzlich wußte sie es. Es gab kein Leben ohne Tod, kein Glück ohne Leid – keine Liebe ohne Schmerz.

Sie bereute, Reeve im Garten gewisse Freiheiten gestattet zu haben, denn wie er selber sagte, liebte er sie nicht einmal. Das tat weh, denn Maggie war ihrer eigenen Gefühle für ihn ganz sicher. Sie liebte ihn – von ganzem Herzen, mit jeder Faser ihres Körpers. Vielleicht hätte ich seinen Antrag doch annehmen sollen, überlegte sie, während sie in Duncans Armen über die Tanzfläche glitt.

Dann schüttelte sie ganz unbewußt den Kopf. Nein, es war schon richtig gewesen, Reeves Antrag abzulehnen. Aus einem anderen Grund zu heiraten als aus Liebe hätte sich irgendwann als schrecklicher Fehler erweisen können.

Plötzlich verstärkte sich der Druck von Duncans Hand um Maggies Taille, und sie schaute überrascht zu ihm auf. Seine Augen blickten ernst und böse, obwohl ein höfliches Lächeln um seine Lippen spielte.

»Hätten Sie etwas dagegen, mich in Ihre Debatte einzuweihen?« fragte er kalt. »Oder ist sie nur einseitig?«

Maggie dachte errötend an die Episode im Garten und hoffte, daß es niemand gesehen und Duncan davon berichtet hatte. »Ich habe nur nachgedacht«, sagte sie verteidigend.

»Das tun Sie schon, seit Sie vorhin aus dem Ballsaal verschwunden sind«, versetzte Duncan, während er weitertanzte, als herrschte nichts als Eintracht zwischen ihnen. »Waren Sie mit McKenna zusammen? Ich habe ihn nicht mehr gesehen, seit er mit Ihnen tanzte.«

Seine indiskreten Fragen und sein ziemlich unverschämter Ton reizten Maggie so, daß sie kühl entgegnete: »Mr. McKenna hat um meine Hand angehalten.«

Duncan blieb stehen, wurde abwechselnd rot und blaß. »Was?«

Maggie bereute schon, es ihm erzählt zu haben, denn Duncans Verhalten haftete fast etwas Drohendes an. Aber sie begriff, daß sie zu ihren Worten stehen mußte. »Ich glaube, Sie haben es sehr gut verstanden«, entgegnete sie kühl.

Ohne ein weiteres Wort zu äußern, zog Duncan sie am Arm aus dem Ballsaal, nickte dem Gouverneur und seiner Frau im Vorübergehen zu und zerrte sie in die große Eingangshalle. Dort waren zwei Mädchen damit beschäftigt, Umhänge und Mäntel zu ordnen, aber Maggie bezweifelte, daß Duncan sie bemerkte. Für Menschen wie ihn waren Dienstboten sozusagen unsichtbar.

»Was haben Sie McKenna erzählt?« fragte er gereizt und umklammerte so heftig ihre Arme, daß es schmerzte.

Sie versuchte sich loszureißen, aber Duncan verstärkte seinen Griff, und Maggie wimmerte vor Schmerz. Was hätte sie nun für Reeves Erscheinen gegeben! Aber er war nirgendwo zu sehen.

»Bitte«, flüsterte sie eindringlich.

Duncan lockerte seinen Griff ein wenig, aber dann schüttelte er sie grob. »Margaret!« sagte er warnend.

»Ich ... ich habe ihm gesagt, daß ich ihn nicht heiraten kann«, stammelte Maggie mit Tränen in den Augen. »W-Wissen Sie, er ... er liebt mich nämlich nicht.«

Als ahnte Duncan, daß ihre Tränen Reeve und seinem Eingeständnis galten, sie nicht zu lieben, zerrte er sie wütend zur Tür und in die warme Sommernacht hinaus.

Sicher hätte sie jetzt ihre Röcke gerafft und die Flucht ergriffen, wenn Duncan sie nicht eisern festgehalten und in eine wartende Kutsche gestoßen hätte.

»Nach Hause, Sir?« hörte sie den Fahrer fragen.

»Nein«, sagte Duncan nach kurzem Zögern. »Die Dame und ich möchten einen Ausflug machen. Lassen Sie sich ruhig Zeit.«

Der Kutscher lachte leise. »Ja, Sir«, sagte er belustigt, und Maggie dachte: Eine schöne Hilfe wird der mir sein!

»Meine Geduld ist jetzt erschöpft, Maggie«, raunte Duncan, als die Kutsche sich in Bewegung setzte.

»Für Sie immer noch Miss Chamberlin«, entgegnete Maggie schnippisch, obwohl sie große Angst verspürte. Doch die Erfahrung hatte sie gelehrt, daß Angriff die beste Verteidigung war.

Duncan streckte plötzlich die Hand aus, packte ihren Arm und zerrte sie von ihrem Sitz. Sie stieß mit dem Kopf gegen das flache Kutschendach und landete recht unsanft auf Duncans Schoß.

Natürlich wehrte sie sich, aber er packte ihre Hände und hielt sie hinter ihrem Rücken fest. »Ich schreie!« drohte Maggie flüsternd.

»Das würde meinen Fahrer sehr belustigen«, meinte Duncan flach. »Warum tun Sie es nicht?«

Maggie war in ihrem ganzen Leben noch nie so wütend gewesen. Blind vor Haß, beugte sie sich vor und spuckte Duncan ins Gesicht.

Als er sich versteifte, wurde Maggie klar, welch schrecklichen Fehler sie begangen hatte. Sie versuchte erneut, sich loszureißen, aber Duncan hielt sie mit einer Hand mühelos fest, während er mit der anderen ein Taschentuch aus seiner Weste zog und damit sein Gesicht abtrocknete.

»Es tut mir leid«, sagte sie lahm.

Duncan steckte das Taschentuch zurück. »Das bezweifle ich sehr, Maggie, aber bereuen werden Sie es noch, das versichere ich Ihnen.«

Ein Erschauern erfaßte ihren Körper. Wie brachte sie sich nur immer wieder in solche Situationen? Zuerst reiste sie um die halbe Welt, um einen Mann zu heiraten, der mit ihren Gefühlen nur gespielt hatte. Dann verbrachte sie nicht nur eine, sondern sogar zwei Nächte in Reeve McKennas Bett. Und jetzt war sie mit einem brutalen Kerl in einer Kutsche eingesperrt, der nichts anderes im Sinn zu haben schien, als sie bereuen zu lassen, daß sie je geboren war.

»Ich bin bereit, dies alles zu vergessen«, sagte sie beherrscht. »Wenn Sie mich jetzt sofort gehen lassen ...«

Duncans rauhes Lachen war entmutigend. »Wie großzügig.«

Maggie biß sich auf die Lippen. Ihr Mut war erschöpft, sie hatte nur noch Angst. Und ihre Handgelenke schmerzten. »Warum tun Sie das?« fragte sie leise.

Die Frage schien Duncan halbwegs zur Vernunft zu bringen, zumindest ließ er Maggie los, und sie konnte auf ihren Platz zurückkehren.

»McKenna hat recht«, murmelte Duncan. »Leidenschaft paßt gut zu Ihnen.«

Er war verrückt. Maggie rückte noch näher an die Kutschentür heran und fragte sich, wie gefährlich es sein mochte, aus dem fahrenden Wagen zu springen. Die Aussicht war nicht sehr verlockend. »L-Leidenschaft?« wiederholte sie, während ihre Hand unauffällig die gepolsterte Innenseite der Kutschentür abtastete.

Duncan seufzte schwer und fuhr sich mit einer Hand über die Stirn. »Lassen wir das, Miss Chamberlin. Sind Sie bereit, mir zu verzeihen?«

Solange ich lebe, nicht, dachte Maggie, aber so dumm, es laut zu sagen, war sie nicht. Es schien klüger, Kirk in allem zuzustimmen und die Flucht zu ergreifen, sobald sich eine Gelegenheit dazu ergab.

»Ich werde keine Entschuldigungen für mein Verhalten vorbringen, da es keine gibt«, fügte Kirk hinzu.

Maggie hörte kaum auf ihn; ihre Aufmerksamkeit konzentrierte sich auf das entfernte Klimpern eines Pianos und rauhes Gelächter auf der Straße. Auch Meeresrauschen war zu hören, und sie war plötzlich sicher, daß sie sich in Hafennähe befanden. Aber wenn diese Gegend nur halb so unsicher war wie der Sydneyer Hafen, war sie in der Kutsche vielleicht trotz allem besser aufgehoben.

Andererseits …

Die Kutsche hielt ganz unvermittelt an, und der Fahrer begann auf jemanden einzuschreien, der seinen Weg behinderte. Ohne auch nur eine Sekunde nachzudenken, riß Maggie die Tür auf und sprang auf die Straße.

Wie das Pech es wollte, verfing ihr Schuh sich im Rocksaum, und anstatt loszurennen wie geplant, landete sie auf dem Boden und rollte ein Stück über den von der Sonne getrockneten Schlamm. Als sie auf der anderen Straßenseite zum Halten kam, stieß sie gegen ein Paar schmutzige Stulpenstiefel. Doch Maggie schaute nicht den Besitzer der Stiefel an, als sie sich aufrappelte, sondern warf einen ängstlichen Blick über ihre Schulter.

Duncan kam mit wutverzerrter Miene auf sie zu, er sah aus wie ein Teufel, der beabsichtigte, Maggie in die Hölle zu entführen …

Verzweifelt hob sie den Kopf und schaute zu dem Mann auf, der vor ihr stand. Er war groß und trug einen weichen Lederhut mit breiter Krempe und eine Weste, und obwohl Maggie sein Gesicht im Dunkeln nicht erkennen konnte, sah sie ein Medaillon aus Gold oder Bronze an seinem Hals aufblitzen. Ihr Herz machte einen freudigen Sprung, bis sie ganz instinktiv begriff, daß dieser Mann nicht Reeve sein konnte.

Er bückte sich und zog Maggie auf die Beine. »Nein«, flüsterte sie, als Duncan sich ihr drohend näherte, und der Fremde zog sie schützend an seine Brust.

»Lassen Sie sie los!« befahl Duncan in herrischem Ton. »Das ist eine Privatangelegenheit!«

Die Arme des Fremden waren hart wie Stahl, aber sie hielten Maggie überraschend sanft. »Haben Sie sie aus der Kutsche geworfen, Freundchen, oder ist sie abgesprungen?« fragte er.

Maggie wandte den Kopf und fühlte eine kalte Metallplatte an ihrer Wange. Die Brust des Mannes war behaart und warm, und sie klammerte sich an ihn, weil das Medaillon, das er trug, ihr Vertrauen einflößte. »Ich bin hinausgesprungen«, flüsterte sie bedrückt.

»Margaret, komm her!« drohte Duncan.

Maggie schüttelte den Kopf.

»Sieht ganz so aus, als wollte sie nicht«, warf der Fremde ein. »Ich würde Ihnen raten, sie in Ruhe zu lassen, Freundchen, bevor ich mich gezwungen sehe, Ihnen den Kopf einzuschlagen.«

Duncan seufzte und stieß einen ärgerlichen Fluch aus. Er hatte keine Bedenken gehabt, Maggie zu mißhandeln, doch sich mit dem Fremden anzulegen, hatte er nicht vor.

»Denk an die Kinder, Maggie«, versuchte er ein letztes Mal sie umzustimmen.

Der Mann, der Maggie festhielt, versteifte sich. »Kinder?«

Maggie wußte, was er dachte – daß Duncan ihr Mann war und Kinder zu Hause auf sie warteten. Schaudernd umklammerte sie die Weste des Fremden und weigerte sich, ihn loszulassen.

»Die Jungen lieben dich, Maggie«, fuhr Duncan fort, seinen Vorteil nutzend. »Du darfst sie nicht im Stich lassen.«

Langsam löste der Fremde ihre Hände von seiner Weste. Maggie wußte, daß sie jetzt nicht mehr mit seiner Hilfe rechnen konnte, und weinte vor Verzweiflung. »Sie verstehen nicht!« schluchzte sie. »Ich bin nicht die Mutter seiner Kinder, ich bin nur die Gouvernante!«

Ihr Retter in der Not trat zurück, und nun sah Maggie, daß er ein gutaussehendes, markantes Gesicht hatte. Forschend glitt sein Blick aus blauen Augen über ihr elegantes Kleid mit dem tiefen Ausschnitt und den glitzernden Kristallperlen. »Ich habe noch nie eine Gouvernante in einem solchen Kleid gesehen«, stellte er fest.

»Genau«, stimmte Duncan zufrieden zu.

Die Augen des Fremden verengten sich. »Was hatten Sie mit ihr vor?«

Duncan seufzte wie ein schwergeprüfter Ehemann. »Ich glaube, ich werde ihr den hübschen Po versohlen müssen – sie hätte sich umbringen können, als sie so einfach aus der Kutsche sprang! Aber unsere Maggie neigte schon immer zu dramatischen Reaktionen.«

»Ich bin nicht Ihre Maggie!« rief sie verzweifelt.

Erstaunlicherweise lachte der Fremde schallend. »Ja, ich sehe schon, daß sie recht temperamentvoll ist«, meinte er zustimmend und trat zurück.

»Bitte!« rief Maggie entsetzt, als sie sich plötzlich wieder in Duncans Gewalt sah. »Helfen Sie mir doch!«

Doch Duncan war zu klug, um grob zu ihr zu sein, obwohl seine Fingerspitzen sich tief in ihr Fleisch gruben, als er ihren Arm ergriff. Er lächelte und sprach beruhigend auf sie ein, als er sie zur Kutsche zurückführte.

In einem letzten Versuch, sich zu retten, schaute Maggie sich nach dem Fremden um und richtete ihren Blick auf das Medaillon auf seiner Brust. Genau hatte sie es im Dunkeln nicht erkennen können, aber wenn auch nur die geringste Chance bestand …

»Ich kenne einen Mann namens Reeve McKenna, der auch ein solches Bronzemedaillon besitzt!« rief sie.

Sogar im Dunkeln war zu sehen, wie der Fremde sich versteifte. »Warten Sie«, sagte er leise.

Duncan tat, als habe er es nicht gehört, und schob Maggie in die Kutsche. Bevor er ihr jedoch folgen konnte, war der Fremde hinter ihm und riß ihn hart zurück.

»Ich sagte, warten Sie!« wiederholte er gefährlich ruhig.

»Ich liebe Reeve McKenna!« sprudelte Maggie hervor. »Dieser Mann hier haßt ihn und ist fest entschlossen, uns zu trennen.«

Duncan fluchte derb.

»Sind Sie nun mit ihm verheiratet oder nicht?« fuhr der Fremde Maggie an.

»Nein – das schwöre ich! Reeve ist der Mann, den ich heiraten will.« Sie schluchzte auf. »Bitte … bitte glauben Sie mir.«

»Wenn Sie mich belügen, Miss«, warnte ihr Retter, »braucht dieser Mann Sie nicht übers Knie zu legen, denn dann besorge ich das selbst.«

Duncan war am Ende seiner Geduld angelangt. Er hob die Hand und versetzte dem Fremden einen harten Schlag, und der Kutscher, der nur auf eine Gelegenheit gewartet hatte, einzugreifen, sprang vom Bock, um sich an dem Handgemenge zu beteiligen. Es waren zwei gegen einen, aber der Fremde mit dem Medaillon hielt sich fabelhaft. Er schleuderte Duncan gegen die Kutschenwand und zwang den Fahrer mit einem gezielten Tritt in die Knie.

Maggie stürzte aus der Kutsche und in die starken Arme des Fremden, der sie sogleich in einen der Saloons zog und in ein Zimmer stieß. Die Prügel, die Duncan und sein Fahrer bezogen hatten, mußten hart gewesen sein, denn keiner von beiden nahm die Verfolgung auf.

Doch Maggie dachte jetzt nicht mehr an Duncan, sondern fragte sich, was sie erwarten mochte, nachdem sie sich diesem Fremden auf Gnade oder Ungnade ausgeliefert hatte. Ihr Herz klopfte zum Zerspringen, als er eine Lampe anzündete und sie das breite, ungemachte Bett in einer Ecke sah.

Mit einem nervösen Lächeln drehte sie sich zu ihrem Retter um, aber ihre Kehle war so eng, daß sie kein Wort über die Lippen brachte.

Der Fremde nahm seinen Hut ab, und Maggie sah, daß er hellbraunes Haar hatte.

»Sagen Sie mir, woher Sie Reeve kennen«, forderte er, ohne sich ihr zu nähern.

Maggie faßte langsam wieder Mut. »Zuerst müssen Sie mir sagen, wer Sie sind«, erklärte sie mit Würde.

Der Fremde zögerte so lange, daß Maggie schon befürchtete, er habe sie nur vor Duncan gerettet, um sich selbst mit ihr zu vergnügen. Dieser Raum war der perfekte Ort dafür, niemand hätte hier ihre Schreie hören können.

Doch dann sagte der Mann: »James. Mein Name ist James.«

In Erinnerung an das, was Reeve ihr in Parramata erzählt hatte, murmelte Maggie verblüfft: »Jamie?«

Jamie seufzte schwer und lehnte sich mit verschränkten Armen an die Tür. »Ja«, gab er widerstrebend zu. »Jamie McKenna.«

Maggie vergaß alle Gefahr und sank auf das unordentliche Bett. »Wissen Sie, daß Ihr Bruder Sie seit zwanzig Jahren sucht?« flüsterte sie.

»Ich weiß«, seufzte Jamie. »Glauben Sie mir, es war nicht einfach, mich nicht finden zu lassen.«

Maggie dachte an Elisabeth, aber ein Instinkt warnte sie davor, Jamies kleine Tochter jetzt schon zu erwähnen. »Aber warum verstecken Sie sich vor Ihrem eigenen Bruder?« fragte sie bestürzt. »Hassen Sie ihn?«

»Gott, nein!« widersprach Jamie entrüstet. »Ich könnte Reeve nie hassen.«

»Warum dann?«

»Ich habe meine Gründe«, unterbrach Jamie sie scharf und verfiel in den starken irischen Akzent, den Maggie schon bei Reeve gehört hatte. »Und jetzt möchte ich, daß Sie mir ein paar Fragen beantworten, Mädchen.«

»Ich habe zuerst gefragt«, beschwerte Maggie sich und schob schmollend die Unterlippe vor.

Jamie warf den Kopf zurück und lachte schallend. »Wo kommen Sie her?« fragte er dann, aber bevor Maggie antworten konnte, drohte er ihr mit dem Zeigefinger und sagte: »Nein, warten Sie – ich weiß es. Sie kommen aus den aufständischen Kolonien. Nicht zu fassen – Sie sind eine Yankee!«

Maggie zuckte zusammen. Es hatte sie immer sehr geärgert, wenn Reeve sie ›Yankee‹ nannte, aber jetzt hätte sie alles mögliche dafür gegeben, es aus seinem Mund zu hören. »Werden Sie mich zu Ihrem Bruder bringen?«

»Kommt nicht in Frage«, entgegnete Jamie schnell. »Im Moment ist mein großer Bruder der Letzte, den ich sehen will – abgesehen von dem Schuft, der Sie heute abend in seiner Kutsche entführen wollte. Ich bin ziemlich sicher, daß die Sache für ihn noch nicht ausgestanden ist und wir ihn schon bald wiedersehen werden.«

Als er Maggies erschrockene Miene sah, setzte er sich neben sie aufs Bett und sagte beruhigend: »Ich sorge schon dafür, daß Sie zu Reeve kommen, meine Liebe, keine Angst. Aber Sie dürfen ihm nicht verraten, daß wir uns begegnet sind, verstanden? Reeve wäre in schrecklicher Gefahr, wenn er jetzt entdeckte, wo ich bin.«

»Aber ...«

Ein Muskel zuckte an Jamies Wange, und auch sein irischer Akzent war wieder da, als er Maggie mit scharfen Worten unterbrach: »Ich kümmere mich schon selbst um Reeve, wenn die Zeit reif ist. Dazu brauche ich Sie nicht. Und wenn Sie es Reeve trotzdem sagen, versohle ich Ihnen Ihren hübschen kleinen Po!«

Maggie schluckte, denn sie glaubte ihm. »Nun ja, dann wollen wir jetzt gehen«, sagte sie tapfer und stand auf.

Aber Jamie zog sie sanft zurück. »Nicht heute nacht«, sagte er. »Ihr vornehmer Freund hat mit Sicherheit eine ganze Meute um sich versammelt und sie auf unsere Spur gesetzt. Mit ihm und seinem Kutscher werde ich schon fertig, aber so dumm, mich mit einem halben Dutzend Hafenarbeiter anzulegen, bin ich nicht.«

Endlich kam Maggie die ganze Schwere ihrer Lage zu Bewußtsein. »Sie erwarten doch nicht etwa, daß ich hier die Nacht verbringe – in diesem Zimmer ... und mit Ihnen?«

Jamie war schon dabei, seine Stiefel abzustreifen. »Selbstverständlich. Legen Sie sich hin.«

Maggie wollte aufspringen, aber wieder hielt er sie zurück. »Sie haben vielleicht Nerven ...« zischte sie.

Jamie drehte sich lachend zu ihr um. »Apropos Nerven«, sagte er, und Maggie hielt es für ein gutes Zeichen, daß er noch immer mit irischem Akzent sprach. »Ihre scheinen auch nicht schlecht zu sein, wenn man bedenkt, wie Sie aus der Kutsche gesprungen sind, um sich gleich darauf einem Fremden in die Arme zu werfen!«

Maggie war durchaus imstande, eine hoffnungslose Situation zu erkennen, und um der Wahrheit die Ehre zu geben, blieb sie lieber mit Jamie McKenna in diesem Zimmer, als das Risiko einzugehen, Duncan auf der Straße zu begegnen. Prüfend richtete sie ihren Blick auf das Medaillon an Jamies Hals und stellte fest, daß es identisch mit jenem war, das Reeve trug.

»Was ist das?« fragte sie. Reeve hatte ihr nie etwas darüber erzählen wollen, vielleicht erfuhr sie mehr von Jamie.

»Es wird ›Bettlerabzeichen‹ genannt«, antwortete Jamie, während er völlig gelassen sein Hemd aufknöpfte.

Maggie wandte beschämt die Augen ab. »Bettlerabzeichen? Was soll das sein?«

Jamie hob die Arme und löste das Medaillon von seinem

Hals. Im Gegensatz zu Reeve, der es an einer langen Goldkette trug, hing Jamies Bronzescheibe an einer schlichten Lederschnur. Ohne auf Maggies Frage einzugehen, reichte er ihr das Abzeichen.

Im flackernden Lampenschein las sie die eingravierte Inschrift: *Gesegnet sei, wer den Armen hilft. St. Patrick, Dublin.*

»Damit«, erklärte Jamie ruhig, »durfte man um sein tägliches Brot betteln, ohne dafür eingesperrt zu werden.«

»Betteln?« Maggie konnte sich Reeve nicht bettelnd vorstellen. »Waren Sie Bettler?«

Jamie schüttelte den Kopf. »Soweit kam es nicht. Ich wurde deportiert, weil ich eine Uhr gestohlen hatte, und Reeve kam als Schiffsjunge nach Australien.«

»Merkwürdig, daß Sie so etwas tragen«, bemerkte Maggie nachdenklich. »Aber ich habe Reeve nie ohne das Medaillon gesehen.«

Jamie seufzte. »Er ist jetzt ein reicher Mann. Ich vermute, das Abzeichen erinnert ihn an schlechtere Zeiten und läßt ihn Dankbarkeit empfinden für alles, was er heute hat. Aber legen Sie sich jetzt hin, Maggie, und schlafen Sie. Ich verspreche Ihnen, Sie nicht anzurühren.«

Maggie hätte es nicht geglaubt, wäre es von Reeve gekommen, aber aus Jamies Mund klang es wahr. So legte sie sich ganz dicht an die Wand und sagte: »Nun gut. Ich hoffe, Sie stehen zu Ihrem Wort.«

Jamie lachte und streckte sich neben Maggie aus.

Ein schrecklicher Gedanke kam Maggie plötzlich, sie richtete sich erschrocken auf. »Wofür, sagten Sie, sind Sie deportiert worden?«

»Ich hatte einem Gentleman seine Uhr gestohlen, Maggie.«

Beruhigt legte sie sich wieder zurück. »Oh. Haben Sie viele Dinge gestohlen in Ihrem Leben, Mr. McKenna?«

Jamie lächelte und verschränkte die Hände hinter seinem Kopf. »So viele, wie ich fassen konnte, Miss. Aber keine Angst, ich habe mich gebessert. Ich züchte heute Schafe und besitze eine eigene Farm.«

»Wo?«

Er richtete sich auf, um die Lampe zu löschen, und Maggie sah die schrecklichen Narben auf seinem Rücken, die nur von einer Peitsche stammen konnten. Irgendwann in seinem Leben war Jamie McKenna erbarmungslos ausgepeitscht worden. »Sie glauben doch nicht im Ernst, daß ich Ihnen das verrate, damit Sie damit zu meinem Bruder laufen können?« entgegnete er spöttisch.

Maggie seufzte. »Reeve liebt Sie sehr«, sagte sie leise.

Sie spürte Jamies Gewicht auf der Matratze. »Ja«, murmelte er in einem Ton, der keinerlei Gefühl verriet, und bevor Maggie eine weitere Frage formulieren konnte, schnarchte Jamie laut.

# 14

Ein lautes Krachen und das Geräusch von splitterndem Holz ließen Maggie im Schlaf auffahren. Sie spürte, wie Jamie sich von der Matratze rollte, aber im Dunkeln war nichts zu erkennen – außer den Umrissen mehrerer Männer in der offenen Tür.

Zu erschrocken, um zu schreien, spähte Maggie ängstlich in die Dunkelheit. Plötzlich hörte sie, wie ein Streichholz angerissen wurde, dann flammte eine Lampe auf.

Jamie kauerte auf dem Boden vor dem Bett, ein langes Messer in der Hand. Duncan stand neben der Lampe, umringt von vier bärenstarken Männern, die Maggie grinsend musterten.

»Bringt das Mädchen hinaus!« befahl Duncan.

Jamie richtete sich langsam auf, das todbringende Messer in der rechten Hand. »Ich würde euch nicht raten, es zu versuchen, Freunde«, warnte er in täuschend sanftem Ton.

Einer von Duncans Schlägern zog eine Pistole aus der Tasche seines zerlumpten Mantels und richtete sie auf Jamie. »Dagegen nützt dir das Messer nichts, oder?«

Maggie näherte sich unmerklich dem Fußende des Bettes. »Tun Sie es nicht!« flehte sie Jamie an. »Sie bringen Sie um!«

»Maggie!« warnte Jamie, aber sie war schon außerhalb seiner Reichweite und kletterte über das Bett.

Einer der Schurken, die Duncan begleiteten, packte ihren ohnehin schon wunden Arm, und sie zuckte schmerzerfüllt zusammen. Die Bewegung lenkte Duncan für einen Moment von Jamie ab.

»Laß die Finger von ihr!« befahl Duncan scharf, und der nach Alkohol und ungewaschenen Kleidern stinkende Mann ließ Maggie widerstrebend los. Duncan zog sie zu sich herüber, legte einen Arm um ihre Taille und preßte sie an sich.

»Wenn Sie mit ihr den Raum verlassen, Freundchen«, sagte Jamie warnend zu Duncan und schwenkte drohend das Messer, »bekommen Sie das hier in den Rücken!«

Maggies Herzschlag setzte einen Schlag aus. »Duncan«, flehte sie, weil sie spürte, daß Jamies Warnung keine leere Drohung war.

Duncans kaltes Lächeln löste ein eisiges Erschauern in ihr aus. »Also habe ich dich endlich so weit, meinen Vornamen zu benutzen«, sagte er seufzend. »Aber leider zu spät, Maggie – du bist sehr in meiner Gunst gesunken.«

Im nächsten Augenblick wurde Maggie durch die Tür gestoßen. Während sie noch um ihr Gleichgewicht kämpfte, hörte sie ein scharfes Zischen und einen lauten Schmerzensschrei.

Duncan stolperte durch die Tür und packte Maggie mit einer Hand an ihrem langen Haar. Aus seiner linken Schulter ragte ein Messergriff, sein Hemd war mit Blut durchtränkt. Maggie spürte, wie ihr übel wurde, als Duncan sie die Treppe hinunterzerrte.

»Was sollen wir mit dem Schafhirten machen?« rief einer seiner Handlanger ihm nach.

Im ersten Schein der Morgendämmerung konnte Maggie sehen, daß Duncan blaß vor Schmerzen war, aber er schob sie mit unverminderter Kraft auf die Kutsche zu und stieß sie hinein. »Was ihr wollt«, stöhnte er. »Der Schuft gehört euch.«

Maggie, die auf dem schmutzigen Boden der Kutsche lag, wurde übel vor Angst. All diese Jahre hatte Reeve seinen Bruder gesucht, und nun mußte Jamie sterben, weil er sie verteidigt hatte! Sie schrie, so laut sie konnte, als Duncan in die Kutsche kletterte und die Tür zuknallte. Dann schlug er Maggie mit dem Handrücken ins Gesicht, so hart, daß ihre Lippe platzte und Blut über ihr Kinn strömte.

Die Kutsche setzte sich in Bewegung, und Duncan zog sich stöhnend auf die Bank. In der Ferne hörte Maggie das Geräusch von splitterndem Glas und flehte stumm, daß Jamie entkommen konnte.

»Hilf mir«, murmelte Duncan. »Bitte ...«

Das Blut aus der Schulterwunde drang durch seine Kleider und auf Maggies Rock. Als sie die Hand ausstreckte und sah, daß das Messer bis zum Schaft in seiner Schulter steckte, wurde ihr von neuem übel. Aber nun bemerkte sie zum erstenmal, daß ihre Hand Jamies Medaillon umklammerte. Rasch verbarg sie es in ihrem Mieder. »Ich weiß nicht, ob ich ... ob ich die Kraft dazu habe«, murmelte sie erstickt.

Duncans Gesicht war aschgrau. »In Gottes Namen, Maggie, versuch es wenigstens!« flehte er sie an, bevor er den Halt verlor und kraftlos auf den Boden rutschte.

»Wir brauchen einen Arzt!« schrie Maggie dem Kutscher zu.

»Nein«, stöhnte Duncan mühsam, »keinen Arzt ... o Gott, Maggie, so hilf mir doch!«

Was Maggie betraf, war dieser Mann ein Mörder – unter anderem –, aber seine Bitte um Hilfe konnte sie nicht ignorieren. Mit einem stummen Stoßgebet kniete sie neben ihm nieder, ergriff den Schaft von Jamies Messer und zog mit aller Kraft daran.

Duncan schrie gellend auf, als die Klinge sein Fleisch erneut durchtrennte, dann verlor er das Bewußtsein. Als die Kutsche wenig später vor Kirks Haus hielt und der Fahrer seinen Herrn aus dem Wagen zog, war der perfekte Augenblick zur Flucht gekommen.

Maggies erster Impuls war, davonzulaufen, aber sie sah ein, daß das nicht ging, als Bridget O'Malley mit wehender roter Mähne aus dem Haus gelaufen kam, um mitzuhelfen, Duncan hineinzutragen.

Wohin sollte Maggie sich auch wenden mit ihrem blutbefleckten Kleid? Außerdem waren ihre Sachen noch in ihrem Zimmer. Das meiste davon hätte sie ohne Bedauern zurückgelassen, aber auf die einzige Fotografie ihrer Eltern, die ihr geblieben war, wollte sie nicht verzichten.

Bridget, in Morgenrock und Nachthemd, warf Maggie einen vernichtenden Blick zu, als sie Duncans Zustand sah. »Was in Gottes Namen ist bloß passiert?«

Niemand antwortete, statt dessen fragte Maggie ruhig: »Wo sind die Jungen?« Es wäre nicht gut gewesen, wenn sie ihren Vater in diesem Zustand gesehen hätten.

»Sie schlafen noch«, erwiderte Bridget kurz, als sie die Küche betraten. »Bringen Sie ihn in mein Zimmer«, wies sie den Kutscher an.

Während sich alle um Duncan bemühten, eilte Maggie die Treppe hinauf, lief in ihr Zimmer und streifte hastig das zerrissene, einst so schöne Kleid ab. Mit zitternden Händen wusch sie das Blut von ihrer Haut, zog ihr altes graues Wollkleid an und steckte Jamies Medaillon in ihr Retikül.

Ein leises Klopfen an der Tür ließ sie zusammenfahren, aber dann sah sie, daß es Jeremy war, der schüchtern sagte: »Ich habe Paps gesehen, Miss, und Sie ... Ihr ganzes Kleid war blutig ...«

Maggie ging zu dem kleinen Jungen und legte ihm beide Hände auf die Schultern. Jeremy zitterte am ganzen Körper.

»Wir hatten einen Unfall«, log sie, um dem Kind die grausame Wahrheit zu ersparen. Die Geschichte, die sie der Polizei zu erzählen gedachte, war natürlich eine ganz andere.

Jeremy warf einen Blick auf Maggies gepackte Tasche und fragte tonlos: »Gehen Sie fort?«

Maggie suchte noch nach einer Antwort, als Bridget ins Zimmer stürmte und wütend vor Maggie stehenblieb. »Duncan ruft nach Ihnen.«

Maggie wollte gerade erwidern, daß Duncan zur Hölle fahren konnte, als sie Jeremys fragenden Blick bemerkte. Der Junge würde nie verstehen, warum sie nicht zu seinem Vater ging.

Seufzend stand sie auf und folgte Bridget über den Korridor zu deren kleinem Zimmer hinter der Küche.

Duncan lag mitten auf dem breiten Bett, mit sauber verbundener Schulter und einem Stapel Kissen im Rücken. Das Blut war abgewaschen, sein Haar gekämmt. Auf dem Nachttisch stand eine Flasche Laudanum, was seinen glasigen Blick und sein etwas dümmliches Lächeln erklärte.

»Laß uns allein, Bridget«, befahl er mit schleppender Stimme.

Bridget bedachte Maggie mit einem giftigen Blick, bevor sie hinausging und die Tür hinter sich zuschlug. Duncan zuckte bei dem Geräusch zusammen, aber dann grinste er zufrieden.

Jetzt, wo das Schlimmste überstanden war, brachte Maggie kein Mitleid für ihn auf. Sie konnte nur an Jamie denken, der höchstwahrscheinlich tot in dem häßlichen kleinen Zimmer über der Hafenspelunke lag. Sie nahm sich vor, sofort zu Reeve zu gehen, sobald sie dieses Haus verlassen hatte …

»Mein Kutscher sagte, Ihr Freund sei entkommen«, bemerkte Duncan, »Schade.«

Maggie schwankte vor Erleichterung und mußte sich am Bettgestell festhalten. »Das sind gute Neuigkeiten.«

Duncan war noch immer sehr blaß, und sein Lachen klang auffallend heiser. »Ich frage mich, ob Reeve es auch als gute Neuigkeit betrachten wird – daß Sie die Nacht mit einem fremden Mann verbracht haben, meine ich.«

Die Worte trafen Maggie wie ein Fausthieb in den Magen, aber sie richtete sich tapfer auf und straffte hochmütig die Schultern. »Reeve wird es verstehen, wenn ich es ihm erklärt habe.«

»Also wollen Sie zu ihm?«

»Ich sehe keine andere Möglichkeit.«

»Doch, die gibt es, Maggie. Sie könnten hierbleiben, und wir könnten so tun, als wäre das alles nie geschehen.«

Maggie schloß für einen Moment die Augen. »Das ist Wahnsinn«, flüsterte sie. »Ich verbringe keine weitere Nacht unter Ihrem Dach!«

»O doch, das glaube ich schon.«

Leise Furcht bemächtigte sich ihrer. »Was wollen Sie damit sagen?«

Duncan stieß einen dramatischen Seufzer aus. »Es wäre mir ausgesprochen unangenehm, Sie verhaften zu lassen wegen diesem Messerstich, aber ich würde es tun, wenn es nicht anders geht.«

»Sie wissen, daß das gelogen ist!«

»Ja, das weiß ich, und Sie wissen es auch. Aber meine Zeugen werden meine Version bestätigen. Gefängnisse sind unbequeme Orte, vor allem für Frauen. Aber vielleicht würden sie Sie ja ins Irrenhaus schicken, denn jeder weiß, daß nur eine Wahnsinnige genügend Kraft besitzt, um einem Mann einen solchen Messerstich zu versetzen.«

»Ich habe auch einen Zeugen«, erinnerte Maggie ihn, obwohl ein Instinkt sie davor warnte, Jamies Namen zu erwähnen. »Sie sagten selbst, er lebte noch.«

Duncan nickte. »Das stimmt. Aber wie wollen Sie ihn finden? Ich vermute, daß Ihr Schäfer längst über alle Berge ist.«

Maggie dachte an die Entschiedenheit, mit der Jamie seinem Bruder bisher aus dem Weg gegangen war, und seine Bitte, Reeve nichts von seiner Anwesenheit in Melbourne zu verraten. Duncan hatte vermutlich recht.

»Hier bleibe ich nicht«, erklärte sie dennoch trotzig, »egal, womit Sie mir drohen. Ich kann Reeve erzählen, was geschehen ist, und er wird sich auf meine Seite stellen.«

»Sind Sie sich dessen sicher?« fragte Duncan, der sichtbar zu ermüden schien.

Es gab fast gar nichts, dessen Maggie sich noch sicher war. Sie wußte nur eins: daß sie Reeve finden und seinen Heiratsantrag annehmen mußte, bevor er es sich anders überlegen konnte. »Ja, ich bin ganz sicher«, log sie dreist.

Duncan gähnte. »Warum so eilig, Maggie? In meinem gegenwärtigen Zustand stelle ich keine Bedrohung für Sie dar.«

Das stimmte. Maggie zögerte, einerseits, weil sie die Jungen nicht so überstürzt verlassen wollte, andererseits, weil sie auch nicht den Wunsch verspürte, vor Reeve zu kriechen und ihn zu bitten, sie bei sich aufzunehmen. Vielleicht war es besser, einen zweiten Antrag abzuwarten …

»Das stimmt schon«, begann sie zögernd.

»Aber …«

In diesem Augenblick stürzte Bridget aufgeregt herein. »Reeve McKenna ist hier, Duncan«, berichtete sie atemlos,

»und er ist so wütend, daß er mir richtig Angst einjagt. Ich habe ihn aufgefordert zu gehen, aber er ...«

Duncan spreizte gutmütig die Hände und gähnte. »Schicken Sie ihn ruhig herein.«

Bridget brauchte Duncans unerwünschten Besucher nicht zu holen, denn Reeve erschien ganz unvermittelt in der Tür. Er warf Maggie einen wütenden Blick zu und wandte sich dann an seinen verwundeten Gastgeber. »Ich erhielt eine Botschaft, die besagt, daß Miss Chamberlin hier in Gefahr ist«, erklärte er kalt, doch als er Duncans verbundene Schulter sah, erschien ein Ausdruck der Verblüffung in seinen grünen Augen.

»Wer könnte denn eine solche Botschaft schicken«, entgegnete Duncan schläfrig. »Wie du siehst, ist die Lage eher umgekehrt.«

Reeve nahm das zusammengefaltete Papier aus seiner Tasche und schleuderte es aufs Bett. Der Blick, den er Maggie dabei zuwarf, war alles andere als ermutigend.

Duncan las stirnrunzelnd die wenigen Zeilen. »Hm. Keine Unterschrift. Wahrscheinlich ist die Nachricht von diesem Schäfer, mit dem ich Maggie im Bett gefunden habe«, sagte er spöttisch und fügte mit bedauernder Miene hinzu: »Häßliche Geschichte, das.«

Reeve schien wie vom Blitz getroffen, er schaute Maggie nicht mehr an. »Was ist passiert?« fragte er nun.

»Maggie wollte mich erstechen«, sagte Duncan und lächelte sie freundlich an.

Reeve warf ihr einen prüfenden Blick zu. »Ich bin sicher, daß du ihr einen Grund dafür geliefert hast.«

Maggie öffnete den Mund, um zu protestieren und ihre Unschuld zu beteuern, aber Reeve ließ sie nicht zu Wort kommen.

»Pack deine Sachen!« befahl er in einem Ton, der keinen Widerspruch duldete. »Du verläßt auf der Stelle dieses Haus.«

Mit einem triumphierenden Blick auf Duncan ging Maggie hinaus, um zu packen. Sie verabschiedete sich tränenreich von Jeremy und Tad, dann kehrte sie in die Halle zurück, wo Reeve schon auf sie wartete.

Ein harter Zug lag um sein Kinn, und er sagte kein Wort, als er sie am Arm zu seiner Kutsche führte.

»Was soll dieses Gerede über einen Schäfer?« fuhr er Maggie an, als die Kutsche sich in Bewegung setzte.

Maggie hätte viel darum gegeben, Reeve die Wahrheit erzählen zu können, aber das war unmöglich, sie hatte Jamie ihr Wort gegeben. »Es war nur ein netter Mann, der mir helfen wollte.«

»Hast du nun die Nacht mit ihm verbracht oder nicht?«

Maggie war zutiefst beleidigt. Nach allem, was sie durchgemacht hatte, erwartete sie ein bißchen Trost von Reeve, doch statt dessen stellte er ihre Moral in Frage. »Ja. Ich habe sogar im selben Bett mit ihm geschlafen«, antwortete sie kalt.

Reeve fluchte lautstark. Maggie sah, wie er vor Wut errötete, und begriff, daß sie es sich in ihrer Lage nicht erlauben konnte, sich noch einen weiteren Feind zu schaffen.

»Reeve, es hat nie einen anderen Mann außer dir für mich gegeben«, sagte sie besänftigend.

Er seufzte schwer, und zu Maggies Erleichterung schien er ihr zu glauben. »Hast du Duncan wirklich diesen Messerstich versetzt?«

»Nein. Das war der Mann, der mir geholfen hat.« Langsam und sehr behutsam erzählte Maggie von ihrer Begegnung mit Jamie, ohne allerdings seinen Namen zu erwähnen oder das Bettlerabzeichen, das er um seinen Hals getragen hatte. Als sie ihren Bericht beendet hatte, war Reeve versucht, zu Duncans Haus zurückzufahren und ihm seinen gesunden Arm aus dem Gelenk zu reißen.

»Wir heiraten, sobald wir in Sydney sind«, sagte er, nachdem Maggie ihm diesen Plan ausgeredet hatte.

Bei seinen Worten erwachte eine leise Hoffnung in ihrem müden Herzen. »Hast du es dir anders überlegt – ich meine, liebst du mich jetzt doch?« fragte sie schüchtern.

»Nein«, entgegnete Reeve, den ganz andere Dinge beschäftigten. »Aber das ist nicht wichtig …«

»Natürlich ist es wichtig«, flüsterte Maggie. Den Tränen nahe, kauerte sie sich in die Kutschenecke, schlang die Arme um ihren Körper und schwieg verstockt.

»Maggie«, sagte Reeve sanft und legte die Hand unter ihr Kinn.

Prompt stieß sie ihn fort. »Rühr mich nicht an, Reeve McKenna!«

Er seufzte. »Wenn du nicht meine Frau werden willst«, erkundigte er sich gelassen, »was willst du dann tun?«

»Ich denke nicht daran, dich zu heiraten«, entgegnete Maggie hochmütig. »Und deine Mätresse werde ich auch nicht.«

»Wie willst du dann rechtfertigen, daß du unter meinem Dach lebst?« wollte Reeve lächelnd wissen. »Du weißt, daß du sonst nirgendwohin kannst.«

Das stimmte. Eine Stellung würde sie nicht finden, denn Duncan war bestimmt nicht mehr bereit, ihr Zertifikat zu unterzeichnen. Nachdenklich kaute Maggie an ihrer Unterlippe, dann kam ihr ein Gedanke. »Ich werde Elisabeths Kindermädchen sein!« rief sie begeistert. »Ich kann sie dazu bringen, wieder mit dem Sprechen zu beginnen!«

»Elisabeth hat schon ein Kindermädchen«, entgegnete Reeve nüchtern. »Aber wenn du willst, kannst du die Rolle der Kate haben – in *Der Widerspenstigen Zähmung*.« Er machte eine Pause, als er sah, wie Maggies Augen aufleuchteten, und fügte dann hinzu: »Natürlich werden alle sagen, du wärst eine ausgehaltene Frau.«

Das interessierte Maggie nicht – jedenfalls nicht im Moment. »Oder du könntest mir meine Papiere geben«, schlug sie schüchtern vor. Aber eigentlich war ihr die Rolle in Shakespeares Stück viel lieber, und unter Reeves Dach zu leben, besaß auch seinen Reiz …

»Auf keinen Fall«, entgegnete Reeve mit wohlwollender Entschiedenheit. »Ich habe eine Menge Geld bezahlt für deine Freiheit, Maggie, und ich möchte, daß sich meine Investition bezahlt macht.«

Maggies Augen wurden groß. »Du meinst doch nicht etwa …?«

Reeve lachte. »Nein, das nicht. Wenn du in mein Bett kommst, dann nur, weil du es willst. Unter anderen Umständen würde ich nie wieder mit dir schlafen.«

Reeve und Maggie verließen Melbourne noch am gleichen Abend mit dem letzten Zug. Reeve hatte zwei getrennte Schlafwagen reserviert, wofür Maggie ihm dankbar war, obwohl sie andererseits auch gern das Bett mit ihm geteilt hätte.

Allein in ihrem winzigen Abteil, zog sie sich langsam aus. Ihre Arme waren mit Prellungen übersät, ihre Knie und Ellbogen waren verschrammt und wund. Bisher war ihr der Schmerz kaum aufgefallen, aber jetzt, wo sie Ruhe hatte, um nachzudenken, wurde ihr sehr unbehaglich zumute.

Maggie hörte die Abteiltür zufallen, bevor sie merkte, daß sie geöffnet worden war, und drehte sich, nur mit Hemd und Hose bekleidet, erschrocken um. Es war Reeve, und er starrte betroffen auf die blauen Flecken auf ihren Armen.

»Ich bringe den Kerl um«, flüsterte er gepreßt.

Maggies Spannung ließ ein wenig nach, zumindest nach außen hin. Vertraute Gefühle und Sehnsüchte erfaßten sie, und noch während sie sagte: »Geh lieber«, hoffte sie, daß Reeve blieb.

Sein Blick fiel auf die abgeschabten, wunden Stellen an ihren Knien. »Mein Gott«, flüsterte er bestürzt.

»Es ist nichts Schlimmes, Reeve«, versicherte Maggie ihm.

»Ich hole etwas zum Desinfizieren«, sagte er und ging hinaus.

Als er mit einer braunen Flasche und einem sauberen Tuch zurückkam, hockte Maggie auf ihrem schmalen Bett. »Zieh dich aus«, forderte Reeve sie auf. »Ich möchte deine Verletzungen sehen.«

Maggies Verstand schrie ihr eine Warnung zu, doch ohne Erfolg, denn ihr Körper sehnte sich nach Trost. Mit bebenden Händen zog sie ihr Hemd und ihre Hose aus und legte sich auf das schmale Bett.

Reeve kniete sich neben sie und reinigte stirnrunzelnd ihre Verletzungen »Mein Gott!« murmelte er immer wieder, wenn Maggie zusammenzuckte, weil die Flüssigkeit in ihren Wunden brannte. »Du siehst aus, als wärst du von einem durchgehenden Pferd mitgeschleift worden! Leg dich jetzt auf den Bauch!«

Gehorsam rollte Maggie sich herum, aber zu ihrem Erstaunen versetzte Reeve ihr nur einen liebevollen Klaps auf den Po und sagte freundlich: »Hier ist kein Schaden festzustellen.«

Maggie drehte sich rasch um. »Bleib bei mir«, bat sie leise, weil sie sich ganz plötzlich sehr verwundbar fühlte.

Reeve schüttelte den Kopf und stand auf. »Heute nacht nicht, Yankee – für heute hast du schon genug durchgemacht. Du mußt dich ausruhen.« Er öffnete Maggies Tasche, zog ein Nachthemd heraus und warf es ihr zu. Ein kleiner metallener Gegenstand fiel klappernd auf den Boden.

Während Reeve sich danach bückte, saß Maggie wie erstarrt auf ihrem Bett und schaute hilflos zu, wie er das Medaillon aufhob, das eine identische Kopie seines eigenen war.

Ein schrecklicher Ausdruck verzerrte sein Gesicht, als er das Bettlerabzeichen betrachtete, an dem noch Duncans Blut klebte. Ein furchteinflößender Blick erschien in seinen Augen, er wurde blaß vor Wut. »Jamie«, flüsterte er. »War Jamie … dein Schäfer?«

Wie einen schützenden Schild drückte Maggie das Nachthemd an ihre Brust. Ihr Herz klopfte zum Zerspringen, als sie widerstrebend nickte.

»Und du hättest es mir nicht gesagt?«

Maggie spürte, wie Tränen in ihren Augen brannten, ihre Prellungen und Schmerzen waren plötzlich vergessen. »Ich mußte ihm versprechen …«

Reeve umfaßte hart ihr Kinn. »Was?«

Eine Träne löste sich von ihren Wimpern. »Ich mußte ihm versprechen, dir nicht zu sagen, daß ich ihn gesehen habe.«

Reeve zeigte ihr das blutige Medaillon. »Hat er es dir gegeben, Maggie? Oder hast du es ihm abgenommen, als Duncan mit ihm fertig war?«

Daß er sie für Duncans Komplizin hielt, verwundete Maggie mehr als alles andere, was Reeve je hätte sagen und tun können. »Du begreifst es nicht«, flüsterte sie traurig. »Jamie ist nicht tot – das ist Duncans Blut, nicht seins …«

Reeve wirkte erleichtert, aber es lag weder Verständnis in seinem Blick noch die Bereitschaft, ihr zu verzeihen. »Du hättest mir also nicht gesagt, daß du meinen Bruder gesehen hast!« stellte er betroffen fest. »Obwohl du wußtest, wie lange ich ihn schon suche!«

»Er sagte, du wärst in Gefahr, wenn du wüßtest …«

Reeve stieß Maggie abrupt zurück, musterte sie mit einem langen, verächtlichen Blick und verließ das Abteil. Krachend fiel die Tür hinter ihm ins Schloß.

# 15

Am nächsten Morgen, als der Zug in Sydney einfuhr, schob Reeve Maggie wortlos in die wartende Kutsche und sprach auf der ganzen Fahrt kein Wort mit ihr.

Erst als sie das große Haus in der Bucht von Rushcutter erreichten, sagte er kalt: »Die Haushälterin wird dir ein Zimmer zuweisen. Melde dich morgen früh im Victoriatheater, Philip Briggs wird dir sagen, was du zu tun hast.«

Maggie hielt den Atem an. »Philip? Ich … ich muß mit Philip zusammenarbeiten? Ich dachte, du hättest ihn entlassen …«

»Ich habe ihn wieder eingestellt. Und was deine Zusammenarbeit mit ihm betrifft – *in der Not frißt derTeufel Fliegen* – wie man so schön sagt, Miss Chamberlin.«

Es tat weh, daß er so mit ihr sprach, aber sie war zu stolz, es ihm zu zeigen, und hielt seinem Blick trotzig stand. »Sehr wohl, Mr. McKenna«, erwiderte sie in eisigem Ton und wandte sich zur Treppe.

Reeve hielt sie am Ellbogen zurück. »Die Dienstbotenunterkünfte sind über die Hintertreppe zu erreichen«, erklärte er brüsk.

*Die Dienstbotenunterkünfte*. Maggie kam sich vor wie geohrfeigt, das Blut stieg ihr vor Beschämung in die Wangen. Wie ironisch das Leben doch sein kann, dachte sie. Noch vierundzwanzig Stunden zuvor hatte Reeve sie gebeten, seine Frau zu werden, die Herrin dieses Hauses. Nun wurde sie in die Dienstbotenunterkünfte verbannt. »Selbstverständlich.« Sie nickte ruhig und war fest entschlossen, nicht zu weinen. Dazu hatte sie später noch genug Zeit …

Maggies Zimmer unter dem Dachboden war klein und sehr heiß und stickig, da es nur ein einziges Fenster besaß, das sich zudem nicht öffnen ließ. Zu müde, um ihre Sachen auszupacken, ließ sie sich aufs Bett fallen und drückte ihr Gesicht in das unbezogene Kissen.

Doch Tränen hatte sie keine mehr, und so lag sie nur still da und wünschte, nie nach Australien gekommen zu sein. Während sie sich immer tiefer in ihre traurigen Gedanken hineinsteigerte, knarrte die Tür und öffnete sich einen Spalt.

Maggie erschrak und wagte fast nicht hinzusehen. Eine leise Hoffnung regte sich in ihrem Herzen – vielleicht war Reeve nachgiebiger geworden und bereit, ihr zu verzeihen … Doch diese Hoffnung erwies sich als illusorisch, als Maggie eine kleine Hand auf ihrem Rücken spürte.

Es war Elisabeth, die neben ihrem Bett stand und besorgt auf sie herabschaute.

Trotz allem, was ihr in den letzten Tagen zugestoßen war, brachte Maggie ein Lächeln zustande und nahm die Hand der Kleinen. »Hallo, Elisabeth.«

Das Kind nickte lächelnd.

»Ich hatte gehofft, wir beide könnten miteinander reden«, sagte Maggie, um einen munteren Ton bemüht.

Das kleine Mädchen schüttelte den Kopf.

»Du kannst doch sprechen, Elisabeth, nicht wahr? Du tust nur so, als könntest du es nicht.«

Ohne eine Spur von Groll trat Elisabeth einen Schritt zurück. Sie sah aus, als wollte sie etwas sagen, und Maggie hielt gespannt den Atem an, als plötzlich eine grauhaarige Frau in einem marineblauen Kleid in der Tür erschien.

»Da bist du ja, du Range!« rief sie freundlich, aber der Augenblick war zerstört.

Elisabeth warf Maggie einen langen Blick zu und drehte sich zu ihrem Kindermädchen um.

Die Gouvernante lächelte Maggie an. »Hallo, Miss. Ich bin Cora Fielding. Wer sind Sie?«

Maggie stand auf und strich ihren Rock glatt. »Maggie Chamberlin«, nannte sie ihren Namen. »Sehr erfreut, Sie kennenzulernen.«

»Allmächtiger!« rief Cora aus. »Sie sind auch Amerikanerin?«

Maggie nickte. Wie Cora war sie froh, einem Menschen aus ihrer Heimat zu begegnen.

Cora errötete vor Freude. »Ich bin aus Chicago. Und Sie?«

»Ich habe überall gelebt«, sagte Maggie ein bißchen verlegen. »Meine Familie zog mit … mit einem Zirkus durch das Land.«

Als Elisabeth das hörte, wurden ihre Augen groß. Maggie wußte, daß die Kleine jetzt gern nach den Tieren, den Schaustellern und Artisten gefragt hätte. Aber sie blieb stumm.

»Mit einem Zirkus!« Cora versetzte Elisabeth einen sanften Schubs. »Hast du das gehört?«

Doch Elisabeth drehte sich abrupt um und lief hinaus. Cora blieb noch einen Moment stehen und sagte traurig: »Die arme Kleine! Was kann ihr zugestoßen sein, daß sie nicht mehr sprechen will?«

Darauf wußte Maggie keine Antwort, aber Cora schien auch keine zu erwarten.

Etwas später, nachdem Maggie ihre Tasche ausgepackt hatte, nahm sie ihre abgegriffene Kopie *Der Widerspenstigen Zähmung* und ging in den Garten hinaus. An den Stamm einer mächtigen Akazie gelehnt, begann sie zu lesen und sich von neuem in die Rolle der Kate hineinzudenken …

Irgendwann mußte sie eingeschlafen sein, denn sie erwachte von einem sanften Kitzeln an ihrer Wange. Verwirrt richtete sie sich auf und sah gegen die helle Sonne die Silhouette eines Mannes, der vor ihr im Gras hockte.

Für einen flüchtigem Moment gab sie sich erneut der Hoffnung hin, es möge Reeve sein und er möge ihr verziehen haben. Aber dann sah sie, daß der Mann viel kleiner war als Reeve und blond. »Philip!«

Ihr ehemaliger Verlobter lächelte sie an. »Hallo, Maggie«, sagte er sanft.

Errötend strich Maggie ihre Röcke glatt und fuhr mit der Hand über ihr aufgelöstes Haar. »Was machst du denn hier?« fragte sie erstaunt.

Er schmunzelte, als er ihre Nervosität bemerkte. »Wir werden zusammenarbeiten, Maggie. Da hielt ich es für eine gute Idee, dich für das zu entschädigen, was ich getan habe. Oder versäumt habe zu tun.«

Maggie schüttelte ernst den Kopf. »Ich bin froh, daß wir nicht geheiratet haben, Philip. Wir wären beide unglücklich geworden.«

Philip nickte zustimmend. »Du liebst Reeve McKenna, wenn ich mich nicht irre. Aber das ist wohl nicht so einfach, was?«

»Nein, überhaupt nicht«, flüsterte Maggie bedrückt.

»Ich würde ihn für dich verprügeln, wenn ich den Mut dazu hätte«, versicherte Philip ihr lächelnd. »Aber da das nicht der Fall ist, kann ich nur versuchen, dir deine Situation im Theater so sehr zu erleichtern, wie es mir möglich ist.«

»Wann fangen wir mit den Proben an, Philip?« fragte Maggie unsicher.

»Morgen«, antwortete er und stand auf. »Ich schicke dir um halb zehn eine Kutsche, also sei bereit.«

»Das werde ich«, versprach Maggie. Als sie aufstehen wollte, verhedderte sich ihr Fuß in ihrem langen Rock, und sie wäre gestürzt, wenn Philip sie nicht aufgefangen hätte.

Ganz unvermutet beugte er sich vor und gab ihr einen Kuß. »Sei vorsichtig, Kleines«, warnte er. »Es gibt Haie in den Gewässern, die du befährst, und sie haben große, scharfe Zähne.«

Mit dieser rätselhaften Bemerkung entfernte Philip sich, und Maggie schaute ihm seufzend nach. Sie haßte es, wenn

Leute solch unverständliche Ratschläge gaben und dann einfach gingen.

Auf dem Weg zum Haus kam ihr der Gedanke, Lady Cosgrove anzurufen und sich nach Tansys Adresse zu erkundigen. Maggie vermißte ihre Freundin sehr und hätte sie gern besucht.

In der Küche saß Cora mit blassem Gesicht bei einer Tasse Kaffee.

»Hallo, Cora«, grüßte Maggie freundlich.

Cora nickte ihr zu und lächelte. »Ich glaube, ich bin zu alt für eine Vierjährige«, gestand sie müde. »Vielleicht hätte ich lieber in Chicago bleiben soll.«

»Sind Sie schon lange in Australien?«

»Ein paar Monate«, erwiderte Cora. »Ich wollte Henry Carver heiraten, einen Missionar. Aber der Arme starb, als ich noch auf See war.«

»O Cora, das ist ja schrecklich!« sagte Maggie mitleidig. »Es tut mir so leid für Sie! Haben Sie schon einmal daran gedacht, nach Amerika zurückzukehren?«

»Ich denke an nichts anderes«, gab Cora zu. »Wenn ich diese Stellung noch sechs Monate behalten kann, habe ich das Geld für die Schiffspassage zusammen.«

Das entfernte Klingeln eines Telefons erinnerte Maggie daran, daß sie eigentlich Lady Cosgrove anrufen wollte, um Tansys Adresse zu erfahren. Sie entschuldigte sich rasch bei Cora und folgte dem anhaltenden Klingeln.

Ihre Suche führte sie in ein geräumiges Zimmer mit hohen Bücherregalen, einem Billardtisch, einem Sekretär und mehreren bequemen Ledersesseln. Maggie blieb wie angewurzelt auf der Schwelle stehen, als sie Reeve im Raum entdeckte. Er stand mit dem Rücken zu ihr und nahm mit einem ärgerlichen Knurren den Hörer ab. »Ja?«

Maggie sah, wie er sich versteifte. »Ich will keine Ausreden hören, Wilkins«, sagte er nach kurzem Schweigen. »Und wenn Sie jede einzelne Spelunke in Melbourne auseinandernehmen müssen! Ich will, daß Sie meinen Bruder finden!«

Als er wütend den Hörer aufknallte, wollte Maggie schon die Flucht ergreifen, aber Reeves scharfe Stimme hielt sie zurück: »Bleib, wo du bist, Yankee!«

Maggie erstarrte vor Empörung, sagte jedoch nichts und drehte sich auch nicht zu Reeve um. Doch er kam zu ihr und maß sie mit einem verächtlichen Blick. »Was wolltest du? Ein anderes Zimmer vielleicht?«

»Mein Zimmer ist gut genug«, erwiderte sie trotzig. »Ich wollte nur das Telefon benutzen.«

Reeve deutete mit einer einladenden Geste auf den Apparat.

»Bedienen Sie sich, Miss Chamberlin. Ich will mir nicht nachsagen lassen, daß ich kein großzügiger Dienstherr bin.«

»Du bist nicht mein Dienstherr«, entgegnete sie kalt, während sie den Raum betrat und zögernd auf das Telefon zuging, von dessen Bedienung sie keine Ahnung hatte. Als sie merkte, daß Reeve ihr folgte, drehte sie sich mit empörter Miene zu ihm um. »Ich bin Schauspielerin, kein Dienstmädchen, und ich wäre froh, wenn du das nicht vergißt!«

»Du gehörst mir«, entgegnete Reeve. »Mit Haut und Haaren ... Ich könnte dich in eine Küchenmagd verwandeln oder zur Mätresse nehmen – ganz nach Belieben!«

Alles hat seine Grenzen, dachte Maggie, als sie mit ausdrucksloser Miene den rechten Fuß hob und Reeve hart gegen das Schienbein trat.

Ein verwunderter Ausdruck huschte über sein Gesicht; dann griff er sich an sein schmerzendes Bein.

Maggie wandte sich befriedigt ab, nahm den Telefonhörer und preßte ihn ans Ohr. Aber da war sie mit ihrer Weisheit auch schon am Ende. Reeve griff an ihr vorbei und betätigte eine Art Schalter an dem schwarzen Apparat.

»Zentrale!« sagte eine nasale Stimme in der Leitung, und Maggie zuckte zusammen. Reeve betrachtete sie schmunzelnd und trat noch näher an sie heran, ganz offensichtlich mit der Absicht, ihr Gespräch zu belauschen.

»Zentrale«, wiederholte die unpersönliche Stimme, nun schon etwas ungeduldiger.

»Ich möchte mit Lady Cosgrove sprechen.«

Aus dem Augenwinkel sah Maggie, wie Reeve eine Augenbraue hochzog und der harte Zug um seinen Mund verschwand. Währenddessen klickte und knarrte es in der Leitung.

Dann meldete sich Lady Cosgrove, die sehr ungehalten schien, an einem arbeitsreichen Tag gestört zu werden. Maggie nannte ihren Namen und wollte gerade nach Tansy fragen, als Lady Cosgrove sie unterbrach: »Ach ja – Margaret Chamberlin. Mr. Kirk benachrichtigte mich, daß Sie seinen Haushalt verlassen haben – zu einem äußerst ungünstigen Zeitpunkt –, um Schauspielerin zu werden.«

Die Kälte in Lady Cosgroves Stimme war nicht zu überhören. Maggie bemühte sich, Reeve nicht anzusehen, als sie zu einer Erklärung ansetzte: »Lady Cosgrove, meine Entscheidung ist mir nicht leichtgefallen ...« begann sie, verstummte jedoch, als sie ein scharfes Klicken in der Leitung hörte. Lady Cosgrove hatte aufgelegt.

Es war zu viel für Maggie. Eine solche Demütigung hatte sie noch nie erlebt. Jetzt blieb ihr nichts anderes übrig, als eine gute Schauspielerin zu werden, denn die Hoffnung auf eine Empfehlung von Lady Cosgrove bestand nicht mehr.

»Maggie?« hielt Reeves unerwartet sanfte Stimme sie zurück, als sie fluchtartig den Raum verlassen wollte. »Was ist, Maggie?«

Mit tränenfeuchten Augen schaute sie zu ihm auf. »Du wirst dich freuen zu erfahren, daß ich gerade eine Abfuhr erhalten habe von der einzigen Frau, die mir hätte ermöglichen können, meinen Lebensunterhalt auf andere Weise zu verdienen.«

Reeve runzelte erstaunt die Stirn. »Willst du denn keine Schauspielerin sein?« erkundigte er sich besorgt.

Seine Frau wollte Maggie werden, zumindest in diesem Augenblick, aber das konnte sie ihm natürlich nicht verraten. »Ich habe nur versucht, meine Freundin Tansy zu finden.«

»Das Mädchen, mit dem du in Parramata warst?« fragte Reeve, und nun legte er Maggie sogar die Hände auf die Schultern.

Sie nickte stumm.

»Das ist kein Problem, Maggie. Sie arbeitet im Hause meines Freundes Adam Beckwith. Ich kann dich auf dem Weg zum Hafen dort absetzen, wenn du willst.«

Maggie erinnerte sich jetzt, daß Reeve zur See fahren wollte, und eine neue Angst erfaßte sie. »Wird deine Reise lange dauern – oder gefährlich sein?«

Lächelnd ließ Reeve seinen Daumen über Maggies Wange gleiten, und sie erschauerte unter der Berührung. »Walfänger sind solide Schiffe«, sagte er beruhigend. »Ich glaube, ich werde ein, zwei Wochen unterwegs sein.«

»Reeve ...« Maggie brach ab und schluckte. »Es tut mir leid, daß ich dir nichts von Jamie sagen konnte ...«

Er senkte den Kopf und küßte ihre Lippen, und wieder strömte ein wohliger Schauer durch ihren Körper. »Du hast getan, was du tun mußtest, Liebes«, sagte er. »Das weiß ich jetzt.«

»Dann bist du mir nicht mehr böse?«

Reeve schaute an die Zimmerdecke, als müßte er darüber nachdenken. Aber um seine Mundwinkel zuckte es belustigt. »Das habe ich nicht gesagt, Yankee. Immerhin hast du mich gerade hart getreten.«

Dann zog er Maggie in die Arme und ließ seine Hände streichelnd über ihren Rücken gleiten.

»Willst du dich nicht dafür entschuldigen, daß du mich getreten hast?«

Maggie schüttelte den Kopf. »Das hattest du verdient – du hast mir ein Zimmer gegeben, das nicht größer ist als ein Mauseloch.«

»Das muß ein Irrtum sein«, sagte Reeve mit gespieltem Ernst. »Willst du es mir nicht zeigen?«

Maggies Sinne waren längst erwacht, ein heißes Sehnen erfüllte ihren Körper. Sie wußte sehr gut, was geschehen würde, wenn sie Reeve ihr Zimmer zeigte, hatte jedoch nicht die Kraft, sich ihm zu widersetzen. Dazu liebte und brauchte sie ihn viel zu sehr. »Hm, ich weiß nicht ...« zögerte sie.

Reeve tippte mit der Fingerspitze an ihre Nase. »Ich fahre bald zur See, Maggie«, raunte er heiser, »und ich möchte alle häuslichen Probleme vor meiner Abreise geregelt haben.«

Maggie war plötzlich nicht mehr sicher, Reeves Wunsch, ihr Zimmer zu besichtigen, richtig interpretiert zu haben. Auf der Treppe fiel ihr die ungewohnte Stille im Haus auf. »Wo ist das Personal? Außer Cora habe ich niemanden gesehen.«

Reeve zwickte Maggie zärtlich in den Po. »Sie haben heute ihren freien Tag.«

Maggies Wangen brannten. »Ich betrete nicht eher dieses

Zimmer, bis du mir etwas versprochen hast, Reeve McKenna!«

Schmunzelnd streckte er die Hand aus und umfaßte ihre Brust. »Was?«

»Du mußt schwören, daß du mich sofort nach deiner Rückkehr nach Sydney heiratest!« verlangte Maggie und wartete mit angehaltenem Atem auf seine Antwort.

»Einverstanden«, sagte er schließlich, nachdem er Maggies Geduld einer harten Zerreißprobe unterzogen hatte.

Maggie zog ihn in ihr Kämmerchen und schloß die Tür. Während Reeve sich stirnrunzelnd umschaute, waren seine Hände schon damit beschäftigt, ihr Mieder aufzuknöpfen. »Nein, das geht wirklich nicht«, murmelte er, bevor er über ihre vollen Brüste streichelte. »Keine Luft, kein Licht ...«

Maggie hielt den Atem an, als er den Kopf senkte und seine Lippen um eine ihrer rosigen Spitzen schloß. »Die ... Tür ...« stammelte sie erregt. »Jemand ... könnte ... hereinkommen ...«

Reeve trat zurück, bis er mit dem Rücken an der Tür stand, und während seine Lippen Maggies Brüste liebkosten, griffen seine Hände unter ihren Rock. Sie spürte, wie die Bändchen an ihrer spitzenbesetzen Unterhose nachgaben und Reeve sie sanft herunterzog. Dann kniete er seufzend vor ihr nieder.

»Zieh deinen Rock hoch, Maggie«, befahl er rauh, und Maggie gehorchte, weil das drängende Pochen und Kribbeln zwischen ihren Schenkeln schon fast nicht mehr zu ertragen war. Sie spürte Reeves heißen Atem an ihrer intimsten Körperstelle, dann seine warme, feuchte Zunge, und das Gefühl war so überwältigend schön, daß sie lustvolle kleine Schreie ausstieß.

»Ooooh ...« wimmerte sie mit geschlossenen Augen, als Reeve den empfindsamsten Punkt ihres Körpers fand und ihn mit gezielten Bewegungen reizte.

»Du bringst deine Sachen in mein Zimmer«, befahl er, als er seine sinnlichen Liebkosungen für einen flüchtigen Moment unterbrach.

»Reeve ...« flehte Maggie, während die Lust ihre Erregung steigerte und all ihre Sinne schärfte. »Bitte, Reeve ...« Wie im Fieber ließ sie ihre Hände über seinen Körper gleiten, und mit einem männlich arroganten Lachen machte sich Reeve daran, sie an den Rand des Wahnsinns zu treiben. Plötzlich zuckten helle Blitze vor Maggies Augen auf, ein Beben ging durch ihren Körper, und sie glaubte zu vergehen.

Reeve richtete sich langsam auf, eine jähe Enttäuschung erfaßte Maggie, als er schweigend die Knöpfe an ihrem Mieder schloß. Doch dann hob er sie ganz unvermittelt auf die Arme und trug sie aus ihrem dürftigen kleinen Zimmer in sein eigenes.

Als Maggie am nächsten Morgen erwachte, war sie allein und wußte, daß Reeve seine Seereise angetreten hatte. Sie war traurig und voller Sorge um ihn, doch die Gewißheit, daß er sie heiraten würde, sobald er von seiner Fahrt zurückkehrte, tröstete sie ein wenig.

# 16

Im Victoriatheater erwartete Maggie eine Überraschung. Sie erfuhr, daß Reeve Anweisungen hinterlassen hatte, eine komplette neue Garderobe für sie anzufertigen. Es war Philip, der ihr lächelnd die Nachricht überbrachte.

»Eine *komplette* neue Garderobe?« flüsterte sie beeindruckt.

»Überrascht es dich?« fragte Philip lächelnd. »Du bist jetzt schließlich seine Mätresse, oder?«

Maggie spürte, wie ihr das Blut in die Wangen schoß. »Wir heiraten, sobald er wieder in Sydney ist«, sagte sie schroff. »Er hat es mir versprochen.«

Philip saß hinter seinem Schreibtisch und blätterte in Akten, um Maggie nicht ansehen zu müssen. »So, so«, murmelte er ohne große Überzeugung.

»Du glaubst mir nicht?« fragte Maggie trotzig.

Endlich schaute Philip auf.

»Ich halte es für sehr unwahrscheinlich, daß Mr. McKenna seiner zukünftigen Frau erlauben würde, auf der Bühne zu stehen«, entgegnete er.

Maggie hatte das Gefühl, als wiche die Luft aus ihr, wie aus einem aufgeplatzten Luftballon. »Oh«, hauchte sie.

Philip schaute sie bittend an. »Maggie …«

»Schon gut«, sagte sie rasch und hob resigniert die Schultern. »Werde ich eine eigene Garderobe im Theater haben?«

»Die allerbeste«, antwortete Philip lächelnd, froh, daß das Thema von Maggies Beziehung zu seinem Arbeitgeber damit erledigt schien. »Komm, ich zeige sie dir.«

Es war tatsächlich ein sehr schöner Raum, zu dem sogar ein eigenes Bad gehörte. Auch ein Schrank für Kostüme war vorhanden, und in einer Ecke stand eine bequeme Chaiselongue, mit blauem Samt bezogen, auf der sie sich zwischen ihren Auftritten ausruhen konnte.

Maggie war begeistert, aber auch etwas beunruhigt, weil sie ziemlich sicher war, daß diese Garderobe einst Loretta Craig gehört hatte. Hinaus mit der alten Mätresse, hinein mit der neuen …

»Ich lasse dich einen Moment allein, dann schicke ich dir die Schneiderinnen. Möchtest du eine Tasse Tee, Maggie?«

Sie schüttelte den Kopf. »Nein, danke, Philip.«

Kaum hatte er die Tür hinter sich geschlossen, rannte Maggie ins Badezimmer und übergab sich.

Es sind die Nerven, dachte sie, während sie ihren Mund ausspülte. Nur die Nerven. Kein Grund, besorgt zu sein.

Die Schneiderinnen, zwei Schwestern aus England, beschäftigten Maggie den ganzen Nachmittag. Sie legten ihr Stoffe vor, nahmen Maß und steckten Kleider ab, bis Maggie sich nicht mehr auf den Beinen halten konnte.

Doch eine unerwartete Besucherin ließ sie ihre Müdigkeit schlagartig vergessen. »Maggie!« trillerte Loretta, als seien sie die besten Freundinnen. »Wie schön, Sie wiederzusehen!«

Die beiden Schwestern aus England ergriffen die Flucht.

Maggie holte tief Luft und bereitete sich auf unbehagliche Minuten vor.

»Hallo, Miss Craig«, sagte sie würdevoll, was nicht ganz einfach war, wenn man bedachte, daß sie nichts als ihre Unterwäsche trug.

Loretta setzte sich mit einem gezierten Seufzer auf die

samtbedeckte Couch und begann, ihre Rehlederhandschuhe auszuziehen.

Maggie ertrug es nicht länger. »Was machen Sie hier?« fragte sie ganz offen.

Loretta lächelte charmant. »Aber meine liebe Maggie, das ist doch klar! Ich bin gekommen, um Ihnen bei Ihren Proben beizustehen. Aufgrund meiner langjährigen Erfahrung als Schauspielerin …«

»Ich brauche keine Hilfe«, unterbrach Maggie sie entschieden. »Ich kenne das gesamte Stück auswendig.«

Loretta zog eine schmale schwarze Braue hoch. Sie ist wirklich schön, dachte Maggie ein bißchen neidisch, und eine echte Dame, die eine Selbstsicherheit ausstrahlt, die ich nie erreichen werde …

Offensichtlich hatte Loretta Maggies schwachen Punkt bereits erkannt. »Sie sind sehr jung für die Rolle der Kate. Ich könnte Sie mir als Bianca vorstellen, aber …«

Da klopfte es, und Maggie schnappte sich rasch ihr graues Wollkleid und verschwand hinter einem Wandschirm.

»Hallo, Loretta«, rief Philip. »Wem verdanken wir das Vergnügen?«

Am leisen Rascheln von Seide erkannte Maggie, daß Loretta aufgestanden war, dann hörte sie die ältere Schauspielerin müde sagen: »Ich wollte Miss Chamberlin meine Unterstützung anbieten. Aber anscheinend hat sie kein Verlangen, einen Rat von jemandem anzunehmen, der erfahrener und weiser ist.«

»Und älter«, fügte Philip boshaft hinzu.

Maggie spähte um die Ecke des Wandschirms und sah gerade noch Lorettas vernichtenden Blick, mit dem sie Philip bedachte, bevor sie majestätisch wie eine gekränkte Königin aus der Garderobe schwebte.

»Meinst du, das wird öfter vorkommen?« fragte Maggie besorgt.

Philip lachte. »Das bezweifle ich – Loretta hat ihre eigene Rolle und ihr eigenes Theater.«

Maggie spürte, wie ihr wieder übel wurde. »Gehört es auch Mr. McKenna?«

»Nicht mehr«, gab Philip etwas widerstrebend zu. »Er hat

alle anderen Theater auf Lorettas Namen überschrieben – gewissermaßen als Abschiedsgeschenk.«

Wie wird wohl mein Abschiedsgeschenk aussehen? fragte Maggie sich unwillkürlich, bis ihr wieder zu Bewußtsein kam, daß Reeve ja versprochen hatte, sie zu heiraten. Sie würde seine Frau sein, nicht seine Mätresse. »Aha«, sagte sie deshalb nur.

Kurz darauf begann die Probe, und Maggie lernte ihren Partner kennen, einen sympathischen Engländer namens Samuel Fairmont, der die Rolle des Petruchio spielte. Groß, blond und ausgesprochen attraktiv, war Samuel der perfekte Bühnenheld.

Als die Proben beendet waren, begleitete er Maggie zu ihrer Garderobe. »Sie sind sehr gut«, lobte er aufrichtig.

Maggie war erschöpft und sehr entmutigt. Philip hatte nichts als Kritik an ihr geübt. »Danke«, sagte sie leise.

»Darf ich Sie zum Essen einladen?« fragte Samuel plötzlich.

Zuerst wollte Maggie ablehnen. Aber beim Gedanken, Reeve könne sie vielleicht doch nur als Mätresse wollen, erwachte Trotz in ihr. Im übrigen war ein Abendessen mit einem neugewonnenen Freund und Kollegen keine Sünde und sicher unterhaltsamer als ein einsames Dinner in ihrem Zimmer. »Sehr gern«, stimmte sie lächelnd zu.

»Ausgezeichnet!« Samuel war ehrlich erfreut. »Ich warte am Bühneneingang.«

Für einen Schauspieler schien Samuel recht vermögend zu sein; er führte Maggie in den Speisesaal eines der besseren Hotels und bestellte gebackene Ente und Wein.

»Wie sind Sie nach Australien gekommen, Mr. Fairmont?« fragte Maggie, als der Maître den Tisch verlassen hatte.

»Samuel!« entgegnete er lächelnd, »nennen Sie mich bitte Samuel. Ich bin in Australien, weil ich Abenteuer suchte. Sobald ich meine Passage verdient habe, ziehe ich nach Amerika weiter. Ich wollte das Land schon immer kennenlernen.«

Für einen Moment empfand Maggie Heimweh, verdrängte es jedoch sofort, weil es lachhaft war, Heimweh nach einem Ort zu haben, an dem man weder Freunde noch Familie besaß. »Das wird sicher interessant«, sagte sie.

»Vermissen Sie Ihr Land nie?« wollte Samuel wissen.

Maggie nickte. »Ja, aber ich habe dort niemanden mehr.« Sie erzählte ihm von ihrer ungewöhnlichen Kindheit und dem tragischen Verlust ihrer Eltern.

Samuel seufzte. »Es ist eine einsame Welt, in der wir leben, Maggie, eine sehr einsame Welt.«

Maggie begann sich unbehaglich zu fühlen. »Ja«, stimmte sie ihm zu, doch bevor die Unterhaltung weitergehen konnte, erschien Philip an ihrem Tisch.

»Was hast du dir eigentlich dabei gedacht?« wandte er sich ärgerlich an Maggie, ohne Samuel auch nur zu grüßen.

Maggie war zu müde, um mit Philip zu streiten. »Ich esse zu Abend«, erwiderte sie deshalb nur.

Samuel war aufgestanden; er war groß und muskulös und maß Philip mit Blicken, die nicht als freundlich zu bezeichnen waren. »Ich hoffe, Sie haben einen Grund für Ihr aufdringliches Verhalten«, sagte er.

Philip bemühte sich, tapfer zu erscheinen, obwohl er Samuels Größe als recht einschüchternd empfand. Mit einem wütenden Blick auf Maggie zischte er ihr zu: »Wir gehen, Miss Chamberlin. Sofort!«

Maggie warf ihre Serviette auf den Tisch. »Ich möchte doch sehr bitten!« herrschte sie ihn an, als sie sah, daß sich bereits Gäste nach ihnen umdrehten. Wunderbar – auf diese Art von Berühmtheit konnte sie verzichten.

Philip ignorierte Samuel, der aussah, als wollte er ihn erwürgen, und sagte beschwörend zu Maggie: »Für heute hast du genug Gerede ausgelöst. Mach es nicht noch schlimmer, indem du mir eine Szene machst.«

Maggie seufzte. Sie begriff nicht, was Philip meinte, aber inzwischen war ihr der Appetit vergangen, und sie war müde. »Entschuldigen Sie mich bitte, Samuel!« murmelte sie resigniert.

Auch Samuel stand auf und erhob keinen Einspruch, obwohl er Philip mit einem drohenden Blick bedachte. »Darüber reden wir noch, Briggs.«

Philip nickte ergeben. »Das wird leider auch ganz Sydney tun«, sagte er, während Maggie seinen Arm nahm. »Gute Nacht, Mr. Fairmont.«

Samuel schnalzte nur empört und kehrte zu seiner gebackenen Ente und seinem Wein zurück.

Auf der Straße zog Philip Maggie in eine wartende Kutsche. »Willst du Fußböden schrubben oder schmutzige Kindernasen putzen?« fuhr er sie zornig an.

Maggie schüttelte verständnislos den Kopf. »Was meinst du?«

»Deinen Ruf, du kleine Närrin. Und deine Stellung in bezug auf Reeve McKenna. Wenn er bei seiner Rückkehr erfährt, daß du in aller Öffentlichkeit mit einem anderen Mann gesehen worden bist, wird er sehr verärgert sein.«

»Deshalb also das ganze Theater?« fragte Maggie verblüfft.

»Ja«, antwortete Philip seufzend.

Das große Haus war leer und still ohne Reeve, und Maggie konnte den Gedanken, wie eine brave Mätresse in sein Zimmer zu gehen und dort zu schlafen, nicht ertragen. Deshalb nahm sie sich vor, nur schnell einige der Sachen zu holen, die die Kammerzofe morgens umgeräumt hatte.

Doch mitten auf dem Bett lag ein hübsch eingepacktes kleines Kästchen. Maggie nahm es mißtrauisch in die Hand.

Auf der beiliegenden Karte stand ihr Name, und als sie das Päckchen mit zitternden Fingern öffnete, entdeckte sie einen kleinen schwarzen Samtkasten darin. Mit angehaltenem Atem nahm sie den Deckel ab und schnappte verblüfft nach Luft, als ein Diamantring im Licht aufblitzte.

»Das Päckchen kam, als Sie im Theater waren, Miss«, sagte eine weibliche Stimme hinter ihr, und Maggie sah ein Dienstmädchen in der Tür zum Badezimmer stehen, die Arme voller frischer Handtücher. »Ich bin sicher, daß es von Mr. McKenna kommt.«

Maggie ließ sich auf die Bettkante sinken. »Hat er ... hat Mr. McKenna Miss Craig je einen solchen Ring geschenkt?«

Das Mädchen schüttelte den Kopf.

»Nein, Madam. Aber Miss Craig wollte er ja auch nicht heiraten.«

Plötzlich fiel Maggies Angst von ihr ab. Am liebsten wäre sie lachend und singend durch den Raum getanzt, aber das tat sie natürlich nicht. Sie nahm den Ring und steckte ihn an den Finger. »Was wird Tansy sagen, wenn sie ihn sieht?« murmelte sie, ohne daran zu denken, daß sie nicht allein war.

»Meinen Sie Tansy Quinn?« fragte das Dienstmädchen neugierig.

Maggie nickte. »Sie ist eine gute Freundin von mir.«

Das junge Mädchen strahlte plötzlich. »Wenn das kein Zufall ist! Sie kommt heute abend vorbei, Madam, um eine Partie Whist mit uns zu spielen!«

Mit leuchtenden Augen betrachtete Maggie ihren Verlobungsring. »Darf ich mitspielen?«

Der Stapel Handtücher rutschte auf den Boden, das Mädchen starrte Maggie schockiert an. »Mitspielen, Madam? Im Dienstbotenquartier? Mr. McKenna würde sehr böse werden, wenn er es erführe!«

»Das wird er nicht«, sagte Maggie zuversichtlich, bevor sie sich bückte, um dem Mädchen beim Aufsammeln der Handtücher zu helfen. »Ich möchte Tansy sehen, und eine Partie Whist spiele ich auch ab und zu ganz gern.«

»Ja, Miss, aber ...«

Maggie setzte eine strenge Miene auf. »Wie ist Ihr Name?«

»Caroline, Miss. Sie werden doch nicht weitersagen, daß ich die Handtücher fallengelassen habe?«

Maggie konnte ihre strenge Miene nicht lange beibehalten, dazu war sie viel zu glücklich. Reeve wollte sie heiraten, und heute abend sah sie ihre Freundin Tansy wieder! »Natürlich nicht, Dummchen«, sagte sie freundlich zu Caroline. »Aber es wäre besser, wenn Sie mich zum Kartenspielen einladen würden!«

Caroline wurde blaß und zog sich erschrocken zurück. »Ja, Madam, wie Sie wünschen«, murmelte sie, und kaum war sie aus der Tür, sah Maggie sie im Laufschritt den Korridor hinunterrennen.

Aufgeregtes Stimmengewirr drang aus dem Aufenthaltsraum des Personals, als Maggie später hinunterging, aber alle verstummten, als sie eintrat.

Tansy war die erste, die sich rührte. Mit einem Freudenschrei sprang sie auf und umarmte Maggie stürmisch. »Wie schön, dich zu sehen!« rief sie entzückt. »Und jetzt bist du fast die Herrin dieses großen Hauses!«

Maggie lachte und drückte ihre Freundin an sich. »Du hast mir so sehr gefehlt«, sagte sie und blinzelte die Tränen fort, die sich hinter ihren Lidern sammelten.

Tansy erwiderte ihre Umarmung und drehte sich dann zu dem halben Dutzend Dienstmädchen um. »Habe ich es euch nicht gleich gesagt?« rief sie vorwurfsvoll. »Sie ist ein Prachtstück, unsere Maggie! Wir haben nichts von ihr zu befürchten.«

Die anderen Mädchen wirkten nicht sehr überzeugt. »Sie ist die Dame unseres Herrn«, wagte eines von ihnen zu sagen.

»Ich bin nicht so sicher, daß sie eine Dame ist«, sagte eine andere Stimme dreist, und lautes Kichern folgte.

Tansy nahm die Bemerkung so persönlich, als wäre sie damit gemeint gewesen. »So?« sagte sie entrüstet. »Ihr seid euch also zu fein dazu, eine harmlose Partie Whist mit meiner Freundin zu spielen?«

Ein Mädchen erhob sich und kam mit schüchternem Lächeln auf Maggie zu. »Ich heiße Shirley«, nannte sie ihren Namen und musterte Maggies altes graues Wollkleid, während sie ihr die Hand reichte. »Wird er Sie nicht fein ausstaffieren, wie er es bei Miss Loretta getan hat?«

Ein allgemeines Stöhnen begann bei der Erwähnung von Lorettas Namen, und das schien das Eis zu brechen. »Ihr wißt doch, daß er Miss Maggie einen Ring gekauft hat!« rief Caroline in die Runde. »Ich habe es euch beim Essen erzählt!«

Tansy machte große Augen. »Einen Ring? Laß sehen!«

Maggie zeigte den herrlichen Diamanten nicht nur Tansy, sondern auch den anderen. Nachdem er ausgiebig bewundert worden war, schlug Tansy vor. »Spielen wir jetzt oder nicht? Wenn ihr Maggie nicht mitspielen laßt, dann gehen wir beide, und dann könnt ihr euch auf etwas gefaßt machen!«

»Ja, sie kann mitspielen«, sagten die Mädchen einstimmig, und dann saß Maggie am Tisch und verbrachte ihren vergnügtesten Abend seit vielen Wochen.

Als es spät wurde, brachen sie das Spiel ab, und Maggie begleitete Tansy ans Gartentor, wo ihr neuester Beau, Jack Fly, wartete, um sie nach Hause zu bringen.

»Wurde auch langsam Zeit!« erklang eine Männerstimme aus dem Gebüsch. »Ich habe heute abend noch Pferde zu versorgen!«

Tansy lächelte. »Komm heraus, Jack, und begrüße meine Freundin, die zukünftige Mrs. McKenna!«

Es raschelte im Gebüsch, und Jack erschien. Er war ein kräftiger junger Mann, recht gutaussehend, und rieb sich zuerst die Hand an der Hose ab, bevor er sie Maggie zögernd reichte.

Tansy lachte und schob ihre Hand unter seinen Arm. »Ich heirate auch, Maggie«, sagte sie stolz. »Während der Jubiläumsfeierlichkeiten im Juni.«

Jack erschauerte. »Es ist kalt im Juni«, beschwerte er sich.

»Zu Hause heiraten Damen im Juni«, erklärte Tansy hochnäsig. »Habe ich recht, Maggie?«

»Ja, hast du.« Tansy war verliebt, das ließ sich nicht leugnen, und Maggie freute sich für ihre Freundin. Sie umarmte sie noch einmal herzlich, dann verabschiedeten sie sich, und Maggie ging in ihr Zimmer zurück.

Sie zog sich gähnend aus und legte sich dann in ihrem alten Flanellnachthemd in das Bett, das viel zu breit war für sie allein.

Maggie schlief sehr unruhig in dieser Nacht und fühlte sich wie zerschlagen, als sie sich am nächsten Tag zu den Proben im Theater meldete.

Zum Glück hatten die tüchtigen englischen Schwestern bereits ein Kleid fertiggestellt, eine bezaubernde Kreation aus weißem Musselin, und Maggie war froh, endlich ihr altes graues Wollkleid ablegen zu können.

Bei den Proben kritisierte Philip sie weniger als am Tag zuvor, und in der Mittagspause zeigte Maggie ihm ihren Verlobungsring.

»Sehr hübsch«, sagte Philip seufzend. »Aber für einen Mann mit Geld ist es nicht schwer, solche Geschenke zu machen, Maggie. Ich glaube nicht, daß es viel zu bedeuten hat.«

Empört ging Maggie in ihre Garderobe zurück. Das Essen, das ihr kurz darauf gebracht wurde, rührte sie nicht an, da sie auch heute wieder starke Übelkeit verspürte.

Der Nachmittag war nicht weniger anstrengend als der Morgen. Abends war Maggie so erschöpft, daß sie in ihre Kutsche stieg, ohne sich von Philip oder Samuel verabschiedet zu haben.

In Reeves Zimmer erwartete sie ein hübsch verpackter Karton mit einem pelzbesetzten Cape aus blauem Samt. Als Maggie es anprobierte und vor den Spiegel trat, wurde ihr plötzlich übel. Es gelang ihr gerade noch, den Umhang abzulegen und ins Bad zu laufen, bevor die Krämpfe einsetzten und sie sich keuchend übergab.

Als der Anfall vorüber war, machte Maggie sich zum erstenmal die Mühe, ihre nächste Periode auszurechnen. Sie war seit sieben Tagen überfällig ...

Auch am nächsten Abend fand sie wieder ein Geschenk von Reeve auf dem Bett. Es war eine silberne Spieldose, und diesmal lag ein kurzer Brief dabei.

»*Maggie*«, hatte Reeve geschrieben, »*Ich habe veranlaßt, daß du jeden Tag ein kleines Geschenk bekommst, bis wir wieder zusammen sind. Obwohl ich diesen Brief schreibe, lange bevor er dich erreicht, weiß ich schon, daß ich dich vermissen werde, wenn du ihn liest. Falls du Jamie wiedersiehst, laß ihn nicht mehr fort. Mit herzlichen Grüßen, Reeve.*«

Es wäre Maggie lieber gewesen, wenn er mit ›In Liebe, Reeve‹, unterschrieben hätte, aber sie war bereit, Geduld zu üben. Seufzend drehte sie die Spieldose auf und ließ sich von ihrem leisen Geklimper an einen fernen Ort entführen, wo niemand sie je wieder von Reeve trennen konnte ...

# 17

Sie waren schon tagelang auf See, als der große Wal gesichtet wurde. Eine Wasserfontäne schoß in die Luft, und Reeve trat an die Reling der *Elisabeth Lee* und beobachtete das aufgewühlte Meer.

Aufgeregte Matrosen rannten übers Deck, um die Beiboote ins Wasser zu lassen und die Harpunen zu laden. Reeve wurde übel, als er das majestätische Tier erblickte, das kurz auftauchte, um Luft zu holen, und dann wieder unter der Wasseroberfläche verschwand.

»Kommen Sie, Käpt'n?« fragte ein Matrose.

Reeve ließ sich über die Strickleiter in eins der kleinen Boote hinab und nahm ein Ruder auf. Mit erstaunlicher Geschwindigkeit schossen die Ruderboote auf das riesige Säugetier zu, das verspielt durch das sonnenglitzernde Wasser glitt.

Der Wal stieß eine Wasserfontäne aus, worauf eine unheimliche Stille folgte. Dann tauchte das riesige Tier mit einem mächtigen Schlag seiner Schwanzflosse unter, und die kleinen Boote schaukelten hilflos wie Nußschalen auf der aufgewühlten See.

Der Mann, der vorher mit Reeve gesprochen hatte, sprang auf und schoß seine Harpune ab. Sie bohrte sich tief in die dicke Haut des Wals.

Das Wasser färbte sich rot vor Blut, und Reeve mußte seine ganze Beherrschung aufbieten, um sich nicht über den Bootsrand zu beugen und sich zu übergeben. Zwei weitere Harpunen erreichten ihr Ziel, und das herrliche Tier rollte langsam auf die Seite. Reeve konnte eines seiner Augen sehen, das sich mit einem rötlichen Film überzog.

»O Gott«, murmelte Reeve. »O Gott.«

»Bringt sie her, Jungs!« schrie der Mann, der die erste Harpune abgefeuert hatte. »Ist sie nicht phantastisch?«

Schon seit seiner ersten Erfahrung mit vierzehn Jahren haßte Reeve den Walfang, doch so abstoßend wie heute hatte er die Jagd bisher noch nie empfunden.

Mit zitternden Händen kletterte er auf die *Elisabeth Lee* zurück, doch kaum hatte er das Deck erreicht, hörte er angstvolle Schreie hinter sich.

»Haie!« schrie einer der Männer, die noch in den Booten waren. Das Wasser kochte und brodelte wie ein Höllenkessel, die kleinen Ruderboote tanzten hilflos auf den Wellen. Einige Männer an Deck der *Elisabeth Lee* feuerten Gewehre auf die Haie ab, als die wütenden Räuber ihre scharfen Zähne in den Walkadaver schlugen und sich auf die Männer stürzten, die im Wasser gelandet waren. In hilflosem Entsetzen schaute Reeve zu, wie ein junger Matrose unter die Wasseroberfläche gezogen wurde. Sekunden später stiegen rotgefärbte Wasserblasen auf.

»Jesus!« schluchzte ein Mann neben Reeve. »Allmächtiger Gott im Himmel, so hilf ihnen doch!«

Die Wut der großen Räuber zog noch andere Haie an, und das blutige Getümmel fand kein Ende. Reeve stand wie erstarrt an der Reling, umklammerte das Geländer und brachte es nicht über sich, den Blick von dem entsetzlichen Schauspiel abzuwenden.

Als das Morden endlich aufhörte und die Haie sich zurückzogen, war fast nichts mehr übrig von dem Wal, der einmal größer als die *Elisabeth Lee* gewesen war. Von den Männern, die in dem brodelnden Inferno aus Blut und aufgewühltem Wasser den Tod gefunden hatten, war keine Spur mehr zu entdecken.

»Kommen Sie, Käpt'n.« Der Erste Offizier legte Reeve die Hand auf den Arm. »Käpt'n?«

Reeve zitterte am ganzen Körper und war zu keiner Bewegung fähig. In den zwanzig Jahren, seit er auf Walfang ging, war er Zeuge vieler schrecklicher Unfälle gewesen, aber eine Tragödie wie heute hatte er noch nie erlebt.

Der Erste Offizier zupfte Reeve am Ärmel. »Wir kehren nach Sydney zurück, Käpt'n – ist es Ihnen recht?«

Reeve nickte, aber das war alles, was er konnte. Seine Muskeln waren so verkrampft, als trüge er ein Stahlkorsett, und in seinem Kopf hatte ein merkwürdiges Summen begonnen, in das sich immer wieder die verzweifelten Schreie der sterbenden Männer mischten.

Mehrere Männer waren nötig, um Reeves Hände von der Reling zu lösen, dann führten ihn die Matrosen in seine Kajüte unter Deck.

»Wir legen in Auckland an«, sagte der Erste Offizier. »Das ist näher als Sydney. Der Käpt'n braucht einen Arzt.«

»Es ist seine Seele, die Behandlung braucht, und dafür gibt es keinen Arzt«, erwiderte ein anderer Mann.

Reeve wollte ihnen sagen, daß er keinen Arzt brauchte, stellte jedoch zu seinem Entsetzen fest, daß er weder sprechen noch sich bewegen konnte. Er war in sich selbst gefangen.

»Wir fahren nach Auckland«, entschied der Erste Offizier, und Reeve versuchte, Jacob wenigstens mit den Augen ein Zeichen zu geben. Aber selbst das gelang ihm nicht, er konnte nicht einmal mit den Wimpern zucken.

»Ich habe so etwas schon mal gesehen«, warf ein stämmiger Matrose ein. »Einige überwinden es nie.«

Diese Worte gingen Reeve nicht mehr aus dem Kopf. Der Gedanke, für den Rest seines Lebens in diesem Zustand zu verbleiben, erfüllt ihn mit Angst und Verzweiflung. *Maggie!* schrie er stumm. *Maggie!*

Die Tage vergingen schnell für Maggie, da sie hart für die Premiere probte, aber die Nächte waren lang und voller Angst und Zweifeln. Inzwischen war sie ganz sicher, ein Kind zu erwarten, und sobald sie schlief, wurde sie von den entsetzlichsten Alpträumen geplagt. Im Traum sah sie sich als Kate auf der Bühne, unförmig und dick, während das Publikum buhte, zischte und verfaultes Gemüse auf die Bühne warf.

Als eine Woche vergangen war, begann Maggie Reeves Rückkehr zu erwarten, aber er kam nicht, obwohl jeden Abend ein Geschenk und eine kurze Nachricht auf sie warteten. Die Geschenke waren stets extravagant und teuer, die Nachrichten betrafen fast immer Jamie.

Zehn Tage waren vergangen, als Philip eines Nachmittags Maggies Garderobe betrat, ohne wie üblich vorher anzuklopfen. Er war leichenblaß und hielt ein gelbes Blatt in der Hand.

»Was ist los, Philip?« fragte Maggie beunruhigt, als sie seine bedrückte Miene sah.

»Ein Unglücksfall hat die *Elisabeth Lee* getroffen, Maggie. Ein Großteil der Besatzung ist dabei ums Leben gekommen.«

Maggie spürte, wie sie erblaßte und die Kraft aus ihren Beinen wich. »Reeve?« flüsterte sie tonlos, während sie sich auf die Chaiselongue sinken ließ.

Philip zuckte stumm die Schultern und reichte ihr das Blatt.

»*Tragisches Unglück vor drei Tagen*«, las Maggie. »*Zwölf Männer tot, die anderen in Sicherheit in Auckland. Jacob Hughes, Erster Offizier der Elisabeth Lee.*«

»Woher hast du das?« fragte Maggie fassungslos.

»Ein Angestellter aus Mr. McKennas Büro hat es gebracht.«

Maggie starrte lange schweigend vor sich hin. Dann fragte sie tonlos: »Du glaubst, Reeve ist tot, nicht wahr?«

Philip trat seufzend neben sie und legte ihr die Hände auf die Schultern. »Jacob Hughes ist der Erste Offizier, nicht der Kapitän. Falls Reeve noch lebte, hätte er das Telegramm wohl selber aufgegeben, oder?«

Fast hätte Maggie sich auf Philip gestürzt, ihn gekratzt und gebissen wie ein Tier, so empört war sie über seine Behauptung, Reeve sei tot. Doch es fehlte ihr die Kraft dazu, und so blieb sie sitzen und sagte nur: »Ich fahre nach Auckland.«

Philip hockte sich neben sie und nahm ihre Hand. »Das geht nicht, Maggie, du mußt an das Stück denken. Und was könntest du schon in Auckland tun? Die *Elisabeth* Lee wird nach Sydney zurückkehren, sobald ihre Mannschaft wieder vollzählig ist und die Schäden gerichtet sind. Sydney ist ihr Heimathafen.«

»Zum Teufel mit dem Stück!« stieß Maggie schluchzend hervor und sprang auf. »Zum Teufel mit allem und jedem – außer Reeve McKenna!«

Philip nickte seufzend. »Ich kann verstehen, wie du dich fühlst, Maggie. Aber du kannst nichts anderes tun, als hierzubleiben und auf Nachrichten zu warten!«

»Ich könnte das Warten nicht ertragen!«

»Es bleibt dir gar nichts anderes übrig«, entgegnete Philip und legte ihr tröstend die Hände auf die Schultern. »Weiß du, was geschehen würde, wenn du ein Schiff nach Neuseeland nähmst?«

Maggie schüttelte nur stumm den Kopf.

»Dein Schiff und die *Elisabeth Lee* würden vermutlich aneinander vorbeifahren. Und dann wärst du nicht klüger als jetzt.«

Maggie ließ die Schultern hängen und sah so verzweifelt aus, daß Philip sie in die Arme zog. »Meine arme Maggie«, sagte er in reumütigem Ton. »Was habe ich dir nur angetan?«

Maggie konnte ihre Tränen nicht mehr zurückhalten. »Ich bekomme ein Kind, Philip«, flüsterte sie. »Ich bin schwanger.«

Philip zog sie noch fester an sich. »Mein Gott!« hauchte er bestürzt.

Doch Maggie bereute schon, ihm ihr Geheimnis verraten zu haben. Es war besser zu handeln, anstatt ihr Unglück zu beweinen. Sie mußte jetzt sofort zu Reeves Büro gehen und herausfinden, was seine Angestellten über das Unglück wußten. »Ich gehe«, sagte sie entschieden.

Philip berührte schüchtern ihren Arm. »Laß mich dich begleiten, Maggie«, bat er leise.

Maggie schüttelte den Kopf, entzog ihm ihren Arm und wandte sich zur Tür. Doch Philips nächste Worte hielten sie noch einmal auf.

»Wenn du ein Kind von McKenna erwartest, Maggie, heirate ich dich. Das bin ich dir schuldig.«

Der Gedanke, einen anderen als Reeve zu heiraten, war ihr unerträglich, aber sie wußte Philips noble Geste durchaus zu schätzen. »Danke«, erwiderte sie gerührt.

Tansy stand neben Maggies Bett und kühlte ihre Stirn mit einem feuchten Tuch. »Na also«, sagte sie aufmunternd. »Jetzt kommst du langsam wieder zu dir.«

Maggie hatte Kopfschmerzen, und ihr war speiübel. »Reeve ...«

»Ich weiß«, unterbrach Tansy sie sanft. »Ich weiß.«

Maggie versuchte sich aufzurichten, aber der Raum verschwamm vor ihren Augen. »Er ist nicht tot, Tansy ... Wenn Reeve tot wäre, wüßte ich es.«

»Wir müssen abwarten, Maggie«, sagte Tansy und begann die Laken glattzuziehen, um ihre Freundin nicht ansehen zu müssen. Aber Maggie stieß ihre Hand beiseite und versuchte aufzustehen.

»Ich muß mit Reeves Angestellten reden!«

Entschieden drückte Tansy ihre Freundin aufs Bett zurück. »Nein, Maggie. Das hast du schon einmal versucht, und wie dein Freund Philip Briggs berichtete, bist du beim Verlassen des Theater mitten auf dem Bürgersteig zusammengebrochen. Du mußt dich jetzt ausruhen, Liebes.«

»Wie soll ich das? Ich finde keine Ruhe!« stöhnte Maggie.

»Willst du dein Baby auch noch verlieren?« hielt Tansy ihr mit strenger Miene vor. »Denn das wirst du, wenn du so weitermachst!«

Maggie schaute ihre Freundin verwundert an. »Woher ...«

»Ich sehe es dir an. Du bist anders als sonst. Was wirst du tun, Maggie, wenn Mr. McKenna tot ist?«

Die Frage erinnerte Maggie an Philips zweiten Heiratsantrag, doch das war keine Alternative. Weder sie noch Philip würden in dieser Lage glücklich werden. »Ich weiß es nicht«, flüsterte sie hilflos.

»Ich hätte nicht fragen sollen«, klagte Tansy sich selbst an. »Es ist weiß Gott nicht der richtige Moment dafür. Ruh dich jetzt aus, Maggie, und denk weder an das Baby noch an den Vater. Tansy Quinn wird sich um alles kümmern.«

Seinen alten, verbeulten Lederhut auf den Knien, saß Jamie an Reeves Bett. Seinen älteren Bruder in einem solchen Zustand vorzufinden hatte ihm einen schrecklichen Schlag versetzt. Reeve war immer stark gewesen, selbstbewußt und unabhängig, und nun schien er dazu verdammt, für den Rest seines Lebens vor sich hinzuvegetieren …

»Seine Seele ist tot«, bemerkte Cutter O'Riley in der Tür zu Jamies Haus. »So etwas habe ich noch nie erlebt.«

Jamie starrte auf Reeves regloses Gesicht und dachte an die Mühe, die er sich bisher gegeben hatte, die Detektive von seiner Spur abzulenken. Doch die Gründe, die ihn veranlaßt hatten, seinen Bruder zu meiden, waren jetzt nicht mehr wichtig. Nur gut, daß Peony stets über alles informiert war und ihn sofort benachrichtigt hatte. Auch, als sie von Reeves tragischem Zustand erfahren hatte. Ohne auch nur eine Sekunde lang die Konsequenzen zu bedenken, hatte Jamie seinen Bruder von der *Elisabeth Lee* geholt und in sein Haus gebracht.

»Verdammt«, flüsterte er Reeve beschwörend zu, »du darfst nicht sterben! Du hast Maggie … Für sie mußt du weiterleben.«

»Er kann dich nicht hören«, warf Cutter ruhig ein. »Und wer ist Maggie, wenn ich fragen darf?«

Trotz seiner Niedergeschlagenheit brachte Jamie ein Lächeln zustande. »Die kleine Höllenkatze, die Reeve liebt. Er kann sich glücklich schätzen, daß sie ihn wiederliebt.«

»Peony wird nicht begeistert sein, wenn sie dich so liebevoll über eine andere Frau reden hört, mein Junge«, sagte Cutter schmunzelnd.

»Peony und ich haben ein Abkommen«, erwiderte Jamie, dann beugte er sich ganz unvermittelt vor, weil er glaubte, eine Bewegung in Reeves Gesicht zu sehen. Hatten seine Mundwinkel nicht eben noch gezuckt?

»Dieses Abkommen schließt wohl kaum ein, daß du eine Nacht mit einer Frau verbringst, die deinen Bruder liebt«, beharrte Cutter stur.

»Verschwinde«, entgegnete Jamie ärgerlich.

Als Cutter fort war, drehte er den Docht der Petroleumlampe hinauf. Nun fiel Licht auf Reeves Gesicht, und diesmal war Jamie sicher, daß er sich vorher nicht geirrt hatte: Reeves Augen standen weit offen.

Tränen brannten hinter Jamies Lidern, aber er zwang sie zurück und grinste schief. »Also hast du mich gefunden. Du gibst wohl nie auf, Bruderherz?«

Reeves Gesicht war wie aus Granit gehauen, so unbewegt war es, aber Jamie konnte den inneren Kampf seines Bruders spüren.

»Ich weiß, was du willst, mein Freund«, sagte Jamie heiser. »Sobald du reisefähig bist, bringe ich dich nach Hause.«

»Wann wird das sein?« fragte ein Mann, der leise eingetreten war. Es war Jacob Hughes, Reeves Erster Offizier. »Wir müssen nach Sydney zurück, Mr. McKenna«, sagte er bedauernd. »Meine Männer haben Frauen und Kinder, die auf sie warten, und einigen Familien haben wir traurige Nachrichten zu überbringen.«

Jamie seufzte. »Fahren Sie nur, sobald das Schiff bereit ist. Ich sorge dafür, daß mein Bruder nach Hause kommt, sobald er reisefähig ist.« In seinem Gedächtnis tauchte das Bild einer silberblonden Frau mit mutwilligen grauen Augen auf. »Reeve hat eine Frau. Sagen Sie ihr bitte, daß mein Bruder lebt.«

»Selbstverständlich, Mr. McKenna«, versprach Hughes steif, bevor er sich verabschiedete und den Raum verließ.

Jamie richtete seinen Blick auf Reeves stilles Gesicht. »So wird Maggie sich wenigstens nicht sorgen, daß du tot sein könntest«, sagte er beruhigend.

Reeve schloß die Augen, und Jamie sah, daß Tränen an seinen schwarzen Wimpern glitzerten.

»Reeve lebt?« Loretta strahlte den Matrosen an, den der Erste Offizier zu ihr geschickt hatte. »Das ist ja wunderbar!« Sie drehte sich halb zu dem Mann um, der hinter ihr stand. »Ist das nicht wundervoll, Duncan?«

Duncan nickte. »Ja«, erwiderte er zögernd, »es ist … wunderbar.«

Der Mann, der die Nachricht überbracht hatte, verabschiedete sich rasch und verließ das Haus. Duncan strich über seine Schulter, die noch steif war von dem unglücklichen Zwischenfall in Melbourne. »Eine bessere Gelegenheit könnte ich mir gar nicht wünschen«, sagte er in dem seltsam abwesenden Ton, den er sich in letzter Zeit angewöhnt hatte.

Loretta war verärgert. »Also wirklich, Duncan, deine zwanghafte Besessenheit in bezug auf diese Göre ist recht ermüdend! Sie liebt Reeve, und sie wird nie wieder etwas von dir wissen wollen, nach allem, was in Melbourne geschehen ist.«

Duncan lächelte verhalten, schaute durch Loretta hindurch, als existiere sie gar nicht. »Sie muß sehr niedergeschlagen sein, wenn sie glaubt, daß Reeve nicht mehr lebt. Und sehr verwundbar …«

Loretta klappte gereizt ihren Fächer auf. Sie war ganz besonders attraktiv an diesem Abend, aber Duncan merkte es nicht einmal. Für ihn gab es kein anderes Thema mehr als Maggie. »Es wäre besser, wenn wir heute nicht ins Theater gingen, Duncan«, sagte Loretta mürrisch. »Ich kann dir versichern, daß Maggie eine sehr naive Kate darstellen wird.«

Duncan zuckte die Schultern. »Wenn du das Stück nicht sehen willst, Loretta, bitte. Aber ich möchte Maggies Auftritt nicht verpassen.«

Loretta stampfte verärgert mit dem Fuß auf. »Ich lasse mich nicht zum Narren halten, Duncan. Was hast du jetzt schon wieder vor?«

»Maggie mein Beileid aussprechen – was sonst?«

Loretta verdrehte die Augen. Am liebsten wäre sie an diesem Abend zu Hause geblieben, aber es bestand die Möglichkeit, daß Maggie ihre Premiere verpatzte, und das wollte sie sich nicht entgehen lassen. So klingelte sie gereizt und befahl, die Kutsche vorzufahren.

»Mach keine Fehler, Duncan«, sagte sie jedoch warnend. »Maggie glaubt vielleicht, Reeve sei tot, aber wir wissen es besser. Und seine Rache wird schrecklich sein, das kann ich dir versichern.«

Duncan öffnete stumm die Tür von Lorettas prächtigem Stadthaus und bot ihr lächelnd den Arm.

Maggies Darbietung war brillant. Duncan stimmte begeistert in den aufbrausenden Applaus ein, als sie sich zum letztenmal verbeugte, aber Loretta saß mit verkniffener Miene neben ihm und klatschte nicht.

»Ich gehe hinter die Bühne«, kündigte Duncan an, als das Licht im Saal aufflammte. »Kommst du mit?«

Loretta maß ihn mit einem gereizten Blick und schüttelte den Kopf. Duncan ließ sie sitzen und drängte sich durch die Zuschauermenge zu der Treppe, die hinter die Bühne führte. Als er Maggie Chamberlin aus der Nähe sah, stockte ihm der Atem. Was für ein Narr er doch gewesen war, sie fortzulassen!

Dann richtete er lächelnd seine Krawatte und nahm sich vor, den gleichen Fehler nicht noch einmal zu machen. »Maggie?« rief er, während er sich an ihren zahlreichen Bewunderern vorbeidrängte und an ihre Seite trat.

Maggie hob gleichgültig den Kopf. Kein anderes Gefühl als Trauer stand in ihren grauen Augen, und Duncan spürte ihre Gleichgültigkeit ihm gegenüber. Sie verletzte ihn; ihr Zorn wäre ihm viel lieber gewesen als dieser leere Blick. Sehr viel lieber.

»Maggie«, sagte er heiser und hob ihre Hand an die Lippen. Als sie es geschehen ließ, begann er zu hoffen, sie habe ihre Einstellung zu ihm geändert; es wäre wunderbar gewesen, eine zweite Chance bei ihr zu haben ...

Aber da begannen ihre traurigen Augen vor Zorn zu funkeln, und Duncan wußte, daß sie an die Episode in Melbourne dachte. »Laß mich los, du Schuft!« herrschte sie ihn böse an und entriß ihm ihre Hand.

Für einen Moment war Duncan zutiefst betroffen. Er kannte zwar Maggies Temperament und wußte, daß sie Grund hatte, böse auf ihn zu sein – aber daß sie solch abgrundtiefen Haß für ihn verspüren könnte, hätte er nun doch nicht gedacht. »Gib mir eine Chance, Maggie«, flehte er sie an. »Ich werde dich für alles, was geschehen ist, entschädigen, das verspreche ich dir!«

In diesem Augenblick erschien der Schauspieler, der den Petruchio dargestellt hatte, und nahm mit einer besitzergreifenden Geste Maggies Arm. Empört beobachtete Duncan, wie sie sich schutzsuchend an die Schulter des Mannes lehnte.

»Miss Chamberlin ist heute abend nicht in der Verfassung, sich ihren Bewunderern zu widmen«, erklärte der Schauspieler kalt.

Duncan kochte innerlich vor Zorn, aber er behielt sein charmantes Lächeln bei. »Bist du krank, Maggie?« fragte er in nachsichtigem Ton.

Ihr Blick war kalt wie Stahl. »Noch nicht – aber wenn ich Sie noch eine Sekunde länger ertragen muß, Mr. Kirk, wird mir übel werden.«

Eine Ohrfeige hätte Duncan nicht mehr verärgern können. Er wurde rot vor Zorn, aber mit äußerster Beherrschung gelang es ihm, sich vor Maggie zu verbeugen, bevor er sich abrupt zum Gehen wandte.

Wenn sie auf Kampf aus war, dann sollte sie ihn haben. Und Duncan zweifelte nicht daran, daß sie ihn verlieren würde.

Deshalb lächelte er vor sich hin, als er das Theater durch eine Seitentür verließ und sich draußen eine Zigarre anzündete.

Queensland, dachte er, während er tief den Rauch einsog. Queensland war genau der richtige Ort, um die widerspenstige *Kate* zu zähmen ...

Natürlich würde es einige Zeit in Anspruch nehmen, die entsprechenden Vorbereitungen zu treffen. Duncan ließ die Zigarre auf den Boden fallen und trat sie mit dem Absatz aus. Er hatte keine Zeit mehr zu verlieren.

In den ersten schwierigen Tagen, in denen Maggie sich mit Reeves Tod abzufinden hatte, lebte sie für nichts anderes als das Kind, das in ihr wuchs, und das kurze Vergessen ihrer Trauer, wenn sie abends auf der Bühne stand und ihre Rolle spielen mußte. Ihre Darstellung der Kate wurde in allen Zeitungen gefeiert, aber Maggie seufzte nur, wenn sie die Artikel las.

Duncan schickte täglich Blumen – Orchideen, Rosen und andere teure Treibhauspflanzen –, aber falls er glaubte, Maggie damit umzustimmen, hatte er sich sehr geirrt. Sie hatte nur Augen für Reeves Ring an ihrem Finger und dachte wehmütig, daß sie ihn vielleicht schon bald versetzen mußte, denn es war damit zu rechnen, daß man sie auffordern würde,

Reeves Haus zu verlassen. Und wie sollte sie sich dann ihren Lebensunterhalt verdienen? Wer würde eine hochschwangere Kate auf der Bühne sehen wollen, und wo sollte sie hin mit ihrem Kind, wenn es erst einmal zur Welt gekommen war?

Während sie sich diesen traurigen Überlegungen hingab, stürzte plötzlich Philip in ihre Garderobe. »Du bist zu einer Tournee eingeladen worden, Maggie!« rief er glühend vor Begeisterung.

Maggie schnappte verblüfft nach Luft. »Eine Tournee?« fragte sie verständnislos.

»Ja, in die Vereinigten Staaten!« berichtete Philip stolz. »Wenn du heimkehren willst, ist das die Gelegenheit dazu!«

Zum erstenmal seit Tagen löste sich die Starre, die Maggie beherrschte, seit sie von Reeves Tod wußte. Mit großen Augen schaute sie Philip an.

»Du meinst, sie würden meine Passage zahlen und alles andere?«

Philip nickte glücklich. »Und ich würde dich begleiten, als dein Manager und ...« Er brach ab und fügte mit einem Blick auf die Garderobiere, die schamlos lauschte, etwas leiser hinzu: »Und als dein Mann!«

Maggie winkte ab, wie stets, wenn Philip von Heirat sprach, und fragte sich, ob Amerika überhaupt noch ihre Heimat war. Sie hatte keine Freunde dort, keine Familie, niemanden, den sie kannte.

Andererseits jedoch würde sie dort keine Fremde sein wie in Australien. »Wann reisen wir?« erkundigte sie sich seufzend.

# 18

Loretta wußte nicht, ob sie sich freuen oder Neid empfinden sollte. Maggie Chamberlin, eingeladen zu einer Tournee durch die Vereinigten Staaten! Es war nicht zu fassen. Diese eingebildete kleine Göre besaß weder Bühnenerfahrung noch Talent.

Aber vielleicht war es gut, wenn Maggie Australien verließ, denn man konnte ihr auf Dauer nicht verschweigen, daß Reeve noch lebte. Irgendwann würde er nach Sydney zurückkehren, und damit zu Maggie. Bedenklich war auch Duncans zunehmendes Interesse für das kleine Biest, und das war eigentlich Lorettas größte Sorge: Duncan war genauso reich und mächtig wie Reeve, und wenn sie ihn schon nicht zurückgewinnen konnte, wollte sie wenigstens Duncan haben.

Als das Mädchen hereinkam, um den Frühstückstisch abzuräumen, lächelte Loretta schon wieder. So, wie die Dinge lagen, konnte sie sich eigentlich nur glücklich schätzen, daß Maggie zu einer Tournee in die Staaten eingeladen worden war.

In diesem Augenblick kam Duncan herunter. »Guten Morgen, Loretta«, sagte er mürrisch.

Im Bett warst du zuvorkommender, dachte Loretta empört, zwang sich jedoch zu einem Lächeln. »Guten Morgen, Liebling.«

Duncan warf ihr einen irritierten Blick zu. Obwohl sie seit Jahren Freunde waren, hatten sie noch nicht den Punkt erreicht, wo Duncan ihr die Anrede ›Liebling‹ gestattet hätte. »Gib mir die Zeitungen«, forderte er, als das Mädchen eine Platte mit Eiern, Schinken und Brötchen vor ihn hinstellte.

Es war Loretta klar, daß sie Duncan Maggies Einladung nach Amerika nicht verheimlichen konnte. In der Hoffnung, daß er nichts Unüberlegtes tat, reichte sie ihm seufzend die *Sydney Times*.

Tatsächlich schlug er sofort die Seite mit den Theaternachrichten auf. Loretta sah, wie er blaß wurde und ein harter Zug an seinem Kinn erschien. Dann schleuderte er die Zeitung fluchend über seine Schulter. »Verdammter Mist!« knurrte er gereizt.

»Duncan, ich bitte dich ...« begann Loretta seufzend.

»Diese kleine Närrin!« schrie er und sprang so unvermittelt auf, daß sein Stuhl umkippte. »Ich hätte große Lust, ins Theater zu fahren und sie an den Haaren herauszuzerren!«

Loretta mußte Zuflucht zu ihren schauspielerischen Fähigkeiten nehmen, um ruhig zu erscheinen und ein Lächeln auf ihre Lippen zu zaubern. »Beruhige dich, Duncan. Maggie wird zuerst ihr Engagement beenden, bevor sie abreist, und das wird Wochen dauern.«

Mit zorngerötetem Gesicht setzte Duncan sich an den Tisch zurück. »Sie ist dumm genug, das nächste Schiff zu nehmen!«

»Wäre das so schlimm?« entgegnete Loretta sanft. »Du hast doch mich, Duncan.«

Duncan warf ihr einen ärgerlichen Blick zu und begann zu essen. Loretta ahnte, daß er Pläne schmiedete, und das beunruhigte sie sehr.

»Duncan«, bat sie leise, »heirate mich.«

Er hörte auf zu kauen und starrte Loretta entgeistert an. »Dich heiraten? Verdammt, Loretta, ich habe es dir schon tausendmal gesagt – ich will Maggie heiraten!«

Alles hatte seine Grenzen. Loretta sprang auf und maß Duncan mit einem vernichtenden Blick. »So? Nur ist es leider nicht Maggie, mit der du deine Nächte verbringst, oder?«

Duncan warf die Serviette auf den Teller und stand auf. »Das wird sich ändern«, erwiderte er kalt.

Loretta schloß resigniert die Augen, als sie hörte, wie die Haustür hinter ihm ins Schloß fiel.

Maggie empfand keine Freude über die bevorstehende Reise; sie war nichts als ein Mittel, sich endgültig mit ihrem Schicksal abzufinden. Zärtlich legte sie beide Hände auf ihren Bauch. Das Baby würde ihre Familie sein.

Sie zog sich gerade für einen weiteren langen Tag im Theater an, als die Tür aufging und Elisabeth hereinkam. Das Kind war seit Reeves Tod noch stiller geworden, und der Gedanke, die Kleine bald verlassen zu müssen, schmerzte Maggie sehr.

Mit traurigen Augen zeigte Elisabeth ihr einen roten Apfel und eine von Coras Alphabetkarten. »Apfel«, sagte das kleine Mädchen deutlich.

Maggie setzte sich betroffen auf das Bett, ihre Augen wurden feucht, und sie zog Elisabeth gerührt in ihre Arme. »Elisabeth!« flüsterte sie, als das Kind auf ihren Schoß kletterte und sich an sie schmiegte. »Ach, Elisabeth!«

Das kleine Mädchen begann zu weinen. »Papa«, schluchzte es. »Papa, Papa!«

Maggie drückte das Kind an sich. »Ich weiß«, sagte sie rauh. »Mir fehlt er auch.«

Elisabeth sagte nichts mehr, aber der Blick, mit dem sie Maggie ansah, war um so ausdrucksvoller. Sie schien zu spüren, daß Maggie beabsichtigte, Australien zu verlassen, und flehte sie auf ihre Weise an zu bleiben.

»Ich gehöre nicht hierher. Ich habe kein Recht, in diesem Haus zu bleiben«, sagte Maggie bedrückt und hoffte, daß das Kind diese Worte verstand. »Ich kann nicht bleiben.«

Elisabeth umklammerte Maggies Kleid und ließ den Apfel und die Karte fallen. »Mama!« flüsterte sie, das Gesicht vor Angst und Schmerz verzerrt. »Mama ...«

Maggie schlang die Arme um den zarten Körper des Kindes und legte ihr Kinn auf seinen Kopf. »Ach, Elisabeth, könnte ich doch deine Mama sein! Ich wünschte, es wäre möglich. Dann könnten wir immer zusammenbleiben.«

Elisabeth schluchzte verzweifelt, und Maggie wiegte sie in ihren Armen und sang sie in den Schlaf. Als Elisabeth ruhiger geworden war, legte sie sie sanft auf das große Bett und deckte sie mit einer weichen Daunendecke zu.

»Die arme Kleine«, sagte Cora leise von der Tür. »Ich glaube, sie schläft in letzter Zeit nicht gut.«

Maggie küßte Elisabeths feuchte Stirn und wischte ihre eigenen Tränen ab. »Es wird mir schwerfallen, sie zu verlassen«, gestand sie leise.

»Ich weiß, Miss Margaret«, sagte Cora mitfühlend. »Unten wartet ein Angestellter aus Mr. McKennas Büro auf Sie.«

Während Maggie langsam die Treppe hinunterging, stählte sie sich innerlich für den zu erwartenden Bericht über Reeves tragischen Tod. »Falls Ihr Besuch etwas mit Mr. McKennas Tod zu tun hat«, sagte sie tapfer zu ihrem Besucher, »dann machen Sie es bitte kurz. Ich muß gleich ins Theater.«

Der junge Mann starrte sie entgeistert an. »Mr. McKennas Tod?« wiederholte er verblüfft.

Maggie verspürte ein merkwürdiges Flattern tief in ihrem Innersten, als rührte sich ihre erstarrte Seele. »Ja«, antwortete sie mit klopfendem Herzen. »Sie müssen doch wissen, daß er auf See gestorben ist.«

»Miss Chamberlin«, entgegnete der junge Mann verstört, »Mr. McKenna ist sehr lebendig! Er wird noch diese Woche nach Hause gebracht!«

Das Zimmer drehte sich um Maggie, eine wilde, unvernünftige Hoffnung begann sich ihrer zu bemächtigen. »Lebendig?« hauchte sie. »Reeve lebt? Warum hat mir niemand …«

Der Büroangestellte nahm Maggies Arm und stützte sie, bis sie sich auf einem nahen Sofa niedergelassen hatte. »Allmächtiger!« flüsterte er bestürzt. »Wollen Sie damit sagen, daß alle in diesem Haus glauben, Mr. McKenna sei tot?«

Maggie nickte stumm.

Der junge Mann reichte ihr erregt und etwas verspätet die

Hand, um sich vorzustellen. »Simon Coates, zu Ihren Diensten, Madam. Um Himmels willen, Madam – ich begreife nicht, wie es zu einem solchen Irrtum kommen konnte!«

Maggie jubilierte innerlich, obwohl sie sich nach außen hin ganz ruhig gab. Dennoch mußte sie sich mehrmals räuspern, bevor es ihr gelang, eine Frage auszusprechen. »Sie sagten, Mr. McKenna würde heimgebracht. Ist er verletzt?«

Mr. Coates schüttelte den Kopf. »Nein, Miss. Aber anscheinend hat es ihm einen Schock versetzt, seine Männer auf diese entsetzliche Weise sterben zu sehen. Aus dem Bericht, den wir erhielten, ist zu entnehmen, daß Mr. McKenna nicht mehr spricht und auf einen Rollstuhl angewiesen ist.«

Maggie sprang auf. »Wann trifft Mr. McKenna in Sydney ein?«

»Am Freitag – obwohl die Ankunftszeit bei Schiffen nie genau vorauszusagen ist ...«

Freitag. Am Freitag begann ein neues Leben! »Ich muß es Elisabeth sagen«, murmelte Maggie und wollte den Salon schon verlassen, ohne sich von Mr. Coates zu verabschieden.

Aber er hielt sie mit den besorgten Worten zurück: »Miss Chamberlin, da Mr. McKenna nicht da ist, muß ich Sie bitten, einige Papiere zu unterzeichnen. Er hat Anweisung hinterlassen, in dringenden Ausnahmefällen Ihre Unterschrift zu akzeptieren wie seine eigene.«

Maggie starrte den jungen Mann entgeistert an. Die meisten Männer gestatteten ihren Gattinnen nicht einmal einen Einblick in ihre geschäftlichen Angelegenheiten, aber Reeve war sogar so weit gegangen, seiner Verlobten eine Unterschriftsvollmacht zu erteilen!

»Selbstverständlich«, antwortete sie mit zitternder Stimme. »Bringen Sie die Dokumente ins Arbeitszimmer, ich werde mich sofort darum kümmern. Aber vorher muß ich einem kleinen Mädchen eine sehr gute Nachricht überbringen.«

Simon Coates nickte lächelnd, und Maggie eilte die Treppe hinauf zu Elisabeth, die friedlich schlief.

Sanft streichelte Maggie ihre Schulter. »Elisabeth?«

Die dunklen Wimpern des kleinen Mädchens flatterten, dann öffnete es seine schönen blauen Augen. »Mama«, sagte Elisabeth mit klarer Stimme.

Maggie zog das Kind in die Arme, und wieder wurden ihre Augen feucht, aber diesmal vor lauter Freude. »Elisabeth, dein Papa ist gar nicht tot – es war ein Irrtum. Er kommt noch diesen Freitag zu uns nach Hause!«

Elisabeth stieß einen Freudenschrei aus und schlang Maggie die Arme um den Hals. »Papa! Papa!« rief sie lachend.

Durch den Aufruhr aufmerksam geworden, eilte Cora herbei. »Was in aller Welt …« rief sie händeringend.

»Reeve lebt!« rief Maggie und tanzte mit Elisabeth lachend und weinend durch das Zimmer. »Er lebt und kommt nach Hause!«

»O Miss Margaret!« hauchte Cora und errötete vor Freude. »Das ist ja wunderbar!«

Maggie drückte Elisabeth noch einmal an sich und setzte sie dann ab. »Ich muß einige Papiere unterzeichnen«, sagte sie strahlend. »Würden Sie mir einen Gefallen tun, Cora, und Philip Briggs anrufen? Sagen Sie ihm bitte, daß ich nun doch nicht nach Amerika fahre und heute nicht zu den Proben komme. Falls er Einwände erhebt, sagen Sie ihm, daß ich meine Zeilen kenne und rechtzeitig zur Aufführung im Theater sein werde.«

Cora nickte, nahm Elisabeth bei der Hand und ging hinaus. Maggie nahm sich die Zeit, ein stummes Dankgebet zu sprechen, bevor sie mit beschwingten Schritten ins Arbeitszimmer hinunterging.

Eben noch blaß und niedergeschlagen, strahlte sie jetzt vor Glück. Natürlich war Reeves Krankheit zu bedenken, aber das würde heilen mit der Zeit, und viel Liebe und zärtliche Pflege würden den Prozeß beschleunigen.

Als Maggie die Dokumente unterschrieben und Mister Coates entlassen hatte, meldete Cora einen weiteren Besucher. Es war Philip Briggs, der grußlos in den Salon stürmte.

»Was hast du dir dabei gedacht, die ganze Besetzung aufzuhalten?«

Maggie lächelte freundlich. »Ja, Philip, es ist wunderbar, daß Reeve noch lebt. Danke, daß du es auch so empfindest.«

Philip besaß genügend Anstand zu erröten. »Natürlich sind es wunderbare Neuigkeiten, Maggie, und ich freue mich für dich. Aber …«

»Kein aber. Ich probe heute nicht, und wenn du mich zu sehr bedrängst, trete ich heute abend auch nicht auf.«

Philips bernsteinfarbene Augen wurden schmal. »Maggie Chamberlin ...«

»Zukünftige Mrs. McKenna«, warf Maggie lächelnd ein.

»Das hättest du wohl gern!« entgegnete Philip barsch, während er sich gereizt auf einen Sessel fallen ließ.

Maggie betrachtete vielsagend ihren Ring. »Wie ich eben erfuhr, hat Reeve Anweisung in seinem Büro hinterlassen, meine Unterschrift so gut wie seine eigene zu akzeptieren, wenn es sich um geschäftliche Angelegenheit handelt.«

Philip starrte Maggie mit offenem Mund an. Bisher hatte er nicht geglaubt, daß Reeve wirklich beabsichtigte, Maggie zu heiraten, doch nun dämmerte ihm die Wahrheit. »Das bedeutet, daß er dir praktisch alles übergeben hat, was ihm gehört!«

»Er vertraut mir«, stimmte Maggie zu. »Er muß meine praktische Veranlagung erkannt haben.«

Philip schnaubte verächtlich. »Ich glaube eher, er ist so blind verliebt in dich, daß er nicht mehr weiß, was er tut. Und was deine *praktische Veranlagung* betrifft, Maggie – wenn du tatsächlich imstande wärst, praktisch zu denken, würdest du dir eine Gelegenheit wie eine Tournee durch Amerika nicht entgehen lassen!«

Lächelnd lehnte Maggie sich an Reeves Sekretär. »Es gibt bestimmt genug andere Schauspielerinnen, die gern die Reise machen würden«, meinte sie heiter. »Loretta Craig zum Beispiel.«

»Die Leute wollen dich, Maggie. Wenn du nicht fährst, fällt die Tournee auch für mich und Samuel ins Wasser.«

Ein leises Schuldbewußtsein erfaßte Maggie. »Ich bin schwanger, Philip«, sagte sie nervös. »Glaubst du wirklich, sie würden mich noch haben wollen, wenn sie es wüßten?«

»Du könntest einen kurzen Urlaub nehmen und das Kind dann bei einem Kindermädchen lassen.«

»Mein Kind einer Fremden überlassen?« Maggie versteifte sich vor Empörung. »Das kann nicht dein Ernst sein, Philip – so etwas würde ich nie tun!«

Philip ließ den Kopf hängen und raufte sich die Haare. Mit

einem Stöhnen, das tief aus seinem Innersten zu kommen schien, sagte er: »*Warum ausgerechnet ich? Warum?*«

Maggie strich ihm mitleidig übers Haar und ließ ihn sitzen.

Der Rest der Woche verging entnervend langsam. Tagsüber kümmerte Maggie sich um Elisabeth und abends stand sie auf der Bühne. Die Ovationen ihrer Verehrer wurden immer glühender, immer häufiger wurde sie auf die Bühne gerufen, um sich zu verbeugen, und in ihrer Garderobe standen so viele Blumen, daß es wie in einem Treibhaus darin roch.

Natürlich freute Maggie sich über ihren Erfolg, aber das einzige, was ihre Gedanken und Gefühle wirklich beerrschte, war die Aussicht, Reeve am Wochenende wiederzusehen.

Am Freitagnachmittag – Maggie hatte sich auch heute bei den Proben entschuldigen lassen – stand sie unruhig vor dem Haus und hielt nach Reeve Ausschau. Als schließlich eine Kutsche vorfuhr, war es Jamie, der zu Maggies Erstaunen ausstieg.

Er berührte lächelnd ihre Wange, murmelte dann: »Ach, zum Teufel damit!« und küßte sie auf die Stirn.

Maggie verrenkte sich fast den Hals, um in die Kutsche hineinzusehen, aber Jamie umfaßte Maggies Schultern und zwang sie, ihn anzusehen.

»Maggie, Reeve ist anders, als du ihn in Erinnerung hast. Du wirst sehr viel Geduld aufbringen müssen.«

Doch Maggie ertrug das Warten nicht länger, sie riß sich los und eilte zu der offenstehenden Kutschentür. Eine Bank war entfernt worden, und dort saß Reeve in einem Rollstuhl. Keine Spur von Erkennen flackerte in seinen Augen auf, und Maggies Herz wurde schwer.

Sie wäre in die Kutsche gestiegen, aber Jamie und der Fahrer schoben sie beiseite, um den Rollstuhl hinauszuheben. Reeve reagierte nicht, starrte nur mit leerem Blick vor sich hin.

»Reeve!« flüsterte Maggie.

Keine Antwort, nicht einmal ein Blick oder ein Wimpernzucken. Reeve sah aus wie eine der Wachsfiguren, die Maggie in einem Londoner Museum gesehen hatte.

Als Jamie und der Fahrer Reeve in sein Zimmer gebracht hatten, bat Maggie, sie mit ihm allein zu lassen.

»Reeve.«

Er starrte durch sie hindurch, als sei sie unsichtbar, und ihr war, als umklammerte eine eiserne Faust ihr Herz. Aber sie gab nicht auf, sondern nahm seine Hand und legte sie sanft auf ihren leicht gewölbten Bauch.

»Ich trage ein Kind unter meinem Herzen, Reeve«, sagte sie leise. »Dein Kind.«

Ein Muskel zuckte fast unmerklich an seiner Wange, aber Maggie hatte es gesehen und begann wieder zu hoffen. Zärtlich küßte sie Reeve auf die Stirn. »Ich liebe dich. Ich werde nie aufhören, dich zu lieben.«

Eine Träne sickerte aus Reeves Augenwinkel und rollte über seine Wange. Und da wußte Maggie, daß er wieder gesund werden würde.

An diesem Abend gab Maggie ihre Abschiedsvorstellung. Als sie vorbei war, stand das gesamte Publikum auf den Beinen und schrie und klatschte begeistert. In Gedanken schon bei Reeve, verbeugte sie sich geistesabwesend. Nach einem herzlichen Abschied von Samuel, Philip und den anderen Schauspielern verließ Maggie das Theater durch den Hinterausgang, wo in einer Seitenstraße ihre Kutsche wartete. Aber leider auch Duncan Kirk. Er lehnte rauchend an der Mauer des Gebäudes, warf seine Zigarre jedoch fort, als er Maggie kommen sah.

Er wirkte derart niedergeschlagen, daß Maggie es nicht übers Herz brachte, grußlos an ihm vorbeizugehen. »Hallo, Duncan«, sagte sie freundlich.

Duncans Adamsapfel zuckte, seine Lippen bewegten sich, aber kein Ton kam aus seiner Kehle.

Maggie lächelte ihn flüchtig an und wollte an ihm vorbeigehen, um so schnell wie möglich ihre Kutsche zu besteigen, um nach Hause zu Reeve zu fahren.

Aber Duncan hielt sie auf. »Bleib, Maggie«, bat er rauh.

Erstaunt drehte sie sich zu ihm um. Er sah hager und übernächtigt aus. »Ich muß jetzt gehen«, erwiderte sie freundlich. »Reeve wartet auf mich.«

»Verdammter Reeve!« entfuhr es Duncan. »Der Mann ist ein Krüppel! Was kann er dir schon bieten?«

Das leise Krächzen der Kutschentür machte Maggie mutig. »Liebe, Duncan. Er kann mir unendlich viel Liebe geben.«

»Nein«, flüsterte der Mann rauh. Sein Gesicht war leichenblaß. »Du und ich – wir sind füreinander bestimmt, Maggie ... Du mußt mir glauben.«

Maggie schüttelte nur stumm den Kopf.

Duncan schien nun wütend zu werden und kam drohend auf sie zu. Maggie erschrak, aber da stellte sich eine kräftige Gestalt vor sie.

»Schwierigkeiten, mein Freund?« erkundigte sich Jamie höflich.

»Sie!« zischte Duncan ärgerlich.

Jamie zuckte spöttisch mit den Schultern. »Es gehört zu meinen Gewohnheiten, ganz unerwartet aufzutauchen. Was macht übrigens Ihre Schulter?«

Duncan drehte sich fluchend um und eilte ins Theater zurück. Mit einem vorwurfsvollen Lächeln wandte Jamie sich an Maggie. »Kannst du nirgendwo allein hingehen, ohne gleich in Schwierigkeiten zu geraten?«

Maggie setzte schon zu einer schnippischen Antwort an, als sie merkte, daß Jamie sie nur neckte. Sie kicherte nervös und legte ihre Stirn einen Moment an seine starke Schulter. »Bisher ist es mir noch nicht gelungen.«

Jamie lachte und half ihr, die Kutsche zu besteigen.

»Ich habe noch etwas von dir«, sagte Maggie und kramte in ihrer Handtasche. Dann reichte sie Jamie das Bettlerabzeichen.

Er zog den Lederriemen über seinen Kopf und berührte das Medaillon zärtlich, bevor er es unter seinem Hemd verschwinden ließ. »Danke, Maggie. Ich habe es sehr vermißt.«

»Wie geht es Reeve?«

Jamie zuckte die Schultern. »Wie immer. Du wirst vorsichtig sein müssen, wenn ich fort bin, denn mein Bruder ist nicht in der Verfassung, dich aus schwierigen Situationen zu befreien.«

Maggie beugte sich erschrocken vor. »Du willst uns doch nicht etwa schon verlassen?«

Jamie zögerte, dann antwortete er rauh: »Ich muß, Maggie. Du weißt doch, daß ich eine Farm besitze ...«

»In Neuseeland«, warf Maggie rasch ein.

Jamie nickte.

Eine verzweifelte Neugier erfaßte sie plötzlich. »Warum hast du dich all diese Jahre vor Reeve versteckt, wenn du doch wußtest, wie gern er dich gefunden hätte?«

Jamie seufzte. »Du wirst keine Ruhe geben, bevor ich deine Frage beantworte, nicht wahr?«

»Nein«, bestätigte Maggie lächelnd.

Jamie knöpfte ganz unerwartet seine rechte Manschette auf und begann den Ärmel aufzurollen. Sogar im schwachen Licht der Straßenlaternen konnte Maggie die gezackte Narbe sehen, die seinen Unterarm bedeckte.

»Wie ist das passiert?« hauchte sie entsetzt und berührte die Narbe vorsichtig mit den Fingerspitzen.

»Reeve.«

Maggies Herz setzte einen Schlag aus. »Willst du sagen, dein eigener Bruder hätte dir das angetan?«

Jamie nickte, rollte den Ärmel hinunter und befestigte den Knopf an seiner Manschette so entnervend langsam, daß Maggie vor Ungeduld fast aufgeschrien hätte. Dann antwortete er endlich. »Er hatte seine Gründe, Liebes. Und er konnte ja nicht wissen, daß der Mann, der ihn in einer Gasse in Brisbane überfiel, sein Bruder war. Er verteidigte sich nur, und das sehr gut.«

»Warum hättest du ausgerechnet Reeve überfallen sollen?«

»Ich wußte nicht, daß er es war. Ich wollte ihn ausrauben, Maggie. Damals war ich ein anderer Mensch als heute.«

Maggie streckte beide Hände aus und legte sie auf Jamies. »Reeve erinnert sich bestimmt nicht an den Zwischenfall, Jamie. Und selbst wenn – er würde dir sicher verzeihen.«

»Das glaubst du, aber ich bin nicht so überzeugt davon«, antwortete Jamie abwesend. »Reeve kann sehr hart sein, Maggie. Und mir ist es lieber, daß er nach mir sucht, als daß er mich haßt für das, was ich einmal war.«

Maggie senkte den Blick. »Jamie, er sucht dich seit zwanzig Jahren! Er hätte es mir fast nicht verziehen, als er entdeckte, daß ich dich gesehen und ihm nichts davon gesagt hatte.«

»Wie gesagt, Reeve kann sehr hart sein.« Es lag etwas Endgültiges in seinem Ton, ein Starrsinn, der Reeves Unnachgiebigkeit sehr ähnlich war.

»Er liebt dich, Jamie!«

»Und so soll es auch bleiben.«

Maggie seufzte. »Jamie«, begann sie noch einmal ruhig, »er war bei dir in Neuseeland. Er weißt jetzt, wo er dich finden kann.«

»Er wird sich nie daran erinnern«, erwiderte Jamie, und Maggie hatte das schreckliche Gefühl, daß es die Wahrheit war.

# 19

Das Bett, auf dem Reeve reglos lag, war in hellen Mondschein getaucht. Maggie setzte sich zu ihm an den Rand und berührte behutsam seine Stirn, um festzustellen, ob er wach war oder schlief. Als sie sah, daß er die Augen öffnete, lächelte sie erfreut. »Hallo, Reeve«, sagte sie zärtlich.

Seine Lippen zuckten fast unmerklich, und Maggie zündete rasch die Nachttischlampe an, um besser sehen zu können. Er wirkte erschöpft, aber doch schon etwas kräftiger und versuchte sogar, etwas zu sagen.

Gerührt legte Maggie ihm den Zeigefinger auf die Lippen. »Schon gut, Liebling«, flüsterte sie. »Du bist zu Hause und in Sicherheit.«

»Yank«, stieß Reeve mühsam hervor.

Maggie drängte ihre Tränen resolut zurück, denn Reeves Arzt hatte sie gebeten, jegliche Gefühlsausbrüche in Gegenwart des Patienten zu unterdrücken. »Morgen fahren wir nach Queensland«, erzählte sie ihm lächelnd. »Der Arzt meinte, die Sonne und das Meer würden dir guttun.«

Die Veränderung, die mit Reeves Gesicht vorging, war schrecklich anzusehen. Er wurde leichenblaß, wilde Panik flackerte in seinen Augen auf, und Maggie begriff, daß es ein Fehler gewesen war, vom Meer zu sprechen. Es erinnerte ihn nur an die entsetzlichen Vorgänge auf See. »Ich gehe jetzt«, sagte sie in der Absicht, in ihrer Dachstube zu übernachten, weil Reeve Ruhe brauchte. »Du mußt jetzt schlafen.«

Seine linke Hand zuckte, plötzlich umklammerte er Maggies Rock. »Bleib«, murmelte er erstickt.

Maggie nickte stumm und begann, ihre Kleider abzulegen. Reeve ließ sie nicht aus den Augen, verfolgte mit hungrigen Blicken ihre Bewegungen, und obwohl Maggie wußte, daß er nicht in der Verfassung war, sie zu lieben, empfand sie ein sinnliches Vergnügen dabei, sich vor ihm auszuziehen.

Als das geschehen war, löschte sie das Licht und schlüpfte nackt zu ihm unter die Decke. Zärtlich ließ sie ihre Hand über seine Brust gleiten, worauf er leise aufstöhnte und entzückt die Augen schloß. »Ich ... brauche ... dich«, flüsterte er rauh, und es klang fast wie ein Schluchzen.

Maggie verstärkte ihre Bemühungen, ihm Lust zu verschaffen, und als sie spürte, daß er bereit war, kniete sie sich mit gespreizten Beinen über ihn und nahm ihn behutsam in sich auf.

»Yank«, flüsterte er bittend.

Maggie schloß die Augen und begann sich lustvoll zu bewegen. »Ich ... liebe dich«, stöhnte sie, zog Reeves Hände auf ihre Brüste und ließ ihn spüren, wie die Spitzen sich unter seiner Berührung aufrichteten.

Reeve keuchte leise und schien sich bewegen zu wollen. »Entspann dich nur«, wisperte Maggie, während sie die Hüften hob und senkte und ihn bei jeder Bewegung noch tiefer in sich aufnahm. »Laß mich nur machen.«

Langsam und behutsam führte sie Reeve auf den Gipfel der Ekstase. Als sie spürte, wie ein Erschauern durch seinen Körper ging und seine Leidenschaft sich in ihr entlud, erreichte auch sie den Höhepunkt.

Als die Wellen der Lust langsam verebbten, schmiegte sie sich an ihn und legte den Kopf in seine Halsbeuge.

Maggie war angezogen und frisiert, als der Arzt erschien. Nur die heiße Röte auf ihren Wangen und das Glück, das aus ihren Augen strahlte, waren ein Hinweis auf das, was in der letzten Nacht zwischen ihr und Reeve geschehen war.

Dr. Claridge, ein älterer Herr mit schütterem Haar und freundlichen blauen Augen, untersuchte Reeve gründlich und sagte dann lächelnd zu Maggie: »Bemerkenswert. Was haben Sie mit ihm gemacht?«

Maggie wurde feuerrot, und Reeve lachte leise.

»Liebe wirkt Wunder«, meinte Dr. Claridge höflich. »Das sage ich ja immer.«

Maggie schlüpfte verlegen aus dem Zimmer und floh in die Küche. Dort saß eine fremde Frau mit Cora am Tisch und trank Tee.

Überrascht und von einem seltsamen Unbehagen erfaßt, blieb Maggie stehen. Das Haar der Besucherin war schwarz wie Lorettas, und ihre Augen waren von einem hellen, fast durchsichtigen Blau. Obwohl sie ein sehr schlichtes Kleid trug, war nicht zu übersehen, daß sie eine phantastische Figur besaß.

»Maggie, das ist Miss Eleanor Kilgore. Sie wird Mister McKenna pflegen, bis er wieder aufstehen kann.«

Maggie nickte höflich, obwohl sie insgeheim den sehr undamenhaften Wunsch verspürte, Miss Kilgore an den Haaren aus dem Haus zu zerren. »Ich wollte ihn eigentlich selber pflegen«, wandte sie schüchtern ein.

Eleanor lächelte und zeigte ihre perfekten weißen Zähne. »Die Pflege eines Invaliden ist recht anstrengend, Miss, und man muß ziemlich abgehärtet dafür sein. Haben Sie schon einmal eine Bettpfanne ausgeleert?«

Es war eine deutliche Herausforderung. »Ich … ich könnte es«, antwortete Maggie unsicher.

»Aber Sie haben es noch nie getan«, stellte Eleanor freundlich fest. »Ich könnte mir vorstellen, daß es bisher den Dienstboten überlassen blieb.«

Maggie war sich ihrer Machtlosigkeit durchaus bewußt. Wäre sie Reeves Frau gewesen, hätte sie Miss Kilgore fortschicken können; als seine Verlobte besaß sie dieses Recht nicht. »Ich bringe Mister McKenna in einigen Tagen nach

Queensland. So weit werden Sie bestimmt nicht reisen wollen, da Ihre Stellung hier nur von kurzer Dauer ist.«

»Dr. Claridge sagte, Mister McKennas Heilung bräuchte sehr viel Zeit, falls es überhaupt je dazu kommt«, entgegnete Eleanor ungerührt. »Im übrigen ziehe ich ein warmes, sonniges Klima dem Aufenthalt in Sydney vor. Wie ich hörte, befindet sich Mister McKennas Besitz direkt am Meer.«

Das war mehr, als Maggie wußte. Bisher hatte sie nur erfahren, daß es sich bei Reeves Besitz in Queensland um eine Zuckerrohrplantage handelte. Um Zeit für ihre Antwort zu gewinnen, brühte sie sich eine Tasse Tee auf und setzte sich dann zu Eleanor und Cora an den Tisch.

»Mister McKenna hat sich bereits gut erholt«, sagte sie etwas verspätet und eine Spur verteidigend.

»Körperliche Reaktionen können irreführend sein«, versetzte Eleanor prompt.

Maggie empfand ihre Worte wie eine Ohrfeige. »Dr. Claridge war sehr zufrieden!«

Bevor Eleanor antworten konnte, stand Cora auf und sagte heiter: »Wenn wir verreisen, werde ich schon einmal anfangen, Miss Elisabeths Sachen einzupacken.«

Maggie warf ihr einen bittenden Blick zu, der Cora völlig entging, und so war sie einen Moment später mit der Krankenschwester allein.

»Ich habe Sie in *Der Widerspenstigen Zähmung* gesehen«, bemerkte Eleanor plötzlich. »Sie waren wirklich sehr gut.«

»Danke«, antwortete Maggie hölzern.

»Ich frage mich, was Sie dazu veranlaßt hat, zuerst solches Aufsehen zu erregen, um dann der Bühne den Rücken zuzukehren, Miss Chamberlin. Den Zeitungsartikeln nach zu urteilen, hatten Sie eine großartige Zukunft vor sich – sogar in Ihrer Heimat, in Amerika.«

Maggie zögerte mit der Antwort, aber nur kurz, dann erklärte sie kühl: »Ich werde Mister McKenna heiraten. Da ist es ganz natürlich, daß ich in Zukunft auf das Theater verzichte und nicht den Wunsch verspüre, nach Amerika zu reisen.«

Eleanor lächelte überlegen. »Nach Ansicht seines Arztes wird Mister McKenna für sehr lange Zeit nicht in der Verfassung für etwas derart Anstrengendes wie eine … eine Heirat sein, Miss Chamberlin.«

*Das denkst du*, hätte Maggie gern gesagt, als sie an die Zärtlichkeiten der letzten Nacht dachte, aber natürlich verzichtete sie darauf. Es war zu persönlich, zu intim. »Kannten Sie Reeve schon vorher?« fragte sie statt dessen.

Eleanor seufzte. »Nein. Aber ich habe ihn natürlich schon einmal gesehen, er ist ein bekannter Mann in Sydney. Ein phantastischer Mann, wenn ich so sagen darf.«

»Ja, das ist er. Wenn Sie mich jetzt entschuldigen würden – ich habe noch zu tun.« Was nicht stimmte, aber Maggie wäre lieber gestorben, als das vor Eleanor Kilgore zuzugeben.

Die Krankenschwester stand lächelnd auf. »Ich möchte Sie wirklich nicht belästigen, wenn Sie so beschäftigt sind, Miss Chamberlin – aber könnten Sie mir nicht Reeves … Mister McKennas Zimmer zeigen?«

Innerlich über alle Maßen empört, aber äußerlich sehr ruhig, setzte Maggie ihr strahlendstes Lächeln auf. »Selbstverständlich«, sagte sie, biß die Zähne zusammen und begleitete Eleanor in den zweiten Stock hinauf.

Hätte Dr. Claridge nicht eine ältere, mütterliche Frau einstellen können? fragte Maggie sich verärgert, während sie ihren Umhang holte und das Haus verließ, um einen Spaziergang zu machen. Sie entschloß sich, in den Zoo zu gehen. Irgendwie mußte sie die nächsten Stunden ausfüllen, und Tiere zu beobachten war sicher nicht das Schlechteste, um sich die Langeweile zu vertreiben.

Zu ihrer Überraschung begegnete sie dort Samuel Fairmont, der vor dem Gehege der Känguruhs stand. Maggie war so froh, einen guten Bekannten zu treffen, daß sie sich ihm bereitwillig anschloß. Seine Gesellschaft heiterte sie auf, und sie lauschte gespannt den zahlreichen Geschichten, die er über die Ureinwohner Australiens und die Tiere in diesem Land zu erzählen wußte.

Nachdem sie die Affen gesehen hatten, die Zebras, Elefanten, Koalabären und die Känguruhs, sagte Samuel lächelnd: »Laß uns jetzt etwas essen. Ich bin richtig ausgehungert nach dem langen Spaziergang.«

In einem Hotel in der Rushcutterbucht verzehrten sie ein

exzellentes Dinner aus zartem Roastbeef, gebackenen Kartoffeln und jungem Gemüse. Samuel unterhielt Maggie auch beim Essen mit lustigen Geschichten und Anekdoten aus dem Theater.

Anschließend forderte er sie auf, ihn zur Vorstellung zu begleiten, damit sie sehen konnte, wie ihre Ersatzdarstellerin sich machte, aber das lehnte Maggie ab. Es wurde Zeit, zu Reeves Haus zurückzukehren und sich mit der durch Eleanor Kilgores Erscheinen veränderten Lage auseinanderzusetzen.

Samuel begleitete seine ehemalige Kollegin bis zur Tür, wo er sich mit einem galanten Handkuß von ihr verabschiedete.

»Danke, Samuel!« sagte Maggie leise. »Du hast mir einen schweren Tag erträglicher gemacht.«

Er lächelte und hob mit Seufzen die Schultern. »Ich muß jetzt ins Theater und einer anderen Kate klarmachen, daß der Mond nicht die Sonne ist.« Damit wandte er sich ab und ging zu seiner Kutsche zurück.

In der Hoffnung, Eleanor nicht zu begegnen, schlich Maggie leise die Treppe zu Reeves Zimmer hinauf. Zu ihrer großen Enttäuschung stand die Krankenschwester dort am Fenster, in der Hand den Vorhang, den sie zurückgezogen hatte. Reeve lag im Bett und starrte mit versteinertem Gesicht an die Zimmerdecke.

Er sah aus, als hätte es nie einen Fortschritt in seinem Heilungsprozeß gegeben.

Ärgerlich trat Maggie an sein Bett und berührte seine Hand. Reeve entzog sie ihr, und Maggie warf Eleanor einen argwöhnischen Blick zu.

»Ich habe Mister McKenna gesagt, daß ein Gentleman Sie in seiner Kutsche heimgebracht hat«, erklärte sie betont harmlos und ließ den Vorhang sinken.

Maggie konnte sich gut vorstellen, wie die fürsorgliche Miss Kilgore Reeve ihre Heimkehr beschrieben hatte. »Gehen Sie bitte«, befahl sie kühl, und zu ihrer Überraschung zuckte Eleanor nur die Schultern und verließ tatsächlich den Raum.

Maggie strich Reeves dunkle Locken zurück und küßte seinen starren, unnachgiebigen Mund. »Du kannst dir gar nicht vorstellen, wie ich mich freue, daß du eifersüchtig bist«, neckte sie ihn lächelnd.

Sein ganzer Körper versteifte sich unter der Anstrengung des Sprechens. »Ich ... bin ... nicht ... eifersüchtig!« widersprach er rauh.

Maggie nickte. »O doch, das bist du. Du fragst dich jetzt, mit wem ich unterwegs war und was ich gemacht habe. Ich war im Zoo, falls es dich interessiert, und dort habe ich einen Freund getroffen, Mister Samuel Fairmont. Er ist Schauspieler.«

Reeve runzelte die Stirn, seine blaugrünen Augen funkelten vor Zorn.

»Er sieht recht gut aus«, fuhr Maggie heiter fort, »und du ahnst ja nicht, wie aufmerksam er ist! Er hat mich zum Dinner eingeladen und sich alle meine Sorgen angehört.«

Reeve schnaubte verächtlich und versuchte Maggie vom Bett zu schubsen, aber sie ließ sich nicht beirren. »Ich bin todtraurig«, vertraute sie ihm an. »Weißt du, ich liebe einen wunderbaren Mann – der übrigens der Vater meines ungeborenen Kindes ist –, aber ich habe den schrecklichen Verdacht, daß er mich nur benutzt, weil er glaubt, ich wüßte etwas über seinen vermißten Bruder.«

Reeve reagierte nicht, aber ihm war anzusehen, daß er gespannt zuhörte.

»O doch!« rief Maggie mit tragischer Miene, als hätte Reeve gesagt, er glaubte ihr nicht. »Es stimmt! Nur weiß ich leider gar nichts über seinen Bruder. Ich weiß nur, daß ich den Mann liebe, dessen Kind ich erwarte, obwohl er ganz offen zugibt, mich nicht zu lieben.«

Ganz langsam hob Reeve die Hand an ihr Gesicht, und Maggie glaubte, die Spur eines Lächelns um seinen Mund zu sehen.

Zufrieden stand sie auf, ging zur Tür und drehte resolut den Schlüssel um. Während es allmählich dunkel wurde im Raum, begann sie sich langsam auszuziehen.

»Ich halte nicht viel von Miss Kilgores Therapie«, sagte sie spöttisch, als sie ihr Kleid beiseite legte und ihren Unterrock abstreifte. »Sie ist nicht halb so wirkungsvoll wie meine.«

Maggie nahm sich Zeit, ihr Mieder aufzuknöpfen, und als

sie es endlich abgelegt hatte und nur noch ihre spitzenbesetzten Hosen trug, ging sie zum Bett und setzte sich zu Reeve. Ohne ein Wort zu sagen, legte sie beide Hände um sein Gesicht und zog es an ihre Brust. Aufstöhnend preßte Reeve seine Lippen auf ihre zarte Haut.

# 20

Der Alptraum wiederholte sich Nacht für Nacht, Tag für Tag, sobald Reeve die Augen schloß. Nur wenn er Maggie liebte, war er fähig, die schrecklichen Bilder für eine Weile zu verdrängen. Sie war die einzige, die ihn vergessen ließ.

»Maggie!« stöhnte er rauh, als er von neuem die Todesschreie seiner Männer hörte, das aufgewühlte Wasser sah und die aufgerissenen Rachen der blutgierigen Haie ...

Es wurde hell im Raum, Reeve spürte Maggies Hände auf den Schultern, und der Traum verblaßte allmählich.

»Beruhige dich, Liebling, ich bin bei dir«, flüsterte sie.

Jetzt konnte Reeve sie klar erkennen. Ihr silberblondes Haar fiel ihr in weichen Wellen auf die Schultern, ihre grauen Augen musterten ihn zärtlich.

»Maggie«, wiederholte er. Es klang fast wie ein Hilferuf.

Sie küßte ihn aufs Kinn. »Morgen fahren wir nach Queensland, Reeve«, sagte sie tröstend, während sie ihm das feuchte Haar aus der Stirn strich. »Dort wirst du vergessen können.«

Sie griff nach einem Buch, das auf dem Nachttisch lag, und

begann, ihm eine Stelle aus der Bibel vorzulesen. Ihr Instinkt sagte ihr, daß es nur ihre Stimme war, die ihn davor bewahrte, in seine Alpträume zurückzufallen.

»Der Herr ist mein Hirte«, las sie. »Nichts wird mir fehlen …«

Die vertrauten Worte waren wie Balsam für Reeves gequälte Seele. Er griff nach Maggies Hand und wagte es, die Augen zu schließen. Zum erstenmal seit langer Zeit sah er keine Haie mehr, die einen toten Wal und lebendige Männer zerrissen; er sah nur grüne Wiesen und friedliche Schafe, die darauf weideten.

Und er versank in einen tiefen und heilsamen Schlaf.

Auf Maggies Wunsch nahmen sie kein Schiff nach Brisbane, sondern den Zug. Es war vereinbart worden, die erste Nacht im Hotel zu verbringen und anschließend zu Reeves Plantage weiterzufahren.

Von Simon Coates hatte Maggie erfahren, daß die Plantage gute zehn Meilen nördlich von Brisbane lag. Reeve hatte sich soweit erholt, daß er am Stock gehen konnte und keinen Rollstuhl mehr brauchte. Aber er sprach auch jetzt fast kaum, und manchmal hatte Maggie das Gefühl, daß er aus Bosheit so wortkarg war.

Wie es das Pech so wollte, lag das Hotel direkt am Strand, und als Maggie nach ihrer Ankunft das gesamte Stockwerk nach Reeve absuchte, fand sie ihn auf der Terrasse, wo er mit verzerrter Miene auf die schäumenden Wellen hinausstarrte.

»Ein wunderschöner Ort«, sagte sie und sog tief den Geruch nach verbranntem Zucker ein, der die Luft erfüllte. In einem nahen Gummibaum hockten bunte Papageien, so zahlreich wie in England oder Amerika die Spatzen, und übertönten die Stille der Nacht mit ihrem durchdringenden Gekreische.

Reeve gab einen Ton von sich, der nur besagte, daß er Maggie gehört hatte, und starrte weiter unbewegt auf den Horizont.

Später kam Cora mit Elisabeth. Das kleine Mädchen lief auf Reeve zu, schlang ihm die Arme um die Beine und schaute anbetend zu ihm auf. »Apfel!« sagte sie stolz. »Schnürsenkel, Kartoffel, Känguruh!«

Mit einem schwachen Lächeln strich Reeve dem Kind übers Haar, dann nahm Cora Elisabeths Hand und führte sie zu den Verandastufen. »Wir gehen Muscheln suchen«, sagte sie lächelnd.

»Muscheln!« rief Elisabeth entzückt. »Au ja!«

Maggie lachte und schob ihre Hand unter Reeves Arm. »Du kannst mich nicht zum Narren halten«, meinte sie gelassen. »Du könntest viel mehr sagen, wenn du wolltest. Du solltest dir ein Beispiel an Elisabeth nehmen. Sie gibt sich viel mehr Mühe als du.«

Reeve tippte an Maggies Nasenspitze. »Schnürsenkel«, sagte er schmunzelnd. »Kartoffel. Känguruh.«

»Das ist nicht lustig«, schimpfte Maggie empört, obwohl sie es insgeheim doch sehr lustig fand.

»Heirate mich, Maggie«, bat Reeve ganz unvermittelt. »Heute abend noch.«

Ihr Herz wurde weit vor Glück, doch bevor sie etwas erwidern konnte, erschien Eleanor auf der Veranda. Sie kam vom Strand, ihr schönes dunkles Haar vom Wind zerzaust. Ohne Maggie nur eines Blickes zu würdigen, blieb sie lächelnd vor Reeve stehen. »Sie überanstrengen sich, Mister McKenna. Vielleicht sollten Sie lieber zu Bett gehen.«

Zu Maggies Erleichterung schenkte Reeve Eleanor nicht die geringste Beachtung. »Gute Idee«, sagte er und berührte zärtlich Maggies Nase. »Aber zuerst möchte ich einen Prediger sprechen.«

Hektische rote Flecken erschienen auf Eleanors makellosen Zügen. Der Blick, den sie Maggie zuwarf, hätte sogar einen Elefanten in die Flucht geschlagen. »Um Ihre Sünden zu bekennen?« entgegnete sie gedehnt, bevor sie ihre Röcke raffte und wütend die Stufen hinaufstürmte.

Maggie lächelte herzlich. »Wir wären entzückt, wenn Sie unsere Trauzeugin sein wollten, Miss Kilgore.«

Eleanor marschierte wortlos ins Hotel.

»Ich warne dich«, sagte Maggie zu Reeve. »Das erste, was ich mache, wenn wir verheiratet sind, ist, diese Frau hinauszuwerfen!«

»Bist du eifersüchtig?« wollte Reeve lachend wissen.

»Natürlich nicht!« log Maggie heiter. Aber dann sank ihre gute Stimmung wieder. Bisher hatte Reeve noch nicht gesagt, daß er sie liebte.

»Was hast du, Yankee?« fragte er. »Du siehst plötzlich so traurig aus?«

»Liebst du mich?« flüsterte Maggie.

Er nahm ihre Hand und zeigte ihr den herrlichen Diamanten an ihrem Finger. »Ich habe dir einen Ring geschenkt, oder?«

»Du hast sicher schon vielen Frauen Schmuck geschenkt, Reeve.«

»Einen Verlobungsring noch nie«, widersprach er.

Doch Maggie beharrte auf ihrer Frage. »Liebst du mich? Bitte, Reeve, ich muß es wissen.«

»Ich bin nicht sicher, was es bedeutet, Maggie, aber nach dem, was ich darunter verstehe, ja.«

Maggie schloß resigniert die Augen. Es war keine romantische Liebeserklärung, aber da sie Reeve liebte und sein Kind unter dem Herzen trug, gab sie sich damit zufrieden.

»Reeve, erinnerst du dich, mit Jamie zusammengewesen zu sein? Daß du in seiner Begleitung nach Sydney zurückgekehrt bist?«

Reeve starrte sie an, als sei ihr plötzlich eine zweite Nase gewachsen. »Was?«

»Es war Jamie, der dich nach Hause gebracht hat. Und vorher hat er dich gepflegt, bis du reisefähig warst.«

Alle Farbe wich aus Reeves Gesicht. »Mein Gott!« hauchte er. »Jamie war bei mir?« Hart packte er Maggies Arm. »Warum erinnere ich mich nicht daran?«

Maggie konnte nur hilflos den Kopf schütteln.

»Du könntest mir eine ganze Menge erzählen, nicht wahr?« versetzte Reeve in mißtrauischem Ton und schob sie ins Hotel zurück. Die Hochzeit, eben noch so nahe, schien nun fast unmöglich. »Los, sag mir alles!«

»Er lebt irgendwo in Neuseeland, in der Nähe von Auckland, vermute ich. Aber das ist alles, was ich weiß, das schwöre ich!«

Reeve umfaßte Maggies Kinn und schaute ihr drohend in

die Augen. »Ich kann nur hoffen, daß es stimmt!« sagte er gepreßt.

Maggie stieß seine Hand fort. Ihre Augen schimmerten feucht. »Verdammt, Reeve!« stieß sie hervor und trat ein paar Schritte zurück. »Du hast mich die ganze Zeit nur benutzt!«

Sein Gesichtsausdruck veränderte sich; Maggie sah, daß er nachgiebiger wurde. »Nein!« protestierte er rauh. »Das ist nicht wahr!«

»Doch!« rief Maggie und wischte sich mit dem Handrücken die Tränen von den Wangen. Dann zerrte sie den funkelnden Ring von ihrem Finger, schleuderte ihn Reeve entgegen und verließ fluchtartig das Hotel.

Sie hörte erst auf zu laufen, als sie den Strand erreichte, wo sie im weichen Sand auf die Knie sank, beide Hände vors Gesicht schlug und hemmungslos zu schluchzen begann.

»Ich wußte, daß es soweit kommen würde«, bemerkte jemand hinter Maggie.

Die Stimme war ihr so vertraut, daß sie erschrocken herumwirbelte. »Duncan!« sagte sie verblüfft und richtete sich verlegen auf.

Er zog ein blütenweißes Tuch aus der Tasche seines weißen Tropenanzugs und trocknete Maggies Tränen, als wäre sie ein armes, verirrtes Kind. »Komm zu uns zurück, Maggie«, bedrängte er sie. »Ich schwöre dir, daß so etwas wie in Melbourne nie wieder vorkommen wird.«

Maggie schüttelte den Kopf. »Das könnte ich nicht. Ich liebe Reeve.«

Duncan preßte fast unmerklich die Lippen zusammen. Sein Blick glitt über das Mieder von Maggies schlichtem Baumwollkleid zu ihrer schon etwas rundlichen Taille. »Allmächtiger – du bist schwanger, nicht wahr?« flüsterte er betroffen.

Maggie senkte den Kopf. »Ja.«

Ein unbehagliches Schweigen entstand, in dessen Verlauf sie Duncans Wut spürte, aber als er sprach, klang seine Stimme ruhig und beherrscht. »Ein Grund mehr, zu mir zurückzukommen, Maggie, und zwar sofort!«

Maggie schaute ihn verwundert an. »Wie können Sie so etwas sagen, wenn Sie wissen …«

»Ich weiß, daß McKenna irgendwann deiner überdrüssig wird, genau wie er Loretta leidgeworden ist. Was wirst du dann tun, Maggie? Dein Kind allein aufziehen? Vielleicht mit der großzügigen Pension, die Reeve seinen früheren Mätressen aussetzt?«

Maggie schluckte. »Ich würde nichts von ihm annehmen!«

»Das wäre äußerst dumm von dir – es sei denn, du hättest bereits andere Arrangements für deinen Unterhalt getroffen.«

»Deine Beharrlichkeit erstaunt mich immer wieder, Kirk«, warf Reeve gelassen ein.

Weder Maggie noch Duncan hatten ihn kommen gehört, und beide schwiegen verblüfft.

»Geh ins Hotel zurück«, sagte Reeve zu Maggie, obwohl sein Blick nicht von Duncan wich. »Der Prediger kann jeden Augenblick kommen.«

Maggie blieb.

»Wir brauchen keinen Prediger, Reeve.«

Duncan hatte sich von seinem Schreck erholt; er lächelte schon wieder. »Man sollte meinen, in deiner Stellung würdest du die Dienste eines Priesters in Anspruch nehmen, Reeve. Aber eine solche Ehe wäre natürlich nicht so leicht zu annullieren.«

Reeve umklammerte seinen Stock, und einen schrecklichen Moment lang befürchtete Maggie, er würde damit auf Duncan einschlagen. Aber noch mehr beschäftigte sie die Sorge, welchen Unterschied es für einen Katholiken bedeuten konnte, von einem Priester oder einem Prediger getraut zu werden. Wahrscheinlich wurde eine von einem Prediger durchgeführte Zeremonie von der Kirche gar nicht als gültig angesehen.

»Ich denke nicht daran, dir etwas zu erklären, Duncan!« erklärte Reeve kalt.

»Dann erklär es mir!« rief Maggie und trat mutig vor Reeve.

»Geh ins Hotel und warte auf den Prediger, Liebling«, erwiderte er schroff.

Aus Maggies Traum, diesen Mann zu heiraten, war ein Alptraum geworden, sie hatte plötzlich das Gefühl, in der Falle zu sitzen. Es blieb ihr nichts anderes übrig, als zu tun, was er befahl; mit Duncan fortzugehen war undenkbar, und ihre Chance, als Schauspielerin auf Tournee zu gehen, hatte sie verspielt. Wütend raffte sie ihre Röcke und eilte, so schnell sie konnte, ins Hotel zurück. Reeve folgte ihr, wenn auch sehr viel langsamer.

In ihrem Zimmer öffnete sie mit zitternden Händen ihren Koffer und suchte, bis sie das alte Nachthemd fand, das sie aus England mitgebracht hatte, zog sich aus und streifte es über.

»Was soll das?« Reeve stand auf der Schwelle und beobachtete sie mit schmalen Augen.

»Du willst mich doch bloß im Bett, oder?« schnappte Maggie, während sie die Nadeln aus ihrem Haar zog und es wütend zu bürsten begann. »Dafür bin ich richtig angezogen, Mister McKenna!«

»Ich habe dich lieber nackt, aber wenn du darauf bestehst, im Nachthemd getraut zu werden, soll es mir recht sein. Es wird zwar nicht ganz einfach sein, unseren Kindern die Hochzeitsfotos zu erklären, aber ich bin sicher, daß dir dazu schon etwas einfallen wird.«

Am Ende ihrer Geduld angelangt, schleuderte Maggie die Bürste nach Reeve. Sie schlug krachend an den Türrahmen.

»Ich verachte dich!« zischte sie.

»Ich habe einen Priester kommen lassen«, entgegnete Reeve gelassen.

»Gut! Dann kann er dir die Letzte Ölung geben!«

Reeve lachte. »Ach, Yankee, wie feurig du bist. Ich freue mich schon auf deine Wärme in meinem Bett.«

Maggie schnappte sich die Wasserkanne und hielt sie drohend in seine Richtung. »Raus!« schrie sie.

Grinsend ging Reeve auf sie zu und nahm ihr die Schüssel aus der Hand. »Ich werde dich schon zähmen, Liebes«, sagte er und umfaßte zärtlich ihr Kinn.

»Darauf kannst du den Rest deines Lebens verschwenden!« schnappte Maggie mit bebender Stimme.

»Mach das Nachthemd auf, Maggie. Ich will dich sehen.«

Maggie zitterte vor innerer Erregung und dem Wunsch, ihm zu gehorchen, aber das hätte die endgültige Niederlage für ihren Stolz bedeutet. »Nein.«

Reeve ließ den Spazierstock fallen und knöpfte mit erstaunlich flinken Fingern das Nachthemd auf. Darunter trug sie ein dünnes Hemdchen, das er ihr mühelos über die Schultern streifte.

Maggie holte tief Luft und schloß die Augen. Der Kampf war verloren, bevor er überhaupt begonnen hatte. Sie spürte, wie ihre Brustspitzen sich unter Reeves Blicken aufrichteten, und seufzte leise, als seine warme Zunge über eine ihrer rosigen Knospen glitt.

Reeve liebkoste sie eine Weile, dann hob er sie so mühelos wie vor seiner Krankheit auf die Arme und trug sie zum Bett.

»Du Betrüger!« Sie bemühte sich, ihrer Stimme einen entrüsteten Klang zu geben. »Du brauchtest den Stock gar nicht!«

Reeve kniete sich schmunzelnd neben sie aufs Bett und schob ihr Nachthemd hinauf. »Ich finde, ich wirke vornehmer damit«, antwortete er, während er Maggie mit gezielten Bewegungen zu reizen begann.

Maggie wand sich stöhnend unter seiner Hand, von hilfloser Leidenschaft erfaßt. »Und ich finde, daß du für einen Mann, der so lange geschwiegen hat, recht gut sprichst.«

Reeve lachte. »Du hast mich durchschaut, Yankee«, erwiderte er freimütig. »Ich habe heimlich geübt.«

»Oh!« stöhnte Maggie, und von diesem Augenblick an war sie diejenige, die keinen vernünftigen Satz mehr zustande brachte.

Pater Shaunassey trug eine Priestersoutane und ein Kreuz; andernfalls hätte Maggie seinen Ausweis verlangt. Aber so stand sie still neben Reeve im Speisesaal des Hotels, ihr Gesicht noch gerötet von der leidenschaftlichen Episode in ihrem Zimmer, während die heiligen Worte gesprochen wurden.

Cora war Trauzeugin, Eleanor ein widerwilliger Hochzeitsgast, und Elisabeth eine begeisterte Brautjungfer.

Als die Zeremonie vorüber war und Reeve seine frischgebackene Ehefrau lange und zärtlich geküßt hatte, ging Maggie resolut auf Eleonor zu.

»Ab heute können wir auf Ihre Dienste verzichten«, sagte sie ganz unverblümt. »Selbstverständlich kommen wir für Ihre Passage nach Sydney auf, und Sie können mit dem Gehalt rechnen, das Ihnen noch zusteht.«

»Aber laut Vertrag habe ich noch einen Monat!« protestierte Eleanor entrüstet.

Maggie lächelte zuvorkommend. »Dann können Sie Urlaub machen. Wie schön für Sie!«

Mit raschelnden Röcken und empörter Miene drehte Eleanor sich um und stolzierte aus dem Raum, wobei sie in der Tür fast mit Duncan Kirk zusammengestoßen wäre.

»Meinen herzlichen Glückwunsch«, sagte er und küßte Maggie auf die Wange, bevor ihr zu Bewußtsein kommen konnte, wie dreist sein Erscheinen auf ihrer Hochzeit war.

»Ich wußte, daß du dich für uns freuen würdest«, bemerkte Reeve trocken, trat hinter Maggie und legte ihr besitzergreifend die Arme um die Taille.

»Ich nehme an, ihr fahrt morgen zur Plantage weiter?« fragte Duncan.

Reeves warmer Atem streifte Maggies Hals und löste ein angenehmes Prickeln in ihr aus. »Vielleicht«, erwiderte Reeve mürrisch.

Obwohl Duncans Gesicht grau vor unterdrücktem Zorn war, lächelte er.

»Nehmt euch vor den Wegelagerern in acht. Es ist eine lange, einsame Strecke.«

Maggie verschluckte sich fast vor Schreck. »Wegelagerer?«

»Zu Hause nennen wir sie Straßenräuber«, warf Duncan hilfreich ein. Die fiebrig funkelnden Augen in seinem blassen Gesicht richteten sich auf Reeve. »Ich hoffe, du bist stark genug, um deine kleine Frau zu beschützen.«

»Ich werde es schon schaffen.«

Duncan zuckte die Schultern, obwohl sein Gesichtsausdruck alles andere als Gelassenheit verriet. »Ich habe eine ziemlich große Truppe Männer bei mir. Wir könnten euch bis zu deiner Plantage begleiten, Reeve.«

»Vielen Dank«, lehnte Reeve gepreßt ab, »aber das ist nicht nötig.«

Duncan drehte sich wortlos um und verließ den Raum.

Maggie erinnerte sich plötzlich an die Landkarten, die seine Söhne gezeichnet hatten, als sie noch ihre Gouvernante war. Das Land, das sie als ihres Vaters Besitz gekennzeichnet hatten, konnte nicht weit von Reeves Plantage entfernt sein.

»Er lebt in deiner Nähe?« fragte Maggie erschrocken.

»Auf der Nachbarplantage«, erwiderte Reeve. Und dann begann er so unbeschwert wie ein Kind den kleinen Kuchen aufzuschneiden, den das Hotel freundlicherweise zur Verfügung gestellt hatte.

Er gab Maggie und Elisabeth ein Stück, stellte sein eigenes beiseite und gähnte auffallend, obwohl es nicht später als vier Uhr nachmittags sein konnte.

Maggie errötete. »Schlag es dir aus dem Kopf!« flüsterte sie ihm zu.

Reeve küßte sie lachend auf die Stirn, drehte sich um und nahm Elisabeth auf die Arme. »Meine Mama!« rief das Kind triumphierend und zeigte auf Maggie.

Maggie vergaß darüber ihre Zweifel an Reeves Liebe und ihre Bedenken über diese Heirat. Dieser Augenblick war so kostbar für sie, daß sie ihn nie vergessen würde.

Später lagen Maggie und Reeve in inniger Umarmung auf ihrem Ehebett. Seine Hand glitt sanft über ihren leicht gerundeten Bauch.

»Wann wird mein Kind geboren werden, Yankee?« fragte er leise.

Maggie schmiegte sich noch enger an ihn. »Im November.«

»Im Sommer also«, murmelte Reeve verträumt.

Maggie lächelte. »Ich kann mich noch gar nicht daran gewöhnen, daß im November Sommer ist. Australien ist ein merkwürdiges Land.«

»Ja«, gab Reeve mit abwesender Miene zu. Doch dann verließ der verträumte Ausdruck sein Gesicht, und er runzelte die Stirn. »Maggie, ich finde, du solltest Eleanor noch eine Weile behalten. Die meiste Zeit haben wir keine Dienstboten auf der Plantage ...«

»Eleanor?« unterbrach Maggie ihn spitz. »Seit wann ist Miss Kilgore Eleanor für dich?«

Reeve lachte leise. »Seit sie mich gebadet hat«, gab er zu.

Maggie versteifte sich. »Lieber schufte ich von früh bis

spät, als dieses Frauenzimmer noch länger unter meinem Dach zu haben«, sagte sie mit Entschiedenheit.

Reeve strich zärtlich über ihre trotzig vorgeschobene Unterlippe. »Aber mir wäre lieber, Yankee, wenn du dein Kind austragen würdest und keine Fehlgeburt riskiertest!«

»Eleanor würde sich nie dazu herablassen, im Haushalt zu arbeiten«, gab Maggie zu bedenken. »Sie ist Krankenschwester.«

»Ich werde sie trotzdem fragen.«

Falls er es tat, war es eine schwere Demütigung für Maggie. »Reeve, das kannst du nicht. Ich habe sie entlassen.«

»Na schön. Dann sehen wir, ob wir in Brisbane jemanden finden.«

»Danke«, seufzte sie erleichtert.

»Natürlich müßte ich mich noch heute abend darum kümmern, da wir schon bei Tagesanbruch abreisen werden.«

Maggie wollte ihren frischgebackenen Ehemann nicht gehen lassen, nicht einmal für ein paar Stunden, aber viel unangenehmer war die Vorstellung, Eleanor Kilgore auf die Plantage mitzunehmen.

Reeve lachte, als Maggie eine Grimasse schnitt. »Keine Angst, du wirst nicht zu kurz kommen, bevor ich gehe.« Er beugte sich vor, ließ seine warme Zunge über ihre Brustspitze gleiten, und Maggie stöhnte vor Begierde. »Wie möchtest du es haben, Maggie?« fragte er, während er seine Hand auf ihre intimste Stelle gleiten ließ.

Maggie schlang ihre Beine um seine Hüften und nahm ihn begierig in sich auf. Und als Reeve sich rhythmisch zu bewegen begann, entfachte er in ihr ein Feuer, das sie zu verbrennen drohte. »Oh … Reeve … bitte«, flehte sie und umklammerte ihn verzweifelt.

Doch Reeve zog sich zurück, bis er kaum noch in ihr war, und wartete einen entnervend langen Augenblick, bis er von neuem in sie eindrang. Maggie keuchte verwirrt: »Warum? Warum machst du das?«

Bevor er antwortete, ließ er sie von neuem die ganze Macht seiner Erregung spüren. »Es ist alles Teil deiner Zähmung, kleine Widerspenstige«, sagte er lächelnd.

Maggie bog ihm die Hüften entgegen, warf den Kopf

zurück und schloß die Augen. »So ist es gut«, sagte Reeve heiser und begann an ihren Brustspitzen zu saugen. »Laß dich gehen.«

Dann umfaßte er mit einem lustvollen Knurren ihren kleinen Po und hob ihn an, um so tief wie möglich in sie einzudringen. Seine kräftigen Stöße versetzten Maggie in einen Zustand der Ekstase, wie sie ihn bisher noch nicht gekannt hatte. Sie glaubte, vor Wonne zu vergehen.

Dann spürte Reeve, wie sich alles in ihr anspannte, und wußte, daß sie bald ihren Höhepunkt erreichen würde. Da hielt er sich nicht mehr zurück. In drängendem Rhythmus steigerte er ihre Lust, bis sie beide wieder und wieder in höchster Ekstase erschauerten und im selben Augenblick die absolute Erfüllung fanden.

Als Reeve aufstöhnend auf ihr zusammensank, verschränkte Maggie ihre Finger in seinem Haar. »Wer zähmt hier wen?« wollte sie lächelnd wissen.

Reeve stieß einen knurrenden Ton aus und glitt an ihr hinunter, bis er zwischen ihren Beinen kniete. »Wir werden sehen«, murmelte er, bevor er die zarte Haut an den Innenseiten ihrer Schenkel küßte.

»Ich glaube, ich nehme es lieber zurück«, sagte Maggie bebend.

»Zu spät«, erwiderte Reeve, alles andere als bedauernd.

# 21

Acht Schimmel zogen die Kutsche, die sie zu Reeves Plantage bringen sollte. Maggie schaute zu, wie das Gepäck verladen wurde, aber die neue Haushälterin, die Reeve ihr versprochen hatte, war nirgendwo zu sehen. Eleanor hingegen stand wartend auf der Veranda.

Als Reeve Maggie in die Kutsche helfen wollte, schüttelte sie den Kopf und wartete, bis Cora und Eleanor eingestiegen waren. Reeve hob Elisabeth in den Wagen und drehte sich dann mit verlegener Miene zu seiner Frau um.

Maggie maß ihn mit einem gereizten Blick.

»Sie sagte, es machte ihr nichts aus, Haushälterin zu sein«, flüsterte er irritiert. »Mein Gott, Maggie – es ist doch nur für einen Monat!«

»Du hast es mir versprochen!«

»Wie du dich vielleicht erinnern wirst, hatte ich keine Zeit, eine neue Haushälterin zu suchen!«

Maggie verschränkte stur die Arme. »Ich bin deine Frau. Ich werde mich um deinen Haushalt kümmern.«

»Natürlich bist du meine Frau. Und deshalb steigst du jetzt in diese Kutsche – weil ich dir sonst den Po versohlen werde, und wenn halb Brisbane zuschaut!«

Maggie stieg mürrisch ein, ohne Reeves Hilfe in Anspruch zu nehmen, und warf Eleanor einen vernichtenden Blick zu. Doch die schien das gar nicht zu beeindrucken.

Reeve, gar nicht dumm, setzte sich zu dem Kutscher auf den Bock.

Das Wetter, noch so mild am Tag zuvor, wurde immer schlechter.

Ein unheimlicher Wind heulte durch die Baumkronen, und graue Wolken zogen sich am Horizont zusammen. Es erinnerte Maggie an ihr erstes Gewitter in Australien – in Parramata –, und sie errötete heftig.

Nach einer Weile war ihre Kehle rauh, und ihr Kopf dröhnte, aber sie wäre lieber gestorben, als sich zu beklagen.

Sie waren noch nicht weit gekommen, als die grauen Wolken barsten und ein Sturzregen begann, der von allen Seiten auf die Kutsche prasselte, als würde sie beschossen. Ein kühler Nebel drang durch die schlecht isolierten Fenster.

»Hoffentlich bleiben wir nicht im Schlamm stecken«, sorgte sich Cora mit einem Blick auf Elisabeth, die auf ihrem Schoß eingeschlafen war. »Dann wären wir ein gefundenes Fressen für Buschräuber.«

Eleanor lächelte nachsichtig. »Der Kutscher hat ein Gewehr.«

»Pah!« höhnte Cora. »Was kann er mit einem Gewehr gegen ein Dutzend oder mehr Männer ausrichten?«

»Ich bin sicher, daß uns nichts passieren wird«, warf Maggie ein.

Ausgerechnet in diesem Augenblick wurde die Kutsche von einem heftigen Schütteln erfaßt und neigte sich zur Seite. Reiter in breitkrempigen Hüten und langen Regenmänteln erschienen an beiden Seiten des Gefährts, Gewehre und Pistolen in der Hand. Maggie streckte die Arme nach Elisabeth aus, die weinend erwacht war.

Coras Kinn zitterte, obwohl sie sich Elisabeth zuliebe bemühte, tapfer zu erscheinen. »Buschräuber«, wisperte sie.

»Unsinn«, entgegnete Eleanor kühl. »Es sind nur Mister

Kirk und seine Männer, die angehalten haben, um uns beizustehen.«

Maggie fragte sich, woher Eleanor Duncan so gut kannte, um ihn bei strömendem Regen und inmitten einem Dutzend Männern mit Regenmänteln und Schlapphüten zu erkennen.

Da öffnete sich die Kutschentür, und Reeve schaute herein. Maggie war froh, ihn zu sehen, obwohl sie immer noch beleidigt war, daß er Eleanor Kilgore mitgenommen hatte. Auch er trug einen Regenmantel, der völlig durchnäßt war, und einen ähnlichen Hut wie die anderen Männer.

»Etwas weiter oben an der Straße ist ein Gasthof!« schrie er durch den trommelnden Regen. »Duncans Männer bringen euch mit ihren Pferden hin, und wir kommen nach, sobald wir die Kutsche aus dem Schlamm gezogen haben.«

Maggie starrte ihn verblüfft an. Er wollte sie mit fremden Männern in den Busch schicken, bei diesem Wetter? »Ich bleibe hier, vielen Dank«, schrie sie zurück. »Und Elisabeth auch!«

Reeves Antwort war ein Stirnrunzeln; er griff nach dem Kind, bevor Maggie es zurückhalten konnte. «Mit dir rede ich später, Mrs. McKenna, sobald ich wieder im Trockenen bin.«

Reeve war wieder in seinen irischen Akzent verfallen, und deshalb wagte Maggie nicht, ihm zu widersprechen, als er sie aus der Kutsche und auf den nassen Rücken eines großen Pferdes hob. Sie fühlte, wie der Reiter seinen Mantel um sie schlang, und legte den Kopf schutzsuchend an seine Brust.

Duncans Herz pochte an ihrem Ohr. Aber da er warm war und relativ trocken, schlang Maggie beide Arme um ihn und hielt sich an ihm fest, als das Pferd durch den tiefen Schlamm zu stapfen begann.

Der Gasthof schien eine Ewigkeit entfernt zu sein, aber dann hatten sie ihn endlich doch erreicht. Maggie wurde von dem Pferd gehoben und rannte auf die schützende Veranda zu, dicht hinter Elisabeth, die von einem anderen Reiter getragen wurde. Eleanor und Cora folgten.

Im Eingang blieb Maggie stehen und dankte Duncan mit einem widerstrebenden Lächeln. Er tippte sich schmunzelnd an den Hut, sammelte seine Männer um sich und ritt zurück.

Die Wirtin war schon damit beschäftigt, das Feuer im

Kamin zu schüren, und rief ihrem Mann zu, Tee zu kochen. Cora, die selbst bis auf die Haut durchnäßt war, kniete vor dem Kamin, zog Elisabeths nasse Sachen aus und hüllte das kleine Mädchen in eine warme Decke.

Maggie hatte nicht die Absicht, sich vor aller Augen auszuziehen, doch Cora und Eleanor schienen keine solche Bedenken zu hegen. Bald hockten auch sie in Decken gehüllt vor dem Feuer und tranken Tee, während Maggie vor Kälte zitterte und die Arme um ihre nassen Kleider schlang, um sich zu wärmen.

»Mir ist es eigentlich egal«, bemerkte Eleanor, nur für Maggies Ohren bestimmt. »Aber wenn Sie die nassen Sachen nicht ausziehen, werden Sie an einer Lungenentzündung sterben.«

Und dir damit den Weg zu Reeve freimachen, dachte Maggie verdrossen, schnappte sich eine Decke und stürmte in die Küche. Aber auch hier war sie nicht allein, und so zog sie sich in die Vorratskammer zurück, um ihre nassen Sachen abzulegen und sich in die Decke zu hüllen. Bald stand sie bei den anderen Frauen am Kamin und nippte dankbar an ihrem heißen Tee.

»Mrs. McKenna erwartet ein Kind«, sagte Eleanor der Wirtin. »Haben Sie ein Zimmer, wo sie sich hinlegen kann?«

»Ich will mich nicht hinlegen!« protestierte Maggie scharf, obwohl sie starke Kopfschmerzen hatte und ihre Kehle schmerzte. Dann nieste sie lautstark.

»Na bitte.« Eleanor nahm Maggies Arm. »Sie ist schon krank.«

Die Wirtin führte sie in eine kleine Kammer unter dem Dach. Maggie, die kaum noch laufen konnte, wurde von Eleanor die Treppe hinaufgezogen.

Das schmale Bett sah einladend warm aus, obwohl es muffig war im Raum und der Regen auf das niedrige Dach trommelte. Maggie legte die Decke und ihre feuchte Unterwäsche ab, als sie und Eleanor allein waren, und kroch unter die Laken. Minuten später befand sie sich schon in einem Zustand zwischen Schlafen und Wachen, und ihr wurde langsam warm. Bei Einbruch der Dunkelheit hatte Maggie hohes Fieber.

Reeve hatte beträchtliche Schwierigkeiten, die Kutsche aus dem Schlamm zu ziehen, und wären Duncans Männer nicht gewesen, hätte er es nicht geschafft. Erst viele Stunden, nachdem die Frauen im Gasthof angekommen waren, trafen auch der verärgerte Kutscher, Reeve, Duncan und seine Männer ein.

Cora, Eleanor und Elisabeth saßen an einem blank gescheuerten Tisch. Das Mädchen blätterte in einem Bilderbuch; Cora und Eleanor spielten Karten.

»Wo ist Maggie?« fragte Reeve sofort.

Eleanor stand anmutig auf und ging zu ihm. »Sie ruht sich aus. Auch Sie sollten diese nassen Sachen so schnell wie möglich ausziehen, Mister McKenna.«

Maggie ruhte sich aus? Seine eigensinnige, temperamentvolle Maggie ruhte sich aus? Reeve stieß Eleanors Hand beiseite, als sie ihm den Regenmantel abnehmen wollte. »Wo?« fragte er knapp.

Eleanor seufzte. »Oben. Erstes Zimmer rechts.«

Von einem unguten Gefühl erfaßt, rannte Reeve die Treppe hinauf. Er fand Maggie fieberheiß und nur halb zugedeckt in einem winzigen Bett in einer Dachkammer.

»Maggie?«

Sie öffnete ihre schönen grauen Augen und schaute ihn an, ohne ihn zu erkennen.

»Allmächtiger«, murmelte er, als er ihre fieberheiße Stirn berührte, drehte sich entsetzt um und rannte in die Gaststube zurück.

»Eleanor«, befahl er streng, »gehen Sie hinauf und kümmern Sie sich um meine Frau. Sie hat hohes Fieber.« Dann wandte er sich an Duncan, der genau wie er noch triefendnaß war. »Gibt es hier in der Nähe einen Arzt?«

Duncan hob die Schultern, sein Gesicht war grau und eingefallen, und da wußte Reeve, daß Duncan Maggie auf seine Weise auch gern hatte. »Ich bin nicht öfter hier als du, Reeve.«

»Der Missionar am Squatters Ridge«, warf die Wirtin ein. »Er ist auch Arzt, nicht wahr, Angelina?«

Das junge Dienstmädchen nickte zustimmend. »Ja, Madam.«

Bevor Reeve reagieren konnte, winkte Duncan einen seiner Männer herbei. »Bringt ihn her.«

Zwei von ihnen zogen klaglos ihre nassen Regenmäntel über und gingen wieder hinaus.

Reeve kehrte zu Maggie zurück, zog sich bis auf die Hosen aus und setzte sich auf einen Stuhl an ihrem Bett. Er wußte, daß Duncan hinter ihm stand, sagte jedoch nichts.

»Sie ist meiner Frau so ähnlich«, bemerkte Duncan leise.

»Deshalb bist du so besessen von ihr«, sagte Reeve heiser. »Sie erinnert dich an Elena.«

Duncan versteifte sich, als Reeve den Namen aussprach, der ihm heilig war. »Auch sie trug dein Kind unter dem Herzen – genau wie Maggie. Eine seltsame Art von Gerechtigkeit, nicht wahr, Reeve?«

Sie hatten das Thema schon tausendmal besprochen. Seufzend schloß Reeve die Augen. »Ich habe Elena nie angerührt«, sagte er geduldig und stählte sich innerlich für die Antwort, die zu erwarten war.

»Sie hat mir selbst gesagt, es wäre dein Baby. Sie behauptete, du würdest sie nach Amerika mitnehmen!«

»Duncan, jetzt hör doch zu! Ich weiß nicht, warum Elena dich belogen hat, aber es war nichts zwischen uns. Nie!«

»Sie ist dir hinterhergelaufen! Weißt du, wie demütigend das für mich war?«

Reeve legte die Hand auf Maggies Stirn, und seine Stimme wurde ganz heiser vor Sorge. Elena Kirk hatte tatsächlich versucht, ihn zu verführen, aber verheiratete Frauen waren für Reeve tabu, und so hatte er sie so freundlich wie möglich abgewiesen. »Sie wollte nach Hause, Duncan. Nach England. Nicht nach Amerika. Es muß ihren Verstand verwirrt haben.«

»Willst du jetzt behaupten, Elena sei verrückt gewesen?« flüsterte Duncan zornig.

»Nicht verrückt. Einsam.«

»Sie hatte unsere Söhne, und sie hatte mich!«

»Die Söhne mag sie gehabt haben«, gab Reeve zu, ohne den Blick von Maggies Gesicht zu wenden, »aber dich nicht. Du warst mit deinen Opalminen und deinen zahlreichen Mätressen beschäftigt. Kein Wunder, daß Elena sich Geschichten über eigene Liebhaber ausdachte.«

»Lieber Gott, ich wünschte, ich könnte glauben, daß sie sich dir nie hingegeben hat!«

Reeve stand auf und drehte sich langsam zu Duncan um. »Warum sollte ich dich belügen? Nach allem, was du mir angetan hast, um meine angebliche Schuld zu rächen, würde es mir Vergnügen bereiten, dir sagen zu können, daß deine Frau mich dir vorgezogen hat.«

Duncan wirkte zutiefst verblüfft, und als Eleanor plötzlich hereinkam, drehte er sich wortlos um und ging hinaus.

Eleanor brachte eine Schüssel Wasser und einen Lappen. Ohne etwas zu sagen, setzte sie sich auf den Stuhl, den Reeve verlassen hatte, und begann Maggies heiße Stirn zu kühlen. »Ist es möglich, daß sie das Kind verliert?« fragte Reeve besorgt.

»Die richtigere Frage wäre, ob sie sterben wird«, entgegnete Eleanor, ohne aufzusehen.

Das war so unausdenkbar, daß Reeve nie darauf gekommen wäre. Die Kraft wich aus seinen Beinen, und da kein anderer Stuhl zur Verfügung stand, kniete er sich neben Maggies Bett. »Nein«, flüsterte er und erinnerte sich an eine Kammer wie diese, in einem anderen Land, wo vor langer Zeit eine andere Frau am Fieber gestorben war ...

»Wir werden natürlich unser Bestes tun, es zu verhindern«, versicherte Eleanor überlegen. »Aber ich glaube nicht, daß der Arzt mehr für Mrs. McKenna tun kann als ich. Sie wird eine Krise erreichen, und entweder überlebt sie die ... oder sie stirbt.«

Reeve begriff auf einmal, warum Maggie eine solche Abneigung gegen diese Frau verspürte. »Wie können Sie von Leben und Tod sprechen, als handelte es sich um zwei Kuchensorten?« herrschte er Eleanor entrüstet an.

Sie hob die schmalen Schultern. »In meinem Beruf lernt man, philosophisch zu sein, Mister McKenna.«

»Ich will Ihre verdammte Philosophie nicht – ich will, daß Sie um Maggies Leben kämpfen!«

Eleanor warf ihm einen müden Blick zu. »Sie lieben sie, nicht wahr?«

»Ja«, antwortete Reeve, zum erstenmal ganz sicher.

Eleanor stand auf und reichte ihm die Schüssel und das Tuch. »Ich glaube, es ist am besten, wenn Sie es tun«, sagte sie mit abgewandtem Blick und blassen Wangen.

Reeve setzte sich zu Maggie und drückte ihr das kühle Tuch auf die Stirn.

»Ich rate Ihnen, gut auf Ihre Maggie aufzupassen«, fügte Eleanor an der Tür hinzu. »Sie haben Feinde, Mister McKenna, und einige von ihnen sind Menschen, denen Sie vertrauen.«

Dann fiel die Tür hinter ihr ins Schloß, und Reeve fuhr nachdenklich fort, seine Frau zu pflegen.

Er fragte sich, wen Eleanor mit ihren rätselhaften Worten meinen konnte; Duncan war der Hauptverdächtige, aber natürlich war Reeve nicht dumm genug, ihm zu vertrauen. Cora? Nein, sie war harmlos, eine alte Jungfer, fern von zu Hause, und bemüht, sich auf anständige Weise ihren Lebensunterhalt zu verdienen. Damit blieb eigentlich nur noch Eleanor selbst. Hatte sie ihn auf perverse Weise warnen wollen, daß sie nicht die Person war, die sie zu sein vorgab?

»Sie hat noch immer hohes Fieber.« Cora trat ein und nahm bedrückt Reeves Platz ein. »Gehen Sie hinunter und essen Sie etwas, Mister McKenna. Wärmen Sie sich ein bißchen am Feuer auf. Sie werden Ihrer Frau nicht viel nützen, wenn Sie selbst erkranken.«

Widerstrebend befolgte Reeve ihren Rat, ging hinunter und setzte sich ans Feuer, um einen Teller heiße Suppe und eine Scheibe Brot zu essen.

Duncan unterbrach eine Partie Karten und gesellte sich zu Reeve. »Wie geht es Maggie?«

»Nicht besser«, antwortete Reeve hölzern, ohne Duncan anzusehen. Es herrschte jetzt zwar eine Art Waffenstillstand zwischen ihnen, aber beide wußten, daß sie nie wieder Freunde werden konnten. »Und nicht schlimmer.«

»Es tut mir leid, daß ich sagte, Maggies Erkrankung sei eine gerechte Strafe. Das ist sie nicht, und es tut mir wirklich leid.«

Reeve schaute von seinem Teller auf. »Auf deine Art hast du sie gern, nicht wahr?«

Duncan nickte. »Ich hätte sie geheiratet, aber sie wollte mich nicht haben.«

»Nach den Ereignissen in Melbourne dürfte dich das nicht überraschen, Duncan.«

Duncan hielt einen Becher mit Kaffee in den Händen und

trank einen Schluck daraus, bevor er antwortete. »Ich bin sicher, daß dir bewußt ist, wozu Leidenschaft einen Mann treiben kann.«

»Was hättest du getan, wenn mein Bruder nicht eingegriffen hätte?«

Duncan setzte verblüfft die Tasse ab. »Das war dein Bruder?«

Reeve nickte. »Ich habe dich etwas gefragt.«

Unbewußt rieb Duncan die noch immer schmerzende Stelle an seiner Schulter, wo ihn Jamies Messer getroffen hatte. »Ich muß ehrlich zugeben, daß ich vorhatte, sie übers Knie zu legen. Weiter habe ich allerdings nicht gedacht.«

»Maggie dachte, du wolltest sie ... zur Liebe zwingen.«

Duncan seufzte. »Vielleicht sah es von ihrem Gesichtspunkt aus so aus. Sie machte mich verrückt ...«

»Das kann ich verstehen«, gab Reeve zu. »Aber wenn du dich ihr je aufzwingst, Duncan, bringe ich dich um.«

Duncan schien nachdenklich zu werden. Nach kurzem Schweigen fragte er lauernd: »Und wenn ich sie umwerbe? Wenn sie sich mir freiwillig hingibt?«

»Dann würde ich sie nicht mehr haben wollen«, erklärte Reeve entschieden, schob seinen halbgeleerten Teller zurück und ging zurück nach oben.

Es war schon Mitternacht, als der Arzt erschien. Er war erstaunlich jung und hatte ein offenes, sympathisches Gesicht. Nach einer gründlichen Untersuchung wandte er sich an Reeve. »Ihre Frau hat nichts weiter als Erschöpfung, würde ich sagen, und eine schlimme Erkältung. Hat sie in den letzten Tagen unter starker Anspannung gestanden?«

Reeve dachte an alles, was Maggie durchgemacht hatte, und nickte stumm.

»Na bitte, da haben Sie es. Ihre Frau braucht Ruhe und viel Sonnenschein.«

Reeve wurde ganz schwach vor Erleichterung. Er zahlte dem Doktor ein großzügiges Honorar, und nachdem er gegangen war, zog er sich aus und legte sich zu Maggie in das schmale Bett. Obwohl sie eine fast unerträgliche Hitze ausstrahlte, zog er sie fest in die Arme und schlief neben ihr ein.

Am nächsten Tag herrschte strahlender Sonnenschein, der

Schlamm und Pfützen auf der Straße innerhalb weniger Stunden trocknete. Maggie war wach, wenn auch noch lange nicht kräftig genug für die Reise.

Sie verzog das Gesicht, als Reeve ihr eine Schale heiße Brühe reichte. »Das sieht aus wie Spülwasser.«

Reeve lachte, nur allzu froh, daß Maggies Temperament zurückzukehren schien. »Der Arzt sagte, du müßtest essen. Wirst du es selber tun, Yankee, oder muß ich dir die Suppe einzwingen?«

Maggie zog ihm die Schale so heftig aus der Hand, daß Brühe auf die Bettwäsche spritzte. »Als ich einen der reichsten Männer in Australien heiratete«, sagte sie verdrossen, »erwartete ich etwas Besseres zu essen als das Badewasser eines Huhns.«

»So?« entgegnete Reeve schmunzelnd. »Schade. Von jetzt an wirst du dich an diese Art von Badewasser gewöhnen müssen, obwohl wir uns bemühen werden, das Fleisch zu variieren.«

Maggie versuchte, die Stirn zu runzeln, aber es gelang ihr nicht. »War ich sehr unmöglich?« fragte sie lächelnd.

»Sehr. Ich habe nie viel davon gehalten, Frauen zu verprügeln«, scherzte Reeve, »aber vielleicht fange ich jetzt damit an.«

»Rühr mich an, McKenna«, erwiderte Maggie hitzig, »und ich ziehe dir bei lebendigem Leib die Haut ab!«

Er lachte. »Es ist schön, dich wiederzuhaben, Yankee.«

Sie schaute nachdenklich zum Fenster. »Sind die anderen fort?«

»Eleanor ist mit Duncan vorausgeritten, um das Haus in Ordnung zu bringen. Cora und Elisabeth sind noch hier.«

Maggie seufzte schwer. Ganz offensichtlich war sie es nicht gewohnt, im Bett zu liegen, während das Leben um sie herum weiterging. »Ich werde nie krank«, sagte sie verdrossen. »Nicht einmal auf dem Schiff ist mir übel geworden, als alle anderen in ihren Kojen lagen.«

»Faulenzer«, stimmte Reeve lächelnd zu. »Und wenn sie nicht im Bett lagen, hingen sie sicher über der Reling.«

Maggie nickte ernst. »Es war widerlich.«

Reeve mußte lachen. »Du bist ein arrogantes kleines Biest, wußtest du das?«

Maggie hob trotzig das Kinn, und in diesem Moment verflog Reeves letzter Zweifel an seinen Gefühlen für diese Frau: Es war Liebe, schlicht und einfach Liebe, was er für sie empfand.

»Ich habe dir die Ereignisse nur beschrieben, wie sie stattgefunden haben«, sagte Maggie.

Reeve unterdrückte seine Belustigung. »Selbstverständlich«, sagte er nüchtern. »Wenn wir je eine Seereise unternehmen, Mrs. McKenna, werden Sie bestimmt durch Ihr heroisches Verhalten glänzen.«

Maggies silbergraue Augen weiteten sich erstaunt. »Das würdest du tun?« flüsterte sie. »Eine Seereise unternehmen nach allem, was du erlebt hast?«

Sie hatte ganz eindeutig nicht vor, ihre Brühe zu trinken, und Reeve nahm sie ihr fort, bevor sie sie verschütten konnte. »Ich werde nie wieder Wale fangen«, erklärte er ernst. »Es sind wunderbare Tiere, Maggie, und viel zu schön, um zu Lampenöl und Korsettstangen verarbeitet zu werden.«

Maggies schmale Hand umfaßte die seine. »Es war aber der Walfang, der dich reich gemacht hat, nicht?«

Reeve nickte. »Ja, aber es wird Zeit, daß das aufhört. Von jetzt an werde ich ein Gutsherr sein und mein Geld in Schafe oder andere Tiere investieren.«

Maggie senkte den Kopf, und Reeve wußte, daß sie an Jamie dachte.

»Er hat also Schafe, was?« fragte Reeve leise.

Leise Furcht erschien in ihrem Blick, als sie den Kopf hob und Reeve anschaute. »Sehr viele, glaube ich.«

Angesichts Maggies geschwächtem Zustand fiel es Reeve nicht schwer, seine Stimme zu dämpfen und ganz ruhig zu sagen: »Du weißt noch etwas anderes von Jamie, nicht wahr, Maggie? Und du hast Angst, es mir zu sagen?«

Sie schluckte bedrückt und wandte den Blick wieder ab. »Ich habe keine Angst um mich, Reeve. Es geht um Jamie. Er ist ganz sicher, daß du ihm nie verzeihen würdest, wenn du es wüßtest, und ihm ist lieber, daß du ihn nie findest, als daß du ihn haßt ...«

Mit einer Handbewegung bat Reeve sie, zu schweigen.

»Schon gut, Maggie. Ich werde nicht mehr danach fragen. Wenn du bereit bist, es mir zu sagen, kannst du es tun.«

»Ich habe Jamie versprochen zu schweigen«, flüsterte sie unglücklich.

»Dann werde ich das im Moment wohl akzeptieren müssen«, erwiderte Reeve. »Aber ich warne dich, Yankee: Meine Großzügigkeit hat Grenzen.«

Ein schwaches Lächeln spielte um ihre Lippen. »Ich weiß«, antwortete sie. »Komm her und küß mich, bitte.«

Reeve schüttelte den Kopf. »Um mich bei dir anzustecken? Kommt nicht in Frage.«

»Wenn du mich nicht sofort küßt, bin ich gezwungen, etwas sehr Unanständiges zu tun«, verkündete Maggie heiter.

Reeve zog eine Augenbraue hoch. »Und das wäre?«

Sie zog die Bettdecke beiseite, stellte jedoch zu ihrer Überraschung fest, daß sie ein Nachthemd trug. »Ich war doch nackt«, sagte sie verblüfft.

Reeve lachte und deckte sie behutsam wieder zu. »Eleanor hat es dir angezogen, als du krank warst. Eine tüchtige Frau, diese Eleanor.«

Maggie verdrehte nur stumm die Augen.

# 22

Reeves Haus, aus weißem Stein erbaut, lag am Ende eines Feldwegs, den auf beiden Seiten Bananenstauden säumten. Hinter dem Haus erstreckten sich viele Hektar Zuckerrohr, das bereits so hoch stand wie der Mais.

Maggie schnappte erstaunt nach Luft, als die Kutsche sich dem Haus näherte. »Und diese Plantage führst du ganz ohne Personal?«

Reeve lächelte nachsichtig. »Im Haus haben wir fast keine Dienstboten. Aber auf den Feldern brauchen wir natürlich Arbeitskräfte.«

»Sind es Ureinwohner – Aborigines?«

Reeve nickte, dann runzelte er die Stirn. »Leider sind sie Nomaden, diese Leute. Wenn sie den Wunsch verspüren, weiterzuziehen, lassen sie alles stehen und liegen und verschwinden.«

In der Ferne sah Maggie die Sonne auf blaugrünem Wasser glitzern und erinnerte sich daran, daß Reeves Haus nicht weit vom Meer lag. »Hat die Plantage einen Namen?« fragte sie und winkte Elisabeth und Cora, die auf der Veranda saßen, lächelnd zu.

»Ja, sie heißt *Seven Sisters*«, antwortete Reeve, »nach einer Legende, die die Aborigines erzählen. Eine Geschichte aus der Traumzeit.«

»Traumzeit?«

»So nennen sie die Periode vor der Geschichtsschreibung.«

»Erzähl mir die Legende«, bat Maggie, die solche Geschichten liebte.

Sie näherten sich dem Haus, und Reeves Miene wurde plötzlich ernst. Maggie folgte seinem Blick und sah, daß Duncan Kirk bei Eleanor auf der Terrasse stand.

»Ein andermal«, versprach Reeve, als er den Wagen stoppte, ausstieg und Maggie vom Kutschbock hob.

Vielleicht aus Traditionsbewußtsein – oder weil er allen Umstehenden in Erinnerung bringen wollte, daß Maggie seine Frau war – hob Reeve sie auf die Arme und trug sie die Verandastufen hinauf. An der Tür blieb er stehen und gab ihr einen Kuß, bevor er sie über die Schwelle trug.

»Willkommen zu Hause, Mrs. McKenna«, sagte er rauh.

Tränen des Glücks traten Maggie in die Augen. Wie oft hatte sie geglaubt, daß dieser Moment nie kommen würde! Als Reeve sie sanft absetzte, zögerte sie, ihre Hand von seinem Hals zu nehmen. »Es gab Momente«, gestand sie leise, »in denen ich sicher war, daß – falls es überhaupt dazu kommen würde – ich diejenige sein würde, die dich über die Schwelle zerrte.«

Reeve lachte und versetzte ihr einen liebevollen Klaps auf den Po. Dann hatte Maggie Gelegenheit, sich umzusehen. Die Räume waren groß und mit rustikaler Eleganz eingerichtet. Alles wirkte sehr viel anheimelnder als in dem prächtigen Haus in Sydney.

Maggie gefiel es hier auf den ersten Blick. Ein riesiger Kamin aus rotem Stein zierte das Eßzimmer, und von den großen Fenstern aus schaute man direkt auf den Ozean. Die Küche befand sich in einem separaten Gebäude in einiger Entfernung vom Wohnhaus. Natürlich gab es in *Seven Sisters* keine solchen von den moderne Errungenschaften wie Gaslampen oder eingebaute Wasserleitungen. *Seven Sisters* war in gewisser Weise noch ein Vorposten im Busch, aber das schmälerte den Reiz für seine neue Herrin nicht. Zum erstenmal in ihrem Leben besaß Maggie ein eigenes Heim, und beim Gedanken daran war ihre Kehle wie zugeschnürt vor Glück.

Im Herrenschlafzimmer im ersten Stock kniete sie auf einer flachen Fensterbank und schaute auf das Zuckerrohr und die wogenden Wellen hinaus. Dann spürte sie Reeves Hände auf den Schultern und seinen warmen Atem an ihrem Nacken, als er sich vorbeugte, um sie zu küssen.

»Es kommt mir vor, als hätte mein ganzes Leben bisher nur den einen Sinn gehabt, mich nach *Seven Sisters* heimzuführen«, sagte sie verträumt.

»Mir geht es auch so«, stimmte Reeve nachdenklich zu. »Aber erst, seit ich dich über die Schwelle getragen habe, Mrs. McKenna.«

Maggie drehte sich mit tränenfeuchten Augen zu ihm um. »Ich möchte, daß unser Kind hier geboren wird – hier in diesem Raum.«

»Einverstanden.« Reeve küßte sie zur Bestätigung. »Und gibt es einen besseren Ort, um ein Dutzend mehr zu empfangen?«

Sein Kuß löste eine Welle des Verlangens in Maggie aus, und in Gedanken zählte sie die Stunden bis zur Nacht. Reeves Hände umfaßten ihren Po, preßten sie fest an sich, und nachdem er mit der Zungenspitze die Konturen ihrer Lippen nachgezeichnet hatte, flüsterte er ihr zu: »Ich werde dich sehr glücklich machen, Yankee.«

Maggie schlang die Arme um seinen Nacken. »Das bin ich schon«, erwiderte sie zärtlich und fügte gedankenvoll hinzu: »In gewisser Weise ist es heute unsere Hochzeitsnacht.«

Reeve wollte Maggie von neuem küssen, als sich hinter ihnen jemand räusperte. Erschrocken erinnerten sie sich daran, daß sie nicht allein waren, und drehten sich zu einer errötenden Eleanor um.

»Das Essen steht auf dem Tisch«, sagte sie ungewöhnlich schüchtern, »falls Sie uns Gesellschaft leisten möchten.«

Obwohl Maggie viel lieber mit Reeve allein geblieben wäre, hatte sie Hunger und zog ihren widerstrebenden Mann an der Hand zur Tür.

Das Essen bestand aus Gulasch, Erbsen und Kartoffeln, gefolgt von süßen Brötchen mit Marmelade und Schlagsahne. Maggie konnte nicht umhin, Eleanors Kochkunst zu loben, und es entging ihr nicht, daß Duncan und Reeve begeistert in ihr Lob einstimmten.

Nach dem Essen gingen Reeve und Duncan gemeinsam hinaus, um unter vier Augen miteinander zu verhandeln. Cora erklärte, Elisabeth brauchte Ruhe, und zog das heftig protestierende Kind die Treppe hinauf. Maggie und Eleanor blieben allein zurück. Um nicht unfreundlich zu erscheinen, half Maggie beim Tischabräumen.

»Das sollten Sie nicht tun«, meinte Eleanor abweisend. »Immerhin sind Sie die Hausherrin, und Sie waren krank.«

Maggie empfand eine ganz unerwartete Sympathie für Eleanor und fragte leise: »Warum ist es Ihnen so wichtig, hier zu sein, daß Sie sich dazu erniedrigen, die Arbeit einer Haushälterin zu übernehmen?«

»Manchmal müssen wir nehmen, was wir kriegen können«, sagte Eleanor hart, und ihr Blick wurde schärfer. »Und wenn Sie dick und rund sind, Mrs. McKenna, und nicht mehr so empfänglich für die Aufmerksamkeiten Ihres Mannes, erwarte ich, sehr viel zu bekommen.«

Maggie war so entgeistert, daß sie eine Schüssel fallen ließ. »Sie wollen Reeves Mätresse werden?« entgegnete sie fassungslos.

Eleanor lächelte dreist. »Ehefrauen ermüden sehr schnell im Busch«, bemerkte sie kalt. »Eines Tages werden Sie noch froh sein, wenn Ihr Mann in mein Bett kommt statt in Ihres.«

Bestürzt über diese Worte, bückte Maggie sich, um die Schüssel aufzuheben. Krachend stellte sie sie auf den Tisch zurück. »Ihr Selbstbewußtsein ist erstaunlich, Miss Kilgore«, erwiderte sie kühl. »Aber selbst wenn Reeve je das Verlangen nach einer Mätresse haben sollte – und ich kann Ihnen versichern, daß ich alles tun werde, um das zu verhindern –, werden Sie weit entfernt von *Seven Sisters* sein. Wer weiß ... vielleicht verlassen Sie uns sogar schon heute.«

Eleanors Lächeln verblaßte nicht. »Können Sie sich allen Ernstes vorstellen, Mrs. McKenna, daß Ihr zärtlich besorgter Gatte mich fortschickt und riskieren wird, sein Kind in Gefahr zu bringen, indem er Sie Böden schrubben und Essen kochen läßt? Denn falls Sie das glauben, unterschätzen Sie seine Gefühle.«

»Ich brauche ihm nur zu sagen, was Sie vorhaben ...«

Eleanor unterbrach sie mit einem spöttischen Lachen. »Selbst wenn Sie das tun und er mich in einem Anfall blinder Wut vor die Tür setzt – was sehr unwahrscheinlich ist, da nur wenige weiße Frauen bereit sind, hier draußen im Busch zu arbeiten –, brauche ich nur Mister Kirk um eine Stellung in seinem Haus zu bitten. Er wird mich mit Freuden einstellen, da können Sie ganz beruhigt sein. Was sich als noch praktischer für Mister McKenna erweisen würde, da Mister Kirks Residenz nur eine knappe Meile von diesem Haus entfernt ist. Auf diese Weise könnte Mister McKenna seine Mätresse besuchen, ohne es unter den Augen seiner Frau zu tun.«

Maggie wußte, daß Eleanors Worte keine leere Drohung waren; unter den gegebenen Umständen war es höchst unwahrscheinlich, daß Reeve sie fortschicken würde.

»Sie werden ihn nicht bekommen«, schwor Maggie stolz, bevor sie mit hochroten Wangen den Raum verließ.

Reeve und Duncan kamen gerade aus dem kleinen Arbeitszimmer, aber keinem von beiden war anzusehen, was sie dort besprochen hatte.

»Ich gehe spazieren«, sagte sie ein bißchen schnippisch.

Duncan bot Reeve seine Hand, und Reeve drückte sie nach kurzem Zögern. Zu jeder anderen Zeit wäre Maggie neugierig gewesen, welche Art von Abkommen sie getroffen haben mochten. Aber in ihrer derzeitigen Stimmung wandte sie sich nur wortlos ab und verließ das Haus.

Am Anfang des Zuckerrohrfelds holte Reeve sie ein. »Es gibt Schlangen hier«, warnte er, als er sie erreichte und mit ihr weiterging.

Das Zuckerrohr raschelte im Wind und verbreitete einen süßlichen Duft. »Und ich fragte mich gerade, was ich Eleanor zu Weihnachten schenken könnte«, erwiderte Maggie spöttisch.

Reeve drehte sie so heftig zu sich herum, daß sie an seine Brust prallte. »Warum bist du so verärgert, Maggie?«

Zuerst wollte sie es ihm erzählen, aber sie konnte sich gut

vorstellen, was geschehen würde, wenn sie es tat. Reeve würde entweder glauben, sie übertreibe, oder er würde Eleanor fortschicken – zu Duncans Haus.

»Gibt es wirklich Schlangen hier?« fragte sie ausweichend.

Reeve nickte ernst. »Geh bitte nicht mehr allein spazieren, Liebes. Es ist zu gefährlich.«

Unfähig, ihre Tränen zurückzuhalten, wandte Maggie den Kopf ab und biß sich auf die Lippen. »Manchmal glaube ich, es gibt überhaupt keinen ungefährlichen Ort auf dieser Welt«, murmelte sie traurig.

Reeve berührte ihre Nasenspitze. Seine Stimme war sanft und heiser vor Besorgnis. »Was hast du, Yankee? Was macht dir solche Sorgen?«

Maggie nahm sich zusammen; sie mußte es tun, wenn sie um diesen Mann kämpfen wollte, den sie mit jeder Faser ihres Herzens liebte. So lächelte sie und bewegte provozierend ihre Hüften, bevor sie sich umdrehte und lachend in das Zuckerrohrfeld hineinlief.

»Komm sofort zurück!« schrie Reeve aufgebracht. »Es war kein Scherz, das mit den Schlangen!«

Maggie rannte, bis sie das Ende des Feldes erreicht hatte; dort blieb sie keuchend stehen. Vor ihr erstreckten sich das blaue Meer und ein breiter, weißer Sandstrand. »Donnerwetter!« flüsterte sie beeindruckt.

Als sie Reeve heranstürmen hörte, kletterte sie den flachen Hügel zum Strand hinab und schaute von dort aus lachend zu, wie er ihr halb rutschend, halb laufend folgte. In diesem zauberhaften Augenblick schien es keine Eleanors auf dieser Welt zu geben. Maggie hatte ihren sicheren Ort gefunden.

»Ich sollte dich wirklich übers Knie legen!« fuhr Reeve sie zornig an.

»Aber das wirst du nicht – weil ich schwanger bin!« erwiderte Maggie vergnügt.

»Ganz recht«, gab Reeve verdrossen zu. Er fuhr sich mit einer Hand durch sein dunkles Haar und fluchte verhalten, aber Maggie nahm lachend seinen Arm.

»Das ist ein Paradies!« rief sie entzückt und zog ihn zu einer kleinen Bucht hinüber, die halb versteckt zwischen Felsen und Buschwerk lag.

Er lächelte sie grollend an. »Maggie, ich liebe dich.«

Ihre Kehle wurde eng vor Emotion, sie schluckte verwirrt. »Wirklich, Reeve? Liebst du mich?«

Er nickte stumm, die Hände lagen auf ihren Schultern. Maggie nahm sie und legte sie auf ihren Bauch.

»Wenn ich dick und rund bin, wirst du mich dann noch begehren?« fragte sie schüchtern.

»Mehr als je zuvor«, antwortete er und drängte sie auf die kleine Bucht zu, einen Garten Eden, abgeschirmt vom Rest der Welt. Exotische Blumen wuchsen an den Felshängen, und bunte Papageien hockten schnatternd in den Büschen.

Maggie ließ sich in den schneeweißen Sand fallen und begann ihre Schuhe aufzubinden. »O Reeve«, hauchte sie entzückt, »es ist so schön hier!«

Er ließ sich neben ihr nieder, zog ihr mit langsamen, sehr sinnlichen Bewegungen die Schuhe aus und rollte dann behutsam ihre Strümpfe hinunter.

Maggies Herz klopfte zum Zerspringen, und all ihre Instinkte rieten ihr, sich in den weichen Sand zurückzulegen und sich von Reeve lieben zu lassen. Doch andererseits wollte sie diesen Augenblick so lange wie möglich hinauszögern.

Deshalb sprang sie auf, schürzte ihre Röcke und schritt bis zu den Knien ins flache Wasser. Reeve hielt sich zurück, seine Züge von unangenehmen Erinnerungen umwölkt, und etwas von Maggies Freude verblaßte. Langsam ging sie zu ihm zurück.

»Du hast Schatten in den Augen«, sagte sie sanft und legte beide Hände um sein Gesicht.

Er zog sie an sich und hielt sie einen Moment nur fest, dann entspannte er sich, hob die Hände und löste Maggies aufgestecktes Haar, bis es ihr frei auf die Schultern fiel. »Du kannst die Schatten vertreiben, Maggie«, flüsterte er heiser. »Du, nur du.«

Sie begann sein Hemd aufzuknöpfen, und als sie Reeves muskulöse Brust entblößt hatte, legte sie beide Hände darauf und streichelte ihn zärtlich. Als ihre Finger spielerisch über seine Brustspitzen glitten, stöhnte er leise auf.

»O Gott, Maggie«, murmelte er. »Ich brauche dich …«

Maggie trat näher, berührte eine seiner Brustspitzen mit der Zunge und war entzückt, als ein Beben durch Reeves Körper lief. Es ermutigte sie dazu, nun auch seine andere Brustspitze zwischen die Lippen zu nehmen, zu liebkosen und zu reizen, und unter ihrer Hand spannten sich seine Bauchmuskeln an, bis sie so hart waren wie Granit. Als Maggies Hand zu seinem Gürtel glitt, schob er sie sanft fort und öffnete ihn selbst.

»Maggie«, keuchte er verlangend. »O Maggie ...«

Für einen langen, köstlichen Moment verwöhnte Maggie ihren Mann, und er nutzte die Zeit, um die winzigen Knöpfe am Rücken ihres Kleides zu lösen und es von ihren Schultern zu streifen.

Als Reeve die süße Qual, die sie ihm zufügte, keine Sekunde länger zu ertragen glaubte, zog er ihren Kopf zu sich hinauf und küßte sie. Sie erschauerte, als seine Zunge in die feuchte Höhlung ihres Mundes drang und seine Hände ihr Kleid bis zur Taille herunterzogen. Da Maggie seit dem Morgen mit einem solchen Moment gerechnet hatte, trug sie kein Hemdchen unter ihrem Kleid.

Reeve legte seine Hände um ihre vollen Brüste und reizte ihre rosigen Spitzen mit den Daumen.

Maggie spürte den heißen Sand unter ihrem nackten Rücken und die Sonne im Gesicht; sie wimmerte leise, als Reeve ihr mit einer einzigen heftigen Bewegung das Kleid herunterzog und es beiseitewarf. Als er sah, daß sie auch keine Unterhosen trug, hielt er verblüfft den Atem an. »Du kleine Hexe!« sagte er dann zärtlich. »Du hast gewußt, daß es geschehen würde!«

»Hm«, murmelte Maggie, schloß die Augen und überließ sich den warmen Sonnenstrahlen und Reeves erfahrenen Zärtlichkeiten. Er liebkoste und reizte Maggie mit Lippen, Zunge und Zähnen, bis ihre Bewegungen wild und unkontrolliert wurden.

Dann spürte sie seine Hand über ihre Hüfte und zwischen ihre Schenkel gleiten. Einladend spreizte sie die Beine, und das stachelte Reeves Leidenschaft so an, daß er sich stöhnend auf den Rücken rollte und Maggie auf sich zog. Kraftvoll drang er in sie ein. Maggie schrie auf vor Lust, als er sich zu bewegen begann. Ihre Wangen waren gerötet, ihr Blick vor Erregung verschleiert.

Sie wühlte ihre Hände in Reeves Haar, paßte sich hingebungsvoll seinem Rhythmus an und überließ sich dem sinnlichen Vergnügen, das in seiner Intensität fast unerträglich war. Sie stöhnte, seufzte und lachte. Dann schrie sie auf, als sie den Gipfel der Lust erreichte.

Reeve, der seine Erregung bisher mühsam gezügelt hatte, schloß die Augen und überließ sich dem überwältigenden Gefühl der Ekstase, das ihn erfaßte. Im selben Augenblick, in dem sie aufschrie, rief er ihren Namen. Atemlos kam auch er zum Höhepunkt.

Dann blieb Reeve erschöpft liegen. Maggie schmiegte sich an seine Brust und legte den Kopf an seine Schulter.

Vielleicht war es auf ihre aufgewühlten Emotionen zurückzuführen, daß sie plötzlich an Eleanor denken mußte und zu weinen begann. Es dauerte eine Weile, bis Reeve ihre Tränen an seiner Schulter spürte und sich erstaunt aufrichtete, um sie anzusehen.

»Sag es mir!« befahl er rauh.

»Ich möchte dich nie verlieren«, flüsterte Maggie weinend. »Nie! Ach, Reeve – ich liebe dich so sehr!«

Zärtlich strich er ihr die feuchten Locken aus der Stirn. »Und ich liebe dich«, versicherte er ihr ernst. »Weine bitte nicht, Maggie.«

Doch das Zittern, das ihren Körper erfaßt hatte, ließ nicht nach. »Du wirst dir nie eine Mätresse nehmen?« wisperte sie, und es war ihr gleichgültig, daß es wie ein Flehen klang. Mit der Fingerspitze berührte sie das Bronzemedaillon an seinem Hals. »Versprich mir, Reeve, daß du mir treu sein wirst.«

Er küßte sie leidenschaftlich, bevor er antwortete. »Ich glaube, das habe ich bereits versprochen, Yankee. Vor einem Priester, wenn ich mich recht entsinne.«

»Jemand hat mir gesagt, du würdest dir eine Mätresse nehmen, wenn ich dick und rund bin …«

»Wer auch immer das gesagt hat, Maggie, hat sich schwer in mir getäuscht.«

Sie sah ihn an. »Ich könnte es nicht ertragen, Reeve, wenn ich dich teilen müßte. Ich weiß, daß einige Frauen über die

Untreue ihrer Männer hinwegsehen, aber ich könnte das nicht.«

Er küßte ihre Augenlider. »Maggie, glaubst du, ich würde absolute Treue von dir verlangen, wenn ich nicht bereit wäre, sie auch zu geben?«

»Das tun viele Männer«, erwiderte sie bedrückt.

»Möglich, aber ich bin nicht wie andere Männer. Ich bin dein Mann. Und so lüstern, daß ich mich nicht beherrschen könnte, wenn es sein muß, bin ich auch wieder nicht.«

Maggie begann zu lachen. Sie fühlte sich allmählich besser.

»Bei mir hast du dich noch nie beherrscht«, warf sie ihm vor.

»Das stimmt!« Er grinste und küßte ihre letzten Zweifel und Bedenken fort.

Eine Stunde später waren sie angezogen und spazierten Hand in Hand durch das raschelnde Zuckerrohr zum Haus zurück. Maggie war so glücklich, daß sie leise vor sich hinsummte, als sie die Küche betrat, wo die Vorbereitungen für das Dinner in vollem Gange waren.

Eleanor eilte zwischen Herd und Arbeitstisch hin und her, ihr Haar klebte feucht an Stirn und Wangen. Als sie Maggies Anwesenheit spürte, blieb sie stehen. »Kann ich etwas für Sie erledigen?« fragte sie barsch.

Maggie lächelte. »Nur das Kochen und Saubermachen«, entgegnete sie spöttisch, bevor sie sich abwandte und zum Wohnhaus weiterging.

Am nächsten Morgen brach Reeve schon bei Sonnenaufgang auf, um die Ernte auf den Feldern zu überwachen, und Maggie hatte Gelegenheit, sich mit dem Leben auf einer Zuckerrohrplantage vertraut zu machen. Sie beschloß, einen Spaziergang zu machen, und um den Schlangen aus dem Weg zu gehen, schlug sie den Weg zur Straße ein.

Die Bananenstauden raschelten in der leichten Brise, und Maggie sah, daß die Früchte mit Leinensäcken umwickelt waren, um sie vor diebischen Vögeln zu schützen. So ruhig es auf *Seven Sisters* war, Maggie hätte ihr ganzes Leben hier verbringen mögen; der Frieden dieses Ortes schien eine Wunde in ihr zu heilen, von deren Existenz sie nie etwas geahnt hatte.

Das entfernte Rattern von Kutschenrädern veranlaßte

Maggie, stehenzubleiben und zu lauschen, weil sie auf einen Besucher hoffte. Aber das Geräusch verblaßte, und so ging sie langsam weiter.

Sie war sehr überrascht, als sie plötzlich eine dunkelhäutige Frau auf sich zukommen sah, einen abgeschabten Koffer in der Hand und zwei kleine Mädchen hinter sich. Maggie konnte ihre Erleichterung kaum verbergen, als sie Kala erkannte, Reeves Haushälterin aus Parramata. Auch an die Kinder, Goodness und Mercy, erinnerte sie sich noch gut.

»Kala!« rief sie entzückt und bereit, die Frau stürmisch zu umarmen. Doch die freundliche Zurückhaltung in Kalas Augen hinderte sie daran.

»Wir sind den ganzen Weg gelaufen, Miss!« rief Goodness oder Mercy; Maggie konnte die beiden Mädchen nicht auseinanderhalten.

»Den ganzen Weg von Parramata?« entgegnete Maggie verblüfft.

Beide Mädchen nickten, aber Kala antwortete: »Wir hören von Heirat, wir kommen«, sagte sie, und es war das erste Mal, daß Maggie sie sprechen hörte.

Maggie war gerührt – und freute sich schon auf Eleanors Gesicht, wenn sie Kala sah. »Ihr müßt hungrig und müde sein«, sagte sie zu den drei Reisenden. »Kommt mit, ich werde sehen, ob ich etwas zu essen für euch auftreiben kann.«

»Limonade?« fragte eine von Kalas jungen Begleiterinnen mit hoffnungsvoller Miene.

Kala gab einen ärgerlichen Ton von sich und holte aus, aber die Kleine duckte sich. »Entschuldigen Sie, Miss«, sagte Kala.

Als Maggie das Küchengebäude betrat, Kala und die Kinder hinter sich, hielt Eleanor in der Arbeit inne und strich sich mit beiden Händen das Haar aus dem Gesicht. »So«, murmelte sie und schien die Lage gleich richtig zu erkennen, denn sie nahm ihre Schürze ab und marschierte wortlos aus der Küche.

Als Maggie eine knappe Stunde später in ihrem Zimmer nachsah, waren Eleanors Sachen verschwunden.

# 23

Zu stolz, um Duncans Haus durch den Dienstboteneingang zu betreten, stellte Eleanor ihr Gepäck auf der Veranda ab und klopfte an die vordere Eingangstür.

Ein mürrisch blickender Junge mit leuchtendrotem Haar und den gleichen auffallend grünen Augen wie Duncan öffnete. »Was ist?« schnappte er unfreundlich.

Eleanor seufzte. »Ich möchte Mister Kirk sprechen.«

»Er ist auf Mister McKennas Feldern und hilft ihm aus«, sagte der Junge. »Können Sie kochen?«

Eleanor hatte sich schon enttäuscht abwenden wollen, doch nun schaute sie überrascht auf.

»Können Sie kochen?« wiederholte der Knirps in einem derart herablassenden Ton, daß Eleanor ihn am liebsten dafür geohrfeigt hätte.

»Ja, ich kann kochen«, erwiderte sie kalt. »Aber da du nicht die Autorität besitzt, mich einzustellen …«

»O doch, das kann ich«, beharrte der Junge und straffte stolz die schmalen Schultern. »Papa sagte, Sie würden kommen, wenn Sie erst einsehen, wie sinnlos es ist, was Sie vorhaben.«

Eleanor zog die dunklen Brauen hoch und bückte sich, um dem Jungen ins Gesicht zu sehen. »Und was habe ich vor, wenn ich fragen darf?«

»Sie wollen Mister McKenna haben, glaube ich. So wie Papa Maggie haben wollte. Aber er hat eingesehen, daß die beiden nicht zu trennen sind. Deshalb wäre es besser, wenn Sie es sich auch aus dem Kopf schlagen würden, Madam.«

»Du bist ganz schön frech, wußtest du das?« entgegnete Eleanor entrüstet.

»Ja, Madam. Ich heiße Tad und bin der älteste Sohn, deshalb werde ich eines Tages den größten Teil von Papas Vermögen erben. Wollen Sie nicht hereinkommen und uns ein Mittagessen kochen?«

Eleanor strich eine feuchte Strähne aus ihrer Stirn und bückte sich nach ihren Koffern. »Du wirst erben, ja«, murmelte sie gehässig, »falls du nicht vorher von der Köchin vergiftet wirst!«

»Wie sagten Sie?« fragte Tad und drehte sich grinsend zu ihr um.

Eleanor ignorierte seine Frage und lächelte gewinnend. »Zeig mir, wo die Küche ist, mein Junge, dann werde ich dafür sorgen, daß eine gute Mahlzeit auf dem Tisch steht, wenn dein Vater mittags nach Hause kommt. Es wäre mir sehr lieb, wenn du hinausgehen und es ihm sagen würdest. Dann braucht er nicht bei den McKennas zu essen.«

Tad lächelte spöttisch. »Lassen Sie mich Ihnen zuerst Ihr Zimmer zeigen, Miss. Sie sehen ziemlich mitgenommen aus, wenn ich mal so sagen darf. Ich hoffe, es stört Sie nicht.«

»Würde es etwas ändern, wenn es mich störte?«

Der Junge zuckte frech die Schultern. »Nein, Madam.«

Tad Kirk war eine Herausforderung für Eleanor, aber sie hatte schon Schlimmeres erlebt. »Wenigstens verstehen wir uns, nicht wahr, Master Kirk? Das ist mehr, als die meisten Leute von sich behaupten können.«

In ihrem Eifer, etwas Gutes zu kochen und sich damit einen Platz in Duncans Haus zu sichern, das kaum mehr als einen Steinwurf von *Seven Sisters* entfernt war, stellte Eleanor die

Koffer ab und schaute sich nicht einmal in ihrem Zimmer um.

Duncan erschien gegen Mittag, rußig und verschwitzt, und als er sich in einer Ecke der Küche wusch, begann Eleanor ihn zum erstenmal als Mann zu sehen und nicht nur als Mittel zum Zweck. Er ist recht gut gebaut, dachte sie, während sie die ausgeprägten Muskeln auf seinem Rücken betrachtete, bevor er das schmutzige Hemd wieder überstreifte.

Eine Strähne seines rußgeschwärzten Haares fiel ihm verwegen in die Stirn, als er sich lächelnd an den Tisch setzte, den Eleanor für ihn gedeckt hatte. »Sie haben also die gleiche Entdeckung gemacht wie ich, Miss Kilgore«, sagte er nicht unfreundlich. »Setzen Sie sich und essen Sie etwas mit – ich kann es nicht ertragen, wenn Leute beim Essen um mich herumstehen.«

Eleanor nahm seine Einladung an, aber sie hatte weder Appetit auf Fleisch noch auf sonst etwas. »Und welche Entdeckung soll das sein, Mister Kirk?« entgegnete sie gelassen.

Duncan kaute nachdenklich. »Sie wollen Reeve, aber Sie werden ihn wahrscheinlich nie bekommen. Ich hingegen wollte Maggie – doch so sehr sie mich auch reizt, mein Leben ist sie mir nicht wert. Deshalb habe ich die Idee aufgegeben.«

»Ich besitze Ihnen gegenüber einen Vorteil, Mister Kirk«, meinte Eleanor freimütig. »Wenn Mrs. McKennas Schwangerschaft sichtbar wird und sie nicht mehr so begierig ist, ihren Mann zu erfreuen ...«

Duncan zog skeptisch eine Braue hoch. »Der Vorteil liegt bei Maggie, fürchte ich«, entgegnete er flach. »Ich kann mir nicht vorstellen, daß sie diesen Mann je abweisen wird – sie betet ihn an –, aber selbst wenn es sein müßte, weil sich Komplikationen bei ihrer Schwangerschaft ergäben, würde Reeve höchstens noch mehr Nachsicht mit ihr üben.« Er machte eine kurze Pause. »Sie verschwenden Ihre kostbare Zeit, wenn Sie darauf warten, daß Reeve Sie in sein Bett nimmt, Miss Kilgore. Vor allem, wenn man bedenkt, wie willkommen Sie in meinem wären.«

Eleanor errötete. Sie mußte sich eingestehen, daß die Aussicht eigentlich ganz verlockend war. »Es gehen Gerüchte um, daß Sie Miss Loretta Craig zur Mätresse genommen haben«, entgegnete sie dennoch kühl.

Duncan lachte. »Diese *affaire de c£ur* ist zum Glück vorbei. Loretta hat ihren gesamten Besitz verkauft, um ihre eigene Theatergruppe aufzustellen. Ich gebe zu, daß ich ihr einen Zuschuß von einigen hundert Pfund gegeben habe. Sie reist nach Amerika, um dort berühmt zu werden.« Er hob die Schultern. »Soviel ich weiß, ist sie schon unterwegs.«

Eleanor verschränkte die Arme. »Warum sind Sie hiergeblieben, wenn Sie Maggie aufgegeben haben?«

»Donnerwetter!« Duncan nickte beeindruckt. »Bin ich wirklich so leicht zu durchschauen?«

Eleanor lächelte. »Für mich schon.«

Duncan seufzte philosophisch. »Man gibt die Hoffnung nie auf. McKenna könnte einem tragischen Unfall zum Opfer fallen und seine schöne Frau zur Witwe machen. Außerdem macht es mir Spaß, das Land zu bearbeiten – es ist eine willkommene Abwechslung nach dem Leben in Sydney oder Melbourne.«

»Möglich«, gab Eleanor zu. »Aber ich glaube, das ist noch nicht alles – Sie wollen in Maggies Nähe sein, um über Ihre Spionin Informationen zu erhalten. Sagen Sie, Mister Kirk – ist Cora Ihre Mutter oder Ihre Tante?«

Duncan war sprachlos.

»Sie dachten, es wüßte keiner, was?« versetzte Eleanor mit zuckersüßem Lächeln. »Dabei ist es gar nicht so schwer zu erraten – Cora ist Amerikanerin wie Sie. Und natürlich habe ich Sie beide mehrmals miteinander tuscheln sehen.«

Duncan schob seinen Teller fort. »Cora ist meine Tante«, gab er stirnrunzelnd zu. »Sie kam auf meine Bitte nach Australien, um sich um meine Söhne zu kümmern. Als sie eintraf, war ich schon in Maggie verliebt und bat Cora, sich eine Stellung in Reeves Haus zu suchen, damit ich informiert war, wie es Maggie ging.«

»Wir sind aus dem gleichen Holz geschnitzt, Mister Kirk.«

»Das glaube ich nicht, Miss Kilgore. Was ich auch getan haben mag, es geschah nur aus Zuneigung zu Maggie. Sie hingegen würden sie lieber im Ozean ertrinken sehen, als sie zu grüßen.« Eleanor seufzte geziert. »Wollen Sie damit sagen, ich wäre zu einem Mord fähig?«

Ganz unvermittelt packte Duncan Eleanors Mieder und

zog sie auf den Tisch. Ihre Füße baumelten in der Luft, und sie spürte den heißen Atem des Mannes auf ihrem Gesicht, als er warnend sagte: »Wenn Sie irgend etwas tun, was Maggie schaden könnte – egal was, Miss Kilgore! –, werden Sie feststellen, daß ich ein unnachgiebiger, rücksichtsloser Feind sein kann!«

Weit davon entfernt, Furcht zu verspüren, fühlte Eleanor eine prickelnde Erregung in sich erwachen. Sie nickte stumm, und Duncan ließ sie an seinem Körper herabgleiten, bis ihre Füße wieder den Boden berührten.

»Es gibt nur eine Möglichkeit, Sie von Teufeleien abzuhalten, Miss«, stellte Duncan heiser fest. »Und das ist, Sie so stark zu beschäftigen, daß Sie keine Zeit zum Pläneschmieden haben. Wenn ich von den Feldern heimkomme, möchte ich ein Bad vorbereitet haben. Und danach will ich Sie.«

Eine Hitzewelle erfaßte Eleanor, als sie die Augen niederschlug und sich ein schwaches Lächeln gestattete. »Ihr Bett und Ihr Bad werden Ihren Vorstellungen entsprechen, Mister Kirk«, versprach sie sanft.

Duncan legte seine Hand unter ihr Kinn und hob ihr Gesicht zu sich empor. Ein leidenschaftliches Funkeln stand in seinen grünen Augen. »Wer sind Sie?« fragte er rauh. »Sie kennen mein Geheimnis, nun will ich Ihres wissen.«

Eleanor hatte seit Jamie keinen Mann so sehr begehrt wie diesen – nicht einmal Reeve McKenna. Als Duncans Hand in ihr Mieder glitt und ihre Brust umfaßte, schloß sie die Augen und seufzte lustvoll. »Das Kind … die kleine Elisabeth. Sie ist meine und Jamies Tochter.«

Duncans Finger verstärkten ihren Druck und lockerten sich wieder. »Mein Gott – Sie sind Jamie McKennas Frau?«

»Ich war nur seine Geliebte«, gestand Eleanor und war überrascht, wie weh das Eingeständnis tat, selbst nach all diesen Jahren noch. Aus einem fast verzweifelten Verlangen heraus, preßte sie ihre Hand auf die von Duncan, und auf ihren stummen Wunsch hin begann er sie wieder zu streicheln.

Mercy stürmte in die Küche, wo Maggie Karotten schälte. »Er ist da, Miss. Mister McKenna ist wieder da!«

Maggie ließ die Karotten und das Messer fallen und eilte durch die Hintertür hinaus, wo sie wartete, bis Reeve und seine Männer eingetreten waren und sich an den langen Tisch gesetzt hatten. Kala begann das Mittagessen zu servieren.

Dann, nachdem sie ihr Haar geordnet und ihren Rock glattgestrichen hatte, trat sie lächelnd ein. Die Männer machten ihr Platz, und sie setzte sich neben Reeve.

»Du bist schmutzig«, bemerkte sie.

Reeve nickte lachend und musterte sie argwöhnisch. »Du siehst selbst auch etwas verschwitzt aus. Ich wußte gar nicht, daß man beim Sticken ins Schwitzen geraten kann.«

Maggie biß sich auf die Lippen und schlug die Augen nieder. Sie hatte Gewissensbisse, brachte es jedoch nicht über sich, Reeve zu gestehen, daß sie den ganzen Morgen nicht einen einzigen Stich getan hatte. »Könnte ich dich begleiten, wenn du auf die Felder zurückkehrst? Ich möchte es so gern sehen.«

»Nein«, antwortete er schlicht, während er aß, »und laß dir bloß nicht einfallen, durch das Zuckerrohr zum Strand zu gehen. Auf der Flucht vor den Flammen ziehen sich die Schlangen bis an den Strand zurück.«

Maggie hatte süße Erinnerungen an den weißen Strand hinter jenen Feldern und spürte, wie sie errötete. Sie schaute sich unter den schwarzen Männern um, die am Tisch saßen, nur mit Lendenschurz bekleidet, und sagte: »Ich möchte gern meine Freundin Tansy Quinn kommen lassen, wenn du nichts dagegen hast.«

Reeve warf ihr einen abwesenden Blick zu; er schien mit ganz anderen Fragen beschäftigt zu sein. »Gute Idee. Dann hast du jemanden, mit dem du reden kannst.«

»Wir müßten ihr allerdings ein Gehalt bezahlen – wir können sie als Hausmädchen einstellen.«

»Schon gut, das ist kein Problem. Schreib ihr, Maggie, und laß mich jetzt in Ruhe.«

Maggie war verletzt. Mit Tränen in den Augen – sie war viel zu sensibel in der letzten Zeit – sprang sie auf. »Ich lasse dich soviel in Ruhe, wie du willst!« zischte sie ihm wütend zu.

Die Aborigines am Tisch senkten die Köpfe und ignorierten das Drama, das sich vor ihren Augen abspielte. Reeve stand mit einem gequälten Seufzen auf, nahm Maggies Arm und zog sie in den gleißenden Sonnenschein hinaus.

»In Gottes Namen, Yankee – was willst du eigentlich von mir?« erkundigte er sich mit mühsam erzwungener Geduld.

Maggie machte ein trotziges Gesicht. »Ein bißchen Aufmerksamkeit, McKenna«, flüsterte sie erbost. »Jedesmal, wenn ich dir etwas sage, verlangst du, daß ich dich in Ruhe lasse! Und nachts drehst du dich um und schnarchst, anstatt mich in die Arme zu nehmen und zu lieben!«

Reeve grinste ganz unvermittelt, seine Zähne schimmerten weiß in seinem rußgeschwärzten Gesicht. »Das ist es also. Maggie, ich arbeite den ganzen Tag sehr hart. Wenn ich ins Bett gehe, will ich schlafen.«

»Das habe ich gemerkt«, schmollte sie. »Liebst du mich nicht mehr?«

»Du weißt, daß ich dich liebe, Yankee.«

Maggie schaute rasch in alle Richtungen, bevor sie Reeve zuflüsterte: »Eleanor ist schon eine Woche bei Duncan. Seit sie fort ist, hast du mich nicht mehr angerührt!«

Reeves Lächeln verblaßte, seine Augen wurden dunkel wie der Himmel in Queensland vor einem Sturm. Drohend trat er einen Schritt auf Maggie zu und brüllte so laut, daß es jeder in der Küche hören konnte: »Bei Gott, Yankee, wenn du damit sagen willst, daß ich diesem Frauenzimmer unter die Röcke …«

Maggie wich hastig zurück und gab sich die größte Mühe, ein Lächeln auf ihr Gesicht zu zaubern. So weit hatte sie Reeves Zorn nicht herausfordern wollen. »Reeve, sprich bitte leiser.«

»Ich denke nicht daran, Frau!« schrie er unverändert laut. »Und ich lasse mir auch nicht gefallen, daß meine Moral angezweifelt wird, nur weil ich zu müde bin, um mit dir zu schlafen!«

Heiße Röte stieg Maggie in die Wangen, sie war zutiefst beschämt. »Reeve, bitte, hör auf zu schreien …«

Er maß sie mit einem zornigen Blick, und dann, endlich, mäßigte er seinen Ton. »Ich schlafe heute nacht im Gasthof«, zischte er, »also glaub bloß nicht, ich wäre bei meiner Krankenschwester! Aber andererseits kannst du von mir aus denken, was du willst, Yankee!«

»Reeve! Warte!«

Doch er hörte nicht auf sie und stürmte wütend in die Küche zurück.

Niedergeschlagen wartete Magie im Haus, bis die Männer und Reeve auf die Felder zurückgekehrt waren. Dann schlich sie traurig in die Küche, um beim Abwasch zu helfen.

Kala schob sie energisch beiseite. »Setzen Sie sich, Miss. Meine Mädchen können das tun.«

Goodness und Mercy machten sich an die Arbeit, und Maggie sank auf einen Stuhl und begann zu weinen. »Mein Mann haßt mich!« schluchzte sie.

Kala lachte. »Nein, Miss.«

»Doch, er haßt mich!« weinte Maggie. »Er will heute nacht im Gasthof schlafen.«

»Nein, Miss«, sagte Kala wieder, stellte einige Kupfertöpfe auf den Tisch neben ihrer Herrin und drückte ihr ein Tuch und einen Topf mit einem dunklen Pulver in die Hand. »Polieren«, befahl sie schlicht.

Noch immer leise vor sich hinschluchzend, gab Maggie etwas von dem Pulver auf den Lappen und rieb damit über die Kupfertöpfe, bis das Metall glänzte und funkelte. Die Arbeit ließ sie ihre Sorgen vergessen, und die munteren Lieder, die Kala und ihre Mädchen sangen, heiterten sie ein wenig auf.

Als Maggie ihre Arbeit beendet hatte, waren Goodness und Mercy verschwunden, und Kala schüttete draußen das Spülwasser aus. Zufrieden mit dem Erfolg ihrer Arbeit, betrachtete Maggie die glänzenden Töpfe und warf die geschwärzten Tücher in den Herd.

Die Herdplatten klapperten, als eine Reihe von Explosionen die Luft erschütterten. Kala kam sofort hereingerannt, packte Maggie an der Hand und zerrte sie hinaus. Die Männer, einschließlich Reeve, kehrten gerade von den Feldern zurück.

»Was ist passiert?« wollte Reeve wissen, als das Knallen und Krachen endlich verstummte. Es war kein sichtbarer Schaden in der Küche entstanden.

»Ich habe nur das Kupfer aufpoliert«, sagte Maggie spitz, verschränkte die Arme und schaute Reeve nicht an. »Danach habe ich die schmutzigen Lappen in den Herd geworfen, und da brach die Hölle los.«

Kala begann zu lachen. Sie lachte so sehr, daß sie auf die Knie sank, sich ihren Bauch hielt und vor und zurück schwankte. Es war ziemlich offensichtlich, daß sie keine große Hilfe sein würde.

Maggie kehrte ärgerlich in das Küchengebäude zurück, schnappte sich die Dose mit dem schwarzen Pulver und zeigte sie Reeve.

Er schüttelte den Kopf. »Kannst du lesen, Yankee?«

»Selbstverständlich! Das weißt du sehr gut!«

»Dann solltest du dir vielleicht die Aufschrift ansehen«, meinte er spöttisch und deutete auf das Etikett der Dose.

Maggies Augen wurden groß, als sie das einzelne, leuchtend rot gedruckte Wort las: *Schießpulver*.

»Oh«, meinte sie lahm.

Reeve ging ihr schmunzelnd durch das Haar. Als es sich aus seinen Nadeln löste und ihr in großen, silberblonden Wellen auf die Schultern fiel, erschien für einen Moment ein vertrautes Glitzern in seinen Augen. Aber es verblaßte schnell. »Bemüh dich bitte, keine neuen Schwierigkeiten zu verursachen, Maggie«, mahnte er streng. »Wenigstens für die nächsten Stunden.«

Maggie war beleidigt und verletzt. »Ich werde es dir erleichtern, Reeve«, zischte sie. »Du kannst unser Bett haben, und ich schlafe im Gasthof!«

»Wenn du meinen Besitz verläßt«, warnte Reeve, »vergesse ich meine Prinzipien und versohle dir den Po, darauf kannst du Gift nehmen! Und bilde dir bloß nicht ein, daß ich Spaß mache, denn es ist mir bitter ernst gemeint.«

Das bezweifelte Maggie nicht. Seufzend wandte sie sich ab und ging mit hängenden Schultern zum Wohnhaus zurück.

Es war weniger die Aussicht auf ein Bett, die Reeve an diesem Abend ins Gasthaus trieb, sondern das Bedürfnis nach einem Drink und einem Wirt, der bereit war, sich seine Sorgen anzuhören. »Ich habe eine Amerikanerin geheiratet«, erzählte er dem Mann an der Theke.

Er nickte verständnisvoll. »Ja, mein Freund, das weiß ich. Möchten Sie ein Zimmer für heute nacht?«

Reeve schüttelte den Kopf und hob seinen zweiten Krug Bier an den Mund. Er wollte gerade trinken, als Eleanor an seiner Seite erschien.

»Hallo, Mister McKenna«, grüßte sie freundlich.

Reeve war so sprachlos, daß er sie nur anstarren konnte.

»Ich nehme an, Ihre nächste Frage wird sein: *Was machen Sie denn hier?*«

»Das ist richtig.« Er nickte.

Eleanor hob trotzig das Kinn, und Reeve dachte, daß er diese Frau heftig begehrt hätte, wenn Maggie nicht gewesen wäre. »Ich bin mit Mister Kirk gekommen«, erklärte sie. »Wir wollten die Post abholen – man freut sich ja immer auf einen Brief, nicht wahr? –, und da wurde der arme Duncan krank.«

»Krank? Wo ist er?« Reeve vertraute Duncan auch jetzt noch nicht, aber falls er wirklich krank war, durfte er ihn nicht im Stich lassen. Schließlich waren sie Nachbarn.

Ein triumphierendes Leuchten blitzte in Eleanors dunkelblauen Augen auf, was Reeve als äußerst unpassend empfand angesichts der Krankheit ihres Arbeitgebers. »Oben«, sagte sie und zeigte in die Richtung. »Wir haben ihn zu Bett gebracht. Er hat hohes Fieber.«

Reeve schaute fragend zum Wirt hinüber, aber der polierte gewissenhaft ein Glas und wich den Blicken aus.

Eleanor ging voran. Am Ende des Korridors öffnete sie eine Tür und trat ein. Als Reeve ihr folgte, schloß sie die Tür und lehnte sich dagegen.

Reeve betrachtete das Bett. Trotz seiner Müdigkeit und den zwei Krügen Bier, die er getrunken hatte, war er noch imstande zu erkennen, was ein leeres Bett war. Eher verwundert als verärgert drehte er sich zu Eleanor um.

»Duncan ist nicht wirklich krank, Reeve«, gestand sie schüchtern. »Er ist unten und spielt Karten.«

»Warum haben Sie mich dann …?«

Eleanor nahm ihm den Bierkrug aus der Hand und ließ

ihre Finger über sein verschwitztes Hemd gleiten. »Weil ich Ihre Mätresse werden möchte, nicht seine.«

Sie tat Reeve leid, obwohl er sich bemühte, es nicht zu zeigen. »Lassen Sie mich gehen. Ich habe mir vorgenommen, mich heute zu betrinken.«

»Ich könnte Sie Maggie vergessen lassen ...«

»Niemand könnte das«, erwiderte er nüchtern. »Und obwohl ich ihr oft am liebsten den sturen Hals umdrehen würde, liebe ich sie sehr.«

Für Reeve war das Thema damit abgeschlossen, aber Eleanor gab so schnell nicht auf. »Bitte gehen Sie nicht«, bat sie flehend.

Reeve entfernte ihre Hände von seiner Brust und schob sie beiseite. Als er die Tür öffnete, sagte sie: »Ich kenne Ihren Bruder.«

Ungläubig und nun auch ein bißchen verärgert, drehte Reeve sich noch einmal um. »Was?«

Eleanor hob das Kinn. »Mehr sage ich Ihnen nicht, Mister McKenna. Wenn Sie mehr wissen wollen, müssen Sie mich schon auf den Knien darum bitten.«

»Hoffentlich wird Ihnen das Warten nicht zu lang«, erwiderte Reeve, obwohl er die Frau am liebsten am Hals gepackt und so lange geschüttelte hätte, bis sie ihm alles über Jamie verriet. Doch er schloß die Tür, ging rasch die Treppe hinunter und ritt heim.

Ob Eleanor wirklich etwas über Jamies Verbleib wußte oder nicht, war eine Frage, über die er später nachdenken konnte. Im Moment wollte er nur bei Maggie sein.

Sie warf eine Schüssel nach ihm, als er das Schlafzimmer betrat. Krachend zerschellte sie am Türrahmen.

Reeve lachte und benutzte die Tür als Schutzschild. »Immer noch böse, Liebling?« rief er ihr zu. »Oder möchtest du nur unsere Hochzeitsnacht von neuem feiern?«

Etwas krachte gegen die Tür, und Reeve zuckte zusammen.

»Warum machst du es mir so schwer, Yankee? Ich bin gekommen, um mich bei dir zu entschuldigen.«

Stille. War das kleine Biest besänftigt, oder bereitete sie nur eine neue Attacke vor?

»Maggie?«

Nichts.

»Als ich in den Gasthof kam«, fuhr Reeve schmunzelnd fort, »versuchte Eleanor Kilgore, mich in ihr Bett zu schleppen.«

Schritte – dann öffnete sich die Tür. Maggie stand vor ihm und starrte ihn zornig an, ihre nackten Füße von Scherben umgeben. »Wirklich?«

Reeve nickte ernst und hob sie auf. »Du wirst dir die Füße verletzen«, schalt er, als er sie sanft aufs Bett legte und dann das Glas aufhob. »Wir müssen etwas gegen dein überschäumendes Temperament tun, Maggie. Für einen hart arbeitenden Mann ist es manchmal sehr schwer zu ertragen.«

Er spürte ihre Neugier, ihre Ungeduld und ihren Zorn. »Mein Temperament ist unwichtig. Was hat diese Schlampe zu dir gesagt?«

Reeve sammelte weiter Scherben auf. »Mit der Behauptung, Duncan sei erkrankt, lockte sie mich in ein Zimmer. Aber dort war kein Duncan, und Eleanor warf sich mir schamlos an den Hals.«

Maggie gab ein knurrendes Geräusch von sich. »Ich reiße ihr jedes Haar einzeln aus!« drohte sie.

Reeve legte die Scherben vorsichtig auf eine Kommode und ging zur Tür. »Ich hole einen Besen. Bleib im Bett, Maggie, oder zieh dir Schuhe an. Es müssen immer noch Scherben herumliegen.«

Maggie kniete mit geröteten Wangen auf dem Bett. »Ich will, daß du mich ins Gasthaus begleitest, damit ich ihr die Haare ausreißen kann! Sofort!«

Reeve schüttelte lachend den Kopf, und als er kurz darauf mit dem Besen zurückkam, lag Maggie auf dem Bett und starrte an die Zimmerdecke. »Du hast dir die ganze Geschichte nur ausgedacht, McKenna, um mich eifersüchtig zu machen!«

Reeve zuckte die Schultern. Vielleicht war es besser so, wenn sie das glaubte. Er wollte Maggie nicht in einen Streit mit Eleanor verwickelt sehen, bei dem sie verletzt werden konnte. »Wie du meinst«, antwortete er.

»Wahrscheinlich bist du auch zu müde, um mit mir zu

schlafen«, forderte sie ihn heraus, während er die restlichen Scherben zusammenfegte.

»Heute nacht, Yankee, würde ich dich lieber übers Knie legen, als dich zu lieben.«

Schmollend schob sie die Unterlippe vor. »Dann erzähl mir die Legende von *Seven Sisters*. Du hast es mir versprochen, als wir herkamen.«

»Ich brauche ein Bad, Maggie. Kala hat es in der Küche für mich bereitet.«

Maggie schwieg verstockt.

Reeve setzte sich in seinen schmutzigen Kleidern auf die Bettkante und seufzte ergeben. »Es gab einmal sieben Emuschwestern ...«

»Emus?«

»Diese großen Vögel«, erklärte Reeve geduldig. »Du hast sie bestimmt im Zoo gesehen.«

»Oh.« Maggie nickte.

»Jedenfalls wollen die Dingomänner die Emuschwestern zu ihren Frauen nehmen«, fuhr Reeve pflichtbewußt fort, »und die Schwestern verbargen sich unter einem riesigen Felsen. Doch ihre schlauen Verehrer zündeten ein Feuer an, um die Emufrauen aus ihrem Versteck zu treiben. Deshalb ließen die Emus sich lange Beine wachsen, um den Dingos davonlaufen zu können. Aber sie entkamen ihnen nicht, und so erhoben sie sich schließlich in die Lüfte und bildeten am Himmel eine Sternenkonstellation, die auch heute noch als *Seven Sisters* bezeichnet wird.«

Maggie gähnte. »Und die Dingomänner? Gaben sie dann auf?«

Reeve lächelte und küßte Maggie auf die Stirn. »Um ihre Gattung zu beschämen? Natürlich nicht. Auch sie stiegen zum Himmel auf und bildeten den Orion.«

»Mein Gott«, flüsterte Maggie und schloß die Augen.

»Ich liebe dich«, sagte Reeve gerührt. Es gab Momente, wo ihn seine Gefühle für diese widerspenstige Kindfrau fast überwältigten.

»Hm«, murmelte Maggie, schon halb im Schlaf.

Reeve küßte sie noch einmal, dann ging er hinunter, um sein Bad zu nehmen.

## 24

Der süßliche Geruch nach verbranntem Zuckerrohr stieg Maggie von morgens bis abends in die Nase, tagelang, wochenlang, bis die Zuckerrohrfelder systematisch abgebrannt worden waren. Der Boden in Queensland war so fruchtbar, daß zwei Ernten im Jahr eingebracht werden konnten, falls es genug regnete und die Aborigines arbeitswillig waren. In diesem Jahr stand das Glück auf der Seite der Pflanzer.

Obwohl Reeve seine Frau lieber über eine Stickerei gebeugt gesehen hätte, während sie sein Kind erwartete, arbeitete Maggie viele Stunden in der Küche mit und half Kala, das Essen für die Arbeiter zu kochen. Auch Goodness und Mercy versuchten, sich nützlich zu machen, standen jedoch mehr im Weg herum als alles andere, aber Maggie tolerierte die Kinder gern. Was allerdings auf Eleanor Kilgore nicht zutraf …

Sie erschien eines Morgens mit Duncan und seinen Arbeitern, kam in die Küche, als gehörte sie dorthin, nahm sich eine Schürze und band sie um ihre schmale Taille.

Maggie, die Kartoffeln schälte und bereits unter der Hitze litt, obwohl es erst halb sieben war, unterbrach ihre Arbeit und fragte sehr betont: »Was wollen Sie hier?«

Eleanor lächelte verlegen. »Mister Kirk und Mister McKenna haben die Abmachung getroffen, sich ihr Personal zu teilen, bis beider Ernten eingebracht sind. Und zum Personal gehöre ich auch, wie Sie sicher wissen.«

»Wir brauchen Sie nicht«, entgegnete Maggie in hochnäsigem Ton. Sie nahm um die Taille bereits zu, und Reeve ließ sich abends erschöpft ins Bett fallen und behauptete, zu müde zu sein, um sie zu lieben. Daß er nun ständig Eleanor vor Augen haben sollte, war kein erhebender Gedanke.

»*Sie* vielleicht nicht«, antwortete Eleanor gelassen, nahm ein Messer und begann Karotten zu schälen. Maggie konnte nichts dagegen tun – außer Eleanor eigenhändig aus dem Haus zu werfen.

Da sie das nicht wagte, wandte sie sich zähneknirschend wieder ihrer Beschäftigung zu. Sie wußte von dem Abkommen zwischen Reeve und Duncan, hätte sich jedoch nie träumen lassen, daß es auch Eleanor betraf.

Gegen Mittag erschien Reeve ganz unerwartet in der Küche und war sehr aufgebracht, als er seine Frau dort fand. Rußgeschwärzt von Kopf bis Fuß, packte er Maggie am Ellbogen und zerrte sie in den kleinen Hinterhof. Eleanors nachsichtiges Lächeln war nur ein weiteres Ärgernis für sie.

»Laß mich los!« fauchte sie Reeve an. In der Nähe kicherten Goodness und Mercy.

»Muß ich dich nach Sydney zurückschicken?« fragte er zornig. »Ist das wirklich nötig, Maggie, um dich vor Schwierigkeiten zu bewahren?«

»Welche Schwierigkeiten?« rief sie empört. Falls Reeve sie wirklich fortschickte oder auch nur ins Haus verbannte, würde sie eingehen vor Langeweile! »Ich helfe nur bei der Arbeit!«

»Verdammt, du trägst mein Kind unter dem Herzen, Maggie, und du wirst es noch verlieren vor lauter dummem Yankeestolz!«

»Reeve …«

»Wenn ich dich noch einmal hier erwische, Maggie, bringe ich dich höchstpersönlich nach Sydney. Ist das klar?«

Maggies Augen füllten sich mit Tränen. »Reeve, es geht mir gut, ich fühle mich sehr wohl.«

Schweigend hob er einen Arm und zeigte auf das Haus.

Vor Empörung darüber, daß er sie wie ein aufsässiges Kind behandelte, blieb Maggie stehen, faltete die Arme vor der Brust und straffte trotzig die Schultern. »Ich bin es leid, von dir herumkommandiert zu werden, McKenna. Ich bin eine erwachsene Frau, und wenn ich Kartoffeln schälen will, *schäle ich Kartoffeln*.«

Reeve trat einen Schritt auf sie zu, und Maggies Mut sank beträchtlich. Sie wich zurück und sagte etwas ruhiger: »Ich werde nicht im Haus hocken und sticken, wenn alle anderen arbeiten!«

Mit einer raschen, unerwarteten Bewegung hob Reeve sie auf die Arme und begann auf das Haus zuzugehen. »Du kannst deinem Schicksal danken, daß du schwanger bist, Maggie«, zischte er ihr zu, »denn sonst würde ich dich jetzt wirklich übers Knie legen.«

Im Salon drückte er eine zappelnde und sich wehrende Maggie in einen Sessel und hielt sie mit einer Hand fest. Ihr gutes Kleid war befleckt mit dem Ruß von Reeves Hemd.

»Du brutaler Kerl!« schrie sie ihn hilflos an.

»Widersetze dich weiter meinen Anordnungen, dann wirst du schon merken, wie brutal ich bin!« erwiderte er kühl.

»Darauf kannst du dich verlassen!« zischte Maggie wütend. »Sobald du aus meiner Sicht verschwunden bist, mache ich, was ich will!«

Reeve seufzte schwer, schüttelte den Kopf und zog Maggie von neuem in die Arme. »Es gibt nur eine Art, dich zur Räson zu bringen, was?« murmelte er, während er auf die Treppe zuging.

»Was hast du vor?« fragte Maggie verblüfft, aber ohne sich zu wehren; es wäre ohnehin nur Energieverschwendung gewesen.

»Rate mal«, erwiderte Reeve und trug sie ungerührt die Treppe hinauf und in ihr Schlafzimmer. Dort warf er sie aufs Bett und begann sein Hemd aufzuknöpfen.

Maggie schaute mit großen Augen zu, hin- und hergerissen zwischen Wut, Erstaunen und Verlangen. »Komm bloß nicht auf die Idee, mit mir ins Bett zu gehen«, warnte sie ohne echte Überzeugung.

Reeves Haut, stellte sie fest, war so schmutzig wie sein Hemd. Aber das schien ihn nicht zu stören, denn nun bückte er sich ganz ungerührt, öffnete seine Gürtelschnalle und zog die Hose aus.

Maggie richtete sich erschrocken auf und preßte die Augen zusammen. »Wenn du dieses Zimmer jetzt sofort verläßt«, sagte sie großmütig, »werde ich den Zwischenfall vergessen.«

Reeve lachte amüsiert. »Das erleichtert mich ungeheuer, Yankee.« Sie hörte einen Stiefel fallen. »Aber ich glaube, ich bin bereit, deine Rache auf mich zu nehmen. Ausnahmsweise.«

Maggie öffnete die Augen und schnappte nach Luft. Er war phantastisch, sogar ihr Ärger verblaßte vor dem Verlangen, das sie bei seinem Anblick überfiel. »Glaubst du wirklich, daß du mich damit dazu bringen kannst, deine lächerlichen Befehle zu befolgen?«

Vor ihr niederkniend, zog Reeve Maggies Rock mit einer Arroganz hinauf, für die sie ihm die Augen ausgekratzt hätte, wenn es sie nicht so schrecklich nach ihm verlangt hätte. Immerhin war es schon über eine Woche her, seit er sie berührt hatte, abgesehen von einem zärtlichen Gutenachtkuß.

»Ja«, antwortete er flach.

Maggie zerrte den Rock von ihrem Gesicht, als Reeve mit geschickten Händen ihre Beinkleider aufband. »Ich warne dich, McKenna.«

Die Hosen glitten hinunter, und Maggie erschauerte unwillkürlich, als sie Reeves Hände auf ihren nackten Schenkeln spürte.

»Mach dein Kleid auf, Maggie«, sagte er, während er sie auf intimste Weise zu liebkosen begann. »Ich will deine Brüste sehen.«

Maggie unterdrückte ein Stöhnen, als ihre Hüften ganz unkontrolliert auf seine Berührung reagierten. Gehorsam entblößte sie ihre Brüste und krallte ihre Hände in das Laken, als Reeves warme Lippen eine ihrer rosigen Knospen umschlossen.

Ihre Haut prickelte unter seinen Berührungen – Berührungen, die schon bald zu immer erregenderen Liebkosungen wurden und sie trotz der Hitze erschauern ließen.

»Ich werde dich so ermüden, kleine Yankee, daß dir keine Kraft mehr bleibt, dich mir zu widersetzen«, flüsterte er ihr heiser zu, während er die Lippen über ihre nackten Schultern gleiten ließ.

Maggie klammerte sich an den letzten Rest von Stolz, der ihr noch geblieben war. »Du … wirst … auch ermüden«, keuchte sie.

Reeve lachte. »Nicht so sehr wie du«, erwiderte er und begann sie von neuem zu reizen und zu liebkosen, bis sie halb wild vor Verlangen nach ihm war. Erst dann kniete er sich vor sie hin und spreizte ihre Schenkel.

»Deine erste Lektion, eine fügsame Frau zu werden«, hörte Maggie ihn murmeln und spürte im gleichen Moment seine Lippen dort, wo ihr Verlangen am drängendsten war. Als er sie küßte und liebkoste, stöhnte sie lustvoll auf und bog sich ihm entgegen. Die Gefühle, die Reeves Zärtlichkeiten in ihr auslösten, waren so intensiv, daß sie seinen breiten Rücken umklammerte und ihre Schenkel an seine Wangen preßte, während Wellen der Erregung durch ihren Körper zuckten.

»O Reeve«, murmelte sie erstickt, »mein Gott … Reeve …«

Doch bevor ihre Ekstase nachlassen konnte, setzte Reeve seine sinnlichen Liebkosungen fort und führte sie beharrlich zum zweiten Mal auf den Gipfel der Empfindungen. Während ihr Körper noch bebte vor lustvollen Gefühlen, wechselte er die Position, so daß sie nun auf ihm kniete. Doch ihre Hoffnung, daß er sie nun endlich nehmen würde, war vergeblich. Ein drittes Mal trieb er sie mit Lippen, Zunge und Zähnen auf den Höhepunkt der Lust.

Maggie begann hilflos um Gnade zu flehen, aber Reeve blieb unnachgiebig. Ihr Körper war sein Spielfeld, und er hatte keine Bedenken, sich zu nehmen, was er wollte. Und was er wollte, war nur zu offensichtlich: Maggie zu lieben, bis sie zu erschöpft für aufrührerische Gedanken war.

Dann, endlich, drang Reeve kraftvoll in sie ein und führte sie mit seinem eigenen Höhepunkt von neuem auf den Gipfel der Lust.

Als der Sturm abebbte, glitt er mit scheinbar neuerwachter

Energie von ihr, zog seine schmutzigen Kleider an und summte ein freches Liedchen, als er seine Stiefel überstreifte. Maggie lag reglos auf dem Bett, zu träge, um sich zu bewegen oder auch nur ein Wort zu sagen.

Bevor Reeve den Raum verließ, versetzte er ihr einen zärtlichen Klaps auf den kleinen Po. »Ich hoffe, du läßt dir bald einen neuen Aufstand einfallen«, sagte er schmunzelnd. »Ich genieße es nämlich sehr, meine widerspenstige kleine Amerikanerin zu zähmen.«

Hätte Maggie die Kraft dazu gehabt, wäre sie aufgesprungen und hätte Reeve irgend etwas nachgeworfen. Aber so blieb sie still liegen, rang nach Atem und schmiedete Rachepläne. Doch mitten in ihren Überlegungen schlief sie ein und wachte erst auf, als es draußen dunkel war und sie den monotonen Gesang der australischen Ureinwohner auf den Feldern hörte.

Gähnend richtete sie sich auf. Dann blinzelte sie verwirrt. Reeve saß in einer Zinnwanne am Fußende des Bettes und wusch zufrieden den Ruß und Schweiß von seinem Körper ab.

Maggie kniete sich auf die Matratze und griff nach einem weißen Spitzenmorgenrock. Viel bedeckte er nicht von ihrer nackten Haut, aber wenigstens hörte das arrogante Glitzern in Reeves Augen auf.

»Schade«, bedauerte er, während er seine Arme schrubbte. »Du hast den hübschen Morgenrock mit Ruß beschmiert.«

Ein Blick in den Spiegel bewies, daß Reeve nicht gelogen hatte. Ein Teil des Rußes, den er vorhin auf ihrem Körper hinterlassen hatte, befleckte nun die blütenweiße Spitze, vor allem in der Brust- und Schenkelgegend. Verlegen hockte Maggie sich aufs Bett und starrte schmollend vor sich hin.

»Ich hasse dich.«

Reeve seufzte philosophisch. »Deine Lippen mögen lügen, doch dein Körper spricht die Wahrheit.«

Maggie wurde feuerrot. »Du hattest kein Recht dazu!«

»O doch, meine Liebe, jedes Recht. Ich bin dein Mann. Und spiel jetzt nicht die empörte Unschuld; du hast nicht so gestöhnt und gewimmert, weil es dir keinen Spaß gemacht hat.«

Das war nicht abzustreiten. Maggie schlug beschämt die Augen nieder. »Ich habe nicht gestöhnt«, widersprach sie lahm.

»Du hast geheult wie ein Wüstenhund«, war Reeves Entgegnung, und dann stieg er aus der Wanne und stand splitternackt und tropfend vor dem Bett. Maggie schaute verärgert zu, wie er seinen makellosen Körper abtrocknete und Kleider anzuziehen begann, die viel zu elegant für einen ruhigen Abend zu Hause waren.

»Wo gehst du hin?« erkundigte sie sich argwöhnisch.

Da klopfte es, und Reeve grinste seine Frau nur an, bevor er die Tür öffnete. Kichernd traten Goodness und Mercy ein.

»Sie brauchen auch Bad, Miss«, sagte Mercy. »Wir bringen neues Wasser.«

Maggie sehnte sich nach einem Bad, aber auf keinen Fall vor Reeve McKenna. Nicht nach der süßen, endlosen Qual, der er sie morgens unterzogen hatte.

»Danke«, sagte sie knapp, und die kleinen Mädchen begannen die Wanne mit dem schmutzigen Wasser hinauszuschleppen, so ungeschickt, daß ein großer Teil des Wassers auf den Boden schwappte.

Ungeachtet der Lache auf dem kostbaren Perserteppich, trat Reeve vor den Spiegel und band stirnrunzelnd seine Krawatte um, die der neuesten Pariser Mode entsprach. »Du solltest das pinkfarbene Seidenkleid anziehen, Liebling«, sagte er beiläufig.

Das pinkfarbene Seidenkleid war das beste, das Maggie besaß. An Ausschnitt und Saum mit winzigen Rheinkristallen besetzt, war es so elegant, daß es nur zu formellen Anlässen paßte. »Zum Dinner?« fragte sie gelassen. »Dafür ist ein anderes Kleid wohl besser geeignet.«

»Nicht zu einer Gesellschaft in Duncans Haus«, erwiderte Reeve und schaute belustigt zu, wie Maggie aufsprang und ihn mit funkelnden Augen anstarrte.

»Eine Party?« fragte sie aufgeregt.

Reeve lachte. »Ja«, bestätigte er. »Wir feiern die Ernte.«

Maggie begann nervös durch den Raum zu laufen. »Wann bringen die Mädchen endlich das Badewasser?«

Reeve hielt sie an den Schultern fest und küßte sie. »Ich liebe dich«, sagte er ernst.

In Erinnerung an ihre beschämende Niederlage vom frühen Morgen versteifte Maggie sich. »Weil ich so eine fügsame kleine Frau bin?« entgegnete sie spitz.

»Weil du ein solches Biest bist«, erwiderte Reeve. Dann zuckte er die Schultern. »Aber wenn du heute abend nicht mit mir tanzen willst, wird Eleanor bestimmt bereit sein ...«

»Wage ja nicht, mit dieser Frau zu tanzen!« fiel Maggie ihm ins Wort und stampfte zornig mit dem Fuß auf.

Reeve legte eine Hand aufs Herz, als müßte er sein aufgeregtes Klopfen stillen. »Sag mir, daß du mich liebst, Maggie McKenna, und ich verspreche dir, es nicht zu tun.«

Maggies Ärger war verflogen. »Das weißt du doch, du Dummkopf«, sagte sie zärtlich. »Warum würde ich mir wohl sonst deine Tyrannei gefallen lassen?«

Reeve wollte sie gerade wieder küssen, als Goodness und Mercy die Wanne mit frischem Wasser brachten. Maggie erschrak, als sie die Mädchen über den nassen Teppich rutschen sah, und war erleichtert, als sie die Wanne ohne weitere Zwischenfälle absetzten.

»Können wir noch etwas tun?« fragte Goodness.

»Später«, meinte Reeve vielsagend.

Goodness und Mercy flohen kichernd.

»Ich begreife nicht, was sie an dir finden«, bemerkte Maggie.

Reeve trat einen Schritt auf sie zu. »Wirklich nicht?« fragte er mit anzüglichem Lächeln.

Maggie errötete. »Verschwinde!« fuhr sie ihn an.

Zu ihrer großen Überraschung und Erleichterung ging Reeve tatsächlich hinaus. Prompt schloß Maggie die Tür hinter ihm ab, bevor sie ihren Morgenrock ablegte und in die Wanne stieg. Das Wasser war nur lauwarm, aber das war im heißen australischen Sommer nicht unangenehm.

Während sie badete, dachte sie an die letzte Gesellschaft, an der sie teilgenommen hatte, in der Gouverneursresidenz in Melbourne, und überlegte lächelnd, wieviel sich seitdem verändert hatte. Sie hoffte sehr, daß auch Duncans Söhne an der Feier teilnahmen; es wäre wunderbar, sie wiederzusehen.

Als Maggie sich abtrocknete, klopfte es. »Wer ist da?« rief sie mißtrauisch.

»Kala, Miss, um bei Kleid zu helfen.«

Für Kala, die tagelang zu schweigen pflegte, ein langer Satz. Maggie hüllte sich lächelnd in ein Handtuch, schloß die Tür auf und ließ die Haushälterin herein.

Kalas kaffeebraunen Augen richteten sich auf das zerwühlte Bett. »Sie krank, Miss?« fragte sie besorgt.

Verlegen schüttelte Maggie den Kopf. »Ich war nur ... müde«, antwortete sie.

Kala ging zu dem riesigen Kleiderschrank, dessen eine Seite Maggies Sachen vorbehalten war. »Baby im Bauch macht müde«, sagte sie mit einem flüchtigen Blick über die Schulter. Ein schwaches Lächeln spielte um ihre Lippen. »Baby draußen macht noch müder.«

Maggie nickte lachend, wunschlos glücklich in diesem Augenblick. Sie liebte ihren Mann, er liebte sie, sie trug sein Kind unter dem Herzen, und heute abend würde sie in einem schönen seidenen Kleid an einer Gesellschaft teilnehmen. Nach all den Jahren, die sie allein gewesen war, von der Hand in den Mund gelebt und nur Kleider aus zweiter Hand getragen hatte, fühlte sie sich unschätzbar reich.

»Das pinkfarbene Seidenkleid«, sagte sie, als Kala sie fragend ansah.

Das schöne Kleid raschelte leise, als Kala es behutsam aus dem Schrank nahm und auf dem Bett ausbreitete. Die schimmernden Rheinkristalle an Ausschnitt und Saum funkelten im Lampenschein.

Hinter einer Spanischen Wand aus poliertem Akazienholz vertauschte Maggie das Handtuch gegen feine Taftunterhosen, ein spitzenbesetztes Hemdchen und weite Unterröcke. Wenn es nach ihr gegangen wäre, hätte sie auch ein Korsett getragen, aber das hatte Reeve verboten, weil er derlei Kleidungsstücke für unsinnig und sogar gefährlich hielt.

»Kommst du auch zur Feier, Kala?« fragte sie, als die dunkelhäutige Frau um den Wandschirm trat und ihr beim Ankleiden half.

»Nein, Miss«, erwiderte Kala in einem Ton, der fast schon nachsichtig klang. »Keine schwarzen Leute auf weißer Party.«

Das stimmte Maggie traurig. Immerhin hatte Kala genauso hart gearbeitet wie alle anderen. Auch sie verdiente zu feiern und zu tanzen und schöne Kleider zu tragen. »Oh«, machte Maggie enttäuscht.

Kala lachte leise, als sie die winzigen Knöpfe an Maggies Rücken befestigte. »Wir haben eigene Party, Miss«, beruhigte sie ihre Herrin.

Das tröstete Maggie ein wenig, und sie setzte sich erleichtert vor die Frisierkommode, um ihr langes Haar zu bürsten. Bevor sie jedoch damit beginnen konnte, kam Reeve durch die offene Tür herein.

»Danke, Kala«, sagte er freundlich, und es war klar, daß die Haushälterin damit entlassen war.

Kala ging lautlos hinaus, und Maggie beobachtete Reeve im Spiegel. Auch heute noch hielt sie unwillkürlich den Atem an, wenn er erschien, nicht anders als damals auf der *Victoria* in Brisbane. Jedesmal, wenn sie Reeve McKenna sah, war es, als begegnete sie ihm zum allerersten mal.

»Weißt du eigentlich«, begann er mit heiserer Stimme, während er die Tür zuzog, »wie bezaubernd schön du bist?«

Maggie verzog das Gesicht. »Glaub nur nicht, du könntest mich mit Komplimenten umstimmen, Reeve. Ich habe nicht vor, auf meine Rache zu verzichten.«

Er lachte und begann ihr Haar zu bürsten, genau wie damals in Parramata, in seinem Wagen nach dem Sturm, und Maggie schloß bei der Erinnerung daran die Augen.

»Und wie wird deine Rache sein?« erkundigte er sich leise und eine Spur belustigt.

»Unerwartet und völlig unvermutet«, antwortete Maggie und fragte sich, während sie seine Reaktion beobachtete, wie sie neunzehn Jahre ohne diesen Mann hatte leben können.

Reeve lachte amüsiert. »Das klingt interessant«, gab er zu.

Die Art, wie er ihr langes Haar bürstete, erregte Maggie nicht weniger, als wenn er sie gestreichelt oder geküßt hätte. Schließlich nahm sie ihm die Bürste aus der Hand und machte kurzen Prozeß, indem sie ihr Haar zu zwei dicken Zöpfen flocht, die sie zu einer schimmernden Krone auf ihrem Oberkopf zusammensteckte. »Ich habe vor, damit zu warten, bis du am wenigsten damit rechnest«, sagte sie mit geheimnisvollem Lächeln.

Reeve zog sie auf die Beine und küßte sie so leidenschaftlich, daß ihr der Atem stockte. »Wie wäre es mit jetzt?«

Maggie schob ihn sanft zurück. »Das wäre keine Strafe für dich«, entgegnete sie streng, wandte sich ab und schwebte majestätisch auf den Korridor. Reeve blieb nichts anderes übrig, als ihr zu folgen.

Duncans Haus war zu Fuß nur eine knappe Meile weit entfernt, aber mit der Kutsche mußte ein Umweg gefahren werden. Während der ganzen Fahrt saß Maggie lächelnd neben Reeve und freute sich über seine spürbare Nervosität. Ganz offensichtlich störte es ihn sehr, nicht zu wissen, was sie mit ihm vorhatte.

Die Kirksche Residenz war hell erleuchtet, als die Kutsche vorfuhr. Es standen eine Menge Zweisitzer und andere Pferdewagen in der Auffahrt, aber keine Kutschen.

Reeve runzelte die Stirn, als er Maggie beim Aussteigen behilflich war und ihre Hand unter seinen Arm zog. »Machst du dir große Sorgen?« erkundigte sie sich lachend. »Denn falls es so ist, freut es mich sehr.«

»Du kleines ...« Bevor Reeve den Satz beenden konnte, kamen zwei Jungen aus dem Haus gestürmt und stürzten sich mit einem Freudenschrei in Maggies Arme.

Lächelnd küßte Maggie erst Jeremy auf die Stirn, dann Tad. »Ich hatte so gehofft, euch beide zu sehen«, sagte sie und widerstand der Versuchung, ihnen mit der Hand durch das leuchtendrote Haar zu fahren.

»Vielleicht könnten Sie uns unterrichten statt Miss Kilgore«, schlug Jeremy vor.

»Ich hasse sie!« warf Tad ein.

»Das hast du von mir auch behauptet«, erinnerte Maggie ihn. »Habe ich mich so verändert?«

»Das kann ich nicht behaupten«, antwortete Reeve statt Tad.

Maggie stieß ihren Mann sanft in die Rippen und wandte sich wieder an die Jungen. »Ihr seht heute abend beide so unwiderstehlich aus, daß ich mich nicht weigern kann, euch zu unterrichten. Da man mir nicht gestattet, bei der Ernte zu helfen«, fügte sie mit einem bedeutungsvollen Blick auf Reeve hinzu, »könntet ihr euren Vater bitten, euch morgens zu uns zu bringen, ja? Dann können wir mit dem Unterricht beginnen.«

Jeremy und Tad machten sich entzückt auf die Suche nach ihrem Vater.

Reeve warf Maggie einen gereizten Blick zu. »Unterrichten ist auch Arbeit«, bemerkte er.

»Du wirst dich damit abfinden müssen«, erwiderte Maggie kühl. »Schließlich kannst du nicht jeden Morgen deines Lebens damit verbringen, mich bis zur Betäubung zu lieben, um mich von anderen Beschäftigungen abzuhalten.«

»Leider«, stimmte Reeve nachdenklich zu.

Duncan empfing sie an der Tür, sehr attraktiv in seinem weißen Anzug, und forderte Maggie unverzüglich zum Tanzen auf. Mit einem vielsagenden Blick auf Reeve, der noch immer sehr verärgert wirkte, sagte er: »Es ist mein Vorrecht als Gastgeber.«

Reeve nickte stumm, und schon erklang Musik aus dem großen Ballsaal. »Soweit ist es also gekommen«, bemerkte Duncan vergnügt, als er Maggie zu den Klängen eines langsamen Walzers über das Parkett führte. »Wir sind nur noch Freunde und Nachbarn und dürfen ein-, zweimal im Jahr miteinander tanzen.«

Maggie lachte. »Es hat Zeiten gegeben, Mister Kirk, wo ich nie gedacht hätte, daß wir einmal Freunde werden könnten.«

»Das stimmt«, gab Duncan stirnrunzelnd zu. »Was ist eigentlich los mit Reeve? Er sieht aus, als würde er am liebsten jemandem den Kopf abreißen.«

Maggie tat, als hätte sie die Frage nicht gehört, und als der Tanz zu Ende war, zog Reeve sie augenblicklich zum nächsten Tanz in seine Arme.

»Eifersüchtig, Liebling?« neckte sie ihn.

»Treib es nicht zu weit«, warnte er.

Den ganzen Abend lang wich er nicht von Maggies Seite, beanspruchte sie für jeden Tanz und ignorierte Eleanors sehnsüchtige Blicke. Ganz offensichtlich hatte auch sie Pläne für diesen Abend gemacht.

Als es spät wurde und die McKennas in ihrer Kutsche

saßen, nahm Maggie die versprochene Rache an Reeve. Es blieb nur zu hoffen, daß der Fahrer sein lustvolles Stöhnen nicht vernehmen konnte.

# 25

Das schaumgekrönte Meer glitzerte jadegrün unter einem strahlendblauen Himmel. Jamie McKenna stand an der Reling des kleinen Dampfschiffes und suchte den Horizont nach einem Streifen Land ab.

»Stell dir vor, er ist nicht hier, Jamie?« gab Peony zu bedenken, die neben ihn getreten war. Der Wind blies ihr das goldblonde Haar aus dem Gesicht. »Angenommen, er ist in Sydney?«

Jamie war nicht nach einer Unterhaltung zumute; er schüttelte nur den Kopf und hoffte, daß Peony begriff, denn schließlich war sie die älteste und beste Freundin, die er hatte. Es war ein Instinkt, der ihn nach Brisbane trieb, um Reeve zu suchen.

Peony, eine schöne Frau in den Vierzigern, starrte wehmütig auf das Meer hinaus. Jamie sah, wie ein Erschauern durch ihren schlanken Körper ging und sie schutzsuchend die Arme um sich schlug.

»Kalt?« fragte er, bereit, seine Anzugjacke auszuziehen und ihr um die Schultern zu legen.

Peony schüttelte den Kopf, zog jedoch ihren Spitzenschal zurecht. »Ich bin nur ... von Erinnerungen überwältigt worden.«

Auch Jamie besaß Erinnerungen an Queensland, und alle waren schmerzlicher Natur. Dennoch legte er lächelnd den Arm um Peonys Schulter. »Wir hatten uns doch geeinigt, daß wir nicht zurückblicken werden, oder?«

Ihre Miene wurde nachdenklich, als ob sie etwas Schreckliches betrachtete, das Jamie selbst nicht sehen konnte. »Increase lebt«, flüsterte sie besorgt. »Wenn er Wind davon bekommt, daß du in Australien bist, läßt er dich ermorden.«

»Nicht bevor er sich ausgiebig an mir gerächt hat, nehme ich an«, antwortete Jamie. Er fürchtete weder Increase noch irgendeinen anderen Mann – mit Ausnahme von Reeve vielleicht.

Peony erschauerte und schloß die Augen, als die Bilder, die in ihrer Erinnerung erstanden, übermächtig wurden. Dann wandte sie sich ab und legte eine Hand auf Jamies Rücken. Obwohl sein Rock und sein Hemd die schrecklichen Narben verdeckten, die Increase Piphers Peitsche ihm zugefügt hatte, konnte Peony sie nicht vergessen. »Nichts und niemand ist das Risiko wert, das du eingehst, Jamie«, wisperte sie furchtsam, und in ihren schönen grünen Augen schimmerten jetzt Tränen.

Wie immer, wenn Jamie verärgert war, fiel er in seinen irischen Akzent zurück. »Ich lasse mir von dem Kerl nicht vorschreiben, wohin ich gehen kann und wohin nicht!« fauchte er.

Peony nickte ergeben und richtete ihren Blick wieder auf das Meer. Die steile Felsenküste von Queensland kam langsam in Sicht.

Sobald die Zuckerrohrernte auf *Seven Sisters* und Duncans Plantage eingebracht war, begann Reeve vor sich hinzubrüten. Oft fand Maggie ihn am Fenster, meistens mitten in der Nacht, wo er fieberhaft zum Ozean hinüberstarrte.

Sie wußte, daß er an Jamie dachte, und machte sich große Sorgen. Es war ganz sicher nur noch eine Frage der Zeit, bevor

Reeve beschließen würde, nach Neuseeland zu reisen, um sich auf die Suche nach seinem Bruder zu machen. Und da Maggie schwanger war, würde er sie bestimmt zu Hause lassen …

In einer solchen Nacht, als Maggie wieder erwachte und Reeve am Fenster stehen sah, trat sie hinter ihn, schlang ihm die Arme um die Taille und legte ihre Stirn an seinen breiten Rücken. Reeve versteifte sich, und Maggie fragte sich bestürzt, ob er begonnen haben mochte, Eleanor aufzusuchen.

Ihre Augen füllten sich mit Tränen, aber sie drängte sie resolut zurück. Als Reeve sich zu ihr umdrehte, lächelte sie tapfer. »Denkst du an weit entfernte Orte?« fragte sie leise.

»Und weit entfernte Menschen«, bestätigte Reeve. Er zog Maggie an sich, aber sie spürte, daß er nicht wirklich bei ihr war. In Gedanken und mit seinem Herzen war er bei Jamie in Neuseeland.

»Wann wirst du fahren?« entfuhr es ihr unwillkürlich.

Wieder versteifte sich Reeve, aber diesmal legte er sanft die Hände um Maggies Gesicht und schaute ihr in die Augen. »Bald«, gab er seufzend zu.

»Ich möchte dich begleiten«, verlangte sie energisch.

Reeve schüttelte den Kopf. »Das kommt nicht in Frage«, widersprach er sanft. »Und du weißt selbst, daß es nicht geht.«

Maggie senkte den Kopf, Reeve sollte ihre Tränen nicht sehen. Da sie auch ihrer Stimme nicht vertraute, sagte sie nichts.

Ihr Mann hielt sie in den Armen und streichelte ihren Rücken. »Ich werde nicht lange bleiben, Liebes, keine Angst. Und du kannst die Zeit nutzen und in Sydney einkaufen gehen. Möchtest du das nicht?«

Maggie war so verzweifelt, daß sie kaum ein Wort über die Lippen brachte. »Nein«, antwortete sie steif. »Aber ich habe etwas in Brisbane zu erledigen.«

Reeve zog erstaunt die Brauen hoch. »Und das wäre?« fragte er mißtrauisch.

»Ich möchte mit den Leuten in dem Waisenhaus sprechen, wo Elisabeth gefunden wurde«, entgegnete Maggie ruhig.

»Ich will wissen, warum sie fast immer schweigt und nicht sprechen will.«

»Viel Glück, Yankee«, wünschte Reeve ihr seufzend. »Das haben schon die besten Detektive ganz Australiens versucht und nichts herausgefunden. Laß es sein, Maggie – wahrscheinlich hat sie einen Schock erlitten, als ihre Mutter sie verließ.«

Diese Theorie war möglich, das sah Maggie ein. Alleinsein war im allgemeinen das, wovor Kinder sich am meisten fürchteten.

»Wie war sie wohl?« fragte sie sinnend. »Elisabeths Mutter, meine ich.«

Reeve hob die breiten Schultern. »Wenn und falls ich Jamie finde, werde ich ihn fragen. In ein paar Tagen brechen wir nach Brisbane auf, Maggie, von dort reist du mit Cora und Elisabeth nach Sydney weiter.«

Maggie stampfte zornig mit dem Fuß auf. »Nein! Reeve McKenna, ich bin deine Frau und habe daher ein Recht ...«

Er legte ihr warnend einen Finger auf die Lippen und schüttelte den Kopf.

In einem Anfall von Empörung ballte Maggie die Fäuste und schlug in hilflosem Zorn auf Reeves Brust ein. Ein Schluchzen entrang sich ihren Lippen, heiser und rauh, und er hob sie auf die Arme. Auf dem Bettrand sitzend, Maggie auf dem Schoß, hielt er sie in den Armen wie ein verzweifeltes Kind.

Und Maggie begann zu weinen.

Doch zu ihrem größten Ärger lachte Reeve. »Es ist das Kind in dir, was dich so empfindlich macht, nicht wahr?« bemerkte er belustigt.

»Das Kind hat nichts damit zu tun, du Schuft!« schluchzte sie zornig. »Ich weine, weil du fort willst – obwohl ich eigentlich froh sein müßte, dich endlich loszuwerden!«

Wieder lachte er und küßte sie auf die Stirn.

»Vielleicht bist du es sogar, sobald ich fort bin und du alle Läden in ganz Sydney plündern kannst. Du kannst auch deine Freundin sehen – wie heißt sie doch noch?«

»Tansy«, erwiderte Maggie verdrossen. Sie hatte ihre Freundin gebeten, zu ihr nach *Seven Sisters* zu kommen, aber

Tansy hatte abgelehnt, weil es bedeutet hätte, ihren Verlobten zu verlassen. Aus einer plötzlichen Eingebung heraus fügte Maggie schnippisch hinzu: »Im übrigen bleibe ich lieber hier.«

Reeve versteifte sich so plötzlich, daß Maggie fast von seinem Schoß rutschte. »Mit Duncan Kirk nur einen Steinwurf weit entfernt? Schlag dir das ruhig aus dem Kopf, Yankee.«

Maggie senkte bescheiden den Blick. »Ich dachte, Duncan ist dein Freund«, sagte sie in unschuldigem Ton. »Hast du denn kein Vertrauen zu ihm?«

»Lieber würde ich dich in Gesellschaft einer Bande betrunkener Piraten zurücklassen«, antwortete Reeve prompt. »Du fährst nach Sydney, und damit basta!«

Obwohl Maggie protestierte und immer wieder ihre Tränen zu Hilfe nahm, um Reeve zu überzeugen, stand sein Entschluß fest. Nach drei Tagen fieberhafter Reisevorbereitungen brachen sie nach Brisbane auf.

Es war eine langweilige und ermüdende Fahrt, und als sie endlich ihr Hotel erreichten, war Maggie erschöpft und sehr verdrossen. Daran änderte auch nichts, daß sie das gleiche Zimmer hatten wie in ihrer Hochzeitsnacht.

Maggie drehte Reeve den Rücken zu, als er sie berührte, so groß waren ihr Zorn und ihre Sorge, aber dann lösten seine Zärtlichkeiten – wie immer – eine Welle des Verlangens in ihr aus. Nach einem leidenschaftlichen Liebesakt lag sie still in seinen Armen und wunderte sich über die Macht, die er über sie besaß. Anscheinend gab es kein Mittel, sich ihm zu widersetzen und sich damit wenigstens ein bißchen Selbstrespekt zu bewahren.

Reeves Schiff sollte schon früh auslaufen, und er war schon auf und angezogen, als Maggie erwachte.

»Wie lange wirst du fortbleiben?« fragte sie, ohne ihn anzusehen, um nicht ihre geheimsten Pläne zu verraten.

»Lange genug, um Jamie zu finden und ihn zu fragen, warum er sich zwanzig Jahre vor mir versteckt hat«, erwiderte Reeve gelassen. Doch seine blaugrünen Augen übermittelten Maggie eine deutliche Warnung, als sie es endlich wagte, ihn anzusehen. »Bilde dir bloß nicht ein, du könntest dich auf meinem Schiff verstecken.«

Maggies letzte Hoffnung war vernichtet, und ihre Enttäuschung mußte ihr anzusehen sein, denn Reeve lachte schallend.

Entrüstet sprang Maggie auf. »Ich kann dir sagen, warum Jamie dich nicht sehen will«, rief sie aus lauter Verzweiflung. »Dann brauchst du ihn nicht mehr zu suchen.«

Reeve schaute sie seltsam an, fast lag so etwas wie Verachtung in seinem Blick. »So? Jetzt, wo es deinen Zwecken dient, kannst du mir plötzlich etwas über meinen Bruder sagen?«

Die Kälte und Distanz, die aus diesen Worten klangen, schnürten ihr die Kehle zu. Plötzlich wußte sie, wie Loretta empfunden haben mußte, als Reeve sie auf die Straße gesetzt hatte, und Maggie fragte sich, wie lange es noch dauern mochte, bis Reeve auch sie fortschickte. Doch tapfer straffte sie die Schultern. »Nun gut, dann sage ich es dir eben nicht.«

Sie wollte sich abwenden, aber Reeve packte ihren Arm und zog sie hart zu sich herum. »Ich habe dich gewarnt, daß ich eines Tages nach meinem Bruder fragen werde, Maggie. Der Tag ist jetzt gekommen.«

Maggie biß sich auf die Lippen. Reeve benahm sich wie ein Fremder; sie konnte fast nicht glauben, daß er derselbe Mann war, der sie geliebt und gepflegt hatte, als sie krank gewesen war.

»Sag es mir!« verlangte er rauh.

Maggies Knie gaben nach; sie ging zum Bett und setzte sich. »Du hast Jamie einmal gefunden, ohne es zu ahnen«, begann sie, während sie mit einer Hand ihre Tränen abwischte. »Er war der Mann, der dich vor einigen Jahren in Brisbane berauben wollte, und er hat eine häßliche Narbe auf dem Arm, die es beweist.«

Reeves unterdrückter Ausruf hallte im Zimmer wider. Einen Augenblick später verließ er wortlos den Raum, ohne sich zu verabschieden.

Maggie war am Erdboden zerstört und weinte haltlos vor sich hin, bis es klopfte und Cora hereinkam.

»Du lieber Himmel«, rief die alte Dame aus. »Was ist passiert?«

*Reeve liebt mich nicht mehr*, wollte Maggie sagen, aber natürlich brachte sie die entsetzlichen Worte nicht über ihre Lippen. »Nichts«, log sie erstickt. »Gar nichts.« Sie schwieg und holte tief Luft. »Hat Elisabeth schon gefrühstückt? Ich habe nämlich etwas zu erledigen und würde sie gern mitnehmen.«

Coras Besorgnis wich nicht von ihrem Gesicht. »Sie ist unten, Mrs. McKenna, bei Eleanor.«

Maggie versteifte sich, als ein unbestimmtes Angstgefühl in ihr erwachte. »Was? Eleanor ist hier? In Brisbane?«

»Ja«, antwortete Cora, erstaunt über Maggies Reaktion. »Sie ist auf dem Weg nach Auckland, ihr Schiff fährt heute morgen ab. Stellen Sie sich vor, sie sagt, sie hätte etwas mit Jamie McKenna zu besprechen, und obwohl ich mir wirklich nicht vorstellen kann, was das sein soll ...«

Maggie hörte nicht weiter zu. Ihre unbegreifliche Angst wurde immer größer, und es hatte nur sehr wenig damit zu tun, daß Eleanor auf demselben Schiff reisen wollte wie Reeve. Während Cora entgeistert zusah, kleidete Maggie sich mit fliegenden Händen an.

»Stehen Sie nicht so herum!« fauchte Maggie, während sie sich mit ihren Schuhen abmühte. Sie waren nie leicht anzuziehen mit all den kleinen Knöpfen, aber jetzt, wo ihre Knöchel angeschwollen waren, erschien es fast unmöglich. »Gehen Sie hinunter und sorgen Sie dafür, daß Elisabeth nichts passiert!«

Maggie hatte keine Geduld, darauf zu warten, ob Cora ihren Befehl befolgte. Mit wehendem Haar und offenen Schuhen rannte sie noch vor der Gouvernante die Treppe hinunter, durch eine Halle voller erstaunter Gäste und in den öffentlichen Speisesaal.

Elisabeth und Eleanor waren nirgendwo zu sehen.

Maggie wirbelte entsetzt herum und stieß hart mit Duncan Kirk zusammen, der sie lachend an den Schultern festhielt.

»Dann stimmt es also«, murmelte er. »Ich hörte, daß eine bezaubernde Frau mit aufgelöstem Haar und offenen Schuhen durchs Hotel geistert, aber ...«

»Sie hat Elisabeth mitgenommen!« fiel Maggie ihm ins Wort. »Sie ist ...«

Duncans Lächeln verblaßte. »Wer, Maggie? Wer hat Elisabeth mitgenommen?«

»Eleanor!« fauchte Maggie. »Sie hat Cora erzählt, sie hätte etwas mit Jamie McKenna zu besprechen ...«

Duncan wirkte nachdenklich, dann sagte er besonnen:

»Das bedeutet, daß sie dasselbe Schiff nehmen wird wie Reeve. Dann ist Elisabeth in Sicherheit, Maggie.«

Maggie versuchte sich an Duncan vorbeizudrängen, aber er hielt sie zurück. »Ich bringe Sie zum Dock«, bot er ihr an. »Meine Kutsche steht vor dem Hotel.«

»Nein!« flüsterte Cora, aber keiner beachtete sie. Maggie lief zur Kutsche und stieg ohne Duncans Hilfe ein. »Bitte«, flehte sie ihn an, als er ihr folgte und sich zu ihr setzte, »sagen Sie dem Fahrer, daß er sich beeilen soll!«

»Nicht nötig«, meinte Duncan, während er die Ärmel seines makellos weißen Rocks abklopfte. »Das Schiff ist bereits ausgelaufen. Schauen Sie zum Horizont hinüber, dann sehen Sie es.«

Maggie beugte sich aus dem Fenster. Tatsächlich war in der Ferne ein Schiff zu sehen, genau wie mehrere andere, die im Hafen ankerten. Die Kutsche entfernte sich jedoch in entgegengesetzter Richtung.

Maggie holte tief Luft. Ihre Wachsamkeit hatte für einen Moment nachgelassen, und das war nun daraus entstanden! Nach ihrer ersten Erfahrung in Duncans Kutsche hätte sie es eigentlich besser wissen müssen.

»Wo bringen Sie mich hin?« erkundigte sie sich kühl.

Duncan lächelte. »Nach Hause.«

Panik erfaßte Maggie, aber sie zwang sich, ganz ruhig zu bleiben. »Mein Zuhause ist bei Reeve«, erklärte sie kalt. »Hören Sie jetzt bitte mit diesem Unsinn auf und bringen Sie mich zum Hafen.«

Ohne Maggie anzusehen, schüttelte Duncan den Kopf. »Das Problem bei uns beiden, meine Liebe, ist, daß wir nie Gelegenheit hatten, uns richtig kennenzulernen. Deshalb haben Eleanor und ich diesen Plan gefaßt.«

Maggie starrte ihn aus großen Augen an. »Sie wußten, daß Eleanor Elisabeth entführen wollte?« fragte sie schockiert.

Duncan ließ sich endlich dazu herab, Maggies Blick zu erwidern. »Elisabeth ist ihre Tochter – da kann man es wohl kaum eine Entführung nennen.«

Maggies Schock war unbeschreiblich. Sie öffnete den Mund, um etwas zu sagen, und schloß ihn wieder.

Duncan lachte so rauh, daß Maggie erschrak.

»Elisabeth hat nie etwas davon gesagt«, murmelte sie.

»Weil sie sich nicht daran erinnerte.«

Maggie verschränkte die Hände und beugte sich leicht vor. »Was ist geschehen, Duncan? Warum spricht Elisabeth so selten?«

Er zögerte zunächst, schien dann jedoch zu beschließen, daß es sinnlos war, das Geheimnis noch weiter zu bewahren. Immerhin hatte er jetzt Maggie, und Eleanor hatte Elisabeth. »Eleanor hat das Kind immer wieder allein gelassen«, erzählte er seufzend. »Manchmal sogar für Wochen. Bei jenem letzten Mal muß Elisabeth geglaubt haben, ihre Mutter käme nie wieder zurück.«

Maggie dachte an all die Tage, die Eleanor in Reeves Haus verbracht hatte, sowohl in Sydney wie auf *Seven Sisters*, und war entsetzt, daß die Frau imstande gewesen war, ihr eigenes Kind zu verleugnen. Nie hatte Eleanor das geringste Interesse oder auch nur eine Spur von Zuneigung für Elisabeth gezeigt.

»Was kann Jamie nur an dieser Frau gefunden haben?« fragte sie leise.

Duncan starrte sie an. Er wollte nicht an den Mann erinnert werden, der ihm einen Messerstich in die Schulter versetzt hatte.

Vor den Kutschenfenstern erstreckte sich weites, leeres Land. In der Ferne hüpften mit erstaunlicher Geschwindigkeit zwei Känguruhs über die Felder.

»Bringen Sie mich zurück, Duncan«, sagte Maggie schließlich ruhig. »Reeve wird Sie umbringen, wenn Sie es nicht tun.«

»Reeve ist auf dem Weg nach Auckland«, antwortete Duncan gelassen, und damit schien das Thema für ihn erledigt.

»Reeve!«

Etwas an dieser Stimme war Reeve seltsam vertraut. Er blieb auf der Rampe des Schiffes stehen und schaute sich zu der Menschenmenge um, die sich am Kai versammelt hatte.

Ein Mann mit blondem Haar und auffallend blaugrünen Augen trat vor und hob grüßend eine Hand. Eine schlanke blonde Frau küßte ihn auf die Wange und ging dann zum Ticketschalter.

Reeve blieb wie erstarrt stehen, während die anderen Passagiere um ihn herum das Schiff bestiegen. »Jamie?« murmelte er ungläubig.

Als der Mann, der vielleicht sein Bruder war, näherkam, erwachte Reeve aus seiner Starre und stürmte die Rampe hinunter. Seine Kehle war wie zugeschnürt, und er hatte ein seltsames Gefühl im Magen.

Dann standen sich die beiden Männer gegenüber. Der Fremde wirkte sehr unbehaglich in seinem eleganten Hut und Anzug.

»Hallo, Bruder«, sagte er gelassen.

Für einen Moment brachte Reeve kein Wort heraus. All das Warten und Hoffen lag nun hinter ihm – er hatte Jamie gefunden!

Jamies Augen schimmerten verdächtig, obwohl er das dreiste Grinsen aufsetzte, das Reeve so gut kannte. »Ich hätte nicht gedacht, daß du zu meinem Empfang erscheinen würdest«, scherzte Jamie lächelnd.

Reeves Wut kam ganz unerwartet und richtete sich auf kein bestimmtes Ziel. »Ich will verdammt sein, wenn ich das getan habe«, zischte er und fiel dabei unwillkürlich in seinen irischen Akzent zurück. »Ich wollte nach Neuseeland fahren, um dich zu suchen und dir den Hals ...«

Jamie warf den Kopf in den Nacken und lachte schallend, und nun wurde auch Reeve von einer so überwältigenden Freude erfaßt, daß er seinen Bruder wortlos umarmte und lange festhielt.

Eleanor schaute aus einiger Entfernung zu und umklammerte Elisabeths Hand.

Reeve und Jamie standen Angesicht zu Angesicht, zwei große, breitschultrige Männer, die eine Aura von Macht umgab. Und genau das war es, was Eleanor an jedem dieser beiden Männer so gereizt hatte. Ihr Herz klopfte zum Zerspringen, als sie darauf wartete, daß Jamie sich umdrehte und sie dort stehen sah – mit seiner Tochter. Mit ihrer Tochter.

»Du warst es also, der mich in Brisbane berauben wollte?« beschuldigte Reeve seinen Bruder, während er das Gegenstück zu seinem Medaillon betrachtete, das an Jamies Brust glitzerte.

Es würgte Eleanor in der Kehle, als sie Jamie lächeln sah.

»Genau, mein Freund, das war ich.« Augenzwinkernd rollte er seinen Ärmel auf und zeigte Reeve die Narbe, die Eleanor so gut kannte. »Hast ganz schön zugestochen, was?«

Reeve fluchte unterdrückt, als er die Verletzung sah, die er seinem Bruder zugefügt hatte.

Elisabeth begann unruhig zu werden, und Eleanor begriff, daß der Moment gekommen war, in Erscheinung zu treten. Sie setzte ein gewinnendes Lächeln auf und ging auf Jamie zu, doch das kleine Mädchen riß sich los, rannte zu Reeve und schrie schon von weitem: »Papa! Papa!«

Reeves Gesicht verriet Verblüffung, als er das entzückte Kind auf seine Arme hob. Dann schaute er sich stirnrunzelnd um. »Was machst du hier, Kleines?«

Während Elisabeth versuchte, es ihm zu erklären, richteten sich Jamies Blicke endlich auf Eleanor. Doch statt der Freude, die sie erwartet hatte, verhärteten sich seine Züge und wurden kalt wie Eis. *Das ist unser Kind*, wollte sie ihm zurufen, aber dann wagte sie es nicht. Es war klar, daß Jamie sie noch haßte, sie immer hassen würde.

So wandte sie sich fluchtartig ab und schaute sich nur noch einmal um. Reeve und Jamie schlenderten über den Kai, in eine ernste Unterhaltung vertieft, und Elisabeth hockte glücklich auf Reeves Schultern.

Auf dem Weg, der zum Hotel führte, begegnete Eleanor Cora, die unverständliche Worte plapperte und verzweifelt die Hände rang.

»Zuerst nehmen Sie unsere kleine Elisabeth mit, und jetzt hat Duncan Mrs. McKenna entführt! Wo ist das Kind, Eleanor Kilgore? Was haben Sie mit ihm gemacht?«

Eleanor wischte sich mit einer Hand die Tränen vom Gesicht. »Elisabeth ist bei Reeve«, antwortete sie ruhig. Sie fragte nicht, wohin Duncan Maggie gebracht hatte, denn das wußte sie auch so. Sie hatte seinen Plan längst erraten, ihn in seinen Augen erkannt, als er erfahren hatte, daß Maggie und Reeve für kurze Zeit getrennt sein würden. Zusammen hatten sie dann die Einzelheiten ausgeheckt.

Es war nicht weit, das kleine Versteck, das Duncan gemietet hatte, um Maggie für sich zu gewinnen. Eleanor beschloß, nun hinzugehen und sich an all den Männern zu rächen, die sie je geärgert hatte: Duncan, Reeve und Jamie.

Es war so leicht …

»Ich hätte es nicht tun sollen, Maggie. Es tut mir leid.« Duncan war so niedergeschlagen, daß Maggie ihm nicht böse sein konnte. Ihre Hauptsorge in diesem Augenblick galt ohnehin Elisabeth; sie hoffte inständig, daß das Kind in Sicherheit war.

Das kleine Bauernhaus, zu dem Duncan Maggie gebracht hatte, lag mitten in einem vernachlässigten Zuckerrohrfeld und besaß nur einen Raum. Vom Tisch aus, an dem Maggie saß, konnte sie das Bett und den Herd erkennen. »Sie haben Glück, Duncan, daß Reeve auf dem Weg nach Auckland ist, denn sonst würde er Ihnen bei lebendigem Leib die Haut abziehen!«

Duncan schüttelte seufzend den Kopf. »Ich scheine unter einem unbegreiflichen Wahnsinn zu leiden, wenn es sich um Sie handelt, Maggie.«

Maggie war sehr verdrossen und sehnte sich nach einer guten Tasse Tee. »Werden Sie jetzt bloß nicht melodramatisch«, forderte sie den Mann auf und stand auf, um in den wenigen Vorräten im Regal nach Tee zu suchen. Tatsächlich fand sie ein Päckchen Orange Pekoe. »Wir werden es nie vor Einbruch der Dunkelheit bis Brisbane schaffen, und das heißt, daß wir hier die Nacht verbringen müssen. Es ist schrecklich, Duncan – Elisabeth auf See, Cora krank vor Sorge, und ich habe mein Schiff nach Sydney verpaßt.«

Duncan ließ sich bestürzt auf einen Stuhl fallen. »Der Kutscher hat die Kutsche nach Brisbane zurückgefahren«, sagte er und fügte seufzend hinzu: »Ich schlafe natürlich in der Scheune.«

»Selbstverständlich«, entgegnete Maggie kühl. Entschlossen, das Beste aus der Situation zu machen, nahm sie den Wasserkessel vom Herd und ging hinaus, um eine Pumpe zu suchen. Sie hatte sie gerade gefunden und spülte den Kessel aus, als sie einen Einspänner durch die Einfahrt jagen sah.

Eleanor stand auf dem Wagen, eine kleine Pistole in der Hand, die blauschwarz in den letzten Sonnenstrahlen schimmerte. »Duncan!« schrie sie gellend.

Maggies Herz klopfte zum Zerspringen. Sie ließ den Teekessel fallen, bereit, loszurennen, als Duncan aus der Hütte kam, die Daumen in den Westentaschen, und sich mit herablassender Miene an Eleanor wandte. »Also hör mal, Eleanor, mach dich doch nicht lächerlich ...«

Ein Schuß zerriß die Stille, und Maggie schrie entsetzt auf, als Duncan in sich zusammensackte und Eleanor die Waffe nun auf sie richtete. Aus einem Impuls heraus warf sie sich herum und tauchte im Zuckerrohrfeld unter.

Maggie rannte, so schnell sie konnte, doch zu ihrem Entsetzen verfolgte Eleanor sie; das hochgewachsene Zuckerrohr erbebte und wurde zerstampft von den Pferdehufen. Maggies Herz schlug ihr bis zum Hals, als sie im Zickzack von einer Seite auf die andere lief, um ihrer Verfolgerin zu entkommen. Bitte, lieber Gott, flehte sie im Weiterlaufen, laß mich nicht sterben. Bitte, laß mein Kind nicht sterben!

Als Maggie eine kleine Lichtung erreichte, die von einem Abflußgraben begrenzt wurde, hörte sie in der Ferne einen Schrei. *Reeve*. Es war Reeves Stimme!

Maggie kreischte seinen Namen, als Eleanors Pferd und Wagen durch das Zuckerrohr auf die Lichtung brachen. Das müde, verängstigte Tier wurde wild vor Panik, als es in den Kanal stolperte, stürzte und vergeblich versuchte, sich wieder aufzurichten.

Eleanor hingegen, die aus dem Wagen geschleudert worden war, rappelte sich blitzschnell wieder auf und richtete die Pistole auf Maggie. »Sie!« sagte sie mit haßerfülltem Blick. »Ich bringe Sie um für alles, was Sie mir angetan haben!«

Maggie war ohne Deckung. Falls sie losrannte, würde Eleanor sie erschießen, bevor sie irgendwo Schutz vor ihren Kugeln fand. Sie rang nach Atem und überlegte fieberhaft, wie sie die Wahnsinnige aufhalten sollte, bis Hilfe kam. Bevor sie jedoch etwas sagen konnte, hörte sie wieder Reeves Stimme, diesmal ganz in der Nähe.

»Maggie, wo bist du?«

»Bleib, wo du bist!« rief sie ihm warnend zu. »Eleanor hat eine Waffe ... Sie bringt dich um ...«

Reeve hörte nicht auf sie, und dann geschah alles im Bruchteil einer Sekunde, wie es Maggie vorkam. Reeve stürmte auf die Lichtung, Eleanor drehte sich zu ihm herum und feuerte wild drauflos. Maggie stieß einen gellenden Schrei aus, als Reeve stürzte, und rannte auf ihn zu, ohne an ihre eigene Sicherheit zu denken.

»Reeve!« hauchte sie entsetzt, als sie ihn erreichte und den roten Fleck sah, der sich an seiner rechten Schulter ausbreitete. In dem verzweifelten Bemühen, ihn zu schützen, warf sie sich auf seinen Körper.

Eleanor lachte schrill auf. Maggie hörte sie näherkommen und wußte, daß sie nun sterben würde. Sie schaute auf und sah einen derartigen Groll in dem einst so schönen Gesicht der Frau, daß sie entsetzt den Blick abwenden wollte. Doch da entdeckte sie die Schlange, schwarz und blank, die langsam auf Eleanor zuglitt.

»Passen Sie auf!« rief Maggie erstickt, während sie ihren bewußtlosen Mann umklammerte, um ihn vor weiteren Kugeln zu schützen. »Da ist eine Schlange ...«

Eleanor lachte nur. Es klang böse und kalt. »Wissen Sie, daß ich fast eine McKenna geworden wäre?« fragte sie. »Wußten Sie, daß Elisabeth meine Tochter ist?«

Maggie konnte den Blick nicht von der Schlange abwenden. »Um Gottes willen, Eleanor, hinter Ihnen ist eine Schlange ...«

»Glauben Sie, ich falle auf diesen alten Trick herein? Dann sind Sie noch naiver, als ich dachte.«

Ein Zischen, und die Schlange griff an. Eleanor schrie vor Schmerzen auf, als die scharfen Zähne des Tieres sich in ihre Haut bohrten. Im nächsten Moment sank sie langsam auf die Erde und starrte reglos und mit weitaufgerissenen Augen zum Himmel auf.

Maggie hatte keine Zeit für Eleanor oder die Schlange; sie untersuchte Reeve. Zum Glück atmete er – der Schuß hatte seine Schulter glatt durchschlagen, und die Blutung begann bereits nachzulassen.

Als Maggie ein pfeifendes Geräusch vernahm, schaute sie

auf und sah, daß Jamie sein Messer aus dem Boden zog, wo es sauber den Kopf der Schlange abgetrennt hatte. »Lebt mein Bruder noch?« fragte er leise.

»Ja aber das hat er nicht Ihnen zu verdanken!« erwiderte Maggie scharf, während sie Streifen von ihrem Unterrock abriß, um Reeves Wunde zu verbinden. »Wo haben Sie bloß gesteckt?«

Jamie ließ sich mit der Antwort Zeit. Zuerst befreite er das ängstlich wiehernde Pferd aus seiner Zwangslage unter dem umgestürzten Wagen. »Ich habe mich um Mister Kirk gekümmert. Er wird es überleben. Die Kugel hat ihn nur gestreift.«

Aus dem Augenwinkel sah Maggie, daß Jamie neben Eleanor niederkniete; es war ein zu persönlicher Moment, um ihn zu stören, aber sie beobachtete verstohlen, daß er der Toten sanft die Augen schloß und ihr das wirre Haar aus der Stirn strich. »Es tut mir leid, daß es nicht anders sein konnte zwischen uns, Eleanor«, murmelte er mit heiserer Stimme.

Reeve kam allmählich wieder zu sich. »Was ist geschehen?« murmelte er.

Maggie lächelte vor Erleichterung.

»Mein Held«, sagte sie und küßte ihn behutsam auf die Stirn. »Ich möchte, daß du mir versprichst, Duncan nicht dafür zu bestrafen, daß er mich entführt hat. Er hat sich von seiner Leidenschaft mitreißen lassen und bereut es bitter.«

Reeve richtete sich auf und betrachtete Maggies rundliche Taille, ihr zerzaustes Haar und ihr schmutziges Gesicht. »Leidenschaft, hm?« bemerkte er grinsend und schüttelte den Kopf. Maggie hätte ihn geschlagen, wenn er nicht bereits verletzt gewesen wäre.

Jamie war sehr still. Er hob Eleanor vorsichtig auf die Arme und trug sie zur Hütte zurück. Maggie schaute ihm traurig nach, während sie Reeve auf die Beine half.

»Woher wußtest du, wo du uns suchen mußtest?« fragte sie.

»Cora sagte mir, Duncan hätte dich mit einem Trick in seine Kutsche gelockt, und sie vermutete, daß er auf dem Weg hierher war, weil sie gehört hatte, wie er das Haus vor einiger Zeit gemietet hat.«

Maggie betrachtete die tote Schlange und erschauerte. »Ich hoffe, das war die einzige hier in der Nähe«, flüsterte sie.

Reeve stützte sich auf ihre Schulter, als sie durch das Zuckerrohrfeld zur Hütte gingen. Er war leichenblaß und sagte nichts.

»Eleanor war Elisabeths Mutter«, sagte Maggie, als sie das Schweigen nicht länger ertragen konnte.

Reeve nickte.

»Jamie hat bis heute nicht gewußt, daß er ein Kind besitzt. Ich habe es ihm erzählt.«

»Wie kann eine Frau bloß ihr eigenes Kind im Stich lassen?« entgegnete Maggie leise.

»Das werden wir wohl nie erfahren«, antwortete Reeve düster. »Anscheinend besaß sie keine mütterlichen Regungen.«

»Jamie hat sie fortgeschickt, nicht wahr? Eleanor, meine ich.«

Reeve nickte. »Er fand sie in einer kompromittierenden Lage, könnte man sagen.«

Ein entsetzlicher Gedanke kam Maggie plötzlich. Jetzt, wo Jamie wußte, daß Elisabeth seine Tochter war, würde er die Kleine vielleicht nach Neuseeland mitnehmen! »Wird er ... wird er Elisabeth mitnehmen wollen?« begann sie stockend.

Reeve schaute lächelnd auf Maggie herab. »Elisabeth bleibt bei uns«, beruhigte er sie. »Zumindest, bis sie alt genug ist, für sich selber zu entscheiden. Immerhin bin ich der einzige Vater, den sie je gekannt hat, und dich nennt sie inzwischen auch Mama, nicht wahr?«

Maggie nickte stumm und weinte vor Erleichterung und Erschöpfung. Jetzt erinnerte sie sich auch an Reeves Kälte an diesem Morgen und ihre Angst, daß er sie nicht mehr liebte. »Wirst du mich nun verlassen, Reeve«, wagte sie zu fragen, »so, wie du Loretta fortgeschickt hast?«

Reeve blieb mitten im Zuckerrohr stehen und schaute sie lächelnd an. »Ich habe dich geheiratet, Yankee. Für mich bedeutet das, dich ein Leben lang zu lieben. Ich würde dich nie verlassen und nie fortschicken, Maggie.«

Sie stellte sich auf die Zehenspitzen, um ihren Mann zu küssen. »Versprichst du es?« wisperte sie.

»Versprochen.« Reeve nickte und besiegelte seine Worte mit einem leidenschaftlichen Kuß.

Seven Sisters – *November 1887*

»Er sieht komisch aus«, sagte Elisabeth McKenna, als sie das Neugeborene betrachtete, das Reeve voller Stolz im Arm hielt. »Wie heißt er?«

Maggie schaute glücklich zu, wie Reeve unendlich sanft das winzige Gesicht berührte. »James«, antwortete er lächelnd. »James Chamberlin McKenna.«

»Darf ich ihn mit nach draußen nehmen und ihm mein neues Pony zeigen?«

Maggie, die noch das Bett hütete, obwohl sie sich längst erholt hatte und kräftig fühlte, winkte Elisabeth lächelnd zu sich. Die Kleine kam und setzte sich neben sie. Erwartungsvoll blickte sie Maggie an.

»James muß erst ein bißchen älter werden, bevor er etwas so Wunderbares wie dein neues Pony bewundern kann«, erklärte sie dem Kind.

»Na gut«, erwiderte Elisabeth, »das Pony läuft ja nicht davon.« Sie küßte Maggie auf die Wange und stürmte zufrieden hinaus. Für den Moment hatte sie genug von Babys.

Reeve legte seinen Sohn in die Wiege und streckte sich dann neben Maggie aus. Seufzend vor Zufriedenheit schaute er an die Zimmerdecke und murmelte: »Ich wünschte, ich könnte mit dir schlafen, Yankee. Dann wäre alles erst perfekt.«

Maggie lachte und beugte sich über ihn, um ihn zu küssen. »Vielleicht kannst du nicht mit mir schlafen«, flüsterte sie ihm zu, »aber ich weiß, wie ich dich lieben kann.«

Reeve schaute sie schockiert an. »Du liebe Güte, Maggie, du hast gerade erst ein Kind zur Welt gebracht!«

Sie ließ ihre Zungenspitze über seine Lippen gleiten. »Ich weiß«, flüsterte sie. »Das ist eine Tatsache, die nicht zu leugnen ist.«

Reeve lachte. »Genau. Hör auf damit!«

Doch Maggie küßte ihn noch zärtlicher und begann gleichzeitig die Knöpfe an seinem Hemd zu lösen. Als sie ihre Hände auf seine nackte Brust legte und sein Erschauern spürte, lachte sie entzückt. »Ich glaube, du solltest lieber die Tür abschließen«, forderte sie ihn auf.

»Ich glaube, du hast recht«, erwiderte Reeve und stöhnte lustvoll, als Maggies Zunge über seine Brustspitzen strich. Dann sprang er auf, schloß die Tür ab und kam zum Bett zurück, wo seine Frau ihre Liebkosungen sofort wieder aufnahm. »Liebes«, bat er heiser, als sie ihm das Hemd auszog, »willst du wohl Erbarmen mit mir haben?«

»Nein«, antwortete Maggie und hielt auch Wort.

**ENDE**

# Wie das helle Feuer der Sterne

# Prolog

In der Nähe von Brisbane, Australien – *Dezember 1872*

Die harte Rinde des Akazienbaumes scheuerte an Jamie McKennas Handgelenken, die Mittagssonne verbrannte seinen nackten Rücken. Er hatte die Stirn gegen den Stamm gelehnt, an dem er festgebunden war, und kämpfte mit geschlossenen Augen gegen die Panik an, die ihn zu überwältigen drohte. Und wartete. Das war das Allerschlimmste – das Warten.

»Jamie?« erklang eine weibliche Stimme hinter ihm. »Ich habe dir Wasser gebracht.«

Jamie öffnete die Augen, um sein Kinn erschien ein harter Zug. »Du hättest nicht kommen sollen«, flüsterte er heiser. Jedes Wort schmerzte in seiner trockenen Kehle.

Peony trat neben ihn und schaute ihn mit ihren grünen Augen traurig an. »Ich habe ein Messer«, wisperte sie. »Wenn ich das Seil durchschneide, könnten wir fliehen – wir beide, Jamie!«

Angesichts dessen, was ihn erwartete, war es eine verlockende Idee, aber Jamie wußte auch, daß der Alte sie finden würde, wenn sie versuchen sollten zu fliehen ... Die Strafe für eine solche offene Rebellion würde noch schlimmer sein und diesmal auch Peony treffen.

»Nein«, sagte er.

Mit Tränen in den Augen öffnete Peony eine Feldflasche und hielt sie an Jamies aufgesprungene Lippen. Sie war eine schöne Frau mit smaragdgrünen Augen und goldblondem Haar. Sie war fünfundzwanzig und somit acht Jahre älter als Jamie, und sie gehörte zu Increase Piphers Eigentum wie sein Lieblingspferd und der Spazierstock mit dem goldenen Knauf, den er immer bei sich trug.

»Ich kann es nicht ertragen!« flüsterte Peony erstickt.

Das kühle Wasser floß wie Balsam durch Jamies Mund und Kehle. »Geh«, murmelte er. »Es darf dich niemand hier sehen.«

»Laß mich dich wenigstens befreien«, bettelte Peony und umklammerte Jamies Arm. Obwohl sie sehr erregt war, wirkte die Berührung ihrer Hand kühl und beruhigend.

»Weißt du, was Pipher mit dir macht, wenn er dich hier erwischt?« entgegnete Jamie heiser vor Angst. »Ich werde es dir sagen, Peony: Das gleiche, was er mit mir vorhat – er wird dich an einen Baum binden und auspeitschen lassen.«

Peony schloß gequält die Augen. Ein Muskel an ihrem Hals zuckte, aber kein Ton kam über ihre Lippen.

»Geh«, forderte Jamie sie auf. »Bitte.«

Stimmengewirr drang zu ihnen herüber wie Gewittergrollen vor einem Sturm. Sie kamen. Das Warten war vorbei.

Jamie stählte sich für die Qualen, die ihn erwarteten, und nahm sich vor, sie zu überstehen, ohne Pipher die Befriedigung zu geben, ihn gebrochen zu haben.

»Lauf, Peony!« flüsterte er drängend, und nach kurzem Zögern verschwand sie zwischen den Bäumen, die die kleine Lichtung umgaben.

Wenige Sekunden später waren Pipher und seine Männer da. Da Jamie sich weigerte, den Kopf nach dem Mann zu wenden, der ihn versklavt hatte, sah der Alte sich gezwungen, sich neben ihn zu stellen.

Pipher lächelte und zeigte seine großen gelben Zähne – *Pferdezähne* nannte Peony sie –, und die Sonne glitzerte in seinem schneeweißen Haar.

»Hallo, mein Junge«, sagte er in einem Ton, den man nicht anders als wohlwollend bezeichnen konnte.

Jamie starrte seinen Peiniger an. Er wußte, daß der alte Mann ihn betteln sehen wollte, aber Jamies Miene und sein Verhalten sagten deutlich, daß er vorher lieber sterben würde.

Der Plantagenbesitzer warf den Kopf zurück und lachte, und Jamie spürte einen feinen Nebel von Spucke auf seiner Haut.

»Was bist du doch für ein sturer kleiner Bock!« bemerkte der Alte bewundernd.

Dann drehte er sich zu seinen Männern um, die widerstrebend lachten. Es war Jamie klar, daß einige von ihnen ihn bedauerten, aber das änderte nichts an seinem Haß auf sie.

Pipher hob den Stock mit dem goldenen Knauf und berührte damit Jamies Schulter. »Wo ist deine spitze Zunge geblieben, McKenna?« fragte er und kam Jamie so nahe, daß sein stinkender Atem Jamies Gesicht streifte und eine Welle von Übelkeit in ihm aufstieg.

Doch Jamie schluckte nur und erwiderte nichts. Sein fester Blick war eine einzige Herausforderung, deren Botschaft nicht mißzudeuten war: *Geh zum Teufel!* Und Pipher verstand.

»Die Peitsche!« zischte der Pflanzer wütend und streckte eine Hand aus.

Jemand brachte ihm die schwarze Lederpeitsche, und Pipher entrollte sie mit einem scharfen Knall. Er verstand mit der Peitsche umzugehen; selbst wenn keine Bestrafung zu erteilen war, übte er oft stundenlang.

Der reiche Mann trat zurück, und wieder hörte Jamie dieses Knallen. Jamies Muskeln versteiften sich, aber er zwang sich, sie wieder zu entspannen. Die anderen hatten ihm gesagt, daß es so weniger schmerzte.

Der erste Schlag ließ ihm die Knie weich werden; der Schmerz schoß wie eine Flamme über seinen sonnenverbrannten Rücken. Unwillkürlich dachte er an seinen Bruder Reeve und jene vergangenen Zeiten in Irland, als er die Peitsche mit dem gleichen häßlichen Geräusch durch die Luft sausen gehört hatte …

Schweiß perlte ihm von der Stirn und der Oberlippe, als der Lederstreifen ein zweites Mal sein Fleisch traf, aber er schrie nicht auf. Nicht einmal tausend Peitschenhiebe hätten ihn dazu gebracht.

Er zählte noch zehn weitere beißende Schläge, bevor es ihm schwarz vor den Augen wurde und seine Knie sich weigerten, ihn weiter zu tragen.

Die Sonne stand schon tief am Horizont, als Jamie wieder zu sich kam. Er war noch immer an den Baum gebunden, allerdings bis auf die Knie herabgerutscht, und Peony bearbeitete seine Fesseln fieberhaft mit einem Küchenmesser.

Jamies Rücken glühte vor Schmerz, und die rauhe Rinde der Akazie hatte eine Seite seines Gesichts aufgescheuert. Seine Kehle war so angeschwollen, daß er zu ersticken glaubte, und der Geschmack von Blut in seinem Mund drehte ihm den Magen um.

»Geh … geh …« brachte er mühsam heraus.

Tränen strömten Peony über die Wangen. »Halt den Mund, Jamie McKenna«, sagte sie, während sie sich bemühte, die dicken Taue durchzuschneiden. »Wir haben keine Zeit zum Streiten – ich weiß nicht, ob das Feuer sich richtig ausgebreitet hat oder nicht.«

Als seine Fesseln nachgaben, rutschte Jamie auf den Boden, unfähig, sich aufrecht zu halten.

»Er hat dich hier zurückgelassen, damit du stirbst«, murmelte Peony vor sich hin. »*Wildschweinfutter* hat er dich genannt. Aber der Teufel wartet schon auf den alten Schuft, das kann ich dir versichern.« Jamie hörte das Messer auf den Boden fallen und spürte Peonys Bemühungen, ihn aufzurichten. »Ich habe ein Versteck für dich«, sagte sie keuchend vor Anstrengung. »Aber du … mußt … aufstehen!«

Der Schmerz war so überwältigend, daß Jamie heftige Übelkeit verspürte. Mühsam wandte er den Kopf von Peony ab und übergab sich.

Sie streichelte seinen Hinterkopf, bis sein Magen sich beruhigt hatte, und begann dann wieder an ihm zu zerren und zu jammern: »Jamie, bitte … du mußt aufstehen … du mußt …«

»Ich … kann nicht«, stieß er hervor, nur noch von dem Wunsch beherrscht zu sterben.

Doch selbst in diesem Zustand spürte er den Zorn, der in Peony erwachte – fast, als wären sie beide eins und teilten die gleichen Emotionen. »Ich dachte, du hättest Mut!« rief sie empört. »Vielleicht hatte der Bettler recht, und du bist dieses komische Bronzeding, das du um den Hals trägst, wirklich nicht wert!«

Das war eine Herausforderung, der Jamie sich nicht entziehen konnte. Er berührte das Bettlerabzeichen, das ihm vor so langer Zeit in Dublin gegeben worden war, und dachte an Reeve und seine arme, verlorene Mutter. Da er wußte, daß sie das Abzeichen von ihm fordern würden, kämpfte er gegen den Schwindel an, der ihn in einen dunklen Nebel herabzuziehen drohte, und stand mit Peonys Hilfe auf.

Seine Freundin stützte und führte ihn. Jamie konnte fast nichts sehen, aber er hörte Knistern von brennendem Gebüsch und nahm den Geruch von verbranntem Zucker wahr. »Wo …?«

»Das ist unwichtig, Jamie«, erwiderte Peony mit tränenerstickter Stimme. »Frag nicht. Wir beide werden endlich tun, was wir schon vor langer Zeit hätten tun sollen – wir verlassen diesen schrecklichen Ort.«

Er hatte nicht die Kraft, sie darauf hinzuweisen, daß ein Fluchtversuch nicht nur sinnlos war, sondern sich auch als tödlich für sie erweisen konnte. Deshalb stützte er sich bloß auf Peonys Schulter und ließ sich von ihr durch die Akazien und Gummibäume führen.

Als er schon überzeugt war, keinen einzigen Schritt mehr tun zu können, erreichten sie eine Art Schuppen, und Jamie sank erschöpft auf ein weiches Strohlager. Peony schien sehr beschäftigt, den Geräuschen nach zu urteilen, aber Jamie schaute sich nicht nach ihr um. Sein Körper und sein Verstand schrien nach Schlaf.

»Es wird brennen wie die Feuer des Hades«, sagte Peony schließlich zögernd, »aber ich muß deine Wunden reinigen, wenn du nicht an einer Entzündung sterben willst.«

Ein gequälter Schrei entrang sich Jamies Kehle, als sie eine Flüssigkeit, die wie Feuer brannte, über seinen verletzten Rücken goß. Dann versank er in eine gnädige Ohnmacht.

Er träumte, daß er zu Hause in Irland war, wo der Dezember kalte Winde mit sich brachte, die das Blut in den Knochen erstarren ließen. Er war in der kleinen Kate in jener Seitengasse von Dublin, bei seiner Mutter, die das Feuer im Herd schürte.

»Du bist ein guter Junge«, sagte sie über die Schulter hinweg. »Ja. Egal, was Pater McDougal auch sagt – du bist ein guter Junge, Jamie.«

Im Traum fragte Jamie, wo Reeve sei, und da drehte sich seine Mutter um. Ihr Gesicht war ganz glatt, ohne erkennbare Züge.

»Du bist ein guter Junge, Jamie«, wiederholte sie. »Ja. Egal, was Pater McDougal ...«

»Reeve!« schrie der junge Jamie entsetzt. »Reeve!«

»Psst!« schalt eine sanfte Stimme irgendwo aus der wachen Welt.

»Es ist sinnlos, nach ihm zu rufen. Jetzt gibt es nur noch uns, Jamie. Nur dich und mich.«

# 1

Neuseeland – *August 1888*

Der glänzende Stahl der Heugabel bohrte sich in die Mischung aus Heu und Stroh, in der Bliss Stafford die Nacht verbracht hatte, und verfehlte ihr Gesicht nur um Zentimeter. Ihre Augen wurden weit, und bevor sie es verhindern konnte, entfuhr ihr ein entsetzter Schrei. Strohhalme und Heu steckten in ihrem Haar, als sie sich abrupt aufrichtete. »Was glauben Sie eigentlich, was Sie hier machen, Sie verdammter Narr?«

Ein großer, kräftig gebauter Mann mit hellem Haar und leuchtendblauen Augen starrte sie betroffen an. Er trug einen schweren Mantel aus dunkelblauem Tuch, Lederhandschuhe und einen breitkrempigen Lederhut. Sein Atem hing als kleines Wölkchen in der eisigen Winterluft.

»Sie hätten mich beinahe aufgespießt!« fuhr Bliss anklagend fort, während sie sich aufrappelte und das Stroh von ihren Kleidern schüttelte. Es ist praktisch unmöglich, eine anständige Erscheinung zu bewahren, dachte sie dabei, wenn man in einem Heuschober geschlafen hat.

Um sich zu wärmen, schlang sie beide Arme um den Körper und stampfte mit den Füßen auf. Seit dem vergangenen Morgen, als die Lebensmittel, die sie von Alexanders Büfett gestohlen hatte, aufgebraucht waren, hatte sie nichts mehr gegessen, und ihr Magen knurrte laut und vernehmlich.

Der Farmer grinste. »Sie sind ganz schön frech, Mädchen. Es ist nämlich zufällig meine Scheune, in der Sie geschlafen haben.«

Bliss glaubte, einen kaum wahrnehmbaren irischen Akzent in seiner Stimme zu erkennen, aber das war im Moment nicht von Bedeutung. Zu viele andere Dinge waren zu bedenken – zum Beispiel die Frage, wie sie sich aus dieser peinlichen Lage befreien sollte. Sie schob das Kinn vor und sagte herausfordernd: »Ich habe Ihrer Scheune keinen Schaden zugefügt, oder?«

Diesmal lachte der Mann schallend und warf kopfschüttelnd die Heugabel ins Stroh. »Mein Name ist McKenna«, sagte er und wandte sich zum Gehen, als hielte er es für selbstverständlich, daß Bliss ihm folgte. Und da sie Hunger hatte und ihr kalt war, blieb ihr gar nichts anderes übrig, aber sie empfand es als ausgesprochen demütigend, einen Befehl befolgen zu müssen, der nicht einmal laut ausgesprochen worden war.

»Stafford«, antwortete Bliss und stählte sich innerlich gegen die winterliche Kälte, die ihr draußen entgegenschlug. Sie hatte nicht viel von der Farm gesehen, als sie nachts in der Scheune Schutz gesucht hatte, aber nun stellte sie fest, daß sie aus einem stattlichen Wohnhaus aus hellem Kalkstein und mehreren Nebengebäuden bestand. Auf den saftig grünen Weiden grasten weiße Schafe. Dem leisen Rauschen und dem salzigen Geruch der Luft nach konnte das Meer nicht weit entfernt sein.

Die hölzernen Stufen, die zur Veranda seines Hauses führten, knarrten unter den Stiefeln Mister McKennas. Bliss nahm an, daß bei einem derart großen Haus auch eine Mrs. McKenna und eine Schar von Kindern vorhanden sein mußte, und der Gedanke erfüllte sie mit einem vagen Gefühl des Bedauerns.

McKenna öffnete die große Eingangstür aus Holz und trat höflich zurück, um Bliss den Vortritt zu lassen.

Sie straffte die Schultern und ging mit der Haltung einer Königin an ihm vorbei. Ein verlockender Duft nach gebratenem Fleisch und Eiern stieg ihr in die Nase und veranlaßte ihren Magen zu einem neuerlichen Knurren, was ihre ganze vorgetäuschte Würde zunichte machte.

»Heißen Sie nur Stafford?« erkundigte sich Mister McKenna beiläufig, während er seinen Hut an einen Nagel bei der Tür hängte. Seine blauen Augen zwinkerten belustigt, als er seinen Mantel ablegte.

»Mein Vorname ist Bliss«, gab sie widerstrebend zu. Seit ihrer Flucht von Alexanders Party mehrere Tage zuvor hatte sie ihren Namen zu verheimlichen versucht, obwohl natürlich nur selten jemand danach gefragt hatte.

Mister McKenna lachte und schüttelte den Kopf, dann fuhr er sich mit der Hand durchs Haar. »Na, dann kommen Sie, Bliss Stafford, damit wir sehen, ob wir Ihren Magen nicht zum Schweigen bringen können.«

Sie folgte ihm, ohne ihren schäbigen karierten Mantel abzulegen, und spähte auf dem Weg über den breiten Korridor neugierig in die anderen Zimmer. Die Einrichtung zeugte dezent von Wohlstand. Luxusgegenstände würden hier sicher nicht zu finden sein, aber dafür schien auch nichts zu fehlen, was zum Leben nötig war.

Die Küche war geräumig und von der Wintersonne erhellt, die Bliss so blendete, daß sie ein paarmal blinzeln mußte, um etwas zu erkennen. Eine schöne Eingeborene stand am Herd und kochte, und wieder wurde Bliss von einem merkwürdigen Gefühl der Trauer erfaßt.

»Ich habe sie in der Scheune gefunden«, sagte Mister McKenna, und das blieb sein einziger Kommentar. Er ging zu einem Waschtisch in einer entfernten Ecke der großen Küche und goß Wasser in das Becken.

Bliss spürte, wie sie rot wurde. Sie lächelte der Köchin schüchtern zu und erntete einen freundlichen Blick dafür. Mister McKenna begann sich geräuschvoll zu waschen.

Bliss war sehr verlegen. Sie verschränkte die Finger und wippte auf den abgetragenen Absätzen ihrer hohen Schnürstiefel. »Sie werden sich sicher fragen, warum ich in Ihrer Scheune geschlafen habe«, begann sie, obwohl Mister McKenna bisher keine derartige Frage gestellt hatte. »Ich sage es Ihnen gern.«

Der Farmer rollte die Ärmel seines blauen Arbeitshemds auf und nickte schmunzelnd. »Gute Idee«, bemerkte er, während die Köchin ein zweites Gedeck auflegte und dann diskret hinausging. »Aber möchten Sie nicht Platz nehmen?«

Bliss war genauso verblüfft über diese etwas förmliche Frage, wie sie es über die galante Verbeugung war, die ihr Gastgeber vor ihr machte. Verwirrt setzte sie sich an den Tisch. Sie war so ausgehungert, daß der Geruch des gebratenen Fleisches und der Eier ihr einen leichten Schwindel verursachte.

»Ich bin auf dem Weg nach Amerika«, verkündete sie, während sie so würdevoll, wie es ihr bei ihrem Hunger möglich war, Essen auf ihren Teller häufte.

Die eisblauen Augen zwinkerten amüsiert. »Ein ehrgeiziges Vorhaben. Was zieht Sie in die Staaten?« Mister McKenna nahm sich die restlichen Eier und Lammkoteletts und übersah diskret, daß Bliss ihm weniger übriggelassen hatte, als ihm zugestanden hätte.

Bliss schluckte, bevor sie antwortete, denn obwohl sie die Nacht in einer Scheune verbracht hatte und sich gezwungen sah, die Großzügigkeit dieses Mannes anzunehmen, hatte sie ihre guten Manieren nicht vergessen. Sie dachte an all die begeisterten Briefe, die sie im Laufe der Jahre von ihrer Mutter erhalten hatte, und konnte es kaum erwarten, endlich in die Staaten zu kommen.

»Alles«, sagte sie mit verträumter Stimme, die ihr bei Alexander sicherlich eine herablassende Bemerkung eingetragen hätte – vorausgesetzt, er wäre dagewesen. Sie schaute ihren Gastgeber fragend an und blinzelte ein wenig, weil ihre Augen sehr ermüdet waren. »Sind Sie schon einmal in Amerika gewesen?«

»Brauchen Sie eine Brille?« erkundigte sich Mister McKenna kauend.

Bliss war leicht entrüstet. »Nein«, fuhr sie ihn an, »und es ist sehr unhöflich von Ihnen, auf diese Weise das Thema zu wechseln!«

Er wirkte sehr belustigt; ganz offensichtlich schien es ihn nicht im mindesten zu stören, was die Leute von seinen Manieren hielten. »Entschuldigen Sie«, sagte er mit einem offensichtlichen Mangel an Aufrichtigkeit.

Wenn Bliss nicht solchen Hunger gehabt hätte und das Essen nicht so gut gewesen wäre, hätte sie nicht gezögert, aufzustehen und Mister McKennas Haus auf der Stelle zu verlassen. Aber so enthielt sie sich jeglichen Kommentars und aß weiter.

»Ich kenne einen Yankee«, bemerkte ihr Gastgeber plötzlich.

Bliss hielt im Kauen inne und beugte sich gespannt vor. Sie hatte ihre Mutter nicht erwähnt, denn das hätte eine endlose Reihe von Fragen ausgelöst. »Wirklich?«

Ein kurzes Nicken war die Antwort. Bliss' reges Interesse schien McKenna nicht zu berühren.

Sie schaute ihn aus schmalen Augen an. »Nun, und wer ist dieser Yankee?« fragte sie.

Der Farmer warf ihr einen Blick zu, in dem vorgetäuschte Überraschung und Belustigung lagen, und zuckte mit den Schultern. »Meine Schwägerin Maggie.«

Bliss rutschte unruhig auf ihrem Stuhl hin und her. Ihre Mutter hatte ihr viel von Amerika erzählt, aber es blieben noch so viele Fragen offen ... »Lebt sie hier in der Nähe? Könnte ich sie vielleicht sehen?«

McKenna verdrehte die Augen, als sei Bliss' Frage völlig unpassend. »Nein – weder noch, meine Liebe. Sie lebt in Australien.«

Bliss beschloß, das *meine Liebe* zu ignorieren. Diese Maggie interessierte sie viel mehr. »Warum hat sie Amerika verlassen?«

»Ich glaube, das habe ich sie nie gefragt«, erwiderte er mit nachdenklicher Miene. »Es geht immer ein bißchen hektisch zu in Maggie McKennas Nähe.«

Ein merkwürdiges Gefühl von Eifersucht nagte an Bliss' Herzen, und sie straffte unwillkürlich die Schultern und hörte auf zu essen, obwohl ihr Hunger noch lange nicht gestillt war. »Sie kennen meinen Vornamen«, sagte sie steif. »Es wäre nur gerecht, wenn Sie mir auch Ihren nennen würden.«

Wieder ging ein amüsiertes Grinsen über sein sonnengebräuntes Gesicht. »Jamie«, sagte er mit einer angedeuteten Verbeugung. Dann, bevor Bliss etwas entgegnen konnte, fügte er hinzu: »Es ist ein weiter Weg bis nach Amerika. Wie wollten Sie eigentlich hinkommen?«

Er sprach, als wären ihre Pläne hinfällig geworden, und Bliss errötete vor Ärger. »Ich wollte schwimmen. Was hatten Sie denn gedacht?« erwiderte sie spitz.

Jamie bedachte sie mit einem unfreundlichen Blick, der auf ganz eigenartige Weise ihr Blut erhitzte. »Wer Sie Bliss genannt hat, was soviel wie *Segen* bedeutet, muß ein humorvoller Mensch gewesen sein«, bemerkte er und deutete mit der Gabel auf sie. »Sie sind einem Vater oder einem Ehemann davongelaufen, nicht wahr?«

Er kam der Wahrheit damit so nahe, daß Bliss errötete und die Augen niederschlug. Als sie sich wieder gefaßt hatte, erwiderte sie Jamies Blick tapfer und sagte: »Keinem Ehemann. Ich war nur verlobt mit Alexander – wir haben nie geheiratet.«

Jamie betrachtete sie stirnrunzelnd, als habe sie ihm durch die Übernachtung und das genossene Frühstück die größten Unannehmlichkeiten bereitet. »Ich habe Besseres zu tun, als Sie dorthin zurückzubringen, woher Sie gekommen sind, Mädchen«, sagte er gereizt.

Bliss schob den Teller zurück und stand auf. Niemand würde sie nach Wellington und zu diesem grabschenden, sabbernden alten Mann zurückbringen, den ihr Vater als ihren Ehemann ausgewählt hatte! »Ich habe Sie lange genug belästigt, Mister McKenna«, entgegnete sie kühl. »Jetzt mache ich mich wieder auf den Weg.«

»Nein, das werden Sie nicht«, erwiderte Jamie, bevor er den letzten Bissen von seinem Teller in den Mund schob. »Es ist tiefster Winter dort draußen, und Sie scheinen ein bißchen Pech gehabt zu haben. Sie nehmen jetzt ein Bad, und dann ab ins Bett.«

Bliss' Kehle war plötzlich wie zugeschnürt. Ihre dunkelblauen Augen wurden groß und rund, und sie fragte erstickt: »Ins Bett?«

Mister McKenna lachte ganz unerwartet. »Jetzt glaubt sie,

ich wollte was von ihr«, meinte er schließlich, als seine Belustigung ein bißchen nachgelassen hatte.

Bliss errötete bis unter die Haarwurzeln, doch sie war zu entrüstet, um Erleichterung darüber zu empfinden, daß ihre Ehre nicht in unmittelbarer Gefahr zu sein schien. »Ich dachte nur – nun ja, ein Mann, der so weit entfernt von jeglicher Zivilisation lebt ...«

»Ich lebe nicht allein«, erinnerte Jamie sie, »und Auckland ist auch nicht weit.«

Unter anderen Umständen hätte Bliss sich gefreut, daß Auckland, ihr ersehntes Ziel, so nahe war, wenn da nicht der störende Gedanke an die schöne Maorifrau gewesen wäre, die mit Jamie in diesem Haus wohnte. Um ihre Unsicherheit zu verbergen, sagte sie herablassend: »Wenn ich wirklich sicher sein kann, daß Sie mich nicht belästigen werden, Mister McKenna, würde ich sehr gern das Bad annehmen, das Sie mir angeboten haben.«

Wieder erschien ein belustigtes Funkeln in seinen Augen. »Ich bin nicht sicher, ob ich Sie baden kann, Herzogin, und es mir trotzdem gelingen wird, mein zivilisiertes Verhalten beizubehalten.«

Nun wurde Bliss so rot, und das Blut pochte ihr in den Schläfen. »So habe ich es nicht gemeint«, erwiderte sie kühl. »Es ist sehr unanständig von Ihnen, mir dergleichen zu unterstellen.«

Jamie McKenna blieb zwar ernst, aber ihm war anzusehen, wieviel Mühe es ihn kostete. »Haben Sie genug gegessen?« fragte er mit einem vielsagenden Blick auf Bliss' leeren Teller. »Oder soll ich lieber noch ein Schaf schlachten lassen?«

Bevor Bliss eine treffende Antwort einfiel, kam die Maori-Frau zurück. Ihre Haut hatte einen warmen Sandelholzton, das dichte schwarze Haar fiel ihr in weichen Wellen auf den Rücken. Ihre Figur war schlank und gleichzeitig sehr fraulich, sie trug einen Rock und eine schulterfreie Bluse. Als sie den Tisch abräumte, ohne Bliss oder Jamie anzusehen, erfüllte ein würziger, aromatischer Duft den Raum.

Bliss hätte gern gewußt, wie die Frau hieß, wagte jedoch nicht, danach zu fragen. Schließlich ging es sie nichts an, welche Beziehung Mister McKenna zu seiner Köchin unterhielt.

Doch der leise, kameradschaftliche Ton in seiner Stimme, als er mit der Maori sprach, griff Bliss ans Herz. »Carra, Miss Stafford braucht ein Bad, ein Feuer und ein Federbett – in dieser Reihenfolge«, sagte er. »Würdest du dich bitte darum kümmern?«

Obwohl sie sich nicht berührt hatten, war es fast so, als hätte Jamie Carras schlanke Hand gedrückt. Sie nickte zustimmend, bevor sie das Geschirr nahm und zur eisernen Spülschüssel hinübertrug.

Bliss schob die Verwirrung, die sie empfand, auf ihre überstürzte Flucht aus Wellington und die harten Tage, die darauf gefolgt waren. Sie senkte den Blick, und als sie wieder aufschaute, war Jamie fort. Carra stand neben dem Tisch und wartete geduldig darauf, daß Bliss sie bemerkte.

Im Hintergrund des Raumes befand sich eine Treppe, zu der Carra Bliss nun führte. Der erste Stock des Hauses war genauso zweckmäßig eingerichtet wie die Räume, die Bliss im Erdgeschoß gesehen hatte. Und mit einer gewissen Trauer kam ihr plötzlich zu Bewußtsein, daß Jamie McKenna gar nicht richtig in diesem Haus leben konnte – es schien ein Ort zu sein, an dem er sich nur ab und zu aufhielt.

»Mister McKenna reist sehr viel, nicht wahr?« fragte sie mit leiser Stimme, als Carra eine Tür am Ende des Korridors aufstieß.

Die Maorifrau warf Bliss einen Blick über die Schulter zu. Dann nickte sie. »Ja.«

Bliss hätte ihr gern noch andere Fragen gestellt, aber keine davon war wirklich angebracht, und deshalb beherrschte sie ihre Neugier.

Carra wartete höflich an der Tür, bis Bliss eingetreten war. Es war ein großer Raum, obwohl er vielleicht auch nur so groß wirkte, weil die einzigen Möbel aus einem schmalen Bett, einem Waschtisch und einer Kommode bestanden. Ein kleiner Kamin befand sich an einer Wand, und Carra kniete davor nieder, um ein Feuer anzuzünden.

Bliss spürte die winterliche Kälte nicht nur in ihrem Körper, sondern auch in ihrer Seele. Während sie ihre Arme um den Körper schlang, versuchte sie eine Unterhaltung zu beginnen. »Wußten Sie, daß es in Amerika jetzt Sommer ist?«

Jetzt zeigte Carra zum ersten Mal ihre wahren Gefühle: Ein nachsichtiger, etwas herablassender Blick erschien in ihren Augen. »Ich bringe gleich die Wanne und heißes Wasser«, sagte sie, ohne auf Bliss' Frage einzugehen. »Haben Sie Gepäck?«

Bliss erinnerte sich an die kleine Tasche, die sie in Mister McKennas Scheune hinterlassen hatte, und schlug erschrocken die Hand vor den Mund. Nach ihrer überstürzten Flucht aus Wellington war ihr weiß Gott nicht viel an weltlichen Gütern geblieben! In Zukunft würde sie besser aufpassen müssen auf ihr bestes Kleid, ihr ledergebundenes Tagebuch und die mit einem Seidenband zusammengehaltenen Briefe, die ihre Mutter ihr aus San Francisco geschickt hatte! »Ich habe es im Heu liegen lassen«, sagte sie und ging zur Tür.

Auf dem Korridor stieß sie mit Mister McKenna zusammen, der wieder seinen dicken Mantel trug und ihre abgenutzte alte Reisetasche brachte.

»Ist es das, was Sie suchen?« fragte er in seinem weichen, irischen Tonfall.

Dankbar nahm sie ihre Tasche, drückte sie an die Brust und entspannte sich merklich. »Ich bin ziemlich vergeßlich«, gestand sie leise.

Jamie erwiderte nichts; er schaute Bliss nur sehr seltsam an. Erst als er Carras Räuspern hörte, drehte er sich um und ging.

»Ich bin in ein paar Minuten mit der Wanne zurück«, sagte Carra, ohne Bliss anzusehen. »Es wird natürlich eine Weile dauern, bis das Wasser heiß ist.«

»Natürlich.« Bliss wünschte nichts so sehr, als allein zu sein. Schade, daß Alexander nie solche seltsamen Gefühle in mir auszulösen verstanden hat wie Jamie McKenna, dachte sie bedauernd. Denn dann wäre sie bestimmt nicht fortgelaufen …

Sie stieß die Tür auf, schloß sie hinter sich und trug die Tasche zur Kommode. Mit einiger Mühe öffnete sie den altmodischen Verschluß und nahm ihr Tagebuch heraus. Doch in ihrer Eile hatte sie Wellington ohne Feder und Tinte verlassen …

Enttäuscht steckte Bliss das Tagebuch zurück, ging zur Tür

und öffnete sie – entschlossen, Carra noch mit einer weiteren Bitte zu belästigen.

Sie war schon in der Küche, wo riesige Kessel mit Wasser bereits auf dem Herd standen, als sie die Unterhaltung vernahm, die irgendwo auf dem vorderen Korridor geführt wurde.

»Laß sie nach Auckland gehen und ein Schiff in die Staaten nehmen«, sagte Carra leise, aber dennoch gereizt.

»Sie würden sie verschlingen und dann wieder ausspucken, diese Yankees«, murmelte Jamie. Auch er klang verärgert, aber sein Zorn schien nicht gegen Carra gerichtet zu sein, sondern gegen die gesamte Bevölkerung der Vereinigten Staaten von Amerika.

»Und was geht das dich an?« wollte seine Haushälterin wissen.

Ein kaltes Schweigen folgte, dann sagte Jamie mit schneidender Stimme: »Ich habe sie in meiner Scheune gefunden, meine Liebe. Damit habe ich wohl gewisse Besitzrechte erworben.«

Ihr Instinkt warnte Bliss, daß sie entdeckt werden würde; sie wandte sich blitzschnell um und eilte zurück. Dann, als Carra mit wütendem Gesicht hereinstürmte, tat Bliss so, als sei sie gerade eben eingetreten.

Es schien kein guter Zeitpunkt für eine Bitte um Tinte und Feder zu sein. »Ich wollte sehen, ob Sie Hilfe brauchen«, log Bliss.

Carras mandelförmige braune Augen brannten vor unterdrücktem Zorn. »Ich bin bis jetzt bemerkenswert gut ohne Ihre Hilfe ausgekommen«, erwiderte sie hart.

Bliss trat sprachlos einen Schritt zurück.

Carra murmelte etwas, durchquerte den Raum und öffnete die Tür einer geräumigen, gut bestückten Speisekammer. Sie verschwand in ihr und tauchte Momente später mit einer riesigen kupfernen Wanne wieder auf. »Sie können hier baden«, sagte sie, während sie die Wanne klappernd auf den Boden stellte. »Ich schleppe das Wasser nicht für Sie nach oben.«

Und diese Leute nennt man hier die *ignoranten Eingeborenen, gezähmt von ihren Eroberern*! dachte Bliss, bevor sie in hochmütigem Ton entgegnete: »Ich trage das Wasser selbst.

Es gehört nicht zu meinen Gewohnheiten, in den Küchen fremder Männer zu baden.«

»Das erleichtert mich ungemein!« erwiderte Carra mürrisch.

Bliss hatte sich bisher bemüht, keine impertinenten Fragen zu stellen, aber diese eine rutschte ihr heraus, bevor sie es verhindern konnte. »Tun Sie es?«

»Was?«

»Baden *Sie* hier, in Mister McKennas Küche?«

Carra starrte sie an, dann lachte sie, und eine widerstrebende Wärme erschien in ihrem Blick. »Sie sind ein komisches kleines Wesen. Stellen Sie immer so unverschämte Fragen?«

Bliss seufzte und begann ihren Mantel aufzuknöpfen. »Leider passiert es mir sehr oft.«

Carras Miene wurde wieder ernst. Sie betrachtete Bliss einen Moment lang schweigend, dann nahm sie ihr den geflickten, fleckigen Mantel ab und ging hinaus.

Bliss bückte sich, um die Kupferwanne aufzuheben – sie war leichter, als sie aussah – und schleppte sie nach oben in ihr Zimmer. Zu ihrem Unbehagen hockte Jamie McKenna vor dem Kamin und schürte das Feuer. Als es aufloderte, stand er auf und drehte sich zu Bliss um.

Seine Bewegungen waren von beinahe katzenhafter Anmut. Bliss spürte, daß Jamie McKenna ein Mann war, der sich auch in den verzweifeltsten Situationen zu helfen wußte.

Sie setzte die Wanne auf dem Boden ab, plötzlich von einer Verwirrung erfüllt, die sie sich nicht zu erklären vermochte.

»Carra hat sich geweigert, das Wasser hinaufzutragen, was?«

»Ja, aber das macht nichts. Ich kann mein Wasser selbst tragen.«

Jamies Blick ruhte auf Bliss' Kleid, und sie erinnerte sich wieder daran, daß sie das schwarze Seidenkleid trug, in dem sie aus Alexanders Haus in Wellington geflohen war. Perlen und Halbedelsteine schmückten den Saum und den tiefen Halsausschnitt.

»Was ist passiert?« fragte Jamie ruhig, während er mit offensichtlicher Überwindung den Blick von ihrer Figur löste und auf ihr Gesicht richtete. »Wovor – oder vor wem – sind Sie davongelaufen?«

Bliss verspürte das merkwürdige Bedürfnis, ausgerechnet diesem Mann ihr Herz auszuschütten, ihm zu erzählen, wie ihr Vater sie mit Alexander Zate verheiraten wollte, aber dann beherrschte sie sich. Je weniger Mister McKenna wußte, desto besser.

Sie holte tief Luft. »Ich habe es Ihnen doch schon gesagt«, erwiderte sie. »Ich will nach Amerika.«

Jamie zog eine Braue hoch und fuhr sich mit der Hand durch sein Haar, das die Farbe reifen Weizens hatte. »Wo die Straßen mit Gold gepflastert sind«, bemerkte er spöttisch.

Bliss straffte die Schultern. »Ich glaube diesen Unsinn nicht.«

»Gut«, sagte er, und wieder klang eine merkwürdige Gereiztheit in seiner Stimme mit. »Denn genau das ist es. Unsinn. Nichts als ein Ammenmärchen.«

Er verschwamm vor ihren Augen, und Bliss blinzelte verwirrt.

»Sie scheinen unter Vorurteilen zu leiden, Mister McKenna.«

Jamie wirkte beleidigt. »Was?«

»Sie mögen keine Amerikaner, und ich kann mir nicht vorstellen, warum. Schließlich ist Ihre eigene Schwägerin Amerikanerin.« Sie schüttelte mißbilligend den Kopf. »Aber jetzt fällt mir ein, daß Sie sie auch als *Yankee* bezeichnet haben, nicht wahr?«

Jamies markante Züge verrieten Ärger, und als er sprach, war sein irischer Akzent spürbarer als je zuvor. »Ich brauche meine Ansichten nicht vor Ihnen zu rechtfertigen, Miss, und zufällig liebe ich die Frau meines Bruders sehr! Es gibt keine bessere Frau als Maggie!«

*Ich liebe die Frau meines Bruders sehr.* Die Worte steckten in Bliss' Bewußtsein wie eine Fischgräte im Hals, kratzten, schmerzten und erschwerten ihr das Atmen. Dabei konnte sie sich nicht erklären, warum dieser Einblick in die Gefühle eines Fremden derart schmerzen sollte …

Betroffen wandte sie sich ab, dann fragte sie: »Haben Sie vielleicht Tinte und eine Feder, die Sie mir leihen könnten?«

Er gab keine Antwort, sondern drehte sich um und ging zur Tür. Nur das Klappern seiner Absätze auf dem Holzboden war zu hören. Dann fiel die Tür hinter ihm zu.

Bliss' Blick fiel auf den Spiegel über der Kommode, und sie erschrak über ihr Aussehen. Angezogen wie für einen Ball, aber mit Stroh in ihrem zerzausten, schmutzigen Haar, bot sie einen fürchterlichen Anblick. Kein Wunder, daß Carra sie unsympathisch fand und ihr mißtraute!

Bliss begann in dem kleinen, makellos sauberen Raum auf und ab zu wandern und dachte nach.

Sie würde ihr Bad nehmen, sich ausruhen, und dann, wenn es Nacht wurde, wieder fliehen. Niemand sollte sie zu Alexander zurückbringen.

Nein. Bliss hatte vor, in ein, zwei Tagen in Auckland zu sein. Da es nicht mehr weit zu sein schien, konnte sie es sich erlauben, etwas von dem wenigen Geld, das sie besaß, für eine Kutsche auszugeben. In Auckland würde sie nach Schiffen Ausschau halten, die nach Amerika fuhren, und nicht eher ruhen, bis sie eine Stellung als Reisebegleiterin oder Gouvernante fand. Trotz ihrer Versicherung, daß sie nicht vorhatte, es zu tun, brachte Carra Bliss das heiße Wasser für ihr Bad. Obwohl sie sehr grimmig dabei dreinblickte, versorgte sie ihren unerwünschten Gast mit einem Flanellmorgenrock, einer Kanne Tee und einem Teller mit Kuchen.

Das Bad und der Tee machten Bliss so träge, daß sie ihre Vorsicht vergaß und in das schmale Bett mit den frischen, gestärkten Laken kletterte, wo sie augenblicklich einschlief.

Als sie erwachte, war es dunkel im Raum, nur der helle Mond warf seine silbrigen Strahlen ins Zimmer. Die Badewanne und das Tablett mit dem Tee hatte jemand entfernt. Das Feuer war fast erloschen.

Bliss stieg aus dem Bett, streckte sich und zog ihr schwarzes Seidenkleid an, um ihren einzigen guten Tweedrock und die helle Leinenbluse bis Auckland zu schonen. Bemüht, ganz leise zu sein, packte sie ihre Sachen ein und ging zur Tür.

Mit angehaltenem Atem packte sie den Knauf – und stellte fest, daß er sich nicht bewegen ließ.

Die Tür zwischen Bliss Stafford und ihrer vielversprechenden Zukunft in Amerika war fest verschlossen.

# 2

Jamie lag allein im Bett, die Hände im Nacken verschränkt und den Mund zu einem Lächeln verzogen, als er Bliss Staffords vergebliche Versuche hörte, die Tür zu öffnen. Sie war ein sehr entschlossenes Mädchen, das mußte man ihr lassen.

Dann richtete er sich auf. Ohne Licht zu machen, ertastete er das Päckchen Zigarillos auf dem Nachtisch und zündete sich eins an. Nebenan rüttelte Bliss noch immer an ihrer Tür.

Jamie sog tief den Rauch ein und lauschte weiter in amüsiertem Schweigen. Die Kleine schien inzwischen dazu übergegangen zu sein, die Tür eintreten zu wollen, wenn man den Geräuschen Glauben schenken konnte.

»Sie sind ein Schuft! Ein hundsgemeiner Schuft!« rief sie plötzlich. »Hören Sie mich, Mister McKenna?«

Jamie seufzte. Man muß schon taub sein, um sie nicht zu hören, dachte er und fragte sich, warum er sie nicht einfach gehen ließ und die ganze Sache vergaß. Aber der Gedanke, Bliss ganz allein draußen in der Welt zu wissen, war ihm unerträglich. Sie brauchte einen Mann – einen Vater oder einen Ehemann –, der sich um sie kümmerte.

»Lassen Sie mich heraus!« schrie Bliss, und er hörte, wie sie gegen die Tür trat und wild an der Klinke rüttelte.

Gleich wird sie die Laken zusammenknoten und aus dem Fenster klettern, dachte Jamie, während er seufzend sein Zigarillo ausdrückte und aus dem Bett stieg. Es wäre ganz ihre Art, wenn sie es versuchte – leider hatte das Mädchen keinen Funken von Verstand in seinem schönen Kopf.

Hastig stieg er in seine Hosen und zog ein Hemd über. Das plötzliche Schweigen aus dem angrenzenden Zimmer war entnervend. »Bliss?« rief er, während er fast gleichzeitig sein Fenster aufriß.

Die Nachtluft war so kalt, daß Jamie der Atem stockte. Dennoch gelang es ihm, einen Fluch auszustoßen, als er das flatternde Stück Bettlaken sah, das wie eine fette weiße Schlange aus Bliss' Fenster hing.

»Sie werden sich den Hals brechen!« schrie er, bevor er das Fenster zuklappte, barfuß in seine Stiefel schlüpfte und auf die Treppe zustürzte, wo er vor lauter Aufregung stolperte und fast gefallen wäre.

Er hielt sich nicht mit einem Mantel auf, und die Kälte drang augenblicklich durch sein Hemd und seine Hose. Fluchend rannte er um das große Haus herum, bis er unter Bliss' Fenster stand.

Da hing sie, die kleine Närrin, hing an ihrem Laken wie eine Spinne in ihrem Netz. Auch sie trug keinen Mantel, und das schwarze Abendkleid war schulterfrei.

Jamie konnte sich nicht entsinnen, je so wütend gewesen zu sein – oder so besorgt. Doch er rührte sich nicht, bis Bliss das behelfsmäßige Seil so weit herabgeklettert war, daß er sie zu fassen bekam. Erst dann stürzte er vor, umfaßte ihre Taille, und zwar so heftig, daß sie beide zu Boden fielen.

Bliss kämpfte wie eine Löwin um ihre Freiheit, trat, biß und schrie, während Jamie seine ganze Kraft aufwenden mußte, um sie festzuhalten.

Endlich lag sie keuchend auf dem Rücken, und Jamie kniete über ihren Hüften und hielt ihre Arme fest. Der Mondschein verlieh ihrer Haut einen alabasternen Glanz: das

Abendkleid bedeckte kaum ihre vollen Brüste, die sich bei jedem Atemzug rhythmisch hoben und senkten.

Eine Sekunde lang sah er eine rosige Brustspitze, und obwohl es beileibe nichts war, was er nicht schon tausendmal vorher gesehen hatte, erregte ihn der Anblick sehr. Verärgert richtete er sich auf und atmete so schwer, als sei er meilenweit gerannt.

»Sind Sie verrückt geworden?« herrschte er Bliss an, während er ihr eine Hand reichte, um ihr aufzuhelfen.

Doch sie starrte nur wütend auf die ihr dargebotene Hand, und für einen Moment befürchtete Jamie, sie könnte ihn anspucken. Aber dann nahm sie sie und ließ sich auf die Füße ziehen.

Jamie kochte vor Zorn, als er sich die Verletzungen vorstellte, die Bliss bei einem Sturz erlitten haben könnte. Sie hätte sich den Hals brechen können! »Ich habe Sie etwas gefragt!« polterte er.

Bliss straffte die Schultern und bückte sich, um ihre Tasche aufzuheben. »Ich weiß«, erwiderte sie kühl. »Aber ich habe nicht vor, darauf zu antworten.«

Die entsetzliche Vision von einer reglos und mit gebrochenen Gliedern auf dem Boden liegenden Bliss wurde augenblicklich aus Jamies Vorstellung verdrängt und durch ein anderes Bild ersetzt: wie er Bliss aus dem Fenster *warf*! Dann packte er sie am Ellbogen und zerrte Bliss ins Haus zurück, in die Küche.

Doch sie schüttelte seine Hand ab und versuchte, sich so würdevoll zu geben, wie es in dieser Situation möglich war. Sie wirkte wie eine Märtyrerin auf dem Weg zum Scheiterhaufen.

Das Glas klapperte, als Jamie ärgerlich eine Lampe anzündete. »Setzen Sie sich«, fuhr er Bliss an, und zu seinem Erstaunen gehorchte sie. Ihre Augen jedoch, diese tiefblauen Augen, funkelten vor Stolz und Trotz, und ihr rotes Haar fiel wie ein kupferner Wasserfall über ihren Rücken.

Sie strich ihren Rock glatt und machte ein Gesicht, als ob es völlig normal sei, mitten in der Nacht aus einem Fenster im ersten Stock zu klettern.

»Mir ist kalt«, erklärte sie. »Ich hätte gern eine Tasse Tee.«

»Eine Tasse Tee, ja?« murmelte Jamie, doch er ging zum Herd und setzte Wasser auf. »Eine Tasse Tee will sie, nachdem sie wie ein Dieb aus meinem Haus geklettert ist …«

Bliss' nervöses Kichern überraschte ihn, und er drehte sich stirnrunzelnd zu ihr um.

Sie zog einen Schmollmund und richtete sich dann sehr gerade auf. »Sie haben mir keine andere Wahl gelassen«, sagte sie.

Jamie schüttelte den Kopf und griff nach der Teedose, die Carra auf einem Regal über dem Herd aufbewahrte. Dann stellte er sie so hart auf den Tisch, daß Bliss zusammenzuckte, was er als sehr befriedigend empfand.

»Männer«, bemerkte Bliss, während sie ihre zerkratzten Hände betrachtete. »Sie können es nicht ertragen, wenn Frauen eigene Gedanken haben und den Mut, ihre Pläne auszuführen. Mut wird übrigens in Amerika sehr bewundert.«

»Woher wollen *Sie* wissen, was in Amerika bewundert wird?« wandte Jamie ein. Er war wütend, wenn er auch nicht genau wußte, warum, und dankbar, weil niemand von ihm verlangte, darüber nachzudenken, warum er eine solche Wut empfand,

Bliss befeuchtete ihre Lippen – was Jamie noch mehr aus der Fassung brachte – und vermied es, ihn anzusehen. »Man kann von einem so gefühllosen und ungehobelten Menschen wie Ihnen nicht erwarten, daß er es versteht«, entgegnete sie hochmütig.

Jamie holte tief Luft und atmete ganz langsam aus. »Nimm dich zusammen, McKenna«, murmelte er vor sich hin und fügte dann lauter hinzu: »Danke sehr, Miss Stafford. Ich bringe Ihnen ebenfalls meine zärtlichsten Gefühle entgegen.«

Sie errötete, und er bemerkte zum ersten Mal ihre winzigen goldenen Sommersprossen. Und dann, daß er sich fragte, ob der Rest von Miss Staffords verführerischem Körper wohl auch mit Sommersprossen geschmückt sein mochte …

»Damit dürfte bewiesen sein, daß wir uns nicht viel zu sagen haben«, antwortete sie.

Jamie unterdrückte den Impuls, sie in sein Zimmer zu tragen und übers Knie zu legen. Der kleine Vogel auf dem Wasserkessel, die einzige Frivolität, die er in seinem Haus gestattete, begann zu pfeifen. Ohne etwas auf Bliss' Bemerkung zu entgegnen, stand er auf, um den Kessel zu holen, und verbrannte sich prompt die Hand.

»Du liebe Güte«, seufzte Bliss, holte eine Kanne Wasser und goß etwas davon in eine Schale. »Legen Sie Ihre Hand hinein«, befahl sie.

Das kühle Wasser linderte den Schmerz sehr schnell. Jamie war so überwältigt von den Gefühlen, die plötzlich in ihm erwacht waren, daß er Bliss nur anstarren konnte und sich zu fragen begann, welch launenhaftes Schicksal sie zu ihm geführt und veranlaßt haben mochte, sich in seiner Scheune zu verstecken …

Bliss untersuchte seine Finger. »Besser?« fragte sie, in einem Ton, als redete sie mit einem kleinen Jungen.

Jamie riß sich zusammen, und abrupt entzog er ihr seine Hand. »Lassen Sie das. Wenn Sie etwas tun wollen, dann brühen Sie den Tee auf.«

Ein aufreizend sanftes Lächeln spielte um Bliss' Mund, als sie mit einem Topflappen den Kessel aufhob und kochendes Wasser auf die Teeblätter goß. Jamie ließ sich seufzend auf einen Stuhl sinken.

Bliss fand Tassen und stellte sie zusammen mit der Teekanne auf den Tisch. Man sollte meinen, dachte Jamie bedrückt, daß sie hier zu Hause ist. Sie benimmt sich, als wäre sie die Herrin dieses Hauses …

Bliss schenkte zuerst ihm Tee ein, dann sich selbst. Jeder ihrer Bewegungen haftete ruhige Würde an, bis sie den Effekt zerstörte, indem sie einen Schluck trank und dabei laut schlürfte.

Jamie mußte trotz seiner Verwirrung und seines Ärgers lachen und erntete einen empörten Blick dafür.

»Der Tee ist heiß«, verteidigte Bliss sich.

Jamie nickte. »Ja, Herzogin«, erwiderte er, bemüht, eine ernste Miene zu bewahren.

Im nächsten Augenblick füllten ihre blauen Augen sich mit Tränen. »Sie brauchen sich nicht über mich lustig zu machen«, sagte Bliss leise. »Die letzten Tage waren nicht einfach für mich. Ich hatte fast nichts zu essen und mußte an den schrecklichsten Orten übernachten.« Sie brach ab und holte tief Luft.

»Ich war in entsetzlicher Gefahr, Mister McKenna! Stellen Sie sich vor, ich wäre Strauchdieben begegnet!«

»Oder Sie hätten sich den Hals gebrochen, als Sie aus dem Fenster kletterten«, warf er trocken ein.

Die dicke Träne, die über Bliss' Wange rollte, löste ganz unerwartet zärtliche Gefühle in Jamie aus.

»Sie haben kein Recht, mich hier gefangen zu halten, Mister McKenna«, sagte Bliss anklagend. »Ich bin eine freie Untertanin der Krone …«

»Seltsame Worte aus dem Mund einer zukünftigen Yankee«, unterbrach Jamie sie lächelnd. »Die Yankees beugen ihr Knie vor niemandem – sie haben weder einen König noch eine Königin.«

Er sah, wie Bliss errötete, und empfand wieder ein unbegreifliches Verlangen danach, sie ganz ohne ihre Kleider zu sehen …

»Manchmal frage ich mich, ob es mir je gelingen wird, von Neuseeland fortzukommen«, gab sie bedrückt zu, hob den Kopf und schaute Jamie mit ihren schönen Augen an. »Sie werden mich nach Wellington zurückbringen, nicht wahr?«

Jamie nickte nur. Er konnte nichts erwidern, seine Kehle war wie zugeschnürt.

»Ich weiß, daß Sie das für das Ehrenhafteste und Richtigste in dieser Lage halten …«

Er wartete, bereit, sie anzuhören, obwohl er seine Entscheidung längst getroffen hatte. Und einen einmal gefaßten Entschluß stieß Jamie McKenna nur äußerst selten um …

»Sie können natürlich nicht wissen, was für einen Fehler Sie begehen«, fuhr Bliss fort. Sie war ganz blaß, und Jamie vermutete, daß sie die Finger krampfhaft verschränkt hielt.

Er hatte schon öfter erlebt, daß Frauen zu solchen theatralischen Mitteln griffen.

»Alexander wird mich zwingen, ihn vom Tag unserer Hochzeit an ›Mister Zate‹ zu nennen«, sagte sie leise.

»Ich habe schon Schlimmeres gehört«, meinte Jamie.

Plötzlich griff Bliss nach Jamies Händen und umklammerte sie. »Ich werde sein Bett teilen müssen«, flüsterte sie, »und dabei liebe ich ihn gar nicht!«

Jamie sprang auf und wandte ihr den Rücken zu. Er wollte

nichts hören über die Rechte, die ihrem zukünftigen Gatten zustanden; er wollte nicht einmal daran denken. »Sie sind nicht mein Problem, Herzogin«, sagte er nach langem Schweigen. »Jedenfalls nicht mehr, sobald ich Sie in Wellington abgeliefert habe.«

Bliss weinte selten; sie hatte längst gemerkt, daß es im allgemeinen nicht viel nützte. Aber nun, bei der Vorstellung, ihr Leben lang vor einem Mann kriechen zu müssen, den sie nicht liebte, ließ sie ihren Gefühlen freien Lauf. Herzzerreißend schluchzte sie auf und schlug die Hände vors Gesicht.

Jamie McKennas Stimme klang überraschend sanft. »Weinen Sie nicht, bitte«, sagte er heiser, während er vor ihr in die Hocke ging. »So schlimm kann es doch gar nicht sein, oder?«

»Noch viel schlimmer!« schluchzte Bliss. »Aber Sie, Mister McKenna, braucht es ja nicht zu stören, daß Sie mich für den Rest Ihres Lebens auf dem Gewissen haben werden.«

Jamie lachte leise. Er richtete sich wieder auf und zog Bliss auf die Füße. Und was er dann tat, hätte Bliss verärgern und empören müssen, doch statt dessen fand sie es auf merkwürdige Art tröstlich. Denn Jamie McKenna hob sie auf die Arme, so mühelos, als wäre sie ein kleines Kind.

»Psst!« sagte er. »Ich bezweifle, daß dieser Mann so schlimm ist. Was Sie jetzt vor allem brauchen, Herzogin, ist ein bißchen Schlaf.«

Bliss blinzelte die Tränen aus den Augen und starrte ihn an, während sie ihre Arme haltsuchend um seinen Nacken schlang. Vieleicht bestand doch noch Hoffnung auf eine Flucht, wenn sie es geschickt anstellte ... Doch dann hörte sie sich zu ihrer Verblüffung sagen: »Ich will nicht allein sein.«

Jamie lachte leise. »Keine Angst – ich habe nicht vor, Sie auch nur eine Sekunde wieder aus den Augen zu lassen. Sie könnten ja von neuem versuchen, die Flucht ergreifen.«

Er blieb stehen, um die Lampe auszudrehen, dann trug er Bliss über die dunkle Treppe in den ersten Stock hinauf.

Bliss wunderte sich über sich selbst. Sie war immer stark und unabhängig gewesen, doch nun, in Jamie McKennas Armen, fühlte sie sich weich und nachgiebig wie Wachs. »Lassen Sie mich herunter«, forderte sie, aber Jamie schien zu wissen, daß es ihr gar nicht ernst war, denn er trug sie in ein dunkles Zimmer und legte sie auf ein ungemachtes Bett.

»Das erinnert mich an eine andere Nacht«, murmelte er, während er sich auf die Bettkante setzte, um seine Stiefel abzustreifen. »Allerdings war es in Melbourne.«

Bliss' Charakterstärke kehrte allmählich zurück, wenn auch vielleicht etwas verspätet. »Moment mal!« sagte sie empört. »Sie glauben doch nicht etwa, ich würde die Nacht hier in ...«

Jamie drückte sie aufs Bett zurück. »O doch, genau so ist es. Ich lasse Sie nicht mehr aus den Augen, Herzogin.«

Ihr Herz schlug ihr bis zum Hals. Ob Carra ihr zu Hilfe kam, wenn sie schrie? »Was haben Sie vor?«

»Sie war aus einer Kutsche gesprungen«, fuhr Jamie fort, als habe Bliss gar nichts gesagt. Dann streckte er sich ausgezogen auf dem Bett aus, und ihr blieb nichts anderes übrig, als es ihm nachzutun, da er noch immer ihr Handgelenk umfaßte. »Sie rollte auf mich zu wie ein verlorener Ball.«

Falls er glaubte, sie damit ablenken zu können, hatte er sich schwer getäuscht! »Lassen Sie mich los! Ich wäre verdorben – für Alexander und für jeden anderen Mann!«

»War es nicht das, was sie wollten?« fragte er unschuldig.

Und merkwürdigerweise fand Bliss den Gedanken, von diesem Mann ›entehrt‹ zu werden, gar nicht so unangenehm. Es war unglaublich erregend – wenn auch auf etwas unbehagliche Weise –, so dicht neben ihm in der Dunkelheit zu liegen. »Ja – nein!«

Er lachte. »Entscheiden Sie sich, Herzogin.«

»Hören Sie auf, mich *Herzogin* zu nennen!«

»O nein. Es paßt sehr gut zu Ihnen.«

»Ich hasse Sie, Mister McKenna!«

Er seufzte nachsichtig. »Erzählen Sie mir etwas von sich, Bliss. Sind Sie in Wellington aufgewachsen?«

Sein Griff um ihr Handgelenk lockerte sich ein wenig, und sie merkte jetzt, daß sie gar keine Angst vor Jamie hatte. »Nein. Mein Vater bedient einen Leuchtturm an der Küste von Wellington, dort habe ich meine Kindheit verbracht.«

Jamies Finger waren ein Stück tiefer geglitten; jetzt hielt er Bliss' Hand, und sein Daumen streichelte ihr Handgelenk. Diese Berührung löste ein warmes Prickeln in Bliss aus.

»Haben Sie Geschwister?« fragte er in leichtem Plauderton, als befänden sie sich auf einer Party, statt allein und unbewacht auf einem Bett …

Die alte, tiefsitzende Trauer ergriff wieder von Bliss Besitz. »Ich hatte einen Bruder, aber er starb, als ich noch sehr klein war. Ich kann mich kaum an ihn entsinnen.« Das war eine Lüge, denn Bliss *wollte* nicht an Collin denken. Ihr Vater hatte sie nie vergessen lassen, daß sein Sohn noch leben könnte, wenn er nicht in jener sturmgepeitschten Nacht hinausgegangen wäre und nach ihr gesucht hätte …

Jamie schwieg, er schien zu spüren, daß Bliss nicht gern über ihre Kindheit redete. Nur sein Daumen beschrieb weiter zärtliche Kreise auf ihrem Handgelenk.

»Ich habe auch einen Bruder«, sagte er schließlich.

»Ich weiß«, erwiderte Bliss prompt. »Und Sie lieben seine Frau.«

Jamie ließ ihre Hand los und richtete sich abrupt auf. »Was?«

»Sie haben es selbst gesagt.« Bliss wollte aufstehen, aber Jamie hielt sie zurück.

»Ich habe gesagt, daß ich sie liebe«, gab er zu. »Aber ich habe es nicht so gemeint, wie Sie es verstanden haben. Maggie ist wie eine Schwester für mich, mehr nicht.«

Der Nachdruck, den er in seine Stimme legte, freute Bliss, doch sie erwiderte nur kühl: »Ich verstehe.«

»Warum erkläre ich Ihnen das überhaupt?« murmelte er und verschränkte die Arme vor der Brust.

Obwohl er jetzt nicht mehr ihre Hand hielt, machte Bliss keinen Versuch, das Bett zu verlassen. »Woher soll *ich* wissen, warum Sie es mir erklären, Mister McKenna? Ich kann nur sagen, daß Sie verrückt sein müssen. Wenn mein Vater nämlich wüßte, daß Sie mich gezwungen haben, Ihr Bett zu teilen wie eine gewöhnliche Hure …«

Jamie lachte und rollte sich auf die Seite, um Bliss anzusehen. Das Mondlicht fing sich in seinem blonden Haar, und die Sehnsucht, die Bliss beherrschte, wurde noch unerträglicher.

Oder drängender. Es kam ganz darauf an, von welcher Seite man die Situation betrachtete.

Ungemein sanft und behutsam berührte Jamie Bliss' Lippen mit seinem Mund, was einen köstlichen Schauer über ihren Körper laufen und sie zu der einzigen Verteidigungsmöglichkeit greifen ließ, die ihr noch blieb.

»Ist es das, was Sie mit der Maorifrau tun, wenn keiner in der Nähe ist?« fragte sie.

Sein Lachen klang tief und ungeheuer männlich und statt ihr zu antworten, küßte er sie.

Bliss war zutiefst erschüttert von dieser sanften Verführung. Zum ersten Mal in ihrem Leben fühlte sie sich vollkommen hilflos. Sie begann zu zittern, als seine Zungenspitze ihren Mund berührte, ihre Lippen nachzeichnete und etwas zu erbitten schien, von dem Bliss nicht einmal wußte, was es war.

Unwillkürlich öffnete sie die Lippen, und das Gefühl, als er ihren Mund zu erforschen begann, war so köstlich und erregend, daß sie ihm die Arme um den Hals schlang und sich an ihn schmiegte.

Nun war es Jamie, der sich atemlos zurückzog und einen derben Fluch ausstieß.

Das verletzte Bliss. »Ich habe schließlich nicht damit angefangen«, sagte sie spitz.

Jamie setzte sich auf, wobei er ihr den Rücken zuwandte, und fuhr sich mit einer Hand durchs Haar. »Sei still, Herzogin, bevor du uns beide in Schwierigkeiten bringst.«

»Wohin willst du?« erkundigte sich Bliss. Eigentlich hätte sie erleichtert sein müssen, daß er aufgehört hatte, sie zu küssen und zu halten, aber eigenartigerweise war sie das nicht.

»Ich bleibe in der Nähe, also glaube nicht wieder, daß du mir doch noch entkommen könntest«, antwortete er, während er nach seinen Stiefeln griff. »Tu uns beiden den Gefallen und schlaf jetzt ein bißchen, ja? Wir brechen morgen schon früh nach Wellington auf.«

»Interessiert es dich überhaupt nicht, daß ich nicht nach Wellington *will*?« schrie Bliss, von Panik erfaßt. Denn jetzt, wo sie erfahren hatte, welche Gefühle ein simpler Kuß auslösen konnte, wollte sie Alexander Zate noch weniger heiraten als zuvor.

»Nein«, entgegnete Jamie nur. Er war der starrsinnigste

Mann, dem Bliss je begegnet war … aber natürlich auch der erste, mit dem sie ein Bett geteilt hatte.

»Du verschwendest deine Zeit, wenn du die lange Reise nach Wellington machst«, warnte Bliss, als sie sich aufrichtete und ihren zerdrückten Rock glattstrich. Dann verschränkte sie die Arme vor der Brust. »Ich würde nur wieder davonlaufen.«

»Aber dann wird es das Problem deines Mannes sein, nicht wahr?«

Bliss war den Tränen nahe. »Ihr Männer haltet alle zusammen«, sagte sie anklagend.

»Mußt du eigentlich immer das letzte Wort haben?« fragte er.

»Ja!«

Der Schaukelstuhl, in den er sich gesetzt hatte, begann zu knarren, als Jamie ihn in Bewegung setzte. »Schlaf jetzt, Herzogin. Wir haben einen langen Tag vor uns.«

»Du hast ja keine Ahnung, *wie* lang, McKenna!«

»Keine Drohungen, Mädchen«, warnte Jamie streng und machte eine Geste mit Daumen und Zeigefinger. »Es fehlt nur noch so viel, damit ich dich übers Knie lege.«

Bliss hoffte, daß die Dunkelheit verbarg, daß sie rot geworden war. »Das war eine sehr unpassende Bemerkung«, protestierte sie.

»Ja, aber eine wahre.« Dann lehnte Jamie den Kopf zurück, und Bliss war sicher, daß er die Augen geschlossen hatte.

Auch sie legte sich zurück und gähnte ausgiebig. Dann wartete sie geduldig darauf, daß er zu schnarchen begann.

Doch das tat er nicht, allerdings wurde nach einer Weile sein Atem ruhiger und gleichmäßiger. Trotzdem wartete Bliss noch.

Endlich, als eine Stunde vergangen war, richtete sie sich auf. »Jamie?« flüsterte sie. »Bist du wach?«

Keine Antwort.

Sie versuchte es noch einmal. »Jamie?«

Schweigen.

Vorsichtig ließ sie sich vom Bett gleiten. Ihr Mantel und ihre Tasche waren unten in der Küche. Wenn es ihr gelang, an diesem Mann vorbeizukommen, war sie frei und konnte bei Sonnenuntergang vielleicht schon in Auckland sein …

Sie schlich durchs Zimmer, lautlos wie ein Geist, wagte kaum zu atmen, und schließlich hatte sie die Tür erreicht. Sie hatte gerade die Hand um den Türknauf gelegt, als sich zwei starke Arme um ihre Taille schlossen.

Jamies Stimme war nur ein heiseres Flüstern an ihrem Ohr. »Schäm dich, Herzogin. Was soll ich bloß mit dir machen?«

Es war weniger die Tatsache, erwischt worden zu sein, als vielmehr die Art, wie Jamie sie hielt, die ihr den Atem raubte. Sie spürte, wie ihr das Blut in die Wangen stieg.

Aus lauter Verzweiflung entschloß sie sich zu einer Lüge. »Ich versichere dir, daß meine Absichten absolut unschuldig waren. Wie du sicher weißt, stellt die Natur gewisse Forderungen an uns …«

»Ja – auch ich habe fast die ganze Nacht an nichts anderes gedacht«, entgegnete Jamie anzüglich, aber dann ließ er Bliss los.

Ihre Knie waren so weich, daß sie sich fast nicht auf den Beinen halten konnte. Ihre Wangen glühten. »Ich nehme an, du wirst mich zur Toilette begleiten«, sagte sie und drehte sich zu ihrem Gefängniswärter um.

Er machte eine großzügige Handbewegung. »Du kannst auch den Nachttopf benutzen, wenn es dir lieber ist.«

Bliss war so entrüstet, daß sie nach Jamies Schienbein trat, aber er hatte so etwas erwartet und wich dem Angriff geschickt aus.

»Ich werde Ihnen Ihre Freundlichkeit heimzahlen, Mister McKenna«, versprach Bliss zornig, »und wenn es mich den Rest meines Lebens kosten sollte!«

Doch er lachte nur. »Du bist ein freches kleines Ding und wirst mir fehlen, wenn ich dich in Wellington abgeliefert habe. Wirklich.«

Auch diesmal überwog Bliss' Zorn ihre Vernunft. Um ihn in Sicherheit zu wiegen, trat sie einen Schritt zurück und hob erst dann das Bein, um ihn zu treten. Nur zielte sie jetzt nicht auf sein Schienbein …

Doch bevor ihr Fuß sein Ziel erreichte, hatte Jamie sie an der Innenseite ihres Beins gepackt und brachte sie für einen

Moment aus dem Gleichgewicht, um sie dann fest an sich zu ziehen. Nicht einmal seine Küsse waren so intim gewesen wie nun die Berührung ihrer Körper.

Und dann küßte er sie noch einmal, und für einen Moment schien die ganze Welt um Bliss herum zu versinken.

# 3

Die Augustluft war beißend kalt an diesem Morgen, und Bliss wanderte unruhig vor der Scheune auf und ab. Sie rieb sich die Hände und stampfte mit den Füßen auf, um sich warm zu halten. Ihr Atem bildete kleine weiße Wolken, als sie gereizt zu Jamie sagte: »Es wäre einfacher, wenn du mich in Auckland in eine Kutsche setzen und die ganze Sache vergessen würdest.«

Jamie, der zwei Pferde an den Wagen spannte, einen Grauen und einen Fuchs, schaute grinsend über die Schulter. »Sehr verlockend – das mit dem Vergessen, meine ich –, aber ich bin klüger, als ich aussehe, Herzogin. Du wärst aus dieser Kutsche ausgestiegen und auf dem Weg zum Hafen, bevor ich dir den Rücken zugedreht hätte.«

Das stimmte zwar, aber Bliss war trotzdem sehr beleidigt. »Natürlich bist du klüger, als du aussiehst, McKenna«, bemerkte sie herablassend. »Denn sonst wärst du gar nicht fähig, dich selbst zu ernähren.«

Jamie lachte schallend, was die Pferde zu einem nervösen

Wiehern veranlaßte. Gleichzeitig ging die Haustür auf – um sofort wieder krachend ins Schloß zu fallen.

Carra war auf der Veranda erschienen. Ihr herrliches schwarzes Haar flatterte im Wind, ihre dunklen Augen ruhten auf Jamie, als sie einen großen Picknickkorb auf den Boden stellte. Etwas Aufsässiges lag in dieser eigentlich banalen Geste.

Jamie lächelte und schüttelte den Kopf. »So soll es also sein?« sagte er, eigentlich mehr sich selbst als zu den beiden Frauen. Dann, nach einem fast unmerklichen Zögern, ließ er Bliss neben dem Wagen stehen und ging auf das Haus zu.

Mit nagender Eifersucht im Herzen stieg sie auf den Bock und ließ sich auf dem ächzenden Sitz nieder. Obwohl sie sich Mühe gab, Jamie nicht nachzustarren, wanderte ihr Blick immer wieder in seine Richtung.

Sie beobachtete die beiden dann aufmerksamer, als sie sah, daß Carra heftig gestikulierte und mit dem Fuß aufstampfte. Bliss konnte zwar nicht hören, was gesprochen wurde, aber es bestand kein Zweifel, daß Jamie und seine Geliebte recht unfreundlich Abschied voneinander nahmen.

Dann schrie Jamie etwas, und Carra wirbelte herum und stürmte mit wehendem Haar ins Haus. Jamie versetzte der geschlossenen Tür einen Tritt, drehte sich mit wutblitzenden Augen um und wäre fast über den Picknickkorb gestolpert.

Bliss preßte die Hand vor den Mund, um nicht zu lachen.

Jamie, der ihre Belustigung zu spüren schien, warf ihr einen wütenden Blick zu, hob den Korb auf und kam zu ihr zurück.

»Wenn du gewartet hättest«, bemerkte er und stieß den Korb in den Wagen, »wäre ich dir beim Einsteigen behilflich gewesen – als wärst du eine Dame.«

Bliss' Wangen brannten vor Empörung. Es reichte, daß er sie die ganze Nacht wie eine Gefangene festgehalten hatte, mußte er sie nun auch noch beleidigen, indem er sagte, daß er sie nicht für eine Lady hielt?

Jamie kletterte auf den Bock und nahm die Zügel. Seine blauen Augen funkelten, als er Bliss anschaute und fragte: »Bin ich der Wahrheit zu nahe gekommen, Herzogin?«

Bliss ignorierte seine Frage. Falls er undamenhaftes Benehmen von ihr erwartete, sollte er es haben. »War deine Geliebte böse, weil du mit mir wegfährst?«

Jamie ließ die Zügel heftiger als nötig auf die Pferderücken sausen. Beide Tiere machten einen Satz nach vorn, und Bliss hätte fast das Gleichgewicht verloren. Nur ihr verzweifelter Griff nach Jamies Ärmel bewahrte sie davor, vom Bock zu stürzen.

»Was sagtest du?« meinte er, bemüht, ein Lächeln zu verbergen, als Bliss tief Luft holte, ihr Haar glattstrich und ihr aufgeregtes Herz zwang, sich zu beruhigen. Sie gab Jamie keine Antwort.

Der Wagen rollte und holperte über die steinige Straße hinter dem Tor, und es dauerte lange, bis Jamie endlich das Schweigen brach. »Es geht dich zwar nichts an, Herzogin, aber ich will dir trotzdem sagen, daß Carra mein Haus sauberhält und mein Essen kocht – mein Bett teilt sie nicht.«

»Aber …«

In einem Ton, der nicht zu weiteren Fragen ermutigte, fügte er hinzu: »Carra ist jung, und sie hat gewisse romantische Vorstellungen über mich, aber das ist auch alles. Ihr Vater ist ein mächtiger Mann bei den Maoris – wenn ich Carra entehren würde, wäre auch er entehrt, und diese Art von Problemen kann ich mir nicht leisten.«

Bliss senkte beschämt den Kopf. Sie war erleichtert, daß Jamie und Carra kein Verhältnis hatten, aber das würde sie sich vor diesem sturen Schafzüchter noch lange nicht anmerken lassen.

»Es ist ein weiter Weg bis Wellington«, sagte sie mit einem Blick auf die vertrauten Berge vor ihnen, die selbst jetzt, im Winter, grün waren.

Jamie erwiderte nichts, und ein verstohlener Blick bewies, daß er die Lippen fest zusammengepreßt hatte. Offensichtlich ärgerte es ihn, von seiner Arbeit abgehalten zu werden, um eine derart alberne Besorgung zu erledigen.

Kurze Zeit später, als sie die Kuppe eines Hügels überquert hatten, erschien das Meer vor ihnen. Bliss atmete die salzige Luft tief ein und lächelte froh.

Es war nicht zu übersehen, daß das Meer keinen ähnlich beruhigenden Effekt auf Jamie hatte. Er blickte Bliss stirnrunzelnd an und ermunterte die Pferde – jetzt, wo sie sich auf ebener Straße befanden – zu einem schnelleren Trab.

Enttäuscht über Jamies Mangel an Bewunderung für den herrlichen Anblick, der sich ihnen bot, erwiderte Bliss seinen finsteren Blick genauso finster.

Er bemühte sich, ernst zu bleiben, aber dann brach er in schallendes Gelächter aus. »Das war ein ausgesprochen haßerfüllter Blick«, bemerkte er.

Bliss war froh über die Möglichkeit, die Unterhaltung fortzusetzen. »Ich habe noch nie jemanden gehaßt«, erklärte sie gelassen. »Nicht einmal Alexander – obwohl ich glaube, daß ich es lernen werde, sobald ich mit ihm verheiratet bin.«

Jamies Belustigung verflog, und irgendwie befriedigte es Bliss sehr, daß er nicht an ihre bevorstehende Heirat mit dem Mann erinnert werden wollte, den ihr Vater für sie bestimmt hatte.

Er schaute stur geradeaus. »Was für ein Schuft ist dein Vater eigentlich?« fragte er dann schroff.

Bliss empfand ein überwältigendes Triumphgefühl. »Papa ist kein schlechter Mensch«, erwiderte sie mit einem zärtlichen und etwas theatralischen Seufzer. »Er ist es nur leid, mich ständig im Weg zu haben. Und das Geld spielt natürlich auch eine Rolle dabei.«

Endlich besaß sie Mister McKennas ungeteilte Aufmerksamkeit. »Das Geld?« fragte er. »Welches Geld?«

Bliss schaute aufs Meer hinaus. »Alexander – Mister Zate – beabsichtigt, meinem Vater nach der Hochzeit eine große Summe zu übrschreiben.«

Das Schweigen des Mannes neben ihr verwirrte sie. Als Bliss Jamie verstohlen einen Blick zuwarf, sah sie, daß sich seine Züge vor Zorn verhärtet hatten, und auch das erfüllte sie mit Befriedigung. Vielleicht war es ihr doch endlich gelungen, ihm ihre Lage begreiflich zu machen!

»Dann verkauft er dich also«, bemerkte er in täuschend sanftem Ton.

Bliss biß sich auf die Lippen und zwang Tränen in ihre Augen. Dann antwortete sie mit leiser, bebender Stimme: »Ja.«

Obwohl die Pferde ihr Bestes taten, ließ Jamie die Zügel auf ihren Rücken knallen und trieb sie zu einer noch schnelleren Gangart an. »Schuft«, murmelte er.

Bliss schluchzte leise und wischte sich über die Augen.

»Wie machst du das?« fragte Jamie plötzlich, und Bliss war so verwirrt, daß sie nur stammeln konnte:

»W-was m-meinst du?«

Jamie hob die Hand und wischte eine Träne von ihrer Wange. »Dieses Weinen«, erklärte er stirnrunzelnd. »Du nimmst dir vor zu weinen, und schon kommen dir die Tränen. Und sag mir bloß nicht, daß es nicht stimmt.«

Bliss wäre amüsiert gewesen, hätte sie sich nicht auf dem Weg nach Wellington und zu Mister Alexander Zate befunden, sondern auf einem Schiff und auf dem Weg zu einem aufregenden neuen Leben in Amerika, wo ihre Mutter sie sehnsüchtig erwartete. Einem Mann, der eine solch scharfe Beobachtungsgabe hatte wie Jamie McKenna, begegnete man höchst selten …

Es war manchmal sehr hilfreich, wenn man auf Befehl weinen konnte, und daß sie diese Fähigkeit besaß, hatte Bliss immer wie ein Geheimnis gehütet. In trotzigem Schweigen blickte sie Jamie an, und zu ihrer Überraschung lachte er.

Verärgert fragte sie sich, was ihn so belustigen mochte, und vorsichtshalber schlang sie beide Arme um ihren Körper, damit sie nicht in ihrer Wut auf Mister McKenna losging.

Immer noch lächelnd, tippte er mit dem Zeigefinger auf ihre Nasenspitze. »Was für eine stolze kleine Wildkatze du doch bist, Herzogin! Ein Mann würde sein ganzes Leben dafür brauchen, dich richtig einzuschätzen.«

Ein warmes Erschauern ging bei seiner Berührung durch ihren Körper, und eine ganze Reihe verbotener Bilder erstand in ihrer Phantasie. Die Erinnerungen an die Nacht, die sie in McKennas dunklem Schlafzimmer verbracht hatte, lösten ein verwirrendes Kribbeln in ihr aus.

Bei Alexander werde ich nie so etwas empfinden, dachte sie, und der Gedanke erfüllte sie mit bitterer Verzweiflung. Wenn ihr Vater sie gezwungen hätte, Jamie zu heiraten – mit einem solchen Ultimatum hätte eine Frau leben können …

Sie fuhren schweigend weiter, eine recht beachtliche Entfernung, dann zog Jamie den Wagen an den Straßenrand und ließ die Pferde grasen. Bliss, die vom langen Sitzen ganz steif geworden war, sehnte sich danach, sich wieder bewegen zu können, und stieg vom Wagen, bevor Jamie ihr helfen konnte.

Sie rieb sich die Hände, um sie zu wärmen; obwohl es fast Mittag war, war es noch immer ungewöhnlich kalt. Jamie sprach leise auf die Pferde ein, strich über ihre weichen Nüstern und gab ihnen Zucker.

Als Bliss sich an den Picknickkorb erinnerte, den Carra so unwillig bereitgestellt hatte, spürte sie, wie hungrig sie war. Sie ging zum Wagen und holte den Korb.

»Bedien dich ruhig, Herzogin«, bemerkte Jamie lächelnd.

Errötend nahm sich Bliss ein eingepacktes Sandwich aus dem Korb.

»Dieser Zate – ist ihm eigentlich klar, wie teuer es ihn kommen wird, dich zu ernähren?«

Da Bliss diese Bemerkung ausgesprochen unpassend fand, erwiderte sie nichts darauf und biß statt dessen in ihr Brot, das üppig mit Käse und Geflügelscheiben belegt war.

Jamie führte die Pferde zu einer grasbestandenen Lichtung, bevor er sich selbst etwas zu essen nahm. Schmunzelnd packte er sein Sandwich aus. »Man muß essen, wenn sich die Gelegenheit dazu bietet«, bemerkte er. »Aber wie du soviel essen kannst und so dünn bleibst, ist mir ein Rätsel.«

Bliss erstickte fast an ihrem Bissen. »Dünn!« rief sie entrüstet. »Ich bin nicht dünn!«

Jamie blickte sie mit seinen blauen Augen fast sehnsüchtig an. »Dick bist du aber auch nicht«, erwiderte er, und seine Stimme klang seltsam heiser dabei. Dann aß er schweigend sein Sandwich auf und schob Bliss, die gerade ihr zweites Sandwich auspackte, auf den Wagen zu.

Wortlos hob er sie dann auf den Kutschbock. »Es wird Zeit, daß wir weiterfahren«, erklärte er unnötigerweise, bevor er neben ihr auf den Wagen kletterte.

Bliss stockte der Atem vor Empörung, ihre Wangen waren feuerrot. »Was fällt dir ein, mich wie einen Sack Bohnen hochzuheben und hinzusetzen, wo es dir beliebt!«

Jamie schnalzte mit der Zunge, um die Pferde anzutreiben. Dann lachte er, und es klang beinahe grimmig. »Du wärst sehr erstaunt, wenn du wüßtest, *was* mir beliebt, Herzogin«, sagte er.

Da Bliss darauf nichts zu entgegnen wußte, aß sie ihr Sandwich und verhielt sich still.

Eine blasse Sonne versank im Meer, als der Gasthof in Sicht kam, und Bliss hoffte – nachdem sie stundenlang auf dem harten Kutschbock gesessen und gefroren hatte –, daß Jamie hier vielleicht für die Nacht anhalten würde.

Tatsächlich lenkte er das Gespann durch das schmale Eingangstor, und Bliss schloß erleichtert die Augen.

Zwei Stalljungen erschienen, um sich um die müden Pferde zu kümmern, und begrüßten Jamie grinsend. »Guten Abend, Mister McKenna!«

Bliss für einen Moment ignorierend, stieg Jamie vom Wagen und drückte jedem der Jungen eine Münze in die Hand. Obwohl auch er die Müdigkeit in allen Gliedern spüren mußte, bewegte er sich mit seiner gewohnten katzenhaften Anmut.

Nach einem kurzen Gespräch mit den Stallburschen kam er zu Bliss zurück und streckte ihr seine starken Arme entgegen. Willig ließ sie sich von ihm vom Wagen heben, zu müde, um an Widerstand zu denken.

In dem warmen, hell erleuchteten Gasthof saßen mehrere Reisende an den langen Tischen, tranken Bier und verspeisten großzügig bemessene Portionen appetitlich aussehender Wildpastete.

Bliss' Magen knurrte vernehmlich. Als Jamie leise lachte, schob sie herausfordernd das Kinn vor. Ihm entging auch nichts!

Er führte sie zu einem kleineren Tisch in der Nähe des Kamins. Bliss machte Anstalten, ihren Mantel abzunehmen, aber dann zögerte sie, weil sie sich an den tiefen Ausschnitt ihres Abendkleides erinnerte.

Ein untersetzter Mann mit dicken Lippen, einer Knollennase und einer Schürze um den stattlichen Bauch trat an den Tisch. Er schaute Jamie und Bliss freundlich an. »Hallo, mein Freund – willkommen. Tee für die Dame?«

Jamie nickte, bestellte ein Bier für sich und zwei Portionen Wildpastete.

Obwohl Bliss inzwischen rasenden Hunger verspürte, ärgerte sie sich über Jamies anmaßende Art, ihr Dinner auszuwählen. »Und wenn ich nun lieber etwas anderes gegessen hätte?« wandte sie ungehalten ein.

Jamie lächelte überlegen. »Dann hättest du Pech gehabt, Herzogin. Es gibt hier nichts anderes als Wildpastete.«

»Oh.« Bliss lehnte sich enttäuscht zurück. Leider war die Bank, auf der sie saß, genauso hart wie Jamies Kutschbock.

Den Tee brachte eine junge Frau mit phantastischer Figur und dichtem braunen Haar, das so schwer war, daß es aus den Klemmen zu rutschen drohte. »Deine Frau, Jamie?« erkundigte sie sich schmollend.

Bliss wollte schon protestieren, als Jamie gelassen erwiderte: »Ja, das ist meine süße Frau. Sei so nett und sorge für ein gutes, weiches Bett und ein warmes Feuer für die Nacht, ja?«

Die Kellnerin preßte ärgerlich die Lippen zusammen, als sie sich zum Gehen wandte, aber Bliss' Zorn war noch viel größer.

»Wie kannst du es wagen, mich als deine Frau vorzustellen und nach einem weichen Bett zu verlangen?« fuhr sie ihn an. Ihre Hände zitterten, als sie nach ihrer Tasse griff.

Jamie blieb ungerührt. Bevor er antwortete, trank er einen ordentlichen Schluck von dem Bier, das mit Bliss' Tee gekommen war. »Diese Männer hier sind keine Gentlemen, meine Liebe. Falls sie auf die Idee kämen, sie hätten leichtes Spiel bei dir, müßten wir wahrscheinlich beide um deine Ehre kämpfen.«

Bliss erschauerte bei seinen Worten und schaute sich verstohlen in dem überfüllten Gasthof um. Wenn man genau darüber nachdachte, war es tatsächlich ausgesprochen merkwürdig, so viele Männer an einem derart abgelegenen Ort zu sehen … »Sind diese Männer … Verbrecher?« flüsterte sie.

Jamie nickte. »Halt dich immer schön in meiner Nähe, Herzogin, dann brauchst du keine Angst zu haben.«

Dennoch wollte Bliss nicht nachgeben. Sie sah Jamie fest an und sagte: »Aber ich werde nicht das Zimmer mit dir teilen.«

Jamie lächelte belustigt. Die Kellnerin, deren Name Dorrie war, brachte die Fleischpasteten, stellte die Blechteller scheppernd auf den Tisch, und plötzlich schrie sie auf, kicherte und ging dann lachend davon.

Obwohl Bliss ein recht behütetes Leben geführt hatte, wußte sie, was Jamie getan hatte. »Du hast sie gekniffen!« beschuldigte sie Jamie entrüstet.

Er nickte und erwiderte ihren Blick auf eine derart herausfordernde Weise, daß Bliss sich eine Antwort verkniff. »Wüstling«, murmelte sie nur.

Jamie zuckte mit den Schultern und beschäftigte sich mit seiner Pastete. Später geleitete eine mürrische Dorrie sie zu ihrem Zimmer, das im Erdgeschoß des Gasthofs lag, klein und muffig war, aber wenigstens sauber zu sein schien.

Mit einem besorgten Blick betrachtete Bliss das Bett.

»Es ist ganz weich«, sagte Dorrie mit verführerischem Augenaufschlag. »Ich habe es selbst ausprobiert.«

»Das kann ich mir vorstellen«, bemerkte Bliss kühl. »Vielen Dank – wir brauchen Sie jetzt nicht mehr.«

Jamie gab dem Mädchen eine Münze und begleitete es hinaus. Als Dorrie fort war, lehnte er sich an die geschlossene Tür und musterte Bliss lächelnd. »Müde, Herzogin?« fragte er verständnisvoll.

Bliss war mehr als müde: Ihr tat alles weh vor Erschöpfung. »Ja. Und wenn du so nett wärst, dich umzudrehen, ginge ich jetzt gern ins Bett.«

Widerstrebend wandte Jamie ihr seinen breiten Rücken zu. »Darf ich fragen, wo ich schlafen soll?«

»In dem Sessel am Kamin«, antwortete Bliss prompt und beeilte sich, den Mantel abzulegen und ihr schwarzes Seidenkleid auszuziehen. In ihren langen Beinkleidern und dem spitzenbesetzten Unterrock kroch sie rasch unter die Decken.

Sie kuschelte sich in die Kissen und schien eingeschlafen zu sein, bevor Jamie Einwände gegen das ihm zugedachte Nachtlager erheben konnte.

»Auch das noch!« murmelte er mit einem trübsinnigen Blick auf den unbequemen Sessel mit der steifen Rückenlehne. Nach dem anstrengenden Tag auf dem Kutschbock und einer fast schlaflos verbrachten Nacht empfand er es als Zumutung, sich nicht auf der weichen Matratze ausstrecken zu können.

Als Bliss sich auf die andere Seite drehte und etwas im Schlaf murmelte, ging er auf Zehenspitzen zu ihr hinüber und schaute nachdenklich auf sie herab. Doch die Zärtlichkeit, die dabei in ihm erwachte, und das vertraute Ziehen, das er in seinen Lenden spürte, erschreckten ihn so sehr, daß er sich resolut abwandte.

Hätte er die Situation dieses Mädchens ausgenutzt, wäre er nicht besser gewesen als die trunkenen, lärmenden Kerle in der Gaststube …

Für einen Moment kam ihm der Gedanke, Dorrie aufzusuchen – schließlich hatte sie ihm deutlich genug zu verstehen gegeben, wo sie schlief und wann ihre Arbeit beendet war –, doch dann entschied er sich dagegen. So lästig und unangenehm es ihm auch war – sein Verlangen richtete sich auf eine einzige Frau.

Eine kleine, freche, starrsinnige Frau, die den völlig unangebrachten Namen Bliss – *Segen* – trug!

Er zuckte die Schultern und mit einem leichten Grinsen beschloß Jamie, daß ein letzter Krug Bier ihm den Schlaf erleichtern würde.

Bliss sprang aus dem Bett und griff nach ihren Kleidern, als sie Jamies Schlüssel hörte. Daß sie eingeschlossen war, entmutigte sie nicht im geringsten.

Angezogen und mit ihrer Tasche unter dem Arm lief sie rasch zum Fenster. Es quietschte ein bißchen, ließ sich jedoch ohne Probleme öffnen. Bliss kletterte auf den Fenstersims und ließ sich dann auf den Boden fallen.

Ein stechender Geruch nach Pferdemist hing in der Luft, als Bliss am Gasthof vorbeischlich und den Weg zur Straße einschlug.

Etwas berauscht von dem starken schwarzen Bier, das hier ausgeschenkt wurde, und zum Umfallen müde schloß Jamie die Tür zu seinem Zimmer auf. Doch der kalte Luftzug, der ihn begrüßte, ernüchterte ihn sofort.

Fluchend schloß er das Fenster.

Das Bett brauchte er sich gar nicht anzusehen, um zu wissen, daß es leer war.

Für einen Moment war Jamie McKenna durchaus versucht, Bliss ihrem Schicksal zu überlassen. Was immer ihr auch zustoßen mochte, es würde ihr nur recht geschehen.

Der Gedanke beherrschte ihn selbst dann noch, als er Hut und Mantel nahm und sich vergewisserte, daß das Messer in der Lederhülse an seinem Gürtel steckte. Ich schwöre dir, daß du etwas erleben wirst, Bliss Stafford, wenn ich dich finde, dachte er grimmig, als er den Gasthof durch die Küche verließ, um keine unnötige Aufmerksamkeit zu erregen.

Falls er Bliss überhaupt fand …

Im Stall sattelte er den Fuchs, das schnellere seiner beiden Pferde, und erlaubte sich zum ersten Mal seit Irland ein Gebet: *Bitte, lieber Gott, paß auf sie auf. Laß sie nicht im Stich.*

Es war kalt und dunkel, und der Mond nichts als eine schmale Sichel am Horizont. Bliss drehte sich sehnsüchtig nach dem Gasthof um, von dem jetzt nur noch schwach die Lichter zu erkennen waren.

Seufzend setzte sie ihren Weg nach Auckland fort. Der Gedanke an Amerika und die herrliche Zukunft, die sie dort erwartete, würden ihr die Kraft geben durchzuhalten. Tapfer setzte sie einen Fuß vor den anderen – Stunden um Stunden, wie ihr schien.

In Amerika wirst du glücklich sein, versprach sie sich selbst. Mit Hilfe ihrer Mutter würde sie sicher auch einen netten Mann finden – einen Mann, den sie wirklich lieben konnte – und Kinder mit ihm haben. Viele, viele Kinder.

Ab und zu tauchte Jamie McKennas gutaussehendes Gesicht in ihren Gedanken auf. Er mußte inzwischen gemerkt haben, daß sie fort war – vielleicht suchte er schon nach ihr.

Bliss seufzte. Nein, es war ziemlich unwahrscheinlich, daß Jamie ihr folgte. Von Anfang an war sie nichts als eine Last für ihn gewesen, und nun war er vermutlich froh, sie los zu sein.

Eine dicke Träne rollte über ihr Gesicht, und der Wind, der die ganze Zeit schon kalt gewesen war, wurde stärker und pfiff durch ihre Kleider.

Als sie Hufgetrappel in der Nähe hörte, atmete sie erleichtert auf. Jamie hatte sich also doch um sie gesorgt und eine Suchmannschaft nach ihr ausgesandt!

Daß die Reiter aus der entgegengesetzten Richtung kamen, fiel Bliss erst auf, als sie einem halben Dutzend bärtiger Fremder gegenüberstand, deren Führer einen breitrandigen Hut und einen Schafsfellmantel trug.

Zu spät erkannte Bliss, welch schrecklicher Fehler es gewesen war, sich aus Jamies Nähe zu entfernen. Entschlossen, ihr Heil in der Flucht zu suchen, trat sie ein paar Schritte zurück, aber der Anführer packte sie grinsend und zog sie recht unsanft auf sein Pferd.

Hart landete sie vor ihm im Sattel, während die Tasche mit ihrem kostbarsten Besitz unbeachtet zu Boden glitt.

»Sie sollten mich lieber gehen lassen!« sagte sie mutig. »Mein … mein Mann wird mich schon suchen.«

»So?« höhnte der Bandenführer, dessen unangenehmer Geruch Bliss mit Angst und Übelkeit erfüllte. »Wenn er dich findet, Kleines, wird er feststellen, daß du sehr im Preis gesunken bist.«

Bliss spürte, daß jegliche Gegenwehr sinnlos war. Der Fremde, der sie fest umklammert hielt, spornte sein Pferd zu einem schnellen Galopp an. Und selbst wenn es Bliss gelungen wäre, sich loszureißen und vom Pferd zu springen, wäre sie vermutlich von den Hufen der nachfolgenden Pferde zertrampelt worden …

4

Der Mann, der Bliss festhielt, stank. Aber das war Bliss' geringste Sorge. Viel schlimmer war die Erkenntnis, daß es Straßenräuber waren, in deren Gewalt sie sich befand. Im übrigen war sie zu Tode erschöpft und fror entsetzlich.

Und Angst hatte sie – schreckliche Angst. Sogar eine Ehe mit Alexander Zate wäre den Erfahrungen vorzuziehen gewesen, die ihr bevorstanden

Es sei denn, es gelänge ihr zu fliehen …

Nur zu bald erreichten die Reiter ein Lager, das recht geschickt in einer Schlucht verborgen war. Düstere Gestalten hockten um ein Feuer und begrüßten die Reiter mit derben Zurufen. Der Mann, der Bliss gehalten hatte, ließ sie so abrupt los, daß sie seitlich zu Boden rutschte.

Einer der Männer am Feuer stand auf und schlenderte auf sie zu. »Wen haben wir denn da? Ein Mädchen?« fragte er und legte ihr grinsend eine Hand unters Kinn, die sie empört abschüttelte.

»Lassen Sie mich in Ruhe!« fuhr sie ihn an.

Die Banditen lachten. »Mutiges kleines Ding, was?« bemerkte der Mann, auf dessen Pferd Bliss geritten war. Er streckte eine Hand aus, um ihr langes zerzaustes Haar zu berühren, aber sie machte schnell einen Schritt zur Seite.

»Fassen Sie mich nicht an!«

Wieder lachten die Männer nur, und Bliss stockte der Atem, als ihr das ganze Ausmaß ihrer unglückseligen Lage zu Bewußtsein kam. Ihre einzige Waffe war ihr Mut, und die wandte sie nun mit der Kraft der Verzweiflung an.

»Jamie McKenna wird euch dafür die Leber aus dem Leib schneiden!« rief sie, aber Angst schwang in ihrer Stimme mit.

Ein betroffenes Schweigen entstand. Dann fragte der stinkende Riese mit dem Schaffellmantel: »Wer?«

»Mein Mann«, erklärte Bliss in hochmütigem Ton. »Mister Jamie McKenna.« Na schön, Jamie ist zwar nicht dein Mann, fügte sie in Gedanken hinzu, aber jetzt ist nicht der richtige Moment für solche Feinheiten. Die Situation war verzweifelt und verlangte daher auch nach außergewöhnlichen Maßnahmen.

»Mist!« sagte der Mann, der vom Feuer zu ihnen herübergekommen war. »Das glaube ich nicht.« Er schlenderte zu dem Riesen und versetzte ihm einen Stoß. »Mußtest du dir von allen Frauen in Neuseeland ausgerechnet die von *Jamie McKenna* schnappen?«

Innerhalb von Sekunden entstand eine hektische Aktivität im Lager. Pferde wurden gesattelt, Sachen eingepackt, und wenige Minuten später stand Bliss mutterseelenallein vor dem verlöschenden Feuer. Die Männer waren fluchtartig aufgebrochen und hatten sie allein zurückgelassen.

Sie war so verblüfft, daß sie sich ans Feuer setzte und versuchte, die unvermutete Wendung ihrer Lage zu begreifen.

Es erstaunte sie kaum noch, daß Jamie nur Minuten später aus der Dunkelheit auftauchte und sich neben ihr ans Feuer hockte.

»Eine schöne Hilfe warst du mir«, sagte sie verdrossen. »Wenn ich auf dich angewiesen gewesen wäre, um mich zu retten, wäre ich jetzt in einem schönen Zustand, oder?«

»Ich war schon eine ganze Weile in der Nähe«, erwiderte er ruhig. Bliss spürte, daß er irgendeinen inneren Kampf austrug, verzichtete jedoch darauf, ihn danach zu fragen, und überlegte nur, ob er gehört haben mochte, daß sie ihn als ihren Mann bezeichnet hatte.

»Vielleicht sollten wir jetzt besser in den Gasthof zurückkehren«, sagte sie seufzend.

Jamie machte keine Anstalten, sich zu erheben, aber er fragte in gefährlich leisem Ton: »Ist dir eigentlich bewußt, was diese Männer mit dir vorhatten?«

Bliss schnappte empört nach Luft. »Ja. Aber jetzt bin ich in Sicherheit, oder? Was ich im übrigen nicht dir zu verdanken habe, wie ich vielleicht hinzufügen darf. Du hättest mich wenigstens retten können, McKenna!«

Jamie spreizte die Hände. »Es waren mindestens zwölf Männer. Meinst du, ich wäre so dumm?«

Bliss sprang wütend auf, doch die abrupte Bewegung ließ sie schwindeln, und Jamie stützte sie. Dann zog er sie zu sich herab, bis sie in seinem Schoß lag. Bliss war so verblüfft, daß sie zu keiner Reaktion imstande war.

Erst als sie spürte, wie ihr Kleid und ihre Unterröcke hochgezogen wurden, begriff sie, was er vorhatte, und sie begann wie wild zu zappeln. Doch es nützte nichts. Jamie hielt sie unnachgiebig fest.

»Ich hätte dich mit der Mistgabel aufspießen sollen, als ich die Gelegenheit dazu hatte!« sagte er rauh.

Bliss schloß die Augen und stärkte sich für den ersten harten Schlag auf ihr Hinterteil.

Er kam nie. Statt dessen stieß Jamie sie mit einem angewiderten Ausruf beiseite, und sie landete recht würdelos auf dem Boden.

»Was fällt dir ein!« schrie sie Jamie an.

»Die Frage ist …« erwiderte er, während er sich nachdenklich das stoppelige Kinn rieb – »was mich davon abgehalten hat?«

Die Lähmung, die Bliss beherrschte, ließ plötzlich nach, und sie sprang auf und stürzte sich auf Jamie.

Doch wieder hielt er ihre Handgelenke fest und zog dann Bliss mit erstaunlicher Sanftheit zwischen seine Knie, bis ihr Mund nur noch Millimeter von seinem entfernt war.

Nach einem derben Fluch küßte er sie, wütend zunächst

und fast wie zur Strafe, aber dann mit einem ungezügelten Hunger, der in Bliss den Wunsch erweckte, sich ihm ganz zu schenken. In diesem Augenblick hätte sie nicht gezögert, es zu tun, wenn er darauf bestanden hätte …

Aber das tat er nicht, sondern sprang abrupt auf und riß Bliss auf die Füße. »Dir den Hintern zu versohlen, wäre eine bessere Idee gewesen«, knurrte er, während er sie zu seinem Pferd hinüberzerrte.

Bliss, die einiges durchgemacht hatte in den vergangenen Tagen, wurde auf einmal von Selbstmitleid überwältigt. Tränen schossen ihr in die Augen, und sie begann zu weinen.

»W-wie h-hast du mich gefunden?« stammelte sie, als sie Jamies Pferd erreichten, das in der Nähe an einem Baum festgebunden war.

»Zufall«, erwiderte er schroff.

Bliss' Tasche hing am Sattelknauf, und ihre Miene hellte sich etwas auf, als sie sie erblickte.

»Du könntest mich wenigstens fragen, wie es mir geht«, bemerkte sie vorwurfsvoll, als Jamie, ohne sie weiter zu beachten, zu seinem Pferd ging und die Zügel vom Baum löste.

Auch jetzt schaute er sie nicht an. »Das könnte ich, aber ich denke nicht daran«, erwiderte er brüsk. »Du kannst dich glücklich schätzen, Herzogin. Falls ich jetzt noch irgend etwas mit dir vorhabe, ist es eindeutig Mord.«

Es wehte eine frische Brise, und Bliss schlang sich die Arme um den Körper, um sich zu wärmen. Ihre Tränen waren versiegt. »Jamie, ich …« Sie erstickte fast an den Worten, und erst nach einer ganzen Weile gelang es ihr zu sagen: »Es tut mir leid.«

Ohne zu antworten oder sie auch nur eines Blickes zu würdigen, half Jamie ihr in den Sattel und stieg hinter ihr auf. Seine Nähe löste eine unerwartete und höchst angenehme Wärme in ihrem Körper aus …

Sie hatten schon ein ganzes Stück Weg zurückgelegt, als Jamie sich endlich dazu herabließ, mit ihr zu sprechen. »Was hast du den Kerlen gesagt, daß sie sich so Hals über Kopf aus dem Staub gemacht haben?«

Bliss lächelte. »Ich habe gedroht, mein Mann würde ihnen die Leber aus dem Leib schneiden«, berichtete sie stolz.

Jamie schwieg, dann erschien ein widerstrebendes Lächeln auf seinem Gesicht. »Möge sich der liebe Gott des armen Kerls erbarmen – wer immer es auch sein mag.«

Beleidigt straffte Bliss die Schultern. »Diese Banditen glauben, dieser *arme Kerl* sie niemand anderer als du, McKenna. Entweder hatten sie entsetzliche Angst vor dir, oder die bloße Erwähnung deines Namens hat ihnen solche Abscheu eingejagt, daß sie angewidert die Flucht ergriffen haben!«

Jamie zog die Zügel, der Fuchs blieb abrupt stehen. »Vielleicht möchtest du lieber zu Fuß zurückgehen, als meine Gesellschaft zu ertragen!«

Bliss war zu stolz, um ihn um Nachsicht zu bitten. »Die Wahl liegt ganz bei dir«, erklärte sie trotzig.

Auf einen stummen Befehl hin machte das Pferd einen Satz nach vorn, verfiel in einen Trab, der dann in einen schnellen Galopp wechselte. Bliss hielt sich fest, so gut sie konnte, und als endlich das Gasthaus in Sicht kam, konnte sie sich vor Müdigkeit kaum noch aufrecht halten.

Jamie lenkte das Pferd in den Hof, ungeachtet der neugierigen Reisenden, die dort standen. Mit einer Zärtlichkeit, die Bliss nie zu erhoffen gewagt hätte, hob er sie vom Pferd und trug sie zur Eingangstür. Einer der Stallburschen folgte ihnen mit ihrer Tasche.

»Hast sie gefunden, was?« war Dorries einziger Kommentar, als Jamie den fast leeren Raum durchquerte, wo sie gerade Tische abräumte.

»Bring uns etwas zu essen und heißes Wasser für ein Bad«, verlangte er brüsk, während er, Bliss noch immer auf den Armen, auf ihr Zimmer zuschritt.

Sie hätte nie damit gerechnet, dieses Zimmer noch einmal wiederzusehen, und sie protestierte, als Jamie sie ohne viel Umstände auf dem Bett absetzte. Doch dann rollte sie sich auf die Seite und schloß die Augen.

»O nein, das tust du nicht!« widersprach Jamie und zog sie in eine sitzende Stellung. »Du bleibst wach, bis du gebadet und etwas gegessen hast.«

Damit begann er Bliss' nun sehr verschmutzten Mantel aufzuknöpfen. Als das erledigt war, drehte er sie auf den Bauch und löste den Verschluß am Rücken ihres Abendkleids.

Bliss konnte nur denken, daß sie immer und ewig vor irgend jemanden auf der Flucht war … Müde gähnte sie in die weichen Kissen.

»Ich würde wirklich lieber schlafen.«

Jamie versetzte ihr einen leichten Klaps auf den Po. »Das wirst du auch – aber erst, wenn du gegessen und gebadet hast.«

Bliss drehte sich um und unterdrückte ein Gähnen. »Ich weiß nicht, warum du so stur bist. Ich bin todmüde …«

»Ich auch«, fiel Jamie ihr ins Wort. »Aber mit einem Schmutzfink wie dir teile ich kein Bett. Du siehst schrecklich aus, Herzogin.«

Bliss starrte ihn offenen Mundes an.

Jamie grinste amüsiert und eilte Dorrie zu Hilfe, die eine riesige Kupferwanne durch die Tür bugsierte.

»Sie hätte Miss O'Malleys Wasser nehmen können«, knurrte die Bedienung. »Aber *nein*. Das ist nicht gut genug für Miss Hochnäsig, was?«

Bliss erschauerte und verzog das Gesicht. Aber Dorrie war schon abgelenkt – ihre Blicke ruhten auf Jamie, der die Wanne neben das Feuer schob und Hut, Handschuhe und Mantel abzulegen begann.

Dorries Miene verriet, daß sie Jamie schon mehr ausziehen gesehen hatte als Hut und Mantel, und das versetzte Bliss einen Stich der Eifersucht. Als Jamie aufschaute und sie anlächelte, maß sie ihn mit einem bösen Blick.

Er zuckte mit den Schultern. »Dorrie wird dafür sorgen, daß du soviel heißes Wasser bekommst, wie du brauchst, nicht wahr, Liebes?« Er versetzte dem Dienstmädchen einen liebevollen Klaps auf das Hinterteil und konnte Bliss gerade noch davon abhalten, sich mit ausgestreckten Krallen auf ihn zu stürzen.

»Ich hasse dich!« zeterte sie, sobald Dorrie den Raum verlassen hatte.

»Wieso lasse ich mich bloß in solche Dinge verwickeln?« fragte Jamie seufzend und mit zur Decke gerichtetem Blick, bevor er das Zimmer verließ und leise die Tür hinter sich schloß.

Es wäre ihm nur recht geschehen, wenn Bliss sich gleich ins

Bett gelegt hätte – ohne seinem Befehl zu folgen! Als ob sie Wert darauf legen würde, mit diesem unerträglichen Flegel ein Bett zu teilen. Aber inzwischen war sie leider hellwach, litt unter nagendem Hunger und sehnte sich nach dem Luxus einer Wanne voll heißen Wassers.

Irgendwann kam Dorrie mit einem Tablett zurück, das die unvermeidliche Scheibe Wildpastete enthielt, ein Stück Brot und eine Kanne starken schwarzen Tee.

Bliss war so hungrig, daß sie der Frau das Tablett fast aus den Händen riß.

Das Dienstmädchen ging wortlos hinaus, um kurz darauf mit zwei Eimern heißen Wassers zurückzukommen. Jamie folgte ihr mit zwei weiteren.

Sie machten eine Zeremonie daraus, die Kupferwanne zu füllen, dann ging Dorrie wieder. Jamie blieb.

Bliss erinnerte sich plötzlich, daß sie nur ihre Unterwäsche trug und schnappte sich rasch eine Decke vom Bett.

»Raus!« sagte sie scharf.

Jamie lächelte nur und blieb, wo er war. »Wenn du schon behauptest, du wärst meine Frau, dann laß mich dir wenigstens beim Baden helfen.«

»Mein Wasser wird kalt!« beschwerte sie sich.

Jamie zuckte mit den Schultern. »Das tut mir wirklich leid.«

Was eine glatte Lüge war.

Bliss' Ärger wuchs ins Unermeßliche – sie kletterte vom Bett, schleppte die umgelegte Decke hinter sich her und stieg mit Decke und Unterwäsche in die Wanne.

Mit einem wütenden Platschen ließ sie sich ins Wasser fallen, was zur Folge hatte, daß die Hälfte über den Wannenrand spritze und das Zimmer unter Wasser setzte.

Jamie starrte sie einen Moment verdutzt an, dann nahm er ihr die Decke ab und warf sie beiseite. Als er Bliss' Hand ergriff und sie auf die Beine zog, wehrte sie sich nicht.

Ihr nasses Hemd schmiegte sich an ihren Körper. Sie wußte, daß sich ihre vollen Brüste darunter abzeichneten, und machte dennoch keine Anstalten, sie zu verhüllen. Das Verlangen in Jamies Blick weckte primitive Gefühle in ihr, gegen die sie machtlos war.

Seine Hand berührte ihre Brust, und sein Daumen glitt streichelnd über die rosa Knospe, die sich unter dem dünnen Stoff abzeichnete. Bliss rührte sich nicht. Sie wußte, daß sie sich hätte wehren müssen, aber dazu war sie gar nicht fähig. Heiser flüsterte sie Jamies Namen.

Und brach den Bann damit. Jamie wich zurück, als hätte er sich verbrannt, und stürmte aus dem Zimmer. Bliss blieb bestürzt zurück und weinte bittere Tränen, während sie ihre nassen Sachen ablegte und sich eilig wusch.

Dann kroch sie ins Bett, zog die Decke über den Kopf – und war Sekunden später fest eingeschlafen.

Stunden später, als die ersten Schatten der Dämmerung das Zimmer erfüllten, erwachte Bliss und richtete sich verwirrt auf. Jamie lag ausgestreckt neben ihr auf dem Bauch, nur bis zur Hüfte zugedeckt.

Bliss schnappte nach Luft, als sie die tiefen Narben sah, die seinen Rücken kreuzten, und streckte zitternd einen Finger aus, um eine Narbe zu berühren, die ganz besonders ausgeprägt war. Sie reichte von seinem rechten Schulterblatt bis zu seiner linken Hüfte. Ihr war entsetzlich übel, als sie die Striemen zählte.

Derartige Verletzungen konnten nur von einer Peitsche stammen. Zwölfmal war der harte Riemen tief in Jamies Fleisch gedrungen …

Bliss schloß die Augen und preßte eine Hand vor den Mund, um nicht laut aufzuschluchzen vor Qual und Entsetzen, und in diesem Augenblick erwachte Jamie. Er rollte sich auf den Rücken, deutete Bliss' Gesichtsausdruck ganz richtig, und ihr schien es, als stünde plötzlich eine unsichtbare Wand zwischen ihnen.

»Jamie«, flüsterte Bliss mit gebrochener Stimme.

Er richtete seinen Blick auf die Zimmerdecke, und Bliss, die auf einmal merkte, daß ihre Brüste nackt waren, zog die Laken unters Kinn. Dabei fiel ihr Blick auf das Medaillon, das Jamie um den Hals trug. Es war an einem verwitterten Lederband befestigt.

Vorsichtig streckte sie die Hand aus, um es zu berühren. »Was ist das, Jamie?«

Er schloß die Augen und preßte die Lippen zusammen.

Nach einigen Minuten Schweigen wußte Bliss, daß sie keine Antwort zu erwarten hatte.

Sie beugte sich vor, um die eingravierten Worte auf dem Bronzemedaillon zu sehen. »Gesegnet … sei … wer die Armen … ehrt«, las sie stirnrunzelnd. »Die Armen?«

»Es ist ein Bettlerabzeichen«, meinte Jamie mürrisch. Er sah Bliss auch jetzt noch nicht an. »Bist du nun zufrieden?«

»Nein, das bin ich nicht. Was ist ein Bettlerabzeichen?«

Endlich öffnete er die Augen, und Bliss sah tiefverwurzelten Schmerz in seinem Blick. »Es ist aus Dublin. Ein Priester – Pater McDougal – gab es mir«, sagte er leise, ganz in seine Gedanken verloren. »Es gab mir das Recht zu betteln.«

Obwohl es Bliss nicht an Phantasie mangelte, konnte sie sich Jamie McKenna beim besten Willen nicht als Bettler vorstellen. »Und hast du es getan?« fragte sie verwirrt.

Jamie lachte leise, aber es war kein fröhliches Lachen. »Es war nicht nötig«, erwiderte er und starrte erneut zur Zimmerdecker. »Bevor es dazu kam, wurde ich wegen Diebstahl deportiert.«

Bliss biß sich auf die Lippen. *Deportiert.* Das erklärte die Narben auf seinem Rücken.

Sie sagte nichts, weil es nichts zu sagen gab.

Jamie richtete sich auf und legte sanft die Finger unter ihr Kinn. »Nicht«, meinte er heiser.

Sie kaute noch immer auf ihrer Unterlippe, und um Bliss daran zu hindern, strich Jamie ihr sanft mit dem Daumen über den Mund. Eine Welle des Verlangens erfaßte sie, und wieder kam ihr zu Bewußtsein, daß sie nackt war, genau wie Jamie, und daß sie schon seit Stunden zusammen in einem Bett lagen.

Jamies Augen funkelten belustigt, als er sah, wie sie über und über rot wurde; er schien zu ahnen, was sie dachte. »Es ist nichts passiert, Herzogin«, meinte er beruhigend, bevor er sich einen Zigarillo vom Nachttisch nahm und ansteckte.

Doch so leicht war Bliss nicht zu beruhigen. Sie rutschte zur Bettkante und blieb dort sitzen, während sie überlegte, wie sie sich anziehen konnte, ohne zuviel von sich zu zeigen. Das heiße, zügellose Verlangen, das sie eben noch empfunden hatte, war verflogen.

Nach einigem Drehen und Zappeln gelang es ihr, sich in eine Decke einzuwickeln und aufzustehen. Sie vermied es, zu Jamie hinzusehen, und suchte ihre Tasche. Sie holte den Tweedrock und die Bluse heraus, die sie bisher geschont hatte, um sie erst in Auckland anzuziehen, und eine frische Garnitur Unterwäsche. Dann zog sie sich hastig unter der Decke an.

Als sie sich endlich wieder zu Jamie umdrehte, hockte er auf dem Bettrand. Er hatte schon seine Hosen angezogen und war gerade damit beschäftigt, sein Hemd zuzuknöpfen. Er zwinkerte ihr vergnügt zu. »Alles in Ordnung, Herzogin«, versicherte er ihr. »Ich verspreche es dir.«

Bliss schaute auf das zerwühlte Bett und seufzte kummervoll. Es war nichts vorgefallen zwischen ihr und Jamie, aber die Wirkung war die gleiche, als wenn etwas passiert wäre. Denn wenn ihrer Familie je zu Ohren kam, daß sie mit diesem Mann zusammen gewesen war, war ihr guter Ruf für immer zerstört.

»Bring mich nicht zurück, Jamie«, bat sie flehentlich. »Bitte … Ich könnte es nicht ertragen, mit Alexander verheiratet zu sein.«

Jamie betrachtete sie lange und eindringlich, dann stellte er fast widerwillig fest: »Du bist so schön.«

Niemand hatte Bliss je so etwas gesagt. Sie wußte, daß sie auffallend war mit dem leuchtendroten Haar und den Sommersprossen – aber *schön*? Sie blieb reglos stehen, unfähig, etwas zu antworten, bis Jamie die Hand nach ihr ausstreckte.

Wie eine Schlafwandlerin ging sie auf ihn zu, und er zog sie auf seine Knie. Mit leicht geneigtem Kopf nahm er ganz sanft eine ihrer Brustspitzen zwischen die Lippen und zupfte daran. Bliss stöhnte leise auf. Es war ein köstliches Gefühl, trotz des dünnen Stoffs, der zwischen ihrer Haut und seinen warmen Lippen war.

Ein hartes Klopfen an der Tür ließ Bliss zusammenfahren. Sie sprang auf, nahm schnell eine Bürste aus ihrer Tasche und fuhr damit nervös durch ihr aufgelöstes Haar.

Jamie stand auf und öffnete. Es war Dorrie, die ihnen ein Tablett brachte. »Das Abendessen«, verkündete sie Jamie mit verführerischen Augenaufschlag. »Wie versprochen.«

»Du bist ein reizendes Kind«, erwiderte er anerkennend, nahm das Tablett und scheuchte Dorrie zur Tür.

Aber Dorrie schien sich so leicht nicht vertreiben lassen zu wollen – jedenfalls nicht, bevor sie losgeworden war, was sie sagen wollte. »Draußen sind Männer, die nach dir und Ihrer Majestät fragen«, flüsterte sie Jamie zu.

Jamie wurde ernst, und Bliss hörte auf, ihr Haar zu bürsten. »Wie sehen sie aus?« fragte sie. »Und wie viele sind es?«

Dorrie zog es ganz eindeutig vor, direkt mit Jamie zu verhandeln, und ignorierte Bliss geflissentlich. »Es sind zwei«, erzählte sie. »Einer ist groß und hat so rotes Haar wie sie.» Sie deutete auf Bliss. »Der andere ist ziemlich klein, mit Doppelkinn und Froschaugen und nur noch ganz wenig Haar.«

Klappernd fiel Bliss die Bürste aus der Hand. Und Jamie drehte sich um und sah sie fragend an. Doch bevor sie noch irgend etwas sagen konnte, stürmte schon ihr Vater in den Raum, gefolgt von Alexander, der genauso klein und fett und alt aussah wie immer.

»So!« donnerte der große, rothaarige Leuchtturmwärter. »Dann ist es also wahr, was ich gehört habe?«

Bliss' Herz pochte schmerzhaft gegen die Rippen. Sie wagte Jamie nicht anzusehen, dennoch spürte sie instinktiv, daß er sich auf einen Kampf vorbereitete. Schließlich schob sie trotzig das Kinn vor, schickte ein Stoßgebet zum Himmel und fragte: »Wie hast du mich gefunden, Papa?«

Nils Stafford betrachtete seine Tochter mit einer Mischung aus Trauer und Verachtung. Bliss hatte schon lange die Tatsache akzeptiert, daß er sie nicht liebte, aber weh tat es trotzdem.

»Das ist unwichtig«, antwortete er. »Was machst du hier in diesem Zimmer – mit diesem Strauchdieb?« Er zeigte auf Jamie, der ruhig in einer Ecke stand und abzuwarten schien.

Bliss schluckte. Dies war ihre Chance, Alexander ein für allemal zu entkommen, und die würde sie sich nicht entgehenlassen. Händeringend und mit einem flehentlichen Blick auf ihren Vater sagte sie: »Ich dachte, Jamie würde mich lieben, Papa. Ich habe mich ihm hingegeben und nun … nun weigert er sich, das einzig Ehrenhafte zu tun …«

Nils brüllte wie ein verwundeter Stier, während Jamie

einen Fluch ausstieß. »Einen Moment!« meinte er. »Jetzt hören Sie mal …«

Bliss begann sehr gekonnt zu weinen, rang die Hände und schluchzte herzergreifend. Alexander schimpfte vor sich hin, Jamie fluchte, und Nils zog eine Pistole aus der Innentasche seines weiten Mantels.

Alle verstummten beim Anblick der Waffe, mit Ausnahme von Dorrie, die vor Entsetzen aufschrie. »Erschießen Sie ihn nicht, Mister!« rief sie. »Er ist kein schlechter Mensch, wirklich nicht …«

Bliss hätte laut gelacht, aber zuviel stand für sie auf dem Spiel.

»Hol einen Priester!« befahl Nils, und Dorrie beeilte sich zu gehorchen.

Jamie schluckte sichtbar. »Einen Priester?« wiederholte er.

Da Nils auf einmal aussah, als sei er sich seines Entschlusses nicht mehr ganz so sicher, hielt Bliss es für geschickter, von neuem in Tränen auszubrechen und die Hände zu ringen. Alexander zog sein Taschentuch heraus, betupfte seine Stirn und murmelte: »O Gott, mein Gott …«

Jamie maß Bliss mit einem Blick, der tiefste Verachtung ausdrückte. »Sag es ihm, Herzogin.«

Bliss trat einen Schritt auf ihren Vater zu. »Wir sind jetzt zwei Tage zusammen, Papa«, gestand sie in angemessen düsterem Ton. »Zwei Nächte im gleichen Bett …«

Mit dem Pistolenlauf deutete Nils auf den vorderen Teil des Gasthofs. »Die Männer dort draußen sagen, Sie wären ein wohlhabender Mann. Ist das wahr?«

Wieder sah Jamie Bliss verächtlich an. »Das stimmt«, sagte er dann zu ihrem Vater.

Nils lächelte zufrieden. »Gut.« Dann nahm er seine Taschenuhr heraus und betrachtete sie stirnrunzelnd. »Warum braucht dieser Priester so lange?«

# 5

»Versuch es zu verstehen!« flüsterte Bliss Jamie zu. »Ich bin so verzweifelt!«

Ein Muskel an Jamies Kinn zuckte; er hielt seinen Blick fest auf Nils Stafford gerichtet, der ihn noch immer mit der Pistole bedrohte. »Das ändert natürlich alles, Herzogin«, meinte er verächtlich. »Warum hast du das nicht gleich gesagt?«

Alexander putzte seine Nase mit einem spitzenbesetzten Taschentuch und warf Bliss einen verwundeten Blick zu. »Ich verlange, daß mir alle meine Ausgaben voll ersetzt werden!«

Nils blickte Jamie auffordernd an. »Darum wird sich Mister McKenna kümmern – nicht wahr, mein Junge?«

Jamie verdrehte die Augen, machte jedoch keinen Versuch, aus dem Zimmer zu entkommen oder Nils die Waffe abzunehmen. Bliss dachte plötzlich, daß er bemerkenswert höflich war, wenn man die Situation bedachte, in die sie ihn gebracht hatte. »Ich verdoppele die Summe«, antwortete er Alexander gelassen, »wenn Sie ein Auge zudrücken und sie trotzdem heiraten.«

Bliss spürte, wie ihr das Blut aus den Wangen wich. Ihr war klar, daß Jamie sie nicht liebte, aber etwas mehr Respekt vor ihren Gefühlen hätte sie doch von ihm erwartet!

Alexander schnaubte wütend und schüttelte den Kopf. »Zu spät zum Handeln, Mister McKenna«, erwiderte er höhnisch. »Ich kaufe nie gebrauchte Ware.«

Mehrere Sekunden verstrichen, bevor Bliss die Bedeutung seiner Worte richtig begriff. Dann stieß sie einen empörten Schrei aus und stürmte auf ihn zu. »Gebrauchte Ware? Wie kannst du es wagen, von mir zu reden, als wäre ich ein Glas saure Gurken oder ein Möbelstück? Ich bin ein *Mensch*, ein Mensch, der denken kann und Gefühle hat!«

Jamie streckte ganz blitzschnell die Hand aus, erwischte Bliss am Rock und zog sie zu sich zurück. »Ein vorlautes kleines Ding ist sie, nicht wahr?« bemerkte er und setzte eine Miene auf, die langes Leiden ausdrückte.

Mit heißen Wangen wirbelte Bliss zu Jamie herum, die Hand zum Schlag erhoben, den er verdiente. Aber wie immer war er schneller, packte ihr Handgelenk und zog sie so fest an seine Brust, daß sie einen Moment lang nicht atmen konnte.

»Es wird Zeit, daß du endlich lernst, wer die Hosen anhat in dieser Familie«, meinte Jamie mit übertriebenem irischen Akzent. »Höchste Zeit sogar.«

Bliss sah rot. Was bildete er sich eigentlich ein? »Laß mich los«, zischte sie. »Oder ich nähe dir dein linkes Knie ans Kinn!«

Um seinen Mund zuckte es verdächtig; Bliss sah den Anflug eines Grinsens, bevor er den Kopf senkte und sie stürmisch küßte. Hin und hergerissen zwischen ihrer Entrüstung und ihrem unverständlich leidenschaftlichen Verlangen nach diesem Mann wehrte sie sich zuerst, um sich schließlich willig in seine Arme zu schmiegen.

Sie rang nach Atem, als Dorrie mit einem griesgrämig aussehenden Priester zurückkam, einem dünnen Mann mit von Kälte geröteter Nase und einer Brille mit dicken Gläsern.

Jamie seufzte auf. »Zu jedem anderen Zeitpunkt wäre im Umkreis von hundert Meilen kein Priester aufzutreiben gewesen!« meint er nur.

Der Geistliche maß Jamie und Bliss mit einem mißtrauischen Blick und preßte entrüstet die Lippen zusammen. Es war klar, daß er sie der schlimmsten moralischen Entgleisungen verdächtigte …

»Kommen Sie mit«, sagte er kühl und führte die ganze Versammlung aus dem Zimmer in den Speisesaal.

Jamie und Bliss mußten sich vor dem Kamin aufstellen, wo ein anheimelndes Feuer brannte, und wenige Minuten später waren sie getraut. Doch nur Dorrie, das Dienstmädchen, schien Rührung zu empfinden; während der Zeremonie zerknüllte sie ihre Schürze und schluchzte mehrmals leise auf.

Als die Trauung vorüber war, flüsterte Bliss Jamie zu: »Es tut mir leid.«

Er maß sie mit einem kühlen Blick, und als er sich zum Gehen wandte, stieß er mit Nils zusammen.

»Ich möchte ein paar Worte mit dir reden«, sagte Nils mit einem aufgesetzten, falschen Lächeln. Er versuchte, seinen Schwiegersohn zur Seite zu drängen, damit Bliss sie nicht hören konnte. »Es stört dich doch nicht, Junge – schließlich gehörst du jetzt zur Familie, nicht wahr?«

Jamie schaute sich nach Bliss um, bevor er sich mit verächtlichem Blick wieder zu ihrem Vater wandte. »Was Sie mit mir zu besprechen haben, können Sie ruhig vor meiner … .lieben Frau sagen.«

Bliss spürte wieder, wie ihr das Blut in die Wangen stieg. Jamies Ton und seine Worte hatten sie verwundet, und plötzlich hatte sie es sehr eilig, mit ihrem ›Mann‹ allein zu sein und ihm zu versichern, daß er ihretwegen sein Leben nicht zu ändern brauchte. Da es völlig außer Diskussion stand, daß ihre Ehe vollzogen wurde, konnten sie sie in Auckland annullieren lassen, und danach würde jeder seiner eigenen Wege gehen.

»Da ist das kleine Problem von Mister Zates Auslagen – und meiner eigenen natürlich«, sagte Nils und hatte noch nicht einmal den Anstand, so zu tun, als wäre ihm das peinlich. Bliss dachte – übrigens nicht zum ersten Mal! –, daß es kein Wunder war, daß ihre Mutter mit einem Mann davongelaufen war, der Gedichte schrieb und Mundharmonika spielte.

Jamies Miene blieb gelassen. »Falls Sie glauben, ich würde

Sie für das, was Sie mir angetan haben, auch noch belohnen, dann haben Sie sich schwer getäuscht«, erklärte er.

Obwohl er so groß und stark war, daß er kaum einen anderen Mann zu fürchten brauchte, trat Nils instinktiv einen Schritt zurück. Er wirkte jetzt längst nicht mehr so selbstsicher wie zuvor, und seine sonst so gesunde Gesichtsfarbe zeigte eine leichte Blässe. »Ich begreife nicht, warum Sie so unvernünftig sind«, beklagte er sich in beinahe weinerlichem Ton.

Jamie war ein Mann, der einen einmal erkannten Vorteil wahrzunehmen verstand. Er neigte leicht den Kopf und sagte kühl: »Ich glaube, Sie haben die Bedeutung des Wortes *unvernünftig* noch gar nicht richtig erkannt, mein Freund.«

Eingeschüchtert durch Jamies Haltung, richtete Nils seinen ganze Zorn auf Bliss. Sie fürchtete ihren Vater – aus gutem Grund –, und ihr stockte der Atem, als sie den Ausdruck in seinen Augen sah.

Nils packte Bliss grob an ihrem langen Haar und zerrte sie zu sich herüber. »Du hast mir nie etwas anderes als Ärger bereitet!« fuhr er sie an. »Du bist auch nicht besser als deine Mutter, diese verdammte Hure!«

Jamies Einmischung überraschte Bliss genauso wie ihren Vater. Plötzlich lag ein Messer in Jamies Hand, so schnell, daß es aus dem Nichts gekommen zu sein schien, und die scharfe Spitze drückte gefährlich in die Haut an Nils Staffords Kehle.

»Tun Sie das nie wieder, falls Sie nicht ein paar Liter Blut verlieren wollen, Freundchen!« warnte er in jenem gefährlich ruhigen Ton, den Bliss inzwischen so gut an ihm kannte.

Nils ließ Bliss abrupt los, und sofort wurde die scharfe Messerspitze von seinem Hals entfernt.

»Also, ich möchte doch sehr bitten!« protestierte Alexander etwas verspätet. »Das ist ein öffentlicher Gasthof hier, und Sie, Mister McKenna, haben kein Recht ...«

Es gab ein zischendes Geräusch, das Bliss zutiefst erschreckte, als Jamies Messer durch die Luft sauste und genau zwischen Alexanders teuren Schuhen landete. Bliss' Knie verweigerten ihr den Dienst, sie ließ sich auf eine Bank fallen und legte eine Hand an die Stirn. Du lieber Himmel, sie hatte einen Mann geheiratet, der ein potentieller Mörder war – ein Verbrecher!

Ganz offensichtlich hatte sie sich weit mehr Ärger eingehandelt, als sie je vermutet hätte.

»Raus!« sagte Jamie kalt, und niemand im Raum hegte irgendwelche Zweifel, wen er damit meinen mochte.

Nils war sehr aufgebracht, aber er winkte Alexander, mitzukommen, und dann gingen sie. Es war jetzt schon stockdunkel draußen, und Bliss hatte plötzlich, trotz allem, Angst um ihren Vater. Niemand wußte besser als sie, was jenen zustoßen konnte, die verrückt oder verzweifelt genug waren, sich nachts im Freien aufzuhalten.

Sie rutschte unruhig auf der Bank hin und her, fürchtete sich aber zu sprechen.

»Du warst ein bißchen hart zu ihnen, Jamieboy«, protestierte Dorrie, und die Vertrautheit, die in dieser Bemerkung lag, lenkte Bliss vorübergehend von ihren eigenen Sorgen ab. »Es ist sehr kalt draußen und dunkel.«

»Das stimmt«, gab er zu. »Sei so lieb, Dorrie, und hol sie zurück.« Zum ersten Mal schien er die Gäste zu bemerken, die an den anderen Tischen saßen. »Bier für alle«, fügte er in einer Anwandlung von Großzügigkeit hinzu.

Begeisterter Beifall brauste auf, und bevor Bliss entscheiden konnte, was sie nun tun wollte, schlossen sich Jamies Finger besitzergreifend um ihren Nacken. Er zog sie auf die Beine, und obwohl er ihr nicht weh tat, konnte sie sich nicht erinnern, jemals soviel Unbehagen verspürt zu haben.

»So, meine Liebe, und wir beide werden uns jetzt unterhalten – allein«, sagte er und zog sie aus dem Speisesaal – unter den ermunternden Zurufen der Gäste, die seine Absichten völlig falsch verstanden hatten.

Zumindest hoffte Bliss das.

Sie gingen den Flur hinunter zu ihrem Zimmer, wo Jamie die Tür hinter ihnen mit einem Fußtritt schloß.

»Ich warte schon die ganze Zeit auf eine Gelegenheit, dir alles zu erklären«, begann Bliss hastig. Jamie hatte sie losgelassen, und vorsichtshalber trat sie ein paar Schritte zurück.

»Das kann ich mir denken«, entgegnete er in entnervend nachsichtigem Ton. Aber es war Bliss nicht entgangen, daß ein harter Zug um sein Kinn erschienen war und seine Augen wieder böse glitzerten.

Besorgt dachte sie an Jamies zweifelhafte Vergangenheit und seine ungewöhnliche Geschicklichkeit im Umgang mit Messern und trat noch einen Schritt zurück. »Ich bitte dich, Jamie ... du brauchst mich nur nach Auckland zu bringen – oder nach Wellington. Eine Annullierung unserer Ehe müßte sehr leicht zu erreichen sein, denn schließlich haben wir nicht ... werden wir nicht ...« Sie brach verlegen ab. »Ich kann dann immer noch nach Amerika reisen und du dein Leben so gestalten wie bisher ...«

Jamie hob die Hände. »Einen Moment! Ich habe das Gefühl, Herzogin, daß du dich in einigen Punkten irrst. Als dein Mann habe ich mir schließlich gewisse Rechte erworben.«

Bliss biß sich auf die Lippen. »Rechte?« flüsterte sie und schien das Wort kaum aussprechen zu können.

Jamie verschränkte die Arme. »Genau, Herzogin«, erwiderte er. »Du hast es erfaßt. Rechte.«

»Ich weiß nicht, was du meinst«, entgegnete sie tapfer.

Er lächelte anzüglich.

»Das glaube ich aber doch«, widersprach er, während er Bliss nachdenklich musterte. »Ich gehe jetzt aus und feiere meine Hochzeit mit ein paar Krügen Bier«, erklärte er schließlich. »Wenn ich zurückkomme, erwarte ich, daß du im Bett liegst und bereit bist.«

Bliss' Kehle war wie zugeschnürt. Es stimmte, noch vor einer knappen Stunde hatte sie heftiges Verlangen nach diesem Mann verspürt, aber das war vorbei. Jetzt flößte er ihr nur noch Angst ein, und sie fühlte sich in die Ecke gedrängt wie ein gejagtes Tier. Wenn sie diesem Fremden, der nun ihr Ehemann war, nicht nachgab, würde er sie dazu zwingen?

Jamie bedachte sie mit einem langen Blick, dann ging er hinaus, und unwillkürlich dachte sie an ein Märchen, das sie als Kind sehr geliebt hatte: Rumpelstilzchen. In gewisser Weise war auch sie zurückgelassen worden, um Stroh zu Gold zu spinnen, aber kein hilfreiches Wesen war zu erwarten, das sie in ihrer Lage unterstützte. Sie war ganz allein auf sich gestellt.

Ein Pochen ließ sie zusammenzucken. Vorsichtig öffnete sie die Tür.

Dorrie stand mit geröteten, verweinten Augen auf der

Schwelle, einen Stapel Bettzeug im Arm. »Ich bin gekommen, um das Bett zu richten«, sagte sie unnötigerweise.

Bliss dachte blitzschnell nach, als sie Dorrie einließ. Das Mädchen begann das Bett abzuziehen, wobei sie leise vor sich hinschluchzte.

»Wer hätte gedacht, daß ich einmal das Ehebett für meinen lieben Jamie bereiten müßte!« klagte das Mädchen. »Nie im Leben hätte ich das gedacht!«

Vorsichtig näherte Bliss sich ihr, leise Eifersucht im Herzen, die sie jedoch energisch unterdrückte. Es war nicht der Moment, sich über Jamies vergangene Romanzen aufzuregen. Dorrie war bestimmt nicht das einzige Dienstmädchen, mit dem er sich vergnügt hatte ...

»Kennen Sie meinen ... meinen Mann schon lange?« fragte sie.

Dorrie zog lautstark die Nase hoch, was ein ausgesprochen häßliches Geräusch erzeugte, und nickte. »Ja – lange, bevor er reich geworden ist. Und damals, als er sich noch nicht zu fein war, um ab und zu ein Portemonnaie zu stehlen, war alles besser. Der Reichtum hat ihn sehr verändert. Aber nicht zu seinem Vorteil.«

Bliss unterdrückte ein Lächeln. Schon bald würde Jamie durch diese Tür kommen – mit der festen Absicht, sie zu entjungfern. Das war wirklich kein Anlaß zum Lächeln. »Jamie war ein Taschendieb?« fragte sie und wunderte sich über ihr Erstaunen. Schließlich hatte er ihr selbst gestanden, des Diebstahls wegen bestraft worden zu sein.

»Das war er, Ma'am«, antwortete Dorrie, ohne in ihrer Arbeit innezuhalten. »Das und Schlimmeres.«

Bliss dachte daran, wie die Banditen auf die bloße Erwähnung von Jamies Namen hin die Flucht ergriffen hatten. »Was mag ihn so verändert haben?« fragte sie nachdenklich.

Dorrie seufzte. »Es passierte, als er vor zwei, drei Jahren nach Australien ging. Jemand muß ihn bei einem Kampf besiegt haben – sicher ist Ihnen die häßliche Narbe an seinem Arm schon aufgefallen. Aber er hat nie darüber sprechen wollen.«

Bliss holte tief Luft. Dorries Sympathien lagen ganz offensichtlich bei Jamie, aber unter den gegebenen Umständen mochte sie sich trotzdem als eine Art Verbündete für Bliss erweisen. »Ich muß, fliehen, Dorrie«, flüsterte sie ihr beschwörend zu. »Aber dazu brauche ich Ihre Hilfe.«

Das Kissen rutschte Dorrie aus der Hand, sie starrte Bliss in sprachlosem Entsetzen an.

Bliss drehte sich besorgt zur Tür um. Jamie konnte jeden Augenblick zurückkommen. Ein Teil von ihr sehnte sich danach, aber schnell unterdrückte sie dieses Gefühl wieder. »Wenn Sie mir nur ein bißchen Zeit verschaffen!« sagte sie zu Dorrie. »Sie könnten ihn auf Ihr Zimmer einladen ... oder so etwas. Dann hätte ich Gelegenheit, mir eines der Pferde zu nehmen und zu verschwinden.«

Dorrie war leichenblaß und wirkte sehr erschüttert. »Sie wollen, daß ich ... mit Jamie ins Bett gehe? Mit Ihrem eigenen Mann ... in Ihrer Hochzeitsnacht?«

Für einen Moment war Bliss nicht fähig, etwas darauf zu erwidern. Die bloße Vorstellung verursachte ihr einen fast unerträglichen Schmerz.

Dorrie schüttelte besorgt den Kopf. »Haben Sie denn nichts gelernt aus den Ereignissen der letzten Nacht?«

Bliss erschauerte unwillkürlich, nahm sich jedoch rasch zusammen. Angesichts Jamies Zorn über eine Ehe, zu der er gezwungen worden war und die er sich nicht gewünscht hatte, bestand kein großer Unterschied zwischen beiden Situationen. Es war höchstens eine Frage der Anzahl: Nun würde es statt einem Dutzend Männern ein einziger Mann sein, der sie benutzte.

»Wollen Sie mir nun helfen oder nicht?« entgegnete sie.

Ein verschlagener Blick erschien in Dorries Augen. »Nun, es ist ja nicht unbedingt ein schlechter Job, Jamie zufriedenzustellen ...« meinte sie nachdenklich.

Bliss' Wangen brannten. Obwohl sie nur eine sehr unklare Vorstellung davon hatte, was es bedeuten mochte, einen Mann ›zufriedenzustellen‹, war ihr der Gedanke verhaßt, eine andere könnte dies bei Jamie tun. »Nun?« fragte sie ungeduldig. »Kann ich mich auf Sie verlassen oder nicht?«

Dorrie reichte Bliss die Hand. »Einverstanden, Mrs. McKenna. Wenn Jamie genug getrunken hat, nehme ich ihn mit nach oben.«

Bliss packte rasch ihre wenigen Habseligkeiten ein, obwohl es noch lange dauern konnte, bis der Zeitpunkt zur Flucht gekommen war. »Wie merke ich, daß Sie und Jamie ... zusammen sind?«

»Mein Zimmer liegt direkt über diesem«, erklärte Dorrie mit einem anzüglichen Lächeln. »Sie werden es wissen, wenn Sie die Geräusche hören ...«

Bliss mußte sich sehr zusammennehmen, um Dorrie keine Ohrfeige zu versetzen. Aber ihr Entschluß war gefaßt, es führte kein Weg zurück. Schließlich wollte sie nach Amerika und nicht mit Jamie McKenna in Neuseeland bleiben.

Dennoch war ihre Kehle wie zugeschnürt, und sie spürte Tränen aufsteigen, als sie Dorrie stolz den Rücken zudrehte und darauf zu warten begann, daß diese Frau den einzigen Mann verführte, den Bliss je begehrt hatte.

Eine volle Stunde verstrich, bevor Bliss die ersten verräterischen Geräusche aus dem Zimmer über ihr hörte. Mit Tränen in den Augen ergriff sie ihre Tasche, öffnete zum zweiten Mal innerhalb von vierundzwanzig Stunden das Fenster und kletterte hinaus.

Diese Nacht war noch dunkler als die vorige, und nur ihr gutes Gedächtnis ermöglichte es Bliss, den Stall zu finden. Zwei Laternen brannten, in deren Schein die beiden Stalljungen Karten spielten. Bliss hielt den Atem an, als sie sie sah, und verbarg sich in den Schatten hinter der Tür.

Mit den Stallburschen hatte sie nicht gerechnet. Doch während sie wartete und sich den Kopf zerbrach, wie sie unbemerkt ein Pferd aus dem Stall holen konnte, wandte sich das Glück zu ihren Gunsten, als jemand mit einem Stock auf einen Topf oder Kessel schlug – das Signal des Kochs, das die Jungen zum Abendessen rief!

Bliss duckte sich noch tiefer in die Schatten, als die beiden Jungen aufsprangen und an ihr vorbeiliefen. Dann nahm sie eine der Laternen und suchte den Stall nach Jamies Pferden ab. Als sie halbwegs sicher war, seinen kastanienbraunen Hengst entdeckt zu haben, versuchte sie das kleine Tor zu öffnen, das in seine Box führte.

»Willst du ausreiten, Herzogin?«

Bliss wirbelte erschrocken herum. Ihr Entsetzen darüber,

erwischt worden zu sein, war jedoch nicht größer als ihre Erleichterung, daß Jamie nicht mit Dorrie zusammen war. Bliss versuchte etwas zu sagen, aber ihre Stimme versagte kläglich.

Zu ihrem Erstaunen lachte Jamie leise, schlang die Arme um ihre Taille und beugte sich vor, um sie zu küssen.

Es war ein köstliches Gefühl, seine warmen Lippen auf ihrem Mund zu spüren – köstlich und erschreckend zugleich. Bliss spürte ein eigenartiges Gefühl der Schwere in ihren vollen Brüsten, als sie Jamies harte Brust berührten.

»Ich ... ich wollte nach Amerika«, sagte sie lahm.

Er lachte erneut. »Natürlich, was sonst?« murmelte er.

Sie verspürte plötzlich ein seltsam quälendes Ziehen in ihrem Schoß. »Es wäre wirklich einfacher für uns, wenn du mich gehen ließest«, flüsterte sie, als seine Zungenspitze spielerisch über ihre Mundwinkel strich und noch köstlichere Empfindungen zu versprechen schien.

Jamie hob Bliss auf und drückte sie an sich. Als er sie mit jener Leidenschaft zu küssen begann, die ein Ehemann zeigt, wenn er seine Rechte in Anspruch zu nehmen gedenkt, stöhnte sie leise auf. Ein Zittern lief durch ihren Körper, und ihre Knie gaben nach. Jamie stützte sie, als sie zusammensackte, und hob sie auf die Arme.

»Es würde dir nur recht geschehen, Herzogin, wenn ich dich gleich hier nähme«, flüsterte er heiser.

Bliss hatte keine Kraft mehr, sich ihm zu widersetzen. Sollte er sie nehmen, wo er wollte; sie war entschlossen, sich ihm zu unterwerfen.

Bereitwillig. Mit Freuden. »I-ich- d-dachte, du wärst bei Dorrie«, sagte sie, als Jamie die Laterne ausblies und mit ihr auf die Stalltür zuging.

Sein Lächeln verriet eine Zuversicht, die Bliss unter anderen Umständen sehr verärgert hätte.

»Das solltest du auch«, erwiderte er. »Vergiß nicht, daß Dorrie und ich schon sehr lange Freunde sind.«

Hilfloser Zorn erfaßte Bliss. »Sie hat dir alles erzählt!« rief sie empört, und Jamie nickte.

Er hielt auf die Tür des Gasthofes zu, und plötzlich begriff Bliss, daß er vorhatte, sie quer durch die Gaststube zu tragen, wie ein Pirat seine Beute, und alle würden es sehen und die richtigen Schlüsse aus seinem Verhalten ziehen.

»Halt!« rief sie und begann zu strampeln.

Jamie zögerte nicht für eine Sekunde. Er stieg die Stufen hoch und überquerte die hölzerne Veranda. Einer der Stalljungen hielt hilfsbereit die Tür auf, Licht drang heraus und tauchte den Piraten und sein Opfer in seinen hellen Schein.

Beschämt verbarg Bliss ihr Gesicht an Jamies Hals, als die Gäste lachten und derbe Späße auf ihre Kosten machten. Sie war ziemlich sicher, einige dieser Stimmen schon im Lager der Banditen gehört zu haben, aber selbst dieser erschreckende Gedanke lenkte sie nicht davon ab, wie demütigend es war, was sie in diesem Augenblick erlebte.

Eine kleine Ewigkeit schien zu vergehen, bis sie endlich ihr Zimmer erreichten. Sobald die Tür geschossen war, stellte Jamie seine Braut auf die Füße und warf ihre Tasche auf das Bett. Ohne den Blick von Bliss zu wenden, nahm er seinen Hut ab und zog den Mantel und Handschuhe aus.

Bliss wandte sich ab, bevor er mit Hemd und Hose weitermachen konnte, was Jamie lachend zur Kenntnis nahm.

»Sag mal, Herzogin«, fragte er schmunzelnd, während er ihr die Hände auf die Schultern legte, »hattest du es so eilig, von mir fortzukommen, daß du riskiert hättest, deinen Verehrern von gestern nacht wiederzubegegnen?«

»Soviel Pech kann niemand zweimal haben«, entgegnete Bliss, obwohl der Gedanke, daß sie die Banditen hätte wiedersehen können, sie erschauern ließ. »Nicht einmal ich.«

Jamie wandte sie sanft zu sich herum, und während er ihren Mantel aufknöpfte, wobei er jedoch ihren Blick vermied – sagte er: »Ich habe dich nur aufgezogen, Liebes, als ich sagte, du solltest ins Bett gehen und bereit sein. Ich würde dich nie anrühren, wenn du es nicht willst.«

Bliss war über alle Maßen gerührt. Ihr Augen schimmerten vor Tränen. »Leider gelingt es dir immer sehr schnell, mich dazu zu bringen, daß ich will, Jamie«, gab sie zu.

Jamie lächelte und küßte sie zärtlich auf die Stirn. »Du schmeichelst mir«, meinte er, während er ihr den Mantel auszog. »Du warst noch nie mit einem Mann zusammen, nicht?«

Es klang fast wie ein Vorwurf, und so albern es auch war,

Bliss wünschte nun beinahe, daß sie sich wenigstens mit einer heißen Affäre vor ihm brüsten könnte. Aber da dies nicht der Fall war, schüttelte sie nur den Kopf.

»Gott sei Dank«, sagte Jamie erleichtert und begann Bliss' Bluse aufzuknöpfen. Schweigend schaute sie zu, wie er die Bluse aus dem Rock zog, und dann stand sie nur noch in ihrem dünnen Hemdchen vor ihm.

Jamie hielt inne, um ihre Brust zu streicheln, zuerst die eine, dann die andere, bis Bliss das Blut in die Schläfen stieg und ihre Brustspitzen sich steil aufrichteten.

»W-wirst d-du mich jetzt nehmen?« flüsterte sie, als er ihr den Rock abstreifte und ihren Unterrock folgen ließ.

Jamie küßte sie auf die empfindliche Haut am Hals und lachte leise, als er spürte, wie sie erschauerte, und den schwachen Seufzer hörte, der von ihren Lippen kam. »Ich möchte dir zeigen, was sinnliches Vergnügen bedeutet«, antwortete er mit heiserer Stimme. »Was das andere betrifft, Herzogin, so liegt die Entscheidung ganz bei dir.«

Bliss' Herz klopfte zum Zerspringen, als Jamie die Seidenbänder ihres Mieders löste, und eine überwältigende Hitzewelle erfaßte ihren Körper, als sie zum ersten Mal mit entblößten Brüsten vor ihm stand.

# 6

Bliss konnte sich später nicht entsinnen, ob sie zum Bett gegangen war oder ob Jamie sie getragen hatte – ihr kam es vor, als habe ein Sturmwind sie dorthin gewirbelt. Es raubte ihr den Atem, und sie nahm kaum noch etwas von ihrer Umwelt wahr, so benommen war sie von der sinnlichen Macht, die dieser Mann über sie hatte.

Ein entzückter Laut kam über ihre Lippen, als Jamie sich neben ihr ausstreckte und ihre Brüste liebkoste. Jede Berührung seiner sanften, geschickten Finger löste eine neue Hitzewelle in ihr aus, und sie war überzeugt, daß diese Wonnen durch nichts zu steigern wären.

Doch dann senkte Jamie den Kopf und schloß seine Lippen um eine der rosigen Knospen, und Bliss merkte, daß noch andere Freuden auf sie warteten. Stöhnend grub sie die Finger in sein dichtes Haar und bog sich Jamie entgegen.

Sie hörte ihn leise lachen, und er schien genau zu wissen, was in ihr vorging. »Das ist erst der Anfang, Herzogin«, sagte er. »Nur der Anfang.«

Bliss murmelte etwas Sinnloses, und als Jamie seine Liebkosungen fortsetzte, stöhnte sie lustvoll auf, wie ein Mensch im Fieber. Dieses Gefühl einer seltsamen Anspannung wuchs in ihr, bis es fast nicht mehr zu ertragen war, doch Jamie zeigte kein Erbarmen.

Bliss warf den Kopf von einer Seite auf die andere und wand sich unter seinen Liebkosungen, dabei wollte sie alles andere, als ihm zu entkommen. Als er der süßen Qual ein neues Element hinzufügte, indem er ihre langen Beinkleider hinunterzog und sie dort berührte, wo sie noch nie berührt worden war, wurde ihre Erregung so übermächtig, daß sie jegliche Vernunft auslöschte. Unwillkürlich löste sie die Hände aus seinem Haar und begann an ihren Beinkleidern zu zerren, als könnte sie sich nicht schnell genug davon befreien.

Jamie, der noch immer ihre Brüste liebkoste, kam Bliss zu Hilfe. Sie hörte, wie der dünne Stoff zerriß, aber das war ihr egal. Ein kühler Luftzug streifte ihre Haut, aber anstatt zu besänftigen, fachte er nur weiter das Feuer an, das in ihr loderte.

Jamies Finger streichelten das Zentrum ihrer Weiblichkeit und Bliss bog sich ihm immer weiter entgegen. Irgendwann löste Jamie seine Lippen von ihrer Brust und ließ sie zu ihrem Bauch gleiten, während sein Streicheln sanfter und langsamer wurde und Bliss schließlich still liegenblieb, aus Angst, er könnte ganz aufhören, bevor sie den Gipfel erreichte, auf den er sie zutrieb.

»Jamie ... bitte«, flüsterte sie, ohne genau zu wissen, worum sie ihn eigentlich bat.

Und dann begann er, sie dort, wo er sie eben noch gestreichelt hatte, mit seinen Lippen zu liebkosen, und die Lust, die sie dabei empfand, war so wild und heftig, daß Bliss laut aufschrie. Ein Zittern erfaßte ihren ganzen Körper, als sie endlich die Erlösung fand, und für einen Moment hörte die Welt auf zu existieren, bis sie wieder auf die Erde zurückkehrte, wo Jamie auf sie wartete.

Sie schluchzte auf, als sie die Arme nach ihm ausstreckte, denn sie wollte ihn nackt und nah spüren. Instinktiv spürte sie, daß er sein eigenes Verlangen kaum noch zu bändigen vermochte.

Es war wie ein Schlag ins Gesicht für sie, als Jamie sich abrupt zurückzog, mit einem unterdrückten Fluch aufstand und sich abwandte. Sein Atem ging schwer.

Bliss richtete sich langsam auf. Ihre Blöße wurde ihr jetzt, nachdem Jamie sie allein gelassen hatte, auf unangenehme Weise bewußt. Sie hielt ein Laken vor ihre Brüste und flüsterte: »Was ist?«

Jamie fluchte erneut und fuhr sich mit einer Hand durch das zerzauste Haar.

»Jamie?«

Er konnte oder wollte sie nicht ansehen. »Wenn wir jetzt weitermachen«, sagte er, nachdem das Schweigen fast unerträglich geworden war, »können wir keine Annullierung mehr beantragen.«

Nichts hätte Bliss mehr verletzen können. Die leidenschaftlichen Momente der letzten Minuten hatten in ihr jeden Gedanken an eine Trennung von ihm ausgelöscht, und nun gab er ihr zu verstehen, daß diese wundervolle Intimität nichts zwischen ihnen geändert hatte!

Sie holte tief Luft, um sich zu beruhigen. Ein »Oh« war alles, was sie sagen konnte, und das Wort klang hohl und schwach.

Wieder fuhr Jamie sich durchs Haar. »Ich brauche etwas zu trinken«, erklärte er und verließ das Zimmer – ohne Bliss, die zusammengekauert auf dem Bett saß und ihm betroffen nachsah, auch nur einen Blick zuzuwerfen. Sie ließ den Tränen, die sie bisher eisern zurückgehalten hatte, freien Lauf und preßte ihr Gesicht schluchzend in die Kissen. Etwas Schreckliches war geschehen. Sie hatte einen tragischen Fehler begangen.

Sie hatte sich in Jamie McKenna verliebt.

Jamie kehrte in dieser Nacht nicht zu seiner Braut zurück, obwohl sie ihn erwartete und auf seine Schritte horchte. Gegen Morgen war ihre Verzweiflung so groß, daß sie beschloß, sich auf die Suche nach ihm zu machen.

Auf dem Korridor sah sie Dorrie aus der Küche kommen, summend und lächelnd, und etwas an ihrem Verhalten und ihrem ungewohnten Hüftschwung veranlaßte Bliss, zur Treppe hinaufzuschauen.

Dorries Zimmer lag direkt über ihrem, das hatte das Dienstmädchen selber gesagt.

Von Verzweiflung erfüllt und in der unsinnigen Hoffnung, ihr Verdacht möge unbegründet sein, stieg Bliss die Stufen hinauf. Sie hatte erst ein paar Stufen erklommen, als Jamie plötzlich auf dem Korridor erschien und mit abwesender Miene sein Hemd in die Hose stopfte.

Als er Bliss entdeckte, blieb er verblüfft stehen, aber sie war viel zu entsetzt, um etwas sagen zu können. Sie hoffte nur, daß sie sich selbst nicht noch weiter demütigen würde, indem sie in Tränen ausbrach.

»Herzogin ...« sagte Jamie leise und bittend.

Eine Lüge hätte Bliss jetzt nicht ertragen. Die harte Wahrheit war ohnehin klar: Er war zu Dorrie gegangen, um sich dort zu holen, was er sich bei seiner eigenen Frau versagt hatte.

Mit trotzig erhobenem Kinn nahm Bliss ihren Rock in die Hand und zog sich langsam zurück. »Du brauchst mir nichts zu erklären«, antwortete sie rasch.

Jamie zögerte, er schien besorgt, dann zuckte er mit den Schultern und hob die Hände.

»Na schön, Liebes, du hast recht, wie immer. Ich werde dir nichts erklären.«

»Gut«, sagte Bliss steif und wandte sich ab. Nur gut, daß Jamie ihr nicht folgte und somit auch nicht die Tränen in ihren Augen sah.

»Verdammt!« murmelte sie, während sie sich in den Raum verkroch, in dem sie beinahe zu einer richtigen Frau gemacht worden wäre, nur um dann brutal zurückgestoßen zu werden. Egal, wie lieblos oder brutal ihr Vater gewesen war, sie hatte nie geweint, Jamie McKenna jedoch hatte sie schon etliche Male zum Weinen gebracht, obwohl sie ihn erst so kurze Zeit kannte.

Es klopfte leise. »Ich bin's, Mrs. McKenna«, rief Dorrie. Sie klang so glücklich, daß Bliss sie am liebsten geschlagen hätte. »Machen Sie auf – ich bringe Ihr Frühstück.«

Es gab kaum etwas, was Bliss den Appetit hätte rauben können. Obwohl sie sehr schlank war, war sie fast immer hungrig – wie ein Hai, hatte ihr Vater zu sagen gepflegt. Nun riß sie wütend die Tür auf, und Dorrie kam herein, lächelnd und strahlend und mit funkelnden Augen.

Sie stellte das Tablett auf einen Tisch und zwitscherte: »Ich verstehe nicht, warum Sie hier oben essen wollen – so ganz allein.«

Bliss' einzige Antwort war ein wütender Blick.

»Beeilen Sie sich«, befahl Dorrie heiter. »Jamieboy will aufbrechen, sobald die Sonne scheint.«

Bliss drehte dem Dienstmädchen den Rücken zu. »Sie scheinen Jamies Gewohnheiten sehr genau zu kennen«, sagte sie, und erst dann merkte sie, daß sie die Worte laut ausgesprochen hatte.

»So ist's, Madam«, erwiderte Dorrie vergnügt. »Jamie und ich, wir kennen uns sehr gut.«

Bliss schob ein Stückchen Schinken in ihren Mund, aber eigentlich nur, damit sie nicht zu antworten brauchte. Sie hatte sich schon genug zum Narren gemacht für Jamie McKenna, ohne ihre Niederlage auch noch der Frau gegenüber zuzugeben, die er ihr vorgezogen hatte.

Dorrie schlüpfte hinaus und ließ die frischgebackene Mrs. McKenna mit ihren düsteren Überlegungen allein.

Jamie hatte Hunger, und er wußte, daß ein langer, harter Tag ihn erwartete, aber essen konnte er trotzdem nicht. Schon der Anblick des Essens schnürte ihm die Kehle zu.

Er konnte an nichts anderes denken als an Bliss und daran, mit welchem Vertrauen sie sich ihm in dieser Nacht hingegeben hatte. Das Schlimmste war, daß sie nun glauben mußte, er hätte die Nacht bei Dorrie verbracht, und es kostete ihn ungeheure Überwindung, nicht zu ihr zu laufen und den Irrtum aufzuklären.

Es war besser für Bliss, wenn sie glaubte, daß er sie betrogen hatte. Jamie seufzte schwer und strich sich übers Haar. Diese kleine Wildkatze würde das Opfer, das er in den letzten acht bis zehn Stunden gebracht hatte, wahrscheinlich nicht einmal zu schätzen wissen, selbst wenn sie etwas davon ahnen würde.

Auf der anderen Seite des Speisesaals schäkerte Dorrie mit Nils Stafford. Jamie lächelte. Er hatte sich schon gefragt, was – oder wer – für ihre ungewohnte Heiterkeit an diesem Morgen verantwortlich sein mochte. Nun wußte er es.

Doch dann verschwand sein Lächeln, und er runzelte finster die Stirn. Es ärgerte ihn, daß Nils Stafford in dieser Nacht alle möglichen Freuden in Dorries Armen genossen hatte, während er selbst mit seinem unerfüllten Verlangen zu kämpfen gehabt hatte. Er war so sehr in seine Gedanken versunken, daß er erst bemerkte, daß Alexander Zate den Raum betreten hatte, als dieser sich ihm gegenüber auf der Bank niederließ.

Zate wirkte mitgenommen und unausgeschlafen, tiefe Schatten lagen unter seinen Augen. Es war klar, daß er nicht mehr Schlaf gefunden hatte als Jamie, und vermutlich aus dem gleichen Grund.

»Ich habe oft gedacht«, begann Zate, »daß derjenige, der diese Frau *Segen* genannt hat, wegen Betrug erschossen werden müßte.«

Trotz seiner schlechten Laune lächelte Jamie. Zate, der Jamies Erschöpfung anders deutete, redete weiter. »Obwohl es natürlich möglich ist, daß der Name ›Bliss‹ für gewisse Freuden, die die Dame im Ehebett vermittelt, vielleicht doch einigermaßen angebracht sein mag.«

»Bezwecken Sie etwas Bestimmtes mit dieser Unterhaltung?« erwiderte Jamie kalt. »Oder sind Sie ganz einfach lebensmüde?«

Mit einem schwachen Lächeln hob Zate die Hand. »Im Gegensatz zu dem, was Sie – und die junge Dame vermutlich auch – glauben mögen, wäre ich Bliss ein guter Ehemann gewesen. Ich bin sehr wohlhabend und keineswegs ein solcher Schuft wie ihr Vater.«

Jamies Interesse war geweckt. »Ein Schuft?« wiederholte er erstaunt.

Zate zuckte mit den Schultern, aber in seinem Gesicht war Mitleid zu lesen. Zate mochte ein schwacher Mann sein, aber bestimmt nicht brutal. »Hat sie es Ihnen nicht erzählt?«

Jamie schüttelte den Kopf. »Wir hatten noch nicht viel Zeit zum Reden«, antwortete er.

Der gequälte Ausdruck, der auf Zates Gesicht erschien,

zeigte, daß er die Bemerkung falsch verstanden hatte, doch Jamie berichtigte ihn nicht. Manchmal machte Mitleid eine Sache nur schlimmer.

»Stafford wollte das Mädchen schon lange loswerden«, erzählte Zate. »Er hat nie ein Hehl daraus gemacht, und ich vermute, daß er sie auch oft geschlagen hat.«

Jamie spürte, wie gallige Wut in seiner Kehle aufstieg. Seit er gezwungen gewesen war, unter Increase Piphers Peitschenschlägen stillzuhalten, hatte er nicht mehr einen solchen Haß empfunden. »Das ist eine Anklage, die man nicht leichtfertig erheben sollte«, sagte er, als Dorrie kam und ihm frischen Kaffee brachte.

Seine Stimmung besserte sich für einen Moment, Gott sei Dank – dieses Mädchen wußte, wie man einen Mann erfreute!

Zate seufzte, als er den anerkennenden Blick sah, den Jamie Dorrie zuwarf. »Ich wäre ihr wenigstens treu gewesen«, erklärte Bliss' verschmähter Bräutigam.

Wieder erwachte jäher Zorn in Jamie. Es war schlimm genug, daß er Bliss in dem Glauben lassen mußte, einen Mann geheiratet zu haben, der keine Ehre besaß. Einem Dritten jedoch gestattete er derartige Unterstellungen nicht.

Er ballte die rechte Hand zur Faust und ließ sie auf den Tisch knallen, so hart, daß das Geschirr klapperte. Aber bevor er seinem Zorn mit Worten Ausdruck geben konnte, erschien Bliss neben ihm, ihre Tasche unter dem Arm und angekleidet für die Reise.

»Ich bin fertig«, sagte sie mit klarer Stimme.

Jamie war beschämt über das Interesse, daß alle anderen Gäste an ihnen zeigten, und er ärgerte sich auch, daß Alexander Zate daran gedacht hatte, sich zu erheben, als Bliss an ihren Tisch trat, während er selbst es vergessen hatte. Hastig sprang er auf.

»Setz dich«, forderte er seine Frau verlegen auf.

Bliss' blaue Augen funkelten herausfordernd, als sie ohne die Stimme zu senken, erwiderte: »Aber gern, Mister McKenna.«

Jamie schaute sich rasch verstohlen um. Inzwischen mußten alle wissen, daß er die Nacht nicht bei seiner Braut verbracht hatte, und das ärgerte ihn mindestens so sehr wie Bliss' vorgetäuschter Gehorsam.

Er maß sie mit einem ärgerlichen Blick, und sie ließ sich auf der Bank nieder.

»Hast du gut geschlafen, meine Liebe?« erkundigte Alexander sich mit ausgesuchter Höflichkeit.

Sie warf Jamie einen haßerfüllten Blick zu, als er seinen Platz wieder einnahm. »Ja«, antwortete sie dann absichtlich laut. »Ich habe sehr gut geschlafen, danke.«

Die Bemerkung veranlaßte verschiedene Gäste zu einem erstaunten Tuscheln.

Jamie, der gerade seine Kaffeetasse an den Mund hob, setzte sie krachend auf den Tisch zurück. Er haßte es, wenn seine Privatangelegenheiten in der Öffentlichkeit ausgebreitet wurden, und deshalb stand er nach einen giftigen Blick auf Bliss auf, schnappte sich seinen Hut und Mantel und stürmte in den Hof hinaus, um die Pferde anzuspannen.

Es wurde allmählich Zeit, daß seine frischgebackene Gattin und er sich auf den Heimweg machten.

»Liebst du ihn?« fragte Alexander sanft.

Bliss hatte Jamies überstürzten Aufbruch betroffen beobachtet, aber nun richtete sie ihre Aufmerksamkeit auf den Mann, den ihr Vater bis vor kurzem als ihren Gatten ausgesucht hatte. »Ja«, antwortete sie bedrückt.

»Er spannt nur die Pferde an, Bliss«, tröstete Alexander sie. Es war erstaunlich, aber er mußte ihre Angst, Jamie könnte ohne sie abreisen, gespürt haben.

Bliss seufzte. Aus dem Augenwinkel sah sie ihren Vater näherkommen und hatte es plötzlich eilig, den Gasthof zu verlassen. Doch als sie aufstehen wollte, war es schon zu spät.

Nils Stafford legte ihr eine seiner groben Hände auf die Schultern und drückte sie auf den Stuhl zurück. »Nicht so schnell«, sagte er grob.

Alexander errötete vor Empörung. »Jetzt hör mal ...« begann er zornig.

Nils Finger schlossen sich wie Schraubstöcke um Bliss' Schultern. Den Einwand seines Freundes ignorierte er. »Sei gut zu deinem Mann, mein Kind«, warnte er Bliss. »Und sorg dafür, daß er gut zu deinem alten Papa ist.«

Sie hätte sich gern losgerissen, aber dazu hatte sie zuviel Angst vor Nils. Es mochte eine Sünde sein, seinen eigenen Vater zu hassen, aber Bliss sah sich außerstande, etwas anderes zu empfinden. »Jamie ist sehr eigensinnig«, antwortete sie mit erzwungener Ruhe. »Und du scheinst ihm nicht sympathisch zu sein.«

»Wenn du klug bist«, entgegnete Nils mit einem kalten Lächeln, »erklärst du ihm, was für ein liebevoller, großzügiger Vater ich dir immer war.«

»Ich bestehe darauf, daß du Bliss losläßt!« mischte sich Alexander ein und richtete sich zu seiner vollen, recht unbeeindruckenden Größe auf.

Zum Erstaunen aller Anwesenden gehorchte Nils, wenn auch sicherlich nicht aus Angst vor seinem Freund. Vielleicht war er der Meinung, er habe sich Bliss gegenüber deutlich genug ausgedrückt.

Sie sprang auf, nahm ihre Tasche und verließ fluchtartig den Raum, in der Hoffnung, weder diesen Gasthof noch ihren Vater je wiederzusehen.

Ja, dachte sie erleichtert, als sie Jamie auf dem Hof bei den Pferden sah, jetzt wird sich mein Leben ändern. Sobald sie in Auckland war, konnte sie diese unglückselige Ehe annullieren lassen – Tante Calandra würde ihr sicher dabei helfen.

Jamies Blicke ruhten wachsam auf dem Weg, und er sagte nichts, bis sie eine beachtliche Strecke zurückgelegt hatten. Das Messer, mit dem er so geschickt umzugehen verstand, lag in seiner Lederhülle auf dem Bock.

»Sind wir in Gefahr?« wagte Bliss zu fragen.

Jamie lächelte flüchtig, doch sein Blick blieb ernst. »Alles mögliche kann passieren«, erwiderte er. Dann beugte er sich vor und betrachtete prüfend ihr Kinn. »Ist das ein blauer Fleck?«

Ein blauer Fleck war ein blauer Fleck, und Bliss wußte nicht, wie sie ihn anders erklären sollte. »Papa war schon immer der Ansicht, Schmerz wird mein Hörvermögen verbessern«, antwortete sie seufzend.

Jamie lenkte den Wagen an den Straßenrand und hielt abrupt die Pferde an. »Das war dein Vater?« fragte er, und sein Blick wurde noch kälter als der Wind, der durch ihre Kleider pfiff.

Bliss schwieg. Sie wollte nicht noch mehr Ärger.

»Antworte!« donnerte Jamie.

Bliss nickte, weil sie selbst wütend wurde, und Jamie schickte sich an, den Wagen zu wenden.

»Nein!« schrie sie, als sie seine Absicht erkannte.

Das Wort war keine Bitte, sondern eine Warnung, und zu Bliss' Erstaunen nahm Jamie sie an. Er ließ die Zügel locker und schaute sie verwirrt an.

»Mag sein, daß Papa mir weh getan hat«, sagte Bliss ruhig. »Aber es war nicht halb so schlimm wie das, was du mir angetan hast, McKenna. Wenn du jetzt zurückkehrst und Rache an meinem Vater nimmst, ist es nichts als Heuchelei!«

Jamie errötete vor Scham. »Bliss, was gestern nacht ...«

»Bitte«, unterbrach sie ihn verzweifelt, damit er nicht über ihre Demütigung sprach. »Ich glaube, das sollten wir vergessen.«

Er schaute sie schweigend an, dann ließ er die Pferde weitertraben. Der Wagen ratterte eine Weile über die holprige Straße, dann bat Jamie höflich: »Erzähl mir, wie dein Leben war, bevor du in meiner Scheune aufgewacht bist.«

Bliss seufzte. »Es war ziemlich ereignislos. Ich half Papa bei seiner Arbeit, ging spazieren, las und träumte.«

Jamie lächelte belustigt. »Wolltest du deshalb nach Amerika? Weil du darüber gelesen hast?«

Ein zaghaftes Lächeln erhellte Bliss' Gesicht, und unwillkürlich straffte sie die Schultern. Sie war nicht sicher, ob es die Erwähnung von Amerika war oder Jamies Gesellschaft, was ihre Stimmung hob, und eigentlich war es auch nicht wichtig. »Zum Teil durch das Lesen, ja. Meine Mutter lebt in Amerika, und sie hat mir ganz wunderbare Briefe geschrieben ...«

Jamies Stirnrunzeln ließ sie verstummen.

»Habe ich etwas Falsches gesagt?«

»Ob du dort eine Mutter hast oder nicht, Herzogin – Amerika ist weit entfernt«, entgegnete er. »Wie kommst du darauf, daß ich dich in ein anderes Land ziehen ließe?«

Bliss versteifte sich, ihr Lächeln verblaßte. »Ich brauche deine Erlaubnis nicht, McKenna«, erklärte sie spitz. »Du bist nicht mein Mann – jedenfalls nicht im wahren Sinne des Wortes.« Die starke Röte, die in ihre Wangen stieg, bewies, daß beide wußten, was damit gemeint war.

»Du bleibst bei mir«, sagte Jamie entschieden. »Ich fände nachts keine Ruhe mehr, wenn ich mich ständig fragen müßte, was du anstellst.«

»Ich bin ziemlich sicher, daß du mit deinen Nächten keine Schwierigkeiten haben wirst, McKenna«, erwiderte sie spöttisch. »Irgendeine Frau wird schon zur Stelle sein, um sich darum zu kümmern.«

»Wir sind also mal wieder beim Thema, was?« schrie Jamie unbeherrscht. Es war interessant, ihn zu beobachten; seine Augen wurden einen Ton dunkler, seine Nasenflügel bebten leicht. »Verdammt, Bliss, du hast es mir einmal zuviel unter die Nase gerieben! Ich habe gestern nacht allein geschlafen, hörst du?« Seine Stimme war so laut geworden, daß die Pferde unruhig schnaubten und nervös die Ohren zurücklegten. »Allein!«

Bliss freute sich, weil sie wußte, daß Jamie die Wahrheit sagte, aber das ließ sie sich nicht anmerken. »Du erschreckst die Pferde«, meinte sie nur.

»Das ist mir egal!« erwiderte er gereizt.

Bliss konnte sich nicht mehr beherrschen und begann zu lachen. Jamie starrte sie einen Moment wütend an, dann schüttelte sie den Kopf und grinste.

Ausgerechnet in diesem unbeschwerten Augenblick brach das Unglück über sie herein. Eine Gruppe von Reitern verließ ihr Versteck hinter einer Felsformation und blockierte Jamie und Bliss den Weg.

Jamies Kinnpartie war wie aus Eisen, als er die Zügel zog und den Pferden einen kurzen Befehl zurief, anzuhalten.

Bliss' Herz sank. Soweit sie sehen konnte, gehörte keiner dieser Männer zu der Bande, der sie auf ihrer Flucht aus dem Gasthof in die Hände gefallen war, aber daß sie nichts Gutes planten, war deutlich. Das Gewehr, das der Anführer auf sie gerichtet hielt, war der beste Beweis dafür.

# 7

Überzeugt, eine solche Krise mühelos beseitigen zu können, richtete Bliss sich auf und drohte den Männern, die ihnen den Weg verstellten, mit dem Finger. »Ist Ihnen bewußt«, rief sie, »daß Sie es mit Jamie McKenna zu tun haben?« Neben sich hörte sie ihren Mann einen unterdrückten Fluch ausstoßen.

Die Banditen blieben, wo sie waren. Einige von ihnen grinsten.

»Es klappt nicht, Jamie«, beklagte Bliss sich flüsternd. »Sie ergreifen nicht die Flucht …«

Jamie packte ihren Rocksaum und zog sie auf den Wagensitz zurück. Ein freundliches Lächeln spielte um seine Lippen, als er die Männer betrachtete, dennoch konnte Bliss seine innere Anspannung deutlich spüren. Er schien sich innerlich auf einen Kampf vorzubereiten.

Die Straßenräuber teilten sich, und einer der Männer ritt näher. Er hatte dunkles Haar und sah recht gut aus, doch die unverschämte Musterung, der er Bliss unterzog, verursachte ihr eine Gänsehaut. Dann – endlich – richtete er seinen Blick auf Jamie.

»Ich bin nicht sicher«, sagte er zu den sieben Männern hinter sich. »Es ist lange her.«

Immer noch zeigte Jamie sein gelassenes Lächeln, aber jeder einzelne seiner Muskeln war angespannt. Seine Finger strichen über den Griff des Messers, das ganz dicht bei ihm lag, und er sagte kein Wort.

Der Bandenchef richtete seinen dreisten Blick wieder auf Bliss. »Das ist eine hübsche Frau, mein Freund«, bemerkte er, und als er noch näher kam, sah Bliss, daß seine Nase deformiert war, als ob er bei einem Sturz aus großer Höhe auf ihr gelandet wäre. »Sie sind Jamie McKenna, nicht wahr?« fragte er. »Wie die kleine Lady hier behauptet?«

Jamie antwortete nicht, und Bliss fragte sich, warum er schwieg, statt die Banditen aufzufordern, zu verschwinden und sie in Ruhe zu lassen. Doch obwohl Jamie kampfbereit wirkte, schien er keine Angst zu haben.

Er sah Bliss nicht an, als er ihr die Zügel in die Hand drückte. Dann stieg er vom Bock und ging auf die Banditen zu. Bliss' Herz pochte heftig, und obwohl es ein kalter Morgen war, bildeten sich Schweißperlen auf ihrer Haut.

Der Anführer und einige seiner Kumpanen saßen ab.

»Ich fragte, ob Sie Jamie McKenna sind«, wiederholte der dunkelhaarige Mann, der allmählich die Geduld zu verlieren schien. »Es wäre besser, wenn Sie Antwort gäben.«

»Vielleicht ist er doch nicht McKenna«, wandte einer der Männer, die noch auf den Pferden saßen, ein.

In diesem Augenblick fühlte Bliss etwas Kaltes an ihrer Hand und sah, daß es Jamies Messer war. Unglaublich – er hatte es im Wagen zurückgelassen und hatte nun keine andere Waffe mehr als seinen Verstand und seine Hände.

»Ich weiß, wie wir es feststellen können«, erklärte der Anführer mit einem vielsagenden Blick auf Bliss.

Schaudernd schloß sie ihre Hand um den Griff von Jamies Messer und bereitete sich auf einen Kampf vor.

»Hol sie runter vom Wagen!« befahl der Bandit. »Wir amüsieren uns ein bißchen mit ihr – ob der Kerl nun derjenige ist, den wir suchen, oder nicht.«

Nun sagte Jamie zum ersten Mal etwas. »Ihr wärt enttäuscht«, meinte er. »Sie hat keinen blassen Schimmer, wie man einen Mann zufriedenstellt.«

Die deutliche Belustigung in seinem Ton war wie ein tödlicher Schlag für Bliss, und sie spürte, wie das Blut aus ihren Wangen wich. Zwei Männer kamen auf sie zu, unverhohlene Lust in ihrem Blick.

Bliss hob das Messer, bereit, sich zu verteidigen. Es floß Blut, und Flüche wurden laut, als sie die Banditen zum Rückzug zwang. Gleichzeitig begann ein harter Kampf auf der Straße.

»Mach sein Hemd auf!« schrie ein Mann. »Dann wissen wir, ob es Jamie McKenna ist.«

Bliss war zu beschäftigt, ihr Messer zu schwingen, um auf Jamie zu achten, aber sie wußte, daß er gegen so viele Männer keine Chance hatte. Jähe Angst schnürte ihr die Kehle zu, während sie mit dem Messer zustieß.

Als Jamie endlich überwältigt war, verloren die beiden Kerle, die einige Messerstiche abbekommen hatten, das Interesse an ihr. Ohne nachzudenken, sprang sie vom Wagen und lief um die Pferde herum.

Sie hatten ihn auf die Knie gezwungen. Sein Gesicht war zerschlagen und blutüberströmt, eines seiner Augen angeschwollen, aber der trotzige Stolz, der in seiner Haltung zu erkennen war, verriet, daß er sich nie geschlagen geben würde, egal, was sie ihm antun mochten.

Mit seinem Messer schnitt der Bandenführer die Knöpfe an Jamies schwerem Wollmantel ab und zerriß das Hemd darunter. Das Medaillon, das Bettlerabzeichen, wie Jamie es genannt hatte, schien zu sein, wonach die Männer suchten.

Der Anführer warf den Kopf in den Nacken und lachte schallend. »Bei Gott, er ist's!« rief er triumphierend. »Er ist es!«

Die Männer an Jamies Seiten zogen ihn auf die Füße. Einmal begegnete Bliss flüchtig seinem Blick, aber er schaute durch sie hindurch, als existierte sie gar nicht.

»Nehmt die Frau«, sagte er gelassen, »und laßt mich in Ruhe.«

Zustimmendes Gemurmel erklang; die Idee schien den Schuften zu gefallen.

Nur der Mann mit der gebrochenen Nase schüttelte den

Kopf. »Mit ihr haben wir nichts zu schaffen«, sagte er, um nach einem langen, haßerfüllten Blick auf Jamie hinzuzufügen: »Du erinnerst dich doch an mich, nicht wahr, McKenna? Bert Dunnigan?«

Jamie nickte. »Ja, ich erinnere mich.«

Das Blöken von Schafen und Hundegebell drangen in Bliss' Bewußtsein, aber sie war zu wütend und verängstigt, um weiter darauf zu achten. Sie und Jamie waren in fürchterlichen Schwierigkeiten, und er hatte sie diesen Ungeheuern angeboten, um seinen eigenen Hals zu retten!

Dunnigan holte aus und versetzte Jamie einen Hieb in den Magen. Bliss konnte hören, wie die Luft aus Jamies Lungen entwich. Verteidigen konnte er sich nicht, weil er von beiden Seiten festgehalten wurde, und das Blut machte sein Gesicht fast unkenntlich, doch all das hinderte ihn nicht daran, verächtlich auszuspucken.

»Das hat meine Erinnerung wachgehalten, mein Freund«, sagte Dunnigan ungerührt und zeigte auf seine deformierte Nase. »Jetzt werde ich mich endlich dafür rächen. Ich lasse dich am Leben, damit du es erzählen kannst, aber danach wirst du längst nicht mehr so hübsch sein, Jamieboy. Ich habe nämlich vor, deine Nase genauso zu zerquetschen, wie du es in Queensland mit meiner getan hast.«

Bliss, die nicht verzeihen konnte, daß Jamie sie diesen Kerlen praktisch zum Fraß vorgeworfen hatte, drängte sich an den anderen vorbei und trat an Dunnigans Seite. »Lassen Sie mir das Vergnügen«, sagte sie mit einem bösen Blick auf ihren Mann und ballte die Faust.

Und plötzlich entdeckte sie die Spur eines Lächelns in seinem gesunden Auge und wußte plötzlich, daß sie den Mann, den sie liebte, verteidigen mußte, obwohl er sie verraten hatte. In der Hoffnung, die Überraschung für ihre Zwecke ausnutzen zu können, warf sie sich mit gezücktem Messer auf Dunnigan.

Ein harter Schlag ins Gesicht ließ sie zurücktaumeln. Sie hörte noch ein schmerzerfülltes Stöhnen, als Jamies Fuß hart gegen Dunnigans Schienbein stieß, und dann schlug ihr Kopf auf der harten, gefrorenen Erde auf, und die Welt um sie herum versank in Dunkelheit.

Als sie die Augen wieder öffnen und klar sehen konnte, bemerkte sie einen Hund, der sich knurrend wie ein Höllenwolf auf Dunnigan stürzte. Die Banditen stoben auseinander, als ihr Anführer mit dem wütenden Tier zu kämpfen begann und um Hilfe schrie. Plötzlich blökte es überall um Bliss herum. Sie richtete sich benommen auf und schaute sich verwundert um. Schafe. Überall nur weiche, wollige Schafe! Und Gott, wie ihr Kopf schmerzte …

Ein weißhaariger Mann mit einem ungepflegten, buschigen Bart hockte mitten zwischen den Tieren, den Stock eines Schäfers in der Hand. »Hund!« rief er scharf. »Das reicht!«

Das Tier ließ von Dunnigan ab, der sich mühsam aufrappelte, zu seinem Pferd humpelte und die Flucht ergriff.

»Jamie?« rief der alte Mann. »Jamie, mein Junge, kannst du mich hören? Ich bin's, Cutter.«

Bliss stand auf und drängte sich durch die Herde. »Ist er … tot?« fragte sie erstickt.

Der alte Schäfer schüttelte den Kopf. »Nein, aber er ist schwer verletzt. Helfen Sie mir, ihn in den Wagen zu bringen, Kind – wir müssen ihn an einen warmen Ort bringen und seine Wunden versorgen.«

Jamie lag reglos auf der Erde, und obwohl er sie diesen Schurken angeboten hatte, spürte Bliss bei seinem Anblick Verzweiflung. Sie kniete sich neben ihn.

Das Bettlerabzeichen auf seiner Brust war blutverschmiert. Er bewegte sich, als Bliss sein zerschlagenes Gesicht berührte. »Ach, Jamie«, flüsterte sie. »Warum? Warum sollte jemand dir so etwas antun wollen?«

Jamie schlug die Augen auf und versuchte zu sprechen, aber es gelang ihm nicht, und so hob er nur die Hand und strich zärtlich über Bliss' geschwollene Wange.

»Du wirst laufen müssen, falls du kannst, mein Junge«, sagte Cutter in strengem, aber liebevollem Ton. »Du bist zu schwer für das Mädchen und für mich.«

Ein klägliches Lächeln spielte um Jamies Mund. »Ja«, krächzte er. »Hilf mir nur auf, mein Freund, dann schaffe ich es bis zum Wagen.«

»Mehr verlange ich auch gar nicht, Jamie«, versicherte Cutter und zog Jamie mit Bliss' Unterstützung auf die Beine.

Bliss drängte energisch die Tränen zurück, die ihr in die Augen traten, als sie Jamies Schmerzensschrei hörte. Es war nicht der richtige Moment zum Weinen: Jamie brauchte sie.

Als es ihnen endlich gelungen war, Jamie auf die Ladefläche zu verfrachten, kletterte Bliss neben ihn und schaute fragend zu dem Schäfer auf.

»Meine Hütte ist ganz in der Nähe«, sagte er, bevor er zur Herde zurückging und dem anderen Schäfer, der die Tiere bewachte, die Lage erklärte.

Dann stieg er auf den Bock und nahm die Zügel. Der Hund sprang zu Jamie auf die Wagenfläche, legte seinen Kopf auf dessen Brust und winselte leise.

Bliss zog Jamies Kopf auf ihren Schoß, als sie über steile, holprige Straßen rumpelten, litt bei jedem Stöhnen, das ihr Mann ausstieß, und hatte die ganze Zeit gegen Tränen der Verzweiflung, Verwirrung und Angst zu kämpfen. Sie würde Jamie McKenna immer lieben, ihr ganzes Leben lang, das wußte sie, aber nie, nie würde sie ihm verzeihen können, daß er sie diesen Männern ausliefern wollte …

Nach einer ganzen Weile hielt Cutter den Wagen vor einer kleinen, einsam gelegenen Hütte aus groben Steinen an. Er stieg vom Bock auf die Ladefläche, legte eine Hand unter Jamies Kinn und schüttelte ihn sanft.

»Wach auf, Junge. Wir sind da.«

Jamie schlug die Augen auf. »Okay«, sagte er seufzend. »Jetzt muß ich wohl wieder laufen.«

Cutters Lachen klang einem Schluchzen verdächtig ähnlich. »Genau, mein Freund. Schließlich hast du kein Gewicht verloren, seit wir dich dort unten an der Straße in den Wagen gepackt haben.«

Bliss wandte den Kopf ab, weil ihre Augen brannten und Jamie ihre Tränen nicht sehen sollte. Weiter unten auf der Hauptstraße weideten die Schafe, umgeben von zahlreichen bellenden Hunden.

Bliss holte einmal tief Luft, dann half sie Cutter, Jamie aus dem Wagen in ein Bett zu befördern, das in einer Ecke des einzigen Raumes der kleinen Hütte stand.

»Das ist … meine Frau«, sagte Jamie erstickt, als Bliss und Cutter ihn vorsichtig auf die Matratze betteten. Bliss wußte, daß er eigentlich nur sprach, um sich von den Schmerzen abzulenken, und wieder stiegen ihr Tränen in die Augen, und in ihrer Kehle bildete sich ein Kloß.

»Sehr erfreut.« Der Schäfer hatte kaum einen Blick für Bliss übrig; sein Verhalten war so steif, als trüge sie die Schuld an Jamies Zustand.

Jamie versuchte zu lachen, aber es klang eher wie ein Stöhnen. »Sie haben mich richtig fertiggemacht«, sagte er, als wäre das nicht offensichtlich. »Aber es ist ihm nicht gelungen, mir die Nase zu brechen, Cutter.«

»Na wunderbar«, entgegnete Cutter mürrisch. »Dann bleibst du so schön, wie du schon immer warst, mein Junge.«

»Ich brauche heißes Wasser und saubere Tücher«, meinte Bliss, die sich etwas überflüssig fühlte.

Cutter warf ihr einen nicht zu deutenden Blick zu, bevor er zustimmend nickte und hinausging, um das Verlangte zu holen. Jamie hob eine Hand, um Bliss' Gesicht zu streicheln.

»Sie haben dir nichts getan, nicht wahr, Herzogin?« flüsterte er, und als sie die Zärtlichkeit in seinen Augen sah, stockte ihr der Atem.

Unfähig, etwas zu sagen, schüttelte sie den Kopf.

»Gott sei Dank«, flüsterte Jamie erleichtert, um gleich darauf von neuem das Bewußtsein zu verlieren.

Bliss gab sich Mühe, sehr sanft und behutsam zu sein, als sie seine Wunden reinigte und verband.

»Was ist passiert, Kind?« fragte Cutter, als sie mit ihrer anstrengenden Aufgabe fertig war und Jamie mit einer warmen Decke zugedeckt hatte. Der Schäfer sprach noch immer in einem Ton, als gäbe er Bliss die Schuld an dem tragischen Zwischenfall.

»Es war eine Falle«, sagte sie ruhig. »Anscheinend haben sie Jamie vor langer Zeit gekannt, an einem anderen Ort – in Queensland, glaube ich.«

Cutter schenkte sich ein Glas Whisky ein und pfiff leise durch die Zähne. »Queensland?« murmelte er. »Sollten das etwa die Kerle sein, die für den alten Increase arbeiteten?«

Jamie begann sich unruhig auf dem Bett herumzuwerfen. »Nein!« schrie er heiser, bevor Bliss an seine Seite eilen konnte. »Tut ihr nichts! In Gottes Namen, laß sie in Ruhe ...«

Cutter erreichte Jamie zuerst und legte ihm beruhigend die Hand auf die Schulter. »Niemand wird euch etwas tun, Junge«, sagte er beschwörend. »Du bist in Sicherheit, Jamie, und die Kleine auch.«

Jamie sank seufzend in einen heilenden Schlaf zurück, und Bliss wandte sich ab und starrte in das lodernde Kaminfeuer.

»Sie sind seine Frau?« erkundigte Cutter sich mißtrauisch.

Bliss drehte sich mit blitzenden Augen zu ihm um. »Ja. Haben Sie etwas dagegen?«

Cutter zuckte mit den Schultern. »Ich bin nur überrascht. Ich hätte nie gedacht, daß der Junge einmal heiraten würde.«

»Warum nicht?« Allmählich spürte sie die Reaktion auf die Ereignisse. Sie sehnte sich nach etwas zu essen, nach einer heißen Tasse Tee und ein paar Stunden langen, ungestörten Schlafs.

Der Schäfer hob die Schultern. »Ich glaube, es kann nichts schaden, wenn ich Ihnen die Wahrheit sage. Jamie liebte eine Frau, und sie hat ihm Unrecht getan – hätte ihn fast zerbrochen, diese Eleanor.«

Bliss senkte den Kopf. Der Gedanke, daß Jamie einmal eine andere Frau geliebt hatte, tat weh, und eine einzelne Träne rollte ihr über die Wange.

Cutter hatte es bemerkt, und das schien ihn weicher zu stimmen. »Es tut mir leid, Kind«, sagte er. »Wenn Sie Jamies Frau sind, haben Sie ihm bestimmt Ihr Herz geschenkt, und da komme ich und erzähle Ihnen Dinge, die Ihnen weh tun müssen.«

Bliss wischte sich über die Wange und straffte die Schultern. »Uns verbindet keine Liebe«, antwortete sie. »Wir haben aus einem anderen Grund geheiratet – aus rein praktischen Überlegungen.«

Cutters grüne Augen zwinkerten belustigt. »Aber sicher«, stimmte er zu. »Wie Sie meinen. Haben Sie Hunger oder möchten Sie eine Tasse Tee? Soviel ich weiß, wollen Damen immer Tee.«

Bliss konnte nicht anders, sie mußte lächeln. Jamies Freund hatte einen etwas derben Charme. »Ja, ich hätte sehr gern eine Tasse Tee, wenn es möglich ist«, erwiderte sie mit einem zweifelnden Blick auf die fast leeren Regale über dem Herd. »Und Hunger habe ich auch.«

Froh, daß er etwas tun konnte, um seine anfängliche Unfreundlichkeit auszugleichen, schob Cutter Bliss zum Tisch, setzte einen Kessel Wasser auf und brachte Brot und Käse.

Nach einer ausgiebigen Mahlzeit und zwei Tassen Tee war Bliss so müde, daß sie sich zu Jamie auf die Matratze legte und die Augen schloß.

Daß Cutter aufgestanden war und die Decke, unter der Jamie lag, auch über sie gezogen hatte, merkte sie kaum noch.

Als Bliss Stunden später die Augen öffnete, war Jamie wach. Sie war erleichtert, daß es ihm gut genug zu gehen schien, um sie anzugrinsen, und das machte es ihr wieder möglich, sich über ihn zu ärgern. »Verflucht sei der Tag, an dem ich dir begegnet bin, Jamie McKenna!« sagte sie, bevor sie die Decke zurückschlug und aufsprang.

Doch Jamie hielt sie zurück. Cutter räusperte sich, murmelte, er müsse nach den Pferden sehen, und ging nach draußen.

»O nein, Herzogin«, sagte Jamie. »Du wirst mir jetzt zuerst erklären, was diese Bemerkung zu bedeuten hatte. Was ist los?«

»Was los ist?« äffte sie ihn nach. »Das fragst du noch?« Verzweifelt versuchte sie sich aus dem Griff zu befreien, mit dem Jamie ihre Handgelenke umklammert hielt.

In Jamies Augen dämmerte so etwas wie Begreifen. »Oh«, meinte er und ließ unwillkürlich Bliss' Hände los. »Jetzt weiß ich, was du meinst – daß ich Dunnigan gesagt habe, er könnte dich haben.«

Wütend stand sie auf, strich ihren Rock glatt und ordnete ihr Haar. »Falls du glaubst, es interessierte mich, ob du mich haben willst oder nicht ...«

»Natürlich interessiert es dich«, unterbrach Jamie sie sanft, und aus den Augenwinkeln sah sie, daß er seine Hand nach ihr ausstreckte. Wie gern wäre sie zu ihm gegangen ...

»Geh zum Teufel!« sagte sie statt dessen.

Jamie lachte. »Schau mich an«, bat er leise.

Bliss drehte sich widerstrebend zu ihm um. »Ich hasse dich«, erklärte sie grimmig.

»Ich glaube, das hast du mir schon einmal gesagt«, erwiderte er seufzend und klopfte einladend auf die Matratze. Bliss' Herz wurde weicher, als sie seine armen, geschundenen Hände sah, aber dennoch blieb sie hart. Sie zog sich einen Stuhl heran, aber nicht zu nahe, und setzte sich hin. Ihr Verhalten zeigte, daß sie bereit war, Jamie zuzuhören, aber daß er gut daran täte, ihr eine einleuchtende Erklärung zu geben.

Er lächelte schwach, dann seufzte er. »Was glaubst du, was Dunnigan mit dir gemacht hätte, Herzogin, wenn er vermutet hätte, daß du mir wichtiger bist als alles andere auf der Welt?«

Für einen Moment war Bliss zu verblüfft, um etwas zu erwidern. Aber dann erinnerte sie sich wieder daran, daß Männer eigentlich immer eine Ausrede hatten …

»Na schön, dann will ich es dir sagen«, fuhr Jamie fort. »Der Anführer hätte dich gezwungen, ihm zu Willen zu sein, und dich danach seinen Männern übergeben. Die Chancen standen gut, daß wir uns jetzt im Himmel die Hände hätten schütteln können, meine Liebe.«

Sie schaute nachdenklich auf ihre Hände. »Woher soll ich wissen, daß das nicht nur eine Ausrede von dir ist, McKenna, und du nicht doch nur deine eigene Haut retten wolltest?«

Jamie ließ sich auf die Kissen zurücksinken. »Das solltest du dein Herz fragen«, entgegnete er müde und schloß die Augen.

Bliss beugte sich vor. »Schläfst du?«

Als keine Antwort kam, stand sie auf und trat vors Feuer. Sie mußte über Jamies Worte nachdenken. Als Cutter zurückkam und sich draußen durch lautstarke Geschäftigkeit ankündigte, stand sie noch dort und schüttelte in stummer Verwunderung den Kopf.

Hätte sie sich bloß nie Jamies Scheune zum Schlafen ausgesucht!

Cutter gähnte auffallend. »Ich glaube, ich gehe in den Heuschober und schlafe ein bißchen«, bemerkte er und deutete auf eine Leiter in einer der Ecken der Hütte.

»Cutter?« sagte sie scheu.

»Ja, Kind«, erwiderte der alte Mann, schon auf der Leiter. »Was ist?«

»Danke. Vielen Dank für alles.«

Er murmelte etwas und kletterte dann endgültig auf den Heuboden hinauf. Minuten später hörte Bliss ihn laut schnarchen.

Sie lächelte, während sie das Feuer mit Asche abdeckte und die Lampen löschte. Dann zog sie sich bis auf die Unterwäsche aus und legte sich wieder neben Jamie, der sich bewegte und ihren Namen murmelte.

Bliss legte ihre Hand auf seinen Arm. »Ja, mein Liebling«, sagte sie sanft. »Ich bin hier.«

Beruhigt durch ihre Worte und ihre Berührung schlief Jamie weiter.

Sehr viel später, mitten in der Nacht, öffnete Bliss die Augen, unsicher, wodurch sie wach geworden war. Der Platz neben ihr war leer, und sie richtete sich ängstlich auf. »Jamie?« wisperte sie.

»Ich bin hier, Liebling«, flüsterte er von der Tür her.

»Warum bist du aufgestanden?« fragte sie ärgerlich, als er ins Bett zurückkam und sich neben ihr ausstreckte.

»Kein erwachsener Mann würde im Bett tun, was ich gerade draußen erledigt habe«, erwiderte er schmunzelnd.

»Oh … Na ja, dann wünsche ich dir eine gute Nacht.«

Es dauerte eine Weile, bis er etwas sagte. »Ich brauche etwas gegen meine Schmerzen«, meinte er schließlich.

Bliss seufzte. »Soll ich dir ein Glas Whisky holen?«

Doch Jamie hatte schon damit begonnen, ihr Mieder zu öffnen. »Ich will keinen Whisky«, erwiderte er heiser, während er die Hand um eine ihrer vollen Brüste schloß und seinen Daumen über die rosige Knospe gleiten ließ.

Nun war es Bliss, die leise stöhnte, aber natürlich nicht aus Schmerz. »Wir sind nicht allein, Jamie«, erinnerte sie ihn.

Ohne in seinen Liebkosungen innezuhalten, lachte er leise. »Cutter schläft wie ein Murmeltier«, beruhigte er sie. »Ich könnte dich auf der Leiter zu seinem Heuschober nehmen, und er würde es nicht merken.«

Der bloße Gedanke weckte eine seltsame Erregung in Bliss,

dennoch antwortete sie. »Sie vergessen sich, Sir. Außerdem bist du gar nicht in der Verfassung zu solchen …«

Jamies Hand glitt über ihren flachen Bauch und tiefer. »Wozu bin ich nicht in der Verfassung? Dazu vielleicht auch nicht?«

Bliss zitterte und preßte die Lippen zusammen, um den entzückten Schrei zu ersticken, der in ihrer Kehle aufstieg, als Jamie fand, was er suchte. Sie konnte spüren, daß er lächelte.

»Du scheinst dich zu vergessen, Mrs. McKenna«, sagte er.

Bliss spreizte unwillkürlich die Beine, als sie seine Finger in sich spürte. Es war ein ganz neues, unbekanntes und unglaublich erregendes Gefühl, und sie mußte sich sehr beherrschen, um nicht eine Flut von zärtlichen, sinnlosen Worten auszustoßen.

Sie seufzte nur leise, als Jamie seine Bemühungen verdoppelte, das Spiel seiner Finger noch lustvoller, noch erregender wurde. »Jamie … *Jamie* …«

Seine warme Zunge kreiste um ihre Brustspitze, und er lachte zufrieden, als er Bliss' hingebungsvolle Reaktion spürte.

# 8

Jamies ganzer Körper schmerzte, und nun kam auch noch das ungestüme Verlangen nach Bliss hinzu, die tief und zufrieden neben ihm schlief. Jamie beneidete sie fast. Selbst wenn es ihm gelänge, die rechtlichen und moralischen Bedingungen zu vergessen, die eine Annullierung ihrer Ehe erforderte, würde es mindestens noch ein, zwei Tage dauern, bis er körperlich in der Lage war, mit einer Frau zu schlafen.

Bis dahin war es nichts als süße Qual für ihn, ihren weichen, anschmiegsamen Körper neben sich zu spüren. Als er an die rückhaltlose Hingabe dachte, mit der sie die kleinen Freuden angenommen hatte, die er ihr bieten konnte, wurde das schmerzhafte Ziehen in seinen Lenden fast unerträglich.

Bliss bewegte sich. »Jamie?« fragte sie gähnend.

»Ja, Herzogin«, erwiderte er mit erzwungener Ruhe. »Was ist?«

Wieder gähnte sie. »Das wollte ich dich auch gerade fragen.«

Jamie befeuchtete seine Lippen. »Schlaf weiter«, befahl er brüsk. »Du kannst mir jetzt auch nicht helfen.«

Das reichte, um Bliss ganz aufzuwecken: Er hatte ihren Stolz verletzt. »Ich bin nicht so naiv, wie du glaubst, McKenna«, sagte sie steif. »Es sind nicht nur die Schmerzen, worunter du leidest.«

»So?« entgegnete Jamie gereizt. »Was dann?«

Ihre Hand glitt unter der Decke zu seinem nackten Bauch, dann tiefer. Als sie die Quelle seiner Unruhe berührte, stöhnte Jamie heiser auf und schloß die Augen.

»O Gott!« flüsterte er, als sie ihn sanft zu streicheln begann.

»Sag mir, wie ich es machen soll, Jamie«, bat sie leise.

Er lachte erstickt. »Du machst es schon recht gut, Kleines«, erwiderte er, wohl wissend, daß er eigentlich ihre Hand fortschieben sollte. Doch soviel Kraft brachte er jetzt nicht mehr auf, dafür waren die Gefühle, die Bliss in ihm erzeugte, zu mächtig, zu aufregend, zu überwältigend ...

Seine Worte gaben Bliss den Mut, eine intensivere Massage zu beginnen, und Jamie glaubte plötzlich, unter der Decke zu ersticken. Mit einer jähen Bewegung stieß er sie beiseite. Die kühle Luft, die seinen Körper streifte, steigerte sein Verlangen ins Unerträgliche.

Als er es nicht mehr auszuhalten glaubte, rief er heiser Bliss' Namen, und da senkte sie den Kopf und schloß ihre Lippen um seine heiße, glatte Haut, was dazu führte, daß er völlig die Beherrschung verlor. Mit einem erstickten Schrei bog er sich ihr entgegen, und Bliss empfing den Beweis seiner Leidenschaft ganz ohne Scheu, ganz ohne Zögern, schien seine Erfüllung zu teilen.

»O Jamie«, sagte sie, als der Sturm abebbte und seine Gedanken wieder klarer wurden, »war das nicht genau das, was du gebraucht hast?« Irgendwann, bevor er wieder nüchtern denken konnte, war sie aufgestanden, hatte Wasser und Tücher geholt und seinen wunden, schmerzenden Körper gewaschen.

Auch das war ein Akt der Liebe, und das und die Zärtlichkeit, die er bei Bliss gefunden hatte, trieben Jamie die Tränen in die Augen. Es würde nicht einfach sein, wenn sie einen Richter in Auckland gefunden hatte, Bliss den Rücken zuzukehren und sich für immer von ihr zu trennen. Eine Frau wie sie hatte Jamie noch nie gekannt.

Jamie war schon auf und angezogen, als Bliss am nächsten Morgen die Augen aufschlug. Doch bei der Erinnerung an die Nacht kroch sie errötend unter die Decke zurück.

Sie hörte Jamies Stiefelabsätze auf dem Holzboden der Hütte klappern, als er langsam auf das Bett zukam. Dann zog er ihr die Decke vom Kopf und lächelte auf sie herab.

»Hallo, Herzogin«, sagte er. »Jetzt tut es dir leid, nicht wahr?«

Sie bedachte ihn mit einem zornigen Blick; sie haßte es, geneckt zu werden, vor allem kurz nach dem Erwachen. Ihre Wangen brannten. Mit einem schnellen Blick überzeugte Bliss sich, daß sie allein waren.

»Wo ist Cutter?« fragte sie, ohne auf Jamies Frage einzugehen.

»Er und sein Hund haben eine Herde Schafe zu versorgen. Sie sind schon seit Stunden fort.«

Bliss war sich nicht sicher, ob es gut oder schlecht war, mit Jamie allein zu sein, aber sie lächelte dankbar, als er ihr eine Tasse dampfenden Kaffee reichte.

»Wir müssen reden«, sagte er, während er sich auf der Bettkante niederließ.

»Worüber?« fragte Bliss, ohne ihn anzusehen.

Er legte einen Finger unter ihr Kinn und zwang sie so, ihm ins Gesicht zu sehen. »Über gestern nacht«, erwiderte er lächelnd.

»Oh.« Bliss war noch nie in ihrem Leben so verlegen gewesen. Am liebsten hätte sie sich wieder unter der Decke verkrochen.

Jamie sprach mit der für ihn typischen Offenheit, aber nicht ohne Gefühl. »Ich habe noch nie eine Frau gekannt, die mich mit einer derartigen Mühelosigkeit aus der Hölle in den Himmel befördern konnte«, gestand er. »Jedenfalls nicht vor dir.«

Bliss sah ihn an. Jamies Worte waren ein Kompliment, aber er hatte immer noch nicht gesagt, daß er sie liebte oder eine

Annullierung ihrer Ehe verweigern würde. Auch sie selbst war noch nicht sicher, was sie eigentlich wollte.

»Erzähl mir, woher du Cutter kennst«, bat sie, als das Schweigen unerträglich wurde.

Jamie schmunzelte, um ihr zu zeigen, daß sie ihn nicht zum Narren halten konnte, aber dann wurde er wieder ernst, als er sich erinnerte. »Als ich nach Neuseeland kam, waren die Narben auf meinem Rücken noch ganz frisch. Ich war jung und sehr verbittert, und obwohl ich einen Freund hatte, der versuchte, mir zu helfen, fing ich wieder mit dem Stehlen an. Cutter nahm mich auf und brachte mir alles bei, was ich über das Gewerbe wissen mußte.«

»Cutter ist ein Dieb?« fragte Bliss verwundert.

Jamie lachte. »Nicht mehr. Er ist zu alt dafür. Die Probleme, die dieser ... Beruf mit sich bringen kann, waren zuviel für ihn.«

»Und du, Jamie?« wagte Bliss zu fragen. »Was hat dich geändert?«

Ein düsterer Blick erschien in seinen Augen, und Bliss wußte sofort, daß sie keine Antwort auf ihre Frage erhalten würde. »Ich habe vor, das Tageslicht auszunutzen, Bliss, also pack deine Sachen und laß uns bald aufbrechen.«

Sie griff bittend nach Jamies Hand, als er Anstalten machte, aufzustehen und zu gehen. »Jamie ...«

»Es war bei einem Kampf«, gab er mürrisch zu. »Ich versuchte einen Mann zu berauben, aber er entriß mir mein Messer und trennte mir fast den Arm ab.« Jamie schwieg einen Moment. »Wir waren einander ebenbürtig, aber als ich das Bettlerabzeichen um seinen Hals sah, verließ mich alle Kraft.«

Bliss berührte das Medaillon um Jamies Hals. »Wie dieses?«

Er nickte. »Ja – ich hatte meinen eigenen Bruder überfallen ... Reeve.«

Sie schwieg einen Moment, dann sagte sie: »Er hat es dir bestimmt verziehen.«

»Ja«, meinte Jamie zweifelnd. Dann nahm er Bliss die Tasse ab und stand auf. Doch obwohl er ihr den Rücken zudrehte, gelang es ihm nicht, seine Gefühle zu verbergen.

Sie stand rasch auf und schaute sich nach ihrer Tasche um.

Ihr Rock und ihre Bluse waren ruiniert nach dem blutigen Kampf, den sie am Tag zuvor mit Jamies Messer ausgefochten hatte, deshalb beschloß sie, das einzige andere Kleidungsstück anzuziehen, das ihr geblieben war: das schwarzseidene Abendkleid.

»Das erste, was wir in Auckland tun, Herzogin«, sagte Jamie, als er ihr half, die Knöpfe auf dem Rücken zu schließen, »ist, dir neue Kleider zu kaufen.«

Bliss' Kehle wurde eng. »Noch vor der Annullierung unserer Ehe, Mister McKenna?«

Seine Finger verhielten kurz in ihrer Arbeit. »Vorher«, erwiderte er mit ausdrucksloser Stimme.

»Ich schicke dir das Geld dafür, sobald ich in Amerika bin«, sagte Bliss, um seine Reaktion zu testen.

Jamie schloß den letzten Knopf heftiger als nötig. »Ich habe dir gesagt, wie ich darüber denke, Herzogin. Ich möchte den Namen dieses Landes nicht mehr hören.«

Sie drehte sich verärgert um. Obwohl er sie nicht als seine Frau haben wollte, nahm er sich das Recht heraus, über ihre Handlungen bestimmen zu wollen! »Von welchem Land?« fragte sie kühl. »Von Amerika?«

Jamie preßte die Lippen zusammen, aber er ging nicht auf ihre herausfordernde Bemerkung ein, sondern stürmte nach draußen.

Bliss fluchte leise, während sie ihr langes Haar bürstete. Dann suchte sie sich etwas zu essen. Sie kaute gerade an einem Stück Brot, als Cutter hereinkam. Beim Anblick ihres tiefausgeschnittenen Abendkleides wurden seine Augen groß, und er pfiff leise durch die Zähne. Sein Hund, wie immer an seiner Seite, stellte interessiert die Ohren auf.

»Kein Wunder, daß der Junge halb von Sinnen ist«, bemerkte der alte Mann, als er sich von seinem Schock erholt hatte.

Bliss wußte nicht, was sie darauf antworten sollte, weil sie nicht wußte, ob sie seine Bemerkung als Kompliment oder Beleidigung auffassen sollte. Doch dann begriff sie, daß Cutter wütend war.

»Dieser sture Bock«, murmelte er. »Ich habe ihm gesagt, daß er noch nicht reisefähig ist, aber er meinte bloß: ›Schreib mir nicht vor, was ich auf meinem eigenen Besitz zu tun habe, alter Mann.‹«

»Auf seinem Besitz?« wiederholte sie verwundert.

Cutter spreizte die Hände. »Hat er es Ihnen nicht gesagt?«

Sie schüttelte den Kopf.

»Es gehört alles ihm, Kind – die Hütte, das Land, die Schafe. Mein Hund und ich, wir arbeiten für Jamie.«

Bliss machte große Augen. Sie hatte nicht gedacht, daß Jamie außer seiner Farm noch anderes Land besaß. »Er hat es weit gebracht für einen Mann, der vor ein paar Jahren noch ein Taschendieb war.«

Cutter errötete vor Eifer, seinen Freund zu verteidigen. »Er hat sich alles auf ehrenhafte Weise verdient«, fuhr er fort. »Jamie ist ein kluger Junge, und alles, was er brauchte, war jemand, der ihm half.«

Bevor Bliss darauf antworten konnte, kam Jamie zurück und meinte brüsk: »Wir brechen jetzt auf, Herzogin.«

Sie zog ihren Mantel an, während Jamie ihre Tasche holte. dann ging sie zu Cutter und ergriff seine Hände. »Vielen Dank«, sagte sie leise. »Für alles.«

Cutter schien verlegen. »Keine Ursache, Kind.« Sein Blick glitt zu Jamie. »Es ist schön, daß es Leute gibt, die Dankbarkeit kennen, wenn ihnen geholfen wird«, fügte er vielsagend hinzu.

Jamie antwortete nicht darauf.

»Grüß Miss Peony von mir, wenn du nach Auckland kommst«, fuhr Cutter fort.

Zuerst Eleanor, und jetzt Peony. Bliss' Neugier war geweckt, aber sie wagte nichts zu sagen, als sie den kalten Blick sah, mit dem Jamie den Mann bedachte, der ihm vierundzwanzig Stunden zuvor das Leben gerettet hatte.

»Ich werde ihr sagen, daß du der gleiche Windhund bist wie immer, alter Mann.«

Ärger schien zwischen den beiden Männern zu erwachen.

»Die Wahrheit läßt sich auf Dauer nicht verbergen, mein Junge«, entgegnete Cutter. »Vergiß das nicht.«

Daraufhin drehte Jamie sich wortlos um und öffnete die Tür.

Der kalte Luftzug, der hereinkam, ließ Bliss frösteln, doch

sie hatte keine andere Wahl, als Jamie nach draußen zu folgen.

»Was hatte das alles zu bedeuten?« fragte sie, als sie im Wagen saßen, auf dessen Boden – wie Bliss mit Unbehagen und gleichzeitiger Erleichterung feststellte – ein Gewehr lag.

Jamie zuckte mit den Schultern. »Ich habe dir alles über Cutter erzählt, was du zu wissen brauchst«, antwortete er schroff.

Bliss verschränkte trotzig die Arme. »Ich will dir sagen. was ich denke, McKenna ...«

»Oh, ich bin sicher, daß du das tun wirst«, fiel Jamie ihr spöttisch ins Wort.

»Ich glaube, du wolltest nur verhindern, daß er mir mehr über diese Peony erzählte – wer immer sie auch sein mag.«

Jamie bedachte sie mit einem kalten Blick, der ihr durch und durch ging. »Du irrst dich«, sagte er. »Peony ist der beste Freund, den ich habe; sie steht mir näher als Cutter oder Reeve. Ohne sie besäße ich nichts. Es war Peony, die mir den Neuanfang ermöglicht hat.«

Und als Bliss verlegen schwieg und ihren Blick abwandte, fügte Jamie bestätigend hinzu: »So ist es, Herzogin.«

Fast schämte sie sich ein bißchen. Schließlich hatte sie kein Recht, Jamie all diese persönlichen Fragen zu stellen. »Meinst du, wir sind heute sicher?« erkundigte sie sich zaghaft.

»So sicher wie immer«, erwiderte er und rutschte nervös auf dem Sitz hin und her. Er mußte starke Schmerzen haben, obwohl er sich die größte Mühe gab, es zu verbergen. Bliss fragte sich verwundert, warum er es so eilig gehabt haben mochte, Cutters sichere Hütte zu verlassen.

Die Antwort war nicht schwer zu finden: Jamie konnte es nicht erwarten, Auckland zu erreichen, um seine Frau für immer loszuwerden!

»Du machst ein Gesicht, als wärst du auf dem Weg zu einem Begräbnis«, bemerkte er. »Was ist los, Herzogin? Was beunruhigt dich so? Sag es mir.«

Seine Frage forderte ihren Ärger von neuem heraus. »Was soll mich schon beunruhigen, McKenna?« entgegnete sie höhnisch. »Wo du mir doch nichts von all dem erzählen willst, was ich über dich erfahren möchte!«

Jamie warf ihr einen belustigten Blick zu. »Das mag sein«, meinte er.

Doch Bliss hörte ihn kaum. »Ich weiß, daß du wütend bist, weil mein Vater dich zu dieser Heirat gezwungen hat!« sagte sie heftig. »Aber du hast dich ja nicht einmal gewehrt! Aber du mußt ein harter Mann sein, wenn diese Banditen, die mich entführt hatten, bei der bloßen Erwähnung deines Namens die Flucht ergriffen haben! Also wärst du auch mit meinem Vater fertig geworden. Und Alexander hätte überhaupt keinen ernsthaften Gegner dargestellt – nicht einmal für mich!«

Sie machte eine Pause, holte tief Luft und fuhr dann fort: »Was diese Kerle von gestern betrifft, nun, mit denen hättest du auch keine Schwierigkeiten gehabt, wenn du dein Messer nicht bei mir zurückgelassen hättest!«

Jamie betrachtete sie erstaunt. »Das Messer hättest du gar nicht gebraucht, Herzogin«, meinte er. »Du hättest die Kerle genausogut mit deiner spitzen Zunge totreden können.«

Doch Bliss ließ sich nicht ablenken. »Wenn du mich nicht hättest heiraten wollen, McKenna, warum hast du dich dann nicht geweigert, das Gelübde abzulegen? Und wenn du nichts für mich übrig hast, dann erklär mir bitte, warum du gestern dein Messer bei mir zurückgelassen hast!«

Jamie zog nur die Schultern hoch.

Sie fuhren schweigend weiter, bis Jamie irgendwann anhielt. Er war erschreckend blaß.

»Cutter hat uns etwas zu essen mitgegeben«, sagte er, als er vom Bock stieg und zwischen den Bäumen verschwand.

Bliss, die außer einem Stück Brot noch nichts gegessen hatte, war hungrig wie ein Wolf. In dem Bündel, das Cutter ihnen mitgegeben hatte, fand sie Käse, Trockenfleisch und zwei verschrumpelte Äpfel. Sie bot Jamie davon an, als er zurückkam, aber er schüttelte nur den Kopf und ließ seinen Blick besorgt über die Straße schweifen.

Bliss ermahnte ihn, zu essen, wenn er bei Kräften bleiben wollte.

Doch sie erntete nur einen unfreundlichen Blick. »Laß mich in Ruhe«, sagte er kalt. »Ich weiß selbst, wann ich essen muß.«

Sein verletzender Ton trieb ihr die Tränen in die Augen und

verdarb ihr den Appetit. Sie packte die Reste ihrer Mahlzeit zusammen und stieg wieder zu Jamie in den Wagen.

Was war aus dem leidenschaftlichen, empfindsamen Mann geworden, der sie nachts so zärtlich liebkost hatte? Hatte er schon vergessen, was er zu ihr gesagt hatte – daß sie, Bliss, ihn aus der Hölle in den Himmel befördert hatte?

Ihrem verzweifelten Bemühen zum Trotz, ihre Tränen vor ihm zu verbergen, entrang sich ihr ein Schluchzen. Jamie hörte es, stoppte den Wagen und drehte Bliss an den Schultern zu sich herum.

Sanft wischte er ihre Tränen ab. »Versuch es zu verstehen«, sagte er leise. »Niemand hat mir je solche Angst eingejagt wie du, Herzogin.«

Etwas Ungeschickteres hätte Bliss nicht erwidern können, aber die Worte waren heraus, bevor sie sie zurückhalten konnte: »Nicht einmal Eleanor? Oder Peony?«

Jamies Hände, eben noch warm und zärtlich, sanken herab. »Cutter hat mir gesagt, du hättest Eleanor geliebt«, fügte Bliss in einer Aufwallung von Trotz hinzu.

Jamie hatte die Zügel wieder aufgenommen und ließ sie fast brutal auf die Pferderücken klatschen. »Ich hätte dieser alten Klatschtante den Bart ausreißen sollen!« brüllte er so laut, daß er das Hufgeklapper und das erschreckte Wiehern der Pferde übertönte.

Danach wechselten sie kein einziges Wort mehr, bis sie bei Abenddämmerung Jamies Hof erreichten.

»Sag Carra, sie soll heißen Brandy machen«, befahl Jamie schroff, bevor er steif vom Bock stieg und die Pferde auszuschirren begann.

Bliss wußte, daß er litt, und war deshalb bereit, sein unfreundliches Verhalten hinzunehmen. »Ich glaube, das schaffe ich auch ohne Carras Hilfe, McKenna«, meinte sie dennoch, während sie vom Wagen kletterte.

Jamie gab ein Knurren von sich, und Bliss streckte ihm die Zunge heraus, aber das bemerkte er nicht einmal, und so wandte sie sich zum Haus. Im Wohnzimmer brannte Licht, und beim Gedanken an Wärme, Essen und vielleicht sogar einen Schluck Brandy für sich selbst ging Bliss unwillkürlich schneller.

Carra empfing sie mit steinerner Miene. »Sie sind zurückgekommen«, stellte sie fest.

»Ja«, antwortete Bliss. »Aber ich bezweifle, daß ich lange hier sein werde. Mister McKenna ist auf der Reise verletzt worden. Ich werde etwas Brandy für ihn heißmachen, und vielleicht könnten Sie in seinem Zimmer ein Feuer anzünden, damit er es bequemer hat.«

Carras Feindseligkeit schien etwas nachzulassen, jedenfalls nickte sie zustimmend und ging ins Haus zurück.

In einem Raum, den Jamie als Arbeitszimmer zu benutzen schien, fand Bliss eine Flasche Brandy. Auf dem Tisch lagen Kontobücher, und aus einem Impuls heraus – vielleicht, weil Bliss noch nie Jamies Handschrift gesehen hatte – schlug sie eins der Bücher auf.

»Du bist nicht anders als dein Vater, was?« bemerkte Jamie in verächtlichem Ton.

Ihr Lächeln verblaßte, als ihr bewußt wurde, was er meinte. Anscheinend glaubte er, sie habe ihn nur seines Geldes wegen geheiratet! »Wenn du nicht schon so zerschlagen wärst«, meinte sie, »würde ich dir jetzt einen Tritt versetzen.«

Er kam auf sie zu und nahm ihr die Flasche aus der Hand. »Gute Nacht, Mrs. McKenna«, erwiderte er kalt und wandte sich um, um den Raum zu verlassen, doch das, was Bliss dann sagte, ließ ihn abrupt stehenbleiben.

»Du brauchst mir noch nicht gute Nacht zu sagen, Jamie. Dazu ist noch Zeit, wenn wir das Licht ausmachen und uns in deinem warmen Bett aneinanderkuscheln.«

Jamie drehte sich langsam zu ihr um.

»So ist es«, bestätigte sie, sein Schweigen richtig interpretierend. »Ich habe vor, heute nacht dein Bett zu teilen. Schließlich sind wir Mann und Frau.«

Bevor er etwas sagen konnte, schlüpfte sie an ihm vorbei und lief die Treppe zu seinem Zimmer hinauf. Ein verstohlener Blick zurück bewies, daß Jamie zwar sehr verärgert wirkte, ihr aber trotzdem folgte.

# 9

Carra breitete gerade eine zweite Decke über das Bett, und im Kamin prasselte schon ein anheimelndes Feuer, als Bliss und Jamie den Raum betraten. Das Maorimädchen ließ die Blicke von einem zum anderen schweifen, doch sie machte keine Bemerkung. Da Bliss fand, daß es Jamies Aufgabe war, Carra über ihre Heirat aufzuklären, nahm sie ihm die Flasche aus der Hand und verließ das Zimmer.

Die Küche war hell erleuchtet, auf dem Herd brodelte ein aromatischer Eintopf aus Lammfleisch und Gemüse. Bliss' Magen knurrte vernehmlich, und sie beeilte sich, einen Topf zu finden, in dem sie Jamies Brandy erhitzen konnte.

Dann, als der Brandy in einem kleinen Kessel auf dem Herd stand, nahm sie sich einen Suppenteller und servierte sich ihr Abendessen.

Sie hatte erst wenige Löffel zu sich genommen, als etwas völlig Unerwartetes geschah. Der Brandy mußte zu heiß geworden sein, es zischte entsetzlich laut, und plötzlich schien der ganze Herd in Flammen zu stehen.

»Feuer!« rief Bliss entsetzt, sprang auf und schaute sich verzweifelt nach irgend etwas um, womit sie die Flammen löschen konnte, doch sie fand nichts.

Und plötzlich erschien Jamie mit einer Decke in der Hand und erstickte das Feuer. Carra und Bliss husteten in dem dichten Rauch, und Jamie lief zum Fenster und öffnete es weit. Die frische Luft, die in die Küche drang, war auch nicht kälter als der Blick, mit dem er Bliss betrachtete.

»Der Brandy?« fragte er gefährlich ruhig.

Sie trat einen Schritt zurück und nickte ängstlich. Sie hatte einen ernsthaften Fehler begangen; ihr Vater hätte sie hart dafür bestraft.

Jamie schloß die Augen und seufzte. »Gott sei Dank ist dir nichts passiert«, sagte er nach kurzem Schweigen.

Carra war bereits mit dem Reinigen des Herds beschäftigt und schien nicht auf Jamie und Bliss zu achten.

Bliss befürchtete noch immer einen Wutausbruch. »Warum sagst du nicht, wie dumm es von mir war?« fragte sie.

»Muß ich das erst sagen, Bliss?« entgegnete ihr Mann sanft.

Ihre Kehle war wie zugeschnürt, und sie konnte nur stumm den Kopf schütteln.

Jamie kam zu ihr und drückte ihre Hand. »Geh ins Bett«, befahl er ruhig. »Du bist erschöpft.«

Bliss nickte.

Eine volle Stunde verging, bis Jamie zu ihr ins Zimmer kam.

»Ich habe auch das Essen verbrannt«, sagte Bliss reumütig.

Er nickte lächelnd. »Das kann man wohl sagen.«

»Das schlimmste ist, daß ich noch immer hungrig bin«, gestand sie, während sie die Decke unters Kinn zog.

Jamie lachte leise. »Das kann ich nicht zulassen, oder? Ich gehe noch einmal hinunter und schaue, was ich finden kann.«

Bliss richtete sich abrupt auf. »Nein, du brauchst Ruhe …«

Doch Jamie ignorierte ihren Einwand und ging hinaus, um kurz darauf mit einem Tablett zurückzukommen.

»Es ist der Eintopf!« rief sie erstaunt, als Jamie ihr einen Teller reichte.

»Ja«, meinte er lachend. »Carra hat etwas davon retten können.«

Auf dem Tablett war noch gebuttertes Brot und eine Schale mit eingemachten Birnen in Zimtsauce. Bliss griff hungrig zu. Während sie aß, begann Jamie sein Hemd aufzuknöpfen, dann streckte er sich neben ihr aus.

»Du bist ein temperamentvolles Wesen«, bemerkte er, als sie mit dem Essen fertig war. »Alles, was du tust, geschieht mit Mut ... und Feuer.«

Bliss war nicht sicher, ob sie sich geschmeichelt fühlen durfte, das konnte man bei Jamie leider nie genau wissen. Sie langte über ihn hinweg und tauchte einen Finger in die würzige Sauce, die auf ihrem Teller verblieben war, brachte sich damit jedoch in eine Position, die sie nicht vorausgesehen hatte. Ihre Brust kam Jamies Mund gefährlich nahe, und das nutzte er natürlich sofort aus.

Aufstöhnend schloß Bliss die Augen. Die Empfindungen, die er in ihr auslöste, waren unerträglich süß; sie wollte, daß es immer weiterging und nie aufhörte.

Doch da drehte Jamie sie ganz unerwartet auf den Rücken und rollte sich über sie. »So wahr mir Gott helfe, Herzogin«, flüsterte er, »ich glaube nicht, daß ich eine weitere Nacht mit dir verbringen kann, ohne dich zu besitzen.«

Ein seltsames, völlig ungewohntes Kribbeln überzog Bliss' Haut, ihr Atem wurde ganz unregelmäßig, und ein heißes Sehnen erwachte in ihr, als sie die Schenkel spreizte, um Jamie aufzunehmen. »Du bist ... mein Mann«, sagte sie leise.

»Ja, in gewisser Weise.« Jamies Stimme klang schläfrig, als er den Kopf senkte und ihren Hals und ihre Schulter küßte. Dann preßte er seine Lippen auf ihre Brust.

Bliss zitterte vor Verlangen nach diesem Mann. Sie wußte, daß es ihr das Herz brechen würde, wenn er ihr die Geheimnisse der Liebe noch weiter vorenthielt – oder sie ihr offenbarte.

»Es wird ein bißchen weh tun«, sagte er rauh.

Soviel wußte Bliss schon, aber es war ihr egal. Sie vergrub ihre Hände in Jamies Haar und zog seinen Kopf an ihre Brust.

Jamie nahm sich Zeit mit seinem Liebesspiel; das Feuer und die Kerzen waren fast heruntergebrannt, als er sich seine eigene Befriedigung nicht länger versagen wollte.

»Bist du ganz sicher?« fragte er, und Bliss, die auf einer Wolke sinnlicher Lust dahinschwebte, nickte.

»Ja«, flüsterte sie. »O ja.«

Jamie zitterte vor unterdrücktem Verlangen, als er behutsam in sie eindrang und Bliss mehr und mehr ausfüllte, während ihre Hände wie im Fieber über seinen Rücken glitten und sie immer wieder seinen Namen flüsterte.

Als er die von der Natur geschaffene Barriere überwand, versteifte Bliss sich unbewußt, und Jamie verhielt sich augenblicklich still. Er küßte zärtlich ihren Mund und ließ dann seine Lippen über ihr Kinn zu der empfindsamen Stelle hinter ihrem Ohr wandern. »Wir haben keine Eile, nicht wahr?« murmelte er dabei, und Bliss wußte nicht, ob er damit sie beruhigen wollte oder sich selbst.

Als der leise Schmerz abklang, erwachte in Bliss die gleiche fieberhafte Erregung wie schon zuvor, als Jamie sie so zärtlich, so unnachgiebig gereizt hatte. Aus einem Instinkt heraus begann sie sich zu bewegen, und Jamie glich sich bereitwillig ihrem Rhythmus an.

Es kam ganz unerwartet für Bliss, als Jamie die Führung an sich riß und sie langsam, aber unaufhaltsam auf den Gipfel der Ekstase führte, den sie noch nie gemeinsam erklommen hatten. Sie erreichten ihn im gleichen Augenblick, und beide stießen einen lustvollen Schrei aus.

Als der Sturm abebbte, rollte Jamie sich stöhnend auf den Rücken, und Bliss wußte, daß der Schmerz, den er für eine Weile vergessen hatte, zurückgekehrt war.

Sie war so erfüllt von Zärtlichkeit und den Gefühlen einer jungen Frau, die nicht nur ihr Herz, sondern auch ihren Körper verschenkt hatte, daß sie sich halb aufrichtete und Jamie zärtlich auf die Stirn küßte.

Die schroffe Art, in der Jamie ihre Hand ergriff, verwirrte sie sehr. »Es tut mir so leid, Herzogin«, flüsterte er gepreßt. »Es tut mir so wahnsinnig leid.«

Sie war fassungslos. Er entschuldigte sich dafür, sie geliebt zu haben? Sie hatte gehofft, ihn trotz ihrer Unerfahrenheit zu erfreuen und damit seine Zweifel an ihrer Ehe zu beseitigen, aber die Realität sah leider anders aus. Jamie wollte sie noch immer nicht ...

Ihr Vater hatte sie gewarnt, daß Männer keine Ehre kannten, wenn es um diese Dinge ging. Jamie hatte seine Bedürfnisse bei ihr befriedigt, weil sie ihm Gelegenheit dazu gegeben hatte, aber *nehmen* war eben nicht das gleiche wie *lieben*.

Keineswegs.

Im Bewußtsein, was sie getan hatte, schluchzte Bliss verzweifelt auf.

Sofort zog Jamie sie in die Arme, drückte sie an seine Brust und streichelte ihr Haar, während sie um das weinte, was sie gegeben hatte – und was nun für immer verloren war.

Es hätte keine solch brutale Überraschung sein dürfen, aufzuwachen und Bliss nicht neben sich zu sehen, aber so war es.

Ein stechender Schmerz fuhr durch Jamies Rippen, als er aufsprang und sich suchend nach ihrer Tasche umsah. Doch das war nichts als eine leere Hoffnung – Bliss war nicht mehr im Haus. Ihre Tasche war fort, was bedeutete, daß die kleine Närrin erneut die Flucht ergriffen hatte. War ihr denn immer noch nicht klar, welche Gefahren sie draußen erwarteten?

Jamie zog sich fluchend an und rannte hinaus. Auf dem Korridor stieß er fast mit Carra zusammen.

»Wann?« fragte er brüsk.

»Vor Stunden schon, glaube ich«, rief sie ihm nach, als er die Treppe hinunterstürmte. »Du wirst sie nicht mehr finden.« Jamie hätte sie am liebsten erwürgt, als er den Triumph in ihrer Stimme hörte, und nur der Gedanke, daß Carras Vater ein mächtiger Maorihäuptling war, hielt ihn davon ab.

Am Fuß der Treppe blieb er stehen und schlug mit der geballten Faust auf das Geländer. »Verdammt!«

»Es ist besser so«, meinte Carra tröstend. »Wir brauchen sie nicht.«

Du vielleicht nicht, dachte Jamie unglücklich, aber ich schon. Und das, nachdem ich mir bei Gott geschworen hatte, nie wieder eine Frau zu brauchen!

Nervös strich er mit den Fingern durch sein Haar. »Sie ist meine Frau«, sagte er.

Carra wurde so still, daß Jamie sich umdrehte, um zu sehen, ob sie noch da war. Sie stand am oberen Treppenabsatz, biß sich auf die Lippen und blickte ihn aus tränenfeuchten Augen an.

Er kam sich wie ein Schuft vor, aber Bliss' Sicherheit beschäftigte ihn mehr. »Sie wird auf dem Weg nach Auckland sein«, überlegte er laut. Einmal in der Stadt, würde Bliss nicht lange zögern, zum Hafen zu gehen: Sie hatte ihm selbst gesagt, daß sie sich die Überfahrt nach Amerika als Gouvernante oder Gesellschafterin verdienen wollte.

Ihn schauderte bei der Vorstellung, was einer jungen Frau im Hafenviertel alles zustoßen konnte, und er beeilte sich noch mehr. Eine halbe Stunde später hatte er gegessen und Carra das Versprechen abgenommen, sich um seine Tiere zu kümmern. Dann sattelte er sein Pferd.

Carra vergaß ihren Stolz, als sie merkte, daß er Bliss tatsächlich nachzureiten gedachte. Weinend umklammerte sie ihn und flehte ihn an: »Bleib, Jamie! Bring sie nicht hierher zurück – ich weiß, daß ich dich glücklich machen kann, wenn du mir nur die Möglichkeit dazu gibst.«

Obwohl es ihn drängte, sich auf den Weg zu machen, wollte er nicht unfreundlich zu ihr sein. Frustriert zog er seinen Hut ab und setzte ihn wieder auf. »Carra«, sagte er, und es klang wie ein leiser Vorwurf.

Sie schlug die Augen nieder und trat enttäuscht zurück. »Ich bleibe aber nur, bis du jemanden schickst, der sich um alles kümmert«, sagte sie nach quälendem Schweigen. »Nur bis du jemanden schickst.«

Jamie begriff, daß Carra es nicht ertragen hätte, länger als nötig unter seinem Dach zu bleiben. Wäre seine Herde nicht gewesen, wäre sie jetzt schon gegangen. Er versprach ihr, einen der Schäfer zu schicken, dann ritt er davon.

Bliss wußte, welches Glück sie hatte, von einem Farmer und seiner Frau mitgenommen zu werden, und so machte es ihr auch nichts aus, auf der harten Ladefläche zu sitzen.

Sie war überzeugt, daß sie in Auckland bei der Schwester ihrer Mutter Aufnahme finden würde. Zwar kannte sie Tante Calandra nicht persönlich, aber deren weihnachtliche Päckchen und ihre liebevollen Briefe deuteten auf einen sanften Charakter hin, und genau das brauchte Bliss jetzt: eine verständnisvolle, sanftmütige Verwandte, die sich um sie kümmerte.

Kein Mann würde sie jetzt mehr wollen – vielleicht nicht einmal in Amerika, wo ihre Sünden nicht bekannt sein würden. Oder war es möglich, daß sie ihr auch dorthin folgten?

Es war zu kalt zum Weinen – Bliss war sicher, daß die Tränen auf ihren Wangen gefrieren würden –, und so hielt sie ihre Tränen zurück, auch wenn ihr Herz gebrochen war.

In Auckland stellte es sich heraus, daß es zu spät war, noch zu Tante Calandras Haus zu finden, und der Farmer und seine Frau schickten Bliss zu Miss Tilly, die eine Pension besaß.

Tilly Aurmont, eine große, grobknochige Witwe unbestimmbaren Alters, sah ganz so aus, als hielte sie ständig nach dem Bösen in all seinen vielen Spielarten Ausschau. Nach einem Blick auf Bliss' verschmutztes, zerrissenes Abendkleid schien sie sofort das Schlimmste anzunehmen.

»Der Himmel bewahre mich!« rief die Dame entsetzt. »Ein Straßenmädchen!«

Bliss sah ein, daß ihr Kleid zu allerlei falschen Schlußfolgerungen Anlaß geben mochte, aber ›Straßenmädchen‹ ließ sie sich nun doch nicht schimpfen. Errötend und mit einem wütenden Blick auf Miss Aurmont drehte sie sich um und ging hinaus. Wahrscheinlich hätte sie die Nacht in der Kälte zugebracht, wenn die gute Miss Aurmont ihr nicht gefolgt wäre und sie angefleht hätte, wenigstens eine warme Mahlzeit zu sich zu nehmen.

Bliss war zu hungrig, um etwas zu essen abzulehnen, aber noch wichtiger war für sie, das Mißverständnis aufzuklären. Sie verdeutlichte Miss Aurmont ihre Situation, erzählte von Alexanders Party und schloß mit den Worten, sie sei einfach nicht bereit gewesen, eine Ehe ohne Liebe einzugehen, selbst wenn ihr Vater es von ihr verlangte.

Jamie jedoch erwähnte sie nicht, sondern sie beschrieb nur die Schwierigkeiten, mit denen eine alleinstehende Frau sich auseinanderzusetzen hatte, vor allem im Winter. Nach einer kräftigen Mahlzeit aus Lammkoteletts, Kartoffeln und Spinat besaß sie Miss Aurmonts ungeteiltes Mitleid.

Die Witwe musterte Bliss nachdenklich, als sie sie zu einem einfachen, aber sauberen Zimmer im zweiten Stock führte. »Ja, ich glaube, Marys Sachen könnten Ihnen passen«, meinte sie und fügte seufzend hinzu: »Die arme, arme Mary …«

Bliss, die sich nach dem Essen schon sehr viel besser fühlte, wurde neugierig. »Was ist mit ihr? Mit Mary, meine ich.«

»Sie ist tot«, antwortete Miss Aurmont traurig. »Aber da sie mir mehrere Wochen Miete schuldete, habe ich natürlich ihre Sachen behalten. Vielleicht möchten Sie für wenig Geld etwas davon kaufen …?«

Schuldbewußt dachte Bliss an das Geld, das sie aus Jamies Schreibtisch genommen hatte, bevor sie geflohen war. Aber sie beruhigte sich mit dem Gedanken, daß sie es ihm zurückzahlen würde, sobald sie eine Stellung gefunden hatte und Geld verdiente.

Auf Miss Aurmonts Anweisung hin schleppten die Köchin und zwei Dienstmädchen mühsam eine schwere Truhe in Bliss' Zimmer.

Bedenken, die Kleider einer toten Frau zu tragen, kannte Bliss nicht; sie hatte in ihrem Leben kaum einmal ein neues Kleidungsstück bekommen. Ihr alter, abgetragener Mantel stammte noch von ihrer Mutter.

So entschied sie sich für einen schlichten schwarzen Rock, zwei Blusen und zwei komplette Garnituren Unterwäsche und freute sich, so überraschend billig an neue Kleider gekommen zu sein. Nun konnte sie ihr kleines Kapital für Notfälle behalten …

Miss Aurmont schien ebenfalls sehr zufrieden mit dem Geschäft und verließ lächelnd den Raum.

Bliss nahm das heiße Bad, für das sie extra bezahlt hatte – es gab sogar ein kleines Badezimmer auf dem Korridor – und ging dann in ihr Zimmer zurück, um sich endlich auszuruhen. In Gedanken malte sie sich ihre Zukunft aus, doch dann kam ihr wieder zu Bewußtsein, daß sie eine Kleinigkeit übersehen hatte: In den Augen von Gott und den Menschen war sie nun Jamie McKennas Frau. Eine Annullierung der Ehe war nicht mehr möglich, da sie bereits vollzogen worden war.

Bliss errötete und drängte die aufsteigenden Tränen zurück. Morgen würde alles in Ordnung kommen – sie würde ihre Tante Calandra aufsuchen, und die soviel ältere, soviel erfahrenere Frau wußte ganz sicher einen Rat.

Am nächsten Morgen packte Bliss ihre Tasche und machte sich nach einem kräftigen Frühstück auf den Weg zur Macomber Street, wo Miss Calandra Pennyhope residierte.

Die Häuser in der Macomber Street waren hoch und schmalbrüstig, und Bliss verspürte Sehnsucht nach dem offenen Land und der See. Doch dann fand sie Nummer 19 und stieg entschlossen die Stufen zur Eingangstür hinauf.

Erst als sie nach ihrem Klingeln Schritte hinter der Tür hörte, ging ihr flüchtig durch den Kopf, daß sie Miss Calandra Pennyhope vielleicht gar nicht so willkommen sein könnte …

# 10

Jamie schlug seinen Hut in einer grimmigen Geste gegen seinen Schenkel, die viel mehr über seine Gefühle verriet, als er ahnte. »Ich habe die ganze Hafengegend abgesucht und keine Spur von ihr gefunden!«

Peony Ryan seufzte ergeben und fuhr fort, ihre Fingernägel zu feilen. Wie sie so verdammt ruhig sein konnte, war Jamie ein Rätsel.

»Es kommt mir vor, als wäre sie durchaus imstande, auf sich selbst aufzupassen, deine Bliss«, meinte Peony nach kurzem Überlegen. Ihr schönes Gesicht trug einen sehr nachdenklichen Ausdruck, und Jamie dachte, wie wenig sie sich doch in all den Jahren verändert hatte. Ihr blondes Haar schimmerte noch immer wie gesponnenes Gold, und ihre Augen, grün wie die Felder, auf denen Jamies Schafe weideten, hatten auch heute noch die Macht, einem Mann den Schlaf zu rauben.

»Ruh dich ein bißchen aus und iß etwas!« sagte Peony streng. »Du mußt ja halbtot sein vor Erschöpfung.«

Jamie strich sich nervös übers Haar. Peony schien nicht begreifen zu wollen, daß er nicht schlafen und nicht essen würde, bevor er Bliss gefunden hatte. Wütend biß er die Zähne zusammen. Und *wenn* er die kleine Närrin fand, würde er ihr so den Po versohlen, daß sie mindestens eine Woche nicht mehr sitzen konnte!

Der Gedanke gefiel ihm, obwohl er wußte, daß er ihn nie ausführen würde.

»Ich möchte wissen, was dir durch den Kopf geht«, meinte Peony plötzlich. »Was hat dieses selbstzufriedene Grinsen zu bedeuten?«

Jamie warf schmunzelnd seinen Hut auf einen der zierlichen Sessel in Peonys elegantem Salon und zog dann seinen dicken Schafsfellmantel aus. Ein Dienstmädchen erschien wie auf Befehl und räumte seine Sachen fort.

»Ich bin zu dem Schluß gekommen, daß du recht hast«, sagte er, während er vor Peonys Marmorkamin trat und seine Hände wärmte. »Es ist unwahrscheinlich, daß Bliss so schnell ein Schiff gefunden hat.«

Seine älteste und liebste Freundin betrachtete ihn belustigt, dann schüttelte sie den Kopf. »Um diese Jahreszeit fahren nicht mehr viele Schiffe, dazu ist die See zu rauh.« Ihre grünen Augen musterten ihn prüfend. »Was ist es, was du mir verschwiegen hast, Jamie?«

Er zögerte. Seine Beziehung zu Peony war nie romantischer Natur gewesen, und doch mußte es ein Schock für sie sein, von seiner Heirat zu erfahren. Sie wäre verletzt, daß er es ihr nicht gleich gesagt hatte, und wenn Peony verletzt war, konnte sie sehr böse werden.

»Bliss und ich … wir sind verheiratet.«

Peony war fassungslos. »*Was?*« fragte sie schließlich. »Jamie McKenna, habe ich richtig gehört?«

»Ja, ich habe geheiratet«, bestätigte Jamie lahm. Peonys grüne Augen blitzten zornig, und er hob beschwichtigend die Hände.

Peony stieß einen wütenden Schrei aus, ergriff eine kostbare Porzellanvase und schleuderte sie auf Jamie, doch er wich rechtzeitig aus, und die Vase zerschellte klirrend am Kamin.

»Hör mir bitte zu!« rief er beschwörend, als Peony sich nach einem anderen Gegenstand umschaute, den sie nach ihm werfen konnte. »Diese Ehe ist nur vorübergehend – ihr Vater hat mich mit der Waffe in der Hand dazu gezwungen!«

»Lüg mich nicht an!« schrie sie zornig. »Ich habe noch nie erlebt, daß du dich zu etwas zwingen lassen würdest.«

»So? Dann scheinst du Queensland vergessen zu haben«, wandte Jamie ein, »und den Tag, an dem Increase Pipher Rache nahm!«

Immer, wenn Jamie davon sprach, wie er damals ausgepeitscht worden war, begann Peony zu weinen. Und so war es auch jetzt.

»Du bist ein Tunichtgut«, warf sie Jamie vor, als sie sich ein wenig beruhigt hatte. »Aber ich kann mein Herz nicht gegen dich verhärten, du Schuft, und das weißt du leider.«

Jamie zog sie lachend in die Arme. »Habe ich mich etwa auch so angestellt, als du Ben Ryan geheiratet hast?«

Peony tupfte mit einem spitzenbesetzten Taschentuch über ihre Augen, doch sie lächelte schon wieder. »Ja, um ehrlich zu sein, das hast du«, bestätigte sie. »Aber er war ein guter Mann – möge er in Frieden ruhen.«

Jamie berührte ihre Stirn mit seinen Lippen. »Das ist wahr«, sagte er, »aber du solltest dir einen neuen Mann suchen, Liebes. Du brauchst jemanden, der für dich sorgt.«

Sie löste sich von ihm und schaute spöttisch zu ihm auf. »Für mich sorgen? Wer hat denn damals für *dich* gesorgt, mein Junge, und dich sogar nach Neuseeland gebracht?«

Jamie nickte. Wäre Peony nicht gewesen, hätte er die letzte Begegnung mit Increase bestimmt nicht überlebt. Peony hatte recht. Sie war eine Frau, die für sich selbst sorgen konnte und es schon sehr lange tat – als sie noch verheiratet war, später dann, als sie Witwe geworden war. Die Reederei, die Ben ihr hinterlassen hatte, war nur ein weiterer Beweis für ihre Tüchtigkeit, denn seit sie in Peonys Hände übergegangen war, hatten die Gewinne der Firma sich noch erhöht.

»Das Mädchen, das du geheiratet hast …« sagte Peony, als Jamie keine Antwort auf ihre Frage gab. »Wie hieß sie noch?«

»Bliss«, erwiderte Jamie müde und dachte, daß er sterben würde, wenn er sie nicht bald fand.

Miss Pennyhope – falls es tatsächlich die Hausherrin war, die öffnete – war klein und dick, mit eisengrauem Haar und einer Brille, die am Ende ihrer spitzen Nase saß. »Ja?« fragte sie, und es klang nicht sehr einladend.

»Ich möchte Miss Calandra Pennyhope sehen«, sagte Bliss, der in diesem Moment überdeutlich bewußt war, wie schäbig und abgetragen ihr Mantel war.

»Ich bin Miss Pennyhope«, war die vorsichtige Antwort.

Bliss stellte sich vor, und Miss Pennyhope begann auf einmal zu strahlen. »Du lieber Himmel, dann bist du Lilians Tochter!« rief sie, trat zurück und zog Bliss in eine kleine Eingangshalle, die stark nach Bienenwachs und Seife roch. »Komm herein, mein Kind!«

Bliss schaute sich verstohlen um, als sie ihre Tasche neben einem bronzenen Schirmständer abstellte, den winzige Rikschas und chinesische Pagoden zierten. »Ich hätte schreiben sollen, bevor ich kam …« begann sie entschuldigend, aber Calandra Pennyhope ließ sie nicht ausreden.

»Unsinn«, unterbrach sie ihre Nichte vergnügt. »Ich wollte gerade Tee trinken. Willst du mir Gesellschaft dabei leisten?«

»Natürlich«, stimmte Bliss ohne große Überzeugung zu und knöpfte ihren Mantel auf, während sie ihrer Tante in ein Wohnzimmer folgte, das so mit Möbeln vollgepropft war, daß man sich kaum bewegen konnte, ohne in Gefahr zu geraten, etwas umzustoßen.

»Setz dich«, forderte Miss Pennyhope sie auf. Eine kleine Porzellanuhr auf dem Kaminsims schlug neun und erinnerte Bliss daran, daß es eigentlich unhöflich war, so früh schon einen Besuch zu machen.

»Wie sehr du meiner lieben Lilian ähnelst«, bemerkte Miss Pennyhope, als sie in ihrem Schaukelstuhl Platz genommen hatte und ihrem Gast Tee einschenkte. »Ich habe dich sofort erkannt.«

»Danke«, erwiderte Bliss.

»Du wirst mich doch Tante Calandra nennen, hoffe ich?«

»Ja, natürlich«, stimmte Bliss zu. Sie hätte gern Zitrone und Zucker zu ihrem Tee gehabt, wagte jedoch nicht, darum zu bitten.

»Ich war natürlich entsetzt über das, was Lilian getan hat«, bekannte Calandra. »Es hat eine ganze Weile gedauert, bis ich mich von meinem Schock erholte.«

Sie machte eine Pause und seufzte traurig. »Mama und Papa waren von Anfang an dagegen, daß Lilian deinen Vater heiratete. Sie mochten seine streitsüchtige Art nicht.«

›Streitsüchtig‹ war nach Bliss' Meinung stark untertrieben, aber sie hielt es nicht für nötig, zur Sprache zu bringen, wie Nils Stafford sie mißhandelt hatte. Im Moment hatte sie größere und dringendere Sorgen.

»Ihren Briefen nach zu urteilen, ist Lilian immer noch sehr eigensinnig und temperamentvoll«, fuhr Calandra fort. »Was nur beweist, daß man ein Pferd zwar zur Tränke führen, es jedoch nicht zwingen kann, seine Hufeisen zu tragen.«

Bliss blinzelte verwirrt, überzeugt, daß ihre Tante sich berichtigen würde, aber die nickte nur und redete weiter. »Ja, wirklich«, sagte sie lächelnd. »Meine Schwester ist sehr eigensinnig.«

Da Bliss die ganze Zeit schon überlegte, wie sie das Thema Jamie zur Sprache bringen sollte, trank sie nur höflich ihren Tee und hörte ihrer Tante zu.

»Was bringt dich nach Auckland?« erkundigte sich Calandra interessiert. »Willst du dir hier eine Stellung suchen?«

Bliss nickte. »Ja, Tante Calandra. Ich möchte zu Mama nach Amerika. Meine Schiffspassage könnte ich mir als Gouvernante oder Gesellschafterin verdienen, aber leider gibt es da ein Problem …«

Calandra wirkte verblüfft. Offensichtlich konnte sie sich keinen Grund vorstellen, warum man ein so schönes Land wie Neuseeland verlassen könnte. »Problem?« wiederholte sie verständnislos.

Wieder nickte Bliss und beeilte sich, ihrer Tante die ganze Geschichte zu erzählen. Aber sie kam nicht einmal bis zu ihrer erzwungenen Hochzeit, denn plötzlich versagte ihr die Stimme, und sie spürte einen dicken Kloß in der Kehle.

Jamie. Sie würde ihn nie wiedersehen! Dieser Gedanke war fast nicht zu ertragen.

»Mein liebes Kind, was hast du denn?« fragte Calandra besorgt und täschelte ungeschickt die Hand ihrer Nichte. »Warum weinst du?«

»Ich bin verheiratet!« schluchzte Bliss. »Und ich bin meinem Mann davongelaufen.«

Calandra zog ihre Hand zurück und begann sich Luft zuzufächeln. Es sah fast so aus, als stünde sie kurz vor einem Herzanfall, und Bliss mußte sich zwingen, ihre beschämende Geschichte zu Ende zu erzählen. »Er wollte mich nicht heiraten, aber Papa hat ihn dazu gezwungen«, schloß sie traurig.

Calandra fand ihre Stimme wieder und bewies auf einmal eine erstaunliche Selbstbeherrschung. »Liebst du diesen Mann?« erkundigte sie sich streng.

Bliss nickte traurig. »Ja – so wahr mir Gott helfe!«

»So, so«, bemerkte Tante Calandra nur.

»Aber er will mich nicht«, fuhr Bliss fort und fügte auf den erschrockenen Blick ihrer Tante hin rasch hinzu: »Ich meine, er wollte die Ehe annullieren lassen, aber …«

»Aber?« beharrte Calandra.

Bliss spürte, wie ihr das Blut in die Wangen stieg. Sie hätte lügen können, was die Angelegenheit vereinfacht hätte, aber das paßte nicht zu ihrem Charakter. »Wir – wir waren intim.«

Calandra stieß einen kleinen Schrei aus und begann sich wieder Luft zuzufächeln, diesmal recht verzweifelt.

Dann griff sie nach einem Silberglöckchen und schwenkte es heftig.

Ein ältliches Dienstmädchen in schwarzer Uniform und mit weißem Häubchen erschien. »Ja, Madam?«

»Schicken Sie einen Boten zu meinem Anwalt, Mister Wilson. Er soll sich auf der Stelle zu mir bemühen.«

Das Mädchen maß Bliss mit einem skeptischen Blick, bevor sie sich an ihre Herrin wandte. »Er wird begeistert sein, Miss Pennyhope. Und was hat dieses rothaarige Mädchen damit zu tun, wenn ich fragen darf?«

Calandra seufzte ungehalten. »Also wirklich, Bertha, ich bin es allmählich leid, dir jede meiner Entscheidungen erklären zu müssen. Schick den Boten los und kümmere dich um deine eigenen Angelegenheiten!«

Berthas schwarze Augen musterten Bliss erneut, dann machte sie den praktischen Vorschlag: »Ich gehe auf die andere Straßenseite und telefoniere mit ihm.« Sie zeigte mit ihrem knochigen Zeigefinger auf Calandra. »Was nicht heißt, daß er sich freuen wird«, warnte sie erneut. »Mister Wilson hat viel zu tun.«

Bliss starrte Bertha verblüfft nach, als sie hinausging.

»Mister Wilson wird sich um alles kümmern, Liebes«, versichter Calandra ihrer Nichte freundlich, während sie Tee nachschenkte. »Mach dir bitte keine Sorgen.«

»Was ... was wird er tun?« wollte Bliss wisssen.

»Nun, ich nehme an, er wird diesen Schuft, den du geheiratet hast, einsperren lassen«, war Calandras vergnügte Antwort. »Noch etwas Tee, meine Liebe? Deine Mutter trank ihn immer mit Zitrone und Zucker. Einige von Lilians ... *Neigungen* scheinst du übrigens geerbt zu haben.«

Bliss lehnte sich erschöpft zurück. Jamies Verhaftung war nicht die Lösung, die sie im Sinn hatte, aber angesichts von Calandras Begeisterung wagte sie das nicht anzusprechen.

»Ist das möglich? Einen Mann einzusperren, weil er ... weil er seine Ehe vollzogen hat?«

Calandra lächelte heiter. »Ich habe keine Ahnung, Liebes.«

Jamie haßte den Hafen mit seinem aufdringlichen Gestank, den Fischhändlern und den Freudenmädchen. Er erinnerte ihn zu sehr an Dublin und die Not, die er dort gelitten hatte ...

»Suchen Sie jemanden?« erklang eine Männerstimme neben ihm.

Jamies Widerwillen nahm zu, als er den buckligen kleinen Mann betrachtete, der ihn angesprochen hatte. Es war jedoch weniger das körperliche Gebrechen des Mannes, das ihn anwiderte, sondern vielmehr der gelbe Film, der dessen Zähne überzog, und die dicken Lagen von Schmutz auf seiner fahlen Haut. Der Geruch, den der Mann ausströmte, trieb Jamie fast die Tränen in die Augen.

»Kann sein«, antwortete Jamie, während er einen Zigarillo aus der Manteltasche nahm und anzündete. Sein Messer – in einer Lederhülle an seiner Hüfte befestigt – befand sich nun in unmittelbarer Reichweite.

»Vielleicht kann ich Ihnen helfen.« Der Matrose musterte Jamie abschätzend: Vielleicht überlegte er, ob ein warmer

Mantel und ein paar Münzen in der Tasche einen Kampf wert seien.

Doch etwas in Jamies Haltung mußte ihn vorsichtig gestimmt haben, denn er lächelte gewinnend und sagte: »Sie suchen eine Frau?«

Jamie erschauerte beim Gedanken, Bliss könne diesem stinkenden Hund begegnet sein oder einem anderen Kerl wie ihm, aber er zwang sich zu einem Lächeln. »Nicht so, wie Sie denken. Ich suche meine Frau. Wir hatten eine kleine Auseinandersetzung, und nun hat sie es sich in den Kopf gesetzt, nach Amerika zu fahren.«

Der Matrose setzte eine mißbilligende Miene auf. »Das ist schlimm, mein Freund. Wie sieht sie aus?«

Jamie widerstrebte es, Bliss diesem Mann zu beschreiben, aber er sah ein, daß ihm nichts anderes übrigblieb, wenn er sie finden wollte.

So gab er dem Buckligen eine kurze Beschreibung von Bliss und bot ihm eine hohe Belohnung für Informationen über ihren Aufenthaltsort an. Dann, nachdem er sein Messer herausgenommen und sich gelasssen damit die Fingernägel gereinigt hatte, sprach er ganz beiläufig eine Warnung aus: Der Mann, der Bliss McKenna belästigte, würde nicht mehr lange ein richtiger Mann sein.

Der Krüppel erblaßte unter der Schmutzschicht auf seinem Gesicht und trat erschrocken einen Schritt zurück. »Ja, Sir, ja, Mister McKenna«, beeilte er sich zu versichern. »Sie können sich auf mich verlassen. Auf den alten Wally Row ist Verlaß, das sage ich Ihnen.«

Jamies Messer zischte durch die Luft und grub sich zwischen Wallys Finger in den hölzernen Pfosten, den er umklammert hielt. »Vergessen Sie nicht, was ich Ihnen gesagt habe«, ermahnte Jamie ihn freundlich.

Rows Hand zitterte, als er sie dicht an seinen Körper zog. »Ich denke daran. Ich würde Sie nie belügen, Sir.«

Jamie lächelte. »Das glaube ich auch nicht«, erwiderte er. Als er das Messer aus dem Pfosten zog und in die Hülse zurücksteckte, war Row schon im Gewühl des Hafens untergetaucht.

Zu Berthas ungläubigem Erstaunen hatte Mister Wilson sich tatsächlich zu einem Besuch herabgelassen. Er erschien um die Dinnerzeit und nahm die Einladung zum Essen an, ohne sich zu zieren.

Calandra sah offensichtlich keinen Grund, lange um den heißen Brei herumzureden. Als alle am Tisch saßen und sich mit Roastbeef, gebackenen Kartoffeln und Gemüse bedient hatten, kam sie zur Sache. »Das ist meine Nichte, Bliss Stafford … wie war der andere Name noch, Liebes?«

»McKenna«, antwortete Bliss, die sich am liebsten in ihrem Zimmer verkrochen hätte, wenn sie nicht so hungrig gewesen wäre.

»McKenna«, wiederholte Mister Wilson nachdenklich.

»Meine Nichte hat die Heirat mit diesem Mann sehr schnell bereut«, fuhr Calandra fort, ohne zu erwähnen, daß Nils Stafford diese Heirat mit Waffengewalt erzwungen hatte. »Nun möchte sie eine Annullierung beantragen, doch leider hat sich ein ernstes Hindernis ergeben.« Es folgte eine dramatische Pause. »Dieser Schuft hat sie sich gewaltsam … gefügig gemacht.«

Bliss verschluckte sich an dem Stück Fleisch, das sie gerade kaute, und erstickte fast daran. Bertha, die es gesehen hatte, versetzte ihr einen harten Schlag zwischen die Schulterblätter.

»Alles in Ordnung, Liebes?« wollte Calandra wissen.

Bliss nickte mit feuerrotem Kopf und krächzte: »Ja, Tante Calandra. Aber …«

Alle starrten sie an.

Bliss schloß die Augen, holte tief Luft und sagte schnell: »Jamie hat mich nicht dazu gezwungen. Ich … wollte es.«

Tante Calandra schwankte bedenklich, und Bertha stellte sich bereit, ihre Herrin im Fall einer Ohnmacht aufzufangen.

Mister Wilson legte seine Serviette fort. »Da haben Sie es«, sagte er knapp. »Es kann nichts unternommen werden.«

Bliss wurde ganz schwach vor Erleichterung, obwohl es das Ende all ihrer schönen Pläne bedeuten konnte. Sie fragte sich, wie Jamie reagieren würde, falls sie zu ihm ginge und sich ihm auf Gnade oder Ungnade auslieferte.

Jamie lag ausgestreckt auf dem Bett in dem Zimmer, das er stets bewohnte, wenn er Peony besuchte, und starrte an die Decke. Schlafen konnte er nicht.

Doch trotz seiner Angst um Bliss lächelte er, als er dachte, was er dafür gegeben hätte, sie jetzt bei sich zu haben und jede einzelne Sommersprosse auf ihrem schönen Körper küssen zu können …

Die Vorstellung löste ein fast schmerzhaftes Ziehen in seinen Lenden aus. Seufzend griff Jamie nach den Zigarillos auf dem Nachttisch und dachte über seine Lage und die Gefahren, die auf Bliss lauern mochten, ausgiebig nach.

Dunnigan hatte damals in Queensland für Increase gearbeitet und war später in Neuseeland aufgetaucht, wo er Eleanor begehrte und versucht hatte, sich ihr aufzuzwingen. Jamie hatte ihre Schreie gehört und Dunnigan die Nase eingeschlagen.

Jamie seufzte bei der Erinnerung daran. Das war gewesen, bevor er auf die harte Tour erfahren hatte, wie Eleanor einen Mann an der Nase herumzuführen pflegte, um dann zuzusehen, wie Jamie Rache an dem armen Kerl übte. Erstaunlicherweise war der alte Schmerz, der ihn sonst immer bei diesen Erinnerungen überfiel, jetzt nur noch ein leiser Stich.

Es klopfte, und Peony kam herein. Sie machte Licht, und Jamie blinzelte, als der helle Schein der elektrischen Lampen seine Augen traf.

»Wie ich mir schon dachte«, sagte seine Freundin vorwurfsvoll. »Du hast geraucht!«

Jamie, der wußte, daß sie kein Rauchen in ihrem Haus gestattete, zuckte lächelnd die Schultern. »Entschuldige.«

Peony öffnete ein Fenster. »Kein Glück gehabt heute?« erkundigte sie sich mitfühlend.

Jamie schüttelte den Kopf. Aus irgendeinem Grund war es ihm nicht angenehm, mit Peony über Bliss zu reden, und das war etwas Neues, denn früher hatte er mit Peony über alles sprechen können. »Ich habe gerade an die Begegnung gedacht, die wir mit Dunnigans Männern hatten …«

»Eine schöne Bescherung!« schimpfte Peony. »Du hättest dabei umkommen können, wenn Cutter nicht gewesen wäre.

Ich hätte nie gedacht, daß ich diesem Lumpen einmal dankbar sein müßte.«

»Würdest du mich bitte ausreden lassen?« fragte Jamie.

Peony nickte und setzte sich in einen Sessel beim Kamin. »Na los«, knurrte sie. »Ich höre.«

Jamie lächelte flüchtig, dann sagte er ernst: »Ich überlegte gerade, ob diese Kerle vielleicht für Increase arbeiten.«

Peonys schönes Gesicht wurde eine Spur blasser. »Unsinn!« sagte sie dann energisch. »Nach all diesen Jahren ist der alte Teufel sicher tot – möge er in der Hölle schmoren!«

»Er hat mich gehaßt, Peony.«

»Er hat uns alle gehaßt!«

Jamie seufzte ungeduldig. »Vielleicht, aber ich habe das ungute Gefühl, daß er beschlossen hat, seine alten Rechnungen zu begleichen. Und wenn das stimmt, dann haben wir beide eine Menge Ärger zu erwarten, Peony.«

Sie kaute an ihrer Unterlippe. Offensichtlich dachte sie an den boshaften alten Mann und die Zeit, in der sie ihm ausgeliefert gewesen war – nach dem Tod ihres ersten Mannes Will, der bei einer Streiterei ums Leben gekommen war. »Es sähe ihm ähnlich, es nicht zu vergessen«, gab sie schließlich zu und sah Jamie ängstlich an.

»Was sollen wir nun tun?«

Jamie wünschte plötzlich, Increases Namen nicht erwähnt zu haben, zumindest nicht in dieser Nacht. »Wir werden uns einfach ein bißchen vorsichtiger als sonst verhalten«, antwortete er ruhig.

Das einsame Geheul eines Hundes schallte durch das offene Fenster. Peony sprang erschauernd auf und schloß es rasch.

Jamie lachte leise. »Ich werde dich beschützen, Liebes.«

Sie schüttelte nur stumm den Kopf und ging dann hinaus.

# 11

Der erste graue Schimmer der Morgendämmerung kündigte einen kalten Tag an, als Bliss aufstand, um mit ihrer Stellungssuche zu beginnen. Calandra, die schon mit der Zubereitung des Frühstücks beschäftigt war, schien von Bliss' Plänen nicht begeistert.

»Vielleicht wäre es besser, Liebes, wenn du zu deinem Mann zurückkehren würdest«, schlug sie vor.

Bliss hatte die halbe Nacht wachgelegen und mit der gleichen Idee gespielt. Die Aussicht, zu Jamie zurückzukehren, besaß ihren Reiz, aber sie durfte nicht vergessen, daß er sie nur unter Zwang geheiratet hatte. Wahrscheinlich war er froh, sie endlich loszusein …

»Ich kann nicht zurückgehen, Tante Calandra«, erwiderte Bliss leise. »Und für eine Scheidung habe ich kein Geld.«

Calandra seufzte. »Außerdem würde der Richter einen triftigen Grund verlangen.«

Das war ein anderes Problem. Wer sich scheiden ließ, dessen Ruf litt in der Gesellschaft, und im allgemeinen waren

Scheidungen auch nur sehr schwer zu erreichen. Es sah also ganz so aus, als sei sie, Bliss, dazu verdammt, den Rest ihres Lebens an einen Mann gebunden zu sein, der sie nicht haben wollte. »Ich nehme an, daß *er* sich scheiden lassen wird«, meinte sie bedrückt.

Dann hörte sie draußen das helle Bimmeln der Straßenbahn und stand auf. Ihre Tante begleitete sie zur Tür. »Halte dich von den Docks fern, Kind«, warnte Calandra. »Die Leute in den Verkaufsstellen für die Schiffspassagen werden auch wissen, wer ein Kindermädchen oder eine Gesellschafterin sucht ...«

»Ja, du hast recht«, stimmte Bliss rasch zu, als das Bimmeln der Bahn lauter wurde. Sie erreichte sie im allerletzten Augenblick und drückte dem Fahrer keuchend eine Münze in die Hand.

Im Herzen von Auckland, wo die Bahn drehte, um den Rückweg anzutreten, stieg Bliss aus und schaute sich nach einer Schiffsagentur um, wie ihre Tante ihr geraten hatte. Die erste, die sie entdeckte, trug eine goldene Inschrift auf dem Schaufenster: *Ryan – Fracht und Schiffspassagen*. Darunter stand in kleineren Lettern: *Eigentümer: P. Ryan*.

Als Bliss eintrat, kam ein Angestellter auf sie zu und erkundigte sich freundlich nach ihren Wünschen.

Bliss überwand ihre anfängliche Verlegenheit sehr schnell. Zögern war nicht angebracht, wenn man vorhatte, seine Träume zu verwirklichen. So stellte sie sich höflich vor und erklärte dem Mann, sich ihre Schiffspassage in die Vereinigten Staaten durch Arbeit verdienen zu wollen.

Er nickte verständnisvoll. »Ja, wir haben manchmal Passagiere, die für die Dauer der Reise eine Gesellschafterin oder ein Kindermädchen suchen«, bestätigte er. »Wie alt sind Sie?« fragte er mit einem Blick auf Bliss' langes Haar, das sie nur mit zwei Schildpattkämmen zurückgesteckt hatte.

Bliss wußte, daß es ein Fehler gewesen war, ihr Haar nicht aufzustecken, denn dann hätte sie älter gewirkt.

»Neunzehn«, antwortete sie wahrheitsgemäß.

Der junge Mann nickte, zog einen Block heran und schrieb sich ihren Namen und die Anschrift auf, unter der sie zu erreichen war.

»Glauben Sie, daß ich Arbeit finden werde?« fragte Bliss schüchtern.

Der Angestellte nickte. »Sie können sich darauf verlassen, Miss Stafford.«

Bliss lächelte. »Vielleicht sollte ich mich auch noch bei anderen Agenturen melden«, sagte sie zögernd. »Befinden sich noch andere hier in der Nähe?«

Der zuvorkommende Mann stellte rasch eine Liste auf. »Halten Sie sich von dieser fern«, sagte er und malte ein großes Kreuz neben einen der Namen. »Es gehen Gerüchte über die Geschäfte um, die sie mit dem Orient machen.«

Bliss nickte, bedankte sich und verließ die Agentur.

Es herrschte reger Verkehr auf den Straßen, und Bliss sah sich mit leuchtenden Augen um. Aber dann stockte ihr der Atem, und das Herz klopfte ihr bis in die Kehle.

Eine elegante Kutsche, von vier grauen Vollblütern gezogen, hielt direkt vor ihr. Doch daran wäre vielleicht nichts Bemerkenswertes gewesen, wenn nicht in diesem Augenblick Jamie aus der Kutsche gestiegen wäre, sich umgewandt und eine bezaubernd schöne Frau aus dem Wagen gehoben hätte ...

Obwohl Bliss nicht verstehen konnte, was gesprochen wurde, reichte ihr, was sie sah. Jamie lachte über etwas, was die Frau sagte, hielt einen Moment länger als nötig ihre zierliche Taille umfangen und gab ihr einen flüchtigen, aber zärtlichen Kuß auf den Mund.

Die Frau berührte sein Gesicht mit ihrer elegant behandschuhten Hand, und Bliss wurde schmerzlich an ihren schäbigen alten Mantel erinnert, ihre ausgetretenen Schuhe und den Rock und die Bluse aus zweiter Hand. Neben dieser bezaubernd schönen Frau mußte sie wie ein Bauerntrampel wirken ...

Um nicht von Jamie gesehen zu werden, drängte Bliss sich in einen Hauseingang, und der liebe Gott mußte sich ihrer erbarmt haben, denn nach ein paar kurzen Worten zu seiner Begleiterin machte Jamie sich auf den Weg zum Hafen. Irgend etwas schien jedoch die Aufmerksamkeit der Dame erregt zu haben, denn plötzlich spürte Bliss ihren scharfen Blick auf ihrem Rücken.

Sie zwang sich, Jamies Geliebter in die Augen zu sehen, dann wandte sie sich ab und eilte, so schnell sie konnte, auf die nächste Straßenbahnhaltestelle zu.

»Warten Sie bitte!« hörte sie eine weibliche Stimme rufen, und Bliss ahnte zwar, daß sie damit gemeint war, aber sie blieb nicht stehen.

Zum Glück hielt gerade eine Bahn, und sie stieg ein, obwohl sie nicht die geringste Ahnung hatte, wohin die Bahn fahren mochte. Nur ein Gedanke beherrschte sie: so schnell wie möglich fortzukommen.

»Verdammt!« stieß Peony wütend hervor, als sie die Tür hinter sich zuschlug und ihren hübschen Hut abnahm.

Michael Potter, ihr bevorzugter Angestellter, lächelte sie an. »Guten Morgen, Mrs. Ryan«, sagte er gelassen, denn er war an die Temperamentsausbrüche seiner Chefin gewöhnt.

»Ich weiß nicht, warum ich mir überhaupt den Kopf über diese kleine Rothaarige zerbreche!« schimpfte Peony, ohne seinen Gruß zu erwidern. »Sie ist Jamies Problem, nicht meins, und von mir aus kann sie das erste Schiff nach Shanghai nehmen …«

»Sie will in die Staaten«, unterbrach Michael Peony lächelnd. »Das heißt, falls wir das gleiche Mädchen meinen. Ich habe gerade mir ihr gesprochen.«

Peonys Mund formte ein großes *O*, und es dauerte einen Moment, bis sie begriff. »Natürlich!« sagte sie dann. »Ich nehme an, die junge Dame hat eine Adresse hinterlassen?«

Michael nahm einen Zettel zur Hand. »Macomber Street Neunzehn«, las er vor. »Und sie heißt Bliss Stafford.«

»Sie heißt Stafford-McKenna«, berichtigte Peony spitz. Sie wünschte sich nichts mehr, als Jamie glücklich zu sehen – er verdiente es –, aber sie hatte auch ihre Bedenken. Er war schon einmal in eine Frau verliebt gewesen, in Eleanor Kilgore, und sie wußte ja, wie es geendet hatte …

»Stimmt etwas nicht, Mrs. Ryan?« fragte Michael besorgt.

Peony schüttelte den Kopf. »Könnten Sie etwas für mich erledigen, Michael? Es stört Sie doch nicht, auf die Docks zu gehen, oder?«

Michael schluckte sichtbar. »Nein, Madam«, log er.

Peony bedachte ihn mit ihrem strahlendsten Lächeln. »Wunderbar«, sagte sie erfreut, bevor sie ihn aufklärte, wen er zu finden hatte und was er sagen sollte.

Die Endstation der Straßenbahn lag in einem düsteren Viertel mit schäbigen kleinen Läden, schmutzigen Bars und windschiefen Häusern, die sich aneinanderlehnten, als müßten sie sich gegenseitig stützen.

»Sie werden noch einmal zahlen müssen, wenn Sie nicht aussteigen, Madam«, sagte der Fahrer zu Bliss.

Sie griff in ihre Tasche und reichte ihm eine Münze. Es war sehr kalt in der offenen Bahn. »Wann fahren wir zurück?« fragte sie.

»In einer Stunde«, war die entmutigende Antwort.

Bliss erschauerte. »In einer Stunde?«

»Ja, Miss«, bestätigte der Fahrer und seufzte. »Wir müssen uns an unseren Fahrplan halten. Dort drüben ist eine Teestube, falls Sie sich aufwärmen und etwas essen wollen.«

In Gedanken zählte Bliss, was ihr von dem kleinen Betrag geblieben war, den sie sich bei Jamie ausgeborgt hatte. Viel war es nicht, aber sie hatte Hunger und schien noch sehr weit von der Macomber Street entfernt zu sein.

So stand sie auf und stieg aus der Bahn.

Die Teestube war klein und spärlich eingerichtet, aber dafür sauber.

Bliss war sehr erleichtert, in dieser heruntergekommenen Gegend etwas gefunden zu haben, wo sie sich eine Weile aufhalten konnte.

Leider war das Lokal voll besetzt, und so blieb ihr keine andere Wahl, als sich an das Ende der langen Theke zu setzen. Eine plumpe Frau kam schwerfällig aus der Küche und brummte: »Sagen Sie, was Sie wollen – ich habe nicht den ganzen Tag Zeit.«

»W-wie teuer ist die Suppe?« erkundigte Bliss sich eingeschüchtert, mit einem Blick auf den dampfenden Teller, den ihr Nachbar vor sich stehen hatte. Wenn es nicht zuviel kostete, würde sie auch Tee bestellen.

Die Frau nannte einen recht vernünftigen Preis, und Bliss kam zu ihrer Suppe und ihrem Tee.

Während sie aß, lauschte sie dem gutmütigen Geplänkel zwischen der Köchin und ihren Gästen. Sie nannten sie *Flossy*, und hinter ihren stichelnden Bemerkungen war echte Zuneigung zu verspüren. So ungemütlich dieser Ort auch war, Bliss begann sich plötzlich auf merkwürdige Weise zu Hause zu fühlen.

Die Suppe war gut – frisches Gemüse und Hühnerfleisch in würziger Brühe –, und Bliss war so mit dem Essen beschäftigt, daß sie es kaum merkte, als sich das Lokal zu leeren begann.

»Sie haben einen gesunden Appetit«, bemerkte Flossy, die aus ihrer Küche gekommen war. »Aber Sie haben Pech gehabt, nicht wahr, mein Lämmchen?«

Bliss schluckte und dachte betrübt an Jamie und seine elegante Mätresse. Zweifellos hatte er ihr von der Ehefrau erzählt, die ihm aufgezwungen worden war, und zusammen hatten sie sich über Bliss' Mängel und ihre Unerfahrenheit lustig gemacht. Sie errötete, als ihr bewußt wurde, wie nahe Flossy der Wahrheit gekommen war. »Ein bißchen«, gab sie zu.

Flossy lächelte. »Dann sind Sie am rechten Platz, falls Sie Arbeit suchen. Ich könnte ein Mädchen brauchen, das mir das Geschirr abwäscht und die Tische bedient.«

Bliss wollte schon ablehnen, als ihr aufging, wie gut es wäre, wenn sie ein bißchen Geld verdiente, während sie auf die Passage wartete. Es konnte lange dauern, bis sie eine geeignete Stellung fand, und sie durfte von Tante Calandra nicht verlangen, daß sie sie bis dahin ernährte.

Außerdem brauchte Bliss etwas, um sich von Jamie McKenna und ihrem zerstörten Leben abzulenken. So erwiderte sie Flossys Lächeln, wenn auch etwas traurig, und es dauerte nicht lange, bis sie sich geeinigt hatten.

Bliss bekam eine Schürze und den Auftrag, die Kartoffeln für das Abendessen zu schälen. Tatsächlich war sie in den darauffolgenden Stunden so beschäftigt, daß sie alle ihre Probleme vergaß.

»Sie sollten jetzt gehen, Missy«, riet Flossy, als es dunkel geworden war. »Die Straßenbahn fährt bald nicht mehr, und wie wollen Sie dann nach Hause kommen?«

Bliss legte erschrocken ihre Schürze ab. »Ja, das stimmt, aber das Geschirr …«

»Kann bis morgen warten«, beruhigte Flossy sie. »Hören Sie das Bimmeln? Beeilen Sie sich, sonst fährt die Bahn ohne Sie.«

Bliss verabschiedete sich rasch und lief zur Haltestelle.

»Ich hatte mich schon gefragt, wo Sie geblieben sind«, brummte der Fahrer, der sich daran erinnerte, daß sie für die Rückfahrt schon bezahlt hatte.

Bliss zuckte lächelnd mit den Schultern.

Ein kalter Wind wehte durch die Straßen, als sie die Stadtmitte von Auckland erreichten und Bliss feststellte, daß sie die Anschlußbahn verpaßt hatte. Es war ein langer Weg bis zur Macomber Street, und sie war nicht einmal sicher, ihn zu finden …

Als sie mit hilflosem Gesicht an der Haltestelle stand, kam ein Ehepaar mit zwei Kindern vorbei, lachend und plaudernd, und Bliss kam sich plötzlich sehr einsam und verlassen vor. Fast wie ein ausgesetzter Hund.

Doch tapfer straffte sie die Schultern. Sie war müde, das war alles, und sich in Selbstmitleid zu ergehen, nützte ihr nicht viel. Nach einem tiefen Atemzug schlug sie die Richtung ein, von der sie hoffte, daß sie zu der Wärme und Sicherheit von Tante Calandras Haus führte.

Er ist groß, dachte Calandra Pennyhope. Fast *zu* groß für ihren kleinen, mit Möbeln vollgestopften Salon.

Während sie eifrig an ihrem blauen Schal strickte, beobachtete sie Bliss' Mann verstohlen. Er stand am Kamin, die Hände auf den Sims gestützt, und schaute auf die Uhr, als könnte er so die Zeiger zum Stillstand zwingen.

Es war spät, und Calandra war selbst besorgt, doch Mister McKenna bot ihr keinen Trost und fand ganz offensichtlich auch keinen bei ihr.

»Vielleicht weiß Bliss, daß Sie hier sind und kommt deshalb nicht«, bemerkte die ältliche Jungfer spitz. Er sah gut aus, dieser Jamie McKenna, aber Calandras beschränkten Erfahrungen nach waren gerade gutaussehende Männer meistens Schufte.

»Möglich«, entgegnete er trocken, machte jedoch keine Anstalten, seinen Platz am Kamin zu verlassen, wo er nun schon seit über einer Stunde stand, vor sich hinmurmelte und ab und zu einen unterdrückten Fluch ausstieß.

Schuft, dachte Calandra ärgerlich und hätte ihn am liebsten mit der Stricknadel erstochen. Als sie ihn gerade auffordern wollte – zum zehnten Mal, seit er gekommen war –, ihr Haus zu verlassen, klingelte es an der Tür.

Bevor Calandra oder Bertha reagieren konnten, stürzte Jamie zur Tür.

»O nein«, hörten sie Bliss sagen.

»O doch!« erwiderte ihr tadelnswerter Ehemann.

Jamie sah entsetzlich aus. Er hatte dunkle Schatten unter den Augen, ein Stoppelkinn, und Bliss hätte schwören mögen, daß er seit zwei Tagen nichts gegessen und nicht geschlafen hatte.

»Wo warst du?« herrschte er sie an.

Sie unterdrückte energisch das Mitleid, das bei seinem Anblick in ihr erwacht war. Wenn Jamie nicht geschlafen und nicht gegessen hatte, dann nur, weil er zu sehr mit seiner blonden Mätresse beschäftigt gewesen war. Außerdem hatte Bliss einen langen Weg durch die Kälte hinter sich und war selbst nicht in bester Verfassung.

»Das ist eine lange Geschichte«, erwiderte sie kühl und wollte an ihm vorbeischlüpfen.

Doch Jamie verstellte ihr den Weg. »Die wirst du mir jetzt erzählen, Herzogin«, sagte er drohend. »Mit allen Einzelheiten.«

Bliss seufzte. Sie war zu müde, zu hungrig und zu erfroren für eine solche Szene. »Es fing alles damit an, daß ich dich mit deiner Mätresse aus der Kutsche steigen sah und zuschauen durfte, wie du sie geküßt hast – mitten auf der Straße.«

Jamies verblüffte Miene hätte unter anderen Umständen vielleicht ihre Belustigung erregt. »Meine *was*?«

»Deine Konkubine, Geliebte, Kurtisane – wie du sie auch nennen willst«, antwortete sie gereizt.

Jamie schüttelte den Kopf. »Habe ich vielleicht etwas verpaßt, Mrs. McKenna?« erkundigte er sich spitz. »Warst *du* nicht diejenige, die sich aus meinem Bett geschlichen, mich um mein Geld erleichtert hat …«

»Um dein Geld erleichtert!« schrie Bliss empört. »Lächerliche drei Pfund habe ich mir von dir genommen – wenig genug, wenn man bedenkt, was ich deinetwegen zu ertragen hatte!«

»Meinetwegen? Sag mal, was fällt dir eigentlich …«

Bliss ertrug es nicht mehr, sie hob die Hand und schlug ihn mitten ins Gesicht. Für einen Moment starrte er sie nur an, dann flüsterte er: »Pack deine Sachen, Mrs. McKenna. Wir brechen auf, sobald mein Kutscher kommt.«

Bliss' störrischer Blick sagte deutlicher als Worte, daß sie nicht die Absicht hatte, ihn zu begleiten.

»Ich gehe nicht ohne dich, Herzogin«, warnte er, und Bliss wußte, daß sie den Kampf verloren hatte, wenn nicht sogar die ganze Schlacht. Eine Szene, wie sie zweifellos erfolgen würde, falls sie sich Jamies Befehl widersetzte, war ihrer alten Tante nicht zuzumuten.

Deshalb gab Bliss sich momentan geschlagen. »Na gut«, flüsterte sie. »Laß mich nur meine Tasche holen.«

Jamie trat beiseite. Kaum hatte Bliss den kleinen Raum unter der Treppe betreten, kam Calandra zu ihr. Die alte Dame wirkte sehr beunruhigt.

»Ich hätte die Polizei rufen sollen«, jammerte sie händeringend. »Wann werde ich endlich begreifen, daß ein Ende mit Schrecken besser ist als ein Schrecken ohne Ende?«

Bliss lächelte, als sie ihre Sachen zusammenpackte. »Mach dir keine Sorgen, Tante Calandra«, sagte sie beruhigend. »Jamie wirkt ein bißchen angsteinflößend, aber ich kann dir versichern, daß er nicht brutal ist.«

Calandra nickte traurig. »Manchmal wünschte ich, ich hätte geheiratet«, sagte sie völlig unvermittelt.

Bliss küßte ihre Tante auf die Wange.

»Auf Wiedersehen, Tantchen, und vielen Dank für alles. Ich besuche dich bald.«

Jamie wartete schon an der Eingangstür.

»Schuft«, murmelte Bliss, obwohl sie sich insgeheim doch eingestehen mußte, daß sie sich über das Wiedersehen freute.

Bevor Jamie etwas entgegnen konnte, wartete Tante Calandra mit einer neuen Binsenweisheit auf. »Wenn die Wahrheit schmerzt«, sagte sie zum Gatten ihrer Nichte, »dann lerne sie zu ertragen.«

Jamie schaute Calandra verblüfft an, und für einen Moment zuckte es verdächtig um seinen Mund. »Danke«, sagte er höflich, tippte an seinen Hut, öffnete die Tür und scheuchte Bliss hinaus.

Eine elegante Kutsche mit zwei ungeduldig schnaubenden Grauen stand wartend auf der Straße.

»Zum Hotel Victoria«, wies Jamie den Fahrer an, bevor er mit Bliss einstieg. »So«, wandte er sich dann an sie, »was hast du die ganze Zeit gemacht?«

»Gearbeitet.« Bliss schaute in die dunkle Nacht hinaus, wo irgendwo eine Frau wartete, die das Gefühl kannte, neben Jamie McKenna zu liegen und seine nackte Haut zu streicheln. Eine andere Frau als sie selbst. »Wie hast du mich gefunden?«

Jamie grinste nur. »Gearbeitet?« wiederholte er, ohne auf ihre Frage einzugehen. »Wo?«

»In einer Teestube. Als Kellnerin.«

Er lachte schallend. »Typisch, Herzogin, daß du ausgerechnet das tun mußt, was ich am wenigsten von dir erwartet hätte! Warum solltest du den Leuten ihren Tee servieren wollen?«

»Um Geld zu verdienen«, entgegnete sie hochnäsig. »Und dir das Geld zurückzuzahlen, das ich mir geborgt habe.«

Bevor Bliss sich wehren konnte, zog Jamie sie auf seinen Schoß. »Geborgt, hm?« meinte er gedehnt und so dicht an ihrem Mund, daß sie seinen warmen Atem spürte. »Dann hattest du also vor zurückzukommen?«

Sie erschauerte, als er ihren Mantel aufknöpfte und mit einer besitzergreifenden Geste ihre Brust umfaßte. »Nein«, sagte sie erstickt. »Du hast mir deutlich genug zu verstehen gegeben, daß du keine Frau willst.«

Jamies Daumen strich über ihre Brustspitze, und Bliss spürte zu ihrem Entsetzen, wie sie sich lustvoll aufrichtete. »Du und ich«, sagte er schroff, »haben eine Menge zu besprechen.« Und dann küßte er sie voller Leidenschaft.

# 12

Das Hotel Victoria war das prächtigste Gebäude, das Bliss je gesehen hatte, und sogar noch eleganter als Alexanders Haus in Wellington. Aber das Erstaunlichste war, daß sämtliche Angestellten Jamie hofierten wie einen Prinzen, obwohl er diese abgerissenen Sachen und seinen schrecklichen Lederhut trug.

Sie stieg mißtrauisch mit ihm in den Lift und atmete erleichtert auf, als sie heil in ihrem Stockwerk ankamen. Dort führte Jamie sie zu einer Tür, die mit der Nummer 29 bezeichnet war.

Bliss schluckte nervös, als Jamie einen Schlüssel herausnahm, aufschloß und einen Schalter betätigte. Licht flammte auf, und Bliss riß beeindruckt die Augen auf. Das Zimmer kam ihr vor wie ein Palast, aber sie hatte bis dahin auch noch nie ein Hotel von innen gesehen.

Bevor sie sich jedoch richtig umschauen konnte, hob Jamie sie auf die Arme. Als er sie über die Schwelle trug, küßte er sie mit einer Leidenschaft, die ein köstliches Kribbeln in ihrem ganzen Körper auslöste. Sie war völlig außer Atem, und ihre Wangen glühten, als er sie endlich niedersetzte.

Seine Lippen streiften ihre Stirn, und mit einer seiner Hände griff er in ihr dichtes Haar. Bliss spürte, daß Jamie von starken Emotionen beherrscht wurde; sie umgaben ihn wie eine Aura, aber was er dann sagte, war recht banal.

»Du hast sicher Hunger, Herzogin.«

Bliss hatte es bis dahin nicht gemerkt, doch nun knurrte ihr Magen, und sie nickte eifrig.

Jamie lachte, zog seinen Mantel und Hut aus und begann Bliss' Mantel aufzuknöpfen. »Ich habe dem Liftboy aufgetragen, etwas aus der Küche heraufbringen zu lassen«, sagte er in einem Tonfall, als redete er mit einem müden Kind. »Warum legst du dich bis dahin nicht etwas hin?«

Beim Gedanken an das sinnliche Spiel, das er in der Kutsche begonnen hatte, entgegnete sie gereizt: »Das hättest du wohl gern!«

Jamie nickte schmunzelnd.

»Ja«, gab er zu. »Aber dafür haben wir später noch Zeit. Sehr viel Zeit.«

Sie warf ihm einen argwöhnischen Blick zu. Es klang fast, als meinte er damit ein ganzes Leben, und das war keineswegs der Fall. So wartete sie nur eigensinnig ab und schwieg.

»Ich habe die Lösung für unsere Probleme gefunden, Herzogin«, erklärte Jamie, und plötzlich zog sich Bliss' Magen schmerzhaft zusammen. Gleich würde Jamie ihr sagen, daß er sich scheiden lassen wollte, und sie versuchte, sich dagegen zu wappnen.

»Wir werden verheiratet bleiben«, fuhr er fort und schenkte sich einen Drink ein.

Bliss spürte gleichzeit Wut und Erleichterung. »Wie bitte?« sagte sie nur. Mehr brachte sie nicht heraus.

Jamie wandte sich zu ihr um, und er wirkte sehr zufrieden mit sich selbst. »Wir beide werden das Beste aus einem schlechten Handel machen. Ich werde dir ein Haus kaufen und eine Kutsche und Kleider und Juwelen ...«

In Gedanken sah Bliss sich selbst schon als ausgehaltene Frau, und dieses Bild entsetzte sie. Sie wußte, daß ihre Beine sie nicht länger tragen würden, und so ließ sie sich in einen der Sessel sinken. Sie war ganz blaß geworden. »Und ab und zu würdest du mich besuchen, wenn du gerade nichts Besseres zu tun hättest, nicht wahr?« fragte sie, und in ihrer Stimme klang mit, wie schockiert sie war.

Jamie sah sie neugierig an. »Ich bin kein Mann, der gern in der Stadt lebt«, sagte er. »Aber es wird dir hier gefallen. Es gibt viele Geschäfte hier, Theater und Musikaufführungen …«

Bliss sprang plötzlich auf. »Verdammt noch mal«, schrie sie ihn an. »Wenn ich nicht richtig deine Frau sein kann, dann will ich es überhaupt nicht sein!«

Jamie starrte sie an, als hätte sie auf einmal zwei Köpfe bekommen. Doch ihm wurde eine Antwort erspart, als es an der Tür klopfte und das Essen gebracht wurde.

Der verführerische Duft, den das Essen ausströmte, ließ Bliss' Entschlossenheit ins Wanken geraten. Sie beschloß, daß sie viel besser würde denken können, wenn sie satt war, und so gab sie ihre trotzige Haltung vorübergehend auf. Sie ging zum Servierwagen und hob neugierig die Deckel von den Schüsseln.

Amüsiert schaute Jamie zu, wie sie Fleisch, Kartoffeln und Sauce auf ihren Teller häufte und schon auf dem Weg zu dem kleinen Tisch am Kamin zu kauen begann.

»Du brauchst nicht zu denken«, sagte sie mit vollem Mund, »daß ich mit deinem unverschämten Vorschlag einverstanden bin. Ich will kein Vogel in einem vergoldeten Käfig sein.«

Jamie verdrehte die Augen und füllte einen Teller für sich. »Dazu fehlen dir ohnehin die Tischmanieren«, bemerkte er.

Bliss schluckte. Ihre Wangen brannten. »Ich rede nie mit vollem Mund«, verteidigte sie sich. »Es ist nur, weil ich solchen Hunger habe.«

»Du bist immer hungrig.«

»Und du bist immer … wie du in der Kutsche warst!«

Jamie setzte sich lachend zu ihr. »So? Und wie war ich?«

»Wollüstig«, antwortete Bliss prompt, bevor sie sich von neuem auf ihr Essen stürzte. Seit der Suppe in Flossys Teestube hatte sie nichts mehr zu sich genommen.

»Morgen kaufen wir dir ein paar anständige Kleider«,

bestimmte Jamie und musterte Bliss, als versuchte er, sie sich in Samt und Seide vorzustellen.

»Morgen arbeite ich«, entgegnte sie. »Flossy verläßt sich auf meine Hilfe.«

Jamies Stimme klang plötzlich gefährlich ruhig. »Flossy?«

»Ja. Die Besitzerin der Teestube«, antwortete Bliss, während sie ihren leeren Teller zum Speisewagen brachte.

Er schüttelte den Kopf. »Geh ins Bett, Herzogin«, sagte er. »Wir können morgen darüber reden.«

Bliss war müde, aber falls Jamie dachte, sie würde ihm deshalb in die Arme sinken, so wie es seine Mätresse tat ...

»Das Schlafzimmer ist dort«, sagte er und zeigte auf eine Tür. Dann stand er auf und griff nach Hut und Mantel.

»Wo willst du hin?« fragte Bliss verblüfft.

Jamie gab ihr einen brüderlichen Kuß auf die Stirn. »Mach dir darüber keine Gedanken, Herzogin – ich habe noch etwas zu erledigen, das ist alles.«

Sie warf einen Blick auf die Uhr auf dem Kaminsims. »Um diese Zeit?«

Doch Jamie war bereits an der Tür. »Genau. Schlaf gut.«

Das Bild einer blonden Frau, die ihn erwartete, erstand vor Bliss und erfüllte sie mit rasendem Zorn. Sie ergriff einen der Porzellanteller und schleuderte ihn gegen die geschlossene Tür.

Die Tür öffnete sich wieder und Jamie steckte den Kopf durch den Spalt. »Mach es nicht zu teuer, Liebling«, mahnte er lächelnd. »Du schuldest mir jetzt schon drei Pfund.«

Bliss schrie wütend auf und schnappte sich den zweiten Teller, dem er jedoch auswich, indem er rechtzeitig die Tür zuschlug.

»Gute Nacht, meine Süße«, hörte sie seine Stimme auf dem Korridor. Darauf folgte das Geräusch eines sich umdrehenden Schlüssels.

Zu erschöpft, um noch etwas zu unternehmen, ging Bliss in das Zimmer, das Jamie ihr gezeigt hatte. Sie konnte jetzt nichts anderes tun als schlafen; morgen früh war immer noch Zeit, eine Entscheidung zu treffen.

Doch als sie die Badewanne entdeckte, beschloß sie, sich vor dem Schlafen den seltenen Luxus eines ausgedehnten

Bades zu erlauben. In dem heißen Wasser kam ihr der Gedanke, daß es vielleicht gar nicht so schlecht war, in einem vergoldeten Käfig zu leben, wenn man dafür täglich baden konnte …

Als sie eine Tür aufgehen hörte, richtete sie sich erschrocken auf. Sie hatte geglaubt, daß Jamie die ganze Nacht fortbleiben würde, und war deshalb nicht auf seine Rückkehr vorbereitet.

»Jamie?« rief sie, während sie nach einem Badetuch griff.

Er kam um die Spanische Wand herum, die die Wanne vom Schlafzimmer trennte. »Ja, ich bin's«, sagte er und sah so müde aus, wie Bliss sich fühlte. »Laß uns ins Bett gehen, ja? Ich habe seit der Nacht, in der wir zusammen waren, kein Auge mehr zugetan.«

Bliss war so froh, daß er die Nacht nicht bei seiner Mätresse verbrachte, daß sie keine Einwände erhob. Als Jamie sich hinter die Trennwand zurückgezogen hatte, stieg sie aus der Wanne und wickelte sich in das Badetuch.

Jamie war bereits ausgezogen und lag im Bett, als Bliss zu ihm kam und sich stumm und ohne das Handtuch abzunehmen neben ihn legte. Doch er zog die Decke zurück und wickelte Bliss aus ihrer feuchten Hülle.

Bliss erschauerte, denn die Nacht war kalt und Jamies Blick heiß, und sie wußte, daß sie sich ihm nicht versagen konnte, falls es ihn nach ihr verlangte.

Er schien fasziniert von den Sommersprossen, für die Bliss sich immer ein bißchen geschämt hatte, und beugte den Kopf, um sie zwischen ihren Brüsten und auf den Bauch zu küssen. Trotz ihrer Erschöpfung erwachte dabei Verlangen in ihr, doch Jamie küßte sie nur sanft auf den Mund, stellte die Nachttischlampe ab und streckte sich gähnend zum Schlafen aus.

Bliss erwachte von den warmen Sonnenstrahlen, die durch das große Fenster auf ihr Gesicht schienen. Abrupt richtet sie sich auf.

Keine Spur von Jamie, und auch, als sie seinen Namen rief, kam keine Antwort. Ein schrecklicher Gedanke veranlaßte sie aufzuspringen, zur Tür zu laufen und die Klinke herunterzudrücken.

Sie gab nach. Aufatmend sank Bliss gegen die Tür und lächelte erleichtert; Jamie hatte sie wenigstens nicht eingeschlossen!

An der kitschigen Uhr auf dem Kaminsims lehnte ein Zettel. ›*Herzogin*‹, hatte Jamie darauf geschrieben, *‹ich hatte Angst, Du würdest aus dem Fenster steigen, deshalb habe ich es riskiert, die Tür offen zu lassen. Ich hoffe, daß Du keine Dummheiten machst. In ein, zwei Stunden bin ich zurück. In Liebe, Jamie.‹*

Mit den Fingerspitzen strich Bliss über das Wort *Liebe* und ließ sich davon wärmen. Aber dann fiel ihr Blick auf die Uhr, und sie sah, daß sie zu spät zur Arbeit kam, wenn sie sich nicht beeilte.

Hastig nahm sie frische Unterwäsche aus ihrer Tasche und zog nach kurzem Zögern ihren etwas zerknitterten Satinrock und die nicht mehr ganz saubere Bluse an.

Während sie ihr langes Haar zu einem Knoten aufsteckte, ärgerte sie sich ein bißchen über ihren Stolz, der ihr nicht erlaubte, sich von Jamie neue Kleider kaufen zu lassen. Dabei wäre es so schön gewesen, sich etwas aussuchen zu können – ein Kleid für den Nachmittag, ein anderes für den Abend …

Den Kopf über ihre eigene Dummheit schüttelnd, putzte sie ihre Zähne und eilte zum Lift. Neugierige Blicke folgten ihr, als sie die Halle durchquerte, doch das kümmerte sie nicht. Sollten die Leute doch denken, was sie wollten!

Draußen herrschte klares Wetter, und ein leiser Duft nach Frühling lag schon in der Luft. Während der Fahrt zu Flossys Teestube dachte Bliss an Jamie und wie er ihr nachts das Handtuch abgenommen und sie geküßt hatte. Bei der Erinnerung daran richteten sich ihre Brustspitzen auf, und ihre Brüste fühlten sich heiß und schwer an. Bliss war froh, daß sie einen Mantel trug …

»Verdammt!« donnerte Jamie, als er aus dem Schlafzimmer kam, und schaute Peony an, als sei alles nur ihre Schuld. »Und ich Idiot habe ihr vertraut …«

Peony lächelte. »Beruhige dich«, meinte sie und gab dann zu bedenken: »Sie hat dir doch gesagt, daß sie arbeitet.«

»Und ich habe ihr gesagt, daß sie es nicht braucht!« brüllte er. »Ich habe ihr angeboten, ihr ein Haus einzurichten ...« Seinen Hut in eine Ecke schleudernd, ließ er sich auf einen Sessel fallen und schlug die Hände vors Gesicht.

Ein Bild der Verzweiflung, dachte Peony amüsiert. »Ich vermute«, sagte sie ruhig, »du hast ihr auch großzügigerweise vorgeschlagen, sie zu besuchen, falls dir danach ist.«

Jamies ausdrucksloser Blick bestätigte Peonys Verdacht.

Sie zog sich einen Stuhl heran, setzte sich und löste die Bänder ihres Huts. Gott, wie sie diese Bänder unter dem Kinn haßte! »Wie eingebildet du bist, Jamie«, bemerkte sie. »Wie unglaublich eingebildet!«

Er ignorierte es und seufzte nur. »Wenigstens weiß ich diesmal, wo sie ist.«

»Wo?« warf Peony ungeduldig ein, denn im Grunde kümmerte es sie nicht. Sie hatte ohnehin keine Lust, ein törichtes kleines Mädchen vom Land durch die Geschäfte zu führen.

»In Flossys Teestube«, antwortete Jamie.

Peony lachte. »Was macht sie denn da, Jamie? Teeblätter zählen?«

Jamie, der offensichtlich nicht in Stimmung für Scherze war, bedachte sie mit einem zornigen Blick.

Doch das ließ sie völlig ungerührt. »Soll ich dir deine Zukunft voraussagen, mein Lieber?« erkundigte sie sich freundlich. »Ich könnte es sogar ohne Teeblätter, ohne Glaskugel, und brauche mir nicht einmal deine Hände dafür anzusehen!«

Jamie gab eine grobe Erwiderung und stülpte sich dann seinen abgetragenen Hut wieder auf den Kopf. Irgendwie sah er damit richtig verwegen aus. Und sehr attraktiv, dachte Peony. »Rede keinen Unsinn«, knurrte er.

»Du wirst sechs oder sieben rothaarige Kinder haben«, meinte Peony, um Jamie noch mehr zu reizen. »Übrigens habe ich Hunger. Wo wollen wir unseren Lunch einnehmen?«

Jamie sprang auf, nahm Peonys Arm und scheuchte sie aus der Suite. »In Flossys Teestube«, murmelte er. »Wo sonst?«

Als Bliss das Lokal erreichte, hing ein Schild mit der Aufschrift *Geschlossen* an der Tür, und sie konnte Flossy Sachen in eine Kiste packen sehen. In Erwartung schlechter Nachrichten trat Bliss tapfer ein.

Flossy begrüßte sie mit einem strahlenden Lächeln. »Er hat endlich Glück gehabt, mein Junge«, sagte sie froh. »Hat sich ein Stück Land in Australien gekauft.«

Bliss erwiderte Flossys Lächeln, zog ihren Mantel aus und half beim Einpacken der Teller. Während sie arbeiteten, klärte Flossy Bliss über ihre Zukunftspläne auf. Von nun an würde sie nur noch für ihren Sohn kochen, berichtete sie glücklich.

Dann warf sie Bliss einen freundlichen, besorgten Blick zu. »Aber jetzt habe ich Sie ganz vergessen, Missy! Was werden Sie machen ohne Arbeit?«

Bliss lächelte beruhigend. »Keine Sorge, ich werde schon etwas anderes finden.«

Flossy schien nicht überzeugt. »So ein liebes Kind wie Sie!« murmelte sie. »Sie brauchten einen Mann, der für Sie sorgt.«

Bliss hatte Jamie bisher nicht erwähnt und auch nicht vor, es jetzt zu tun. »Eines Tages«, sagte sie vage und stellte sich vor, mit einem netten Mann in Amerika vor den Altar zu treten. Er wäre ein ehrlicher, anständiger Mensch, und sie, Bliss, eine Bigamistin, denn selbst wenn Jamie sich scheiden lassen sollte, würde sie in ihrem Herzen immer seine Frau sein.

Flossy streichelte flüchtig Bliss' Hand, dann arbeiteten sie schweigend weiter. Die Zeit verging sehr schenll, und als Bliss den ersten Hunger verspürte – sie hatte nicht gefrühstückt – sah sie eine elegante Kutsche vor dem Lokal halten.

»O nein«, stöhnte sie, als Jamie aus der Kutsche stieg und auf die Teestube zuhielt. Natürlich achtete er nicht auf das Schild, er stieß einfach die Tür auf und kam herein.

Aber das war längst nicht alles. Ein schneller Blick bewies, daß seine blonde Mätresse ihn begleitete.

Jamie verhielt sich völlig anders, als Bliss erwartet hätte, zog lächelnd seinen Hut vor Flossy und beeindruckte sie mit seinem Charme.

»Flossy, das ist mein … Freund, Mister McKenna«, sagte Bliss verlegen.

Flossy errötete unter Jamies Lächeln. »Oh ... ich glaube, ich habe Ihren Namen schon einmal gehört«, meinte sie.

Jamie machte ein bescheidenes Gesicht, und Bliss hätte ihm zu gern einen Tritt gegen das Schienbein versetzt. »Es sieht so aus, als hättest du keine Arbeit mehr«, wandte er sich an Bliss, und Flossy nahm die Gelegenheit wahr, ihm von der glücklichen Wende zu erzählen, die ihr Leben genommen hatte.

Da Bliss die Geschichte bereits kannte, hatte sie Zeit, Jamies Begleiterin zu betrachten. Aus der Nähe war sie nicht weniger entzückend als aus der Entfernung, und nicht einmal die Tatsache, daß sie über vierzig sein mußte, konnte daran etwas ändern.

»Sie können ruhig mit Ihren Freunden gehen«, sagte Flossy heiter zu Bliss, während sie ihr etwas Geld in die Hand drückte. »Es tut mir leid, daß Sie nun keine Stellung mehr haben.«

Bliss schaute auf die Scheine, die Flossy ihr gegeben hatte. »Aber das ist ein ganzer Wochenlohn ...«

»Behalten Sie ihn«, erklärte Flossy entschieden. »Es gibt mir ein besseres Gefühl, nachdem ich Sie so einfach auf die Straße setzen mußte.«

Bliss bedankte sich und steckte das Geld in ihre Rocktasche, dann, aus einem Impuls heraus, umarmte sie die Frau. Während sie ihren Mantel anzog, beschloß sie, lieber mit der Straßenbahn zu fahren, als sich von Jamie mitnehmen zu lassen.

Seine Geliebte wartete schon in der Kutsche, und als Flossy sich in die Küche zurückzog, um ihre feuchten Augen zu verbergen, sagte Bliss zu ihrem Mann: »Ich setze mich nicht in die gleiche Kutsche wie diese Hure.«

Doch anstatt ärgerlich zu werden, wie Bliss erwartet hatte, warf Jamie den Kopf in den Nacken und lachte schallend. »Vorsicht!« warnte er dann. »Wenn Peony das hört, kratzt sie dir die Augen aus.«

Bliss errötete vor Zorn. »Sie soll es nur versuchen.«

Jamie öffnete die Tür. »Es wäre sicher ein interessantes Schauspiel. Aber du wirst trotzdem mit uns fahren ... meine liebe *Freundin.*«

»Ich konnte dich schließlich nicht als meinen Mann vorstellen«, entgegnete Bliss verdrossen.

Jamie schaute sie prüfend an. »Schämst du dich meiner?«

»Das könnte ich dich auch fragen«, erwiderte Bliss, den Tränen nahe. »Wie kannst du es wagen, diese … diese Kurtisane mitzubringen?«

»Diese was?«

»Pansy oder Posie – oder wie sie heißen mag!«

Da flog krachend die Wagentür auf. »Einen Moment!« rief Jamies Geliebte empört, bevor sie nicht allzu anmutig aus der Kutsche stieg. »Ich lasse mir ja einiges gefallen, aber mich eine Kurtisane zu nennen – da hört es auf!«

Bliss war schon im Begriff, ihre Ärmel aufzukrempeln und die Herausforderung anzunehmen, als Jamie zwischen die zwei Frauen trat. »Schluß jetzt!« sagte er in einem Ton, der beide verstummen ließ.

»Meine Name ist Peony«, sagte die blonde Frau schließlich. »Weder Pansy noch Posie – Peony! Und wenn das nicht meine Kutsche wäre, würde ich mich umdrehen und gehen!«

Jamie seufzte. »Das wäre unpraktisch, meinst du nicht?«

Bliss zitterte vor Wut und Scham und fragte sich, was Jamie damit bezweckte, ihr seine Geliebte vorzuführen. »Ich nehme die Straßenbahn«, sagte sie leise.

Jeder Zoll ein Kavalier, begleitete Jamie Peony zur Kutsche zurück und war ihr beim Einsteigen behilflich, während Bliss hilflos auf dem Bürgersteig zurückblieb und vor Scham zu sterben glaubte. Er hatte sich entschieden. Er würde sie einfach stehenlassen …

In einer letzten verzweifelten Aufwallung von Stolz drehte Bliss sich um und ging auf die Straßenbahnhaltestelle zu. Ihre Kehle war wie zugeschnürt, und heiße Tränen rannen über ihre Wangen, aber sie wäre lieber gestroben, als Jamie McKenna ihren Schmerz zu zeigen.

Doch da war er plötzlich neben ihr, glich sich ihren Schritten an und setzte grinsend seinen Hut auf. Hinter ihnen ratterte die Kutsche mit ihrer Besitzerin in die entgegengesetzte Richtung.

# 13

Bliss saß steif auf dem harten Sitz und weigerte sich, den Mann neben ihr auch nur eines einzigen Blickes zu würdigen. Falls er glaubte, es sei alles gut, weil er mit Bliss und nicht mit seiner Geliebten gefahren war, hatte er sich schwer getäuscht.

»Ich habe nichts Schlimmes getan, Herzogin«, sagte er. »Deshalb werde ich mich auch nicht entschuldigen.«

»Natürlich nicht. Du bist ein Mann und kannst dir daher alles erlauben.«

Aus dem Augenwinkel bemerkte Bliss, wie Jamies Nasenflügel bebten und wie er die Lippen zusammenpreßte. »Mit dir kann man nicht vernünftig reden«, meinte er ärgerlich.

Bliss straffte die Schultern und drängte die Tränen zurück.

»Siehst du, so ist es schon besser«, bemerkte Jamie unerwartet sanft, legte seine Hand unter ihr Kinn und drehte ihr Gesicht zu sich herum. »Ich bin nicht dein Feind, Bliss.« Nachdenklich betrachtete er ihre Hand. »Ein Tag in diesem Lokal, und deine Hände sind ganz rot und wund ...«

Bliss entriß sie ihm. »Ich bin harte Arbeit gewöhnt, McKenna«, sagte sie schroff.

Zu ihrem Erstaunen küßte Jamie jeden einzelnen ihrer Finger, und ein trauriger, seltsam abwesender Ausdruck erschien in seinen Augen. Bliss spürte, daß er an einen Menschen aus seiner Vergangenheit zurückdachte, vielleicht in Irland, aber davon ließ sie sich nicht erweichen.

Nach endlos langer Fahrt und mehrmaligem Anhalten erreichte die Straßenbahn endlich das Zentrum. Doch als Jamie ihren Arm nahm und ihr beim Aussteigen half, schlug er nicht die Richtung zum Hotel ein, sondern führte sie in ein elegantes Geschäft, das sich über vier Stockwerke erstreckte. Ein Portier in einer beeindruckenden Livree mit goldenen Schulterklappen hielt Wache vor der Tür.

Auch hier wurde Jamie der gleiche Respekt entgegengebracht wie in dem Hotel, und Bliss' Zorn erwachte von neuem, als ein Herr in einem maßgeschneiderten Anzug auf sie zukam und fragte: »Werden Sie die Dame bei uns einkleiden, Mister McKenna?«

Bliss war so beschämt, daß sie errötete. »Machst du das oft?« flüsterte sie Jamie wütend zu.

»Was?« flüsterte er schmunzelnd zurück.

»Eine *Dame* einkleiden«, flüsterte sie entrüstet.

Nun grinste Jamie ganz offen. »Eigentlich ziehe ich sie lieber aus.«

Sie seufzte. Es war sinnlos, diese lächerliche Unterhaltung weiterzuführen.

Der Verkäufer führte sie in einen privaten Salon im obersten Stockwerk, wo sie von einer hübschen jungen Frau in Empfang genommen wurden.

»So, so«, sagte diese und schnalzte mißbilligend mit der Zunge, während sie Bliss kritisch musterte. »Ich glaube, hier wird eine geübte Hand gebraucht.«

Bliss wäre am liebsten hinausgestürmt, so beschämt war sie, aber wie sollte sie an Jamie vorbeikommen? Eine weitere Demütigung wollte sie nicht riskieren.

»Was sind Ihre Vorlieben, Sir?« erkundigte sich die Verkäuferin mit einem gewinnenden Lächeln bei Jamie.

Nun reichte es Bliss. »Was soll das heißen, *seine Vorlieben*?«

fragte sie entrüstet. »Schließlich werde ich die Kleider tragen, nicht er!«

Jamie nahm den Hut ab, kratzte sich verlegen am Kopf und verzichtete auf einen Kommentar.

Die Verkäuferin war nicht so vorsichtig wie er. Sie lachte geziert und sagte: »Selbstverständlich nicht! Was für eine alberne Bemerkung!«

Bliss stürmte schon auf die Frau zu, als Jamie sie im letzten Augenblick am Arm zurückzog. Dabei prallte sie gegen seine Brust, was diese inzwischen nur allzu vertrauten Gefühle in ihr auslöste. Sie vermied es, Jamie anzusehen.

»Kann ich nirgendwo mit dir hingehen, Herzogin?« fragte er in derart gequältem Ton, daß Bliss vor Zorn errötete. »Darf ich dich bitten, dich zu benehmen – falls es nicht zuviel verlangt ist?«

Bliss erwiderte nichts mehr. Wenn Jamie ihr Kleider kaufen wollte, sollte er es in Gottes Namen tun – einige waren ihr in Amerika bestimmt sehr nützlich. Die anderen würde sie einfach in ihrem Hotelzimmer zurücklassen.

Obwohl Jamie eine Menge Päckchen und Pakete schleppte, als sie ins Hotel zurückkehrten, hatten sie so viel gekauft, daß der Rest am Nachmittag geliefert werden mußte.

Bliss konnte ihre Erregung kaum dämpfen. So viele schöne Dinge aus Samt, Seide und Spitzen. Kleider, Unterwäsche, Unterröcke und spitzenbesetzte Beinkleider – und all das gehörte nun ihr! Schon jetzt dachte sie voller Bedauern daran, wie schade es war, daß sie den größten Teil dieser Sachen zurücklassen mußte, wenn sie nach Amerika aufbrach.

Jamie, der gelesen hatte, während Bliss ihre Schätze betrachtete, stand auf und streckte sich. Die katzenhafte Anmut, die er dabei zur Schau stellte, brachte Bliss wieder einige sehr unangenehme Tatsachen in Erinnerung.

»Liebst du diese Frau?« fragte sie ganz offen, obwohl sie nicht wagte, Jamie dabei direkt anzusehen.

»Wen? Peony?« Jamie gähnte, überrascht, daß sie ein solches Thema überhaupt zur Sprache brachte. Vielleicht hielt er es für ganz normal, daß ein Mann außer seiner Frau noch eine

Geliebte hatte. Es wäre nicht ungewöhnlich gewesen in jener Zeit.

Bliss hatte Mühe, ihr Temperament zu zügeln, von der Wut, die sich in ihr aufbaute, gar nicht zu sprechen. Sie schluckte daher nur und nickte.

»Ja«, sagte Jamie prompt.

Sein Eingeständnis traf Bliss wie ein Schlag, obwohl sie insgeheim mit dieser Antwort gerechnet hatte. Und was sollte sie dazu sagen? Vorwürfe konnte sie ihm wohl kaum machen, denn er war diese Ehe nicht freiwillig eingegangen, und deshalb konnte sie auch keine Treue von ihm erwarten …

Sie war so vertieft in ihre Überlegungen, daß sie nicht merkte, wie Jamie zu ihr kam. Sie schrak zusammen, als er ihre Schultern umfaßte.

Er legte ihr einen Finger auf die Lippen und schaute Bliss mit zärtlichem Lächeln an. »Ich glaube, du hast ganz falsche Vorstellungen über Peony«, meinte er. »Du verstehst es nicht.«

Bliss' Kehle schmerzte vor ungeweinten Tränen. Wenn es so war, wie sie vermutete, wollte sie gar nicht verstehen. »Ich weiß, daß wir nur eine Scheinehe führen«, flüsterte sie bedrückt. »Und ich keine Treue von dir erwarten darf …«

»Eine Ehe ist eine Ehe, Herzogin«, erwiderte Jamie ernst. »Ich werde keine andere Frau in meinem Bett haben.« Er machte eine Pause und versetzte Bliss einen liebevollen Klaps. »Und jetzt zieh das schönste Kleid an, das du hast.«

Bliss machte große Augen. »Gehen wir aus?«

Jamie küßte sie flüchtig. »Zum Abendessen und danach in die Oper.« Er ließ sie stehen und nahm Hut und Mantel. »In einer Stunde bin ich zurück, Herzogin«, sagte er mit merkwürdig heiserer Stimme, bevor er hinausging. »Ich hoffe, daß du bis dahin fertig bist.«

Die Hotelhalle war hell erleuchtet und mit fröhlich plaudernden Gästen gefüllt. Jamie ließ Bliss bei einer großen Zimmerpalme stehen, während er einer seiner geheimnisvollen Erledigungen nachging. Sie hoffte nur, daß er ihren Magen nicht knurren gehört hatte.

»Ich weiß nicht, was ich tun soll«, klagte eine weibliche Stimme mit fremdem Akzent auf der anderen Seite der Palme. »Ach, Henrietta, wie soll ich ohne meinen Piedmont eine solche Reise überstehen?«

Bliss fragte sich, wer Piedmont sein mochte, als eine andere Stimme antwortete: »Es war wirklich ein unglücklicher Zufall, Minerva, daß dein Mann so weit von zu Hause das Ewige segnen mußte.«

»Du kannst dir gar nicht vorstellen, Henrietta, wie es für mich war, zuschauen zu müssen, wie Piedmont in fremder Erde begraben wurde. Aber es gab ja leider keine Möglichkeit, ihn nach Hause nach Sacramento bringen ...«

*Sacramento.* Bliss' Herz schlug schneller. Sacramento lag in Kalifornien. Wie weit mochte dieser Ort von San Francisco entfernt sein, wo ihre Mutter lebte? Entschlossen ging sie auf die beiden Frauen zu und machte eine angedeutete Verbeugung.

»Entschuldigen Sie, meine Damen«, begann sie höflich, »aber zufällig habe ich einen Teil ihrer Unterhaltung gehört. Mein Name ist Bliss Stafford, und ich glaube Ihren Worten zu entnehmen, daß eine von Ihnen eine Gesellschafterin für die Reise nach Amerika sucht?«

Die Größere der beiden Frauen trat vor und blinzelte Bliss aus kurzsichtigen Augen an. »Sie sehen nicht so aus, als wären Sie für eine derartige Stellung geeignet, Miss Stafford«, bemerkte sie verwundert.

Bliss suchte fieberhaft nach einer vernünftigen Erklärung für das kostbare blaue Seidenkleid, das sie jetzt trug. »Ich begleite meine gegenwärtigen ... Herrschaften heute abend zum Dinner und in die Oper. Mister McKenna und seine ... seine Frau bestanden darauf, mich entsprechend einzukleiden.«

»Ich verstehe«, antwortete die Amerikanerin. »Vielleicht sollte ich diese junge Dame tatsächlich als Reisebegleiterin in Betracht ziehen«, sagte sie dann nachdenklich zu ihrer Freundin und fügte seufzend hinzu: »Es wird sehr hart sein, meinen armen Piedmont zurückzulassen.«

»Natürlich«, stimmte Bliss mitfühlend zu.

»Gib ihr deine Visitenkarte, Minerva«, riet Henrietta.

Über Minervas knochige Schulter sah Bliss Jamie auf sich zukommen und steckte rasch die Karte ein. »Ich melde mich morgen bei Ihnen, Mrs. Wilmington«, versprach sie.

Die alte Dame nickte, und Bliss wandte sich ab, um auf Jamie zuzugehen, der ihre Hände nahm und sie einen Moment lang prüfend musterte. »Die Kutsche wartet, Herzogin«, sagte er dann.

Bliss ließ sich von ihm hinausführen, aber beim Anblick der Kutsche stockte ihr Schritt. Es war dieselbe, in der zu fahren sie sich am vergangenen Tag geweigert hatte. Jamie, der ihr Zögern spürte, nahm ihren Arm und schob sie in die elegant ausgestattete Kutsche.

»Du sagtest, wir würden zum Dinner gehen!« hielt Bliss ihm verärgert vor.

»Das tun wir auch. Es wird Zeit, daß du endlich begreifst, wie die Dinge liegen.«

Bliss begriff sehr schnell – Jamie besaß die Frechheit, sie zum Abendessen zu seiner Mätresse mitzunehmen! Mit einem Satz sprang sie auf und versuchte die Tür der Kutsche zu erreichen. Aber Jamie zog sie an ihrem seidenen Rock zurück.

Hart landete sie auf dem Sitz. »Du hättest mir fast das Kleid zerrissen, du Idiot!« schrie sie aufgebracht.

»Deine Worte wecken süße Erinnerungen in mir«, erwiderte er spöttisch. »Hast du nicht das gleiche zu mir gesagt, als ich dich damals in meiner Scheune fand?« bemerkte er, nachdem er ihr galant die Hand geküßt hatte.

»Da habe ich dich einen verdammten Narren genannt.« Bliss entzog ihm ihre Hand und verschränkte die Arme. »Und so war es auch gemeint.«

Jamie lächelte schwach. »Deine Aufrichtigkeit ist rührend, Liebling«, erwiderte er, als die Kutsche anfuhr.

Bliss starrte aus dem Fenster, den Tränen gefährlich nahe. »Ich hätte bei Alexander in Wellington bleiben sollen«, flüsterte sie.

Jamie lachte so laut, daß es in der Kutsche widerhallte. »Du wärst sehr unglücklich geworden, Bliss, und Alexander auch.«

»So?« versetzte sie wütend. »Dann sollst du wissen, daß du

mir nichts gegeben hast, was Alexander mir nicht auch hätte geben können – er ist nämlich kein armer Mann!«

Bevor Bliss wußte, wie ihr geschah, hatte Jamie sie rücklings auf seinen Schoß gezogen, ihren Umhang geöffnet und seine Lippen auf den Ansatz ihrer Brust gepreßt.

Ein leises Stöhnen entrang sich ihren Lippen, als Jamies Hände sich an ihrem Rock zu schaffen machten.

»Fordere mich nicht heraus«, flüsterte er heiser. »Mein männlicher Stolz erträgt das nicht.«

Sie spürte seine Hand an der Innenseite ihrer Schenkel. »Zum Teufel … mit … deinem … männlichen Stolz!« zischte sie, legte jedoch hingebungsvoll den Kopf zurück, als er eine ihrer Brüste entblößte und die rosige Knospe zwischen seine Lippen nahm.

»In Momenten wie diesem«, murmelte er zwischen heißen Küssen, »muß ich zugeben, daß sie dir doch den richtigen Namen gegeben haben. Denn dann bist du wirklich, meine süße Herzogin, ein wahrer *Segen.«*

Während er sprach, löste er die Knöpfe an ihren Beinkleidern, und Bliss war voller Erwartung, seine Finger auf ihrer nackten Haut zu spüren.

»Das geht nicht«, flüsterte sie, von süßer Qual erfaßt. »Nicht hier … o Jamie …«

Doch er hörte nicht und ergriff ganz unvermutet Besitz von ihr. »Hm«, murmelte er. »Sag mir, daß du mich willst.«

Halb blind vor Verlangen und innerlich zerrissen zwischen den Forderungen ihres Körpers und ihrem aufbegehrenden Stolz, flüsterte sie: »Ich … ich will dich, Jamie.«

»Sag mir, wo«, verlangte er, während seine Zunge Kreise um ihre Brustspitze beschrieb.

Bliss haßte ihn sekundenlang für die Macht, die er über sie besaß, und schwor sich, irgendwann einmal Rache dafür zu nehmen. »Hier!« antwortete sie in dem Gefühl, eine köstliche Niederlage erlitten zu haben.

Aber selbst damit gab Jamie sich noch nicht zufrieden. »Wann?« fragte er heiser.

»Jetzt!« antwortete Bliss aufstöhnend. »Oh, verdammt, Jamie, jetzt!«

Es war nicht einfach, den Liebesakt in einer Kutsche zu

vollziehen, aber Bliss hätte sich denken können, daß Jamie es schaffen würde. Mit einer geschmeidigen Bewegung drehte er sie um und zog sie wieder auf seinen Schoß, wo seine ganze glorreiche Männlichkeit sie erwartete.

Bliss sah nichts als gleißendes Licht vor ihren Augen, als er langsam in sie eindrang und ihre vollen Brüste streichelte, während die Kutsche den Rhythmus ihres Liebesspiels übernahm.

Ein unkontrollierbares Beben ging durch ihren Körper, als sie sich dem Gipfel ihrer Empfindungen näherte, und obwohl sie fürchtete, der Kutscher könne sie hören, stieß sie einen unterdrückten Schrei aus und überließ sich mit geschlossenen Augen ihrer Ekstase.

»Meinst du, er hat es gehört?« flüsterte sie besorgt, als der Sturm nachließ und sie wieder einen klaren Gedanken fassen konnte.

»Wer?« fragte Jamie, während er seine Hose schloß.

»Der Kutscher!« meinte Bliss gereizt.

Jamie strich sich glättend übers Haar. »Woher soll ich das wissen?« murmelte er. »Außerdem kümmert es mich nicht.«

»Ist dir dein Ruf so wenig wert?« fragte sie entrüstet.

Er zog ihr Mieder zurecht. »Welcher Ruf? Du bist meine Frau, ich könnte dich auf dem Dach der Kutsche nehmen, wenn es mir beliebte.«

Vielleicht war es Jamies Dreistigkeit, die Bliss' Zorn ins Unerträgliche steigerte. Oder die Tatsache, daß das Gesetz in diesen Dingen auf seiner Seite stand … Jedenfalls hob sie die Hand und holte aus, um ihn zu schlagen.

Doch Jamie ergriff sie, bevor sie seine Wange treffen konnte, und sagte gereizt: »Ist das der Dank dafür, daß ich dich zum Heulen gebracht habe wie die Klageweiber am Totenbett eines Iren?«

Bevor sie etwas erwidern konnte, hielt die Kutsche ganz unvermutet an, und wenn Jamie ihr Handgelenk nicht festgehalten hätte, wäre Bliss sicherlich auf den gegenüberliegenden Sitz gestürzt.

»Ich will, daß du dich von mir scheiden läßt«, sagte sie, als sie sich von ihrem Schreck erholt hatte. »Sofort!«

Jamie küßte sie lächelnd. »Ich denke nicht daran«, erwiderte er freundlich. »Morgen suche ich ein Haus für dich. Es gefällt mir eigentlich ganz gut, eine Frau zu haben.«

Im gleichen Augenblick öffnete der Kutscher die Tür und nahm Bliss damit die Möglichkeit, Jamie zu sagen, was sie von ihm hielt.

»Wir sind da, Sir«, sagte der Mann lächelnd.

Die Lichter des Hauses, das Peony Ryan gehören mußte, schimmerten in der Dunkelheit.

# 14

Jamie zog Bliss, die beschlossen hatte, nicht einmal für ein gutes Essen eine solche Demütigung zu ertragen, unerbittlich die Treppen hinauf. Als Bliss den Fuß hob, um ihrem lästigen Gatten einen Tritt zu versetzen, ging die Tür auf, und Licht fiel auf die Veranda.

»Verdammt«, murmelte Bliss.

Das junge Mädchen, das geöffnet hatte, musterte sie mit unverhohlener Bewunderung.

»Was für ein schönes Kleid!« trillerte sie. »Haben Sie es ihr gekauft, Mister Jamie?«

Es machte Bliss allmählich krank, behandelt zu werden, als ob sie gar nicht existierte. Sie warf Jamie einen bösen Blick zu und stellte fest, daß er dem Mädchen zuzwinkerte.

»Ja, Molly«, gab er lächelnd zu. »Das habe ich.«

»Ein wunderschönes Kleid!« meinte das Mädchen noch einmal, während es die Tür schloß.

Er hätte auch das Kleid allein mitnehmen können, ohne mich, dachte Bliss mürrisch, als niemand von ihr Notiz zu nehmen schien. »Hallo«, sagte sie kühl. »ich bin Bliss Stafford-McKenna und …«

Das Mädchen kicherte vergnügt und verschwand in der Halle. »Er ist wieder da, Miss«, hörte Bliss sie rufen. »Mister Jamie ist wieder da, und er hat eine Dame mitgebracht!«

»Dann ist es ihr also doch aufgefallen«, sagte Bliss gereizt, was ihr ein amüsiertes Lächeln von Jamie eintrug. Ohne darauf zu warten, hineingebeten zu werden, marschierte er in den Salon und machte es sich dort bequem.

Bliss zögerte kurz, dann folgte sie ihm. Jamie hatte den Frack ausgezogen, sich in einen Sessel gesetzt und die Füße auf einen gepolsterten Schemel gelegt. Von einer Kristallschale neben ihm auf dem Tisch nahm er sich einen Zigarillo, zündete es mit einem bereitliegenden Streichholz an und begann zu rauchen.

»Im allgemeinen fragt man die Gastgeberin, bevor man raucht«, hielt Bliss ihm verärgert vor.

»Nicht in diesem Fall«, erwiderte Jamie mit einem zufriedenen Seufzen. »Wenn ich Peony fragte, würde sie es verbieten.«

Bliss haßte es, mit Peony übereinzustimmen, aber auch sie konnte keinen Zigarrenrauch ertragen. »Wenn sie das Rauchen nicht gestattet, warum stellt sie dann Zigarren auf den Tisch?«

Jamie lächelte. »Das ist Mollys Werk. Sie versorgt mich mit allem, was ich brauche, wenn ich zu Besuch komme.«

Bliss wurde blaß. Natürlich. Dieses Haus war so etwas wie ein Heim für Jamie. Das erklärte sein Verhalten. Und jetzt begriff sie auch, warum er das Hotel in seinen alten Sachen verlassen hatte und in einem eleganten Frack zurückgekommen war …

»Du bist hierhergekommen, um dich umzuziehen, nicht wahr?« fragte sie.

Er wollte gerade etwas erwidern, als Peony in das Zimmer schwebte – ein entzückendes Wesen in pinkfarbener und weißer Seide. Als Jamie sich erheben wollte – was er bei Bliss noch nie getan hatte –, drückte die schöne Blondine ihn sanft auf den Sessel zurück.

»Bleib sitzen, Lieber. Und mach diese widerliche Zigarre

aus.« Mit einem nachsichtigen Lächeln wandte sie sich an Bliss. »Wie hübsch Sie sind in diesem Kleid!« sagte sie anerkennend. »Das Blau steht Ihnen sehr gut.«

Sie schien es aufrichtig zu meinen, aber Bliss blieb trotzdem auf der Hut. Am meisten bewegte sie in diesem Augenblick die Frage, ob Jamie Mrs. Ryan aushielt oder Mrs. Ryan Jamie. Es war ein Problem, mit dem Bliss nicht gerechnet hatte.

Verwirrt runzelte sie die Stirn. »Danke«, antwortete sie etwas verspätet.

»Nun«, meinte Peony mit einem Blick auf die Uhr, »wenn wir rechtzeitig in der Oper sein wollen, sollten wir nun essen.«

Dagegen hatte Bliss nichts einzuwenden. Das Mittagessen war lange her.

Das Essen wurde im Eßzimmer serviert, und das stellte Jamie vor die Entscheidung, welche der beiden Frauen er zuerst zum Tisch geleiten sollte. Natürlich entscheid er sich für Peony.

Bliss wartete nicht darauf, ob er zu ihr zurückkam, sondern folgte ihnen und setzte sich wortlos an den Tisch.

Jamie betrachtete sie lächelnd, während er zwischen den beiden Frauen Platz nahm. »So eilig, Herzogin?« neckte er sie leise.

»Ich habe Hunger«, entgegnete sie, was ihr ein weiteres nachsichtiges Lächeln von Mrs. Ryan eintrug.

Das Essen selbst brachte gewisse Schwierigkeiten mit sich. Es wurden gebackene Hühnchen aufgetragen, eins für jeden, und Bliss wußte nicht, wie sie damit umgehen sollte. Zu Hause hätte sie es wahrscheinlich mit den Fingern gegessen, aber hier, im Hause dieser reichen Dame …

Da Bliss auch in Jamies Manieren kein besonderes Vertrauen setzte, beobachtete sie Peony und sah, daß diese Messer und Gabel nahm und geschickt damit das Hühnchen zerlegte.

Trotz ihres nagenden Hungers begnügte Bliss sich mit kleinen Stückchen, die sie mit chirurgenhafter Gewissenhaftigkeit von den Knochen löste. Natürlich hatten Jamie und Peony ihre Teller fortgeschoben, lange bevor Bliss' Hunger gestillt war, und Molly kam herein und räumte alle Teller ab. Gabel und Messer noch in der Hand, starrte Bliss ihr verdrossen nach, und dann wurden lächerlich kleine Schalen mit frischem Obstsalat serviert.

Bliss' ohnehin schon schlechte Laune näherte sich dem Nullpunkt. Wenn Jamie und Peony schon unbedingt über irgendeine dumme Goldmine in Australien reden mußten, konnten sie wenigstens einen Versuch machen, Bliss in ihre Unterhaltung einzubeziehen!

»Ich war noch nie in der Oper«, bemerkte sie, um sich in Erinnerung zu bringen.

Merkwürdigerweise war es Peony, die ein mitfühlendes Gesicht machte. Jamie seufzte nur und sagte: »Du hast nicht viel verpaßt, Herzogin«, um dann weiterzureden über billigen Ankauf von Erz und gewinnbringenden Weiterverkauf.

»Jeder Narr weiß, daß man billig einkauft und teuer weiterverkauft«, warf Bliss ein.

Peony lachte und klatschte entzückt in die Hände. Bliss betrachtete sie stirnrunzelnd und konnte ihr Verhalten einfach nicht begreifen. Machte es dieser Frau denn gar nichts aus, daß sie und Bliss ein- und denselben Mann liebten?

»Wir haben genug geredet«, meinte Peony dann entschieden. »Es wird Zeit, daß wir in die Oper fahren.«

Jamie verdrehte die Augen. »Wenn du eine echte Freundin wärst, würdest du mich nicht solchen Belastungen aussetzen.«

Peony lächelte. »Hör auf, dich zu beklagen. Ich bin sicher, daß Bliss diesen Abend sehr genießen wird.«

Bliss hatte ihre Zweifel. Sie trauerte noch ihrem halbaufgegessenen Hühnchen nach.

Zwanzig Minuten später hielt die Kutsche vor einem prächtigen Gebäude mit hellerleuchteter Fassade. Andere elegant gekleidete Gäste sammelten sich in der Halle, und für einen Moment war Bliss so abgelenkt, daß sie ihre Sorgen vergaß.

Die goldgerahmten Gemälde im Foyer erregten ihre Aufmerksamkeit noch mehr als alles anderes. »Die Frauen sind nackt!« stellte sie verblüfft fest.

Jamie schaute grinsend zu dem Bild auf, das eine füllige

Frau zwischen Arkaden und Marmorpfeilern zeigte. »Sie hat einiges zu zeigen, das muß ich zugeben«, war sein ganzer Kommentar, bevor er Peony und Bliss in eine Loge führte, die mit einem Bronzeschild versehen war, auf dem der Name von Mrs. Ryans verstorbenem Gatten stand.

Der Vorhang ging auf, und Bliss machte große Augen, als ein Mann auf der Bühne erschien, der nichts anderes trug als einen Lendenschurz und ein metallenes Band um seinen Kopf.

»Was ist, Herzogin?« flüsterte Jamie ihr belustigt zu. »Hast du noch nie einen italienischen Wikinger gesehen?«

Bliss hatte überhaupt noch keinen Wikinger gesehen und beobachtete deshalb fasziniert die Vorgänge auf der Bühne. Wie sehr sie wünschte, verstehen zu können, was gesungen wurde!

Jamie lachte leise, als ahnte er, was sie dachte, und nahm ihre Hand. Bliss überließ sie ihm, aber erst, nachdem sie sich mit einem verstohlenen Blick vergewissert hatte, daß er nicht auch Peonys Hand hielt.

In der Pause, als sie im Foyer Orangensaft tranken, fiel Bliss der eindringliche, verlangende Blick auf, mit dem Jamie sie betrachtete – fast, als wollte er sie mit Haut und Haar verschlingen.

Diese Vorstellung löste ein merkwürdiges Erschauern in ihr aus, aber dann war es Zeit, in die Loge zurückzukehren und den zweiten Teil der Oper zu sehen.

Als der Vorhang fiel, atmete Jamie erleichtert auf. »Gott sei Dank, daß es vorbei ist«, murmelte er, was ihm von beiden Frauen einen empörten Blick eintrug.

Bliss fühlte sich sehr bereichert durch die Erfahrung. »Du hast eben kein Verständnis für Kultur«, bemerkte sie in herablassendem Ton.

»Amen«, stimmte Peony zu.

Kaum hatten sie ihr Hotelzimmer betreten, als Jamie auch schon ein Pulver gegen Kopfschmerzen in Wasser auflöste und es rasch hinunterstürzte.

»Ich habe nicht gesehen, was die dicke Frau zum Schluß

der Vorstellung mit ihrem Schwert gemacht hat«, beschwerte sich Bliss, während sie ihre blauen Satinschuhe abstreifte, die allmählich zwickten.

»Wenn sie mich gefragt hätte«, erwiderte Jamie trocken, »würde ich ihr schon gesagt haben, was sie mit dem verdammten Schwert anfangen soll.«

Bliss lächelte, aber dann dachte sie an Mrs. Minerva Wilmingtons Visitenkarte in ihrer Tasche und wurde von verzweifelter Hilflosigkeit erfaßt. Amerika schien so weit entfernt …

Jamie hatte ihren Stimmungswechsel bemerkt. Er kam zu ihr und legte ihr einen Finger unter das Kinn. Obwohl seine Augen durchaus zärtlich blickten, war nichts mehr von dem Verlangen darin, das Bliss im Theater in seinem Blick gesehen hatte. »Was ist, Herzogin?« fragte er. »Ist es wegen Peony?«

Die Mätresse ihres Mannes hatte Bliss inzwischen ganz vergessen, aber nun bot sie ihr eine annehmbare Ausrede.

»Vielleicht«, erwiderte sie schroff.

Jamie zog sie lachend in die Arme, und sie errötete, als der enge Kontakt mit seinem Körper vertraute Gefühle in ihr auslöste.

»Du warst einfach wunderbar in der Kutsche«, flüsterte er ihr zu. »Ich dachte, ich müßte sterben vor Vergnügen, Herzogin.«

Als er sie nun küßte, begann sich der Raum um sie zu drehen. Und während er ihren festen kleinen Po umschloß und sie an sich preßte, konnte Bliss das ganze Ausmaß seines Verlangens spüren.

Sie war voll Verlangen, sich ihm hinzugeben, als ein heftiges Pochen an der Tür ertönte. Fluchend richtete Jamie seinen Kragen und ging zur Tür. Von plötzlicher Schwäche überwältigt, ließ Bliss sich auf das Bett sinken und hörte nur mit halbem Ohr zu, was gesprochen wurde.

Sie verstand nur, daß es sich um Peony handeln mußte, dann fiel die Tür ins Schloß, und Jamie stürmte ins Schlafzimmer zurück. Schon im Gehen zerrte er das gerüschte Hemd von seinen Schultern, und Bliss stellte betroffen fest, daß er selbst unter dem eleganten Frack sein Messer trug.

Während Jamie seine gewohnten groben Hosen, das

Baumwollhemd und die Stiefel anzog, fluchte er ununterbrochen.

»Was ist?« wagte Bliss endlich zu fragen.

Jamie stieß eine neue Serie von Flüchen aus und machte sich auf die Suche nach dem Hut und seinem Schaffellmantel. »Wenn ich den verdammten Feigling in die Finger kriege …« murmelte er drohend.

Bliss wußte nun, daß er hinausstürmen würde, ohne ihr zu sagen, wohin. Deshalb lief sie ihm auf bloßen Füßen nach und fragte: »Was ist los, Jamie? Wo willst du hin?«

Er drohte ihr mit dem Zeigefinger. So streng hatte sie ihn noch nie erlebt. »Du bleibst hier, bis ich zurückkomme, Herzogin«, befahl er, ohne ihre Frage zu beantworten. »Egal, wie lange es dauert, du wirst nicht aus dem Fenster klettern, verstanden?«

Bliss nickte und biß sich auf die Lippen. Sie hatte fürchterliche Angst, doch nicht vor Jamie. Es war der geheimnisvolle Anlaß seines überstürzten Aufbruchs, der Furcht in ihr weckte.

Jamies Miene entspannte sich einen Moment lang, er gab ihr einen Kuß auf die Stirn, aber immer noch keine Erklärung. Dann ging er hinaus und verschloß die Tür hinter sich.

Bliss begann nervös durch die Suite zu wandern, von einer Kälte erfüllt, die von innen her kam.

Sie wußte, daß Jamie sich in größerer Gefahr befand als je zuvor.

»Es ist nichts, Jamie«, beharrte Peony. »George hätte nicht gleich losrennen dürfen …«

Jamie marschierte unruhig vor dem Kamin auf und ab, zu wütend, um stillzustehen. »So – es ist also nichts! Jemand wirft dir einen um einen Stein gewickelten Brief durchs Fenster, und du sagst, *es ist nichts!*«

Peonys Augen waren dunkel vor Angst, dennoch sagte sie ruhig: »Geh ins Hotel zurück, Jamie, und kümmere dich um Bliss. Ich bin hier in Sicherheit.«

Jamie betrachtete den Zettel, dessen Inhalt er bereits auswendig kannte. *»Sagen Sie Ihrem irischen Geliebten, daß ich noch* *nicht mit ihm fertig bin. Die Rechnung ist fällig, und ich werde die Schuld bald eintreiben – mit Zinsen und Zinseszinsen.«*

Jamie riß seinen Hut ab und schleuderte ihn durch den Raum. »Dieser verdammte Schuft!«

Sie seufzte.

»Increase zu verfluchen nützt dir nichts. Wir wußten beide, daß er uns eines Tages finden würde.«

Er raufte sich das Haar. Peony hatte recht, aber das Schlimmste war das Warten. Und der alte Increase wußte sehr gut, wie Jamie es haßte, hilflos dazustehen und zu warten …

»Sie ist eingeschlossen«, wandte Jamie ein und ging, um seinen Hut aufzuheben. »Aber es ist wohl trotzdem besser, sie nicht aus den Augen zu lassen. Sag Molly, sie soll dir etwas für heute nacht einpacken. Du fährst mit mir ins Hotel.«

Peony schien etwas entgegnen zu wollen, doch dann nickte sie nur und klingelte.

Wenn Bliss träumte, waren es im allgemeinen helle, freundliche Träume von Jamie, Amerika, oder dem wunderbaren Leben, das sie dort mit ihrer Mutter führen würde. Doch ab und zu kehrte auch der dunkle Traum zurück, um sie daran zu erinnern, daß nichts vergessen war.

Daß Colin sich nicht vergessen ließ.

Bliss sah ihn auf dem Klippenrand, nur einen Steinwurf weit vom Leuchtturm, eine Laterne in der Hand … und trotzdem reichten Sturm und Regen aus, ihn auf einen winzigen, schwankenden Schatten zu reduzieren.

»Colin!« schrie Bliss im Traum. »Colin – ich bin hier! Komm zu mir!«

Er war erst sieben, aber schon ein tollkühner Bursche, der nichts lieber tat, als sich zu produzieren. Nun balancierte er auf dem Klippenrand, die Laterne hoch erhoben, und drehte sich auf einem Absatz um. »Sieh mal, Schwester!« schrie er vergnügt, als Bliss mit ausgestreckten Armen auf ihn zukroch. »Sieh mal! Ich bin ein Leuchtturm!«

»Colin«, flüsterte sie verzweifelt.

Und da stürzte er. Für einen langen, quälenden Moment stürzte sie mit ihm, vom Sturm getragen und zu verängstigt, um zu schreien, während die spitzen Felsen immer näher kamen ... Schreiend und nach Atem ringend richtete sie sich auf. Kalter Schweiß strömte über ihr Gesicht, und ihr Herzschlag dröhnte ihr schmerzhaft in den Ohren.

Jamie umfaßte ihr Gesicht, sein Daumen strich sanft die Tränen fort. »Psst, Herzogin«, murmelte er besänftigend. »Ich bin bei dir. Sag mir, was du hast.«

Mit einem heiseren Schrei der Erleichterung schlang Bliss die Arme um seinen Nacken. »O Jamie«, war alles, was sie sagen konnte.

Er hielt sie, bis sie sich beruhigt hatte, dann drückte er sie sanft auf die Kissen zurück, holte ein Tuch und trocknete ihre Tränen und ihren Schweiß.

»Erzähl es mir«, bat er leise.

Bliss schloß die Augen. »Da war ein Sturm«, begann sie stockend, »und Papa ... Papa schickte Colin hinaus, meinen Bruder, um mich zu suchen. Er spielte ... n-neben den K-Klippen ...«

Sie brach ab, und Jamie begriff. Mit geschlossenen Augen flüsterte er: »O Gott, Herzogin, es tut mir so leid.«

Bliss weinte – um Colin und um ihre leidgeprüfte Mutter, die schon bald nach der Tragödie davongelaufen war – weinte um ihren zornigen Vater und um sich selbst. Sie war von Kopf bis Fuß in Schweiß gebadet, und Jamie zog ihr sanft die Unterwäsche aus, um sie ganz abtrocknen zu können. Das und seine Anwesenheit beruhigten Bliss ein wenig.

»Bleib bei mir«, flüsterte sie, bevor der Schlaf sie wieder übermannte.

»Darauf kannst du dich verlassen«, antwortete er ernst.

Der Traum kam nicht wieder, aber er hatte wie immer eine gähnende Leere in Bliss hinterlassen und eine alte Wunde aufgerissen. Als sie morgens erwachte, erschöpft und müde, war sie allein im Bett, obwohl Jamies Stimme durch die geschlossene Tür des Schlafzimmers drang.

Aber Bliss konnte nicht verstehen, was er sagte.

Von einer ganz unvermuteten Spannung erfaßt, schwang sie die Beine aus dem Bett und verschränkte die Arme über der nackten Brust. Sie war ganz sicher, abends in ihrer Unterwäsche ins Bett gegangen zu sein ...

Dann erinnerte sie sich, wie Jamie sie nach dem Traum in den Armen gehalten und beruhigt hatte, wie er sie ausgezogen und abgetrocknet und ihr versichert hatte, er sei bei ihr, sie sei in Sicherheit.

Und da wurde sie von einer solchen Liebe für ihn erfaßt, daß sie wußte, sie würde ihn nie verlassen, würde nie nach Amerika gehen.

Das leise Lachen einer Frau drang aus dem Nebenzimmer, und Bliss griff stirnrunzelnd nach einem ihrer neuen Morgenröcke. Dann glättete sie ihr Haar und ging zur Tür.

Jamie und Peony saßen an dem kleinen Tisch am Fenster beim Frühstück und plauderten wie ein altes Ehepaar. Auch Mrs. Ryan war noch nicht angezogen; sie trug ein elegantes Negligé aus besticktem Satin.

Bliss wurde übel, als sie Jamie und seine Geliebte sah, und sie schwankte leicht, als sie die Augen schloß und versuchte, Haltung zu bewahren.

Jamie hatte sie gesehen und besaß die Frechheit, so zu tun, als wäre alles ganz alltäglich und normal. »Hallo, Herzogin«, begrüßte er sie heiter. »Wie wär's mit einem Frühstück?«

Bliss konnte es nicht ertragen. Er hatte sie so liebevoll getröstet und sie dann verlassen, um zu dieser Frau zu gehen, entweder in eine angrenzende Suite oder in dieses Zimmer …

»Herzogin?« fragte Jamie, und nun klang es besorgt.

Sie schaute sich verzweifelt um, ergriff ihre blauen Satinschuhe und schleuderte sie in Jamies Richtung, erst den einen, dann den anderen. Beide prallten an Jamies breiter Brust ab, als er langsam auf sie zukam.

# 15

Jamie wirkte nur betroffen, aber Peony schien Bliss' Ärger zu verstehen. Sie stand auf und sagte ruhig: »Es ist anders, als Sie denken.«

Jamie drehte sich gereizt zu ihr um. »Und was denkt sie?«

»Ich kann für mich selbst sprechen, McKenna«, warf Bliss zornig ein. »Du brauchst nicht andere nach meinen Gefühlen zu fragen!«

»Na schön, Herzogin«, gab er seufzend nach, »wie du willst. Was geht also in deinem verrückten kleinen Gehirn vor?«

Bliss schob trotzig das Kinn vor. »Wie kannst du es wagen, deine Mätresse in unser Hotelzimmer zu bringen?«

»Ich bin nicht seine Mätresse«, mischte sich Peony ein und maß Bliss mit einem kühlen Blick. »Und ich wäre Ihnen dankbar, wenn Sie sich das merken würden, junge Dame.« Damit verschwand sie im zweiten Schlafzimmer der Suite und knallte sehr undamenhaft die Tür hinter sich zu.

Bliss schluckte verwirrt und schaute Jamie ängstlich an.

Doch statt des erwarteten Ausbruchs warf er ihr nur einen Blick zu, unter dem sie sich klein und dumm vorkam. Dann nahm er seinen Hut und seinen Mantel und verließ die Suite.

Bliss mußte ihre ganze Beherrschung aufbieten, um ihm nicht nachzulaufen und ihn um Verzeihung zu bitten, obwohl der Gedanke sie verbitterte. Schließlich war er es, der sich versündigt hatte!

Sie schaute verwirrt auf die Tür zu Peonys Zimmer. Wie gern hätte sie dieser Frau geglaubt … Aber das ließ ihre Eifersucht nicht zu.

Schließlich ging sie ins Schlafzimmer zurück und bereitete sich auf den neuen Tag vor. Sie war fest entschlossen, Mrs. Wilmington aufzusuchen und sich um die Stellung als Gesellschafterin zu bewerben.

Daß sie nicht mehr nach Amerika wollte, war unwichtig. Inzwischen stand fest, daß Jamie ihr nie ein richtiger Ehemann sein würde, und obwohl sie ihn liebte, konnte Bliss seine Untreue nicht hinnehmen. Nie würde sie in dem Haus leben, das er ihr versprochen hatte, und schon gar nicht in ständiger Bereitschaft, seine Wünsche zu erfüllen …

Sie fand Mrs. Wilmington im Speisesaal und wurde aufgefordert, sich zu ihr zu setzen. Merkwürdigerweise gab es nichts, was Bliss den Appetit verderben konnte: Sie war hungrig wie ein Wolf und bestellte eine Platte Schinken mit Eiern, Bratkartoffeln und Toast, die sie auf Jamies Rechnung schreiben ließ.

Mrs. Wilmington, ganz in schwarzen Satin gekleidet, sagte seufzend: »Ich habe beschlossen, in genau einer Woche nach Sacramento zurückzukehren – obwohl es mir nicht leichtfällt, meinen armen Piedmont zurückzulassen. Aber das Leben geht weiter, nicht wahr?« Sie schwieg einen Moment. »Können Sie mir irgendwelche Referenzen zeigen?« fügte sie dann in sachlicherem Ton hinzu.

Bliss schaute Mrs. Wilmington offen an. »Nein, Madam. Ich habe nie gearbeitet, außer für meinen Vater. Er ist Leuchtturmwächter in der Nähe von Wellington, und früher habe ich ihm geholfen.«

Mrs. Wilmington nickte steif. »Dann sind Sie für die Aufgabe einer Gesellschafterin vielleicht nicht geeignet.«

»Was würde denn von mir verlangt?«

»Sie müßten mir während der Fahrt Gesellschaft leisten und sich um meine Garderobe kümmern«, erwiderte die alte Dame. »Und mir abends vorlesen. Ich sehe nicht mehr so gut wie früher.«

Bliss sagte nichts.

Wenn sie nicht endlich ein paar Bissen aß, würde ihr Magen zu knurren beginnen.

Mrs. Wilmington musterte sie prüfend. »Haben Sie vielleicht ein bißchen Pech gehabt, meine Liebe? Sie erzählten mir doch, Sie arbeiteten für einen Herrn und seine Frau ...«

Bliss nickte. »Ja. Ich bin Mrs. McKennas Zofe.«

Mrs. Wilmington schüttelte den Kopf. »Irgend etwas an Ihrer Geschichte kommt mir sehr unwahrscheinlich vor«, bemerkte sie. »Aber ich gebe zu, daß Sie mir gefallen.«

»Danke.« Bliss schämte sich ihrer Lügen, doch sie wagte es nicht, ihre ganze traurige Geschichte preiszugeben. Falls Mrs. Wilmington den Verdacht faßte, daß Bliss verheiratet war, gab sie ihr sicher nicht die Stellung.

»Ich verlange eine schriftliche Empfehlung von Mrs. McKenna. Lassen Sie sie in Zimmer Sechsunddreißig bringen.«

Bliss' Herz setzte einen Schlag aus, aber nicht wegen der erwarteten Empfehlung, sondern weil in diesem Augenblick – begleitet von einer Gruppe anderer Herren – Jamie McKenna im Speisesaal erschien.

Bliss senkte den Kopf und rutschte ein bißchen tiefer auf ihrem Stuhl. Doch da Mrs. Wilmington ausgerechnet diesen Moment wählte, um aufzustehen, war auch Bliss gezwungen, sich zu erheben.

»Ich erwarte Ihr Empfehlungsschreiben«, erklärte die alte Dame hoheitsvoll, bevor sie mit raschelnden Röcken den Raum verließ.

Als Bliss sich setzte, riskierte sie einen Blick in Jamies Richtung und merkte, daß er sie schon gesehen hatte. Er sagte etwas zu seinen Begleitern und kam zu ihr herüber.

»Hallo, Herzogin«, begrüßte er sie lächelnd. »Bist du schon wieder aus dem Fenster geklettert?«

Bliss blickte gereizt auf. »Ich bin keine Gefangene,

McKenna, und lasse mich auch nicht so behandeln. Mrs. Wilmington ist eine … eine gute Freundin von mir.«

Jamie legte eine Hand auf ihren Stuhl und beugte sich zu ihr herab. »Ja«, stimmte er spöttisch zu, »ihr scheint eine Menge gemeinsam zu haben.«

Sie versuchte, durch Jamie hindurchzusehen. »So ist es«, antwortete sie. »Ich glaube, ich werde heute morgen meine Tante besuchen, falls du nichts dagegen hast.«

»Doch, das habe ich«, erklärte Jamie prompt. »Ich habe heute morgen wichtige Geschäfte zu erledigen und will mich nicht darum sorgen müssen, was du wieder anstellen könntest.«

Bliss konnte ihre Empörung kaum noch zügeln. »Wahrscheinlich hast du vor, nach einem geeigneten Käfig für mich zu suchen!« fuhr sie ihn wütend an.

Jamie schüttelte amüsiert den Kopf. »Du bist ein kratzbürstiges kleines Biest. Ich glaube, du brauchst ein warmes Bett und ein bißchen Liebe. Aber mach dir keine Sorgen – sobald ich zurück bin, bekommst du beides.«

Ganz langsam füllte Bliss ihre Tasse nach und schüttete den heißen Tee auf Jamies Hemd. »Oh!« rief sie entsetzt, als er erschrocken zurücksprang. »Verzeih mir meine Ungeschicklichkeit!«

Da sie nicht zu lachen wagte, biß sie sich auf die Lippen und griff nach einer Serviette. Aber Jamie ließ sie nicht an sich heran. »Du kannst froh sein, daß ich nicht zu Gewalttätigkeiten neige!« sagte er erbost.

Bliss legte die Hand auf den Mund und unterdrückte ihr Lachen. Sie begriff selbst nicht, warum sie Jamies Zorn so lustig fand. Vielleicht war es beginnende Hysterie, was sie zum Lachen brachte? »Entschuldige«, sagte sie rasch.

Jamie lächelte sie an – *lächelte!* –, als er ihre Hand nahm und sie auf die Beine zog, doch seine blauen Augen glitzerten vor Zorn. »Komm, Liebes«, meinte er gepreßt. »Ich glaube, wir haben etwas zu besprechen.«

Bliss fürchtete sich nicht vor Jamie, aber es machte sie schrecklich verlegen, wie er sie unter den neugierigen Blicken der anderen Gäste an der Hand hinausführte, als wäre sie ein ungehorsames Kind.

»Der Tee war gar nicht mehr heiß«, versuchte sie sich zu verteidigen.

Bliss warf sich auf das Bett und hämmerte mit der Faust auf die Kissen. Jamies Predigt dröhnte ihr noch in den Ohren.

Das Schlimmste war, daß Peony alles gehört hatte und auch dabeigewesen war, als Jamie Bliss mit scharfen Worten auf ihr Zimmer verbannt hatte.

Die Erinnerung daran steigerte ihre Wut so sehr, daß sie aufstand und auf leisen Sohlen zur Tür schlich. Doch zu ihrer großen Erleichterung waren weder Jamie noch Peony zu sehen.

Bliss nahm Briefbögen, Umschläge und Feder aus dem kleinen Schreibtisch an der Tür und kehrte in ihr Schlafzimmer zurück. Dort begann sie ein Empfehlungsschreiben zu entwerfen, das sie ganz einfach mit *Mrs. James McKenna* unterschreiben wollte. Was die Wahrheit war, aber gleichzeitig auch eine Lüge …

Nach einiger Zeit hörte sie Schritte im Nebenraum, und ihr Blick fiel auf die zahlreichen zerknüllten Bogen auf dem Fußboden, stumme Zeugen ihres Betrugs. Rasch versteckte sie den fertigen Brief unter einem Kissen und bückte sich, um die anderen Blätter aufzuheben.

»Bliss?« rief Jamie. Sie lief ins Badezimmer, häufte die zerknüllten Bogen auf die Waschkommode und hielt gerade ein brennendes Streichholz daran, als Jamie hereinkam.

Als er das aufflammende Feuer sah und den schwarzen Ruß, den es auf der Zimmerwand hinterließ, fluchte er unterdrückt und fragte streng: »Was hat das jetzt wieder zu bedeuten? Wolltest du das Zimmer niederbrennen oder deine Brüder und Schwestern mit Rauchsignalen herbeirufen?«

Bliss runzelte verwirrt die Stirn. »Vom wem sprichst du?«

»Von den anderen rothaarigen Kobolden, die dir beim Aushecken deiner verrückten Ideen behilflich sind.«

»So ein Unsinn«, erwiderte sie empört. »Ich bin allein.«

»Dem Himmel sei Dank«, sagte Jamie. »Wenn ich bedenke, daß ich gekommen bin, um dich um Verzeihung zu bitten …«

Bliss machte große Augen. »Wirklich?«

»Ja.« Er verschränkte die Arme. »Aber das hat sich natürlich geändert. Was hatte dieses alberne Feuer zu bedeuten?«

Sie biß sich auf die Lippen. »Ich hatte angefangen, einen Roman zu schreiben«, behauptete sie schließlich.

Jamie wirkte sehr mißtrauisch. »Worüber?«

»Eine Liebesgeschichte«, erwiderte sie mit vorgetäuschter Schüchternheit. »Über dich und mich.«

Es bewies nur seine männliche Eitelkeit, dachte Bliss später, daß er ihr glaubte.

Während des Abendessens verließ Jamie kurz den Tisch, um mit Leuten auf der anderen Seite des Speisesaals zu sprechen. Bliss nutzte die Gelegenheit, um einen Kellner zu rufen und ihm das Empfehlungsschreiben in die Hand zu drücken. »Bringen Sie den Brief bitte zu Zimmer sechsunddreißig«, flüsterte sie.

Peony, die ihr gegenübersaß, wirkte so gelangweilt und gereizt, wie Bliss sich fühlte. »Was haben Sie jetzt wieder vor, Mrs. McKenna?« erkundigte sie sich trocken.

Bliss zuckte die Schultern. Sie war sich nicht mehr sicher, was sie von Peony halten sollte. Sie schien zuviel Stolz zu besitzen, um sich dazu herabzulassen, die Geliebte eines Mannes zu sein, und doch verband sie eine offensichtlich sehr intime Freundschaft mit Jamie – zumindest in emotioneller Hinsicht.

Peony seufzte und trank einen Schluck Wein. »Jamie ist kein Mann, den man zum Narren halten kann«, bemerkte sie. »An Ihrer Stelle, Bliss, würde ich ihn nicht noch mehr reizen.«

Peonys Bemerkung ignorierend, beobachtete Bliss, wie Jamie zu ihrem Tisch zurückkam. »Was ist eigentlich los, Peony?« fragte sie rasch. »Warum hält er uns den ganzen Tag im Hotel zurück? Ich habe allmählich das Gefühl zu ersticken!«

»Damit sind Sie nicht allein«, antwortete Peony mürrisch. »Aber er hat triftige Gründe für sein Verhalten.«

Bliss hieb mit der Faust auf den Tisch. »Ich will wissen, was das für Gründe sind!« rief sie ungehalten.

Peonys Reaktion war anders, als Bliss erwartet hatte. Sie lachte schallend.

»Was ist so lustig hier?« wollte Jamie wissen, als er sich zu ihnen setzte.

Peony lachte, bis sie sich beruhigt hatte. Dann sagte sie: »Ich hatte dich davor gewarnt, den geraden Weg zu verlassen, Jamie McKenna. Nun siehst du, was du davon hast!«

Jamie warf Bliss einen vielsagenden Blick zu, unter dem ihr die Röte in die Wangen stieg und der sie wünschen ließ, allein mit ihm zu sein.

Aber dann schlief sie schon, als Jamie zu ihr ins Bett kam, und erwachte erst, als er ihr Mieder aufzuknöpfen begann. »Hm«, flüsterte sie verschlafen und merkte, wie sich ihre Brustspitzen lustvoll aufrichteten.

Jamie schlüpfte unter die Decke und begann eine ganze Reihe von sinnlichen Liebkosungen, die Bliss zum Wimmern brachten und dazu, daß sie sich ihm entgegenbog und ihre Finger in seinem Haar vergrub. Wenig später hatte er auch ihre langen Beinkleider entfernt, und Bliss wartete voller Verlangen, ihn in sich aufnehmen zu können. Doch gleichzeitig wußte sie, daß sie noch warten mußte. Im allgemeinen gab Jamie nicht eher nach, bis er sie mit seinen sinnlichen Zärtlichkeiten an den Rand des Wahnsinns gebracht hatte …

Dafür wollte sie nun Rache nehmen. Als er sich über sie beugte, glitt sie tiefer, küßte seine Brust und seinen Bauch. Jamie versteifte sich und zitterte vor Anstrengung, sich in dieser Stellung zu halten, bei der sein ganzes Gewicht auf seinen Armen ruhte.

Ein ersticktes Stöhnen entrang sich seiner Kehle, als Bliss endlich fand, wonach sie suchte. Dann reizte und liebkoste sie ihn, bis er ganz wild vor Verlangen war und sie mit heiseren Worten anflehte, Gnade zu üben. Erst dann glitt sie mit einem triumphierenden Lächeln zu ihm hinauf und küßte ihn aufs Kinn.

Mit einem heiseren Aufschrei drang Jamie in sie ein. Nun war es an ihr, die süße Qual kennenzulernen, der sie ihn gerade unterworfen hatte.

Als er sich plötzlich zurückzog, bis er kaum noch in ihr war, umklammerte Bliss verzweifelt seine Schultern. »Bitte«, flehte sie ihn an.

Wieder drang er tief in sie ein, wieder zog er sich zurück,

und er wiederholte dieses quälend-süße Spiel so lange, bis Bliss glaubte, wahnsinnig zu werden. Als Jamie ihr endlich gab, wonach es sie am meisten verlangte, warf sie den Kopf herum, bog Jamie ihre Hüften entgegen und schrie auf, als ihr Körper von einer Ekstase erfaßt wurde, die ihr fast das Bewußtsein raubte.

Jamies Bewegungen wurden schneller, als er spürte, was sie empfand, und Bliss beruhigte ihn mit geflüsterten Koseworten und sanftem Streicheln ihrer Hände, während sie ihn gleichzeitig unaufhaltsam auf den Moment der absoluten Erfüllung hinsteuerte.

Als er sich schließlich ermattet zurücksinken ließ und so heftig keuchte, daß Bliss befürchtete, er würde sterben, flüsterte sie: »Ich liebe dich, Jamie.«

Seine starken Hände umfaßten ihr Gesicht, aber er hatte nicht die Kraft, etwas zu sagen, und küßte Bliss nur leidenschaftlich auf den Mund.

An ihrer Brust fühlte sie das harte Pochen seines Herzens. »Und ich liebe dich, Herzogin«, sagte er, als er endlich wieder zu Atem gekommen war.

Trotz ihrer Erschöpfung dauerte es nicht lange, bis das Verlangen von neuem in ihnen erwachte, und nach einer weiteren leidenschaftlichen Vereinigung schliefen sie eng umschlungen ein, als könnten sie sich so für immer festhalten.

Aber für *immer* ist etwas, was nicht jedem Sterblichen beschieden ist …

# 16

Es war pures Glück, nicht mehr, daß weder Jamie noch Peony anwesend waren, als Mrs. Minerva Wilmington ihre Aufwartung machte. Sie war sehr enttäuscht, die Frau, die eine solche glühende Empfehlung für Bliss geschrieben hatte, nicht anzutreffen.

»Wollen Sie sich nicht setzen, Mrs. Wilmington?« fragte Bliss verlegen.

»Nein, ich habe keine Zeit. Meine Entscheidung ist getroffen.«

Bliss hielt gespannt den Atem an. Zwar wäre sie gern bei Jamie geblieben, aber wahrscheinlich war er gerade in diesem Augenblick dabei, ein Puppenhaus zu suchen, in dem er Bliss, sein Spielzeug, unterbringen konnte.

Denn eine Ehefrau oder eine Lebensgefährtin wollte er nicht.

»Ich nehme Sie mit«, erklärte Mrs. Wilmington. »Über Ihr Gehalt sprechen wir bei anderer Gelegenheit. Können Sie in sechs Tagen reisefertig sein?«

Den Tränen nahe, nickte Bliss nur. Nun war es soweit – bald würde sie Jamie McKenna und ihr Heimatland verlassen, um vielleicht nie wieder zurückzukehren …

Erschöpft von der langen Reise, lehnte Increase Pipher sich müde und doch zufrieden lächelnd in die Kissen zurück. Wie ironisch das Leben sein konnte: Nach all den Jahren hilflosen Zorns hielt er nun endlich die Fäden in der Hand und konnte das Leben dieses arroganten jungen Iren so bestimmen, wie es ihm beliebte.

*Die Suite auf der anderen Seite des Korridors.* Increase lachte hämisch. Jamie McKenna würde teuer bezahlen für all das Leid, das er verursacht hatte – genau wie diese kleine Hexe, die ihm dabei geholfen hatte!

Im Nebenzimmer waren Geräusche zu hören. Walter Davis, sein Privatsekretär, war zurückgekommen.

»Davis!« brüllte der alte Mann.

Der Angestellte trat zögernd ein. »Wie fühlen Sie sich, Mister Pipher?« fragte er in respektvollem Ton.

»Unwichtig. Was haben Sie erfahren?«

Davis hielt sich in sicherer Entfernung, vielleicht, weil Increase seinen Spazierstock schwenkte, um seinen Worten Nachdruck zu verleihen.

»Er hat eine Frau, Mister Pipher, Jamie McKenna hat geheiratet.«

Increase verdaute diese Information mit offensichtlichem Behagen.

»Haben Sie sie gesehen?«

Davis nickte. »Heute morgen im Speisesaal. Ein zierliches Ding mit feuerrotem Haar und den blauesten Augen, die ich je gesehen habe. Und recht temperamentvoll, wenn man den Gerüchten Glauben schenken darf.«

Increase lächelte. »Dann muß es dieselbe Frau sein, die Dunnigan beschrieben hat. Liebt McKenna sie?«

»Das Hotelpersonal ist dieser Ansicht, Sir«, bestätigte Davis in jenem unterwürfigen Ton, den Pipher an ihm haßte. Obwohl es ihm Spaß machte, Menschen zu demütigen, empfand er tiefe Verachtung für jene, die es sich gefallen ließen.

»Seine große Liebe, was?« meinte Increase nachdenklich. »Wunderbar. Ich kann Ihnen gar nicht sagen, wie glücklich ich für die beiden bin.«

Davis verschränkte die Arme über der mageren Brust. »Wenn Sie mir den Einwand gestatten, Sir, es kommt mir … nutzlos vor, nach all dieser Zeit noch Rache zu suchen.«

Rasender Zorn erwachte in Increase. *Nutzlos?* Er hatte alles verloren an dem Tag, als Peony diesen unglücklichen Iren befreite – seine Mätresse, seine Zuckerrohrernte, sein Haus. Er schaute auf die Decke über seinen Beinen und dachte an die häßlichen Brandnarben auf seiner Haut. Fast hätte er beide Beine verloren …

Der Sekretär wußte seinen Gesichtsausdruck richtig einzuschätzen und hob abwehrend die Hände, um einem Ausbruch vorzubeugen. »Ich bin natürlich sicher, daß Sie Ihre Gründe haben«, beeilte er sich zu sagen. »Kann ich sonst noch etwas für Sie tun?«

»O ja.« Increase lächelte böse. »Ich halte ein Hochzeitsgeschenk für angebracht. Sie nicht? Und ich weiß auch schon, womit ich das glückliche Paar erfreuen werde.«

Davis wurde blaß, als Increase seine Anweisungen erteilte. Schade, dachte der alte Mann später, daß so wenige Männer den Schneid besaßen, Dinge zu einem gerechten Ende zu bringen …

Ein Bote brachte das Päckchen. *›Für die Jungvermählten, mit den besten Wünschen für eine glückliche Zukunft. Ein alter Freund‹*, stand auf der beiliegenden Karte.

Bliss schaute Jamie neugierig über die Schulter, als er das Päckchen öffnete. Eine Ochsenpeitsche lag darin, zusammengerollt wie eine Schlange aus tödlichem schwarzen Leder. Jamies Knie wurden schwach, er schloß gequält die Augen und kämpfte gegen die Erinnerungen an eine andere Peitsche, an eine andere Zeit und einen anderen Ort.

Bliss war sprachlos, aber Peony schlug die Hand vor ihren Mund und flüsterte: »O Gott, Jamie …«

Doch Jamie stürzte schon aus der Tür, um den Boten noch zu fassen. Aber er kam zu spät. Der Junge war schon fort.

»Was hat das zu bedeuten?« fragte Bliss verwundert. »Warum sagt mir keiner, was das zu bedeuten hat?«

Jamie strich sich nervös übers Haar. »Das ist eine lange Geschichte, Herzogin, Peony und ich … wir haben uns einen Feind gemacht, als wir Australien verließen.«

Peony ging händeringend durch den Raum. »Es ist alles nur meine Schuld«, murmelte sie. »Ich hätte nie die Felder anzünden dürfen …«

»Wenn du es nicht getan hättest«, fiel Jamie ihr ins Wort, »wäre ich heute nichts als ein Haufen Knochen unter einem Baum. Du hast mir das Leben gerettet, Liebes.«

Bliss schaute dermaßen verständnislos von einem zum anderen, daß Jamie unter normalen Umständen über ihren Gesichtsausdruck gelacht hätte.

»Was sollen wir jetzt tun?« fragte Peony ängstlich.

Jamies Hand glitt zu seinem Messer. »Was er von uns erwartet«, antwortete er. »Abwarten.«

Der Tag ihrer Abreise nach Amerika rückte näher, und mit jedem Moment, der verstrich, wurde Bliss' Wunsch, bei Jamie bleiben zu können, stärker. Denn obwohl er es nie zugegeben hätte, spürte sie, daß er sie jetzt brauchte.

Schaudernd dachte sie an die Peitsche, die vor einigen Tagen gebracht worden war. Etwas Schreckliches war im Gange, aber weder Jamie noch Peony wollten ihr verraten, was es war.

Bliss war sicher, daß es einen Zusammenhang gab mit den Narben auf Jamies Rücken, denn das zumindest hatten ihr die Alpträume verraten, die ihn nachts im Schlaf quälten.

Sie seufzte traurig. Solange Jamie nicht bereit war, ihr seine Sorgen anzuvertrauen, konnte sie nichts für ihn tun. Aber er hatte in den letzten Tagen wenigstens darauf verzichtet, sie einzuschließen, und deshalb beschloß sie, einen Spaziergang zu machen und etwas frische Luft zu schnappen.

Sie griff gerade nach einem leichten Umhang, als es klopfte. Jamies Warnungen ignorierend – er war manchmal übertrieben vorsichtig –, öffnete Bliss die Tür.

Der junge Mann, der ihr sichtlich nervös gegenüberstand,

kam ihr bekannt vor; Bliss hatte ihn schon im Hotel gesehen.

»Hallo«, begrüßte er sie schüchtern. »Entschuldigen Sie die Störung, Mrs. McKenna. Mein Name ist Walter Davis, und ich komme wegen meines Großvaters.«

»Woher kennen Sie meinen Namen?« fragte Bliss verwundert.

Mister Davis wurde noch verlegener. »Ich … ich habe mich erkundigt«, meinte er. »Wissen Sie, Mrs. McKenna, ich muß dringend Arzneien für meinen Großvater besorgen und … Wissen Sie, ich lasse ihn nicht gern allein und dachte, daß Sie vielleicht ein paar Minuten bei ihm bleiben könnten …?«

Bliss wäre lieber spazierengegangen, doch seine Bitte abzulehnen hätte sie als unhöflich empfunden. »Aber gern«, stimmte sie zu.

Mister Davis drehte sich um und öffnete die gegenüberliegende Tür. »Vielen Dank, Mrs. McKenna. Mein Großvater wird sich freuen, Ihre Bekanntschaft zu machen.«

Nach kurzem Zögern folgte Bliss ihm in die andere Suite. Jamie hätte gesagt, daß sie damit ein unnötiges Risiko einging, aber er war ja immer so übertrieben mißtrauisch. Wenn es nach ihm gegangen wäre, hätte Bliss ihr Leben in der Suite verbracht, wie eine Geranie auf dem Fensterbrett, hübsch anzusehen und vollkommen nutzlos.

Ein weißhaariger alter Mann saß mitten im Salon, als hielte er Hof. Ein eisiger Hauch erfaßte Bliss, als er sie anlächelte, aber sie schüttelte das Gefühl ungeduldig ab. Sie war einfach zu lange in diesem Hotel eingesperrt gewesen, das war alles. Sie wurde allmählich hysterisch.

»Hallo, meine Liebe«, sagte der Alte mit krächzender Stimme und reichte ihr die Hand. »Wie schön, daß wir uns endlich kennenlernen.«

Bliss zwang sich zu einem Lächeln, als Mister Davis die Vorstellung übernahm. »Großvater, das ist Mrs. James McKenna …«

In seinen Augen flackerte etwas auf, was Bliss nicht deuten konnte. »Mein Name ist Albert«, sagte der alte Mann schnell. »Albert Davis.«

Trotz seines hohen Alters und der Tatsache, daß er in einem Rollstuhl saß, hatte Mister Davis einen erstaunlich kräftigen

Händedruck. »Guten Tag, Mister Davis«, antwortete Bliss höflich, während sie sich fragte, wie lange sein Enkel für die Besorgungen brauchen würde. Es war düster im Raum, die Vorhänge waren zugezogen, und ein modriger Geruch hing in der Luft.

Bliss war erleichtert, als der alte Mann ihre Hand endlich freigab. »Nehmen Sie doch Platz«, bat er, nachdem sein Enkel die Suite verlassen hatte.

Wie stets versuchte Bliss auch diesmal, das Beste aus der Situation zu machen. »Sind Sie zu Besuch in Auckland, Mister Davis?«

Er lächelte und entblößte große gelbe Zähne, durch die sein Kopf fast wie ein Totenschädel wirkte. »Ich bin geschäftlich hier, Mrs. McKenna. Darf ich Sie mit Ihrem Vornamen anreden?«

Bliss schaute sehnsüchtig auf die geschlossenen Vorhänge. Allmählich wurde ihr ein bißchen unheimlich zumute in dem düsteren Zimmer, doch sie antwortete höflich: »Warum nicht?«

»Danke, meine Liebe. Wie heißen Sie?«

»Bliss.«

Wieder dieses unheimliche Lächeln. »Ich finde, der Name paßt zu Ihnen. Wie lange sind Sie schon verheiratet?«

Die Frage, so harmlos sie auch schien, störte Bliss. Ihr Unbehagen nahm zu. »Ein paar Wochen«, erwiderte sie leise.

Albert Davis hob die buschigen weißen Brauen. »Dann sind Sie also noch in den Flitterwochen!«

Bliss senkte den Blick. Ihre Ehe war nur dann eine Ehe, wenn sie mit Jamie im Bett war, aber das konnte sie einem Fremden wohl kaum gestehen. Schon gar nicht einem Mann.

»Jetzt habe ich Sie in Verlegenheit gebracht!« krächzte der alte Mann entzückt. »Das tut mir leid, meine Liebe. Aber erzählen Sie mir doch etwas über Ihren Gatten und was er beruflich macht.«

Bliss lebte auf. Jamie war schließlich immer noch ihr Lieblingsthema. »Er züchtet Schafe«, berichtete sie stolz. »Er besitzt riesige Herden und muß ein bedeutender Mann sein, denn er hält fast jeden Tag geschäftliche Besprechungen ab.«

»Dann ist er sicher sehr wohlhabend?«

»Ich glaube schon«, erwiderte sie.

Der scharfe Blick des alten Mannes ruhte an Bliss' ringloser linker Hand. »Sie tragen gar keinen Ehering«, stellte Mister Davis fest, was Bliss ihre unglückliche Situation von neuem zu Bewußtsein brachte. Einen Ring zu schenken hatte Jamie nicht für nötig gehalten, doch die Vorteile, die seine erzwungene Ehe ihm bot, nahm er ohne Gewissensbisse wahr ...

»Verzeihen Sie«, sagte Albert Davis. »Ich scheine einen wunden Punkt berührt zu haben.«

Bliss seufzte. Vielleicht wollte Mister Davis nur Konversation machen, aber warum dann dieser wachsame, gespannte Blick?

»Liebt Ihr Mann Sie, Bliss?«

Das war eine ausgesprochen dreiste Frage für einen Unbekannten. Für einen Moment fehlten Bliss die Worte, dann erschien ein zorniger Blick in ihren blauen Augen. »Warum interessiert Sie das?« entgegnete sie empört.

Er nickte seufzend. »Temperamentvoll, ja«, murmelte er dann, als bestätigte er sich damit etwas.

»Wie bitte?« fragte sie steif und bereit, bei der geringsten Bewegung dieses Mannes aufzuspringen und hinauszulaufen.

Mister Davis lachte. »Ich glaube, Sie haben ein bißchen Angst vor mir.«

Bliss richtete sich sehr gerade auf. »Sie schmeicheln sich, falls Sie das glauben.«

Er lachte schrill und klatschte sich mit der Hand aufs Knie. »Entzückend! Einfach bezaubernd!«

Bliss stand auf und zog sich hinter ihren Stuhl zurück. »Ich begreife wirklich nicht ...«

Der alte Mann winkte ab. »Sie können gehen, meine Liebe«, sagte er, während er seine Lachtränen mit dem Hemdsärmel abwischte. »Ich habe alles erfahren, was ich wissen wollte.«

Das ließ Bliss sich nicht zweimal sagen. Grußlos wandte sie sich ab und kehrte hastig in ihre eigene Suite zurück, wo sie Jamie begegnete, der noch Hut und Mantel trug.

»Wo hast du gesteckt?« fragte er stirnrunzelnd.

Bliss beschloß die Frage zu überhören. »Ich brauche dringend frische Luft, und wenn du mich nicht begleiten willst, gehe ich allein.«

Jamie spreizte lächelnd die Hände. »Zufällig wollte ich dir etwas zeigen«, antwortete er. »Wenn du also spazierengehen willst, Herzogin, werde ich dich begleiten.«

Im Aufzug betrachtete Bliss wehmütig Jamies Profil. Es kam ihr völlig ausgeschlossen vor, daß sie ihn bald nicht mehr sehen würde …

Am liebsten hätte sie geweint.

»Warum bist du traurig, Bliss?« fragte er sanft.

»Ich bin nicht traurig«, erwiderte sie trotzig.

Doch draußen im hellen Sonnenschein merkte sie, daß Jamie verärgert schien, deshalb nahm sie seinen Arm und sagte: »Na schön, es stimmt. Ich bin wirklich traurig.«

»Warum?«

Da Bliss ihm den wahren Grund nicht nennen konnte, nahm sie erneut zu einer Lüge Zuflucht. »Weil du mir keinen Ring geschenkt hast.«

Ein Muskel zuckte an Jamies Kinn, dann sagte er: »Das ist es also. Aber wenn du ehrlich bist, wirst du zugeben müssen, Herzogin, daß dein Vater mir keine Zeit dazu gelassen hat.«

Bliss' Kehle war wie zugeschnürt, ihre Augen brannten vor ungeweinten Tränen. Wie sehr hätte sie gewünscht, Jamies Leidenschaft möge über das Bett hinaus gehen!

Inzwischen hatten sie sich einem eleganten Wohnviertel genähert. Jamie blieb vor einer kleinen Villa stehen, mit einem leeren Fischteich und unbepflanzten Blumenbeeten. Während er einen Schlüssel aus der Tasche zog, führte Jamie Bliss die Stufen zur Eingangstür hinauf und schloß auf.

Im Haus war es dunkel, aber es gab Strom, und als Jamie den Lichtschalter betätigte, wurde eine elegante Eingangshalle sichtbar, aus der eine geschwungene Treppe in den ersten Stock führte. »Unser Zimmer hat einen Kamin«, erzählte Jamie stolz, bevor er Bliss bei der Hand nahm und sie nach oben führte.

Es blieb ihr nichts anders übrig, als ihm zu folgen. Dies war das Haus, in dem Jamie sie einzusperren gedachte, und sie hatte daher ein Recht, ärgerlich zu sein. Wenn sie es nicht war, dann nur, weil er *unser* Zimmer gesagt hatte – als wären sie ein richtiges Ehepaar.

Doch dann fiel ihr ein, daß sie nie hier leben würde, weder mit oder ohne Jamie, und sie fing an zu weinen.

In dem großen Schlafzimmer mit den deckenhohen Fenstern und dem prächtigen Kamin aus hellem Marmor zog Jamie sie an sich. »Was hast du, Liebes?« fragte er besorgt.

Bliss legte ihr Gesicht an seine Brust, während ein Schluchzen ihren Körper schüttelte. Sag mir, daß du mich liebst, Jamie, dachte sie. Sag mir, daß du hier mit mir leben wirst und ich deine Kinder gebären werde …

Als Bliss schwieg, griff Jamie in seine Rocktasche und zog ein kleines Päckchen heraus. »Sieh mal«, sagte er zärtlich, »ich glaube, das wird dich etwas aufheitern.«

Bliss trat verblüfft zurück, und er legte ihr das Päckchen in die Hand. »O Jamie!« rief sie überrascht, als sie in dem Kästchen einen Ring entdeckte, aus schimmerndem Gold und mit einem von winzigen Diamanten umgebenen Smaragd.

Jamie nahm den Ring und streifte ihn ausgerechnet über jenen Finger an Bliss' Hand, an dem sie ihren Ehering hätte tragen sollen.

Die Bedeutung der Geste raubte ihr fast den Atem. Sie blickte zu Jamie auf, doch ihre Augen waren so voller Tränen, daß sie ihn nur ganz verschwommen sah.

Lachend zog er ihre Hand an seine Lippen. »Wie gefällt dir dein goldener Käfig, Herzogin?«

Sie entzog ihm ihre Hand. »Ich werde nicht in einem Käfig leben, Jamie«, antwortete sie ernst. »Ganz egal, wie prächtig er auch sein mag.«

Jamie zog sie an sich und küßte ganz zart die Innenflächen ihrer Handgelenke, was ein wohliges Erschauern in ihr auslöste. »Hm«, murmelte er.

»Ich meine es ernst«, beharrte sie.

Er zog sie ungestüm in seine Arme. »Sei still«, sagte er, bevor er sie so leidenschaftlich küßte, daß der Raum vor ihren Augen verschwamm und sie jegliches Gefühl für die Wirklichkeit verlor. Sie hätte nicht sagen können, ob Jamie sie auf den kühlen Marmorboden legte oder ob ihre Knie unter ihr nachgaben und sie von selbst auf den Boden sank. Ohne seinen Kuß zu unterbrechen, streifte er ihr den Umhang ab und knöpfte ihr Mieder auf. Als seine Hand hineinschlüpfte und ihre Brust umfaßte, wußte Bliss, warum Jamie darauf bestanden hatte, daß sie dieses spezielle Kleid kaufte …

Mit der Absicht, das Liebesspiel so lange wie möglich auszudehnen, schob Jamie langsam ihren Rock hinauf, aber Bliss konnte das Warten diesmal nicht ertragen. Ihr Verlangen nach ihm war zu übermächtig, zu verzweifelt.

Sie löste seinen Gürtel, seine Hosenknöpfe und entblößte ihn so weit, daß sie ihn streicheln konnte. Jamie rang nach Atem, als ihre Hand ihn umfaßte, und er flüsterte rauh: »Na schön, Herzogin. Du hast gewonnen.«

Mit einer geschmeidigen Bewegung nahm er ihren Körper in Besitz, doch Bliss war nicht bereit, ihm seine üblichen Neckereien zu gestatten – ihre Hände umklammerten seinen Po, und jedesmal, wenn er sich aus ihr zurückziehen wollte, zog sie ihn noch fester an sich, bis er die quälende Leere in ihr ausfüllte.

Einmal hielt er inne und senkte den Kopf, um Bliss zu küssen, aber er war zu atemlos, und so überließ er sich aufstöhnend seiner Ekstase. Bliss merkte erst, daß sie weinte, als sie Jamies verstörten Blick sah.

»Herzogin …«

Sie schüttelte wild den Kopf. »Sag nichts, Jamie«, flehte sie. »Bitte, sag jetzt nichts.«

Er erfüllte ihre Bitte und wandte sich halb ab, um seine Kleidung in Ordnung zu bringen. Hastig tat sie das gleiche. Erst dann fühlte sie sich imstande, etwas zu sagen.

»Ich liebe dich, Jamie«, gestand sie. »Aber ich will dich weder mit Peony Ryan noch irgendeiner anderen Frau teilen, und ich werde auch nicht in diesem Haus sitzen und darauf warten, daß du deine Stiefel unter meinem Bett abstellst.« Sie hob die linke Hand, an der der herrliche Smaragd funkelte. »Wenn ich diesen Ring tragen soll, will ich deine Frau sein und keine Mätresse.«

Jamie wirkte zutiefst verblüfft. Er nahm seinen Hut in die Hand, und Bliss wußte, daß sie mit einer ausweichenden Erwiderung zu rechnen hatte. »Ich weiß nicht, was du damit sagen willst«, antwortete er. »Du bist meine Frau gewesen, in jeder Hinsicht ... und was Peony betrifft, habe ich dir schon so oft erklärt ...«

Bliss schüttelte den Kopf. Jetzt hing alles, *alles* nur noch von Jamies Verständnis ab. »Ich war deine Geliebte, nicht deine Frau. Sobald dein Verlangen nach mir befriedigt war, hast du mir den Kopf getätschelt und mich bis zum nächsten Mal ins Regal zurückgestellt.«

Sie sah, wie er unwillig die Lippen zusammenpreßte. »Es gibt Orte, wo keine Frauen hinpassen.«

Bliss schloß gequält die Augen. Sie hatte diese Auseinandersetzung selbst herausgefordert. »Und Peony?«

»Sie ist eine gute Freundin, Herzogin«, erklärte Jamie leicht erzürnt. »Wenn ich sie nicht gehabt hätte, wäre ich schon ein dutzendmal gestorben. Falls du von mir verlangen solltest, sie aufzugeben, muß ich dich leider enttäuschen.«

Bliss fühlte sich zutiefst gedemütigt. »Ich verstehe«, meinte sie erstickt. Dann zog sie den Ring ab und drückte ihn Jamie in die Hand, bevor sie den Raum verließ, in dem sie nie mit ihm leben würde.

# 17

Jamie stürzte seinen letzten Whisky herunter und knallte das Glas auf die Theke. »Sind Sie Australier?« fragte er den Mann neben ihm. »Sie reden so eigenartig.«

Der Junge sah aus, als wäre er noch recht feucht hinter den Ohren. Er hatte schlechte, picklige Haut, und sein Haar stand in alle Richtungen. Jamies Frage veranlaßte ihn zu einem Lächeln, und er nickte, als der Barkeeper beide Gläser füllte.

»Fassen Sie es nicht als Beleidigung auf«, fügte Jamie gutmütig hinzu. »Mein Bruder ist auch ein Aussie.« Seufzend betrachtete er sein Glas. Er hätte nicht mehr sagen können, der wievielte Whisky es war, seit Bliss und er sich im Foyer getrennt hatten und sie in ihre Suite gegangen war.

»Waren Sie schon einmal in Australien?« wollte der Fremde wissen.

Die harmlose Frage ernüchterte Jamie so weit, daß er wieder die Baumrinde unter den Fingern zu spüren und das Blut zu riechen glaubte, das aus den Wunden auf seinem Rücken geströmt war. Er erschauerte wie unter einem kalten Luftzug.

»Ja«, antwortete er kurzangebunden, denn über diesen Abschnitt seines Lebens wollte er nicht sprechen, nicht einmal nach unzähligen Whiskys. »Ich habe dort einen Bruder, wie ich schon sagte.«

»Ja. Was macht er beruflich?«

Jamie warf dem Fremden einen überraschten Blick zu. Ein neugieriger Kerl schien dieser Junge zu sein! »Transportgeschäfte, Zuckerrohr – Sie wissen schon.«

Der hagere junge Mann nickte. »Ich glaube, ich habe mich noch nicht vorgestellt. Ich bin Walt Davis.«

Jamie hatte den Jungen bereits zu mehreren Drinks eingeladen und betrachtete ihn schon fast als Kumpel. Trotzdem war es immer gut, den Namen eines Mitzechers zu kennen. Jamie nickte stumm und starrte in sein Glas.

Davis räusperte sich umständlich. »Haben Sie Probleme, Mister McKenna?«

Jamie kam nicht auf die Idee, sich zu fragen, woher Davis seinen Namen kannte, obwohl er sich ihm gar nicht vorgestellt hatte. Er nickte nur und machte dem Barkeeper ein Zeichen, die Gläser nachzufüllen. »Schlimme Probleme, mein Freund. Ganz schlimme.«

»Frauengeschichten«, bemerkte Davis in vielsagendem Ton.

»Genau.«

»Eine Geliebte?«

Jamie schüttelte den Kopf. »Meine Frau.«

»Oh.« Das klang sehr mitfühlend.

»Ich kann ihr nichts recht machen«, beklagte Jamie sich. »Wenn ich ihr sage, ›Bleib‹, dann geht sie; wenn ich sage, ›Geh‹, rührt sie sich nicht vom Fleck.« Er brach ab und schüttelte den Kopf, als ihm das ganze Ausmaß seines Dilemmas bewußt wurde. »Ich kaufe ihr ein Haus, und sie will nicht darin leben. Ich schenke ihr einen Ring, sie gibt ihn mir zurück.«

»Lieben Sie sie?«

Na, das ist aber eine komische Frage für einen Zechkumpanen, dachte er flüchtig, aber sein Verstand war schon zu benommen, als daß Jamie mißtrauisch geworden wäre. »Ja«, antwortete er. »Mehr als mein Leben.«

Damit stürzte er seinen Drink hinunter, warf etwas Geld auf die Theke und ging mit schleppenden Schritten hinaus.

Bliss kauerte mitten auf dem Bett, ein Bild des Unglücks. Am nächsten Morgen würde Mrs. Wilmington sie abholen und sich mit ihr auf den Weg zum Hafen machen. Ihr Schiff sollte um zwölf Uhr mittags auslaufen.

Als Bliss hörte, daß die Tür der Suite geöffnet wurde, wartete sie mit angehaltenem Atem auf Jamie. Aber statt zu ihr zu kommen, klopfte er an die Tür des anderen Schlafzimmers.

Jamie war zu Peony gegangen, um Trost zu suchen!

Es schwindelte Bliss fast vor Verzweiflung und Qual. Sie schlang die Arme um ihren Körper und schaukelte vor und zurück, als könnte sie so den schrecklichen Schmerz über Jamies Verrat von sich fernhalten.

Er mußte etwa eine Stunde bei Peony geblieben sein, was Bliss wie eine kleine Ewigkeit erschien, in der sie wahre Höllenqualen ausstand. Dann kam er endlich in ihr Zimmer und ließ sich schwer auf die Bettkante fallen. Er roch stark nach Whisky.

Bliss tat, als schliefe sie, aber sie erstickte fast an ihrem Zorn: ihre Kehle war rauh vor Anstrengung, ihre wütenden Schreie zurückzuhalten, und ihre Hände hatte sie zu Fäusten geballt, um nicht auf Jamies breiten Rücken einzuschlagen.

Er legte seine Kleider ab, und Bliss dachte wütend und von Schmerz erfüllt, daß es vermutlich schon das zweite Mal an diesem Abend war, daß er sich in dieser Suite auszog …

Ein heiseres Schluchzen entrang sich ihrer Kehle.

»Hast du was?« fragte Jamie mit einem Anflug von Schuldbewußtsein in der Stimme, bevor er zu Bliss ins Bett stieg.

Sie konnte es nicht mehr ertragen, stürzte sich mit einem Aufschrei auf ihn und begann auf ihn einzuschlagen. Als er schließlich ihre Handgelenke packte und sie dazu überging, nach ihm zu treten, schleuderte er sie recht unsanft auf den Rücken.

Der Aufprall raubte ihr den Atem. Bliss konnte Jamie nur schweigend und betroffen anstarren.

»Warum?« fragte er rauh. »Warum?«

Eine ungewöhnliche Hysterie beherrschte Bliss. Sie begann von neuem zu kämpfen, trat mit den Füßen und warf ihren

Kopf von einer Seite auf die andere. Jamie überraschte sie, indem er sie in seine Arme zog, und nun endlich löste sich das verzweifelte Schluchzen, das sich so lange in ihr aufgestaut hatte.

Bliss' Hände glitten wie im Fieber über Jamies nackten Rücken, als könnte das die Qual erleichtern, den einzigen Mann teilen zu müssen, den sie je geliebt hatte und morgen für immer verlieren würde.

Seine Lippen streiften zärtlich ihre Schläfe. »Herzogin, hör mir zu«, flüsterte er. »Bitte, hör mir zu. Ich weiß nicht, was so schrecklich für dich ist, aber wenn du mir die Möglichkeit dazu gibst, werde ich es in Ordnung bringen, das verspreche ich dir. Ich schwöre es, Bliss.«

Sie hätte ihre Seele geopfert, um Jamie zu glauben, aber sie konnte es einfach nicht. Nicht, nachdem er aus Peonys Bett zu ihr gekommen war. Egal, was geschah, das durfte sie nie vergessen.

Fast hätte sie ihm gesagt, daß sie am Morgen abzureisen gedachte, aber dann tat sie es doch nicht. Jamie streckte sich auf der Matratze aus und zog sie auf eine Art in seine Arme, die sie überlegen ließ, ob er sie trösten wollte oder selbst Trost suchte.

Irgendwann im Morgengrauen versank Bliss in einen unruhigen Schlaf. Als sie erwachte, war Jamie fort.

Vielleicht war es sogar besser so. Ein Blick auf die Uhr neben ihrem Bett bewies, daß sie sich beeilen mußte, um rechtzeitig zur Abreise fertig zu sein.

Wie es das Glück – oder Pech – wollte, war Jamie noch nicht zurückgekehrt, als Mrs. Wilmington mit Bliss in der Halle stand und das Verladen ihres Gepäcks überwachte. Doch da erschien plötzlich Mister Davis im Foyer, und aus Angst, er könne sie vor Mrs. Wilmington als Mrs. McKenna ansprechen, ging Bliss rasch auf ihn zu.

»Guten Morgen, Mister Davis. Wie geht es Ihnen?«

»Danke, gut. Verreisen Sie?« fragte er mit einem Blick auf ihren Koffer.

Bliss nickte. »Es tut mir leid, daß unsere Bekanntschaft so kurz war …«

Walter ergriff ihren Arm und zog sie mit einer Kraft, die sie ihm nicht zugetraut hätte, hinter eine Ansammlung von Palmen. »Haben Sie nicht gesagt, daß Sie verheiratet sind?« flüsterte er ihr zu.

Bliss schluckte. »Ja.«

Ein mitleidiger Ausdruck huschte über sein Gesicht, als er ihre müden Augen und die tiefen Schatten darunter sah. »Sie haben geweint. Hat er Ihnen weh getan? Ich werde diesem Schuft die Ohren langziehen!«

Bliss lächelte bei der Vorstellung eines Kampfes zwischen Jamie und diesem schwächlichen jungen Mann.

»Nun?« beharrte Walter.

»Hat er Ihnen weh getan?«

Bliss schüttelte den Kopf. »Nein – nicht so, wie Sie denken.« Im Hintergrund rief Mrs. Wilmington ihren Namen. »Ich muß jetzt gehen. Auf Wiedersehen, Walter.«

»Sagen Sie mir wenigstens, wohin Sie reisen«, bat Walter, und es klang fast eine Spur verzweifelt.

»Nach Amerika«, erwiderte Bliss so bedrückt, daß Mrs. Wilmington ihr einen merkwürdigen Blick zuwarf.

»A-Amerika!« stammelte Walter. »Das können Sie nicht! Sie müssen …«

»Auf Wiedersehen, Walter«, wiederholte Bliss, schon weniger herzlich. Das Gepäck war in der Kutsche; es wurde Zeit zum Aufbruch.

Den Weg zum Hafen legten sie schweigend zurück. Mrs. Wilmington schien Bliss' wehmütige Stimmung zu spüren und versuchte erst gar nicht, eine Unterhaltung zu beginnen.

Auf den Docks blieb Bliss keine Zeit mehr für sentimentale Überlegungen, denn es war gar keine einfache Sache, das Gepäck auf die *Queen Charlotte* bringen zu lassen und gleichzeitig dafür zu sorgen, daß kein Gepäckstück verlorenging.

Als alles erledigt war, atmete sie erleichtert auf. Ihre Überfahrt nach Amerika war gesichert; Mrs. Wilmington hatte sogar eine große Doppelkabine für sie beide gebucht.

Von einem Augenblick zum anderen spürte Bliss, wie sich die winzigen Haare in ihrem Nacken aufrichteten. Als sie sich umwandte, weil sie spürte, daß die Gefahr von hinten zu kommen schien, entdeckte sie Jamie auf dem Pier.

Bliss trat einen Schritt zurück – aber wohin hätte sie flüchten sollen?

Jamie blieb vor ihr stehen, zog den Hut und sagte mit gewinnendem Lächeln: »Hallo, Herzogin. Was glaubst du eigentlich, wohin du fährst?«

»Einen Moment!« fuhr Mrs. Wilmington empört dazwischen. »Was soll das heißen, junger Mann, und wer sind Sie überhaupt?«

Flammende Röte stieg Bliss in die Wangen, als sie Jamies Antwort vernahm: »Ich bitte um Verzeihung, Madam, aber mein Name ist James Marcus McKenna, und ich bin der Ehemann dieser jungen Dame.«

»Ist das wahr?« erkundigte sich Mrs. Wilmington bestürzt.

»Nein«, log Bliss entschlossen. »Ich habe diesen schrecklichen Mann noch nie gesehen.«

Jamie lachte schallend. »Erlauben Sie mir dann, mich Ihnen vorzustellen, Herzogin«, sagte er, während er Bliss um die Taille faßte und sie wie einen Sack Mehl über seine Schulter warf. »Ich bin der Mann, der Sie auf den rechten Weg zurückführen wird.«

Bliss schrie und strampelte, aber es half alles nichts, und so schlug sie mit ihrem Koffer auf Jamie ein. Aber auch das verfehlte seine Wirkung.

»Junger Mann!« protestierte Mrs. Wilmington, wenn auch nicht mehr ganz so überzeugt. »Ich rufe um Hilfe, wenn es nicht anders geht.«

»Tun Sie das, Madam«, erwiderte Jamie spöttisch. »Am besten rufen Sie gleich eine ganze Armee herbei.«

Bliss schlug Jamie mit aller Kraft den Koffer auf den Rücken. »Verdammt – laß mich runter!« zischte sie.

»Liebend gern«, erwiderte Jamie, der gefährlich nahe am Hafenbecken entlangmarschierte. »Aber das Wasser hier ist ziemlich schmutzig. Wer weiß, welche Krankheiten du bekommst, wenn ich dich hineinwerfe.«

Sie stieß einen empörten Schrei aus, was Jamie mit einem harten Schlag auf ihren Po beantwortete. Weder Mrs. Wilmington noch irgendein anderer Mensch kam ihr zu Hilfe.

»Hilfe!« kreischte Bliss, so laut sie konnte, aber Jamie lachte nur.

»Spar dir deinen Atem, Liebling«, riet er freundlich. »Hier wird dir keiner helfen. Es ist ein ziemlich heruntergekommenes Viertel, die Leute sind hier an so etwas gewöhnt.«

»Ich hasse dich!« rief Bliss entrüstet und meinte es in diesem Augenblick auch so.

»Mir geht's nicht anders«, erwiderte Jamie gelassen, zwickte sie in den Po und setzte seinen Weg gelassen fort.

Bliss erstickte fast vor Zorn. »Laß mich runter!«

»Gern – aber nur, um dich übers Knie zu legen, und das vor allen Leuten. Möchtest du das wirklich, Bliss?«

»Nein!« flüsterte sie entsetzt.

»Siehst du, das habe ich mir gedacht.«

Ihr wurde ganz übel vor Wut und Hilflosigkeit, als Jamie sie recht unsanft in eine Kutsche stieß und ihr drohend zuflüsterte: »Beim nächsten Mal geht es nicht ohne Prügel ab – das schwöre ich dir bei allem, was mir heilig ist!«

Da Bliss das Gefühl hatte, es sei ihm ernst damit, richtete sie sich nur auf und setzte sich auf eine Bank. Erst nachdem die Kutsche losgefahren war, wagte Bliss zu fragen, wie Jamie sie überhaupt gefunden hatte.

»Ich habe meine Informanten«, entgegnete er knapp.

Bliss schwieg, denn insgeheim war sie ganz froh, nicht nach Amerika fahren zu müssen – selbst wenn es bedeutete, daß sie ihre Mutter nie wiedersah …

»Was hast du mit mir vor?« fragte sie.

»Das weiß ich noch nicht. Vielleicht sperre ich dich eine Zeitlang zu den Schafen in den Stall. Danach wirst du schon begreifen, wo dein Platz ist.«

»Mein *was?*« schrie Bliss und stürzte sich wutentbrannt auf Jamie. Aber er kam ihr wie stets zuvor, zog sie auf seine Knie und küßte sie stürmisch. Nach einem schwachen Versuch, sich ihm zu entziehen, gab sie nach und schmiegte sich seufzend in seine Arme.

Er hörte erst auf, sie zu küssen, als die Kutsche hielt, und da war Bliss so benommen, daß ihr erst verspätet zu Bewußtsein kam, was er getan hatte. Empört hob sie die Hand, um ihn zu schlagen, aber sein Blick, der eine seltsame Mischung aus Trotz und Zärtlichkeit verriet, warnte sie, es nicht zu tun.

Dann schob Jamie Bliss von seinen Knien und verließ die

Kutsche. Als weder er noch der Fahrer Anstalten machten, ihr beim Aussteigen zu helfen, kletterte sie mit hochrotem Gesicht aus dem Gefährt und folgte ihrem Mann ins Hotel. In einer Aufwallung von Trotz verzichtete sie auf den Lift und wandte sich zur Treppe.

Als sie die Suite erreichte, saß Jamie schon bequem in einem Sessel und las die Morgenzeitung – ganz so, als wäre er nie am Hafen gewesen, um seine Frau abzuholen wie ein Stück Frachtgut. Bliss marschierte hocherhobenen Kopfes an ihm vorbei. Aber auch im Schlafzimmer fand sie keine Ruhe, denn dort waren Peony und ihr Mädchen mit dem Einpacken von Bliss' neuen Kleidern beschäftigt.

»Was soll das heißen?« erkundigte sie sich entrüstet.

Peony schickte das Mädchen hinaus und forderte Bliss mit einer herrischen Handbewegung auf, sich zu setzen. »Und jetzt hören Sie mir einmal gut zu, Sie albernes kleines Ding!« sagte sie scharf.

Bliss funkelte sie wütend an. »Das brauche ich mir nicht gefallen zu lassen!«

Peony ging unruhig durch den Raum. Ihre Augen sprühten vor Ärger. »O doch, das werden Sie!« entgegnete sie streng. »Falls Sie nicht versuchen wollen, an dem Mann, der dort draußen sitzt, vorbeizukommen!« Als sie sah, daß Bliss sich nicht rührte, fügte sie gereizt hinzu: »Was bezweckten Sie eigentlich mit diesem Theater?«

»Ich wollte fort«, sagte Bliss leise.

Peony hockte sich zu ihr aufs Bett. »Warum?« erkundigte sie sich seufzend. »Ich kenne Sie zwar nicht besonders gut, Mrs. McKenna, aber daß Sie Ihren Mann lieben, sieht selbst ein Blinder.«

Bliss preßte die Lippen zusammen. Sie wäre eher gestorben, als vor Jamies Mätresse zu weinen. »Ich liebe ihn, aber er liebt *Sie*«, antwortete sie. »Er war gestern nacht bei Ihnen … in Ihrem Zimmer.«

Peony lächelte. »Ja, Sie kleine Närrin, das stimmt. Aber er war so betrunken, daß er nicht einmal seinen Hut abnehmen konnte.«

Bliss, die an den starken Alkoholgeruch dachte, der Jamie angehaftet hatte, sagte nichts.

»Ich weiß nicht, was Sie ihm getan haben«, fuhr Peony fort, »aber so habe ich ihn nicht mehr leiden sehen, seit wir ... nun ja, seit langer Zeit nicht mehr.« Eine kurze Pause. »Bliss, wir schlafen nicht zusammen, Jamie und ich. Wir haben es noch nie getan.«

Bliss hätte Peony so gern geglaubt, aber das ließ ihre Eifersucht nicht zu. »Er liebt Sie«, wiederholte sie trotzig. »Er hat es mir selbst gesagt.«

Peony lächelte nachsichtig. »Es gibt viele Arten von Liebe«, erwiderte sie, bevor sie wieder aufstand und sich von neuem mit dem Einpacken von Bliss' Garderobe beschäftigte.

»Darf ich fragen, ob ich verreise?« meinte Bliss spöttisch.

»Ja. Aber wenn Sie mehr wissen wollen, fragen Sie Ihren Mann. Ich bin es leid, meine Zeit mit jemandem zu verschwenden, der mir gar nicht zuhört.«

Bliss stand auf und ging zu Jamie, der damit beschäftigt war, sein Messer zu schärfen. Er schaute nicht einmal auf, als sie eintrat.

»Peony sagt, ich würde verreisen.«

»Ja«, erwiderte er knapp. »Wir kehren auf meine Farm zurück.«

Die Idee mit dem goldenen Käfig hat er dann wohl aufgegeben, dachte Bliss erleichtert. Das war immerhin ein Fortschritt. »Und Peony? Wird sie uns begleiten?«

»Nein. Sie kann ihr Geschäft nicht im Stich lassen.«

»Aber du hast sie gebeten, mitzukommen?«

Nun schaute Jamie Bliss zum ersten Mal an. »Ja«, gab er müde zu.

Sie nickte resigniert. »Ich verstehe.«

Jamie schüttelte den Kopf. »Das möchte ich bezweifeln«, erklärte er, bevor er seine Arbeit wieder aufnahm.

Bliss trat näher zu ihm. »Dann erkläre es mir bitte! Ich möchte dich gern verstehen.«

»Zweifellos«, entgegnete er spöttisch. »Das habe ich heute morgen gemerkt, als du sang- und klanglos verschwunden bist.«

»Ich liebe dich, Jamie, und ob du es nun glaubst oder nicht, das war der Grund, warum ich dich verlassen wollte.«

Er gab ihr keine Antwort darauf, und als Peony aus dem

Schlafzimmer kam, stand er auf, nahm seinen Hut und ging mit Peony und deren Zofe hinaus.

Das leise Klicken des Schlüssels im Schloß war sein einziger Abschiedsgruß.

Bliss seufzte schwer und setzte sich an den Schreibtisch, um einen Brief an ihre Mutter zu schreiben und ihr zu erklären, warum sie nun doch nicht nach Amerika kommen konnte.

# 18

Durch Zufall entdeckte Bliss später einen Fluchtweg, der ihr bisher nicht aufgefallen war: eine Feuertreppe, die ganz dicht am Schlafzimmerfenster vorbeiführte! Doch als sie auf einen Sessel stieg und das Fenster zu öffnen versuchte, klopfte es.

»Hallo? Wer ist da?« rief Bliss erschrocken.

»Walter. Walter Davis.«

»Verräter!« beschuldigte sie ihn empört, weil sie vermutete, daß er es war, der Jamie von ihren Fluchtabsichten unterrichtet hatte.

»Ich mußte es ihm sagen, Bliss«, verteidigte sich Walter. »Er war ganz außer sich vor Sorge!«

»Das glaube ich Ihnen nicht!«

»Öffnen Sie, dann erkläre ich Ihnen alles«, bat er.

»Das kann ich nicht!« erwiderte Bliss gereizt. »Mein Mann hat mich eingeschlossen.«

»So ein Schuft!« rief Walter aufgebracht. »Das ist unmenschlich!«

»Aber ihm kann man wenigstens ein Geheimnis anvertrauen!« entgegnete sie spitz. »Und das ist mehr, als ich von Ihnen behaupten kann!«

Walter sagte etwas, doch seinem Ton war zu entnehmen, daß es nicht für Bliss bestimmt war. Und da ihr plötzlich Jamies Drohung einfiel, sie beim nächsten Fluchtversuch übers Knie zu legen, rannte sie ins Schlafzimmer, stellte den Sessel an seinen Platz zurück und zog die Vorhänge zu. Alles war wieder so wie immer, als Jamie hereinkam und meinte: »Kaum drehe ich dir den Rücken zu, flirtest du mit anderen Männern.«

Für derartige Scherze war Bliss nicht in der Stimmung. »Wenn ich das vorhätte, dann sicher nicht mit Walter!«

»Das glaube ich dir sogar«, erwiderte er lächelnd. »Er ist nichts als ein dummer Bauerntölpel. Stell dir vor, er besaß die Frechheit, mich zu beleidigen – obwohl ich ihm doch überhaupt nichts getan hatte.«

Damit streckte Jamie sich auf dem Bett aus, und Bliss fragte seufzend: »Du hast den armen Kerl doch hoffentlich nicht geschlagen?«

»Doch – natürlich«, bestätigte Jamie grinsend.

Sie setzte sich kopfschüttelnd. »Ich war überzeugt, daß du bei Peony bleiben würdest. Auch heute nacht.«

»Tatsächlich?« murmelte er ohne großes Interesse, bevor er sich zum Schlafen auf die Seite drehte.

Bliss hatte Mühe, ihre Ungeduld zu bändigen, aber dann kam ihr eine Idee, wie sie Gleiches mit Gleichem vergelten und Jamie zeigen konnte, wie man sich fühlte, wenn man eingeschlossen und gefangen war …

»Jamie?« sagte sie versuchsweise, als er ruhiger und gleichmäßiger zu atmen begonnen hatte.

Keine Antwort.

Lächelnd nahm Bliss eine Decke und breitete sie vorsichtig über ihrem schlafenden Mann aus.

Er murmelte etwas Unverständliches, und Bliss konnte nicht umhin, ihm einen Kuß zu geben. Dann nahm sie – als handelte es sich um eine ganz normale, alltägliche Handlung – seinen Hut und Mantel und trug beides in den Salon.

Dort wartete sie mehrere Minuten lang, bevor sie die Hand in die Rocktasche steckte, den Schlüssel herauszog und die

Nachricht, die sie am Morgen für ihn hinterlassen hatte. Obwohl sie ihren Inhalt kannte, las sie sie noch einmal durch.

*»Ich werde nie aufhören, Dich zu lieben, Jamie. Aber nun muß ich Abschied nehmen, und wir wissen beide, warum. Ich hoffe, daß Du glücklich wirst. In Liebe, Bliss.«*

Ihre Kehle war wie zugeschnürt, als sie den Zettel wieder zusammenfaltete und in Jamies Rocktasche zurücksteckte, ihren Umhang holte, sich aus der Suite schlich und die Tür verschloß.

»Hallo«, sagte eine rauhe Stimme hinter ihr.

Es war Walters Großvater, der in der Tür der gegenüberliegenden Suite stand.

»Sie ... Sie stehen ja!« sagte Bliss erstaunt, denn bisher hatte sie Mister Davis für gelähmt gehalten.

»Ja«, erwiderte der alte Mann mit einem Lächeln, das Bliss wieder an einen Totenkopf erinnerte. »Allerdings halte ich es nie lange aus.« Seine wäßrigen Augen unterzogen Bliss einer gründlichen Musterung. »Gehen Sie aus?«

Sie nickte. »Ich wollte spazierengehen.«

Mister Davis starrte auf die Tür, als wäre etwas dahinter zu sehen, was er von ganzem Herzen haßte. »Ihr Mann scheint sich keine großen Sorgen um Ihre Sicherheit zu machen«, meinte er nachdenklich.

Bliss wollte schon widersprechen, aber dann fiel ihr die Peitsche ein, dieses merkwürdige Hochzeitsgeschenk, und ein Schaudern erfaßte sie.

Ihre Reaktion war Mister Davis nicht entgangen. »Was ist, meine Liebe?«

Bliss wollte sich so schnell wie möglich von diesem alten Mann und der Stimmung, die er erzeugte, entfernen. »Nichts«, versicherte sie ihm lächelnd.

Ihr Nachbar schien ein bißchen unsicher auf den Beinen zu sein; seine Knie zitterten, genau wie die Hand, die auf der Türklinke lag. Er wollte etwas sagen, als Jamie von innen an der Tür zu rütteln begann. »Herzogin!« brüllte er.

Bliss ließ den Schlüssel schmunzelnd in ihre Tasche fallen. »Ja, Liebling?« antwortete sie vergnügt und vergaß Mister Davis und seine seltsamen Bemerkungen.

»Mach die verdammte Tür auf!« verlangte Jamie wütend.

»Das geht leider nicht«, antwortete sie spöttisch. »Du weißt doch, wie sehr mir deine Sicherheit am Herzen liegt.«

»Also gut, Herzogin«, räumte er nach kurzem Schweigen ein. »ich habe begriffen. Und jetzt laß mich raus.«

»Natürlich. Gegen Mittag, Jamie.« Damit wandte Bliss sich ab und schlenderte den Korridor hinunter. Doch als sie hörte, wie Jamie an der Tür zu rütteln begann, beeilte sie sich, hinauszukommen und entfernte sich so schnell wie möglich aus der Nähe des Hotels, ohne ein bestimmtes Ziel zu haben.

Sie passierte eine Reihe lärmender Bars und Pubs, vor denen Straßendirnen herumlungerten, die Bliss aus ihren schwarzgeschminkten Augen verächtlich musterten.

Als sie gerade umkehren und zum Hotel zurückgehen wollte, stieß sie hart mit einem Mann zusammen, der unangenehm nach Schweiß, Bier und billigem Tabak roch. Das Wort der Entschuldigung erstarb auf ihren Lippen, als sie den Mann erkannte.

Auch Bert Dunnigan wirkte ein bißchen erschrocken – bis er sah, daß Bliss allein war. Da lächelte er. »Na, das ist aber eine Überraschung! Jamie McKennas Paradiesvogel! Was machen Sie denn hier so ganz allein?«

Das Herz schlug Bliss bis in die Kehle, und sie wich zurück. Dieser Mann hatte die Absicht gehabt, Jamie zu töten, was ihm sicher auch gelungen wäre, wenn Cutter und sein Hund sich nicht zufällig in der Nähe aufgehalten hätten.

Dunnigan hob seine schmutzige Hand und berührte Bliss' Gesicht. »Was ist, Mädchen? Hat es dir die Sprache verschlagen?«

Sie stieß seine Hand fort und trat noch einen Schritt zurück. Als sie dabei gegen einen harten Körper stieß, der nur *einem* Mann gehören konnte, atmete sie erleichtert auf.

Auch Bert Dunnigans Gesichtsausdruck veränderte sich. Der Mann duckte sich ganz unbewußt und wich zurück. Den Mut, sich ohne Unterstützung seiner Kumpane mit Jamie anzulegen, hatte er offensichtlich nicht.

Jamie schob Bliss beiseite. »Schön, dich wiederzusehen, mein Freund«, sagte er beängstigend ruhig, und Bliss beobachtete besorgt, wie er Dunnigan in eine Gasse drängte.

Der streckte besänftigend die Hände aus. »Tragen Sie es

mir nicht nach, Mister McKenna! Wir haben nur Piphers Befehle ausgeführt.«

Jamie hielt plötzlich sein Messer in der Hand. »Dann war es mein alter Freund, der euch wie Hunde auf meine Spur gehetzt hat?«

Dunnigan nickte. Winzige Schweißperlen erschienen auf seiner Stirn. »Ja«, flüsterte er zurückweichend, doch dann stieß er mit dem Rücken an einen Wagen, so daß ein weiterer Rückzug unmöglich wurde. Jamie hob das Messer und drückte seine Spitze gegen Dunnigans Halsschlagader.

»Erzähl mir mehr«, forderte Jamie ihn auf.

»Er will Sie … und diese Mrs. Ryan …« stammelte der Bandit.

»Er ist also in Auckland?«

Dunnigan nickte widerstrebend. »Aber ich weiß nicht, wo er sich aufhält – das müssen Sie mir glauben!«

Bliss sah Jamie an, daß er versucht war, Dunnigan zu töten. »Sag Increase, ich hätte sein Geschenk erhalten«, meinte er kalt.

Dunnigan wurde blaß. Offensichtlich wußte er Bescheid.

Ein schrecklich anzusehendes Lächeln verzerrte Jamies Züge, als er das Messer zweimal kurz über Dunnigans Hals gleiten ließ und ein blutiges *V* in die Haut ritzte. »Sag dem alten Schuft, daß ich ihn umbringen werde – aber erst, nachdem er seine eigene Peitsche zu spüren bekommen hat«, erklärte Jamie ruhig.

Dunnigan nickte. »Ich sage es ihm, Mister McKenna!«

»Gut.« Jamie ließ das Messer sinken, und Dunnigan rannte los, als sei ihm der Teufel auf den Fersen.

Bliss atmete erleichtert auf. Für den Moment schien die Gefahr gebannt. »Wie bist du aus der Suite gekommen?« fragte sie, als Jamie zu ihr trat und sein Messer einsteckte.

»Ich habe schon kompliziertere Schlösser geknackt«, erwiderte er lächelnd. »Aber fast hätten wir den Zug verpaßt.«

»Den Zug?«

Die Hand auf ihrer Schulter, drängte Jamie Bliss weiter. »Glaubst du, ich ginge das Risiko, mit dir über Land zu fahren, noch einmal ein? Im Gegensatz zu anderen Leuten mach' *ich* nicht zweimal den gleichen Fehler.«

»Ich wollte nicht fortlaufen, Jamie!« erwiderte Bliss beschämt. »Ich wollte dir nur zeigen, wie man sich fühlt, wenn man gefangen ist.«

Er lächelte, aber seine Augen blickten traurig. »Glaubst du, das wüßte ich nicht?«

Sie dachte an die Narben auf seinem Rücken und senkte den Blick.

»Ich wäre zurückgekommen. Wirklich.«

»Ja«, erwiderte Jamie. »So wie heute morgen, als du sang- und klanglos verschwunden bist.«

»Ich wollte nach Amerika, weil du eine andere Frau liebst!«

Jamie blieb stehen, umfaßte ihr Kinn und sagte rauh: »Ich will diesen Unsinn nicht mehr hören, Bliss. Hast du mich verstanden? Kein Wort mehr über Peony!«

»Ha!« schrie Bliss. »Das hättest du wohl gern, was?«

»Genau«, stimmte er zu, bevor er ihren Arm nahm und sie recht unsanft weiterzerrte.

Auf dem Korridor zu ihrer Suite begegnete ihnen Walter Davis, dessen rechtes Auge blau und zugeschwollen war. Bei Jamies Anblick wich er erschrocken zurück.

»Du hast ihn tatsächlich geschlagen!« sagte Bliss empört.

»Und würde es jederzeit wieder tun!« ergänzte Jamie kalt.

Walter preßte sich furchtsam an die Wand, als Bliss und Jamie an ihm vorübergingen. Holzsplitter auf dem Boden und eine herabbaumelnde Türklinke bewiesen, daß Jamie das Schloß zu ihrer Suite nicht aufgebrochen, sondern die Tür ganz einfach eingetreten hatte.

»Einige Schlösser sind leichter zu öffnen als andere«, bemerkte er auf Bliss' erstaunten Gesichtsausdruck hin und fügte mit einer Verbeugung hinzu: »Nach Ihnen, Herzogin.«

Bliss trat ein. Sie ließ die Schultern hängen. »Jetzt wirst du wohl deine Drohung wahrmachen und mich … bestrafen«, sagte sie leise.

Jamie war zum Barschrank getreten und schenkte sich einen Whisky ein. Nachdem er einen Schluck getrunken hatte, drehte er sich um und musterte Bliss gedankenvoll. »Nein«, erwiderte er ruhig, »ich wäre nie imstande, Hand an dich zu legen, nicht einmal, wenn du versuchtest, mir die Kehle durchzuschneiden.« Er schob seinen Hut in den

Nacken und wandte das Gesicht ab. »Aber ich wäre dir dankbar, wenn du mir solche Tage wie heute in Zukunft ersparen würdest. Ich bin schließlich nicht mehr der Jüngste«, fügte er verdrossen hinzu.

Bliss ging auf Jamie zu, um ihn zu umarmen, aber er wich ihr aus. Merkwürdigerweise schmerzte das viel mehr als die Prügel, die sie erwartet hatte, ihr je hätten weh tun können.

Zu einer weiteren Unterhaltung kam es nicht, da das Gepäck abgeholt wurde und Bliss und Jamie sich auf den Weg zum Bahnhof machten.

Es war das erste Mal, daß Bliss einen Zug benutzte, und daher eine fast so aufregende Erfahrung wie die verpaßte Schiffsreise. Als Jamie Bliss in den Speisewagen führte und sich ihr gegenübersetzte, schaute sie ihn erwartungsvoll an. Aber er wirkte so müde und ungehalten, daß sie Mitleid mit ihm empfand.

»Vielen Dank, daß du mich vor diesem schrecklichen Mann gerettet hast«, sagte sie leise.

Jamie warf ihr einen mürrischen Blick zu, und sie verstummte. Als ein Kellner kam, gab Jamie ihre Bestellung auf.

»Nett, daß du gefragt hast, was ich essen will!« meinte Bliss verärgert. »Vielleicht will ich ja gar keinen Fisch. Hast du das bedacht?«

»Hast *du* bedacht«, warf Jamie gelassen ein, »daß ich dich in den Schlafwagen verbannen und dir doch noch deinen süßen Po versohlen könnte?«

Angesichts dessen hielt Bliss es für besser, ihren Fisch widerspruchslos zu essen …

Als Jamie seine Mahlzeit beendet hatte, stand er auf.

»Willst du mich hier einfach sitzenlassen?« fragte Bliss erschrocken.

»Ich gehe in den Salonwagen, um in Ruhe eine Zigarre zu rauchen und einen Drink zu nehmen.«

Bliss sprang auf. »Dann gehe ich mit!«

Aber er drückte sie auf ihren Platz zurück. »Tut mir leid«, widersprach er, »aber Frauen sind dort nicht erlaubt.«

Bliss spürte, wie ihr das Blut in die Wangen stieg. »Das … das ist eine Frechheit!«

»Mag sein«, stimmte er schulterzuckend zu, »aber so ist es nun einmal. Du kämst nicht weiter als bis zur Tür.«

»Dann zeig mir wenigstens, wo unser Schlafwagen ist«, flüsterte Bliss, die auf einmal verlegen geworden war, weil die anderen Gäste sie schon anstarrten.

»Es ist zu früh zum Schlafen«, wandte Jamie ein. »Du ...«

»Ich habe einen anstrengenden Tag gehabt«, unterbrach sie ihn, und Jamie erklärte sich seufzend bereit, sie zu ihrem Abteil zu begleiten.

Er schloß die Tür auf und wartete, bis Bliss eingetreten war. Schwaches Gaslicht verbreitete einen anheimelnden Schein.

»Gute Nacht«, sagte Jamie steif.

Bliss sehnte sich nach seinem Verständnis und seiner Vergebung, aber sie war zu stolz, ihn darum zu bitten. »Gute Nacht«, erwiderte sie leise.

Jamie schloß die Tür hinter sich, und Bliss ging, den Tränen nahe, ins angrenzende Bad und bereitete sich mit ganz besonderer Sorgfalt auf die Nacht vor ... denn schließlich war es möglich, daß Jamie doch früher als erwartet zurückkam.

Aber selbst wenn es so gewesen wäre, hätten die beiden übereinanderliegenden Betten wenig Möglichkeiten zu einer Versöhnung geboten. Mit einem resignierten Seufzer legte Bliss sich in die untere Koje, wo sie zu ihrer eigenen Überraschung fast augenblicklich einschlief.

Später erwachte sie von einem aufregenden Kribbeln zwischen ihren Schenkeln und sah, daß Jamie vor ihrem Bett kniete und sie zärtlich streichelte. Sie seufzte lustvoll und spreizte die Schenkel, um ihm noch besseren Zugang zu verschaffen, und er preßte die Lippen auf ihre nackten Brüste.

Bliss vergrub ihre Hände in seinem dichten Haar und schnurrte vor Wohlbehagen wie eine Katze. »O Jamie«, flüsterte sie heiser, »ich hätte nicht gedacht, daß du zurückkommst ...«

Er lachte leise. »Wo hätte ich denn bleiben sollen?«

Ein lustvolles Erschauern ging durch ihren Körper: sie krümmte den Rücken und stöhnte wie im Fieber: »O Jamie ... es tut mir ... so leid ... daß ich ... dich geärgert habe ... Ich liebe dich ... Ich liebe dich so sehr ...«

»Pst«, mahnte er und ließ seine Lippen zu jener Stelle gleiten, wo die süße Qual am größten war.

Doch Bliss zog seinen Kopf zu sich herauf und küßte ihn so leidenschaftlich auf den Mund, daß auch er vor Verlangen zu stöhnen begann. Mit fliegenden Fingern knöpfte sie sein Hemd auf und streichelte seine nackte Haut. »Komm zu mir, Jamie«, bat sie voll Verlangen. »Liebe mich. Ich brauche dich so sehr …«

Jamie lachte. »Auf diesem Ding? Ich habe schon Bücherregale gesehen, die breiter waren als dieses Bett.«

»Jamie!« flehte sie, bevor sie ihn von neuem küßte und ihn so leidenschaftlich umarmte, daß er endlich seine Kleider ablegte und zu ihr in die enge Koje kam.

»Ich muß dir sagen«, flüsterte er ihr heiser zu, »daß jeder Tag mit dir die reinste Hölle war. Trotzdem möchte ich nicht eine einzige Minute davon missen.«

Tränen des Glücks schimmerten in ihren Augen, als sie den Kopf zurücklegte und Jamie statt einer Antwort einladend die Hüften entgegenbog …

# 19

Müde und doch überglücklich nach der leidenschaftlichen Nacht, spähte Bliss durch das winzige Fenster des Abteils und versuchte, den Bahnhof auszumachen.

Außer einem kleinen Schuppen und einem wartenden Pferdewagen war nichts zu sehen. Die Pferde wieherten und schnaubten, als der Zug mit einem schrillen Pfiff zum Stehen kam.

Jamie stieg aus und hob Bliss aus dem Zug. Das Gepäck wurde ihnen nachgereicht, und ein Hund begann wütend zu bellen, als der Zug ratternd weiterfuhr.

Zu Bliss' Erstaunen saß Cutter O'Riley auf dem Wagen. »Hallo, ihr beiden«, begrüßte er sie vergnügt.

Bliss gähnte verstohlen und machte es sich so bequem wie möglich. »Morgen, Cutter«, antwortete sie und streichelte den Hund, der freundschaftlich die Schnauze an ihre Schulter stieß.

»Hallo, Cutter«, sagte Jamie kurz, um sich dann sofort zu erkundigen, ob es irgendwelche Probleme während seiner Abwesenheit gegeben hatte.

Cutter schüttelte den Kopf. »Der Hund und ich haben uns um das Haus gekümmert, seit das Maorimädchen nicht mehr da ist.«

Bliss war erleichtert, Carra nicht mehr sehen zu müssen, doch als sie die Küche betrat und die Stapel schmutzigen Geschirrs erblickte, die sich dort angesammelt hatten, verblaßte ihr Lächeln. Sie band sich eine Schürze um und stellte einen Kessel Wasser auf den Herd. Als Jamie hereinkam, kochte es, und frisch aufgebrühter Kaffee dampfte in der Kaffeekanne.

Jamie zog Bliss' Hände an die Lippen. »Ins Bett mit dir, Herzogin!« befahl er lächelnd. »Du mußt todmüde sein.«

»Ich gehe nicht schlafen, wenn du nicht mitkommst!« widersprach sie und errötete verlegen, als sie sah, daß Cutter mit Jamie hereingekommen war. Aber der alte Mann tat, als habe er nichts gehört.

»Gute Idee«, erwiderte Jamie lachend. »Ich glaube, ich könnte auch ein bißchen Schlaf gebrauchen.« Darauf gähnte er so auffallend, daß Cutter schallend zu lachen begann.

Bliss war sehr verlegen und hätte Jamie bestimmt getreten, wenn sie nicht so versessen darauf gewesen wäre, ihm zu beweisen, daß er die beste Frau auf Erden hatte. »Du wirst zuerst ein ordentliches Frühstück zu dir nehmen, Jamie, und wenn ich es dir gewaltsam hineinzwängen muß«, erklärte sie entschieden.

Jamie hob erstaunt die Brauen. »Kannst du kochen?«

Sie würdigte ihn keiner Antwort und bereitete aus dem, was sie fand, ein Frühstück zu. Während die Männer hungrig aßen, sprachen sie über Schafe, was Bliss schließlich so langweilte, daß sie aufstand und seufzend zur Spüle ging.

Doch Jamie trat hinter sie, umfaßte ihre Taille und forderte Bliss auf, ins Bett zu gehen. »Die Arbeit läuft dir nicht davon, Herzogin«, fügte er schmunzelnd hinzu.

Sie lehnte den Kopf an seine harte Schulter. »Komm mit«, flüsterte sie verlangend.

Er gab ihr einen liebevollen Klaps und trat zurück. »Du wirst mir jetzt ausnahmsweise einmal gehorchen«, erklärte er mit vorgetäuschter Strenge.

Bliss drehte sich um und schlang die Arme um seinen Hals.

»Willst du mich nicht mehr, Jamie?« fragte sie, während sie ihre Hände zärtlich über seine Brust gleiten ließ.

Er nahm ihre Hand und hielt sie fest. »Daran wird sich wohl nie etwas ändern. Natürlich will ich dich.« Er drehte sie herum und schob sie auf die Treppe zu. »Und jetzt geh, bevor ich mich vergesse und dich gleich hier auf der Treppe nehme!«

Bliss schüttelte lachend den Kopf und ging hinauf. Da es empfindlich kalt in Jamies Zimmer war, zündete sie ein Feuer an, bevor sie sich auszog und fröstelnd zwischen die kalten Laken legte. Gähnend schloß sie die Augen – und das nächste, was sie spürte, war eine feuchte Zunge auf ihrem Gesicht …

Erschrocken richtete Bliss sich auf und blickte in die treuherzigen Augen von Cutters Hund. Ein leises Lachen erklang auf der anderen Seite des verdunkelten Zimmers. »Jamie?«

Er stand am Kamin und schürte das Feuer. »Ja, ich bin's. Hast du Hunger?«

»Ja«, antwortete sie gähnend. »Wie spät ist es?«

»Nach Mitternacht, Liebling.«

»Was? Habe ich etwa den ganzen Tag verschlafen?«

»Ja«, erwiderte er lächelnd. »Aber morgen ist auch noch ein Tag«, fügte er hinzu. »Ich fahre mit Cutter in die Stadt, um Vorräte zu besorgen. Im Augenblick kann ich dir nur das hier bieten.«

Doch der Teller mit kaltem Fleisch, Brot und getrocknetem Obst, den er ihr reichte, war ein durchaus verlockender Anblick für Bliss. Sie begann hungrig zu essen und fragte zwischen zwei Bissen: »Gibt es denn hier in der Nähe eine Stadt?«

»Sie ist nicht groß«, erwiderte Jamie, der auf der Bettkante hockte und den Hund streichelte. »Aber man bekommt dort alles, was man braucht.«

»Es tut mir leid«, sagte Bliss, als sie gegessen hatte und sich in die Kissen zurücksinken ließ.

»Was?«

Sie seufzte schwer. »Daß ich dir nicht zeigen konnte, was für eine gute Frau ich dir sein werde.«

Jamie sagte etwas zu dem Hund, der aufstand, zum Kamin hinübertrottete und sich dort zum Schlafen niederließ.

»Übermorgen reite ich mit Cutter in die Berge. Glaubst du, du kommst ein paar Tage allein zurecht?« fragte Jamie, während er sich auszog.

Bliss stockte der Atem, ihre Kehle war wie zugeschnürt vor Angst. Am liebsten hätte sie Jamie angefleht, zu bleiben und sie nicht allein zu lassen. Doch auf ihre schüchtern vorgebrachte Bitte, ihn begleiten zu dürfen, schüttelte er den Kopf.

»Diesmal nicht«, meinte er, als er zu ihr ins Bett kam. »Es ist zu kalt dort oben, Bliss. Du würdest es nicht aushalten.«

»Und wenn diese schrecklichen Männer kommen und mir etwas antun?« beharrte sie, obwohl Jamies streichelnde Hand auf ihrem Bein ihr das Denken erschwerte.

»Keine Angst, das werden sie nicht tun«, entgegnete er und ließ seine Hand über die zarte Haut an ihren Schenkeln gleiten.

»Du würdest mich beschützen, wenn du deine Rolle als Ehemann ernst nähmst …« flüsterte Bliss, die ein vertrautes Kribbeln in ihrem Körper zu verspüren begann.

Jamie zog sie lachend in die Arme und küßte sie. »Wenn du hier in Gefahr wärst, würde ich dich mitnehmen«, erwiderte er. »Und jetzt werde ich dir zeigen, was ein richtiger Ehemann ist …«

Und als er dann ihre Brüste und ihren Bauch küßte und noch tiefer glitt, um sie dort zu küssen, wo ihre Empfindlichkeit am größten war, blieb ihr nichts anderes übrig, als zuzugeben, daß Jamie der beste Ehemann war, den eine Frau sich wünschen konnte …

»Ich habe eine Überraschung für dich«, sagte Jamie, als er am nächsten Tag aus der Stadt zurückkam, Bliss in die Küche zog und ihr einen schlichten goldenen Ring über den Finger streifte. »Damit keiner auf falsche Ideen kommt«, fügte er überraschend ernst hinzu.

»Falsche Ideen?« fragte sie, aber er zuckte nur mit den Schultern und schenkte ihr noch ein Kochbuch, eine Schachtel Pralinen und zwei wunderschöne Kämme für ihr Haar.

Mit Tränen in den Augen drückte Bliss die Sachen an ihre Brust und rannte stumm nach oben.

»Was habe ich denn jetzt schon wieder verbrochen?« fragte Jamie Cutter verblüfft.

Der lachte. »Frauen sind manchmal überempfindlich, wenn sie ein Kind erwarten«, erwiderte er gelassen.

Jamie starrte ihn betroffen an, hockte sich fluchend auf einen Stuhl und schlug beide Hände vors Gesicht.

»Wäre das so schlimm?« erkundigte sich Cutter.

Jamie schloß die Augen und dachte an Eleanor, die ihm ein Kind geboren hatte ... »Ich weiß nicht«, erwiderte er bedrückt.

Seine Tochter Elisabeth glaubte, daß Jamies Bruder Reeve ihr Vater war, und das war vielleicht auch besser so – obwohl kaum ein Tag verging, an dem Jamie nicht an seine Tochter dachte und um sie trauerte ...

»Sei vernünftig, Jamie!« sagte Cutter streng. »Bliss ist anders als Eleanor. Das weißt du selbst.«

Jamie seufzte. »Mag sein– aber etwas haben sie gemeinsam. Beide haben die Angewohnheit zu verschwinden, wenn man es am wenigsten von ihnen erwartet.«

»Ich glaube, du brauchst jetzt einen Drink«, stellte Cutter kopfschüttelnd fest.

»Vielleicht sollte ich lieber hinaufgehen und nachschauen, was Bliss macht«, sagte Jamie zweifelnd, als Cutter eine Flasche Whisky aus dem Arbeitszimmer geholt hatte.

Doch als Bliss später mit verweinten Augen in die Küche kam, hatte Jamie über dem Whisky seine Sorgen längst vergessen. Er kniff Bliss grinsend in den Po und handelte sich dafür einen Schlag mit einem hölzernen Kochlöffel ein, der ihm fast die Fingerknöchel brach.

»Jamie McKenna – geh in den Hühnerstall und hole Eier!« fuhr Bliss ihn an. »Ich habe es den ganzen Morgen lang versucht, aber der verdammte Hahn hat mich nicht hereingelassen!« Sie drückte Jamie einen Korb in die Hand und machte sich daran, die von ihm und Cutter mitgebrachten Lebensmittel einzuräumen.

Abends saß Jamie über seinen Büchern im Arbeitszimmer, und Bliss las einen Roman. Doch als ihre innere Unruhe übermächtig wurde und sie sich nicht mehr konzentrieren konnte, klappte sie das Buch zu und legte es beiseite.

»Warum ist dir der Gedanke, ich könnte ein Kind bekommen, so unangenehm, Jamie?« fragte sie furchtlos, obwohl von seiner Antwort nicht nur ihr Glück, sondern auch ihre gesamte Zukunft abhing.

»Ein Kind bedeutet Verantwortung«, entgegnete er vage.

»Das ist keine Erklärung«, beharrte Bliss. »Ins Bett gehst du anscheinend sehr gern mit mir. Ist dir eigentlich nie der Gedanke gekommen, ich könnte dabei schwanger werden?«

Sein Schweigen ließ nichts anderes als den Schluß zu, daß er einfach keine Kinder mit ihr haben wollte und Bliss ihm als Mutter seiner Kinder nicht geeignet schien …

Es war ein so empörender Gedanke, daß Bliss wortlos den Raum verließ, sich in ihr gemeinsames Schlafzimmer zurückzog und die Tür verriegelte.

Als Jamie etwas später an der Tür rüttelte, hielt Bliss besorgt den Atem an, weil sie eine heftige Reaktion von ihm erwartete, aber er sagte nur müde: »Gute Nacht, Bliss«, und ging.

Tapfer widerstand sie der Versuchung, ihm nachzulaufen und ihn zu bitten, zurückzukommen und die Nacht mit ihr zu verbringen. Irgendwann, viele Stunden später, fand sie sogar Schlaf.

Als sie am nächsten Morgen erwachte, wußte sie sofort, daß das Haus verlassen war und sich außer ihr und dem Hund, dessen leises Winseln auf dem Korridor zu hören war, niemand darin aufhielt. Seufzend und von einem Gefühl überwältigender Einsamkeit erfaßt, schob sie die Decken zurück und stand auf.

Doch da begannen die Krämpfe, und als sie sich stöhnend aufs Bett zurücksinken ließ, wußte sie Bescheid – sie hatte Jamies Kind nicht empfangen.

Heiße Tränen liefen ihr über die Wangen. Schon möglich, daß Jamie kein Kind von ihr wollte, aber sie war fest entschlossen, ihm trotzdem eins zu schenken, ob es ihm nun paßte oder nicht. Und wenn es das letzte ist, was ich auf Erden tue, schwor Bliss.

## 20

Nachdem sie den Hahn mit etwas altem Brot bestochen hatte, gelang es Bliss endlich, in den Hühnerstall einzudringen und ein halbes Dutzend Eier zu ergattern, die sie brauchte, um einen Kuchen für Jamies Heimkehr zu backen.

Als sie einen Wagen vorfahren hörte, stürzte sie freudig hinaus, um ihren Mann zu begrüßen, aber zu ihrer Enttäuschung war es nur Peony, die etwas schwerfällig vom Wagen stieg. Der Fremde, der sie begleitete, stützte sie und reichte ihr dann mit besorgter Miene seinen Arm.

Bliss ging den Besuchern ein paar Schritte entgegen. Dem Hund, der nicht von ihrer Seite wich und drohend knurrte, befahl sie gereizt, sich ruhig zu verhalten.

Peony war auffallend blaß. »Ist Jamie zu Hause?« fragte sie ohne Einleitung, während der Fremde die Pferde ausspannte.

Bliss schüttelte den Kopf. »Nein. Warum?« entgegnete sie und schaute verwundert zu, wie der Fremde zurückkam und fürsorglich seinen Arm um Peonys Schultern legte. Irgend etwas war ganz eindeutig nicht in Ordnung.

Peony schien noch blasser zu werden und schloß gequält die Augen. »Ich muß Jamie sehen!« sagte sie verzweifelt, während sie sich an den Arm ihres Begleiters klammerte, als könne sie sich kaum noch auf den Beinen halten. »Wo ist er, Bliss? Kommt er bald zurück?«

»Er ist in den Bergen – mit Cutter und den anderen Männern«, antwortete Bliss, bevor sie sich auf ihre Manieren besann und Peony und den Mann ins Haus geleitete. Dort ließ Peony sich aufatmend in einem Sessel nieder, während der Fremde hinausging, um ihr Gepäck zu holen.

»Was ist passiert?« flüsterte Bliss, als sie Tränen in Peonys Augen schimmern sah.

»Ich kann nicht darüber reden – jemand muß Jamie finden ...« antwortete Jamies Geliebte schluchzend, was Bliss noch viel mehr aus der Fassung brachte, weil sie Peony noch nie hatte weinen sehen.

Da Bliss nicht wußte, wo ihr Mann sich aufhielt und auch niemand da war, den sie nach ihm schicken konnte, erwiderte sie nichts und warf dem Fremden, der inzwischen mit Peonys Gepäck zurückgekommen war, einen hilflosen Blick zu.

»Mein Name ist Sam Winters«, stellte er sich vor.

Bliss nickte. »Ich bin Mrs. McKenna.«

»Könnte ich eine Tasse Tee haben?« bat Peony leise. »Der arme Sam hat bestimmt auch Hunger ...«

Bliss ging in die Küche und stellte den Wasserkessel auf den Herd. »Was ist passiert, Mister Winters?« fragte sie leise, als sie merkte, daß nicht nur der Hund, sondern auch Sam ihr in die Küche gefolgt war.

Sam nahm den Hut ab und zog den Mantel aus. »Sie ist verletzt, Mrs. McKenna. Jemand hat sie schwer ... verwundet.«

»Peony? Verwundet?« fragte Bliss betroffen.

»Ja.« Es war Sam anzusehen, welche Überwindung ihn die Antwort kostete. »Es war ein Überfall, Madam. Zwei Männer sind in Mrs. Ryans Haus eingedrungen, und einer von ihnen ... einer hat ihr mit einem heißen Feuerhaken ein ... ein Zeichen aufgebrannt.«

Vor lauter Entsetzen vergaß Bliss Tee und Essen und eilte in den Salon zurück.

»Kommen Sie mit!« forderte Bliss Peony auf, die blaß und

mit geschlossenen Augen in einem Sessel ruhte. »Sie müssen sich hinlegen!«

Bei ihrem Eintreten zuckte Peony erschrocken zusammen, aber dann erkannte sie Bliss und begann zu weinen. »Ich weiß, daß Ihnen das alles sehr seltsam vorkommen muß …« flüsterte sie.

»Warum haben Sie die weite Reise gemacht, wenn Sie solche Schmerzen haben?« fiel Bliss ihr streng ins Wort. »Sie hätten einen Arzt rufen sollen!« Ohne Peonys Antwort abzuwarten, nahm sie ihren Arm und führte sie in ein Gästezimmer.

»Ich habe einen Arzt gerufen«, sagte Peony leise, als Bliss resolut begann, sie auszuziehen. »Aber ich wagte es einfach nicht, in Auckland zu bleiben.« Wieder standen Tränen in ihren Augen. »Ich hätte doch auf Jamie hören sollen.«

Kaltes Entsetzen erfaßte Bliss, als sie das häßliche Brandmal auf Peonys nacktem Rücken sah. »Um Gottes willen – wer hat Ihnen das angetan?«

Peony seufzte und senkte beschämt den Blick. »Die Freunde jenes Mannes, der sie beauftragt hatte, mir sein Zeichen aufzubrennen. Er heißt Increase Pipher.«

Bliss hatte diesen Namen noch nie gehört, und anstatt sich weiter den Kopf darüber zu zerbrechen, ging sie in die Küche, um Tee und etwas zu essen für Peony zu holen. Als Bliss zurückkam, war Peony schon eingeschlafen, und Bliss ging leise aus dem Zimmer und durch die Hintertür in den Hof, wo sie sich unter Krämpfen übergab, bis nichts mehr in ihrem Magen war.

Sam wartete geduldig in der Küche. »Setzen Sie sich, Mrs. McKenna«, sagte er. »Sie sind genauso blaß wie Mrs. Ryan.«

»Sind Sie ein Freund von ihr?«

Sam schüttelte den Kopf. »Mein Schwager ist Mrs. Ryans Kutscher. Ich selbst bin Matrose. Aber als diese schreckliche Sache passierte und Mrs. Ryan unbedingt Ihren Mann finden wollte, habe ich ihr angeboten, sie zu begleiten.«

Bliss schob Sam eine Schale mit Früchten zu. »Bedienen Sie sich. Ansonsten habe ich nur Brot und kaltes Fleisch im Haus.«

Sam wirkte so hungrig, daß Bliss aufstand und ihm rasch einen Teller füllte. Beim Essen erzählte er Bliss alles, was er über den Angriff wußte. Offensichtlich waren weder Mrs. Ryans Dienstmädchen noch der Koch im Haus gewesen, und als man Peony endlich fand, war alles zu spät und längst vorbei.

»Haben Sie ein Gewehr?« erkundigte sich Sam besorgt. »An diesem abgeschiedenen Ort sind zwei Frauen allein nicht sicher.«

Bliss schüttelte den Kopf. Jamie hatte nicht einmal ein Abschiedswort für sie hinterlassen, geschweige denn sie vor möglichen Gefahren gewarnt. Er hatte lediglich behauptet, der Hund würde sie beschützen, falls es nötig sei ... Bliss streichelte abwesend den großen Kopf des Tieres und runzelte besorgt die Stirn.

»Wissen Sie, ich würde ja bleiben und Sie beschützen«, fuhr Sam entschuldigend fort, »aber ich habe schon auf einem Schiff angeheuert. Auf der *Elisabeth Lee*«, fügte er stolz hinzu, »einem Walfänger, der unter australischer Flagge segelt.«

»Und wohin fahren Sie?« fragte Bliss, ihre bedrohliche Situation für einen Moment vergessend.

»Nach San Francisco, Madam, auf der Route über die Fidji-Inseln und Hawaii.«

Bliss seufzte. San Francisco – die Stadt, von der sie so oft geträumt hatte! »Sie werden viel auf dieser Reise sehen.«

»Ja.« Nach einem Blick auf seine Uhr meinte er bedauernd: »Ich muß mich jetzt auf den Weg machen, falls ich rechtzeitig am Bahnhof sein will, um den Zug aus Wellington zu nehmen.«

Bliss überreichte ihm einen Brief, den sie an ihre Mutter geschrieben hatte, einige Münzen für das Porto, und Sam versprach, ihn sofort nach seiner Ankunft in San Francisco abzuschicken.

Als Sam in seinem Wagen vom Hof gerumpelt war, kam Bliss das Haus noch viel größer und einsamer vor. Da Peony schlief, fütterte Bliss die Tiere und machte sich dann an die Zubereitung einer Mahlzeit.

Es roch nach gebratenen Kartoffeln und Zwiebeln, als Peony in die Küche kam und sich sofort erkundigte, ob Jamie inzwischen zurückgekommen sei.

Bliss schüttelte den Kopf.

»Setzen Sie sich.«

Peony gehorchte und lächelte schwach, als Bliss eine Kanne Tee, eine Tasse und Zucker vor sie hinstellte.

»Wir haben leider keine Milch«, entschuldigte sich Bliss. »Dabei könnte ich schwören, eine Kuh gesehen zu haben, als ich das erste Mal den Stall betrat.«

Peony schenkte sich Tee ein und lächelte freundlich. Erstaunlich, daß sie nach allem, was sie erlebt hat, noch lächeln kann! dachte Bliss bewundernd.

»Jamie erzählte mir, er hätte Sie schlafend im Heu gefunden«, sagte Peony. »Aber damals habe ich es nur für Spinnerei gehalten und ihm nicht geglaubt.«

»Warum erzählen Sie mir nicht, wie *Sie Jamie* kennengelernt haben?« erwiderte Bliss, ohne Peony dabei anzusehen.

Peony antwortete nicht sofort. »Wenn Jamie es Ihnen nicht erzählt hat«, sagte sie schließlich, »weiß ich nicht, ob ich es tun soll ...«

Bliss nahm zwei Teller aus dem Schrank und stellte sie krachend auf den Tisch. »Es ist unverschämt!« beklagte sie sich lautstark. »Keiner will mir etwas sagen!«

»Nun ja, ich glaube, Sie haben ein Recht, es zu erfahren«, gab Peony widerstrebend zu. »Jamie und ich waren schon in Australien Freunde – bevor wir vor dem Mann flüchteten, der uns beide wie Sklaven hielt – Increase Pipher.«

Das Besteck, das Bliss zum Tisch getragen hatte, fiel ihr beinahe aus der Hand. Doch sie nahm sich zusammen und trug das Kartoffelomelett zum Tisch, bevor sie selbst Platz nahm und sich Peonys Geschichte anhörte.

Es war Increase Pipher, der Jamie vor vielen Jahren ausgepeitscht und ihn aus vielen Wunden blutend und an einen Baum gebunden seinem Schicksal überlassen hatte. Indem Peony die Zuckerrohrfelder des Plantagenbesitzers anzündete und so seine Aufmerksamkeit für eine Zeitlang ablenkte, gelang es ihr, Jamie zu befreien, ihn in Sicherheit zu bringen und seine Wunden zu versorgen.

Teils zu Fuß, teils in Bauernkarren versteckt, hatte sie Jamie, der auf der ganzen Reise nur sehr selten bei Bewußtsein war, nach Brisbane gebracht, wo sie ihren Schmuck verkaufte, um zwei Schiffspassagen nach Neuseeland zu bezahlen. Ohne Verlegenheit zu zeigen, gab Peony zu, daß sie Piphers Geliebte gewesen war – wenn auch gezwungenermaßen und voller Verachtung für den Mann, der sie zu diesen Diensten zwang.

In Auckland jedoch, berichtete Peony weiter, hatten sie und Jamie sich getrennt. Während er mit einem berühmt-berüchtigten Dieb weiterzog – mit Cutter –, hatte sie einen verheirateten Cousin aufgesucht und ihn um Hilfe gebeten.

Nach ihrer Heirat mit dem Reedereibesitzer Ben Ryan – Peonys Augen wurden jetzt noch feucht, wenn sie von ihm sprach –, sei sie eine Zeitlang sehr glücklich gewesen, erzählte Peony leise. Doch leider war Ben schon wenige Jahre darauf gestorben.

Als Peony ihre Erzählung beendet hatte, stand Bliss auf und ging zum Herd. Während sie Wasser für frischen Tee aufkochte, begann der Hund unruhig zu werden, und draußen wurden Geräusche laut.

»Ein Reiter«, sagte Peony alarmiert.

Bliss vermutete zwar, daß es Jamie war, ermahnte Peony jedoch, sich still zu verhalten, und nahm eine schwere Pfanne vom Regal über dem Herd. Erst dann ging sie leise, begleitet von ihrem Hund, zur Tür.

Durch das winzige Fenster in der Eingangstür war nicht viel zu erkennen, aber Bliss sah sofort, daß der Mann, der im Hof vom Pferd stieg, ein Fremder war.

Der Hund kläffte aufgeregt, als der Mann klopfte, und Bliss verhielt sich mucksmäuschenstill.

»Mach schon auf! Ich weiß, daß du da bist!« schrie der Mann gereizt. »Verdammt, mach endlich auf! Ich bin nicht den ganzen Weg gekommen, um hier draußen in der Kälte herumzustehen!«

Bliss atmete tief ein, um sich Mut zu machen. »Wen wollen Sie sehen?« rief sie dann mit zitternder, aber klarer Stimme.

Ein derber Fluch, dann: »Jamie McKenna, wen sonst? Und wenn ich ihn in die Finger kriege, werde ich ihm beibringen, wie man Besucher zu behandeln hat …«

Peony, die leise hinter Bliss erschienen war, strahlte plötzlich, packte den Hund am Halsband und riß die Tür auf.

Und der Hund, dieser Verräter, wedelte freudig mit dem

Schwanz und drängte sich an dem Mann vorbei ins Freie! Bliss, die nun begriff, daß sie ganz allein auf sich gestellt war, hob die Pfanne …

»Bliss – nein!« schrie Peony, aber es war schon zu spät: Die schwere Eisenpfanne landete krachend auf dem Hinterkopf des Fremden, der ohnmächtig zusammenbrach.

»O Gott!« Peony rannte in die Küche und holte eine Lampe. Dann kniete sie besorgt neben dem Mann nieder und öffnete sein Hemd, unter dem Bliss das gleiche Medaillon entdeckte, wie Jamie es trug. Nur war es nicht an einem Lederband, sondern an einer goldenen Kette befestigt.

»Stehen Sie nicht so herum!« fuhr Peony Bliss an, der es die Sprache verschlagen hatte. »Holen Sie ein feuchtes Tuch! Wissen Sie, wen Sie niedergeschlagen haben? Ihren eigenen Schwager!«

Bliss ließ entsetzt die Pfanne fallen und rannte in die Küche, um kaltes Wasser zu holen. Als sie in die Halle zurückkam, begann Jamies Bruder sich gerade zu bewegen, dann murmelte er etwas in einem für Bliss unverständlichen irischen Dialekt.

»Sind Sie eine Yankee? Oder Schauspielerin?« fragte er verwirrt und maß Bliss mit einem nachdenklichen Blick aus seinen auffallend blauen Augen.

Bliss schüttelte nur den Kopf.

»Sie ist die Frau Ihres Bruders«, erklärte Peony rasch, als der Mann sich stöhnend aufrichtete. »Bliss, das ist – falls ich mich nicht irre – Reeve McKenna.«

»Richtig«, bestätigte Reeve und reichte Bliss mit argwöhnischem Blick die Hand. »Bliss?« murmelte er dann. »Paßt zu Ihnen.«

Peony lächelte. Entweder fand sie es lustig, daß Bliss ihren eigenen Schwager niedergeschlagen hatte, oder sie betrachtete ihn als unerwarteten Schutz gegen die Gefahren, die im Dunkeln lauerten. »Ich bin Peony Ryan«, stellte sie sich vor und nahm Reeve McKennas Arm. »Ihr Bruder und ich sind gute Freunde.«

*»Ihr Bruder und ich sind gute Freunde«*, imitierte Bliss sie wütend, während sie Peony und Reeve in die Küche folgte. Es war unglaublich, daß Peony die Frechheit besaß, die Rolle der Hausherrin zu übernehmen …

In der Küche brühte Bliss Kaffee auf und bot Reeve etwas zu essen an, was er jedoch ablehnte, weil er schon im Hotel gegessen hatte.

»Es tut mir leid«, sagte Bliss, als alle am Tisch saßen. »Jamie ist in den Bergen. Wann er zurückkommt, weiß ich nicht.«

Reeve lächelte. »Und er läßt seine kleine Braut allein zurück!« sagte er. »Da scheine ich ja gerade richtig gekommen zu sein, um ihm den Kopf zurechtzusetzen.«

»Sie müssen Bliss verzeihen«, bemerkte Peony in vielsagendem Ton. »Sie hat Sie für einen Banditen gehalten.«

Reeve rieb sich die Beule an seinem Kopf und lächelte etwas gequält.

»Ich bin nicht sicher, wer die größere Gefahr darstellt, die Banditen oder sie.«

Bliss bedachte Peony mit einem ärgerlichen Blick, bevor sie sich mit charmantem Lächeln an ihren Schwager wandte. »Jamie erzählte mir, Sie wären verheiratet und hätten zwei Kinder.«

Reeve nickte. »Ja, das stimmt. Meine Frau heißt Maggie, und dann haben wir Elisabeth und J. J.«

Im gleichen Augenblick erklang ein klägliches Winseln an der Tür, und Bliss stand auf, um den Hund einzulassen. »Du bist zwar kein Wachhund«, sagte sie, das Tier streichelnd, »aber ich habe dich trotzdem gern.«

Im allgemeinen wurde der Hund draußen gefüttert, aber da Bliss sich nicht in der Stimmung fühlte, sich an Jamies Anweisungen zu halten, gab sie dem Hund eine große Portion von ihrem eigenen Abendessen.

»Er wollte sich nur vergewissern, ob uns draußen niemand auflauert«, sagte Bliss entschuldigend, als Reeve und Peony sie fragend musterten.

»So?« entgegnete Reeve spöttisch. »Und was hätte er getan, wenn es so gewesen wäre?«

Bliss erinnerte sich an den Tag, an dem der Hund Jamie das Leben gerettet hatte – und ihr vermutlich auch. »Sie wären überrascht, wenn Sie sehen könnten, wie er reagiert, wenn echte Gefahr droht«, erwiderte sie mit Überzeugung und einem liebevollen Blick auf das Tier, das ihr Kartoffelomelett mit Appetit verschlang.

Wenigstens gab es ein Wesen in diesem Haus, das ihre Kochkünste zu schätzen wußte!

Am nächsten Morgen kurz nach Sonnenaufgang trottete der Hund erschöpft ins Lager. Jemand hatte einen zusammengerollten Zettel an seinem Halsband befestigt.

»Er sieht nicht gut aus, was?« bemerkte Cutter stirnrunzelnd.

Alarmiert faltete Jamie den Zettel auseinander. »Bliss wird ihm ihr Essen aufgezwungen haben«, scherzte er, während er die Nachricht las. »Dieser Schuft!« schrie er dann, sprang wütend auf und stürmte auf die Pferde zu, die in der Nähe grasten. »Er hat meiner Freundin seinen Namen aufgebrannt! Aber jetzt werde ich ihm seinen auf den Hintern brennen!«

Cutter hob beschwichtigend die Hand. »Überstürze nichts, Jamie!« warnte er.

»Ich habe lange genug gewartet, Cutter!« sagte Jamie böse. »Jetzt werde ich mir den Kerl endlich schnappen!«

»Jamie, Junge, vergiß nicht, daß du jetzt eine Frau hast ...«

Schon im Sattel, drehte Jamie sich noch einmal um. »Eben darum, Cutter. Weil ich eine Frau habe und an sie denken muß!«

Der Ritt nach Hause nahm eine gute Stunde in Anspruch. Als Jamie sein Pferd absattelte, erschien Reeve im Stall.

»Eine nette kleine Frau hast du«, bemerkte er lächelnd.

Jamie kannte seinen Bruder nicht sehr gut – sie waren lange getrennt gewesen –, aber er war froh, ihn zu sehen, wenn auch ein bißchen erstaunt, denn Bliss hatte in ihrer Nachricht nichts von Reeve erwähnt. »Danke. Da Maggie der beste Beweis für deinen guten Geschmack ist, verlasse ich mich auf dein Urteil.«

Reeve lachte und griff sich augenblicklich an den Kopf. »Verdammt!« stöhnte er.

»Was hast du?« fragte Jamie verwirrt.

»Mag sein, daß mein Urteilsvermögen gut ist, aber meine Manieren sind es offensichtlich nicht. Als ich nämlich gestern abend dein Haus betrat, mein lieber Bruder, erhielt ich einen Schlag auf den Kopf, der mir für einen Moment das Bewußtsein raubte. Deine süße kleine Frau hat mir eine Eisenpfanne über den Kopf geschlagen.«

Jamie mußte lachen, trotz seiner Besorgnis. »Ich kann dir nur zur Vorsicht raten, wenn du in Bliss' Nähe bist«, meinte er und klopfte seinem Bruder kameradschaftlich auf die Schulter.

Reeve machte ein besorgtes Gesicht. »Kannst du dir vorstellen, was sie anstellen würden, wenn sie und Maggie zusammenkämen?«

Jamie täuschte ein Schaudern vor, doch als er sich nach Elisabeth erkundigte, wurde seine Miene ernst.

»Deiner Tochter geht es gut«, erwiderte sein Bruder sanft. »Du solltest sie ab und zu einmal besuchen.«

Jamie seufzte. »Das würde alles nur noch weiter komplizieren.«

Reeve schüttelte den Kopf. »Maggie und ich haben beschlossen, Elisabeth die Wahrheit zu sagen. Wir haben ihr von dir und Eleanor erzählt.«

Jamie blieb abrupt stehen. »Verdammt, Reeve«, murmelte er, »hättet ihr mich nicht wenigstens vorher fragen können? Erwartest du etwa, daß eine Fünfjährige so etwas versteht?«

»Sie hat es verstanden«, entgegnete Reeve ruhig. »Im Moment muß sie noch bei uns bleiben«, fuhr er fort, als Jamie den ersten Schreck überwunden zu haben schien. »Aber später, wenn sie etwas älter ist, wird sie ihren Vater besser kennenlernen wollen.«

Jamie schaute zum Haus hinüber, wo Bliss wartete. Seine Gefühle mußten sich in seinem Blick verraten haben, denn Reeve fragte sofort: »Du hast Bliss nichts davon erzählt, nicht wahr?«

Jamie strich sich seufzend übers Haar. »Ich hatte noch keine Gelegenheit dazu«, antwortete er. »Mein Gott, Reeve, wenn ich sie verlieren würde ...«

»Ich weiß«, unterbrach Reeve ihn. »Ich kenne das Gefühl. Aber glaub mir, eine Frau wie Bliss zu verlieren ist gar nicht so einfach. Wie oft habe ich es bei Maggie versucht – und du weißt ja selbst, daß sie mich jedesmal wiedergefunden hat!« schloß er lachend.

Auch Jamie lachte und vergaß darüber für einen Moment das Ungeheuer, das im Dunkeln lauerte und nur auf die Gelegenheit wartete, ihn selbst und alles, was er liebte, zu zerstören …

# 21

Jamies einziger Gruß an Bliss war ein knappes Nicken, als sie ihm auf dem Weg von der Scheune ins Haus entgegenkam. »Wo ist Peony?« fragte er schroff.

Bemüht, ihren Ärger zu beherrschen und vernünftig zu sein, erwiderte sie kühl: »Ich habe sie ins Bett geschickt. Es geht ihr gar nicht gut, Jamie.«

Als er sich wortlos abwandte und zu Peonys Zimmer ging, folgte Bliss ihm, obwohl er ihre Anwesenheit gar nicht wahrzunehmen schien.

»Jamie!« rief Peony erfreut, als er in ihr Zimmer trat, sich zu ihr aufs Bett setzte und sie mit einer Zärtlichkeit umarmte, die Bliss einen schmerzhaften Stich versetzte und ihr die Tränen in die Augen trieb.

Weinend klammerte Peony sich an Jamies Schulter. »O Jamie, es war schrecklich! Ich hatte solche Angst ...«

»Ich weiß«, flüsterte er. »Aber jetzt wird alles gut, mein Liebes. Das verspreche ich dir.«

Während Peony verzweifelt an seiner Schulter schluchzte,

kam Bliss sich wie ein Eindringling vor, doch sie brachte es nicht über sich, hinauszugehen.

»Laß mich die Wunde sehen«, sagte Jamie schließlich heiser, als Peony sich etwas beruhigt hatte.

Nach einem besorgten Blick in Bliss' Richtung schüttelte Peony den Kopf. »Nein. Ich habe mich noch nie vor dir ausgezogen, Jamie McKenna, und werde jetzt nicht damit anfangen.«

Nun ergriff Bliss zum ersten Mal das Wort. »Ich habe die Wunde heute morgen gesehen«, sagte sie. »Sie sieht nicht gut aus, finde ich.«

Doch Jamie beachtete Bliss gar nicht. »Ich will deinen Rücken sehen, Peony!« wiederholte er streng.

»Dann dreh dich um, Jamie«, bat Peony mit einem flehenden Blick auf Bliss. Als er es tat, zog Peony ihr Bettjäckchen aus und rollte sich auf den Bauch.

Jamie fluchte, als er Increase Piphers Initialen zwischen Peonys Schulterblättern sah. »Hol Whisky und saubere Tücher, Bliss«, sagte er in so kaltem, abweisendem Ton, daß er Bliss auf einmal wie ein Fremder erschien.

Aber als sie mit dem Whisky und den Tüchern zurückkam, drehte er sich kurz zu ihr um und bedachte sie mit einem schwachen Lächeln.

»Keinen Whisky, Jamie«, flüsterte Peony. »Bitte ...«

»Tut mir leid, Liebes«, entgegnete er entschieden. »Es geht nicht anders. Wenn ich dir die Schmerzen abnehmen könnte, würde ich es tun. Das weißt du doch, nicht wahr?«

Seine Worte zerrissen Bliss das Herz, genau wie Peonys vertrauensvolle Antwort. »Ja, Jamie, ich weiß.«

Als er Peonys Wunde zu reinigen begann und sie mit einem erstickten Schrei das Gesicht in die Kissen preßte, wandte Bliss sich ab und stolperte aus dem Zimmer.

Durch die Hintertür gelangte sie ins Freie, und dann schlug sie beide Hände vors Gesicht und überließ sich ihrem Kummer.

»Psst«, sagte eine Männerstimme hinter ihr, und dann fühlte sie sich von starken Armen umfangen und an eine Brust gezogen, die genauso breit und kräftig war wie Jamies. »So schlimm kann es doch gar nicht sein, Rotschopf!«

Bliss blickte zu Reeve auf und begann noch heftiger zu zittern. Er war ein Mann und Jamies Bruder und würde es nicht begreifen. Sie versuchte, ihr Schluchzen zu unterdrücken, und wischte mit dem Handrücken ihre Tränen ab.

»Ich muß die Eier holen«, erklärte sie dann.

Reeve gab ihr einen brüderlichen Kuß auf die Stirn. »Du bist das Beste, was Jamie je passiert ist, Kleines. Vergiß das nicht, hörst du? Nie!«

Sie nickte und ging zum Hühnerstall, wo Cäsar, der Hahn, sogleich zum Angriff ansetzte. Anscheinend hatte er seine Lektion noch nicht gelernt.

Seufzend trieb Bliss ihn unter einen alten Waschkessel, schaute sich nach einem Stein um und schlug damit mehrmals krachend auf das Metall. Cäsar verstummte prompt, und Bliss entließ ihn wieder aus seinem provisorischen Gefängnis. Mit einem entrüsteten Krähen stolzierte er davon und ließ Bliss die Eier seiner Hennen einsammeln.

Als sie in die Küche zurückkehrte, saß Jamie dort und trank Kaffee. »Hallo«, sagte sie und versuchte, ihre Unsicherheit zu verbergen.

Jamie sah sie nachdenklich an. »Wie geht es dir, Herzogin?« erkundigte er sich.

»Als ob es dich interessierte!« murmelte Bliss.

Er trat hinter sie und legte ihr die Hände auf die Schultern. »Warum sollte es mich nicht interessieren?« fragte er verwundert.

Bliss drehte sich um und musterte prüfend sein Gesicht, um sich zu vergewissern, ob er die Wahrheit sagte. Doch in seiner Nähe fiel es ihr schwer, einen klaren Gedanken zu fassen; ihr Herz schlug unwillkürlich schneller, und eine fast schmerzhafte Sehnsucht nach ihm erfaßte sie.

»Nimm mich in die Arme, Jamie«, bat sie leise.

Er zog sie an sich, und in der Kraft seiner Umarmung fand sie neuen Mut. Doch dann löste er sich abrupt von ihr und ließ die Hände sinken. »Ich möchte, daß du etwas für mich tust, Bliss«, sagte er, und aus seinem Tonfall glaubte sie herauszuhören, daß etwas Unangenehmes auf sie zukam.

»Reeve kehrt Ende der Woche nach Australien zurück. Ich möchte, daß du ihn mit Peony begleitest.«

Bliss machte große Augen. Damit hatte sie nun wirklich nicht gerechnet! »Und du?« fragte sie. »Fährst du nicht nach Australien?«

»Doch«, antwortete Jamie nach kurzem Zögern. »Aber erst später. Da ich hier noch etwas zu erledigen habe, kann ich nicht mit euch zusammen fahren.«

Bliss widerstand dem Impuls, sich an ihn zu klammern; sie durfte jetzt keine Schwäche zeigen. Kein Mann wünschte sich eine schwache Frau. »Dann warte ich auf dich«, sagte sie nur.

»Nein«, entgegnete Jamie hart. »Ich will dich in Sicherheit wissen, und das ist die einzige Möglichkeit dazu.«

Bliss schüttelte den Kopf. »Sicher bin ich nur bei dir.«

»So?« entgegnete er mit einem Lächeln, das jeglichen Humors entbehrte. »Wie an jenem Tag, als wir von Dunnigan und seinen Männern überfallen wurden? Wenn damals Cutter und sein Hund nicht in der Nähe gewesen wären, würden wir beide heute nicht mehr leben.«

Bliss hob die Hände, umfaßte Jamies Gesicht und sagte ernst: »Aber wir sind nicht tot, Jamie, und das ist das Wichtigste! Ich will nicht von dir getrennt sein.«

Er küßte sie flüchtig auf den Mund. »Ich muß für einige Tage in die Berge zurück, Herzogin«, sagte er, ihren Einwand ignorierend. »Wirst du mich bei meiner Rückkehr so empfangen, wie es einem Ehemann gebührt?«

Der Empfang würde gleichzeitig auch ein Abschied sein, das wußte Bliss, aber trotzdem nickte sie und zwang sich zu lächeln. »Darauf kannst du dich verlassen, McKenna!« flüsterte sie.

Wie es sich dann zeigte, änderte Jamie seine Pläne jedoch und kehrte nur so lange ins Lager zurück, bis er Cutter über die Ereignisse unterrichtet hatte. Als er zurückkam, verbrachte er sehr viel Zeit mit Peony und Reeve, aber Bliss war entschlossen, sich darüber nicht zu ärgern.

So verstrichen fünf Tage, Peony erholte sich langsam, und Reeve begann sich nach seiner Frau und seiner Familie zu sehnen, während Bliss fünf lange Nächte an Jamies Seite verbrachte, seinen harten Körper an ihrer Seite spürte und nicht wagte, sich ihm zu nähern … Als ihr Verlangen nach ihm fast unerträglich war und ihr Körper seinen geheimnisvollen

Zyklus vollendet hatte, beschloß sie, nicht länger zu warten und die Initiative zu ergreifen.

Nach einem ausgedehnten Bad parfümierte sie sich, zog das Kleid an, das Jamie am besten an ihr gefiel, und machte sich auf die Suche nach ihrem Mann.

Sie fand ihn in der Scheune, praktisch an der gleichen Stelle, wo sie sich zum ersten Mal begegnet waren. Bei ihrem Anblick pfiff er leise durch die Zähne, schob seinen Hut in den Nacken und stützte sich lächelnd auf die Heugabel, die er in den Händen hielt.

Bliss' Liebe zu Jamie und das Wissen um die bevorstehende Trennung schnürten ihr die Kehle zu. »Ich brauche dich, Jamie McKenna«, sagte sie, »und diesmal lasse ich mich nicht vertrösten, bis du deine verdammte Arbeit beendet hast!«

Jamie war zunächst verblüfft, dann schleuderte er die Heugabel ins Stroh und stemmte die Hände in die Hüften. »Es muß also jetzt sofort sein?« fragte er lachend.

Sie schob ihre Hände unter sein Hemd und stellte befriedigt fest, daß er erschauerte. »Sind meine Hände kalt?« neckte sie ihn.

»Nein«, entgegnete er, seinen Mund ganz dicht an ihren Lippen. »Aber deine Füße sind es fast immer.«

Bliss begann zu kichern, verstummte jedoch sehr schnell, als Jamie sie mit einer Leidenschaft zu küssen begann, die ihr den Atem raubte und das Blut schneller durch ihre Adern jagte.

»Mein Gott«, keuchte er, als er sich schließlich von ihr löste, »hab' Erbarmen, Herzogin! Es ist heller Tag, wir sind nicht allein und ...«

Bliss legte ihren Zeigefinger auf seine Lippen. »Doch, das sind wir. Peony schläft, und Reeve sitzt im Arbeitszimmer und liest.« Sie nahm Jamies Hut ab und vergrub ihre Hände in seinem dichten Haar. »Wehr dich, wenn du kannst«, flüsterte sie lockend und preßte sich so fest an seinen Körper, daß Jamie sie aufstöhnend in die Arme riß.

»Da oben«, sagte er nach einem nicht endenwollenden Kuß und deutete auf den Heuboden. Als Bliss so tat, als zögerte sie noch, flüsterte er heiser: »Bitte, Bliss ...«

Lachend löste sie sich von ihm und kletterte die Leiter hinauf. Oben kniff Jamie sie so unerwartet in den Po, daß sie das Gleichgewicht verlor und kopfüber in das weiche, duftende Heu stürzte. Dann war er über ihr, so schnell, daß der Kampf verloren war, bevor er überhaupt richtig begonnen hatte.

Nun war es Bliss, die stöhnte, als sie Jamies harten Körper auf sich spürte und die ganze Macht seiner Erregung wahrnahm. Während er geschickt ihr Mieder aufknöpfte, küßte er sie heiß, dann senkte er den Kopf, um ihre vollen Brüste zu liebkosen, die sich ihm so ungeduldig entgegendrängten.

Bliss schloß die Augen und keuchte lustvoll, als sein warmer Mund ihre rosigen Knospen umschloß ... und als er endlich seine Hand unter ihren Rock schob und ihre langen Beinkleider herunterzog, beherrschte sie nichts anderes mehr als der Wunsch, ihn in sich zu spüren und die Leere in sich ausgefüllt zu wissen.

Aber Jamie schien andere Ideen zu haben. Indem er ihre Beine über seine Schultern zog und mit beiden Händen ihren festen kleinen Po umfaßte, brachte er sie in eine Stellung, die es ihm ermöglichte, sie dort zu küssen, wo ihre süße Qual am größten war.

Bliss konnte keinen vernünftigen Gedanken mehr fassen, war wie blind vor Lust, als Jamies Liebkosungen sie unaufhaltsam auf die Erfüllung zutrieben und sie mit einem Aufschrei den Höhepunkt ihrer Empfindungen erreichte.

Danach lag sie benommen im Heu, eine Hand auf ihren Mund gepreßt, und rang nach Atem. Jamie streckte sich neben ihr aus und streichelte zärtlich ihren Bauch, bis ihr Zittern nachließ und sie ruhiger zu atmen begann. Doch ihre vollen Brüste, die im Halbdunkel des Heuschobers wie heller Alabaster schimmerten, regten seinen Appetit von neuem an.

»Hm«, murmelte er genießerisch, als er seine Lippen um eine der rosigen Spitzen schloß und Bliss die Augen schloß und zu schnurren begann wie eine Katze.

Doch die träge, zufriedene Stimmung, die sie eben noch erfüllte, hielt nicht lange an, und bald schon war ihre Erregung so übermächtig, daß sie nichts anders mehr wollte, als Jamie in sich zu spüren.

In fieberhafter Eile löste sie seinen Gürtel und knöpfte

seine Hose auf. Ein Beben ging durch seinen Körper, als sie ihn umfaßte und mit gezielten Bewegungen zu liebkosen begann, bis er es nicht mehr auszuhalten glaubte und sie mit einem heiseren Stöhnen auf seine Schenkel zog. Bereitwillig und mit einem triumphierenden Lächeln nahm Bliss ihn in sich auf.

Jamie hatte ihr noch nie gestattet, den Rhythmus zu bestimmen beim Liebesakt, doch diesmal tat er es, und sie beobachtete fasziniert, wie er sich mit geschlossenen Augen ihrer Führung überließ.

Irgendwann jedoch verlor Bliss die Zügel und jegliches Gefühl für Realität. Jamies Schultern umklammernd, warf sie den Kopf in den Nacken und schrie erlöst auf, als auf dem Höhepunkt der Ekstase ein rotgoldenes Licht in ihrem Kopf zu explodieren schien. Im gleichen Augenblick preßte Jamie seine Lippen auf ihre Brust, ein Beben lief durch seinen Körper, und sie spürte, wie seine Leidenschaft sich in ihr entlud.

Danach legte sie ihren Kopf auf seine Schulter und ließ es geschehen, daß er ihr Mieder richtete und ihre Beinkleider hinaufzog. Um seine eigenen Kleider kümmerte er sich erst, als sie wieder präsentabel war.

Bliss war nicht sicher, ob er es gesagt oder ob seine Zärtlichkeit es ihr verraten hatte, aber sie wußte nun, daß er sie liebte. Zumindest in diesen leidenschaftlichen Momenten gehörte er ihr ganz allein …

Sie strich ihm über das zerzauste Haar und lächelte unter Tränen.

»In jener Nacht in deiner Scheune zu übernachten, war das Beste, was mir je im Leben eingefallen ist«, sagte sie leise.

»Ich hätte dir mein Bett angeboten, wenn du mich gefragt hättest«, scherzte er, während er einen Strohhalm aus ihren Haaren zupfte.

»Wie sehe ich aus?« fragte sie besorgt, als sie den Heuboden verlassen hatten und wieder in der Scheune standen.

»Als hättest du dich im Heu gewälzt«, erwiderte er grinsend und ging dann pfeifend an seine Arbeit zurück.

Bliss schaute ihm eine Weile zu, bis ihr schmerzlich bewußt wurde, daß sie ihn bald verlassen mußte und er dann in

Gefahr sein würde – was immer es auch sein mochte, was er zu tun gedachte. Ein Zittern lief über ihren Körper.

»Liebst du mich, Jamie?« fragte sie eindringlich.

Er unterbrach seine Arbeit und sah Bliss prüfend an. »Natürlich, Herzogin. Habe ich nicht gerade kampflos meinen Anstand aufgegeben, als du es von mir verlangt hast?«

Sie trat näher. »Mach dich nicht lustig über mich, Jamie«, bat sie. »Ich meine es ernst.«

Er legte die Heugabel fort und nahm ihr Gesicht in beide Hände. »Ich auch«, erwiderte er und schüttelte sie leicht. »Hörst du mir zu, Herzogin? Ich liebe dich!«

Sie schlang die Arme um seinen Hals und klammerte sich an ihn. »Laß mich bei dir bleiben, Jamie – bitte!«

Er schüttelte den Kopf und schob sie von sich, genau wie sie befürchtet hatte. »Nein. Und jetzt Schluß damit. Ich habe dir alles zur Genüge erklärt und denke nicht daran, auch nur ein weiteres Wort darüber zu verlieren!«

Das stimmte, erklärt hatte er es ihr. Es war Bliss klar, daß Jamie mit Increase Pipher, seinem alten Feind, abrechnen wollte, sobald Bliss mit Peony und Reeve das Land verlassen hatte. Und daß er ihr erst folgen würde, wenn alles erledigt war. »Mit dir kann man nicht reden«, warf sie ihm trotzdem vor.

»Richtig«, antwortete er und fuhr fort damit, fröhlich pfeifend Heu zu stapeln, als Bliss die Scheune verließ.

Peony war in der Küche und kochte Tee. »Hallo, Mrs. McKenna«, begrüßte sie Bliss lächelnd.

»Hallo«, antwortete Bliss und setzte sich seufzend zu ihr.

»Mein liebes Kind, Sie sehen wie das personifizierte Unglück aus!« bemerkte Peony, bevor sie stirnrunzelnd ein paar Halme Stroh aus Bliss' Haar entfernte.

Bliss senkte errötend den Blick, und Peony lachte.

»Nehmen Sie es nicht so schwer, Kind«, meinte sie gutmütig. »Schließlich sind Sie mit dem Mann verheiratet.«

Bliss hob den Kopf und schaute Peony offen in die Augen. »Ich will ihn nicht teilen. Nie!«

Peony zuckte mit den Schultern und schenkte Tee für sich und Bliss ein, bevor sie antwortete: »Das dürfte auch nicht nötig sein, wenn Sie Jamies Bedürfnisse erfüllen. Er ist kein Mann, der von einem Bett ins andere steigt.«

»Sie scheinen ihn sehr gut zu kennen«, sagte Bliss vorsichtig.

»Ja, vielleicht sogar noch besser als irgendein anderer Mensch auf dieser Welt.« Nach einer wirkungsvollen Pause setzte sie hinzu: »Jamie liebt Sie, Bliss, und er würde Sie nie betrügen – jedenfalls nicht, solange *Sie* ihn nicht betrügen.«

Dann brach sie ab und sah Bliss ernst an. »Aber ich warne Sie: Sollten Sie diesem Mann je Unrecht zufügen, werde ich persönlich dafür sorgen, daß Sie es Ihr Leben lang bereuen – und wenn es das Letzte sein sollte, was ich auf dieser Welt zustande bringe!«

Bliss riß verblüfft die Augen auf und stellte fest, daß ihr – vielleicht zum ersten Mal in ihrem Leben – die Worte fehlten.

Am nächsten Morgen stand Jamie schon früh auf und zog sich an.

»Es kann doch noch nicht so weit sein«, sagte Bliss erschrocken und wäre am liebsten unter die Decken gekrochen, so lange, bis Jamie vergaß, daß er sie nach Australien schicken wollte.

»Doch, heute ist der Tag«, bestätigte er.

»Ich will nicht fort!« jammerte Bliss. »Warum hörst du mir nicht zu?«

Er seufzte. »Ich habe dir zugehört, bis mir die Ohren geklingelt haben. Steh auf, Herzogin. In zwei Stunden fährt dein Zug.«

Bliss kuschelte sich in die Decken und überließ sich für ein paar Minuten den köstlichen Erinnerungen an die vergangene Nacht. Erst als Jamie hinausging, stand sie widerstrebend auf.

Reeve, Jamie und Peony waren schon in der Küche, tranken Kaffee und unterhielten sich, als Bliss hereinkam.

»Ich mache Frühstück«, sagte Bliss mit vorgetäuschter Munterkeit.

»Nein, nein!« antworteten die drei am Tisch wie im Chor.

Als Jamie Bliss' empörte Miene sah, sprang er auf und gab ihr einen Kuß auf die Stirn. »Wir wollten damit nur sagen, daß du dir keine Arbeit zu machen brauchst. Ihr könnt im Zug essen«, fügte er eilig hinzu.

Bliss warf Reeve und Peony einen argwöhnischen Blick zu, aber beide schauten weg, und ihre Mienen verrieten nichts.

Nur allzubald kam der Moment des Abschieds. Am Bahnhof hob Reeve Peony vom Wagen und zog sich mit ihr diskret in den kleinen Schuppen neben den Bahngleisen zurück. In der Ferne heulte der Zug so schrill, als teilte er Bliss' Kummer.

Jamie umfaßte zärtlich ihr Kinn und hob ihr Gesicht zu sich empor. »Mach es mir nicht noch schwerer, Herzogin«, bat er leise. »Es ist auch so schon hart genug für mich.«

Bliss, die nichts zu sagen wagte, nickte nur stumm, aber sie konnte nicht verhindern, daß eine einsame Träne über ihre Wange lief.

Jamie strich sie zärtlich weg. »Es wird dir in Australien gefallen«, versprach er.

Sie legte ihr Gesicht an seine Schulter, atmete seinen Duft ein und versuchte, etwas von seiner Kraft in sich aufzunehmen. Das schrille Pfeifen wurde lauter, und sie kämpfte gegen ihre Tränen und das Gefühl der Panik an, das in ihr aufstieg. »Laß es nicht zu lange werden, Jamie«, brachte sie schließlich mühsam hervor. »Bitte, komm bald und hole mich.«

Er zog sie in die Arme und drückte sie schweigend an sich, und da wußte sie, daß auch er seiner Stimme nicht vertraute.

# 22

Die Farm war Jamie nie einsamer erschienen als bei seiner Rückkehr an diesem Tag. Doch dann kam ihm der Hund entgegen, und Jamie sah, daß aus einem der Kamine Rauch aufstieg.

»Hallo, du unnützes altes Tier«, begrüßte Jamie den Hund, als er mit einem Satz auf den Wagen sprang. Und dann kam auch schon Cutter aus dem Haus, um Jamie beim Ausschirren der Pferde zu helfen.

»Der Hund und ich dachten, du könntest jetzt Gesellschaft brauchen«, sagte der alte Mann lächelnd, als Jamie vom Bock stieg.

Die beiden Männer arbeiteten schweigend, bis die Pferde versorgt waren. Dann kam der schlimmste Moment für Jamie – sein eigenes Haus zu betreten, und wenn Cutter nicht gewesen wäre, hätte er vielleicht nicht einmal das geschafft.

In der Küche ließ der alte Mann sich auf einen Stuhl fallen und sagte: »Dabei hatte ich mich gerade an ihren Kaffee gewöhnt ...«

Seine Worte versetzten Jamie einen Stich. »Ja«, meinte er, während der Hund ins nächste Zimmer trottete und zu winseln begann, als er Bliss nicht fand. Seine Verzweiflung war ein unangenehmer Spiegel für Jamies eigene Emotionen. »Wie lange macht er das schon?« fragte er schroff, als der Hund seine erfolglose Suche fortsetzte.

Cutter zuckte die Schultern. »Er ist schon durch das ganze Haus gelaufen. Eigentlich müßte ich beleidigt sein, denn schließlich habe ich das Tier von klein an aufgezogen; und jetzt trauert er einer rothaarigen Frau nach!«

Jamie nahm die Kaffeekanne und setzte sie dann krachend auf den Herd zurück. Er konnte nicht den Kaffee trinken, den Bliss gekocht hatte – nur um sich zu fragen, wie lange es dauern würde, bis er wieder so schlechten Kaffee zu trinken bekam! »Ich würde auch ganz gern ein bißchen winseln«, gab er leise zu.

Cutter kam zu seinem Freund, um ihm beruhigend auf die Schulter zu klopfen und den Kessel zu holen. Während er hinausging, um ihn mit Wasser zu füllen, pfiff Jamie dem Hund.

Das Tier kam und legte ihm winselnd die Schnauze auf das Bein.

»Sie kommt bald wieder«, versprach Jamie und hoffte inständig, daß es so sein möge.

Die zwei Nächte, bevor der Dampfer nach Brisbane auslief, verbrachten Reeve, Peony und Bliss im Hotel Victoria, wo Bliss zu ihrer Überraschung Walter Davis wiedersah. Als sie ihm von der geplanten Reise nach Australien erzählte, erfuhr sie, daß auch Walter und sein Großvater so schnell wie möglich in ihre Heimat zurückkehren wollten.

Wie schön, dachte sie, als sie an der Reling stand und einen letzten Blick auf Auckland warf, so unerwartet Freunde wiederzusehen! Fast half ihr die Begegnung ein wenig über den Abschiedsschmerz hinweg, denn Bliss, die Jamie sehr vermißte, war todunglücklich.

»Sieh mal«, meinte Reeve und deutete auf ein majestätisches Schiff, das in einiger Entfernung vom Hafen ankerte.

»Das gehört mir. Es fährt die Route in die Vereinigten Staaten.«

Bliss' Interesse war geweckt. Sie dachte an Sam, der Peony auf die Farm begleitet hatte, und preßte die Augen zusammen, um den Namen des Schiffes lesen zu können.

»Es ist die *Elisabeth Lee*«, erzählte Reeve, der sie beobachtet hatte. »Brauchst du eine Brille, Bliss?«

»Nein«, entgegnete sie empört und war beleidigt, als sie sah, daß Peony zustimmend nickte.

Reeve lachte nur und schüttelte den Kopf.

»Jetzt fällt es mir wieder ein!« rief Bliss zurück. »Die *Elisabeth Lee* ist das Schiff, auf dem Sam fährt! Er sagte, sie sei ein Walfänger.«

Ein Schatten huschte über Reeves Gesicht, aber wie sein Bruder verstand er es sehr gut, seine Gefühle zu verbergen. »Ja«, murmelte er. »Das war früher. Heute befördert sie Handelswaren.«

»Wer ist Sam?« warf Peony stirnrunzelnd ein.

Bliss warf ihr einen ungeduldigen Blick zu. »Der Mann, der Sie zu uns auf die Farm gebracht hat! Der Schwager Ihres Kutschers.«

Peony seufzte. »Man kann nicht von mir verlangen, daß ich mich an alles erinnere«, erwiderte sie gleichgültig, aber Bliss sah, daß sie mit einer Hand die Reling umklammerte und mit der anderen müde über ihre Stirn rieb.

»Sie sind bestimmt erschöpft«, sagte Bliss mitfühlend. »Lassen Sie uns in unsere Kabine gehen.«

Als Peony sich hingelegt hatte und ruhte, kehrte Bliss aufs Deck zurück – in der Hoffnung, daß das Auslaufen des Schiffes sie von ihren traurigen Gedanken an Jamie ablenkte. Doch als das Schiff die Segel setzte und sie sich von Neuseeland zu entfernen begannen, schossen ihr die Tränen in die Augen, und ihre Kehle war wie zugeschnürt vor Schmerz. Die Heimat zu verlassen war doch nicht so einfach, wie sie es sich immer vorgestellt hatte …

Jemand reichte ihr ein Taschentuch. Bliss schaute auf und erkannte durch einen Schleier von Tränen Walter Davis, der neben ihr stand. Eigentlich hätte es eine Überraschung für sie sein müssen, ihn an Bord zu treffen, doch da er gesagt hatte, er und sein Großvater wollten bald nach Australien zurückkehren, machte sie sich keine Gedanken darüber.

»Früher habe ich mich danach gesehnt zu reisen«, gestand Bliss leise. »Als ich im Leuchtturm lebte, sah ich in der Ferne die Schiffe vorbeiziehen, und ich habe manchmal geweint, weil ich so gern an Bord gewesen wäre. Und jetzt sitze ich hier und flenne, weil sich mein Wunsch erfüllt hat.«

Walter lächelte nachsichtig, nickte zu ihren Worten und wechselte dann das Thema. »Der Mann, der mit Ihnen reist – er kommt aus Queensland, nicht wahr?«

»Ich glaube schon. Reeve ist der Bruder meine Mannes, er besitzt eine Plantage bei Brisbane. Aber soviel ich hörte, verbringen seine Frau und er genausoviel Zeit in Sydney wie auf dem Land.«

»Jetzt erinnere ich mich«, sagte Walter Davis nachdenklich. »Ihr Mann erzählte mir, daß er einen Bruder in Australien hat. Komisch, daß Mister – daß Großvater nie von ihm gesprochen hat, obwohl er doch selbst über beträchtliches Eigentum in Brisbane verfügt.«

Bliss, die insgeheim erleichtert war, daß der alte Mister Davis, der ihr immer ein bißchen unheimlich gewesen war, nicht zu Reeves Bekannten zählte, zuckte nur mit den Schultern.

Während sie aufs Meer hinausschaute, spürte sie, daß Walter seinen ganzen Mut zusammennahm, um seine nächste Frage zu stellen.

»Was ist geschehen, Bliss? Warum sind Sie auf diesem Schiff? Und ohne ihren Mann?«

Die Frage war Bliss eigentlich zu persönlich, jedoch auf eine so freundliche Art gestellt, daß Bliss sich unhöflich vorgekommen wäre, wenn sie sie nicht beantwortet hätte. »Es gibt einen Mann, den Jamie haßt«, erwiderte sie traurig. »Einen schrecklich brutalen, rachsüchtigen Mann.«

Walter wirkte ausgesprochen unbehaglich. Er sagte nichts auf Bliss' Bemerkung, umklammerte die Reling jedoch so hart, daß seine Fingerknöchel weiß hervortraten.

»Ich habe solche Angst, Walter«, gestand Bliss leise. »Der Mann hat Jamie vor Jahren ausgepeitscht, die Narben sind heute noch zu sehen, und er hat unserer Freundin, Mrs. Ryan, etwas ganz Entsetzliches angetan. Jetzt will Jamie sich auf die Suche nach ihm machen.«

»Und was hat er mit ihm vor?«

Bliss schloß gequält die Augen. Jamie würde Increase Pipher töten, falls er ihn fand, und sie hatte Angst, daß Jamie bei dem Versuch umkam oder für das Verbrechen gehängt würde. »Ich will gar nicht daran denken.«

»Ich glaube, ich sollte nach meinem Großvater schauen«, erwiderte Walter abrupt, und schon war er fort.

Bliss blieb an Deck, bis Neuseeland nicht mehr zu sehen war.

Dann kehrte sie in ihre Kabine zurück, um die Ereignisse des Tages in dem Brief an Jamie, den sie schon im Zug begonnen hatte, festzuhalten.

Jamie verbrachte drei Tage im schlimmsten Viertel von Auckland, zwischen Bars, Opiumhöhlen und Bordellen, bevor ihn einer der Männer aufsuchte, auf die er gewartet hatte.

»Ist es wegen Mrs. Ryan, Freund?« fragte der Mann und ließ sich auf einen Stuhl an Jamies Tisch fallen. Er war klein, gedrungen und von einer Schicht Schmutz bedeckt, die vermutlich bis in seine Kindheit zurückreichte. Er kam Jamie seltsam bekannt vor.

Jamies rechte Hand ruhte auf dem Griff des Messers, das wie immer in einer Scheide an seiner Hüfte steckte. Mit der linken hob er das Glas Whisky an den Mund, trank einen Schluck und musterte sein Gegenüber mit entnervender Gründlichkeit. »Wie heißen Sie?« fragte er schließlich.

»Johnson«, antwortete der Bote aus Aucklands Unterwelt. »Nate Johnson. Mister McKenna.«

Jamie lächelte böse, er hatte Johnson jetzt erkannt. Der Mann war bei Dunnigans Überfall dabeigewesen und hatte sich als ausgesprochen tapfer erwiesen, als Jamie halb bewußtlos auf dem Boden lag! Ja, es konnte kein Zweifel bestehen – Johnson war derjenige, der ihm grinsend einen Stiefeltritt versetzt hatte!

Aber nun schwitzte er. Und wie! »Ich war nicht dabei, als sie Mrs. Ryan überfielen«, beeilte er sich zu versichern, als

Jamie beharrlich schwieg. »Ich schwöre bei Gott, daß ich damit nichts zu tun habe, Mister McKenna!«

Jamie lehnte sich zurück, griff nach der Flasche und füllte sein Glas. Johnsons unangenehmer Geruch nach Schweiß und Schmutz drehte ihm fast den Magen um.

»Wer hat Sie geschickt?« fragte Jamie kühl.

»Das darf ich nicht sagen.«

Jamies Finger schlossen sich um den Messergriff. »Wenn es sein muß, Freundchen«, sagte er kalt, »*schneide* ich Ihnen den Namen heraus.«

Johnson erblaßte unter seinem Schmutz; Jamies Ruf mußte ihm bekannt sein. »Nein, nein, lassen Sie das Messer stecken! Ich will keinen Ärger. Es war Dunnigan. Er sagte, er wäre einmal zu oft mit Ihnen zusammengetroffen.«

»Das ist richtig«, stimmte Jamie sinnend zu. »Aber sagen Sie mir doch, ob es auch Bert war, der Peony Ryan Piphers Zeichen aufgebrannt hat?«

Johnson schüttelte wild den Kopf. »Nein! Das waren irgendwelche Kerle von einem Schiff, das aus den Staaten kam. Für ein bißchen leichtverdientes Geld waren sie sofort bereit dazu.«

*Leichtverdientes Geld!* dachte Jamie angewidert und fragte sich, wie er je zu dieser Welt gehört haben konnte, in der Diebstahl und Raub noch Kavaliersdelikte waren ... »Sie sind natürlich fort«, bemerkte er mit vorgetäuschtem Gleichmut.

Der kleine Mann hob die Schultern. »Keine Ahnung. Vielleicht, vielleicht auch nicht.« Große Schweißflecken bildeten sich unter seinen Achseln auf seinem Hemd. Er wich Jamies Blicken beharrlich aus.

Jamie seufzte und nippte an seinem Whisky, um Johnson in Sicherheit zu wiegen. Im nächsten Augenblick jedoch hatte er nicht nur sein Messer gezogen, sondern auch schon die Klinge zwischen zwei von Johnsons schmutzigen Fingern in die Tischplatte gebohrt. »Namen!« herrschte er ihn an.

Ganz so schwer von Begriff schien Johnson nicht zu sein. »Mig Wilbertson und H.P. Cook!« sagte er prompt. »Sie werden bei Shallie sein – und sicher stockbesoffen!«

Jamie kannte Shallies Pub, er lag etwas weiter die Straße hinunter, dicht am Wasser. Betont gelassen zog Jamie die

Klinge aus dem Tisch, um sich nicht anmerken zu lassen, wie eilig er es hatte, Wilbertson und Cook zu finden. »Wenn Sie sie warnen«, sagte er zu Johnson, »breche ich Ihnen die Zehen – einen nach dem anderen! Und wenn ich damit fertig bin, mein Freund, geht es mit Ihren Fingern weiter. Haben Sie das kapiert, oder muß ich es noch einmal wiederholen?«

Johnson schüttelte den Kopf. »Nein, Sir. Ich habe Sie sehr gut verstanden.«

»Ausgezeichnet«, lobte Jamie, bevor er aufstand. »Nur eins will ich noch wissen. Wo finde ich Increase Pipher?«

Der kleine Straßendieb schluckte merklich, obwohl aus Jamies Verhalten nicht zu ersehen war, wieviel die Antwort ihm bedeutete. »Pipher hatte ein Zimmer im Victoria, aber jetzt ist er fort. Dunnigan sagte, der Alte sei nach Brisbane zurückgefahren.«

Jamies Miene blieb unbewegt, nichts ließ auf den Aufruhr schließen, der in ihm tobte. Vermutlich war Phipher die ganze Zeit im gleichen Hotel gewesen wie er und Bliss, hatte gewartet und beobachtet, und ihnen – als er merkte, wieviel Bliss Jamie bedeutete – eine Peitsche als Hochzeitsgeschenk geschickt ... Und nun war er auf dem Weg nach Australien, genau wie Bliss.

Ohne Johnson eines weiteren Blickes zu würdigen, verließ Jamie die Taverne und machte sich auf den Weg zu Shallies Pub.

Johnson hatte recht gehabt, die beiden Yankees waren da, stockbetrunken und mit einem Freudenmädchen beschäftigt, als Jamie die Tür zu ihrem Raum aufstieß.

Die Hure kreischte entsetzt und kroch zwischen ihren beiden Kunden hervor. »Ich habe nichts getan!« flehte sie Jamie an. »Ich schwöre, daß ich nichts getan habe!«

Jamie hatte nichts gegen die Frau. Er bedeutete ihr, das Zimmer zu verlassen, was sie sich nicht zweimal sagen ließ.

Wilbertson und Cook jedoch blieben auf der verschlissenen Matratze hocken und starrten Jamie verständnislos an.

»Wer zum Teufel sind Sie?« fragte einer von ihnen.

Jamies Messer erschien blitzartig in seiner Hand, wie immer, wenn er wütend war. Der Gedanke an die häßlichen Brandmale auf Peonys Rücken trieb ihm die Galle in die

Kehle und hinterließ einen bitteren Geschmack in seinem Mund. »Mein Name ist unwichtig«, entgegnete er mit einem kalten Lächeln. »Ich kann euch nur sagen, daß ich aus dem schlimmsten Alptraum komme, den ihr je erlebt habt.«

Ein paar Schreie hatten nichts zu bedeuten bei Shallies, schon gar nicht in der Nacht. Kaum ein Mann schaute von seinem Bierkrug auf, als Jamie McKenna die Treppe herunterkam und ohne Eile den Pub verließ. Manche Leute sah man besser gar nicht erst ...

Bliss fand Maggie McKenna von ersten Augenblick an sympathisch. Sie war eine schöne Blondine mit ausdrucksvollen grauen Augen und einem charmanten Lächeln. Und sie warf sich, ungeachtet der mißbilligenden Blicke, die sie damit auf sich zog, am Hafen strahlend in Reeves Arme.

»Hallo, Yankee«, sagte Reeve zärtlich und küßte seine Frau, bevor er ihr seine Begleiterinnen vorstellte. Zuerst Peony, dann Bliss. »Das ist Bliss. Sie ist Jamies Frau«, fügte er augenzwinkernd hinzu.

Maggies schöne graue Augen weiteten sich vor Entzücken. »Jamie ist verheiratet?« rief sie begeistert. »Ich kann es fast nicht glauben!«

Bliss wollte ihr schon den goldenen Ring als Beweis anbieten, als Maggie sie in die Arme zog und auf beide Wangen küßte.

»Herzlich willkommen in unserer Familie, Bliss!« sagte sie, einen Arm um Reeves Taille und einen um die Schulter ihrer Schwägerin. Peony war ein paar Schritte vorausgegangen.

»Die McKennas sind ein stures Volk, aber es gibt Mittel und Wege, ihnen Anstand beizubringen«, fuhr Maggie heiter fort.

»Jamie würde sich freuen, das zu hören«, bemerkte Reeve.

»Ich nehme an«, plapperte Maggie munter weiter, ohne seinen Einwand zu beachten, »daß alles, was bei dir Erfolg gezeitigt hat, auch bei Jamie wirken müßte.«

Während Bliss zuhörte, wurde ihre Sehnsucht nach Jamie immer stärker, und in der Hoffnung, daß die anderen ihre Tränen nicht sahen, senkte sie den Kopf.

Doch Maggie drückte beruhigend ihren Arm, als spürte

sie, daß ihre Schwägerin Trost brauchte, und Bliss fühlte sich ein bißchen besser. Vielleicht hatte sie nun eine Freundin gefunden, etwas, das sie nie gehabt hatte, nicht einmal in ihrer Kindheit.

Peonys lang erwarteter Zusammenbruch erfolgte am Ende des Piers, während Reeve sich um das Gepäck kümmerte und Walter Davis und sein Großvater zu Bliss kamen, um sich zu verabschieden. Der alte Mann reichte auch Peony seine klauenartige Hand, verneigte sich lächelnd vor ihr ... und sie brach ohnmächtig zusammen!

Als es Bliss nicht gelang, sie ins Bewußtsein zurückzurufen, machte sich Maggie eilig auf die Suche nach Reeve.

»Na, so etwas!« sagte der alte Mister Davis, immer noch lächelnd, und stützte sich kopfschüttelnd auf die Schulter seines Enkels.

Kurz darauf kam Reeve zurück und hob Peony, die inzwischen bei Bewußtsein, aber immer noch sehr benommen war, auf die Arme. Über der allgemeinen Hektik, die entstand, als sie Peony ins Hotel brachten und einen Arzt holen ließen, vergaß Bliss Walter Davis und seinen unheimlichen Großvater.

Peony war leichenblaß, als sie nach einer zweiten Ohnmacht wieder zu Bewußtsein kam. Sie lag auf einem Sofa in der Hotelhalle, und Maggie hielt ihr ein Fläschchen Riechsalz unter die Nase. Das erste, was Peony sagte, war: »Increase! Lieber Gott, das war *Increase!*«

Bliss wurde unbehaglich zumute, als Peony diesen Namen erwähnte. »Wer, Peony?« fragte sie.

Peony zitterte am ganzen Körper. »Der Mann, der sich am Hafen von Ihnen verabschiedet hat! Das war Increase Pipher, Bliss.«

Von einem Schwächeanfall überwältigt, sank Bliss auf einen nahen Sessel. »Ausgeschlossen!« flüsterte sie entsetzt. »Das war Walter Davis' Großvater!«

Peony schüttelte nur müde den Kopf, und Maggie streichelte beruhigend ihre Hand. »Beruhigen Sie sich«, sagte sie mit ihrem für Bliss so merkwürdig fremden Akzent. »Niemand wird Ihnen hier etwas tun. Sie sind nicht allein.«

Dann kam der Arzt, Peony wurde untersucht und nach Einnahme eines Schlafmittels ins Bett gesteckt. Reeve hatte Bliss bereits gesagt, daß sie alle die erste Nacht im Hotel verbringen würden, da es ein weiter Weg war bis *Seven Sisters*, seiner Plantage. Bliss zog sich erleichtert auf ihr Zimmer zurück, wo sie versuchte, ein bißchen Ordnung in ihre Gedanken zu bringen.

Doch es war nur ein einziger, der ihre Gefühle beherrschte: Während sie und Jamie sich geliebt hatten in ihrer Suite im Victoria Hotel, war Pipher ganz in der Nähe gewesen und hatte sich teuflische Tricks ausgedacht. Wie mußte er gelacht haben über Jamies naive kleine Frau! Zweifellos hatte es ihm großen Spaß gemacht, ihrem Geplauder zuzuhören, während er sich darauf vorbereitete, den Mann, den sie liebte, zu zerstören!

Bliss holte ihr Notizbuch aus der Tasche und setzte ihren Brief an Jamie fort, erzählte ihm von dem Mann, den sie bis dahin für Walter Davis' Großvater gehalten hatte. Es war schon lange dunkel, als es an ihrer Tür klopfte. Mit einem müden Seufzen stand Bliss auf und öffnete.

Es war Maggie, die mit gerötetem Gesicht und glücklich funkelnden Augen vor ihrer Tür stand, und obwohl Bliss noch nicht lange verheiratet war, konnte sie sich denken, was Maggies Strahlen ausgelöst haben mußte. Der Gedanke machte ihre Sehnsucht nach Jamie und ihr Gefühl der Einsamkeit noch unerträglicher.

»Wir dachten, du hättest vielleicht auf uns gewartet, um zum Dinner hinunterzugehen«, meinte Maggie verlegen. »Dabei ist es schon so spät! Du mußt doch furchtbaren Hunger haben.«

Das stimmte, aber bewußt wurde es Bliss erst jetzt. »Wenn der Speisesaal noch geöffnet ist, würde ich schon gern etwas essen«, erwiderte sie lächelnd.

»Ich hätte nicht den Mut gehabt, hierherzukommen, wenn ich mich nicht vorher erkundigt hätte«, gab Maggie lachend zu. »Wie geht es deiner Freundin, Mrs. Ryan? Hast du nach ihr gesehen?«

Bliss schüttelte beschämt den Kopf. Der Brief an Jamie hatte sie so beschäftigt, daß sie Peony ganz vergessen hatte. »Ich werde sehen, was sie macht«, sagte sie.

Aber Maggie hielt sie zurück. »Bliss, wer ist diese Frau und was hat sie mit Jamie zu tun?« fragte sie. »Reeve wollte mir nichts sagen, deshalb muß ich dich fragen.«

Bliss wußte nicht, was sie darauf erwidern sollte, aber ihr Gesichtsausdruck mußte es verraten haben, denn Maggie sagte rasch: »Wir sprechen beim Essen darüber. Reeve schläft fest, deshalb kann er mich nicht daran hindern. Und irgendwie habe ich das Gefühl, als würde deine Freundin das Essen lieber in ihrem Zimmer einnehmen.«

Bliss nickte lächelnd, schloß ihre Tür und ging über den Gang zu Peonys Raum.

»Ja?« rief eine schläfrige Stimme, als Bliss klopfte.

»Wie geht es Ihnen?« erkundigte sich Bliss.

»Ich möchte schlafen«, erwiderte Peony gähnend.

Bliss nickte, schloß die Tür und begleitete Maggie in den Speisesaal, wo sie beide Hirschpastete bestellten, die prompt serviert wurde und ihnen sehr gut schmeckte.

»Reeve sagte, Sie hätten zwei Kinder«, begann Bliss. Sie versuchte damit, von Peony und Jamies Beziehung zu ihr abzulenken.

Maggie nickte. »Elisabeth – aber Sie wissen sicher, daß sie nicht unsere Tochter ist – und James. Wir haben ihn nach deinem Mann benannt, aber um Verwechslungen zu vermeiden, wird er J.J. gerufen.«

»Was soll das heißen, das kleine Mädchen ist nicht eure Tochter?« fragte Bliss verwundert. »Habt ihr sie adoptiert?«

Maggie wurde auffallend blaß unter ihrer Sonnenbräune. »Adoptiert?« wiederholte sie bestürzt.

Bliss fühlte sich so unbehaglich, als erwartete man von ihr die Teilnahme an einem Spiel, dessen Regeln sie nicht kannte. »Wenn Jamie hier wäre, würde er mir sicher sagen, ich sollte mich um meine eigenen Angelegenheiten kümmern«, meinte sie verlegen.

»Wenn Jamie hier wäre«, entgegnete Maggie, »würde ich ihm den Hals umdrehen!«

»*Was*?«

»Ach, nichts«, antwortete Maggie grimmig. »Erzähl mir von Mrs. Peony Ryan.«

Bliss senkte den Blick. »Beide streiten es ab, und ich muß zugeben, daß sie es recht überzeugend tun«, gestand sie leise, »aber trotzdem glaube ich, daß Peony Jamies Geliebte ist.«

»Donnerwetter!« rief Maggie aus, so laut, daß sich mehrere

Gäste nach ihnen umdrehten. »Das kann doch nicht dein Ernst sein! Weiß Reeve davon?«

Bliss schluckte verwirrt. Maggies Zorn erfüllte sie mit Ehrfurcht und Bewunderung. »Wahrscheinlich«, sagte sie. »Er hat stundenlang mit Jamie geredet – und immer unter vier Augen.«

Maggie stieß ihren Stuhl zurück und sprang auf. »Bei Zeus!« rief sie aus. »Ich bringe diesen Iren eigenhändig um, wenn er so etwas unterstützt.«

Bliss spürte, wie ihr das Blut in die Wagen schoß. Vor Verlegenheit brachte sie kein Wort heraus.

»Warte nur, bis ich Jamie wiedersehe!« drohte Maggie, dann stürmte sie aus dem Speisesaal und überließ Bliss ganz allein der Neugier der anderen Gäste.

Tapfer lächelte sie die Männer und Frauen an, die sie verblüfft anstarrten. »Sie ist Amerikanerin«, sagte sie schüchtern, und als wäre das eine ausreichende Erklärung, wandten sich augenblicklich alle wieder ihrem Essen zu.

# 23

Es war ein schönes Kind, mit langem, dunklem Haar und den gleichen auffallend blauen Augen, wie Jamie sie hatte.

Doch während Bliss dem Mädchen zuschaute, wie es im Garten von *Seven Sisters* vergnügt seinem Hund nachjagte, verstärkte sich das Unbehagen, das sie schon seit ihrer Ankunft vor zwei Wochen plagte.

»Ein hübsches Mädchen, nicht?« bemerkte sie, als Reeve sich neben ihr auf der Steinbank niederließ.

Ihr Schwager nickte. »Ja«, sagte er, und seine Stimme klang sehr seltsam dabei.

»Man könnte meinen, daß sie wirklich eine McKenna ist, mit ihrem dunklen Haar und den auffallend blauen Augen …«

Reeve seufzte. »Ja. Das lebende Abbild von Callie McKenna, möge sie in Frieden ruhen.«

Bliss schaute ihren Schwager prüfend an und sah, daß er seine letzten Worte zu bereuen schien.

»Deine Mutter?« hakte sie rasch nach.

Doch Reeve wich ihren Blicken aus, und plötzlich ahnte sie, was sich hinter seiner Verlegenheit verbarg.

»Elisabeth ist Jamies Tochter!« sagte sie erschüttert. Aber es war weniger die Tatsache an sich, daß Jamie eine Tochter hatte, was Bliss verletzte, als vielmehr sein mangelndes Vertrauen in sie, das ihn daran gehindert hatte, es ihr zu erzählen.

»Bliss ...«

Sie stand abrupt auf. Tränen schossen in ihre Augen und blendeten sie. »Wer war sie? Wer ist Elisabeths Mutter?«

Reeve schwieg lange. Dann nahm er Bliss' Hand und sagte: »Es ist nicht meine Aufgabe, dir alles zu erklären, Kleines. Das muß Jamie tun.«

Bliss entzog ihm ihre Hand und rief erbost: »Nein, du wirst es mir jetzt sagen, Reeve, denn ich ertrage diese Ungewißheit nicht! Ich kann nicht warten, bis ich Jamie wiedersehe!«

Reeve richtete sich langsam auf und legte tröstend seine Hände auf ihre Schultern. »Begreifst du nicht, in welche Lage du mich bringst, Bliss? Darüber zu sprechen würde bedeuten, ein Versprechen zu brechen, das ich meinem Bruder ...«

»*Ich* habe deinem Bruder nichts versprochen!« fiel ihm eine weibliche Stimme ins Wort, und als Bliss und Reeve sich umdrehten, sahen sie, daß Maggie mit verschränkten Armen hinter ihnen stand.

Reeve näherte sich ihr auf eine Weise, die jede andere Frau eingeschüchtert hätte. »Du hältst dich heraus, Yankee«, sagte er drohend.

Maggie schob trotzig ihr Kinn vor. »Bliss hat ein Recht, über Jamies Vergangenheit Bescheid zu wissen!«

»Aber sie braucht es nicht von dir zu hören!« brüllte Reeve.

Angesichts seines Zorns trat Maggie einen Schritt zurück, aber sie gab nicht nach. »Hör auf, mir Angst einjagen zu wollen, Reeve McKenna! Du weißt doch, daß es nichts nützt!«

»Nein?« fragte Reeve und drängte Maggie so weit zurück, daß ihr Rock sich in einem Rosenstrauch verfing.

»Nein, überhaupt nicht!« schrie sie, während sie versuchte, ihren Rock von den Dornen zu befreien. »Entweder erzählst du ihr von Eleanor, oder ich tue es!«

Ein beängstigendes Schweigen entstand, das von einer anderen männlichen Stimme unterbrochen wurde.

»Das wird nicht nötig sein«, sagte Jamie. »Ich kann für mich selbst sprechen.«

Bliss wirbelte verblüfft herum. Und tatsächlich stand Jamie hinter ihnen und schaute sie müde und abweisend an. Einen Tag zuvor, ja, noch vor einer Stunde hätte sie sich in seine Arme geworfen; jetzt starrte sie ihn nur an, zutiefst verletzt darüber, daß er ihr so etwas Wichtiges wie die Existenz seines Kindes verschwiegen hatte.

»Genau«, stimmte Reeve zu, als seine Frau sich endgültig aus dem Rosenbusch befreite und Jamie einen bösen Blick zuwarf.

»Willkommen zu Hause!« sagte Maggie, aber die Worte standen in solch krassem Gegensatz zu ihrem Ton, daß Jamie lachen mußte.

Reeve hingegen schien alles andere als belustigt. Er packte seine Frau am Arm und zog sie zum Haus. Elisabeth und ihr Hund spielten in einiger Entfernung von ihnen, und Jamie betrachtete das Kind mit so unverhohlener Trauer im Blick, daß Bliss ihm seinen Verrat fast verzieh.

Fast, aber nicht ganz.

»Ich wollte es dir sagen, Bliss«, begann er.

»Wann?« entgegnete Bliss und wischte sich die Tränen ab. »Nachdem unsere Kinder geboren sind?«

Jamie preßte die Lippen zusammen. »Ich hatte nie vor, Kinder mit dir zu haben, Bliss«, antwortete er kalt. »Ich habe dich geheiratet, um nicht erschossen zu werden, falls du das vergessen hast.«

Seine Worte waren für sie wie ein Schlag ins Gesicht. Selbstverständlich hatte sie nicht vergessen, wie es zu ihrer Hochzeit gekommen war, aber irgendwie war sie in der Zwischenzeit zu der Überzeugung gekommen, er müsse angefangen haben, ihre Liebe zu erwidern …

Zumindest hatte er das behauptet.

Kraftlos und von namenlosem Entsetzen erfüllt, ließ sie sich auf die Bank fallen und schloß die Augen.

Jamie trat näher. »Hör mir zu, Bliss«, bat er, während er sich neben ihr niederließ und ihre Hand nahm.

Die sie ihm natürlich prompt entzog.

Bevor Jamie noch etwas äußern konnte, erblickte Elisabeth ihn, kam auf ihn zugerannt und warf ihm die Arme um den Hals. »Hallo, Onkel Papa!« rief sie glücklich.

Jamie sagte etwas zu dem kleinen Mädchen, aber Bliss konnte es nicht verstehen, denn dafür war der Schmerz, der in ihr wühlte, zu beherrschend. Er hüllte sie ein wie schwarzer Nebel, zerrte an ihren Nerven und vergiftete ihr Herz.

Abrupt sprang sie auf und rannte davon – flüchtete vor ihrer Qual, ihren Zweifeln und ihrer Verwirrung.

Mit einem Wort – vor Jamie.

Nachdem er sich kurz mit Elisabeth unterhalten hatte, gab Jamie ihr die Geschenke, die er ihr mitgebracht hatte, und betrat dann durch die Terrassentür das Haus seines Bruders.

Reeve befand sich allein im Wohnzimmer. Er stand an einem Barschrank aus Teakholz und schenkte sich einen Drink ein. Doch überall im Raum war Maggies liebevolle Hand zu spüren, die dem ganzen Haus eine helle, anheimelnde Atmosphäre verliehen hatte.

»Ich könnte auch einen brauchen«, sagte Jamie und deutete auf den Drink in der Hand seines Bruders.

Reeve bedachte ihn mit einem gereizten Blick. »Bedien dich selbst«, erwiderte er.

Netter Empfang, dachte Jamie, bemühte sich jedoch, seinen Ärger nicht zu zeigen. Schließlich war er nicht ganz unschuldig an der vertrackten Situation. Er hätte Bliss längst von Eleanor und dem Kind, das sie ihm geboren hatte, erzählen müssen. Das stritt er gar nicht ab. »Wenn du etwas zu sagen hast, Bruder«, begann er ruhig, während er sich einen großzügig bemessenen Brandy einschenkte, »dann heraus damit!«

»Sie ist ein feines Mädchen«, erwiderte Reeve, und es war klar, daß er damit nur Bliss meinen konnte. »Eine Frau, wie jeder Mann sie sich nur wünschen kann.«

»Ja«, gab Jamie müde zu. »Die Herzogin ist das Beste, was mir je passiert ist, Reeve. Das sollst du wissen.«

Reeve drehte sich um und maß Jamie mit einem empörten

Blick. »Dann möchte ich wissen, warum du sie so behandelst – als gäbe es Dutzende wie sie, die für ein paar Pfennige zu haben sind.«

Jamie stürzte seinen Drink herunter und stellte das Glas krachend auf den Tisch. »Du weißt also, wie ich meine Frau behandle?« entgegnete er schneidend, und sein alter Groll gegen seinen Bruder kam wieder an die Oberfläche.

»Verdammt, Jamie«, knurrte Reeve, »als sie eben hereinkam, sah sie aus, als hätte man ihr die Seele aus dem Leib gerissen! Was hast du ihr gesagt – oder getan?«

Es kostete Jamie beträchtliche Beherrschung, ruhig zu bleiben, zum Schrank zu gehen und sich noch einen Whisky einzuschenken. »Weißt du was, Reeve? Wenn ich auch nur einen Funken Verstand besäße, würde ich von hier verschwinden und vergessen, daß ich je eine Frau hatte – oder einen Bruder!«

Für einen Mann seiner Statur bewegte Reeve sich erstaunlich leise und schnell. Bevor Jamie ihn kommen hörte, fühlte er sich an den Schultern gepackt und hart herumgerissen. Als er Reeves Hände wütend abschüttelte, spritzte der Whisky auf Maggies hübsche weiße Sitzgarnitur.

»Ich wiederhole jetzt nur deine eigenen Worte, kleiner Bruder!« fuhr Reeve ihn an und packte ihn erneut am Hemd. »Wenn du etwas zu sagen hast, dann heraus damit!«

Jamie spürte, wie das Adrenalin durch seinen Körper schoß. Seinen letzten Kampf mit Reeve – vor drei Jahren in Brisbane – hatte er verloren. Aber das würde sich nicht wiederholen. »Nimm die Hände weg, Reeve!« zischte er drohend.

Reeve lockerte seinen Griff ein wenig. »Zu mir kannst du sagen, was du willst, mein Junge«, entgegnete er, «aber deine kleine Frau wirst du nicht mißhandeln. Nicht unter meinem Dach!«

Ein Muskel zuckte an Jamies Kinn; nur mühsam behielt er die Kontrolle über sich. »Ich lasse mir von dir nicht sagen, was ich zu tun habe«, entgegnete er angriffslustig, obwohl er eigentlich viel lieber Frieden mit Reeve geschlossen hätte.

Doch ein Teil von ihm, der von Entsetzen erfüllte Junge, der damals seine Finger in die Rinde des Baumes gekrallt hatte, an den er gefesselt gewesen war, konnte einfach nicht vergessen, daß sein Bruder nicht dagewesen war, als er ihn so sehr gebraucht hätte.

»Habe ich dir nicht erzählt, wie es zu unserer Heirat kam?« fuhr Jamie fort, als Reeve beharrlich schwieg.

»Ja, das hast du«, erwiderte Reeve mit müdem Spott. »Du sagtest, Bliss' Vater hätte dich dazu gezwungen. Aber mir kannst du nichts erzählen, Jamie – du hattest doch dein Messer, oder? Seit wann läßt sich jemand wie du von einem alten Mann – ob mit oder ohne Waffe – zu etwas zwingen?«

Mit dieser Frage hatte Jamie nicht gerechnet, deshalb fiel ihm natürlich auf Anhieb auch keine Antwort ein.

Reeve zog spöttisch eine Braue hoch. »Na bitte!« sagte er triumphierend. »Du hast dich nicht gewehrt, weil du die Kleine im Bett haben wolltest und selbst als Dieb zu anständig warst, sie dir zu nehmen, ohne mit ihr verheiratet zu sein!«

Als Reeve seine unrühmliche Vergangenheit erwähnte, erwachte ein solcher Zorn in Jamie, daß er zurücktrat, das Messer von seinem Gürtel löste und es auf einen Tisch legte. »Ich glaube«, sagte er, »Maggies Salon ist nicht der rechte Ort, um das Thema auszutragen.«

Reeve nickte zustimmend und krempelte seine Ärmel auf. Er trat in den Garten hinaus, nachdem er sich vergewissert hatte, daß Elisabeth nicht mehr dort spielte, blieb stehen und sah seinen Bruder auffordernd an.

Verdammt noch mal, dachte Jamie. Der Bastard ist kräftiger, als ich dachte!

Reeve lächelte, als hätte er Jamies Gedanken erraten. »Stimmt, ich bin immer noch dein großer Bruder«, meinte er herablassend. »Genau wie vor drei Jahren in Brisbane und vorher schon in Dublin.«

Jamie schäumte vor Wut bei der Erinnerung daran. Kein Mann außer Reeve hatte ihn je besiegt! »Ja, in Dublin, als ich noch ein *Dieb* war, meinst du, oder?«

Reeve spreizte die Hände. »Richtig. Wie soll man auch von einem Dieb erwarten, daß er seine Frau anständig behandelt?«

Nur mit Mühe unterdrückte Jamie einen empörten Schrei.

Wenn er die Kontrolle über sich verlor, würde dies Reeve einen willkommenen Vorteil verschaffen. So schwieg Jamie nur und beobachtete seinen Bruder gespannt.

Reeve machte eine herausfordernde Handbewegung. »Na komm schon, Junge!« lockte er. »Bist du nicht der einzige Mann in ganz Neuseeland, den jeder Gauner fürchtet? Dann zeig mir mal, warum.« Nach einer kurzen Pause fügte er lächelnd hinzu: »Aber das hier ist Australien, Jamie. Hier bist du nichts anderes als Reeve McKennas kleiner Bruder.«

Die Wut, die Jamie empfand, legte sich wie ein Nebel über Jamies Augen. »Du Schuft!« keuchte er, bevor sich der ganze Groll, der sich jahrelang in ihm aufgestaut hatte, endlich Bahn brach und er sich mit einer Kraft auf Reeve stürzte, wie sie nur in Haß umgeschlagene Liebe hervorbringen kann.

Reeve lachte nur, als er Jamies Faust im Magen spürte, und gab den Schlag sofort zurück.

Jamie war wie blind vor Haß und Zorn. »Wo … warst … du?« sagte er schweratmend, während sie miteinander rangen. »Wo … zum Teufel … warst du … als dieser Schuft … mich auspeitschte?«

Reeve verlor für einen Moment die Fassung. Dann packte er Jamie am Kragen und schüttelte ihn wild. »*Was* sagst du da?« herrschte er ihn zornig an.

Jamie riß sich los, starrte seinen Bruder nur an und sagte nichts.

Reeve schüttelte fassungslos den Kopf. »Soviel Haß in dir! Lieber Gott … all dieser Groll! Und nur, weil du mich damals brauchtest und ich nicht zur Stelle war?«

Nie hätte Jamie die heißen Tränen eingestanden, die hinter seinen Lidern brannten und es ihm fast unmöglich machten, seinen Bruder zu erkennen. »Du fragst, ob ich dich gebraucht habe?« flüsterte er rauh. »Ich habe deinen Namen sogar nachts geschrien, wenn ich schlief, *mein großer Bruder* – jahrelang!«

Reeves Stimme klang auf einmal viel ruhiger. »Ich habe dich zwanzig Jahre lang gesucht, Jamie«, sagte er leise. »Hier in Australien und in Neuseeland …«

All das hatte Reeve ihm schon so oft erklärt, aber erst jetzt hörte Jamie ihm zum ersten Mal wirklich zu. Doch er wußte, daß er Zeit und Ruhe brauchte, um darüber nachzudenken. Als er sich abwandte und ging, machte Reeve keinen Versuch, ihn zurückzuhalten.

Eine ganze Weile war vergangen, während der Jamie versucht hatte, seine Gefühle zu klären, als er plötzlich leise Schritte hörte. Enttäuscht stellte er fest, daß es Peony war, denn eigentlich hatte er auf Bliss gehofft.

»Geh und rede mit ihr«, riet ihm seine alte Freundin. »Sie ist ganz erschüttert, und du weißt ja selbst, wie impulsiv sie ist – wer weiß, was sie jetzt wieder anstellt!«

Jamie glaubte, seine eigene Messerklinge im Leib zu spüren, und wandte sich rasch ab, als ihm die Tränen kamen. »Vermutlich will sie wieder nach Amerika«, entgegnete er heiser.

Peony berührte seinen Arm. »Könntest du damit leben, Jamie?«

Ohne sie anzusehen, schüttelte er den Kopf.

Sie legte ihr Gesicht an seine Schulter. »Na bitte. Also bleibt dir nur eins übrig, aber das weißt du selbst, oder?«

»Ja«, murmelte er, »ich weiß.«

Peony küßte ihn auf die Wange. »Ich kehre nach Auckland zurück, Jamie. Ich muß mich um meine Geschäfte kümmern.«

»Aber Increase ...«

»Increase ist hier in Australien«, fiel sie ihm ins Wort. »Also paß auf deine Frau auf. Jamie – Bliss ist das einzige Mittel, das Increase hat, dich in die Knie zu zwingen, und das weiß die alte Schlange.«

Jamie nickte. Nicht einmal im Schlaf vergaß er die Gefahr, in der sich Bliss befand. »Er lebt gar nicht weit von hier ...«

»Quäl dich nicht, Jamie«, unterbrach Peony ihn rasch. »Das ist vorbei und heute ...«

»Nein!« rief Jamie erregt. »Nichts ist vorbei, solange Increase lebt – weder für mich noch für Bliss!«

Peony schloß die Augen. Als sie sie wieder öffnete, schimmerten sie feucht. »Sei sehr vorsichtig, Jamie. In Australien giltst du auch heute noch als Krimineller, während Increase ein reicher Pflanzer ist. Wenn du ihn tötest, besteht die Möglichkeit, daß du dafür am Galgen endest.«

Es hatte Momente in Jamies Leben gegeben, in denen er

den Tod am Galgen nur begrüßt hätte, aber das war vorbei. Bliss hatte seinem Leben wieder einen Sinn gegeben. »Ich passe schon auf, Peony. Mach dir keine Sorgen.«

Als Peony ging, schaute Jamie ihr traurig nach und beschloß, für sichere Begleitung zu sorgen, bis sie in Brisbane ihr Schiff bestieg. Dann schaute er widerwillig zu Reeves beeindruckendem Haus hinüber und hatte das Gefühl, das bronzene Medaillon unter seinem Hemd würde seine Haut versengen …

Sie waren einen weiten Weg gegangen, er und Reeve, seit jenem Tag in Dublin, als ihre Mutter im Sterben gelegen hatte … Jamie seufzte. Er war ein Dieb gewesen, und das für lange Zeit, aber gebettelt hatte er nicht. Nein, niemals in seinem Leben hatte er das Bettlerabzeichen dazu benutzt, sich von einem anderen Menschen seinen knurrenden Magen füllen zu lassen!

Und Reeve hatte es auch nie getan.

Nachdenklich ging Jamie zum Haus zurück. Zuerst würde er sich bei Bliss entschuldigen und ihr alles über Eleanor und Elisabeth erzählen, und dann würde er versuchen, sein Verhältnis zu seinem Bruder in Ordnung zu bringen.

Bliss, die am Schlafzimmerfenster stand und in den Garten starrte, sah Jamie auf das Haus zukommen. Nur wenige Minuten zuvor war Peony den gleichen Weg gekommen …

Kopfschüttelnd verließ Bliss ihren Platz am Fenster. Warum enttäuschte und verletzte es sie so sehr, wo sie doch von Anfang an gewußt hatte, was für ein Mensch Jamie war?

Sie holte einen Koffer aus dem Schrank und begann ihre Kleider einzupacken. Doch genau in diesem Moment betrat Maggie das Zimmer.

Sie hockte sich aufs Bett und fragte seufzend: »Schon wieder auf der Flucht, Bliss?«

Bliss warf ihr einen ärgerlichen Blick zu. »Manchmal ist es vernünftiger, ein neues Leben zu beginnen.«

Maggie nickte. »Ja, aber das hast du doch gar nicht vor! Hör dir wenigstens an, was Jamie dir zu sagen hat …«

»So, jetzt bist du also auch auf seiner Seite?« fiel Bliss ihr ärgerlich ins Wort. »Dabei warst du vor einer Stunde noch genauso empört über sein Verhalten wie ich!«

Maggie senkte den Blick. »Reeve hatte recht. Ich hätte mich nicht einmischen dürfen. Ich war nur wütend, weil ich dich mag, Bliss, und weil ich wußte, wie verletzt du warst und wie ich mich gefühlt hätte, wenn Reeve so etwas vor mir verborgen hielte ...«

Bliss drängte ihre Tränen zurück. Sie hatte schon genug geweint um Jamie McKenna und ihm auch oft genug verziehen. Das war nun vorbei. Sie hätte gleich ihrem Instinkt vertrauen und nach Amerika fahren sollen ...

»He, Maggie, was soll das heißen?« rief sie empört, als sie sah, wie ihre Schwägerin aufsprang und blitzschnell ihre sorgfältig zusammengefalteten Kleider aus dem Koffer nahm und in den Schrank zurücklegte. »Hör auf damit!«

Maggie lachte. »Nein.« Dann klopfte es. »Komm nur herein, Jamie!« rief sie heiter.

Bliss schlüpfte in den Schrank und schloß die Tür. Sie hatte nicht die Absicht, sich mit Jamie auseinanderzusetzen, selbst wenn sie die ganze Nacht im Schrank verbringen mußte!

Irgendwann hörte sie, wie die Zimmertür ins Schloß fiel, und hoffte, daß Jamie und Maggie aufgegeben hatten und hinausgegangen waren. Doch als sie vorsichtig aus dem Schrank stieg, sah sie Jamie auf dem Bett sitzen und sie lächelnd beobachten.

»Wenn du dich wie ein Kind benimmst, muß ich dich auch so behandeln«, meinte er.

Bliss würdigte ihn keiner Antwort und machte sich wieder an ihrem Koffer zu schaffen.

»Eleanor und ich haben früher zusammen gestohlen«, begann Jamie, als hätte Bliss ihn aufgefordert, sein Gewissen zu erleichtern. »Ich dachte, ich liebte sie, obwohl ich damals gar nicht wußte, was Liebe war. Das hast du mir erst gezeigt, Herzogin.«

Bliss drehte sich zwar zu Jamie um, aber falls er glaubte, ihm sei verziehen, hatte er sich schwer geirrt. Es reichte ihr. Sie würde ihn verlassen ...

»Und was geschah dann?« fragte sie neugierig.

Ein trauriger Ausdruck huschte über Jamies Gesicht.

»Eleanor liebte Kämpfe, vor allem, wenn es dabei um ihre Gunst ging. Es vermittelte ihr ein Gefühl der Macht, vermute ich, mich gegen irgendeinen armen Teufel aufzuhetzen, der sie angeblich belästigt hatte, und zuzuschauen, wie ich ihm die Rippen einschlug. Doch eines Nachts kam ich früher als erwartet nach Hause, und als ich sie und einen ihrer Beaus in meinem Bett erwischte, begriff ich endlich, welches Spiel sie mit mir getrieben hatte.«

Jamie tat Bliss leid, aber das ließ sie sich nicht anmerken. »Wart ihr verheiratet?» fragte sie nur.

»Nein. Eleanor hat es nie von mir verlangt, und ich habe es ihr nie angeboten.«

»Hatte sie keinen Vater, der dich dazu zwingen konnte?« entgegnete sie und hoffte, daß es spöttisch klang.

Jamie lachte leise. »Nein, Herzogin, den hatte sie nicht.« Doch sofort wurde er wieder ernst. »Was sie hatte, war mein Kind, das unter ihrem Herzen wuchs, aber das erfuhr ich erst, als Reeve und ich uns wiederbegegneten.«

Kopfschüttelnd setzte Bliss sich neben ihren Mann aufs Bett. »Warum hast du mir nie etwas davon erzählt, Jamie? Ich hätte es verstanden.«

Er strich sich unsicher übers Haar. »Ich hatte Angst.«

Bliss wußte, was diese drei Worte für Jamies Stolz bedeuteten, und bei dem Gedanken wurde ihr ganz warm ums Herz. Sie war so gerührt, daß sie nichts sagen konnte.

Jamie stand auf und öffnete abrupt die Tür. Zwei dunkelhäutige Mädchen, die der Haushälterin halfen, stürzten kichernd herein. »Sagt Kala, daß ich heißes Wasser und eine Badewanne brauche!« sagte Jamie streng. »Außerdem wißt ihr, daß ihr nicht lauschen sollt!«

»Meinst du, sie haben etwas gehört?« fragte Bliss, aber Jamie warf ihr nur einen spöttischen Blick zu und begann an einem seiner Stiefel zu zerren. Es schien ihn solche Mühe zu kosten, daß Bliss sich bereiterklärte, ihm beim Ausziehen des anderen zu helfen.

»Soll das heißen, daß du mir verziehen hast?« erkundigte er sich.

Bliss nickte bloß, weil sie in Gedanken längst bei einem anderen Thema war. »Hat Peony dir erzählt, daß Increase

Pipher auf dem Schiff war, mit dem wir aus Neuseeland kamen?«

»Was?« fragte er betroffen.

Bliss nickte. »Erinnerst du dich an Walter Davis?«

»Ja«, sagte Jamie. »Ich erinnere mich.«

Bliss nickte aufgeregt. »Stell dir vor, Mister Pipher gab sich als sein Großvater aus, und sie wohnten in der Suite, die unserer gegenüberlag …«

Jamie blieb so still, daß Bliss nicht weiterredete. »Ich wußte, daß Pipher im Victoria war«, erzählte er dann. »Heute begreife ich auch, warum. Es muß ihm einen Heidenspaß gemacht haben, uns unbemerkt zu beobachten.«

»Du willst ihn töten, nicht?« Die Frage quälte Bliss schon, seit Jamie sie nach Australien geschickt hatte.

»Ja«, antwortete er. »Und jetzt komm her, Frau. Bisher hast du mir nicht einmal einen Kuß gegeben.«

Bliss ließ sich von ihm aufs Bett ziehen. Sie bebte vor Erwartung, aber auch aus Angst, als er sich neben ihr ausstreckte – vor Erwartung, weil sie ihn brauchte und sich verzweifelt nach ihm sehnte; vor Furcht, weil sie zu begreifen begann, welcher Gefahr Jamie sich aussetzte, wenn er Pipher verfolgte und tötete.

Selbst als das zärtliche Liebesspiel längst begonnen hatte, konnte Bliss sich nicht von diesen sorgenvollen Gedanken lösen. »Bist du … ein freier Mann in Australien?« flüsterte sie, während Jamies Lippen ein sinnliches Spiel mit ihren Brüsten trieben und die Lust wie eine alles verzehrende Flamme durch ihren Körper schoß.

»Nein«, antwortete er rauh. »Ich stehe hier noch auf der Fahndungsliste.«

Bliss schnappte nach Luft, umklammerte seinen Kopf und wollte ihn von sich stoßen, aber dazu fehlte ihr die Kraft. »O Gott … dann könnten sie … dich … verhaften?«

Diese Möglichkeit schien ihn völlig kalt zu lassen. Er zog Bliss Rock hinauf und ließ seine Lippen zärtlich über ihren Bauch gleiten. »Ja, Herzogin, das könnten sie …«

Sie wand sich unter ihm und bog sich ihm entgegen, obwohl die Sorge um Jamies Sicherheit ihre sinnliche Stimmung empfindlich störte. Doch dann, als er ihr alle Kleidungsstücke ausgezogen hatte und sein Mund sie streichelte und reizte, war kein Platz mehr in ihrem Kopf für Gedanken an Vergangenheit oder Zukunft.

Nichts anderes mehr beherrschte sie als das köstliche, alles verzehrende Feuer, das Jamie in ihr entfachte …

## 24

Eine Frage blieb noch offen, ein ganz wichtiger Punkt war ungeklärt geblieben nach ihrem leidenschaftlichen Liebesspiel. Als Bliss sich daran erinnerte, warf sie den Schwamm so heftig in die Wanne, daß das Wasser nach allen Seiten spritzte.

»Was ist denn jetzt schon wieder?« fragte Jamie und stöhnte auf.

Bliss' Gesicht war rot vor Zorn. »Etwas wirst du mir noch erklären müssen, Jamie McKenna. Weißt du, was du vorhin im Garten zu mir gesagt hast? *›Ich wollte nie Kinder mit dir haben, Bliss. Ich habe dich nur geheiratet, um nicht erschossen zu werden, falls du das vergessen hast‹*.«

»Was für ein gutes Gedächtnis du hast, Herzogin – vor allem für die falschen Sachen! Ich habe das nur so dahingesagt, und das weißt du auch.«

»Ich weiß überhaupt nichts.« Sie kniete sich neben die Wanne. »Bilde dir bloß nicht ein, du könntest dir die unverschämtesten Bemerkungen erlauben und sie mich vergessen lassen, indem du mit mir ins Bett gehst, McKenna!«

Er hörte ihr belustigt zu und dann, bevor sie wußte, wie ihr geschah, streckte er beide Arme nach ihr aus und hob sie zu sich in die Wanne.

Bliss kreischte empört und strampelte wütend, aber nur, bis er sie zu einem leidenschaftlichen Kuß in seine Arme zog. Da war es mit ihrem Widerstand vorbei.

Jamie lachte triumphierend, als er sich von ihr löste und in ihre großen, verwirrten Augen schaute. »Ach, Herzogin«, flüsterte er rauh. »Ich liebe dich. Ich liebe dich wirklich.«

Dieses Eingeständnis bedeutete ihr sehr viel, aber sie hatte ihren Stolz, und den hatte er empfindlich verletzt, indem er sie voll angezogen ins Wasser gezogen hatte. Schließlich gab es so etwas wie persönliche Würde! »Laß mich sofort los!« sagte sie entrüstet.

»Auf keinen Fall!« entgegnete er. »Ich glaube, es wird Zeit, daß wir uns mit der Entstehung unseres ersten rothaarigen Babys befassen.«

Ein erwartungsvolles Zittern lief über ihren Körper. »Jamie ...«

Er preßte die Lippen auf die sensible Stelle hinter ihrem Ohr und tauchte eine Hand ins Wasser. »Hm?«

»Verdammt«, meinte Bliss, als das köstliche Kribbeln zwischen ihren Schenkeln begann. »Ob du nun ein Kind willst oder nicht – ich lasse mich nicht in einer Badewanne nehmen!«

Wieder lachte Jamie und biß sie zärtlich ins Ohrläppchen. »Bist du sicher, Herzogin?«

Increase Pipher reiste nach Brisbane und sprach persönlich beim obersten Richter vor. »James McKenna ist ein entsprungener Verbrecher, Euer Ehren«, sagte er, während er einen alten Fahndungszettel auf den Schreibtisch legte. »Er versteckt sich momentan auf *Seven Sisters*, der Plantage seines Bruders in ...«

»Ich weiß, wo *Seven Sisters* liegt«, fiel der Richter ihm gereizt ins Wort, während er stirnrunzelnd das zerknitterte Plakat betrachtete. »Dieser Mann ist Reeve McKennas Bruder, nicht?« Ohne eine Antwort abzuwarten, seufzte er und fügte kopfschüttelnd hinzu: »Eine alte Geschichte, die man am besten vergißt, finden Sie nicht?«

Increase bebte vor unterdrücktem Zorn und stützte sich schwer auf seinen Stock. Walter Davis, der es gesehen hatte, eilte hilfsbereit an seine Seite. »Diesem Verbrecher verdanke ich, daß ich keine Kraft mehr in den Beinen habe, Euer Ehren!« erwiderte Pipher mit nur mühsam beherrschtem Zorn. »Ganz zu schweigen von der Ernte eines ganzen Jahres, die ich verlor, meinem Haus und …«

*Und der einzigen Frau, die ich je begehrt habe*, fügte er in Gedanken hinzu.

»Na schön«, gab der Richter seufzend nach. »Ich werde McKenna herbringen lassen und ihn verhören.« Warnend hob er eine Hand. »Mehr kann ich nicht tun. Für alles andere brauche ich eine formelle Anzeige, Mister Pipher, und dafür müßten Sie Zeugen erbringen. Und stichhaltige Beweise.«

Increase nickte grinsend. »Danke, Euer Gnaden«, erwiderte er mit einer höflichen Verbeugung und stieß dem jungen Davis in die Rippen – ein Signal, daß er das Gerichtsgebäude so schnell wie möglich zu verlassen wünschte.

Auf der Straße lachte er schallend und rieb sich triumphierend die Hände. »Endlich!« sagte er. »Endlich!«

Walter blickte ihn stirnrunzelnd an. »Es ist so lange her, Sir. Meinen Sie wirklich …«

Mit einem scharfen Blick brachte Increase Davis zum Verstummen.

Feiglinge konnte er in seinen Reihen nicht gebrauchen, schon gar nicht, wenn der Tag der Rache so nahe war. »Sorgen Sie sich vielleicht um die kleine Rothaarige, Davis?« fragte er hämisch. »Die können Sie als Spielzeug haben, wenn ihre Wunden verheilt sind.«

Davis wurde blaß. »Um Gottes willen, Mister Pipher«, flüsterte er. »Bliss hat Ihnen nichts getan!«

Increase lächelte. »Sie ist nur das Mittel zum Zweck«, erklärte er und spürte, wie beim Gedanken an die Erfüllung seiner Rache eine köstliche Erregung in ihm erwachte. »Jamie McKenna wird vor uns kriechen und betteln wie ein Hurensohn – was er schließlich ja auch ist – und alles nur unserer süßen Bliss zuliebe!«

Davis blieb stumm. *Ein kluger Junge, der weiß, wann er zu schweigen hat*, dachte Increase anerkennend.

Reeves leises Klopfen schreckte Jamie aus dem Schlaf. Leise, um Bliss nicht zu wecken, stand er auf und ging zur Tür.

»Sofort, Reeve«, flüsterte er, bevor er sich schnell anzog, das Messer an den Gürtel steckte und auf den Korridor hinaustrat. »Sie kommen also schon?«

Reeves Augen glitzerten verdächtig im hellen Schein der Petroleumlampe in seiner Hand. »Geht es wirklich nicht anders, Jamie?« fragte er. »Ich bin ein mächtiger Mann. Ich könnte die Sache für dich regeln …«

Jamie schüttelte den Kopf, setzte seinen Hut auf und warf noch einen letzten Blick auf Bliss' schlafende Gestalt. »Das würde viel zu lange dauern. Ich kann das Risiko nicht eingehen, hinter Gittern zu sitzen, wenn Increase zum Schlag ausholt.«

Reeve nickte und klopfte seinem Bruder auf die Schulter. »Ich würde an deiner Stelle vermutlich auch nicht anders handeln.«

»Wirst du auf Bliss aufpassen?«

»Das weißt du doch«, erwiderte Reeve, als in der Ferne Hufschläge erklangen. »Und jetzt mach, daß du fortkommst!«

Jamies Kehle war wie zugeschnürt, als er ein letztes Mal ins Schlafzimmer ging, Bliss übers Haar strich und dann über die Diele zur Hintertreppe des Hauses schlich.

Dort drehte er sich um und hob mit einem traurigen Lächeln die Hand zum Gruß.

Reeves Augen glitzerten feucht, als er den Gruß erwiderte.

Jemand rüttelte an Bliss' Schulter. »Ich bin's, Maggie«, flüsterte ihre Schwägerin.

Bliss gähnte. »Was ist los?«

»Es sind Soldaten gekommen. Sie suchen Jamie.«

Bliss' Benommenheit verflog, ängstlich streckte sie die Hand nach Jamie aus. Aber er war fort. »Mein Gott, Maggie«, flüsterte sie, während ein scharfer Schmerz ihr Herz zerriß. »Wenn sie ihn finden ...«

»Das werden sie nicht«, entgegnete Maggie rasch.

Doch nicht einmal die ruhige Überzeugung in Maggies Stimme war Bliss ein Trost. Jeder wußte, daß Yankees zu übertriebenem Optimismus neigten. »Ist er nach Neuseeland zurückgekehrt?« flüsterte sie besorgt.

Maggie schüttelte den Kopf. »Er hat Reeve gesagt, er hätte noch etwas zu erledigen in Australien.«

Bliss erschauerte, denn was das war, wußte sie nur all zu gut. Ein starkes Schuldbewußtsein erfaßte sie; wäre sie nicht gewesen, hätte Jamie nicht zu fliehen und sich wie ein Strauchdieb zu verbergen brauchen.

Sie war nichts als eine Behinderung für ihn. Eine Last.

»Die Soldaten werden dich verhören wollen«, fuhr Maggie leise fort. »Aber Reeve und ich werden bei dir sein, hab also keine Angst.«

Bliss hatte keine Angst, jedenfalls nicht um sich selbst, doch sie fürchtete um Jamie. Er hatte sich Hals über Kopf in eine Situation gestürzt, die ihn das Leben kosten konnte. »Was soll ich ihnen sagen?« fragte sie, während sie aufsprang und zum Kleiderschrank ging, um sich anzuziehen.

»Reeve will, daß du den Soldaten erzählst, ihr hättet euch gestritten, und du wärst ganz sicher, daß Jamie nicht zurückkäme. Vielleicht wäre es gut, wenn du ein bißchen weinen würdest.«

Seufzend streifte Bliss ein schlichtes Hauskleid über. Ein paar Tränen zu vergießen, würde ihr nicht schwerfallen, dazu brauchte sie nur an Jamie zu denken, der sich draußen in der Dunkelheit verbarg. »Alles ist nur meine Schuld, Maggie!« sagte sie bedrückt.

»Unsinn!« entgegnete Maggie scharf. »Jamies Diebereien sind der Grund dafür, selbst wenn das längst vorbei ist! Vergiß das bitte nicht, Bliss.«

Unten im Salon stand Reeve bei einer Gruppe von Männern, die alle Uniformen trugen. Bei Bliss' Erscheinen lächelte er ihr mitfühlend zu und streckte eine Hand aus. »Hier ist sie, meine Herren – meine arme Schwägerin!«

Bliss errötete heftig; sie haßte es, Gegenstand des allgemeinen Mitgefühls zu sein, es verletzte ihren Stolz. Nur der warnende Druck von Maggies Hand auf ihrem Rücken hielt sie davon ab zu protestieren. Sie preßte die Lippen zusammen, senkte den Kopf und schaute niemanden an.

Maggie legte ihr beruhigend die Hand auf die Schulter und wandte sich lächelnd an einen großen Mann, dessen Schulterklappen ihn als Offizier auswiesen. »Unsere arme Bliss hat eine entsetzlich anstrengende Woche hinter sich, Captain«, sagte sie seufzend. »Und es ist schließlich mitten in der Nacht ...«

»Das ist mir bewußt, Mrs. McKenna«, erwiderte der Offizier. »Trotzdem würde ich gern unter vier Augen mit Ihrer Schwägerin sprechen.«

Aus dem Augenwinkel sah Bliss Reeves warnendes Kopfschütteln, brach augenblicklich in lautes Schluchzen aus und schlug beide Hände vors Gesicht. »Ach, Jamie!« jammerte sie, »warum hast du mich verlassen?«

»*Übertreib es nicht*!« flüsterte Maggie ihr zu, während sie Bliss zu einem Sofa führte, sie in die Kissen drückte und ihr beruhigend übers Haar strich. »Beruhige dich doch, Liebes, bitte«, fügte sie dann lauter hinzu.

Wieder brach Bliss in Tränen aus, doch ihr Schluchzen war schon etwas leiser, und durch ihre leicht gespreizten Finger sah sie, daß der Captain ein bestürztes Gesicht machte und rasch zu ihr herüberkam. Er ließ sich neben ihr nieder und sagte dann sanft: »Ich werde mich bemühen, es so schmerzlos wie möglich für Sie zu machen, Mrs. McKenna. Sagen Sie mir bitte – wann haben Sie Ihren Mann zum letzten Mal gesehen?«

Bliss überlegte fieberhaft, was sie darauf erwidern konnte. »Heute«, fing sie zögernd an, nahm es jedoch auf Reeves ärgerliches Stirnrunzeln hin schnell zurück und berichtigte sich: »Nein, nein, ich meinte natürlich gestern.«

Reeve nickte unmerklich.

Bliss schluchzte wieder auf und verbarg ihr Gesicht hinter einem Taschentuch. »Er sagte, unsere Ehe sei ein Irrtum!« klagte sie, »es wäre kein Platz in seinem Leben für mich und unser Kind!«

Um Reeves Lippen zuckte es; seine blaugrünen Augen funkelten belustigt.

»Dann ist er ein Narr und außerdem ein Schuft!« stellte der Captain fest und ging sogar so weit, Bliss tröstend über die Hand zu streichen. »Aber ohne ihn sind Sie viel besser dran, meine Liebe!«

Worauf Bliss einen herzzerreißenden Schrei ausstieß und ihr Gesicht an Maggies Schulter barg.

»Sehen Sie denn nicht, wie verstört meine Schwägerin ist?« protestierte Maggie, während sie Bliss schützend in die Arme zog. »Es wäre besser, wenn Sie sie nicht länger aufhielten, Captain! Sie braucht Ruhe, um sich zu erholen.«

Der Offizier seufzte ergeben und spreizte die Hände. »Wir hätten Sie nicht stören sollen«, entschuldigte er sich. »Aber wir hatten gehofft, Mister McKenna anzutreffen – wir wollten nur mit ihm sprechen, mehr nicht.«

»Nach einer gewaltigen Tracht Prügel, nehme ich an«, wandte Reeve trocken ein, bevor er ein Glas mit Whisky an seine Lippen hob.

Der Captain schien verärgert. »Gute Nacht«, sagte er knapp und machte seinen Untergebenen ein Zeichen, ihm zu folgen.

In ihrem Zimmer ging Bliss nicht ins Bett zurück, sondern setzte sich ans Fenster und starrte in die Nacht hinaus. Von welchem Gesichtspunkt sie die Lage auch betrachtete, sie sah keinen Ausweg. Nur ein Mensch konnte Jamie noch retten, und dieser Mensch war sie.

Auf Zehenspitzen schlich sie zu ihrer Zimmertür, öffnete sie einen Spalt und spähte auf den Gang hinaus. Niemand war zu sehen oder zu hören …

Bemüht, kein Geräusch zu machen, stieg sie langsam die Stufen hinab, eine nach der anderen – um dann ganz unvermutet mit einer menschlichen Wand zusammenzustoßen!

Aufschauend erkannte Bliss Reeves eckiges Kinn und sein im Mondlicht schimmerndes ebenholzschwarzes Haar.

»Und dabei wollte ich Jamie nicht glauben, als er mir sagte, du würdest es versuchen!« erklärte Reeve gereizt, bevor er die Laterne anzündete, die er bei sich trug.

Bliss war verlegen. »Ich wollte mir nur etwas zu essen holen«, behauptete sie.

»Daß du lügen würdest, hat Jamie auch gesagt«, entgegnete Reeve belustigt, doch dann wurden seine Augen schmal, und er beugte sich drohend vor. »Jetzt hör mal gut zu, Bliss. Jamie würde dich bestimmt nicht schlagen, aber da ich mich als deinen Bruder ansehe, hätte *ich* keine Bedenken, dich übers Knie zu legen, falls die Lage es erfordert. Ist das klar?«

Bliss stieg eine Stufe höher und überlegte, ob sie Reeves Worten Glauben schenken sollte. Sie war ziemlich sicher, daß er bluffte, aber wie dem auch sein mochte, im Moment hatte sie keine Chance, an ihm vorbeizukommen.

*Im Moment.*

Wortlos wandte sie sich ab und ging in ihr Zimmer zurück, wo sie eine schlaflose Nacht verbrachte und sich unruhig von einer Seite auf die andere wälzte.

Wäre Jamie doch nicht ohne sie gegangen! Fast könnte ich ihn dafür hassen, dachte sie verzweifelt. Aber nur fast ...

Am Morgen brach Peony mit Duncan Kirk, einem Nachbarn, und sechs anderen Männern als Begleitschutz nach Brisbane auf.

Sie rief Bliss in den Salon und sagte: »Ich kann nicht abreisen, ohne Ihnen klargemacht zu haben, daß Jamie und ich nie mehr als Freunde waren.«

Bliss senkte den Blick. Über diese Angelegenheit hatte sie in letzter Zeit sehr häufig nachgedacht. »Mein Verhalten tut mir leid, Peony. Ich glaube, ich liebe Jamie einfach so sehr, daß ich mir nicht vorstellen kann, eine andere Frau könnte ihn nicht begehren.«

Peony lächelte. »Passen Sie gut auf ihn auf, Bliss. Einen besseren Mann als Jamie hat es nie gegeben und wird es auch nie geben.«

Bliss nickte gerührt, und die beiden Frauen umarmten sich.

Alle beobachteten Bliss, als sie eine halbe Stunde später wieder herunterkam, um sich endgültig von Peony zu verabschieden, als erwarteten sie, daß Bliss sich umdrehte und davonlief. Was verständlich war, denn man brauchte kein Genie zu sein, um zu erraten, daß sie nur auf eine Gelegenheit dazu wartete ...

Der Morgen verstrich jedoch, bevor sich eine Gelegenheit

ergab, aber dann war Bliss endlich allein, abgesehen von Elisabeth, die im Salon auf dem Boden hockte und malte.

»Ein Känguruh«, erklärte sie stolz und zeigte Bliss eine erstaunlich gelungene Zeichnung dieses Tiers. Doch Bliss betrachtete sie nur flüchtig, weil sie in Gedanken die Personen durchging, die ein Hindernis für ihre Flucht darstellten … Reeve hielt sich in den Ställen auf, weil eine wertvolle Stute fohlte, Maggie war oben und fütterte ihr Baby, Kala, die Haushälterin, befand sich in der Waschküche im Hof …

Bliss stand vorsichtig auf, und sofort richtete sich Elisabeths wachsamer Blick auf sie. »Du solltest lieber hierbleiben«, warnte das Kind mit einer Autorität, die sie nach dem langen Zusammenleben mit den McKennas übernommen hatte. »Es ist gefährlich, wegzulaufen. Im Zuckerrohr sind Schlangen, und auf der Straße lauern Banditen.«

Bliss strich ihr lächelnd über das dunkle Haar. »Danke für die Warnung«, sagte sie freundlich. »Aber du liebst doch deinen Onkel Papa, nicht war, Elisabeth?«

Die Kleine nickte eifrig, und Bliss kauerte sich neben sie und flüsterte in kindlich-verschwörerischem Ton: »Weißt du, ich liebe ihn auch, und ich glaube, er ist in großer Gefahr, Elisabeth. Ich muß zu ihm und ihm helfen, bevor es zu spät ist.«

Elisabeth McKenna war zwar jung, aber alles andere als dumm. »Du mußt hierbleiben«, antwortete sie. »Egal, was passiert.«

Bliss seufzte. Es war recht beschämend, von einem Kind bewacht zu werden. »Dann gehe ich nach oben und lese«, antwortete sie ergeben.

»Gut«, erwiderte das kleine Mädchen, so liebevoll, daß Bliss sich schämte für den Verrat, den sie an ihr plante.

Äußerlich ganz ruhig durchquerte sie den Salon und dann die Halle. Als Elisabeth keinen Alarm schlug, schlich Bliss zur Haustür und drückte die Klinke herunter. Sie machte kein Geräusch, nur die Angeln krächzten leise, als sie die Tür aufriß und Hals über Kopf ins Freie stürzte.

Mit einer Hand ihre Röcke raffend, lief sie über die lange Einfahrt zwischen den Bananenstauden. Ihr Herz begann wie wild zu hämmern, als sie hinter sich Elisabeth schrill nach ihrem Papa rufen hörte.

Doch Bliss rannte blindlings weiter. Erst an der Hauptstraße kam ihr zu Bewußtsein, es könnte besser sein, sich zu verbergen, und so schlüpfte sie zwischen das hohe Gras und hoffte, keiner der Schlangen zu begegnen, von denen Elisabeth gesprochen hatte. Sie duckte sich noch tiefer auf den Boden und wagte kaum zu atmen, als sie Reeves Schritte auf der Straße hörte und seine ärgerlichen Flüche.

Schließlich blieb er ganz in der Nähe von ihrem Versteck stehen. »Na schön, Bliss«, sagte er keuchend, »ich gebe nach. Komm heraus, dann machen wir uns gemeinsam auf die Suche nach Jamie.«

Bliss rührte sich nicht. Sie kannte Reeve nicht gut genug, um zu wissen, ob sie ihm vertrauen konnte.

Ein raschelndes Geräusch neben ihr ließ sie zusammenfahren. Eine Milchschlange glitt an ihrer rechten Hüfte vorbei, und Bliss stieß bei ihrem Anblick einen entsetzten Schrei aus.

Sekunden später hatte Reeve ihren Arm gepackt und zerrte sie recht unsanft auf die Straße. »Muß ich dich auf dem Dachboden einsperren?« fuhr er sie an.

Bliss starrte ihn an. Tränen der Enttäuschung liefen über ihre Wangen. »Du hast versprochen, Jamie mit mir zu suchen!« antwortete sie.

Reeve zog sie ganz unvermutet in die Arme. »Schon gut, Bliss. Beruhige dich. Auch ich habe Angst um ihn. Ganz furchtbare Angst sogar.«

Sie schluchzte an seiner breiten Schulter, und Reeve ließ sie weinen. Als sie sich etwas beruhigt hatte, legte er den Arm um sie und führte sie langsam zum Haus zurück.

»Wann brechen wir auf?« fragte sie an der Tür.

»Dräng mich nicht«, entgegnete er. Er schaute zum fernen Horizont hinüber und schien auf irgend etwas zu lauschen.

Eine volle Minute verging, dann hörte auch Bliss das Geräusch von Pferdehufen, und sie dachte voller Schrecken, daß sie nun weitere Fragen des Captains, der schon einmal im Haus gewesen war, beantworten müßte.

Aber es waren Mister Kirk und drei seiner Männer, die in halsbrecherischem Galopp in die Einfahrt bogen. Reeve ging ihnen entgegen, packte das Pferd seines Nachbarn am Zügel und fragte scharf: »Was ist passiert, Duncan?«

Duncan Kirk, ein gutaussehender Mann mit einer auffallenden Schwäche für Maggie, hing zusammengekrümmt im Sattel. »Sie haben sie mitgenommen«, brachte er mühsam heraus, bevor er seitlich abzurutschen begann und Reeve ihn im letzten Augenblick auffing. Und nun sah Bliss, daß sein ganzes Hemd vorn blutdurchtränkt war.

»Es waren mindestens zwanzig!« schrie einer der drei anderen Männer.

Duncan hielt sich mühsam auf den Beinen, als Reeve ihn vorsichtig ins Haus führte. »Maggie!« brüllte er durch das Haus.

Bliss hatte Schwierigkeiten, zu begreifen. »Wer ... was ist passiert?«

Duncan ignorierte sie; seine Worte waren an Reeve gerichtet. »Es tut mir leid ... Gott, es tut mir so leid ... sie lagen im Hinterhalt ... haben Mrs. Ryan mitgenommen.« Dann verlor er das Bewußtsein, und Maggie kam herbeigeeilt. Mit ihrer Hilfe legte Reeve den Mann auf den Boden und öffnete sein Hemd. Während sie die Schußwunde untersuchten, die seine linke Brustseite zerrissen hatte, kam er wieder zu sich. »Wie ... in ... alten Zeiten ... was, Maggie?« keuchte er erstickt.

»Sag nichts«, befahl sie. Sie konzentrierte sich auf seine Wunde. »Reeve – ich brauche Alkohol und saubere Tücher zum Verbinden.«

Reeve beeilte sich, das Gewünschte zu beschaffen.

Bliss starrte den Verwundeten mit weitaufgerissenen Augen an und spürte, wie ihr schwach in den Knien wurde. Um einer Ohnmacht vorzubeugen, atmete sie ganz tief ein, aber der Geruch von Blut schien überall zu sein.

»Gott weiß, daß ich kein ... kein Freund von ... Jamie McKenna bin«, fuhr Duncan mit schwacher Stimme fort. »Aber ... Reeve ... mußte wissen ...«

Mit angehaltenem Atem näherte Bliss sich Duncan. Ohnmächtig zu werden, befürchtete sie nicht mehr; die Erwähnung von Jamies Namen hatte ausgereicht, ihre Gedanken wieder in klare Bahnen zu lenken.

»Der Alte sagte, das ... würde alles erklären.« Duncan öffnete die Hand, und Bliss stieß einen gellenden Schrei aus.

Dann riß sie Duncan das blutverschmierte Bettlerabzeichen aus der Hand, drehte sich auf dem Absatz um und rannte hinaus. Nicht einmal Maggies Schrei: »Bliss, komm sofort zurück!« konnte sie aufhalten.

Duncans Hengst stand wiehernd und tänzelnd vor Nervosität in der Einfahrt; seine Zügel hingen locker auf den Boden. Ohne daran zu denken, daß sie gar nicht reiten konnte, zog Bliss sich in den Sattel und nahm die Zügel in die Hand.

Aus einem Instinkt heraus lenkte sie das Pferd auf die einzige Straße, die nach Brisbane führte. Sie brauchte die Männer, die Jamie gefangenhielten, nicht zu suchen; sie würden sie schon finden ...

Tränen strömten über Maggies Wangen, als sie sich neben Duncan, der halb im Delirium war und sinnlose Worte vor sich hinmurmelte, auf den Boden hockte. »Sie haben Jamie!« sagte sie entsetzt zu ihrem Mann, der mit den Verbänden kam. »Mein Gott, Reeve, sie haben Jamie! Und Bliss ist weggeritten, um ihn zu suchen!«

Reeve fluchte, von hilflosem Zorn ergriffen. Diesmal mußte er sich um seinen Bruder kümmern, den er schon einmal im Stich gelassen hatte, ohne es zu wissen. »Yankee«, sagte er zu seiner Frau, »wirst du mit allem fertig, wenn ich gehe?«

»Gott sei mit dir, Reeve«, erwiderte Maggie. »Und was auch geschehen mag – denk daran, daß ich dich liebe!«

Reeve küßte sie flüchtig, bevor er sein Gewehr ergriff und aus dem Haus zu den Ställen hinüberrannte. Was hätte er nun darum gegeben, eines der Rennpferde zur Verfügung zu haben, die er in Parramatta hielt! Aber die waren weit entfernt, und so sattelte er rasch einen kräftigen Wallach und machte sich zu Bliss' Verfolgung auf.

Als Bliss ins Lager gebracht wurde, erschien Walter Davis. Statt seiner üblichen Stadtkleidung trug er grobe Farmersachen. »Sie Närrin!« flüsterte er und sah sie unglücklich an.

Bliss war müde und schmutzig, und sie schaute sich mit

großen, furchtsamen Augen in dem seltsamen Lager um. Von Jamie keine Spur, doch Peony lag nur einen Steinwurf von Bliss entfernt auf der Erde. Regungslos …

Bliss stieß Walter, der ihr beim Absitzen hatte helfen wollen, zurück und rannte zu Peony hinüber.

Aber ein Blick genügte, um Bliss zu überzeugen, daß Peony nicht mehr lebte.

Gegen Schwindel und Übelkeit ankämpfend, schloß Bliss die Augen und atmete tief durch, um nicht das Bewußtsein zu verlieren, doch da ertönte ein Schrei, der sie zusammenfahren ließ. Ein Schrei, der wie das Kreischen eines gequälten Tieres klang. Als sie sich noch einmal umschaute, erblickte sie Jamie, an einen Baum gefesselt und mit einem so blutverschmierten Gesicht, daß seine Züge kaum noch zu erkennen waren.

»O Gott, Bliss«, stieß er hervor, »nicht du, nicht hier …«

Bevor jemand sie aufhalten konnte, stürzte sie zu Jamie, schlang die Arme um ihn und legte ihren Kopf an seine Schulter. Sein Medaillon lag noch immer fest in ihrer Hand. »Ich liebe dich«, flüsterte sie ihm beschwörend zu.

Jamies schluchzend hervorgestoßene Worte waren ein Gebet, ein inständiges Flehen um Gottes Unterstützung. »Jesus, in Gottes Namen … laß es nicht zu … nein … bitte nicht …«

Bliss legte die Hand an sein blutiges Gesicht und fühlte, wie ihr Herz brach. Doch dann zerrten dünne, harte Finger sie von Jamie weg, und ganz flüchtig ging ihr durch den Kopf, wie erstaunlich es war, daß der alte Increase, ein halber Invalide, eine solche Kraft besaß.

Aber dann erkannte sie, daß es sein Haß war, der ihm Kraft verlieh, sein Haß und das schreckliche, namenlose Böse, das in ihm lebte. Als er Jamies Qual sah, lachte er entzückt.

»Habe ich es dir nicht gesagt, du dreckige kleine Ratte? Habe ich dich nicht gewarnt, daß du zahlen würdest für alles, was ihr mir angetan habt – du und diese Hure da?«

Jamie zerrte an seinen Fesseln, fast wahnsinnig vor Zorn und Hilflosigkeit. Bliss ahnte, daß sie ihn gezwungen hatten, Peonys Tod mitanzusehen, wie immer sie auch gestorben sein mochte, und plötzlich wußte sie, daß sie für sie das gleiche Schicksal vorgesehen hatten. Einen schrecklichen Tod, mit

Jamie als Zuschauer. Eine größere Qual konnte es für ihn nicht geben; eine schlimmere Folter existierte nicht, und das wußten sie.

Der Gedanke weckte ihren Trotz, stolz hob sie das Kinn, um sich weder vor Increase noch vor ihrem Mann die furchtbare Angst anmerken zu lassen, die sie beherrschte.

»Laßt sie gehen!« stieß Jamie rauh hervor, während er an seinen Fesseln zerrte. »Ihr habt doch mich – was wollt ihr mit ihr?«

Increase grinste entzückt. »Aha – endlich fängt der Hurensohn an zu winseln!«

# 25

Bliss riß sich von Increase Pipher los und lief zu Jamie zurück. Nach einem zärtlichen Kuß auf seine blutigen Lippen streifte sie ihm das Lederband mit dem Bettlerabzeichen über den Kopf. Als sie die Qual in seinen Augen sah, wurde sie von überwältigender Reue erfaßt und bedauerte jedes scharfe Wort, das sie je zu ihm gesagt hatte.

Es war, als ließe Jamie sie einen Blick in seine Seele tun, als sähe sie nun zum ersten Mal, wer und was er wirklich war – der anständigste, tapferste Mann, den sie kannte. Ihre Beschämung darüber, ihn in diese Lage gebracht zu haben, war so groß, daß sie fast daran erstickte. Sie schluckte gequält und drängte die heißen Tränen, die hinter ihren Lidern brannten, mühsam zurück.

Dann hob sie stolz das Kinn. Jamie und sich selbst zuliebe mußte sie jetzt stark sein, stärker, mutiger und tapferer, als je zuvor in ihrem Leben.

»Ich liebe dich, Herzogin«, sagte Jamie mit brechender Stimme, doch da trat Increase zwischen sie, seinen totenkopfähnlichen Schädel zu einem häßlichen Grinsen verzogen, und eine dünne Hand dramatisch vor der Brust.

»Wie romantisch«, höhnte er. Seine tief in den Höhlen liegenden Augen glühten, als er seinen Blick auf Jamie richtete. »Du solltest ein Sonett darüber schreiben, mein Romeo. Welch köstliche Qual es für dich sein wird, deine Julia leiden zu sehen.«

Jamie sagte nichts, schaute Pipher nur stumm in die Augen. Seine Verachtung für den alten Mann war fast körperlich zu spüren, und das und Jamies äußere Gelassenheit versetzten Increase in einen Taumel blinder Rage. Er hinkte zu Walter Davis hinüber, der die Szene mit ausdrucksloser Miene verfolgt hatte, und riß ihm die Reitgerte aus der Hand.

Bliss sah Angst in Jamies Augen aufflackern, als Increase auf sie zustürmte. Doch aus Angst wurde Erleichterung, als der erste Hieb des alten Mannes ihm galt und nicht Bliss. Obwohl er mit solcher Wucht Jamies rechte Wange traf, daß es ihm den Kopf zur Seite riß, hielt sein Stolz ihn aufrecht, und er starrte Increase wieder verächtlich ins Gesicht.

Was Bliss' Gefühle betraf, so hätte sie den Schlag viel lieber selbst ertragen, und sie schrie auf, als wäre es tatsächlich so, und stürzte sich in blinder Wut auf Increase.

»Bliss, hör auf damit!« rief Jamie, und das brachte sie wieder zur Besinnung. Schweratmend trat sie zurück und ließ die Hände sinken.

Ein schreckliches Schweigen entstand, dann tippte Increase mit der Reitgerte an Bliss' Kinn und zischte drohend: »Das wirst du noch bereuen, du kleine Wildkatze. Du wirst noch viele bittere Tränen vergießen, bevor ich mit dir fertig bin.«

Bliss dachte an die arme Peony, die erst jetzt von Walter Davis fortgetragen wurde; an alles, was Jamie erduldet hatte, und spuckte Increase ins Gesicht.

Sein heiserer Wutschrei veranlaßte die anderen Männer im Lager, sich nach ihnen umzudrehen. Aber außer einem verächtlichen Interesse und einer gewissen Belustigung verrieten ihre Mienen keinerlei Gefühl.

Bliss war klar, daß ihr keiner von ihnen zu Hilfe kommen würde. Schließlich waren es dieselben Männer, die dabeigestanden und zugesehen hatten, wie Peony das erste Opfer von Piphers Haß geworden war.

Als Pipher von neuem auf sie zukam, wich sie keinen Schritt zurück.

»Nicht!« flüsterte Jamie beschwörend.

Mit teuflischem Grinsen drehte Increase sich zu Jamie um. »Trügen mich meine alten Ohren, oder hat Jamie McKenna gerade um Gnade gefleht?«

Jamie schloß einen Moment die Augen. Dann öffnete er sie wieder und sagte mit klarer Stimme: »Tu ihr nicht weh. Bitte.«

Increase lachte und klatschte mit der Reitgerte an sein mageres Bein. »Das reicht mir nicht, du irischer Hund. Ich will dich richtig flennen hören.«

Für Bliss war der Gedanke, ausgepeitscht zu werden, bei weitem nicht so quälend, wie zusehen zu müssen, wie Jamie – ihr stolzer, starker Jamie – sich dazu erniedrigte, einen Menschen wie Increase anzuflehen. »Schluß damit!« schrie sie, während sie sich von neuem auf Increase stürzte und ihm die Reitgerte entriß. Ihr Zorn vermittelte ihr Kraft, und sie hörte nicht eher auf mit ihrer Raserei, versetzte Increase einen Hieb nach dem anderen, bis es Walter und einem anderen Mann gelang, sie zu überwältigen.

Increase zitterte sichtlich, an seinem Hals und Nacken, wo Bliss' Schläge ihn getroffen hatten, bildeten sich breite rote Striemen. »Bindet sie dort an das Wagenrad!« kreischte er.

»Nein«, kam es krächzend von Jamies Lippen.

Walter und die anderen Männer zögerten nur den Bruchteil einer Sekunde lang, bevor sie Piphers Befehl ausführten. Bliss auf die Knie zwangen, ihre Arme weit nach vorne rissen und ihre Handgelenke am Wagenrad festbanden. Mit feurig blitzenden Augen drehte Bliss sich zu ihrem Mann um und schrie ihm zu: »Wehe, du erniedrigst dich vor dieser Qualle, McKenna! Wag bloß nicht, vor ihm zu kriechen!«

»Mein Gott, Bliss«, flüsterte Walter ihr verzweifelt zu. »Halten Sie den Mund! Sehen Sie denn nicht, daß Sie alles noch viel schlimmer machen?«

Bliss' Hals war wie ausgetrocknet, aber sie dachte nicht daran, um Wasser zu bitten – oder um Gnade. Der andere Mann war fort, aber Walter war geblieben, und Bliss begriff, daß er ihr helfen wollte und nur zu feige war, es zu versuchen.

Die Verzweiflung, die sie empfand, kühlte ihre Wut ein wenig ab.

»Wie konnten Sie, Walter?« sagte sie empört, mit geschlossenen Augen und das Gesicht an eine Speiche des Rads gelehnt. »Wie konnten Sie dabeistehen und zusehen, wie Peony Ryan starb, ohne einen Finger zu rühren, um ihr zu helfen?«

Sie hörte, wie Walter schluckte. »Haben Sie sich umgesehen?« entgegnete er nach kurzem Zögern. »Es sind zwanzig Männer hier.«

Bliss biß sich auf die Lippen und sammelte Mut für die Antwort auf die Frage, die sie ihm nun stellen mußte. »War es … schlimm?«

»Ja«, antwortete er, und seine Stimme verriet die ganze Qual und das ungläubige Entsetzen, das er dabei empfunden haben mußte. »Ja, es war schlimm.«

»Und Ja-Jamie?«

»Er war nicht zu brechen, Bliss«, erwiderte Walter bewundernd. »Er war wie aus Stein. Aber der Haß, den er ausstrahlte, war spürbar wie die Hitze des Feuers aus …« Er brach ab, versteifte sich und stieß einen unterdrückten Fluch aus.

Bliss wandte den Kopf, um zu sehen, was passierte, und wünschte sofort, es nicht getan zu haben. Ein Messer in der Hand, kam Increase grinsend auf sie zu.

Unaufhörlich vor sich hinmurmelnd, ging er in die Hocke und riß mit der Messerspitze Bliss' Kleid am Rücken auf, zusammen mit ihrem Hemd. Als sie die kühle Frühlingsluft auf ihrer Haut spürte, erschauerte sie und begann zu zittern.

Eine häßlich Vision erstand vor ihren Augen: die zusammengerollte Peitsche, die als Hochzeitsgeschenk in ihre Suite im Hotel gebracht worden war, und die schrecklichen Narben auf dem Rücken ihres Mannes. Bliss schloß die Augen und flehte stumm um Kraft und Mut für das, was nun auf sie zukam.

Jamie sah den Nebel wie Rauch aus dem Boden dringen und wußte, daß er dichter und dichter werden würde, bis er sein Gehirn einhüllte und seinen Verstand auslöschte.

Einige Meter von ihm entfernt kniete Bliss im Schmutz, ihr gelbes Kleid aufgerissen bis zur Taille, die Arme ausgestreckt am Wagenrad, ihre Handgelenke fest an das Holz gebunden. In diesem Augenblick spürte Jamie seine eigenen Wunden nicht; er spürte nur noch Bliss' verzweifelte Lage.

Die Sonne stand noch immer ziemlich hoch. Jamie fuhr mit seiner trockenen Zunge über seine noch trockeneren Lippen und wartete, wie sein Feind es von ihm wünschte. Schließlich war das Increase Piphers liebste Form von Folter; er wollte Jamie schwitzen sehen, und schwitzen würde er. Es mochten Stunden vergehen, bis der Alte Bliss seine Peitsche spüren ließ, aber genauso gut konnten es Minuten sein.

Im Augenblick befand sich Increase in seinem Zelt, das sich genau in der Mitte des Lagers befand.

Alles, was er Peony angetan hatte, kam Jamie wieder zu Bewußtsein, aber er verdrängte es entschlossen. Denn immer, wenn er daran dachte, wurde der Nebel, der sein Gehirn bedrängte, dichter und tödlicher …

Eine Stunde verging und noch eine. Ab und zu schaute Bliss sich über ihre nackte, sommersprossenbedeckte Schulter zu Jamie um und forderte ihn mit ihren Blicken auf, stark zu sein. Jamie wußte nicht, was ihn zuerst umbringen würde – die Angst, sie leiden zu sehen, oder die tiefe, beinahe anbetende Liebe, die er für sie empfand.

Increases Männer begannen langsam unruhig zu werden, wahrscheinlich konnten sie es nicht erwarten, eine weitere Frau sterben zu sehen. Galle stieg in Jamies Kehle auf, und seine Hände, aus denen fast jegliches Gefühl gewichen war, sehnten sich nach Rache. Die Männer holten Flaschen und Karten aus ihren Zelten und begannen sich damit zu vergnügen, während sie auf das Schauspiel warteten.

Als Increase endlich in Erscheinung trat, waren seine Männer stockbetrunken, mit Ausnahme von einem, aber Jamie hatte keinen Blick für sie. Seine ganze Aufmerksamkeit galt Bliss; er sah sie zu Increase hinüberschauen und ihr Kinn stolz anheben. In diesem Augenblick zerrte Jamies Liebe zu ihr an seinen Eingeweiden wie die Zähne eines wilden Tieres.

Wie ein Dompteur im Zirkus ließ Increase sich Zeit, um die Spannung zu erhöhen. In Jamies Augen war er so ekelerregend wie ein Wurm, der Leichen fraß.

Der alte Mann hinkte auf ihn zu und hielt ihm die Peitsche unter die Nase. »Riechst du dein Blut daran, McKenna?« fragte er mit krächzender Stimme. »Das solltest du eigentlich.«

Jamie bemühte sich, ganz ruhig zu sprechen und keine Gefühle zu verraten. »Wenn Sie jemanden zu Tode peitschen wollen, dann nehmen Sie mich. Bliss hat Ihnen nichts getan.«

Increase lächelte und berührte einen der roten Striemen auf seinem Gesicht, für die Bliss verantwortlich war.

»Nein?«

»Heilige Mutter Gottes, Mann!« rief Jamie aufgebracht. »Sagen Sie mir, was Sie hören wollen, und ich spreche es aus.«

Pipher lachte und schlenderte zu Bliss hinüber. Mit einer geübten Handbewegung rollte er die Peitsche auf, und Jamie stieg ein Würgen in die Kehle.

Seine Knie wurden vor Erleichterung ganz schwach, als er das leise Schnappen eines Zweigs im Gebüsch hinter sich vernahm und merkte, wie sich seine Fesseln lockerten. »Das wird dich hoffentlich für das andere Mal entschädigen«, hörte er Reeve flüstern, »als du mich brauchtest und ich nicht zur Stelle war, um dir zu helfen.«

Den Bruchteil einer Sekunde später war Jamie frei, dann fühlte er den vertrauten Stahl seines eigenen Messers in der Hand. Er schaute nicht zurück, um Reeve nicht zu verraten, und noch als er sich vom Stamm des Baums entfernte, glaubte er an eine Halluzination.

Mit trunkenem Geschrei stürzte ein Mann auf ihn zu, direkt in Jamies Messerklinge, und das veranlaßte seine Kumpane, stehenzubleiben und mit ängstlichen Blicken den Waldrand abzusuchen.

Increases Adamsapfel zuckte nervös, als er Jamie näherkommen sah; Entsetzen weitete seine Augen, bis sie seinen ganzen Kopf auszufüllen schienen. Sein grenzenloser Haß trieb ihn dazu, die Peitsche zu heben, um Bliss zu schlagen, aber Jamie trat dazwischen, bevor der Hieb sie treffen konnte. Er spürte wie sein Hemd zerriß, aber er fühlte keinen Schmerz. Der würde erst viel später kommen.

Blindlings holte Increase zu einem zweiten Schlag aus, aber auch den spürte Jamie nicht. Unaufhaltsam ging er weiter, bis er dicht vor dem alten Mann stand, ihm die Peitsche entreißen und sie beiseite schleudern konnte. Increase Pipher kreischte entsetzt, als Jamie ihn am Kragen aufhob und in die Höhe hielt, bis seine Füße über dem Boden baumelten.

Mit unbewegter Miene, aber gewaltiger innerer Befriedigung schaute er zu, wie die alte Giftschlange nach Atem rang, während der Kragen ihm wie ein Galgenstrick die Luft abschnürte.

Jamie hörte Reeves Schrei, aber wie aus weiter Ferne, und achtete nicht darauf. Nichts anderes existierte in diesem Augenblick für ihn als die Rache, nach der er es ihn mit der ganzen Macht seines Seins verlangte.

Bliss stieß einen heiseren Schrei aus und zerrte heftig an ihren Fesseln. Jamie war dabei, Increase Pipher langsam umzubringen, und in Gedanken sah sie ihren Mann als Strafe für den Mord bereits am Galgen baumeln …

»Jamie, nein!« schrie sie gellend. »Nein!«

Er war taub für ihre Worte, aber Walter Davis war es nicht. Mit schamrotem Gesicht zog er Jamies Messer aus der Brust des toten Mannes und benutzte es, um Bliss' Fesseln zu durchschneiden.

Anfangs versagten ihr die Beine den Dienst; sie stolperte und stürzte zweimal in ihrer verzweifelten Hast, zu Jamie zu gelangen und ihn von seinem Vorhaben abzubringen.

Reeve erreichte ihn, bevor es ihr gelang, und ließ sein Gewehr fallen, um Pipher aus Jamies Umklammerung zu lösen, aber es war ein sinnloses Unterfangen. In seiner gerechten Wut war Jamie unbezwingbar.

Increases Augen fingen an, aus den Höhlen zu treten, sein Gesicht war rotblau verfärbt.

»In Gottes Namen, Jamie!« brüllte Reeve. »Hör auf damit, bevor einer der Soldaten dich erschießt!«

Bliss schaute sich blitzschnell um und sah den Captain und einige seiner Männer. Increases Leute waren überwältigt, und einige der Soldaten zielten nun tatsächlich auf Jamies Rücken.

Unter Jamies ausgestrecktem Arm hindurchschlüpfend, der Increase in der Höhe hielt, raffte Bliss ihr zerrissenes Kleid über der Brust zusammen, trat vor Jamie und hob eine Hand an das schmutzige blutbefleckte Gesicht ihres Mannes.

»Jamie«, flehte sie ihn an, »hör mir zu ... wenn sie dich nicht erschießen, wirst du aufgehängt und ... und dann können wir keine rothaarigen Babies mehr bekommen!«

Ein seltsamer Ausdruck huschte über Jamies Gesicht; er sah aus, als kehrte er aus irgendeinem fernen Ort in sich selbst zurück. Abrupt löste er seinen Griff um Piphers Kragen, und der Mann stürzte bewußtlos auf die Erde.

Jamies Augen glitzerten feucht, und seine Hände zitterten, als er Bliss in die Arme zog und ganz, ganz fest an sich preßte. »Gott sei Dank, daß du in Sicherheit bist«, flüsterte er rauh. »Gott sei es gedankt!«

Selbst als er sich zu Reeve umwandte, gab er seine Frau nicht frei, und das war Bliss nur recht, denn sie wollte nie wieder von ihm getrennt sein. In Jamies Augen standen Fragen, die auszusprechen er nicht mehr die Kraft zu haben schien.

Reeve legte eine Hand auf seines Bruders Schulter. »Ich fand dein Messer am Straßenrand – es glitzerte in der Sonne – und danach traf ich auf den Captain und seine Männer. Ich muß zugeben, kleiner Bruder, daß ich sehr froh über diese Begegnung war.«

Jamie hatte fast keine Stimme mehr. »Die Soldaten – werden sie mich mitnehmen?«

Mit angehaltenem Atem erwartete Bliss Reeves Antwort; sie hätte schwören können, daß auch ihr Herz dabei für einen Schlag aussetzte.

Aber Reeve schüttelte den Kopf. »Nein, Jamie. Du bist jetzt ein freier Mann.«

»Ich werde es dir nie vergelten können, was du für mich getan hast«, sagte Jamie zu seinem Bruder, als die Soldaten Increases Männer zusammentrieben, um sie abzuführen.

Es sah ganz so aus, als sei der Kampf vorüber, und niemand, nicht einmal Increase, der sich mühsam aufrappelte, war vorbereitet auf das, was nun kam.

Walter Davis zog eine kleine Pistole aus seiner Jackentasche, und Jamie, der es gesehen hatte, riß Bliss blitzschnell hinter sich. Alle verstummten vor Verblüffung, nur der Captain nicht, der ruhig sagte: »Gib mir die Waffe, Junge.«

Walter schien nichts zu sehen und zu hören – außer Increase, der jetzt ein hündisches Winseln ausstieß, wie er es gern von Jamie vernommen hätte. »Hassenswert … böse …« sagte Walter, als rezitierte er die Worte oder läse sie in einem Buch. »Sie haben sie zum Schreien gebracht. Ich kann sie noch immer schreien hören … ich werde sie immer schreien hören … schreien, schreien …«

Ein Schuß löste sich aus der Waffe, und helles Blut schoß aus der Wunde mitten auf Increases Stirn. Mit einem Gesichtsausdruck, der nichts als Verblüffung verriet, schwankte er und trat seine Reise in die ewige Verdammnis an.

Bliss hatte genug. Eine Hand vor den Mund schlagend, flüchtete sie, aber sie kam nicht weit, bevor sie von einem entsetzlichen Würgen geschüttelt wurde und sich heftig übergab. Kampfgeräusche und ein zweiter Schuß lösten eine neue Welle von würgenden Krämpfen aus.

»Beruhige dich, Liebling«, sagte Jamie tröstend. »Jetzt wird alles gut, Herzogin.« Irgendwo hatte er Wasser gefunden, sauberes, kühles Wasser, und hob die Feldflasche an Bliss' Lippen, damit sie ihren Mund ausspülen und etwas trinken konnte. Dann half Jamie ihr in ein Männerhemd und knöpfte es langsam und mit steifen Fingern zu.

»Der zweite Schuß?« keuchte sie schließlich erstickt.

Jamie schüttelte den Kopf und zog sie in die Arme. »Nicht jetzt, Liebling. Nicht jetzt.«

Aber Bliss ahnte, was geschehen war – Walter mußte sich in seiner Verzweiflung und dem unüberwindbarem Entsetzen das Leben genommen haben, nachdem er Pipher erschossen hatte. »Er wollte uns helfen, Jamie«, sagte sie traurig, »aber er hatte zuviel Angst.«

»Es ist vorbei, Herzogin«, antwortete Jamie und strich zärtlich mit den Lippen über ihre Schläfe.

Bliss war müde, todmüde, aber trotzdem empfand sie eine überwältigende Dankbarkeit, daß Jamie und sie noch lebten und den Rest ihres Lebens vor sich hatten. Es war dieses Wissen, was sie aufrecht hielt, bis sie viele Stunden später *Seven Sisters* erreichten.

Bliss half Jamie bei seinem Bad, reinigte und verband seine zahlreichen Wunden. Aber sie wagte kaum, ihm dabei in die Augen zu sehen, weil sie befürchtete, daß der gequälte, gehetzte Ausdruck, den sie darin sah, vielleicht nie mehr daraus verschwinden würde.

In dieser Nacht liebte er sie mit solch ungestümer Leidenschaft, als glaubte er, damit die schrecklichen Ereignisse des Tages auslöschen zu können. Als der Sturm abebbte, blieb er still und erschöpft in Bliss' Armen liegen und versank in einen unruhigen Schlaf. Während er träumte, spürte sie die warme Feuchtigkeit seiner Tränen auf ihrer nackten Schulter.

Mit der zufriedenen, trägen Zärtlichkeit, die sie nach diesem leidenschaftlichen Liebesakt erfüllte, streichelte sie Jamies Haar, sein Gesicht und seine Schulter, als er erwachte und versuchte, seine Trauer zu bezwingen.

Bliss sagte nichts, denn es gab keine Worte, die ihm seine Trauer hätten erleichtern können. Peony war seine liebste, engste Freundin gewesen. Er hatte sie geliebt, und er hatte sie sterben sehen, und nun mußte er mit seinen Gefühlen fertig werden.

Bliss liebte Jamie genug, um zu wissen, daß er allein damit fertig werden mußte, so schmerzhaft es auch für sie war. Sie war klug genug, um zu wissen, daß es sehr lange dauern konnte, bis er seine Trauer überwunden hatte.

Drei Wochen später verabschiedeten Bliss und Jamie sich von Maggie und Reeve und schifften sich nach Auckland ein. Peony lag in *Seven Sisters* begraben, aber ihr Nachlaß war zu ordnen, und Jamie stürzte sich in diese Aufgabe. Bliss hingegen, die wie ein Waisenkind durch die eleganten Räume des prächtigen Hauses wanderte, das Jamie für sie gekauft hatte, sah ihn nur wenige kostbare Stunden am Tag.

Nachts liebte er sie, hungrig, leidenschaftlich, und trotzdem mit einer Distanz, die Bliss fast das Herz brach. Allmählich begann sie sich zu fragen, ob Jamie in jenem höllischen Lager in Queensland nicht doch die wahre, einzige Liebe seines Lebens verloren hatte und sie selbst nicht bloß ein Ersatz für Peony Ryan war.

Es war ein so unerträglicher Gedanke, daß sie ihn nicht auszusprechen wagte. Aber eines Tages suchte sie Jamie in Peonys Büroräumen in der Innenstadt von Auckland auf, um ihm Adieu zu sagen.

Stirnrunzelnd schaute er von seinen Akten auf. »Adieu? Was soll denn das heißen?« fuhr er sie an.

Sein harter Ton zerriß Bliss das Herz. Wie lange war es her, daß er sie ›Herzogin‹ genannt oder mit ihr gelacht hatte – oder sie wirklich und wahrhaftig geliebt, anstatt sie nur zu benutzen, um die mächtigen Emotionen, mit denen er kämpfte, unter Kontrolle zu bringen?

Stolz hob sie das Kinn. »Was *Adieu* im allgemeinen bedeutet«, entgegnete sie kühl. »Ich verlasse dich, Jamie.«

Mit einem unterdrückten Fluch schob er den Stuhl zurück und sprang auf. »Und wo willst du hin, wenn ich fragen darf?«

Sie hielt seinem Blick unerschrocken stand. »Vielleicht übernachte ich noch mal in irgendeiner Scheune und sehe, was dabei herauskommt«, antwortete sie.

Jamies Augen wurden groß, und sein Adamsapfel hüpfte aufgeregt auf und nieder. »Bei Gott, Herzogin, das wirst du nicht tun, solange ich am Leben bin!« brüllte er. »Du wirst in keiner anderen Scheune und in keinem anderen Bett als in meinem schlafen!«

Also liebte er sie doch. Die harte Schale, mit der er sich umgeben hatte, begann langsam abzubröckeln. Bliss war zufrieden, verbarg es jedoch hinter einer ernsten Miene und einem leisen Seufzen. »Dann muß ich eben aufs Land zurück. Ich möchte wieder anfangen zu kochen, den alten Cutter und seinen Hund wiedersehen und mich davon überzeugen, daß Cäsar, der Hahn, seine Lektion noch nicht vergessen hat.« Sie stellte sich auf die Zehenspitzen und gab Jamie einen Kuß. »Adieu.«

Er packte ihre Schultern und schaute ihr prüfend in die Augen. »Du bleibst hier!« sagte er streng. »Ich brauche dich.«

»Wozu?« erkundigte sie sich freundlich.

Jamie starrte sie an, dann lachte er schallend,und Bliss freute sich über sein Lachen, das sie so lange vermißt hatte. »Du hast recht«, bemerkte er, als sei das etwas Außergewöhnliches. Dann zog er Bliss in eine sehr enge, sehr intime Umarmung. »Du brauchtest allerdings nicht so weit zu gehen, mir mit deinen Kochkünsten zu drohen«, fügte er hinzu.

In Bliss' Augen standen Tränen des Glücks. »Mein Jamie«, flüsterte sie. »Ich habe dich so vermißt!«

Er küßte sie, viel zu kurz und viel zu flüchtig, schob sie dann zur Tür und nahm den neuen Hut, den er sich erst kürzlich zugelegt hatte, und den eleganten Rock, den er in letzter Zeit stets trug.

Doch zu Bliss' Erleichterung überlegte er es sich dann anders und ließ beides zurück. Als sie eine knappe Stunde später den Zug bestiegen, trug er wieder den alten Lederhut, der schon bessere Zeiten gesehen hatte. Während der Fahrt betrachtete er Bliss lächelnd und mit so unverhohlenem Verlangen, daß sie schon unruhig auf ihrem Sitz herumrutschte, noch bevor sie die Außenbezirke von Auckland hinter sich gelassen hatten.

»Wirst du einen Schlafwagen nehmen?« fragte sie, kaum daß sie in Halifras den Zug verlassen hatten.

Jamie lachte. »Eigentlich hatte ich eher an ein Zimmer gedacht, Herzogin.«

Bliss errötete, obwohl sie wußte, daß er es unmöglich eiliger haben konnte als sie selbst, und hielt den Blick abgewandt, als Jamie mit dem Portier verhandelte und dann mit dem Hoteldirektor plauderte. Sie war plötzlich wieder so scheu wie eine junge Braut.

In der Abgeschlossenheit des kleinen Zimmers im zweiten Stock machte Jamie eine langsame, zärtliche Zeremonie daraus, Bliss auszuziehen, ein Kleidungsstück nach dem anderen, um immer wieder innezuhalten und das Stückchen Haut zu küssen, daß er gerade entblößt hatte.

Bliss bebte vor Erwartung, als er endlich vor ihr niederkniete und sie so geschickt liebkoste und reizte, daß ihre Erfüllung schon nach dem ersten zärtlichen Kontakt mit seiner Zunge kam. Während sie ihre Nägel in seine Schultern grub und schweratmend darauf wartete, daß der Sturm nachließ, küßte und streichelte Jamie ihren Bauch.

Dann zog er sich plötzlich abrupt zurück, warf Bliss einen fragenden Blick zu und legte prüfend eine Hand auf die leichte Wölbung ihres Bauches. Sie war neu, diese sanfte Rundung, und Bliss lächelte ganz unbewußt, als Jamie recht ungeschickt aufstand und sie verwirrt anstarrte.

»Ja«, bestätigte sie und legte ihre Hand auf seine. »Im Juni wirst du Vater. Es wird ein Junge sein, und wir werden ihn Reeve nennen.«

Jamie starrte auf ihren Bauch, als könnte er sein Kind dort sehen, und die Verwunderung und das Staunen, die sich auf seinem Gesicht abzeichneten, waren kostbarer als alles, was Bliss je besessen hatte. »Ja«, meinte er schließlich.

Bliss stellte sich auf die Zehenspitzen, um ihn zu küssen, und mit einer für ihn ganz ungewöhnlichen Ungeschicklichkeit, für die Bliss ihn nur noch mehr liebte, hob Jamie die Hand und umfaßte ihre volle Brust.

In dieser Nacht wurde ihr Liebesakt zu einer Feier.

Den Hund an ihrer Seite, rührte Bliss angestrengt in einem großen Kessel. »Probier mal«, sagte sie, gab etwas von der Mischung in eine Schale und stellte sie dem Hund hin, der zu winseln begann und sich mit eingezogenem Schwanz unter den Tisch verkroch.

»Ein feiner Freund bist du!« schimpfte sie, während sie eine stützende Hand auf ihren gewölbten Leib legte. »Das ist ein leckeres Lammgulasch, falls du es nicht gemerkt hast.«

In diesem Augenblick trat Jamie ein und brachte einen Hauch von der beißenden Kälte mit, die draußen herrschte. Nach einem zärtlichen Kuß blieb er neben Bliss stehen und strich sanft über ihren Bauch. »Ich habe eine Überraschung für dich, Herzogin. Cutter ist in die Stadt gefahren, um sie … ich meine, um die Überraschung abzuholen.«

Bliss drehte sich entrüstet um. »Du hast *sie* gesagt, Jamie!« sagte sie anklagend.

Er gab ihr einen Kuß und zuckte die Schultern. »Das stimmt, Liebling. Sie heißt Emma und ist Köchin.«

Bliss machte ihrer gerechten Empörung Luft. »Ihr hättet wirklich ein bißchen mehr Geduld aufbringen können!« Schließlich hatte sie sich so bemüht zu lernen, hatte stundenlang ihre Kochbücher gewälzt und immer neue Rezepte an dem Hund ausprobiert!

Jamie strich ihr tröstend über den Rücken. »Ein bißchen mehr Geduld, und wir wären verhungert!« entgegnete er und versuchte Bliss erneut zu küssen. Doch sie stieß ihn zurück, schnappte sich ihren Umhang und stürmte hinaus.

Jamie folgte ihr mühelos, als sie mit schwerfälligen Schritten den Weg zum Hühnerhof einschlug.

»Ich will keine Köchin im Haus!« schrie sie, bevor sie die Tür zu einem der Schuppen aufriß.

»Ich weiß«, antwortete Jamie etwas empört darüber, daß sie sein Geschenk nicht zu schätzen wußte. »Aber deinen Appetit kann ja auch gar nichts trüben, nicht wahr, Herzogin?«

Einen schweren Waschkessel in der Hand, kam Bliss aus dem Schuppen und schaute sich nach einem Stein um. Als sie einen fand, ging sie drohend auf Jamie zu, der verblüfft zurückwich.

»Was hat denn das zu bedeuten?« fragte er.

Bliss lächelte vielsagend. »Bei dem Hahn hat es gewirkt!« antwortete sie.

**ENDE**

Historische Liebesromane von

# MARIE CORDONNIER

**DIE TÖCHTER DER HEXE**

Die Liebesabenteuer von vier Schwestern, die im alten Frankreich lebten. Packend und einfühlsam geschrieben.

Band 18136 Nadine – unschuldige Verführerin
Band 18137 Alison – geliebte Gauklerin

Band 18143 Marie – Engel in Versuchung
Band 18146 Viviana – Sklavin der Rache

BASTEI LÜBBE

Sie erhalten diese Bände im Buchhandel, bei Ihrem Zeitschriftenhändler sowie im Bahnhofsbuchhandel.